KB189455

뉴 그럽 스트리트

생계형 작가들의 배고픈 거리

조지 기싱 지음　구원 옮김

코호북스

목차

Part III

작가 소개

조지 로버트 기싱
(1857-1903)

작가 소개

조지 로버트 기싱(George Robert Gissing)은 1857년 11월 22일 요크셔 웨이크필드 약제사의 오 형제 중 장남으로 태어났다. 아마추어 식물학자이며 문학을 사랑하는 다독가였던 아버지의 방대한 서재에서 기싱은 독서를 즐겼으며 특히 그리스와 로마의 고전에 대한 애정을 키웠다. 그러나 1870년, 기싱이 열세 살 때 아버지가 사망하며 기싱은 정신적 지주를 잃음과 동시에 경제적 압박에 시달리게 되었다. 장남으로서 자기 자신과 가족에 대한 책임을 어깨에 짊어진 기싱은 어린 소년에게 보기 드문 엄격한 자기통제와 노력으로 꾸준히 학업에 정진해 뛰어난 성적을 거두었고, 열다섯 살에 전액 장학금을 받고 오언스 칼리지 (지금의 맨체스터 대학)에 진학했다. 학교에서 셰익스피어 장학금을 포함한 여러 상을 휩쓸고 런던 대학 입학까지 보장되었던 기싱은 특히 라틴어와 그리스어와 고전에 정통한, 학자로서 장래가 촉망되는 학생이었다. 그러나 학교에서 벌어진 절도 사건의 범인이 기싱이라고 밝혀지며 그의 밝은 전망은 하루아침에 사라졌다. 당시 열여덟 살이었던 기싱은 맨체스터 거리에서 만난 열일곱 살 매춘부 메리언 헬렌 해리슨과 (기싱은 그녀를 넬이라고 불렀다) 사랑에 빠졌고, 그녀가 다시 거리로 나가는 것을 막기 위해 돈을 주기 시작했다. (그녀가 새로운 직업을 찾을 수 있게 재봉틀을 사주기도 했다고 한다) 장학금으로 생활하던 그는 돈이 떨어지자 절박한 마음에 결국 학우들의 돈을 훔친 것이다. 학교의 처사는 가혹했다. 그는 모든 명예와 장학금을 뺏기고 퇴학당했으며 한 달간 감옥에서 노역했다. 출소 후 몇몇 사람들의 도움으로 미국으로 보내진 기싱은 처음에는 매사추세츠주에 있는 고등학교에서 교사로 일했으나 어느 날 홀연히 시카고로 떠났는데, 이곳에서 〈시카고트리뷴〉에 단편소설을 발표하며 소설가로서 첫 발걸음을 내디뎠다. 신문에 소설을 투고하며 근근이 생계를 이어가던 기싱은 극심한 가난을 경험하고 갖은 고생 끝에 영국으로 돌아왔다.

갓 스무 살이 된 기싱은 런던의 초라한 하숙집을 전전하며 집필과 교습을 병행했다. 그는 성인이 되며 물려받은 작은 유산으로 첫 장편 소설 『새벽의 일꾼들 Workers in the Dawn』을 자비 출판하고 넬과 결혼했다. 소설은 참담히 실패했으나 몇몇 사람들의 관심을 끌었고, 그중 한 명인 실증주의자 프레데릭 해리슨은 기싱의 충실한 후원자가 되어 자기 아들들의 과외지도를 맡기고 문예지 편집장들에게 그를 추천하는 등 물심양면으로 도움을 주었다. 기싱의 다음 소설 『그런디 부인의 적들 Mrs. Grundy's Enemies』은 출판사에서 받아주었으나 끝내 출간되지 않았고, 조지 메러디스가 인정한 세 번째 작품 『언클래스드 The Unclassed』로 그는 비로소 작가로서 공식적인 데뷔를 했다. 『민중 Demos』, 『이사벨 클래런던 Isabel Clarendon』, 『인생의 아침 A Life's Morning』 등 뒤이은 소설에서 그는 인간의 도덕성을 타락시키는 가난과 계층 문제, 예술적 이상과 사회적 의무감 사이에서 갈등하는 예술가의 번뇌를 계속해서 탐구했으며, 노동자 계층의 삶을 생생하고 사실적으로 담은 그의 소설들은 졸라의 작품과 비견되었다.

시간이 흐르며 기싱은 작품의 초점을 노동자 계층에서 중산층으로 옮겼는데, 그가 다시 한번 런던 빈민층의 삶을 잠식한 가난의 해악에 주목하는 사건이 1888년에 발발했다. 넬의 알코올중독과 여러 질병, 이로 인해 벌어지는 소동은 그들의 결혼생활을 몹시 불행하게 만들었고, 두 사람은 결혼한 지 4년째 되던 해부터 별거했다. 몇 년간 보지 못한 넬이 죽었다는 갑작스러운 소식을 듣고 찾아간 기싱은 알코올중독과 가난에 허덕이다 비참하게 죽은 그녀의 모습에 큰 충격을 받았다. 그로부터 3주 후 그는 『밑바닥 세상 The Nether World』 집필에 착수했는데, 가난의 민낯을 적나라하게 다룬 이 소설은 그의 마지막 런던 빈민층 소설이자 가장 어두운 소설로 여겨진다. 같은 해 기싱은 처음으로 이탈리아로 여행을 갔다. 소년 시절부터 고전문학에 남다른 애정을 품은 기싱에게 이탈리아는 특별한 의미가 있었고, 그는 이곳에서의 경험을 바탕으로 『해방된 자들 The Emancipated』을 집필했다.

교육받은 여성과 결혼하기에 자신이 너무 가난하다고 느꼈으나 고독이 참기 힘들어진 기싱은 거리에서 충동적으로 만난 노동자 계층 여자 이디스 언더우드와 결혼했다. 시작부터 무모했던 이 결혼은 두 사람의 기질적 차이와 이디스의 점차 난폭해지는 행동 탓에 끝내 별거로 끝났다. (이디스가 아마도 정신병을 앓았다는 견해가 있으며, 그녀는 후에 정신병원에 수용되어 그곳에서 일생을 마쳤다.)

불안정한 가정생활과 경제적인 어려움에도 불구하고 기싱은 왕성한 생산력을 보여 1886년과 1895년 사이에 매년 한 권이나 그 이상의 소설을 출간했다. 1891년 『뉴 그럽 스트리트 New Grub Street』의 출간과 함께 기싱은 작가로서 확고한 위치에 올랐다. 문학이 상품화된 세상에서 궁핍한 문인이 마주하는 현실과 이상의 괴리를 자신의 경험을 바탕으로 그린 『뉴 그럽 스트리트』는 평론계의 큰 관심과 호평을 받으며 기싱의 작품 중 처음으로 출간 한 달 만에 2쇄가 발행되는 쾌거를 이루었고, 지금까지도 영미문학사를 통틀어 문필업에 대해 가장 사실적으로 쓴 소설이라는 평을 받는다.

한편 1893년에 출간된 『짝 없는 여자들 The Odd Women』에는 19세기 후반 영국 사회의 여성 문제와 결혼 체제에 대한 기싱의 철학이 담겨 있다. 관습과 사회적 편견에 회의적이었던 기싱은 여성을 열등하고 의존적인 존재로 취급하는 빅토리아 시대의 관념이 사회의 가장 기본적인 구성체인 부부 사이를 불명예스럽게 만든다고 믿었으며, 여성 또한 남성과 마찬가지로 교육받지 못하는 한 사회에 평화는 없을 것이라고 말했다. 『짝 없는 여자들』에서 기싱은 독신 여성의 삶을 경제적, 정신적으로 황폐하게 만드는 제도의 폐단과 더불어 빅토리아 시대의 이상적인 여성상이 현대사회에 얼마나 부적합한지 여지없이 보여 주었다. 출간 후 기싱은 클라라 E. 콜렛, 엘리자 옴 등 여권 신장을 위해 힘쓰던 페미니스트들과 인연이 닿았는데, 특히 그의 평생지기가 된 클라라 콜렛은 아내에게서 위로나 지적 공감을 바랄 수 없던 기싱에게 현명한 조언과 도움을 아끼지 않았고, 그가 죽은 후에는 아들들의 후견인으로 그들의 안위를 살폈다.

대중적인 인기를 끌기에는 지나치게 사실적이고 어두웠던 그의 소설들은 단 한 번도 엄청난 금전적인 성공을 거두지는 못했으나 1890년대부터 기싱은 집필만으로 생활이 가능해졌으며 조지 메러디스, 토머스 하디와 더불어 당대 영국에서 가장 중요한 작가 중 한 명으로 손꼽혔다. 또한, 1898년, 그는 그토록 선망하던 교양 있고 지적인 여자와 만났다. 『뉴 그럽 스트리트』의 프랑스어 번역권을 문의한 가브리엘 플뤠리와 만난 그는 거의 즉시 사랑에 빠졌으나 이디스가 이혼을 허가하지 않아 영국에서 결혼할 수 없었기 때문에 프랑스에서 조촐한 식을 올렸다. 프랑스로 이주한 기싱은 오랜 열정인 이탈리아를 배경으로 한 역사소설 『베라닐다 Veranilda』에 착수하는 한편 자전적인 소설 『헨리 라이크로프트 수상록 The Private Papers of Henry Ryecroft』, 하루아침에 잡화상으로 전락한 중산층 남자의 깨달음을 그린 『윌 워버턴 Will Warburton』 등 활발한 집필 활동을 이어갔다.

그러나 폐 질환이 있던 기싱의 건강은 점점 악화되었다. 그는 폐렴에서 회복하지 않은 상태로 추운 날씨에 야외 활동을 나갔다가 심하게 앓았고, 1903년 12월 28일, 마흔여섯이라는 젊은 나이에 프랑스 남서지방의 이즈푸르라는 작은 마을에서 사망했다. 사인은 심근염이었다. 30년이 채 안 되는 시간 동안 그는 총 스물세 권의 장편 소설과 네 권의 노벨라, 100편이 넘는 단편소설, 디킨스에 대한 평론과 기행문 『이오니아 해변에서』를 집필했다.

그럽 스트리트
Grub Street

1830년까지 런던에 실제로 존재했던 거리의 이름으로, 생계를 위해 닥치는 대로 흥미 본위의 통속적인 글을 대량생산하는 작가, 저널리스트, 출판사와 문예지가 대거 몰렸던 거리였다. 거리의 이름은 후에 바뀌었지만, 그럽 스트리트는 가난한 삼류 작가 혹은 저급 문학의 대명사가 되었다. 이 책에서 그럽 스트리트는 지명이 아니라 글을 쓰는 것을 생업으로 삼는 것과 문단을 일컫는 관념적인 용어로 쓰인다.

일러두기

1. 이 책의 번역 대본으로는 New Grub Street(The Penguin English Library, 1968)을 참조했습니다.
2. 본문의 각주는 모두 옮긴이의 것입니다.
3. 원서에서 강조를 뜻하는 이탤릭체는 돋움체로 표시했습니다.

NEW GRUB STREET

PART I.

1장. 시대의 남자

밀베인 가족이 아침 식사를 위해 모였을 때 와틀보로우 지역 교회 시계 종이 여덟 번 울렸다. 교회는 2마일이나 떨어져 있었지만 가을 아침 서풍에 실려 온 종소리는 또렷했다. 달걀을 깨기 전 종소리에 귀 기울이던 재스퍼가 쾌활하게 말했다.

"지금 이 순간 런던에서 어떤 남자가 교수형을 당하고 있어."

"그걸 우리에게 굳이 알려 줄 필요는 없을 텐데." 여동생 모드가 냉정하게 말했다.

"오빠 말투는 또 어떻고!" 막내 도라가 따졌다.

"그 사람이 누구니?" 지끈거리는 이마를 찡그리며 밀베인 부인이 아들에게 물었다.

"몰라요. 오늘 아침에 뉴게이트 감옥에서 누가 교수형을 당할 거라는 기사를 어제 신문에서 우연히 봤어요. 그런 일을 당하는 게 자신이 아니라서 다행스러운 건 인지상정이죠."

"그건 오빠의 이기적인 사고방식이야." 모드가 말했다.

"글쎄," 재스퍼가 대답했다. "우연히 이런 사실을 알게 된 이상 나한테 도움이 되는 방향으로 생각해야 하지 않겠어? 교수형 따위를 허가하는 우리 시대의 잔혹함을 비난할 수도 있고, 그 불쌍한 형씨를 생각하면서 침울해할 수도 있겠지. 하지만 그런 감정은 내게도 남에게도 이득이 안 돼. 그래서 나는 위안으로 삼은 것뿐이야. 내 상황도 딱하긴 하지만 그 사내 정도는 아니니까. 지금 이 순간에 잭케치[1]와 신부님 사이에 껴서 나를 기다리는 밧줄을 향해 걸어가고 있을 수도 있잖아. 그 대신 이렇게 신선한 계란과 훌륭한 버터 토스트를 먹으면서, 이 동네 수준에서 합리적으로 바랄 수 있는 최상의 커피를 마시고 있단 말이지. (어머니, 다음번엔 부디 우유를 끓여보세요.) 내 말투를 따지자면, 순간적으로 그렇게 나온 거니까 그걸 정당화할 필요는 없어."

스물다섯 살 청년인 재스퍼는 조금 말랐지만 균형 잡힌 몸에 피부는 창백한 편이었다. 머리칼은 흑발에 가까울 만큼 짙었고, 말끔하게 면도한 얼굴은 관료처럼 보인다는 말이 가장 적절했다. 재질은 고급이지만 잦은 수선을 거친 옷을 입고, 모서리가 둥글게 말린 스탠드업 깃 셔츠에 라일락 잔가지 무늬 넥타이를 매고 있었다.

재스퍼의 두 여동생 중 도라는 스무 살이었다. 재스퍼와 외모가 더 닮은 쪽은 도라였지만, 상냥한 말투가 오빠와는 전혀 다른 성격이 내재한다고 암시하는 듯했다. 스물두 살인 모드는 적갈색이 감도는 머리가 매우 아름다웠고, 이목구비가 뚜렷하고 수려했지만 잘 웃지 않는 인상이었다. 그들의 어머니는 낯빛에 병색이 돌고 거동도 불편해 보였지만 똑바로 앉아 있었다. 세 여자 모두 수수하되 기품 있는 옷차림이었다. 작은 정원을 내다보는 방은 편안한 구식 가구로 채워졌고, 한두 개 소품만이 화려한 1882년 풍이었다.

"교수형을 선고받은 사람은 말이야." 재스퍼가 덤덤하게 말을 이었다. "사회가 최후의 수단을 쓰도록 몰아붙였다는 사실에 만족할 만해. 너무 치명적인 사람이 되었기 때문에 법이 가진 최강의 힘으로밖에 상대할 수 없는 거지. 어떻게 보면 그것도 하나의 성공이야."

---

1. 찰스 2세 시대 사형집행인. 사형 과정에서 불필요한 고통을 빚은 사건들로 유명하며, 17세기 후 영국에서 그의 이름은 사형집행인의 대명사가 되었다.

"어떻게 보면 말이지." 모드가 빈정대며 되풀이했다.

"이제 다른 이야기를 하면 어떨까." 언니와 오빠 사이에 말다툼이 일어날까 봐 걱정된 듯 도라가 말했다.

바로 그때 배달 온 우편이 주의를 분산했다. 밀베인 부인에게 편지가 한 통, 재스퍼에게 편지와 신문이 왔다. 어머니와 딸들이 편지에 적힌 소소한 소식에 관해 이야기하는 동안 재스퍼는 자신에게 온 편지를 읽었다.

"리어던이 보낸 편지야."

재스퍼가 도라에게 말했다.

"일이 잘 안 풀리고 있어. 이 친구는 끝내 독약을 먹거나 총으로 자살할 부류야."

"왜 그런데?"

"아무것도 못 하고 있어. 게다가 부인 때문에 더 힘든가 봐."

"몸이 안 좋아?"

"과로일 거야. 나는 이렇게 될 줄 알았어. 글을 써서 돈벌이를 계속할 수 있는 친구가 아니야. 상황이 아주 좋으면 어쩌면 2~3년에 괜찮은 책 한 권 정도 쓸 수 있겠지. 가장 최근에 출판한 책이 망해서 절망했는데, 지금은 겨울이 오기 전에 한 권 더 쓰려고 아등바등하고 있어. 그렇게 절박한 사람들은 불행해지기 마련이거든."

"그런 예상을 하면서 어쩌면 저렇게 즐거워할까요!" 모드가 어머니를 바라보며 중얼거렸다.

"전혀 그렇지 않아." 재스퍼가 말했다.

"이 친구를 질투한 건 사실이야. 미모의 여자에게 믿음을 줘서 자기의 불안한 미래까지 함께하게 만들었으니까. 하지만 리어던이 망하면 속상할 거 같아. 내가 유일하게 진정한 친구로 생각하는 사람이거든. 그렇지만 이 친구처럼 운명의 여신에게 지나치게 바라는 사람들을 보면 거슬려. 사람은 주제를 알아야 해. 나처럼 말이지. 리어던은 책 한 권이 잘 됐다고 고생이 끝난 줄 알았어. 『중립지대에서』라는 책으로 100파운드[2]를 받자마자 계속 그렇게 수입이 늘어날 거로 예상한 거야. 기대 안 하는 편이 나을 거라고 귀띔해 주었더니 나를 보면서 너그러운 미소를 짓더군. '내가 자기랑 같은 수준이라고 착각하고 있어.' 이런 생각을 했겠지. 전혀 그런 게 아니었어. (도라, 토스트 좀 건네줘.) 나는 리어던보다 강한 사람이야. 두 눈 똑바로 뜨고 기회를 기다릴 수 있어."

"아내가 불평이 많은 여자니?" 밀베인 부인이 물었다.

"음, 네. 그런 것 같아요. 저렴한 셋방에 들어가길 싫어했나 봐요. 아파트를 꾸미고 살아야 한다고. 아내 때문에 리어던이 마차라도 몰기 시작하지 않았을까 싶어요. 다음에 쓴 책도 100파운드밖에 받지 못했고, 지금 쓰고 있는 책을 끝내더라도 그만큼 받을 가능성은 희박해요. 『낙천주의자』는 사실상 실패작이었거든요."

"율 씨가 그분들에게 유산을 남길 수도 있어." 도라가 말했다.

"맞아. 하지만 그분이 10년을 더 살 수도 있지. 그리고 내가 제대로 봤다면, 그분은 6펜스라도 빌려주기 전에 두 사람이 말리번 구빈원에 가는 꼴을 먼저 볼 사람이야. 장모라는 사람은 자기 입에 간신히 풀칠할 정도고, 매형이 한 명 있지만 도와주긴커녕 땡전 한 푼 빌려주지 않을 정도로 인색하거든."

"리어던 씨는 친척이 없어?" 모드가 물었다.

"그 친구한테서 가족 이야기를 들은 적이 없어. 리어던은 치명적인 실수를 한 거야. 그런 처지에서 결혼할 거였으면 직업이 있는 여자나 상속녀 둘 중 하나를 골랐어야지. 일하는 여자가 여러모

2. 1880년도의 1파운드는 2020년도의 121파운드 정도이므로 100파운드는 대략 12,100파운드이다.

로 낫겠지만."

"오빠가 어떻게 그런 말을 해?" 도라가 물었다. "돈이 얼마나 중요한지, 그 얘기를 입에 달고 살면서."

"아니, 일하는 여자랑 결혼하는 게 나한테 좋다는 말이 아니었어. 절대 아니지. 리어던 같은 사람에게 어울린다는 말이야. 작가 의식 따위가 있을 정도로 터무니없는 친구이거든. '예술가'라고 불리기 좋아하고, 뭐 그런 것들. 편한 마음으로 일하면 1년에 150파운드 정도 가까스로 벌 수 있겠지. 알뜰한 양재사와 결혼했으면 그걸로 충분했을 거야. 사치하는 성격이 아니고 자기가 쓴 글의 작품성이 노동에 대한 대가로 충분할 테니까. 하지만 지금 상황으로 봐선 완전히 망했어."

"다시 말하지만," 모드가 말했다. "오빠는 그런 전망이 즐겁나 봐."

"절대 그렇지 않아. 만일 내가 의기양양해 보이면, 단지 내 지성이 사실을 있는 그대로 명확하게 인식하는 걸 즐기기 때문이야. 마멀레이드 좀 줄래, 도라? 집에서 만든 거로."

"참 안타깝구나." 밀베인 부인이 언제나처럼 반쯤 넋을 놓은 말투로 말했다. "그 두 사람은 휴가도 못 가고 있는 거 아니니?"

"힘들 거예요."

"우리 집에 와서 일주일 정도 묵으라고 네가 초대해도?"

"잠깐만요, 어머니." 모드가 급히 말했다. "그건 안 돼요. 아시잖아요."

"어떻게 도와줄 수 없나 싶었단다. 그들에겐 정말 소중한 휴가일 수도 있잖니."

"아니에요." 재스퍼가 신중하게 말했다. "어머니는 리어던 부인과 잘 안 맞을 거예요. 더구나 리어던 부인 둘째 큰아버지가 존 율 씨 집에 오기로 했다면, 정말 어색한 상황이 생길지도 몰라요."

"그럴 수 있겠구나. 그분들은 여기 와도 하루나 이틀밖에 머무르지 않는다고 미스 해로우가 말했지만 말이야."

"율 씨는 왜 자기 형제 가족들을 화해시키려고 하지 않아?" 도라가 물었다. "율 씨는 양쪽과 다 사이가 좋다고 했잖아."

"자기가 상관할 바가 아니라고 생각하나 보지."

재스퍼는 친구에게서 온 편지의 내용을 떠올리며 생각에 잠겼다.

"지금부터 10년 후에." 재스퍼가 말했다. "리어던이 그때까지 살아 있으면 아마 내가 돈을 빌려주고 있을 거야."

모드의 입술에 비웃음이 떠올랐다. 도라는 소리 내어 웃었다.

"진짜야! 확실하다고!" 재스퍼가 외쳤다. "너희들은 나를 전혀 믿지 않는구나. 나 같은 남자와 리어던 같은 남자의 차이를 이해했으면 해. 리어던은 실리를 못 따지는 구식 예술가야. 반면에 나는 1882년의 문필업자고. 리어던은 예술성을 양보하지 않을 거야. 아니, 못 할 거야. 그는 대중의 요구를 맞출 수 없어. 나로 말하자면—물론 너희는 내가 지금 무위도식한다고 여기지만, 그건 큰 실수야—나는 사업을 배우고 있어. 요즘 시대에 문학 활동이란 장사거든. 엄청난 재능만으로 성공할 수 있는 몇몇 천재 작가를 제외하면, 이 시대에 글을 써서 성공한 사람들은 수완 좋은 장사꾼이야. 그들은 가장 먼저, 그리고 무엇보다 시장을 염두에 둬. 어떤 물건이 잘 안 팔리기 시작하면 곧바로 새롭고 매력적인 물건을 제공할 준비가 되어 있어. 수입을 짜낼 온갖 원천을 빠삭하게 파악하고 있지. 무얼 팔든지 간에 각종 분야에서 수입을 창출할 거야. 일시금을 받고 중개인에게 권리를 파는 어리석은 짓 따위는 하지 않아. 중개인이 그걸로 갖가지 수입을 다 만들어 낼 텐데. 잘 들어 봐. 내가 리어던이었으면 『낙천주의자』로 최소 400파운드는 벌었을 거야. 머리를 써서 잡지사, 신문사, 해외 출판사 등 별별 사람들과 손을 잡았겠지. 리어던은 그런 수완이 없어. 시대에 뒤처진 사람이야. 새뮤얼 존슨[3] 시대의 그럽 스트리트에 사는 사람처럼 원고를 판다니까. 통신이 발달하면서 오늘날의 그럽 스트리트는 많이 달라졌어. 이제 세계 도처에서 어떤 글이 인기 있는지 알아. 요새 그럽 스트리트 사람들은 사업가야. 부패한 사업가일지 몰라도."

"저급하게 들려." 모드가 말했다.

"내가 그렇게 만든 게 아니란다, 동생아. 아까 말했듯이 나는 차근차근 사업을 배우고 있어. 소설은 내 분야가 아니야. 시도했다가 실패했고, 내 적성에 맞지도 않아. 물론 안타까운 일이지. 꽤 많은 돈을 건질 수 있는 분야니까. 하지만 난 활동 범위가 넓어. 다시 말하지만, 10년 안에 나는 연 수입 1천 파운드는 벌고 있을 거야."

"그렇게 정확한 액수를 말한 적은 없는 것 같은데." 모드가 말했다.

"그냥 좀 지나가 줄래. 그리고 무릇 있는 자는 더 받으리라.[4] 내가 괜찮은 수입이 생기면 나보다 더 부유한 여자와 결혼할 거야. 나중에 무슨 일이 생겨도 충분히 감당할 수 있게."

도라가 웃으면서 말했다. "율 씨가 리어던 부부에게 큰 유산을 남기면 흥미롭겠는데. 10년까지 걸리지는 않을 거야."

"그들에게 많이 물려줄 가능성은 거의 없다고 봐." 재스퍼가 곰곰이 생각하더니 대답했다. "율 씨에게 리어던 부인은 그저 조카란 말이지. 일단 율 씨 남동생과 죽은 막냇동생 부인이 한입씩 가져갈 거고, 그다음 세대를 생각하면 문필가 앨프리드 씨도 딸이 있어. 그

---

3. 18세기를 대표하는 영국 작가이자 최초의 사전편찬자.
4. 마태복음 25:29 '무릇 있는 자는 받아 풍족하게 되고 없는 자는 그 있는 것까지 빼앗기리라'를 인용.

딸이 초대를 받아 여기 온다는 걸 보니 아마 율 씨가 더 예뻐하는 조카겠지. 그래, 리어던 부부는 한 푼도 못 받을 거야."

아침 식사를 마친 재스퍼는 등받이에 기대앉아서 배달 온 런던 신문을 펼쳤다.

"리어던 씨가 결혼할 때 부인이 유산을 받을 거라고 기대했던 것 같니?" 밀베인 부인이 물었다.

"리어던이요? 그럴 리 없죠! 그 정도로 앞을 내다볼 수 있는 친구가 아니에요."

몇 분 후 모두 나가고 재스퍼만 방에 남았다. 하녀가 접시를 치우러 들어오자 재스퍼는 콧노래를 부르며 어슬렁어슬렁 나갔다.

밀베인 가족의 집은 핀든이라는 작은 마을의 길가에 편리하게 위치했고, 집 맞은편엔 나지막한 정사각형 지붕이 깔린 소박한 교회가 있었다. 와틀보로우시에서 가축시장이 열리는 날이라 소와 양 떼가 이따금 지나가며 목축업자의 수레가 덜컹거리는 소리가 들려왔다. 평소에는 이 길에서 차는 물론 사람도 보기 드물었다.

수의사였던 밀베인 씨가 죽은 뒤 부인과 두 딸은 이 집에서 지난 7년간 살았다. 과부가 된 밀베인 부인은 보험금을 연 240파운드 받았는데 그녀가 죽으면 지급이 끝나는 종신연금이었고, 자식들은 아무 재산이 없었다. 모드는 불규칙하게 음악 교습을 했고, 도라는 와틀보로우 시내에 사는 한 가족 집에서 출장 가정교사로 일했다. 재스퍼는 대개 1년에 두 번 런던에서 내려와 2주씩 머물렀는데, 오늘이 가을 방문의 딱 중간이 되는 날이었다. 재스퍼와 동생들 사이가 껄끄러워진 탓에 방문 후반기는 가족 모두에게 언제나 힘든 시기였는데, 이번엔 마찰이 생길 낌새가 벌써 나타나기 시작했다.

아침에 재스퍼는 어머니와 단둘이 30분 정도 이야기를 나누고 햇살 아래 산책하러 나갔다. 재스퍼가 나가고 얼마 되지 않아 모드가 잠시 집안일을 중단하고 응접실로 들어왔다. 응접실에선 밀베인 부인이 소파에 기대 누워 있었다.

"재스퍼가 돈이 좀 더 필요하다는구나."

모드가 몇 분 동안 사색에 잠겨 앉아 있었을 때 밀베인 부인이 말했다.

"물론 그렇겠죠. 그럴 줄 알았어요. 안 된다고 하셨기를 바라요."

"정말 뭐라고 해야 할지 모르겠더구나." 밀베인 부인이 근심스럽고 기죽은 목소리로 대답했다.

"그럼 제가 알아서 하게 맡겨 주세요. 오빠에게 줄 돈 따위 없어요. 그게 전부예요."

심기가 뒤틀린 모드의 얼굴이 단호하게 굳었다. 잠시 침묵이 흘렀다.

"그럼 재스퍼는 어떡하니?"

"어떡하냐고요? 그런 상황에서 다른 사람들은 뭘 하죠? 저나 도라는 뭘 하고 있죠?"

"얘야, 너도 네 생활비를 전부 벌진 못하고 있잖니."

"그래서요?" 모드가 폭발했다. "만약 저희를 재워 주고 먹여 주시는 게 그렇게 불만이시면"

"흥분 좀 하지 말렴. 내가 너희에게 불만 따위 없는 걸 잘 알잖니. 내가 하려던 말은, 재스퍼도 자기 나름 돈을 벌고 있다는 거야."

"자기가 쓰는 만큼 못 번다니, 정말 한심해요. 우리는 오빠에게 희생되고 있어요. 항상 그래 왔고요. 오빠가 빈둥거릴 수 있도록 우리가 허리띠를 졸라매고 살아야 하는 이유가 대체 뭐죠?"

"빈둥거린다고 할 수는 없어, 모드. 자기 전문 분야를 연구하는 중이잖니."

"부디 장사라고 부르세요. 오빠는 그 단어를 더 좋아해요. 연구를 하고 있는지 아닌지 제가 어떻게 알아요? '연구'라니 대체 무슨 뜻으로 하는 말이죠? 그러면서 친구 리어던 씨를 비웃는 꼴이라니. 그분은 1년 내내 열심히 일하신 것 같던데. 정말 역겨워요. 이렇게 가다간 평생 자기 밥벌이를 못 할 거예요. 우리 모두 그런 사람을 알거나, 그런 이야기를 들어 본 적이 있잖아요. 우리 수입이 1년에 100파운드만 더 있었으면 저도 이런 말 안 해요. 하지만 오빠가 가져가고 남은 돈으로 우리가 생활할 수는 없어요. 어머니가 그렇게 하시는 걸 제가 방관하지도 않을 거예요. 오빠한테 앞으로 알아서 먹고살라고 말할 거예요."

또다시 침묵이 흘렀다. 이번 침묵은 더 길었다. 밀베인 부인은 뺨에 흐른 눈물을 몰래 닦았다.

"그 애 부탁을 거절하는 건 너무 매정하게 느껴져." 마침내 부인이 말했다. "1년만 더 도와주면 그토록 기다리던 기회가 찾아올지도 모르는데."

"기회요? 기회라니, 오빠는 대체 무슨 소리를 하는 거예요?"

"사람이 기다릴 줄 알면 기회는 꼭 찾아온다고 하더라, 네 오빠 말로는."

"기다리는 동안 오빠를 먹여 살리는 사람들은 굶고요. 어머니, 조금만 더 생각해 보세요. 만약 어머니가 돌아가시기라도 하면 저랑 도라는 어떻게 해요? 오빠는 또 어떻게 되고요? 진정 오빠를 위하는 일은, 자립하게 만드는 거예요. 그럴 능력을 점점 잃고 있어요."

"그건 사실이 아니야, 모드. 재스퍼는 매년 조금씩 더 많이 벌고 있어. 그렇지 않았으면 나도 미심쩍었을 거야. 작년 한 해를 통틀어 25파운드밖에 못 벌었는데, 이번 해에는 벌써 30파운드를 벌지 않았니. 인정할 거는 인정해 줘야지. 난 재스퍼가 자기가 하려는 일을 잘 안다는 생각을 떨칠 수가 없구나. 만일 정말로 성공하면 우리에게 전부 갚아줄 거야."

모드는 손톱을 물어뜯기 시작했다. 주위에 남들이 없을 때만 나오는 지저분한 버릇이었다.

"그러면 오빠는 왜 좀 더 아끼고 살지 않죠?"

"1년에 150파운드도 안 쓰고 런던에서 살기는 힘들지 않겠니. 너도 알다시피—"

"세상에서 가장 값싼 곳이죠."

"말도 안 돼!"

"저도 다 알아보고 하는 말이에요. 그런 것에 대해 충분히 읽었어요. 일주일에 30실링만 쓰고 그 돈으로 옷까지 사면서 살 수 있어요."

"재스퍼가 우리에게 여러 번 말했잖아. 그렇게 살면 장래에 아무 도움이 안 된다고. 돈을 쓸 수밖에 없는 중요한 자리에 얼굴을 비치지 않으면 성공할 수 없다고 했어."

"제가 할 말은 이것뿐이에요." 모드가 더는 못 참겠다는 듯 내뱉었다. "오빠는 참 운이 좋아요. 자기를 위해 딸들을 기꺼이 희생하는 어머니가 있으니까요."

"넌 항상 이러는구나. 네가 하는 말이 남에게 얼마나 상처를 주는지 생각하지 않아!"

"명백한 진실이에요."

"도라는 절대 그렇게 말하지 않아."

"도라는 겁쟁이여서 솔직하지 못한 거예요."

"아니, 자기 어머니를 사랑하니까 그런 말을 안 하는 거야. 모드, 너와 더는 말을 못 하겠구나. 내가 나이가 들고 약해질수록, 너는 점점 내게 냉정해지고 있어."

이런 다툼은 드물지 않았다. 감정의 충돌이 몇 분 동안 이어졌고,

끝내 모드는 방에서 뛰쳐나갔다. 한 시간 뒤 식사 자리에서 모드는 평소보다 더 까칠하게 툭툭거렸지만, 폭풍처럼 몰아치던 격렬한 감정의 흔적이라곤 그게 전부였다.

재스퍼가 아침에 하던 이야기를 이어갔다.

"내 얘기를 들어 봐. 너희가 글을 한번 써보면 어때? 노력만 좀 하면 너희도 충분히 글을 써서 돈벌이할 수 있을 거야. 종교적인 이야기는 엄청나게 팔려. 둘이서 하나 같이 쓰면 어떨까? 진심으로 하는 말이야."

"오빠가 쓰지 그래?" 모드가 쏘아붙였다.

"아까 말했듯이, 나는 이야기를 지어내는 재주가 없어. 하지만 너흰 할 수 있을 거 같아. 나 같으면 일요일 성경 학교에서 학생들에게 상으로 줄 만한 책을 쓰겠어. 어떤 책인지 알지? 정말 불티나게 팔린다니까. 게다가 그 분야는 독창성이라곤 전혀 없지. 너희들이 마음먹고 하면 1년에 수백 파운드를 벌 수도 있어."

"'마음을 버리면'이라고 해야 할 거 같은데." 모드가 말했다.

"그래, 바로 그거야! 넌 머리 회전이 참 빨라. 내가 아는 웬만한 사람들만큼 인용도 할 줄 알고."

"그럼 말해 봐. 내가 왜 그런 수준 낮은 일을 해야 하지?"

"수준 낮은 일? 조지 엘리엇 같은 작가가 될 수 있으면 지금 바로 시작하지 그래. 나는 실용적인 방안을 제시한 거야. 모드 네가 작가가 될 천재적 재능이 있다고 생각하진 않아. 사람들은 그런 구닥다리 생각을 아직도 붙들고 있지. 성령이 내려 인도하지 않는 한 글을 써선 안 된다고. 하지만 날 믿어. 글 쓰는 일은 사업이야. 성경 학교에서 상으로 주는 책 중 괜찮은 것 대여섯 권을 구해서 분석해. 그런 글을 구성하는 주요 요소를 찾고 흥미를 끌 만한 새로운 요소를 집어넣어. 그리고 체계적으로 일해. 하루에 몇 장을 쓸지 정해 놓고 쓰는 거야. 영감은 중요하지 않아. 그건 삶의 다른 차원에나 속하는 거야. 문학은 장사야. 물론 호메로스, 단테, 셰익스피어의 작품을 말하는 건 아니야. 꽉 막힌 리어던이 이 사실을 이해하게 만들 수만 있다면 얼마나 좋을까. 그 친구는 나를 형편없는 작자라고 생각하겠지. 꽤 자주 그렇게 생각할 거야. 아무렴 어때, 글자를 종이에 찍으면 신성해지기라도 하나? 악질인 글을 퍼뜨리는 걸 찬성하는 게 아니야. 그저 대중이 즐길 수 있는 재미있고 범속하고 팔릴 만한 글을 말하는 거야. 한번 생각해 봐, 모드. 도라랑 의논해 보라고."

재스퍼가 곧 말을 이었다.

"나는 우리처럼 똑똑한 사람들이 대중의 입맛을 맞추어야 한다고 생각해. 우린 천재가 아니야. 얼간이처럼 무게 잡고 앉아서 고민해 봤자 기껏해야 진부한 사상이나 뇌까리겠지. 빨리 돌아가는 머리를 돈벌이에 써서 최대한 잘살아 보자고. 능력만 된다면, 난 5십만 부씩 팔리는 최악의 싸구려 소설보다 더 싸구려 소설을 쓸 거야. 물론 그것도 기술이 있어야 해. 삼류 소설을 쓰는 데도 그 나름의 기술이 필요하다는 사실을 인정하지 않는 건 문학적 가식이야. 천박한 사람들을 즐겁게 하려면 어떻게 해서든 천재적인 천박함으로 무장해야 한다고. 나로 말하자면, 내 글은 대중에게 잘 먹히지 않아. 그런 방면에는 재능이 없어. 그래서 내 독자는 중상층 지식인, 즉 자기들이 특별히 영리한 글을 읽는다고 생각하지만 사실 밥인지 죽인지 구분도 못 하는 사람들이야. 그래서 일을 익히는 데 이렇게 오래 걸리는 거고. 하지만 매달 조금씩 자신감이 붙고 있어. 가장 최근에 《웨스트엔드 The West End》[5]에 발표한 글이 적당했어. 너무 요란하지도 않고 너무 심각하지도 않고. 기차에서 어떤 사

5. 19세기 초부터 영국에선 문예지와 잡지 등 각종 간행물이 대량으로 쏟아져 나왔다. 재스퍼는 간행물에 기고하는 글을 쓰는 저널리스트다.

람들이 내 글을 언급하더군."

밀베인 부인은 모드가 귀를 기울이고 있기를 바라는 눈빛으로 그녀를 흘긋거렸다. 그러나 식사가 끝나고 30분 후 재스퍼는 정원에서 모드와 맞닥뜨렸다. 무슨 이야기를 하려는지 모드의 표정에 훤히 드러났다.

"말해 봐, 오빠. 얼마나 더 오랫동안 어머니 도움을 받을 거야? 말 그대로 기간을 물어보는 거야. 얼마나 더 갈지 짐작이라도 할 수 있게 해줘."

재스퍼는 고개를 돌리고 생각했다.

"넉넉잡고." 재스퍼가 대답했다. "열두 달이라고 하지."

"차라리 오빠가 입에 달고 사는 '10년'이라고 말하지 그래?"

"아니야. 다분히 가능성이 있어서 하는 말이야. 열두 달이면, 아니 어쩌면 그 전에 빚을 갚기 시작할 거야. 동생아, 나는 꽤 선견지명이 있는 편이란다. 앞날을 훤히 헤아리고 있어."

"어머니가 반년 안에 돌아가시기라도 하면?"

"그러면 내가 알아서 잘 해야겠지."

"오빠가? 그러면 제발, 이것도 말해 봐. 나랑 도라는 어떻게 되지?"

"너흰 성경 학교 책을 쓰면 돼."

모드는 홱 뒤돌아서 가버렸다.

재스퍼는 피우고 있던 담뱃대의 재를 털고 다시 산책하러 시골길을 나섰다. 근심스러운 기색이 얼굴에 살짝 감돌긴 했지만 대체로 그는 사색에 잠긴 미소를 띠었다. 매끈하게 면도한 턱을 손가락으로 이따금 두드렸고, 때론 단풍잎의 색이라든지 긴 엉겅퀴의 모양이나 버섯의 밀도 등 세세한 길가 풍경을 살펴보았다. 이따금 행인을 마주치면 재스퍼는 그들을 머리부터 발끝까지 낱낱이 뜯어보며 예리하게 관찰했다.

산책로의 끝에 다다라 돌아선 재스퍼는 조용히 산책 중이었던 두 사람과 마주칠 뻔했다. 그들의 모습이 재스퍼의 관심을 끌었다. 쉰 살 정도로 보이는 남자는 머리가 희끗희끗하고 엄격한 인상이었으며 어깨가 살짝 굽었다. 챙이 넓은 회색 펠트 모자를 썼고 품질이 괜찮은 브로드천 양복을 입고 있었다. 남자와 걷고 있는 여자는 스물두 살 정도로 보였다. 청회색 드레스를 입고 장신구는 거의 하지 않았으며 남성용처럼 생긴 노란 밀짚모자를 썼다. 짧고 짙은 곱슬머리가 풍성했다. 척 봐도 아버지와 딸이었다. 얼핏 봤을 때 여자는 예쁘지도 아름답지도 않았지만, 상앗빛 얼굴은 매우 진지하고 인상적이었다. 여자는 기품 있는 겸허한 자세로 걸었고 시골 공기를 즐기고 있는 듯했다.

재스퍼는 그들에 관해 골똘히 생각했다. 몇 미터 걷다가 그는 멈춰서 뒤돌아봤는데, 동시에 낯선 남자도 돌아봤다.

"내가 저 사람들을 어디서 봤더라, 남자뿐 아니라 여자도 본 적이 있는데?" 재스퍼가 자문했다. 집에 도착하기 전에 기억이 번뜩였다.

"그럼 그렇지, 박물관 도서실이었어."

2장. 율가(家)

모드와 어머니가 부지런히 바느질하고 있는 방에 재스퍼가 들어오며 말했다. "방금 앨프리드 율 씨와 그 사람 딸을 본 거 같아요."

"그 사람들인 줄 어떻게 알아봤니?" 밀베인 부인이 물었다.

"대영박물관에서 자주 본 노인네랑 얼굴이 창백한 아가씨를 길에서 마주쳤거든요. 율 씨 집 근처는 아니었는데, 두 사람이 산책하고 있었어요."

"그분들이 벌써 왔을지도 모르겠구나. 2주 안에 온다고 미스 해로우가 말했거든."

"얼굴을 기억 못했어도 눈치챘을 거예요. 딱 봐도 이 동네 사람들은 아니었거든요. 책의 그림자가 드리운 골짜기[6]에 사는 사람들 티가 확 나던걸."

"그러니까, 율 양은 완전히 밉상이야?" 모드가 물었다.

"밉상이라니? 전혀 아니야. 그 여자야말로 현대 여성 문인의 아주 좋은 예지. 너는 정말 이상하게 구식인 선입견을 품고 있구나. 율 양 인상이 꽤 마음에 들었어. 멍청이 웰프데일의 표현을 빌리자면 호감형이라고나 할까. 하늘하늘하고, 좀 병자 같긴 하지만 섬세하고 투명한 피부에 눈이 예쁘던데. 몸매도 아직 망가지지 않았고. 물론 내가 생각한 사람들이 아닐 수도 있지만."

재스퍼의 추측이 사실이라고 그날 오후에 밝혀졌다. 교습을 마치고 돌아오는 도라와 만나기 위해 모드가 와틀보로우 시내로 나가고

6. 성경 시편 23장. "내가 죽음의 그림자가 드리운 골짜기로 다닐지라도 해를 두려워하지 않을 것은 주께서 나와 함께 하심이라"에서 인용한 표현이다.

밀베인 부인이 집에 혼자 침울히 앉아 있는데, 초인종이 울리고 하녀가 미스 해로우를 안내했다.

미스 해로우는 동네 부자인 존 율 씨의 가정관리인이었다. 마흔다섯 살인 미스 해로우는 존의 죽은 아내의 여동생이었는데, 마른 체구에 조용조용하고 친절했다. 젊은 시절 대부분을 가정교사로 일하며 보낸 미스 해로우는 예전보다 편안한 삶을 누리고 있었다. 미래에 대한 불안이 없어지면서 미스 해로우는 자못 활발해졌는데, 가정교사 시절 그녀를 알던 사람들은 상상도 못할 모습이었다. 밀베인 부인과 미스 해로우가 친분을 맺은 지는 열두 달 정도밖에 되지 않았다. 그 전에는 존 율 씨가 핀든에서 아주 먼 와틀보로우 끝자락에서 살았기 때문이었다.

“런던 친척분들이 어제 도착했어요.” 미스 해로우가 말문을 열었다.

한두 시간 전에 재스퍼가 그분들과 마주친 것 같다고 밀베인 부인이 말했다.

“확실해요.” 미스 해로우가 말했다. “앨프리드 씨 부인은 함께 오지 않았어요. 아마 오시지 않으리라 예상했지만요. 이런 껄끄러운 상황은 참 유감스러워요. 그렇지 않나요?”

미스 해로우가 속을 터놓는 듯 조심스러운 미소를 지었다.

“그분 따님도 그걸 느끼겠군요. 딱해라.” 밀베인 부인이 말했다.

“안타깝게도 그렇답니다. 물론 이런 상황 때문에 런던에서도 교제 범위가 좁을 수밖에 없겠지요. 마음씨가 착한 아이예요. 부인과 한번 만나면 참 좋겠어요. 내일 오후에 시간을 내서 오지 않으실래요? 차라도 한잔하죠. 요새 몸이 많이 불편하신가요?”

“제 딸들이 인사를 드리러 가도 괜찮을까요? 그러고 나서 율 양이 저를 만나러 오면 참 고맙겠어요.”

“아드님이 율 양 아버지를 소개받고 싶어 하지 않을까요. 안면을 트면 도움이 될 듯해요. 앨프리드 씨가 문학계 사람들과 유대가 깊잖아요.”

“제 아들로선 반길 일이죠.” 밀베인 부인이 답했다. “그런데 재스퍼가 에드먼드 율 씨 부인과 리어던 부부와 친한 사이라서 혹시 서로 거북한 상황이 될까 걱정스럽네요.”

“그렇진 않을 거예요. 아드님이 그렇게 느낀다면 모를까. 그분들과 친하다고 굳이 말할 필요는 없을 것 같아요. 가족끼리 남처럼 지내는 것도 끝낼 때가 됐어요. 존은 모두에 대해 솔직하게 말하는데, 앨프리드 씨가 에드먼드 부인을 진심으로 미워하는 건 아닌 듯해요. 내일 아드님이 따님들과 함께 오면 아주 즐거운 방문이 될 거예요.”

“그럼 내일 아이들이 찾아뵙는다고 약속드리죠. 재스퍼가 지금 어디 갔는지 모르겠네요. 식사 시간이 아니면 얼굴 보기도 힘들어요.”

“런던으로 금방 돌아간다고 하셨나요?”

“일주일 정도 더 머물 거 같아요.”

미스 해로우가 떠나기 전에 모드와 도라가 귀가했다. 책의 그림자가 드리운 골짜기에 산다는 아가씨가 궁금했던 그들은 흔쾌히 초대를 승낙했다.

다음 날 오후 모드와 도라는 오빠와 함께 출발했다. 그들의 집에서 걸어서 15분이면 갈 수 있는 율 씨의 집은 아담했지만 넓은 정원에 둘러싸여 있었다. 재스퍼는 처음 방문하는 것이었고, 모드와 도라는 이따금 미스 해로우를 만나러 갔지만 여자들과 친분을 쌓을 생각이 없다는 티를 완연하게 내는 존 율은 만난 적이 거의 없었다. 와틀보로우와 근방에서 이 신사에 대한 평판은 극과 극이었지만, 그를 아주 좋게 평하는 여자는 드물었다. 미스 해로우는 형부에 대해 말을 아꼈다. 미스 해로우가 형부 집에서 불편하게 살고 있다고 생각하는 이는 아무도 없었다. 언니가 죽은 마당에 형부와 함께 사는 것을 온당치 않게 여기는 여자들이 한마디씩 하는 경우는 있었으나, 진중한 마흔다섯 살 여자인 미스 해로우와 예순세 살 환자인 율 씨가 이상한 관계라고 진심으로 의심하는 이는 없었다.

여기서 잠시 존 율 씨의 가족사를 짚고 가야 한다.

존, 앨프리드, 에드먼드는 와틀보로우 문구점 주인의 아들이었다. 삼형제 모두 열일곱 살까지 읍내 학교에서 훌륭한 교육을 받았다. 맏이 존은 괄괄했지만 사업가의 기질이 엿보였고, 초기에는 아버지와 일하며 문구점에 도서 판매를 도입하려 애썼다. 그러나 집에서 사는 게 기질에 안 맞았던 존은 스물한 살에 런던에 있는 신문사에서 사무직을 얻어 독립했다. 3년 후 아버지가 죽으며 작은 유산을 물려받은 존은 그 돈으로 제지업에 관련된 실무를 꼼꼼히 배웠다. 하트퍼드셔라는 지역에서 작은 제지 공장을 시작한 지인과 동업하기 위해서였다. 존의 투자는 성공적이었고, 시간이 갈수록 제지업은 번창했다. 한편 그동안 런던 책방에서 일하던 동생 앨프리드는 새로워진 그럽 스트리트로 흘러 들어갔는데, 이곳에서 그의 행보가 앞으로 우리의 관심사가 될 것이다. 막내 에드먼드는 와틀보로우에 있는 아버지의 문구점을 이어받아 운영했지만 사업이 잘 풀리지 않았다. 맏이 존과 막내 에드먼드는 사이가 각별했기에 존은 번창하는 제지업 일부를 막내에게 나눠 주었다. 장래가 보장되었다고 생각한 에드먼드는 바로 결혼도 했다. 하지만 까다로운 존의 성격 탓에 결국 두 형제 사이에 싸움이 났고 둘은 갈라섰다. 에드먼드가 마흔 살쯤 죽었을 때, 그는 부인과 자식 두 명에게 아주 작은 유산밖에 남기지 못했다.

존은 중년이 되어서야 결혼했다. 성공적이라고 할 수 없는 결혼이었고 아내는 3년 후에 죽었다. 둘 사이에 아이는 없었다.

쉰네 살에 존은 실질적으로 은퇴했다. 고향으로 돌아온 존은 와틀보로우 지방 자치사업에서 막중한 역할을 맡았다. 당시 존은 놀라울 정도로 체력이 좋았고 야외활동을 즐겼다. 그는 축구 연맹이나 크리켓 연맹 등 각종 공공 스포츠를 지원하고 자원입대 운동을 증진하는 걸 주 관심사로 삼았다. 무료 도서관이나 강의 등 교육 시설을 만들자는 의견은 들은 척도 하지 않았다. 존은 자원병들을 위해 근사한 훈련소를 사비로 짓고 공공 체육관을 설립했으며, 그가 시내에 공원을 지을 거라는 소문이 돌기 시작했다. 그러나 존은 이런 활동을 가능하게 해준 자신의 튼튼한 체력을 과신하고 무리하다가 돌연 중증 환자가 되고 말았다. 가을에 헤브라이드로 탐험을 갔다가 야외에서 하룻밤 잤는데, 치명적인 류머티즘 열병에 걸린 것이다. 병에 걸렸다고 관심사가 바뀌진 않았지만, 와틀보로우 젊은이들에게 강건한 남자의 모범을 보이는 일은 불가해졌다. 병 때문에 존은 성격이 더욱 나빠졌다. 그 후 1~2년간 존은 동료나 친구들과 시도 때도 없이 언쟁을 벌였고, 이런 악감정 때문에 결국 여러 지역 업무에서 결정권을 잃었다. 얼마 안 가 존은 체념한 듯했고, 더 이상 와틀보로우에서 그를 보긴 힘들었다. 자신의 이름을 딴 공원을 지을 생각이 있는 것 같긴 했지만, 죽을 때 유언으로나 남길지도 몰랐다. 다들 존이 얼마 못 가리라고 예상했다.

존은 친족들과 연락을 거의 하지 않았다. 문단에서 만신창이가 된 앨프리드는 존이 와틀보로우로 돌아온 이래 두 번(이번 방문을 포함해서)밖에 찾아오지 않았다. 막내 에드먼드의 과부와 그의 딸—현재 리어던 부인—은 3년 전에 한 번 왔다. 조금 전 미스 해로우와 밀베인 부인의 대화에서 눈치챌 수 있었겠지만, 앨프리드의 가족과 에드먼드의 가족은 사이가 좋지 않았다. 앨프리드 부인과 에드먼드 부인 사이의 불화 때문이었다. 존은 어느 쪽도 편애하지 않는 것처럼 보였다. 어쩌면 존이 세상에서 유일하게 애정을 품었던 사람은 막내 에드먼드였고, 존이 앨프리드의 딸 메리언보다는 에드먼드의 딸 에이미에 대해 더 자주 물어본다고 미스 해로우는 언급했었다. 그렇지만 설사 그의 친족이 어느 날 모조리 사라져 버린다 해도 존은 크게 상심하지 않을 것이다. 신문을 읽고(신문 읽기가 거의 유일한 독서였다), 그의 성마른 성격에도 불구하고 곁에 남은 친구들과 이야기를 나누며, 존은 한평생을 신기할 정도로 자기만의 세계에서 살았다.

아담하고 수수한 응접실에서 미스 해로우가 손님을 맞이했다. 그녀는 자못 긴장한 기색을 보였는데, 아마 재스퍼 밀베인 때문이었을 것이다. 지난봄에 한 차례 만났을 때 미스 해로우는 재스퍼가 놀랄 정도로 현대적인 젊은이라는 인상을 받았다. 창가 커튼이 드리운 그림자 속에 자그마한 여자가 소박한 차림으로 앉아 있었다. 여자의 짧고 구불거리는 머리칼과 사색에 잠긴 표정을 재스퍼는 다시 기억했다. 율 양과 인사할 차례가 된 재스퍼는 그녀가 손을 내밀지 말지 순간 망설이는 걸 눈치챘다. 율 양은 결국 손을 내밀었는데, 따뜻하고 부드러운 그녀의 손을 잡자 재스퍼는 왠지 기분이 굉장히 좋아졌다. 아주 잠깐 재스퍼와 눈을 마주친 율 양은 조금 수줍은 미소를 지었다.

"이전에 몇 번 뵌 적이 있습니다, 율 양." 재스퍼가 상냥하게 말했다. "그때는 성함을 몰랐지만요. 거대한 돔 아래서였지요."

재스퍼의 표현을 즉각 알아들은 메리언이 웃었다.

"거대한 돔이라니요?" 놀란 미스 해로우가 물었다.

"대영박물관에 있는 도서실입니다." 재스퍼가 설명했다. "저희끼리는 책의 그림자가 드리운 골짜기라고 부르죠. 그곳에 자주 가는 사람들은 서로 알아보기 마련입니다. 어제 제가 율 양 아버님을 길에서 마주치고 알아봤던 것처럼 말이죠."

세 여자는 자연스레 소소한 주제로 대화를 시작했다. 메리언은 신중하고 온화하게, 다소 느릿느릿 말했다. 무릎 위에 올려놓은 두 손은 손바닥을 아래로 하고 깍지를 끼고 있었는데, 불안할 때 나오는 자세였다. 메리언의 억양은 꾸밈없고 깨끗했으며, 번잡한 대도시에 사는 티가 날 만한 유행어는 전혀 사용하지 않았다.

"이렇게 외진 곳에서 사람이 어떻게 사나 싶으시겠어요." 모드가 말했다.

"오히려 부러운걸요." 메리언이 살짝 힘주어 말했다.

그때 문이 열리고 앨프리드 율이 들어왔다. 앨프리드는 장신이었고, 볼품없이 마른 몸에 달린 머리는 균형이 맞지 않을 정도로 거대하고 어마어마했다. 뛰어난 지력과 불안정한 기질이 얼굴에 같은 비율로 드러났고, 엄격한 성격이 미간의 주름으로 영구히 자리 잡았다. 머리칼은 숱이 적고 흐늘거렸다. 구레나룻은 희끗희끗했고, 턱은 깨끗하게 면도했다. 얼굴에 새겨진 수많은 주름에 다사다난하고 고생스러웠던 인생사가 담겨 있었다. 화병을 안고 힘겹게 사는 남자라는 걸 누구나 한눈에 알아볼 수 있었다. 앨프리드는 비록 실제 나이보다 늙어 보였지만, 그의 지적 능력이 쇠퇴하고 있다는 느낌은 전혀 들지 않았다.

"만나서 반갑습니다, 밀베인 씨." 울퉁불퉁 뼈가 튀어나온 손을 내밀며 앨프리드가 말했다. "성함을 들으니 한두 달 전에 《웨이사이드 The Wayside》에서 읽은 논설이 기억납니다. 오랫동안 이 바닥에 있던 사람이 한마디 해도 된다면, 제법 괜찮은 글이었습니다."

"눈여겨봐 주셔서 감사합니다." 재스퍼가 말했다.

재스퍼의 얼굴이 눈에 띄게 붉어졌다. 생각지도 못한 칭찬을 들어 매우 기뻤다.

앨프리드 율은 어색하게 앉아 다리를 꼬고 무릎에 올려놓은 왼손의 손등을 두드렸다. 당장 할 말이 없다는 듯이 잠자코, 그는 미스 해로우와 젊은 아가씨들이 이끄는 대화를 듣기만 했다. 재스퍼는 미소를 띠고 여자들의 이야기를 듣다가 노장에게 말을 걸었다.

"이번 주 《스터디 The Study》를 읽으셨나요?"

"읽었습니다."

"3주 전에 자기들이 지독하게 혹평한 소설에 대한 호평을 올린 걸 눈치채셨나요?"

앨프리드는 놀라 보였지만, 그가 불쾌한 심정이 아니라는 걸 재스퍼는 단박에 인지했다.

"설마요."

"사실입니다. 미스 호크의 『무대 위에서』라는 책에 관한 비평이었어요. 편집장이 이런 난감한 상황을 어떻게 넘길까요?"

"흠! 물론 패지 씨에게 직접적인 책임은 없겠죠. 하지만 그가 곤란해졌다는 건 사실입니다. 몹시 난처하죠." 앨프리드가 반어적인 미소를 지었다. "방금 우리 이야기를 들었니, 메리언?"

"어찌 된 영문일까요, 아버지?"

"물론 실수일 수도 있겠지. 하지만—글쎄, 확실하진 않아. 물론 패지 씨가 사임해야 할 거다. 잡지사 사장 라켓 씨는 적당한 핑곗거리만 기다리고 있었거든. 작년부터 잡지가 망해가고 있었으니까. 그 잡지에서 광고를 뺀 출판사를 두 군데나 알지. 신간 비평도 의뢰하지 않고 말이야. 패지 씨에게 편집장 자리를 맡겼을 때부터 모두 예상했던 일이다. 그 사람이 쓰는 글은 줄곧 무례했지. 한 소설을 가지고 두 개의 비평을 올렸다고? 그것도 정반대인 비평을? 하하."

잡지사의 낭패를 조용히 음미하던 앨프리드는 점차 숨김없이 기쁜 마음을 표현했다. '패지'라는 이름을 내뱉는 말투에서 그가 《스터디》의 편집장과 어떤 개인적인 불화가 있음이 역력히 드러났다.

"소설 작가가 이번 사건을 잘 이용해서 뭔가 얻어 내야 할 텐데요." 재스퍼가 말했다.

"당연히 그러겠지요. 당장 여러 신문사에 편지를 써서 이렇게 대단히 공명정대한 평론을 알려야지요. 하하."

앨프리드는 자리에서 일어나 창가로 걸어갔다. 그리고 여전히 음산한 미소를 띤 채 한동안 허공을 응시했다. 그동안 재스퍼는 정반대인 두 비평에 대해 여자들에게 (비록 동생들은 이미 다 들은 이야기였지만) 설명했다. 그러나 전반적인 문학 평론에 대한 자신의 의견을 집에서처럼 솔직하게 피력하지는 않았다. 앨프리드와 메리언 둘 다 평론 일을 많이 할 것이 분명했기 때문이다.

"정원으로 나갈까요?" 잠시 후 미스 해로우가 제안했다. "날씨 좋은 오후에 실내에만 있기 아깝네요."

지금까지 집주인 존은 한 번도 언급되지 않았지만, 정원으로 나가기 전에 앨프리드가 재스퍼에게 말했다.

"밀베인 씨가 인사를 드리면 형님이 반길 것 같군요. 오늘 몸이 몹시 안 좋아서 방에서 나오지 못하고 있습니다."

그래서 여성들이 정원으로 나가는 동안 재스퍼는 문인을 따라 계단을 올라 위층으로 갔다. 활짝 열어 놓은 창문 앞의 등의자에 존율이 앉아 있었다. 재킷 대신 가운을 입었을 뿐, 존은 옷을 다 갖추어 입고 있었다. 존과 앨프리드는 무척 닮았지만 세상 누구에게 물어도 존이 더 잘생겼다고 할 것이다. 병을 앓고 있는데도 불구하고 존의 깨끗한 얼굴빛은 양피지처럼 누렇게 뜬 앨프리드의 얼굴과 확연히 대조되었으며 이목구비도 더 정돈된 느낌이었다. 풍성한 머리엔 붉은빛이 돌았고, 긴 콧수염과 다듬은 턱수염은 한 단계 옅은 색이었다.

"자네도 의사들과 한통속인 모양이지." 존이 화통하게 말하며 손을 내밀었다. 재스퍼를 관찰하는 존의 눈빛에 가벼운 경멸감이 비쳤다.

"문필업을 그렇게 표현할 수도 있겠네요." 문학에 대한 존의 생각을 익히 들어 알고 있는 재스퍼가 존의 말을 이해하고 대답했다.

"그것도 앞날이 창창한 젊은이가 말이지. 밀베인 씨, 좀 덜 해로운 직업을 찾아보는 건 어떨까요?"

"안타깝지만 힘들 것 같습니다. 굳이 따지자면, 제가 이렇게 타락한 데는 율 씨도 한 역할 하셨습니다."

"그게 무슨 소린가?"

"제지업에 거의 평생을 바치셨다고 들었습니다. 종이가 이렇게 저렴하고 풍부하지 않았다면 사람들이 그 위에 뭔가 끼적거리려는 생각을 많이 안 했겠죠."

앨프리드가 순간 웃음을 터뜨렸다.

"형님이 당하신 거 같네요."

"차라리." 존이 말했다. "자네나 앨프리드 같은 글쟁이들이 우리 공장이 전문으로 만든 종이에 글을 써야 했다면 좋았을 텐데. 상점 주인들이 애용하는 특별한 종류의 누런 종이[7]지."

존은 속으로 쿡쿡대며 옆 테이블에 올려진 담뱃갑을 향해 손을 뻗었다. 재스퍼와 앨프리드는 존이 권한 담배를 한 개비씩 받았고, 세 남자는 함께 담배를 피웠다.

"문학 생산이 완전히 멈추기를 바라시나요?" 재스퍼가 물었다.

"문학 사업이 아예 폐지되었으면 좋겠네."

---

7. 표백이 덜 된 종이로 포장지나 휴지로 주로 쓰였다.

"그 둘은 엄연히 다르죠. 전반적으로 봤을 때, 심지어 문학 사업도 사회에 이바지할 때가 있습니다."

"예를 들면?"

"문명을 전파하는 일입니다."

"문명이라고?" 존이 조롱하는 말투로 외쳤다. "문명이라니 대체 무슨 뜻인가? 인간을 눈이 침침하고 소화불량을 앓는, 빌빌거리고 흐물거리는 생명체로 만드는 걸 문명화라고 부르나? 인쇄기가 날마다 쏟아 내는 그 많은 글 대부분을 누가 읽고 있나? 여가에 야외로 나가서 운동을 즐겨야 하는 남녀가 아닌가? 좌업으로 돈을 벌고, 책상과 계산대를 벗어나는 순간 '삶'을 즐겨야 하는 사람들이야. 자잘한 글씨나 들여다보면서 열광할 게 아니라는 말일세. 그 잘난 명문 학교들과 유명 출판사들과 교육 운동 따위가 이 나라를 망치고 있어."

"와틀보로우에서 그들의 영향을 막는 데 한몫하셨죠."

"그랬길 바라네. 몸만 아직 성했으면 훨씬 더 많은 일을 해냈을 거야. 가만히 앉아서 일하는 남녀 가운데 독서를 끊겠다고 맹세하고 몇 년 동안 지키는 사람들에게 상당한 상금을 줄 생각을 하고 있지. 독주를 끊는 것보다 더 필요한 일이네. 내 뜻대로 할 수만 있었으면 맨손 권투 내기를 부활시켰을 거네."

앨프리드가 업신여기듯 짜증 섞인 웃음소리를 냈다.

"영국에 징병제도를 도입하길 원하시겠군요?" 재스퍼가 물었다.

"당연하지! 아까 문명 이야기를 하지 않았나. 정해진 기간 동안 군대 생활을 시키는 것만큼 대중을 개화하는 방법도 없네. 정신을 단련하기 전에 반드시 몸을 먼저 단련해야 해. 유럽을 생각해 보게. 그곳의 우둔한 소작농들이나 마을 하층민들이 군대 훈련을 통해 어떻게 변했나 보라고. 사실 지금보다 더 성공할 수 있었는데 망할 교육 운동이 방해했어. 만약 독일이 앞으로 한 25년 동안 대학교를 포함해 모든 학교를 폐교하고 군대 훈련만 맹렬히 시킨다면 역사에서 한 번도 본 적 없는 막강한 나라가 될 걸세. 그 후에 교육을 조금 시작해도 되겠지. 아홉 살 이상 아이라면 하루에 한 시간 반 정도 공부를 시키는 거야. 밀베인 씨, 돈 벌려고 글을 쓰는 당신 같은 사람들이 사회를 개혁할 수 있을 것 같나? 진짜 개혁이 시작되면 당신들이 가장 먼저 쓸려 나갈 거야."

앨프리드는 잠자코 담배를 뻐금거렸다. 앨프리드의 머릿속은 오직 패지와《스터디》로 꽉 차 있었다. 그는 잡지사와 편집장을 공공연하게 망신을 주는 일에 어떻게 참여할 수 있을지 고민 중이었다. 재스퍼는 존의 비판을 아주 흥미로워하며 들었다.

"그래서 자네는." 존이 말을 이었다. "어떤 글을 쓰나?"

"딱히 정해진 건 없습니다. 관심이 가는 주제에 대해 팔릴 만한 글을 한두 장 씁니다."

"내 말이 바로 이거야! 자네는 중요한 메시지가 있는 척도 안 하는군. 글쟁이들은 사람들을 정신적으로 체하게 유도해서 돈을 번단 말이지. 정신뿐 아니라—사실 신체적으로도 체하게 만들지."

"율 씨, 지금 저에게 굉장한 아이디어를 주신 걸 아십니까? 그 의견을 토대로 제가 문필업을 비판하는 글을 쓰면 상당한 재미를 볼 것 같습니다. 문학을 헐뜯는 걸 제 전문 분야로 하면 되겠네요. 그럼 독자들은 글 따위는 읽지 말라는 제 글을 돈 내고 읽는 거죠. 잘 생각해 봐야겠어요."

"칼라일[8]이 한발 빨랐는데요." 앨프리드가 말했다.

---

8. 토머스 칼라일 (Thomas Carlyle)이 에딘버그 대학교 총장 취임식 연설 중 세상에 유해한 책이 너무 많아 차라리 책을 안 읽는 게 더 안전하다는 말을 한 것을 암시한다.

"사실입니다. 하지만 그 사람 방식은 낡았어요. 제 논설은 최신 사상을 바탕으로 할 겁니다."

재스퍼가 장난스럽게 구상을 발전시키는 동안 존은 마치 쇼를 하는 원숭이를 구경하듯 재스퍼를 바라봤다.

"방금 또! 최신 사상이라고 했나?" 병자가 외쳤다. "자네들이 대중에게 던져 주는 읽을거리는 대부분 건전하지조차 않아. 내 조카 한 명이 결혼했는데—아, 불쌍한 아이 같으니라고. 남편이 리어던이란 작자야. 어쩌면 자네가 아는 사람일 수도 있겠군. 그저 호기심에 그가 쓴 책을 한 권 읽어 봤네. 『낙천주의자』라는 책이었어. 내가 읽은 음울한 쓰레기 중 이게 최악이었지. 이 작자에게 편지를 쓸까 심각하게 고민했었네. 몇 주간 잠자리에 들기 전에 구토 억제제를 한두 알씩 먹는 게 어떠냐고 권할 생각이었어."

재스퍼는 관심 없는 표정으로 일관하고 있는 앨프리드를 슬쩍 봤다.

"이런 자는 벌로 노예 생활을 시켜야 하네." 존이 공격을 계속 퍼부었다. "1년에 200파운드 정도 줄 테니까 다시는 글을 쓰지 말라고 금하는 게 내 의무가 아닌가 싶어."

런던에 있는 친구의 모습이 선명히 떠오른 재스퍼는 폭소를 터뜨렸다. 그때 앨프리드가 자리에서 일어났다.

"이쯤에서 숙녀들에게 가볼까요?" 앨프리드가 말했다. 특유의 현학적 허세가 담긴 말씨와 태도였다.

"아직 젊을 때 다시 한번 앞날을 잘 생각해 보게." 존이 재스퍼와 악수하며 말했다.

"형님께서는 진심으로 아까 같은 말씀을 하신 것 같군요." 정원에 나왔을 때 재스퍼가 앨프리드에게 말했다.

"아마 그럴 겁니다. 가끔 재미있기도 하지만 자주 듣다 보면 상당히 피곤해지죠. 그건 그렇고, 밀베인 씨는 혹시 패지 씨와 개인적인 친분은 없습니까?"

"오늘 율 씨가 언급하시기 전까지는 그 사람 이름도 몰랐습니다."

"문단에서 가장 악독한 사람입니다. 그자가 난감해진 걸 즐긴다고 제가 비정하다고 할 수는 없을 겁니다. 그 인간에 관해 믿기 힘든 이야기를 해드릴 수도 있지만 그런 험담은 저나 밀베인 씨 취향이 아니겠죠."

미스 해로우와 동행이 앨프리드와 재스퍼를 발견하고 다가왔다. 찻상이 정원에 깔릴 예정이었다.

"원하시면 저희와 앉은 자리에서 담배를 피우셔도 괜찮아요." 미스 해로우가 앨프리드에게 말했다. "담배가 없으면 좀 불편해하시는 것 같더군요."

그러나 이 문인은 사람들과 한담을 나누기엔 너무 딴생각에 빠져 있었다. 잠시 후 그는 여성들에게 양해를 구하며 일어났다. 핀든에서는 우편 발송 시간이 이른 편인데, 그 전에 두세 장 써야 할 편지가 있다고 했다.

앨프리드가 자리를 비우자 마음이 편해진 재스퍼는 단숨에 즐거운 이야기 상대가 되었다. 자신의 야심과 어려움에 대한 생각을 접어 둘 때면 재스퍼는 시원시원하고 유쾌한 이야기꾼으로, 쉽사리 사람들의 호감을 샀다. 자연스레 재스퍼는 메리언에게 말을 많이 걸었으며 그녀가 집중해서 듣는 모습에 흐뭇해했다. 말수가 적은 메리언은 척 봐도 입을 쉽게 여는 성격이 아니었지만, 대화를 즐기고 있다는 사실이 얼굴에 미소로 나타났다. 메리언의 시선이 다른 곳을 향할 땐 정원의 아름다운 풍광이나 금빛 양광의 움직임, 혹은 은은히 빛나는 구름을 바라보기 위해서였다. 재스퍼는 메리언이 고개를 돌리는 모습이 좋았다. 그 움직임에 어떤 우아함이 배어 있다고 생각했다. 짧은 머리 덕분에 메리언의 아름다운 두상과 목선이 한층 돋보였다.

미스 해로우와 메리언이 이틀 뒤 밀베인가를 방문해 차를 마시기로 약속이 되었다. 떠나기 전 재스퍼가 앨프리드에게 인사를 하러 가자, 앨프리드는 조만간 아침에 산책을 같이 하면 좋겠다고 말했다.

3장. 휴가

재스퍼는 좋아하는 산책로를 따라 걷다가 집에서 1.5마일 정도 떨어진 곳까지 왔다. 공원 녹지에서 방향을 틀어 그레이트웨스턴 철도를 지나는 샛길로 들어선 재스퍼는 디딤대를 딛고 내려가 자그맣지만 녹음이 짙은 골짜기에 다다랐다. 이 골짜기에는 바람이 잘 들지 않아서 바람을 싫어하는 재스퍼의 마음에 꼭 들었다. 골짜기 아래로 맑고 얕은 개울이 흘렀고, 그 위로 딱총나무와 산사나무가 가지를 무성히 드리웠다. 개울을 가로지르는 나무다리 옆에 우뚝 선 거대한 물푸레나무는 태양이 들판에 강하게 내리쬐는 날 소와 양 떼가 쉴 수 있는 그늘을 마련했다. 아침과 저녁에 지나다니는 농민들 말고는 인적이 뜸한 곳이었다.

그러나 오늘—존 율의 집을 방문한 이튿날 오후—재스퍼는 나무다리 위 자신의 쉼터를 차지하고 있는 사람을 멀리서 발견했다. 다리 위에 서서 깨끗한 모래와 돌멩이 위로 흐르는 물에 점점이 반짝이는 햇빛을 보는 즐거움을 다른 사람이 발견한 듯했다. 노란 밀짚모자를 쓴 여자. 바로 그녀였다. 누군가 있다는 걸 알아차리자마자 재스퍼가 혹시나, 하며 바라던 사람이었다. 재스퍼는 서두르지 않고 천천히 길을 따라 내려갔다. 마침내 재스퍼의 발소리가 들렸고, 고개를 돌린 메리언은 그를 즉시 알아보았다.

메리언은 한 손을 난간에 올린 채 몸을 곧추세웠다. 일상적인 인사를 나눈 뒤 재스퍼는 대화하고 싶다는 듯한 자세로 다리 난간에 기댔다.

"봄이 끝날 무렵에 왔을 때는 저 물푸레나무 가지에 싹이 막 움트고 있었죠. 다른 나무들은 잎이 이미 무성했지만요."

"저게 물푸레나무인가요?" 메리언이 중얼거렸다. "몰랐어요. 저는 참나무밖에 못 알아보는 것 같아요. 아직은 말이죠." 메리언이 서둘러 덧붙였다. "물푸레나무에 싹이 늦게 튼다는 건 알았어요. 테니슨의 시 몇 구절이 생각나네요."

"어떤 시죠?"

"미루네, 마치 저 보드라운 물푸레나무가
잎사귀를 몸에 두르는 것을 미루듯,
다른 나무는 모두 이미 푸른데[9]

「왕의 목가」 중 한 부분이었던 것 같아요."

"전 모르겠습니다. 아는 척하지 않겠어요. 원래는 그렇게 하는 게 정석이겠지만요."

메리언은 묘한 표정으로 재스퍼를 보다가 웃을 듯하더니 결국 웃지 않았다.

"시골에 온 적이 별로 없나 봐요?" 재스퍼가 물었다.

"네, 거의 없어요. 밀베인 씨는 어릴 적 시골에 사셔서 친숙하겠군요?"

"어떤 면에서는요. 와틀보로우에서 태어났고, 저희 집안사람은 다 여기 출신이죠. 하지만 저는 성격이 시골과 썩 잘 맞지 않아요. 이 동네에 친구가 없는 거나 마찬가지예요. 그들이 저에게 관심을 잃었거나 제가 그들에게 관심을 잃었거나, 둘 중 하나죠. 제 여동생들을 어떻게 생각해요?"

전혀 대수롭지 않게 물어봤지만, 민망한 질문이었다.

"동생들은 그럭저럭 똑똑한 편이죠." 메리언이 대답하기 어려워

---

9. 메리언이 여기서 인용한 시는 그녀가 말한 대로 테니슨의 「왕의 목가」가 아니라 「공주」의 한 부분이다.

하자 재스퍼가 대신 말했다. "글 쓰는 일을 아무거나 한번 시도해 보라고 권하고 싶어요. 둘 다 교습을 하고 있는데 아주 싫어하죠."

"문필업은 덜—힘들까요?" 메리언이 재스퍼를 바라보지 않고 물었다.

"더 힘들다고 생각하시나요?" 재스퍼가 되물었다.

메리언은 망설였다.

"여러 조건에 따라 다르겠죠, 물론."

"그럼요." 재스퍼가 동의했다. "동생들이 그쪽에 뛰어난 재능이 있다고 생각하진 않아요. 하지만 교습에 재능이 없는 건 확실하니까 별로 상관없죠. 일을 어떻게 배우냐에 달렸어요. 저도 지금 수습 기간이라고 할 수 있는데, 시간이 오래 걸리는 일이라는 생각이 듭니다. 돈이 있으면 물론 그 시간을 줄일 수 있겠지만, 불행히도 저는 빈털터리거든요."

"그렇죠." 메리언이 시냇물로 시선을 돌리며 말했다. "무슨 일을 하든 돈은 도움이 되죠."

"돈이 없는 사람은 성공의 첫 발판을 마련하려고 인생의 가장 좋은 시기에 죽자사자 일만 해야 합니다. 돈으로 쉽게 살 수 있는 그 발판을 말이에요. 문필업에서 돈이 점점 중요해지고 있어요. 부유하다는 건 결국 친구가 많다는 것과 마찬가지이기 때문이죠. 그런 영향력이 매년 더 중요해지고 있습니다. 가끔 운 좋은 사람은 순수히 자기 노력만으로 성공할 수 있을지 모르지만, 영향력 있는 사람들과 개인적으로 가까워질 수 없는 사람들에게 성공의 문은 닫혀 있다고 생각합니다. 아무리 애를 써도, 더 유리한 조건을 가진 사람들에게 밀려나죠."

"이런 시대에라도, 진정한 걸작은 언젠가는 인정받는다고 생각하지 않으세요?"

"가까운 언제가 아니라 머나먼 언제겠죠. 그 세월을 아마 못 기다릴 거예요. 기다리는 동안 굶을 테니까요. 제가 지금 천재들 이야기를 하는 게 아니란 걸 아시죠? 팔릴 만한 글을 말하는 거예요. 매일 매일 쏟아져 나오는 글이 워낙 많으니까, 크게 광고해서 알릴 힘이 없으면 대중의 관심을 끌 수 없어요. 인기가 두루 많은 문필가를 생각해 보세요. 랠프 와버리 같은 사람 말이죠. 어떤 문예지를 펼쳐도 그 사람 이름이 나옵니다. 혹시 그 사람하고 친해요?"

"아, 아니요!"

"뭐, 욕하려던 건 아닙니다. 그냥 이렇게 묻고 싶었어요. 먹고살려고 버둥대는 스무 명의 다른 문필가들의 글보다 와버리 씨 글이 눈에 띄게 훌륭한 점이 있나요? 당연히 아니죠. 그 사람은 영리하고 생산력이 뛰어나요. 한데, 굶고 있는 다른 사람들도 마찬가지예요. 하지만 와버리 씨는 처음부터 부유하고 친구도 많았죠. 옥스퍼드 대학교를 졸업하고 광고계 사람들과 친분을 맺었습니다. 그 사람이 논설을 열두 개도 쓰기 전에 신문에 매주 여섯 번씩 언급됐어요. 이런 현상이 앞으로는 규칙으로 자리 잡을 거예요. 사람들은 사교계에 들어가고 싶어서 문필업에서 성공하려는 게 아니라, 문필업에서 성공하려고 사교계를 드나들 거예요."

"네, 과연 그렇죠." 메리언이 나지막이 말했다.

"제 친구 중에 소설가가 있습니다. 천재적인 작품을 쓰는 건 아니지만 흔히 시중에서 유통되는 책들과는 현저히 달라요. 한두 번 시도 끝에 그 친구는 반쯤 성공을 거두었어요. 그 말인즉, 출판사에서 몇 달 안에 2쇄를 발행했다는 말입니다. 그에게 기회가 온 거죠. 하지만 그는 기회를 잡지 못했어요. 가난해서 인맥도 없었거든요. 만약 랠프 와버리가 처음 이름을 날리기 시작할 무렵의 경제적, 사회적 입지를 갖춘 사람이 제 친구 수준의 반만 되는 책을 썼어도 그 사람은 평생 명성을 떨쳤을 겁니다. 영향력 있는 친구들이 앞뒤를 다투어 주요 기사, 잡지와 연설, 또 설교에서 그 책을 들먹였겠죠. 거듭 쇄를 찍어 발행하는 동안 작가는 아무것도 안 하고 그냥 다음 책이나 쓰고 돈이나 받으면 됩니다. 그러나 제 친구 책은 1년 후엔 완전히 잊힌 거나 다름없었죠. 다음 분기에 쏟아져 나온 책들에 묻혀 버렸어요."

메리언이 망설이며 반대 의견을 표했다.

"그런 상황에서 인맥을 넓히는 것도 작가의 능력 아니었나요? 돈이 절대적으로 필요한가요?"

"아, 물론입니다. 그 친구는 결혼해 버렸거든요. 만약 총각으로 남았으면 도움이 될 부류와 어울릴 수 있었겠지요. 물론 그 친구는 남에게 뭘 부탁할 수 있는 성격이 아니지만요. 가난한 유부남은 정말 최악의 상황입니다. 결혼한 순간부터 부부는 교류하는 사람들과 비슷한 수준으로 살아야 하니까요. 다른 사람들을 초대할 여건이 안 되면 남이 하는 초대에도 응할 수 없어요. 이 친구 아내가 최소 2천 파운드라도 지참금으로 가져왔으면 괜찮을 수도 있었습니다. 제가 성심껏 이 친구에게 조언했겠죠. 1년에 딱 1천 파운드씩만 쓰라고요. 2년 정도 그렇게 해서 기반을 마련하면, 매년 1천 파운드씩 쓸 수 있는 위치에 올랐을 거예요."

"어쩌면요."

"'대부분 작가의 경우에는'이라고 덧붙일 걸 그랬군요. 하지만 리어던은—"

재스퍼는 입을 다물었다. 자기도 모르게 이름을 발설한 것이다.

"리어던 씨요?" 메리언이 눈을 들었다. "지금 그분 이야기를 하시고 있던 건가요?"

"제가 말실수를 했네요, 율 양."

"말실수라뇨? 그분에 대해 좋은 이야기만 하셨는데요."

"이 친구 이름을 들으면 당신이 불쾌해할지도 모른다고 생각했습니다."

메리언은 대답을 주저했다.

"물론," 메리언이 말했다. "우리 가족과 돌아가신 작은 아버지 가족이 친하지는 않아요. 저는 리어던 씨를 뵌 적도 없어요. 그렇다고 그분 이름이 제게 불쾌할 거라고 생각하지 않으셨으면 해요."

"사실 어제 좀 불편했습니다. 제가 리어던 친구고 에드먼드 율 부인과 잘 아는 사이라서요. 하지만 그것 때문에 율 양 아버님과 친분을 쌓을 수 없다고는 생각하지 않았습니다."

"물론이에요. 저는 한마디도 안 할게요. 이렇게 알게 된 것도 순전히 말실수 때문이었으니까요."

대화가 잠시 멈추었다. 그들의 대화가 은밀해졌고, 메리언은 그 상황이 이상하다고 갑자기 깨달은 듯했다. 메리언은 다시 산책하려는 것처럼 오르막길을 향해 돌아섰다.

"가만히 서 있기 힘드시군요." 재스퍼가 말했다. "돌아가시는 길을 어느 정도 동행해도 괜찮을까요?"

"그럼 좋겠네요. 고마워요."

둘은 잠시 묵묵히 걸었다.

"혹시 율 양 이름으로 발표한 글이 있나요?" 재스퍼가 한참 후에 물었다.

"아니요. 전 아버지를 조금 보조할 뿐인걸요."

다시 침묵이 흘렀지만 이번에는 메리언이 말을 걸었다.

"아까 실수로 리어던 씨 성함을 말씀하셨을 때 말인데요." 여자의 얼굴에 떠오를 때 특히 사랑스러운 장난기가 어린 수줍은 미소를 띠고 메리언이 말했다. "어떤 이야기를 하시고 있지 않았나요?"

"단지—" 재스퍼는 말을 멈추고 웃음을 터뜨렸다. "정말 어린애 같죠? 어릴 때도 똑같은 실수를 했습니다. 상대 이름을 익명으로 해야 재미있는 이야기가 있었는데, 학교에서 집에 오자마자 신나게 지껄이다가 1, 2분도 지나기 전에 이름을 엉겁결에 말해 버렸어요. 아버지가 우스워하셨죠. 저에게 수완이 부족하다고 하시더군요. 그때부터 그런 면을 고치려고 줄곧 노력했습니다."

"왜요?"

"모든 사회생활에서 성공에 중요한 요소이니까요. 저는 성공하기로 굳게 마음먹은 사람입니다. 제가 끝내 성공하고야 마는 사람 중 한 명이라고 생각해요. 실례했습니다. 아까 질문을 하셨죠. 중요한 이야기를 하려던 건 아니고, 리어던에 대해서 이미 한 이야기와 같은 맥락이에요. 리어던은 원체 사람들 호감을 사는 데 필요한 요령이 부족해요."

"그렇다면 제 사촌과 결혼한 탓에 그분이 앞날을 망친 건 아니라고 생각해도 되나요?"

"어차피 리어던은 자신의 장점을 활용하지 못했을 겁니다." 재스퍼가 시선을 피하며 말했다.

"그럼 지금은요? 그분 미래가 암담하다고만 생각하시나요?"

"리어던이 언젠가 능력에 걸맞은 대접을 받으면 좋겠네요. 앞으로 어찌 되리라 말하기는 어렵습니다."

"어렸을 때는 사촌 에이미와 어울렸어요." 메리언이 잠시 후 말했다. "커서 미인이 될 조짐이 보였죠."

"네, 미인이시죠."

"리어던 씨 같은 남편에게 도움을 줄 수 있는 아내인가요?"

"그 질문엔 뭐라고 답해야 좋을지 모르겠군요, 율 양." 재스퍼가 메리언을 똑바로 바라보며 말했다. "그들이 가난하다는 사실이 참 안타깝다는 말밖에 할 수 없습니다."

메리언이 눈을 내리깔았다.

"가난해서 안타깝지 않을 사람이 누가 있을까요?" 그녀의 동행이 말을 이었다. "가난은 모든 사회악의 근원이에요. 부에서 비롯되는 악도 그 근원을 결국은 가난에서 찾을 수 있습니다. 가난한 자는 노예나 다름없습니다. 우리 말에서 '가난'보다 제게 더 끔찍한 단어는 없어요."

잠시 후 그들은 기찻길 위로 지어진 육교에 도착했다. 재스퍼가 시계를 보았다.

"제가 좀 철부지처럼 굴어도 괜찮을까요?" 재스퍼가 물었다. "5분 안에 런던 급행열차가 여기를 지나갈 겁니다. 저는 여기서 자주 그 기차를 바라봐요. 재미있거든요. 기다리기 지루하실까요?"

"저도 보고 싶은걸요." 메리언이 웃으며 대답했다.

깊게 파낸 땅에 깐 철도 양쪽으로 개암나무와 더 큰 나무 몇 그루가 서 있었다. 다리의 난간에 기댄 재스퍼는 은빛으로 반짝이는 철도가 1마일도 넘게 보이는 서쪽을 주시했다. 돌연 그가 손가락을 세웠다.

"들리나요?"

메리언도 먼 곳에서 들려오는 기차 소리를 막 들었다. 메리언은 잔뜩 기대하며 바라보았고, 잠시 후 기차가 나타났다. 엄청난 힘과 속도로 달려오는 기차가 가까워지자 엔진 앞면이 점점 검게 보였다. 눈 깜짝할 새 기차가 지나갔고, 햇빛을 받아 빛나는 거대한 증기가 다리에서 작렬했다. 재스퍼와 메리언이 반대쪽 난간으로 뛰어갔으나 기차의 몸통 전체가 이미 지나갔다. 몇 초 후에 기차는 급커브를 돌며 사라졌다. 기차가 지나가며 일으킨 바람에 철도 위로 웃자란 푸른 나뭇가지들이 앞뒤로 격렬히 몸을 떨었다.

"제가 10년만 어렸더라면." 재스퍼가 웃으며 말했다. "정말 신났다고 하겠어요. 이 광경을 보면 기운이 나요. 빨리 런던으로 돌아가서 전선에 뛰어들고 싶어지죠."

"저는 정반대의 느낌을 받았어요." 메리언이 나지막하게 말했다.

"그렇게 말하지 말아요! 아니, 아직 휴가를 충분히 즐기지 못해서 그럴 겁니다. 저는 시골에 온 지 벌써 일주일이 넘었거든요. 며칠 뒤에 돌아갈 거예요. 앞으로 얼마나 머물 계획이죠?"

"길어도 일주일 정도요."

"그건 그렇고, 내일 차를 마시러 오기로 하셨죠." 재스퍼가 뜬금없이 말했다. 그러더니 그는 머릿속에 있던 다른 이야기로 화제를 돌렸다.

"처음 런던에 갈 때 저런 기차를 타고 갔습니다. 런던에 처음 간 건 아니었고, 거기에서 자리를 잡으려고 7년 전에 떠났을 때요. 그때 기분은 정말! 자립하기 위해 런던에 홀로 가는 열여덟 살 소년이라, 생각해 봐요!"

"학교를 졸업하자마자 가셨나요?"

"와틀보로우 고등학교를 마치고 레드메인 대학을 2년째 다니고 있을 때 아버지가 돌아가셨습니다. 그리고 한 반년을 집에 있었어요. 교사의 길을 밟을 작정이었지만, 학교에 가는 게 영 내키지 않더군요. 그때 친구 한 명이 런던에서 공무원 시험을 준비하고 있었습니다. 그래서 저도 런던에 가서 그걸 하겠다고 선언했죠."

"성공하셨나요?"

"그럴 리가요. 한 번도 착실히 준비하지 않았죠. 그 대신 책을 엄청나게 많이 읽고 런던을 익혔습니다. 여차하면 완전히 망할 수도 있었어요. 하지만 런던에서 산 지 1년 정도 되었을 때, 제가 하고 싶은 일이 마음속에 선명히 떠오르기 시작했어요. 율 양도 같은 도시에 살고 있었다고 생각하니까 기분이 묘하네요. 길에서 때때로 마주쳤을지도 모르죠."

메리언이 웃었다.

"아시다시피 박물관에서 제가 마침내 당신을 봤죠."

길을 꺾은 그들은 반대쪽에서 땅에 시선을 고정하고 걸어오는 메리언의 아버지와 마주쳤다.

"여기 있었구나!" 앨프리드가 메리언을 보고 외쳤다. 잠시 그는 재스퍼에게 눈길도 주지 않았다.

"산책하다 만나려나, 생각하고 있었지." 그리고 앨프리드는 한층 딱딱하게 말했다. "밀베인 씨, 안녕하신지요?"

재스퍼는 개의치 않으며 율 양과 어떻게 조우해서 함께 걷게 됐는지 느긋하게 설명했다.

"아버지, 제가 동행해 드릴까요?" 메리언이 앨프리드의 주름진 얼굴을 살피며 물었다.

"좋을 대로 하렴. 얼마나 더 걸을지 모르겠구나. 다른 길로 돌아가도 괜찮겠지."

앨프리드의 속마음을 감지한 재스퍼는 즉시 행동에 옮겼다. 그는 매우 자연스럽게 작별을 고했고, 어느 쪽도 다시 만날 계획을 먼저 언급하지 않았다.

젊은이는 집을 향해 걸었지만 도착하고 곧장 집에 들어가지 않았다. 정원 뒤쪽에는 말을 방목하는 들판이 있었다. 잠겨 있지 않았던 입구를 통해 들판으로 들어간 재스퍼는 한동안 정처 없이 소요했다. 때때로 그는 뼈와 가죽만 남고 지칠 대로 지친 말을 관찰했는데, 그 말은 몇 주 동안 쉬게 해주면 일을 더 시킬 수 있을까 싶어 그곳으로 보내진 것 같았다. 등과 다리가 상처투성이인 말은 절망으로 굳은 듯 우두커니 서 있었다. 희끗희끗해진 꼬리로 성가신 파리를 가끔 쫓는 게 전부였다.

재스퍼가 집에 들어갔을 때는 차를 마실 시간이었다. 모드는 집에 없었고 밀베인 부인은 익숙한 두통에 시달리며 방에 있었기 때문에 재스퍼는 도라와 단둘이 앉았다. 두 사람 모두 식탁 위에 책을 펼쳐 놓고 읽으면서 먹었고, 거의 대화를 나누지 않았다.

"피아노 칠 거니?" 재스퍼가 거실에 들어가며 제안했다.

"오빠가 원하면."

도라는 피아노 앞에 앉았고 재스퍼는 깍지 낀 손으로 머리를 받치고 소파에 누웠다. 도라의 실력은 나쁘지 않았지만 그녀는 자주 그렇듯 딴생각에 잠겨 있었고, 그런 무심함이 연주에 드러났다. 마침내 도라는 불쑥 연주를 멈추더니 성의 없이 이런저런 코드를 두드렸다. 피아노에서 고개를 돌리지 않고 도라가 물었다.

"아동소설을 써보라는 말은 진심이었어?"

"물론이지. 시도해 보면 좋을 거 같아. 이러면 어때? 내가 런던으로 돌아가면 그쪽 시장이 어떤지 좀 알아볼게. 아동문학을 전문으로 다루는 졸리 앤드 몽크라는 출판사에서 일했던 사람을 알아. 인사하러 가야지. 상대가 누구든 인맥을 놓치는 건 큰 실수야. 만나서 정보를 좀 캐야겠어. 분명한 사실은, 요즘 학생들 취향을 간파할 수 있는 사람에겐 엄청난 기회가 있으리라는 거야. 너무 착해 빠진 내용이면 안 돼. 그런 건 인기가 없어. 특정한 통속성을 익혀야 해. 그나저나 이거 괜찮은 아이디언데? 요즘 애들의 특성에 대한 사설을 하나 써도 좋겠군. 몇 푼 벌 수 있고 너에게도 도움이 될 테니까."

"아동문학에 대해 오빠가 뭘 알아?" 도라가 미심쩍어하며 물었다.

"너도 참 웃기는 질문을 하는구나! 모든 주제를 섭렵하는 게 내 일이야. 만약 모르면 그런 지식을 어디서 찾을 수 있는지 알아내는 것도 내 일이지."

"아무튼." 도라가 잠시 후 말했다. "언니랑 나는 우리 장래를 심각하게 고민해야 해. 오빠도 잘 알겠지만, 어머니 수입에선 전혀 저축을 못 하고 있어."

"불가능하지. 네가 무슨 생각하는지 알아. 내가 아니었으면 어머니가 돈을 모을 수 있었을 거라고. 그 생각을 할 때마다 나도 괴롭다는 걸 너한테 숨길 필요는 없겠지. 너희 둘이 낯선 사람 집에서 가정교사 노릇이나 하고 사는 걸 나도 바라지 않아. 내가 할 수 있는 말은 이것뿐이야. 나는 지금 가장 돈벌이가 될 만한 일을 위해 열심히 노력하고 있어. 성공했을 때 너희를 외면하는 일은 없을 테니 걱정하지 마. 하지만 일단 모드랑 머리를 맞대고 글쓰기 솜씨를 길러 봐. 그럽 스트리트에서 둘이 1년에 100파운드만 벌어도 가정교사 일보다는 훨씬 낫지 않겠어?"

"율 양이 어떤 글을 쓰는지 오빠는 잘 모른다고 했나?"

"어제보다는 율 양과 조금 더 친해졌지. 오늘 오후에 한 시간쯤 이야기를 나눴거든."

"그래?"

"레갓 필드에서 우연히 마주쳤어. 혼자 글을 쓰는 것 같지는 않아. 그냥 아버지 일을 돕는 거지. 얼마나 도움을 주는지 난 모르겠고. 아무튼, 아주 매력적인 여자야. 오늘 테니슨 시를 몇 마디 인용했는데, 각운을 쓰지 않은 시를 그렇게 멋지게 읊는 여자는 처음 봤어."

"율 양은 혼자 산책하고 있었어?"

"응. 돌아오는 길에 노인네와 마주쳤어. 뚱해 보이더라고. 율 양은 글을 써서 돈을 벌 수 있는 여자 같지는 않아. 개인적으로 문학을 좋아하는 사람이야. 책의 골짜기가 율 양 기질에 안 맞는 게 분명해. 노인네가 독재자처럼 부려 먹고 있을지도 모르지."

"나는 앨프리드 씨 인상이 마음에 안 들었어. 런던에 가면 그 사람들이랑 연락하고 지낼 거 같아?"

"잘 모르겠어. 율 양 어머니가 실제로 어떤 사람인지 궁금하군. 아주 무식한 여자는 아닐 거 같아."

"미스 해로우는 그분에 대해 아는 바가 전혀 없어. 교육받지 못한 여자라는 거밖에 모른대."

"아무렴 어때! 결혼하고 이 정도 시간이 지났으면 어느 정도 예의범절은 익혔겠지. 물론 다른 결점이 있을지도 모르지만. 리어던 부인은 그분에 대해서 전혀 나쁘게 생각하지 않아."

다음 날 느지막한 오전, 정원에서 책을 읽던 재스퍼는 정원 입구로 들어오는 앨프리드를 보고 깜짝 놀랐다.

"제가 오늘 아침에 받은 걸 보고 싶어 하실지도 모른다는 생각에 찾아왔습니다." 명랑해 보이는 앨프리드가 말했다.

앨프리드는 런던 석간신문을 펼쳐 보이며 사설 부문에 수록된 긴 편지를 가리켰다. 『무대 위에서』의 저자가 보낸 편지였는데, 《스터디》에서 발행한 두 개의 상반되는 비평을 재치 있게 꼬집었다. 재스퍼는 글을 읽으며 웃고 탄복했다.

"예상했던 대로군요."

"이 사건과 관련된 사적인 일도 알고 있죠." 앨프리드가 덧붙였다.

"패지와 감수자 사이에 개인적인 불화가 있었습니다. 패지는 감수자가 자신과 잡지에 해를 끼치려고 일부러 제대로 확인하지 않았다고 우겼죠. 법적 대응이 있을 거라고 하더군요. 정말 우스꽝스러운 일입니다."

앨프리드는 특유의 꺽꺽대는 소리를 내며 웃었다.

"산책할 용의가 있으신지요, 밀베인 씨?"

"물론입니다. 저기 창가에 어머니가 보이네요. 잠시 들어오시겠습니까?"

그로서는 드문 활발한 걸음걸이로 앨프리드는 집에 들어갔다. 그의 관심사는 딱 하나였고, 밀베인 부인은 《스터디》가 저지른 실수에 관한 필사적인 설명을 전부 들어야 했다. 앨프리드는 무엇 하나 편안하게 하지 않았다. 그는 언제나 애쓰며 대화하는 것처럼 들렸고 어색하고 뻣뻣하게 앉았으며, 팔다리가 따로 놀고 금세 발을 헛디뎌 넘어질 것처럼 걸었다.

재스퍼와 산책하는 동안 앨프리드는 과묵했던 지난 이틀과 달리 수다스럽게 근대문학의 전반적인 양상을 논했다.

"하루살이 같은 글을 증식하는 게 우리 시대의 질병입니다. 이런 풍조 때문에 수필, 서술형 기사, 단평에 대한 수요는 어마어마하지만, 읽을 만한 글은 눈을 씻고 봐도 찾기 어렵죠. 이딴 글을 대량으로 써대는 능력이 있는 자들이 새롭게 창설되는 문예지마다 있습니다. 결과적으로 문예지의 생산물은 질이 형편없어지죠. 자, 이제 패지를 이야기해 봅시다. 수년 전, 패지의 글은 비교적 수준이 나쁘지 않은—물론 잠정적으로 보았을 때—가능성이 엿보였죠. 하지만 이제 그의 글은, 제 생각엔 말입니다, 읽을 가치가 없어요. 라켓이 어떻게 그런 자에게 《스터디》의, 그것도 헨리 호크리지 같은 사람 뒤를 잇는 편집장 자리를 주는 무지한 결정을 내렸는지 저로서는 상상도 불가합니다. 몇 달 전에 패지가 쓴 글을 읽었습니까? 《웨이사이드》에 실린 글인데, 엘카나 세틀[10]을 얼토당토않게 부활시키려고 했죠. 하하. 그런 인간들이 결국 하는 짓이 그거죠. 엘카나 세틀이라니! 게다가 그 작자는 자신의 하찮은 주제에 관해서도 무지합

10. 엘카나 세틀 (1648~1724): 영국 시인, 극작가.

니다. 「압살롬과 아히도벨」[11]에 대한 응답으로 세틀이 쓴 글을 「다시 쓰는 압살롬」이라고 두세 번 칭한 걸 아십니까? 심지어 여학생들도 글 제목이 「다시 쓰는 아히도벨」이란 걸 알 텐데요. 그것만으로도 끔찍한데, 더 한심한 실수가 있었습니다. 제가 말씀드리건대, 그 작자는 『엡솜 우물』의 극본이 크라운의 작품이라고 명시했습니다. 문외한 학생들도 그게 샤드웰 작품이라는 것 정도는 알 줄 알았습니다. 샤드웰을 비평하자면, 그가 얼마나 부당하게 멸시의 대상이 되었는지 쓸 수 있겠죠. '그러나 샤드웰만은 타당한 길로 빗나가는 법이 없으니[12].' 저는 이 조롱에 아무 근거가 없다고 생각합니다. 외려 저는 샤드웰이 그 시대 최고의 극작가 중 한 명이라고 봅니다. 샤드웰의 절대적 가치가 상당하다는 걸 증명할 수도 있어요. 활력이 넘치는 극본 구성도 그렇고, 대사는…."

말하는 내내 앨프리드는 지팡이 끝으로 상상 속 기하학적 형체를 그렸다. 그는 땅에서 거의 눈을 떼지 않았으며, 말하면서 어깨가 점점 더 구부러져 멀리서 보면 꼽추처럼 보일 정도였다. 그들이 걷고 있는 숲속의 아름다운 풍광을 재스퍼가 한 번 언급했지만, 앨프리드는 무심히 둘러보고 잠시 후 말했다.

"맬번 언덕을 소재로 한 코틀의 시를 읽은 적 있습니까? 없어요? 인쇄된 글 가운데 가장 풍부한 표현이 있죠.

내가 언젠가 정상에 오르리란 걸 알기 위해선
엄밀한 추론의 증거가 필요하네

말하건대, 굉장한 시예요!"

앨프리드가 킹킹대며 웃었다. 그는 오직 문학밖에 몰랐다. 하지

---

11. 17세기 영국 시인 존 드라이든이 쓴 정치 풍자시로 큰 파문을 일으켰다.
12. 존 드라이든이 「맥 플레크노」라는 긴 풍자시를 통해 시인/극작가 토머스 샤드웰을 조롱했다.

만 앨프리드는 확실히 이해력이 뛰어났고 어느 정도 유머 감각도 있었다. 그는 엄청난 양의 책을 읽었고, 기억력이 뛰어나서 문학계의 백과사전이나 다름없었다. 뻔히 눈에 보이는 앨프리드의 단점은 다소 현학적이고 강한 성정이 불운한 상황들과 끊임없이 갈등을 일으키는 데서 비롯됐다.

재스퍼를 대하는 앨프리드의 태도는 쑥스러운 친근함과 여차하면 허세로 느껴지는 정중한 거리감을 오갔다. 집에 돌아오는 길에 그는 문필업자로서 재스퍼의 경력과 전망에 대해 조심스럽게 몇 마디 물어봤고, 재스퍼의 당당한 자신감에 흥미를 느낀 것 같았다. 그러나 재스퍼를 자신의 런던 인맥에 포함하고 싶다는 뜻은 전혀 표하지 않았고, 자신의 직업적 혹은 개인적 관심사는 공유하지 않았다.

"나한테 도움이 될지 안 될지는 잘 모르겠어." 식사 자리에서 재스퍼가 어머니와 동생들에게 말했다. "젊은 문필업자들을 알아 두려는 노력은 그게 전부겠지. 그래도 나중에 기회가 되면 도와주겠다는 말 정도는 할 줄 알았는데."

"어쩌면 오빠가 너무 잘난 체를 해서 그런 제안을 할 필요를 못 느꼈나 보지." 모드가 대답했다.

"넌 아직 배울 게 많구나." 재스퍼가 말했다. "겸손은 현대 생활 어디에서도 도움이 안 돼. 네가 자신에게 매긴 가치를 보고 사람들은 너를 판단한다고. 도움 따위는 필요 없다고 당당하게 말하는 사람을 모두 도와주려는 법이지. 앨프리드 씨가 누군가에게 내 이름을 들먹이며 이렇게 말할 수도 있어. '자기 앞길을 훤하게 파악하고 있는 젊은이네.' 그 말을 들은 사람이 다른 사람에게 이렇게 말하겠지. '앞길이 훤한 친구야.' 그럼 결국 내 이름이 누군가의 귀에 흘러 들어가서 이런 생각을 하게 할 거야. '딱 내가 찾던 사람이군. 찾아가서 이러이러한 일을 할 수 있나 물어봐야겠어.' 율가 사람들을 런던에서 만나면 좋을 것 같아. 초대를 낚아야겠어."

오후에 미스 해로우와 메리언이 약속된 시각에 왔다. 재스퍼는 차를 마시는 자리에 초대받을 때까지 일부러 얼굴을 비치지 않았다.

모드와 도라는 오래된 지인에게도 살갑게 구는 편이 아니라서, 그들을 잘 아는 사람들에게조차 다소 냉정하고 거들먹거리는 아가씨들이라는 평가를 받았다. 와틀보로우의 이웃 중엔 그녀들이 잘난 체하는 태도가 어처구니없고 못 봐줄 지경이라고 험담하는 사람들도 있었다. 사실을 말하자면 자매는 주변 사람들보다 똑똑하게 태어났고, 그들의 궁핍한 경제 사정에 전혀 어울리지 않게 자존심도 강했다. 자매의 생활에는 우울함이 감돌았는데, 지나친 격의가 낳는 이런 우울함이야말로 요즘 시대에 확실히 구분되는 특정 신분 사람들의 특징이라고 할 수 있다. 20년 전에 태어났더라면 수의사의 딸들은 지금과는 매우 다른, 십중팔구 훨씬 행복한 삶을 살았을 것이다. 그때만 해도 교육은, 특히 여자아이의 교육은, 최소로 한정되어 있었고, 그들은 가난한 집안의 딸에게 주어지는 소박한 삶보다 더 많은 것을 바라지 않았을 것이다. 그러나 모드와 도라가 소탈한 학교 선생 아래서 배울 적에 와틀보로우시가 여자아이들을 위한 고등학교를 세웠고, 저렴한 입학료 덕분에 자매는 그들의 경제적 상황에 얼토당토않은 지적 교육을 받았다. 비교적 가난한 이들에게 (절대적으로 가난한 이들보다 훨씬 불행한) 교육은 대개 잔인한 조롱이나 다름없다. 오빠를 경제적으로 뒷받침하느라 모드와 도라는 그들의 지식수준에 어울리는 옷조차 입을 수 없었다. 취미나 휴가, 여성에게 거의 불가결한 간단한 사치품도 바랄 수 없었다. 남들을 초대하고 대접할 여건이 안 되는 처지에 그들의 초대를 차마 수락할 수 없었던 탓에, 자매는 그들을 환영할 만한 사람들로부터 격리되어 살았다. 그들은 가정교사로 일해야 하는 현실에 치를 떨었고, 가정교사라는 직업이 자신들의 신분을 애매하게 만든다는 자매의 생각은 옳았다. 그래서 자매는 지인은 많았지만 절친한 친구는 없었고, 사람들을 초대하지 않았으며 누군가를 방문하는 일도 최대한 자제했다.

메리언을 만났을 때 자매는 메리언이 그들과 공감한다고 느꼈다. 메리언은 그들이 만나 본 어떤 아가씨와도 달랐다. 그래서 자매는 평소와 다르게 메리언을 친근하게 반겼다. 물론 버릇이 된 과묵함이 한 번에 사라지진 않았고 메리언도 소심한 성격이었기 때문에 서로 완전히 허물없이 대하진 못했지만, 재스퍼가 찻자리에 동참하며 그들의 대화도 꽤 활기를 띠었다.

"가까운 곳에 사셨으면 참 좋았을 텐데요." 차를 마시고 정원을 산책하던 중 도라가 메리언에게 말했고, 모드가 동의했다.

"그럼 정말 좋겠네요." 메리언이 대답했다. "런던에 또래 친구가 없어요."

"전혀요?"

"전혀요!"

메리언은 무언가 덧붙여 말하려 했지만 결국 입을 다물었다.

"어쨌든 너희는 율 양과 잘 맞는 것 같더라." 가족끼리 남았을 때 재스퍼가 말했다.

"잘 안 맞을 줄 알았어?" 모드가 물었다.

"율 씨 집에서 만났을 땐 과연 친해질까 싶었지. 여하튼, 내가 떠나기 전에 한 번 더 오라고 해." 잠시 후 재스퍼는 곰곰이 생각하며 덧붙였다. "율 양이 피아노를 치지 않는 게 좀 아쉽군."

그날 이후 이틀 동안 율 씨 가족은 전혀 보이지 않았다. 오후마다 재스퍼는 골짜기에 있는 개울가에 갔지만 메리언은 없었다. 그동안 재스퍼는 초조해지고 있었다. 언제나 2주 정도가 지나면 어머니와 여동생들과 보내는 시간이 지긋지긋했다. 이번에는 특히 휴가를 하루빨리 끝내고 싶어 조바심이 났다. 그런데도 한번 불붙었던 가족 사이 말다툼은 이어지지 않았다. 이유가 무엇이든지 간에 모드는 평소와 달리 오빠에게 부드럽게 대했고 재스퍼도 동생들에게 다정한 모습을 보였다.

3일째 되던 날—그날은 토요일이었다—재스퍼는 아침을 먹는 내내 입을 다물고 있더니 모두 자리에서 일어나려는 순간 갑자기 발표했다.

"오늘 오후에 런던으로 돌아가려고요."

"오늘 오후?" 모두가 외쳤다. "월요일에 가기로 했잖니."

"아니요. 오늘 갈 거예요. 2시 45분 차를 탈 거예요."

그리고 재스퍼는 방에서 나갔다. 밀베인 부인과 자매는 시선을 교환했다.

"일요일에 지루할 거 같아서 가려나 보다." 밀베인 부인이 말했다.

"그런가 보네요." 모드가 무심히 동의했다.

30분 후 도라가 시내에 볼일을 보러 나가려는데 재스퍼가 복도로 와서 모자를 집으며 말했다.

"괜찮으면 잠깐 같이 걸을게."

거리로 나오자 재스퍼는 마치 방금 떠오른 것처럼 물었다.

"내가 율가 사람들한테 인사를 해야 한다고 생각하니? 아니면 별로 상관없을까?"

"오빠가 인사하고 싶을 거라고 생각했는데."

"아무래도 상관없어. 게다가 그 사람들은 런던에서 다시 만나고 싶다는 암시도 하지 않았어. 역시 네가 나 대신 인사를 전해 주는 게 낫겠다."

"하지만 오늘이나 내일 만나기로 했는걸. 월요일까지 여기 있을 거라고 오빠가 말했잖아. 율 씨가 나중에 초대할 생각이었는지도 모르지."

"글쎄, 사실 그 사람이 이야기를 안 꺼냈으면 좋겠어." 재스퍼가 웃으며 대답했다.

"그래?"

"너한테는 말할 수 있어." 재스퍼가 다시 웃었다. "율 양이 좀 두렵거든. 아니야, 역시 안 되겠어! 너도 알다시피 나는 현실적인 남자야. 위험 요소는 피해야 해. 휴가 동안 게으르게 보냈더니 머릿속에 별 허튼 생각이 다 드네."

도라는 눈을 내리깔고 모호한 미소를 지었다.

"오빠 판단에 따라 행동해야겠지." 한참 후 도라가 말했다.

"바로 그거야. 난 이제 돌아갈게. 이따 식사는 같이할 거지?"

오빠와 동생은 헤어졌다. 재스퍼는 곧장 집으로 가지 않았다. 먼저 그는 작동 중인 수확기를 구경하며 얼쩡거리다가 존 율의 집이 위치한 언덕으로 이어지는 길로 들어섰다. 작별 인사를 하려고 해도 방문하기에는 이른 시간이었다. 그는 까마득하게 느껴지는 긴 오전에 한 시간 정도를 때우고 싶을 뿐이었다. 그래서 재스퍼는 계속 걸어 율 씨 집을 지나쳤고 한참을 우회해서 집으로 이어지는 들길을 걸었다.

밀베인 부인이 재스퍼에게 할 이야기가 있다고 했다. 부인은 다이닝룸에 있었고 모드는 응접실에서 피아노를 연습하고 있었다.

"어제 있었던 일을 이야기해야 할 것 같구나." 밀베인 부인이 운을 뗐다.

"사실은 말이지, 아들아, 최근에 사정이 좀 어려워졌단다. 내 건강도 점점 어찌 될지 모르겠고, 이런 상황을 고려하니 모드와 도라가 몹시 걱정된단다. 그래서 윌리엄 삼촌에게 편지를 써서 돈을 꼭 돌려받아야 한다고 말했어. 조카들 전에 내 자식들부터 챙겨야 하지 않겠니."

밀베인 부인이 언급한 내용의 경위는 이러하다. 죽은 밀베인 씨에겐 윌리엄이란 동생이 있었는데 미들랜드라는 동네에서 어렵게 장사를 하는 자영업자였다. 10년 전쯤, 파산 직전에 다다른 윌리엄은 와틀보로우에 사는 형에게서 170파운드를 빌리고 아직 갚지 못했다. 재스퍼의 아버지가 죽었을 당시 윌리엄은 돈을 갚을 수 있는 상황이 아니었고, 돈을 돌려받는 건 그때부터 사실 불가능해 보였다. 가난한 자영업자는 식솔이 많았기 때문에 밀베인 부인은 자신의 어려운 사정에도 불구하고 독촉할 엄두를 못 냈다. 한편 윌리엄 씨는 빚을 종종 언급하며 갚을 수 있는 상황이 되면 바로 갚겠다고 다짐했다.

"아시다시피 이제 와선 법적으로 회수할 수도 없어요." 재스퍼가 말했다.

"법적 효력이 있든 없든, 우리 돈을 돌려받을 권리는 있잖니. 당연히 갚아야지."

"거부하실 거예요. 거부의 당위성도 인정받을 거고요. 가난은 사람이 체통을 지키면서 살게 내버려 두지 않아요. 연민도 앗아가죠. 그런 편지를 쓰셨다니 유감이네요. 어차피 한 푼도 못 받을 거, 관대하다는 명성이라도 유지하는 편이 나았을 텐데요."

밀베인 부인은 재스퍼 특유의 대답을 받아 줄 마음의 여유가 없었다. 근심이 무겁게 마음을 내리누르자 신경이 곤두섰다.

"이 말을 안 할 수 없구나. 재스퍼, 넌 정말 무관심해 보여. 만약

나 혼자였다면 너를 위해 어떤 희생이라도 하겠지만, 너도 알다시피—"

"잠시만요, 어머니." 어머니 어깨에 손을 올리며 재스퍼가 끼어들었다. "저도 이 문제를 고민하고 있어요. 사실대로 말하자면, 앞으로 어머니 도움을 안 받도록 최선을 다할 거예요. 과연 그렇게 할 수 있을지 모르겠지만 노력할게요. 그러니까 염려하지 마세요. 삼촌이 못 갚겠다고 답장하면, 왜 그런 편지를 썼는지 설명하시고 부드럽게 상기만 시키세요. 그럴 수밖에 없죠. 가능하다면 누구나 매정한 행동은 피하고 싶잖아요."

재스퍼는 응접실로 나가서 잠시 모드의 연주를 들었다. 곧 초조함이 다시 그를 집 밖으로 내몰았다. 11시가 거의 되었을 때 재스퍼는 존 율의 집을 향해 다시 한번 언덕을 올라갔다. 이번에도 방문할 의도는 없었지만, 일단 철문 앞에 도착하자 재스퍼는 발길을 멈추고 서성였다.

'해내고 말겠어!' 마침내 재스퍼가 마음속으로 외쳤다. '단지 내가 스스로를 완벽하게 통제할 수 있다고 증명하기 위해서야. 이건 약한 모습이 아니라 강한 거라고.'

문 앞에서 재스퍼는 앨프리드를 찾았으나 앨프리드와 존이 마차를 타고 와틀보로우 시내로 나갔다는 대답을 들었다.

"율 양은 계시나요?"

메리언은 집에 있었다. 재스퍼는 응접실에 들어가 잠시 기다렸다. 메리언이 곧 내려왔다. 메리언은 재스퍼가 본 적 없는 옷을 입고 있었고, 그 모습이 재스퍼의 눈길을 끌었다. 그를 향해 다가오는 메리언의 얼굴에는 평소보다 혈색이 돌았고, 입가에는 미소가 스쳐 지나갔다.

"아버님이 외출하셨다니 유감이군요, 율 양." 재스퍼가 활발하게 말을 시작했다. "인사를 드리고 싶었어요. 몇 시간 안에 런던으로 출발하거든요."

"계획했던 것보다 일찍 가시나요?"

"네. 더는 시간을 낭비하면 안 될 것 같아서요. 시골 공기가 율 양과 잘 맞나 봅니다. 처음 뵀을 때보다 훨씬 좋아 보이네요."

"더 건강해진 기분이에요."

"동생들이 율 양과 다시 만나고 싶어 안달합니다. 애들이 오늘 오후에 찾아올지도 몰라요."

메리언은 소파에 앉아, 이전에 대화를 나눴을 때처럼 손바닥을 아래로 하고 깍지 낀 손을 다리 위에 올려놓았다. 햇빛이 넓게 펼쳐진 벽을 배경으로 살짝 숙인 머리의 아름다운 윤곽이 도드라졌다.

"동생들이 속상해하더군요." 재스퍼가 잠시 후 말을 이었다. "친해진 지 얼마 되지도 않아 헤어져야 한다고요."

"저도 마찬가지로 속상해요." 보일락 말락 미소를 띤 메리언이 재스퍼를 바라보며 말했다. "어쩌면 동생분들이 서신으로 연락하고 지내도 좋다고 허락하실지도요."

"동생들은 영광으로 생각할 겁니다. 런던에 사는 여성 문필가가 시골 여자아이들에게 교제를 청하는 경우는 드물거든요."

예의를 벗어나지 않는 한에서 최대한 장난스럽게 말한 재스퍼는 자리에서 벌떡 일어났다.

"아버지께서 서운해하실 거예요." 메리언이 창문과 문을 차례로 재빨리 보더니 말했다.

"출발하시기 전에 아버지와 잠시 만나실 기회가 있을까요?"

재스퍼는 망설였다. 상황이 달랐더라면, 여자의 얼굴에 떠오른 표정에 바로 대답했을 터였다.

"그러니까, 아버지가 댁에 방문하거나 역에서 배웅하실 수 있을까요?" 메리언이 황급히 덧붙였다.

"아버님을 성가시게 하고 싶지 않습니다. 오늘 갑작스럽게 가기로 한 제 잘못인걸요. 저는 2시 45분 기차로 떠날 예정입니다."

재스퍼가 손을 내밀었다.

"문예지에서 당신 이름을 찾아보겠어요."

"찾지 못하실 거예요."

재스퍼는 믿을 수 없다는 듯이 웃고 다시 한번 메리언의 손을 잡은 뒤 고개를 꼿꼿이 세우고 방에서 성큼성큼 나갔다. 자기 자신을 장하게 생각하는 마음으로 가득 차 있었다.

식사 시간에 맞추어 도라가 돌아왔을 때 재스퍼는 율 씨 집에 다녀온 이야기를 했다.

"아주 흥미로운 여자야." 재스퍼가 덤덤히 덧붙였다. "친하게 지내렴. 누가 아니, 네가 나중에 런던에 와서 살게 될지. 그러면 율 양과의 친분이 도움이 될 거야. 정신적으로 말이지. 나는 앞으로 한동안 마주치지 않도록 조심해야겠어. 위험한 여자야."

재스퍼는 배웅하는 사람 없이 혼자 기차역으로 갔다. 승강장에서 기다리는 동안 그는 앨프리드의 주름진 얼굴이 나타날까 걱정했다. 하지만 아무도 그에게 다가오지 않았다. 삼등석 구석 자리에 안전하게 자리를 잡은 재스퍼는 익숙한 들판의 풍경에 미소 지으며 《웨스트엔드》에 보내기로 한 글을 구상했다.

4장. 작가와 그의 아내

한 층은 여덟 단, 다음 층은 아홉 단, 이렇게 번갈아 가며 총 여덟 층의 층계를 이루었다. 이 숫자를 계산한 에이미는 계단을 왜 이렇게 만들었을까 의아해했다. 계단을 올라가기는 힘들었지만 아파트는 누가 봐도 괜찮은 수준이었다. 바로 아랫집에는 성공한 음악가가 살았는데, 매일 오후 같은 시간에 그와 그의 아내는 말 두 마리가 끄는 마차를 타고 대단히 우아하게 드라이브를 갔다. 현재 이 특별한 건물의 주민 중에 마차를 소유한 사람은 또 없었지만, 모두 점잖은 사람들이었다.

꼭대기 층에 사는 것을 논하자면, 최근 중산층 사람들이 빠르게 알아차리고 있는 그 나름의 장점이 있었다. 높은 층에서는 거리의 소음이 줄어들었다. 위에서 쿵쿵대는 사람도 없었고, 공기도 아래층보다 더 맑을 터였다. 마지막으로, 옥상에 앉아서 해를 쬐거나 수다를 떨 수 있었다. 하늘 바로 아래 있자면 보슬비처럼 떨어지는 숯가루가 편안한 휴식을 방해하는 건 사실이었지만, 집을 열정적으로 묘사하다 보면 쉽게 잊을 만한 사소한 사항이다. 맑은 날에는 탁 트인 전망을 즐길 수 있었다. 프림로즈 힐과 리전트 파크의 우거진 숲을 전경으로 햄프스테드와 하이게이트를 잇는 푸른 능선이 굽이쳤고, 세인트존스 우드, 메이더 베일, 킬번의 교외 경치가 펼쳐졌다. 시야에서 가려진 강 옆에 웨스트민스터 사원과 국회의사당이 나지막하게 움츠리고 있었고, 먼 언덕에서 크리스털 팰리스가 유리알처럼 반짝였다. 뿌연 안개에 덮인 거대한 런던 동부에서는 세인트 폴 대성당의 돔이 우뚝 솟아 있었다. 집을 방문한 친구들이 감탄할 만한 풍경이었다. 석양이 지면 특히 황홀했지만 그런 풍경은 혼자만의 사색을 위한 것이다.

아파트에는 거실, 침실, 부엌이 있었다. 부엌은 때때로 다이닝룸이라고 불렸고 필요할 때는 응접실로도 쓰였는데, 취사용 스토브를 장식용 칸막이 뒤에 숨기고 다소 품위 없는 집안일은 동떨어진 간이부엌에서 처리할 수 있었기 때문이었다. 부엌 벽에는 그림 몇 점이 걸리고 책장이 둘러져 있었다. 남편이 일하는, 혹은 일하려고 애쓰는 시간에 이곳이 에이미의 영역이었다. 에드윈 리어던은 거실을 서재로 사용할 수밖에 없었다. 그가 글을 쓰는 책상은 창문을 마주 보았다. 사면의 서가에는 책이 빽빽이 꽂혀 있었고, 꽃병과 흉상과 판화가 (모두 저렴한 물건이었다) 방을 장식했다.

얼마 전에 공립학교에서 해방된 하녀[13]가 매일 아침 7시 30분에 와서 리어던 부부가 식사를 끝낼 즈음인 2시까지 머물렀다. 특별한 경우에는 더 늦은 시간까지 일하기도 했다. 리어던은 오후 3시는 되어야 제대로 일을 시작해서 잠깐잠깐 쉬어가며 밤 10시나 11시까지 일했다. 여러모로 불편한 일정이었지만 그의 성격과 가난이 낳은 습관이었다.

어느 날 저녁, 리어던은 원고 한 뭉치를 펼쳐 놓고 책상 앞에 앉아 있었다. 해가 질 무렵이었다. 리어던은 리전트 파크를 둘러싼 대저택들의 후면을 바라보고 있었다. 창문에 드문드문 불빛이 들어오기 시작했다. 어떤 방에서 남자 한 명이 저녁 식사를 위해 옷을 갈아입고 있었다. 그는 굳이 블라인드를 내릴 필요를 못 느낀 모양이었다. 다른 창문에서는 당구를 치는 사람 몇몇이 어른거렸다. 위층 창문들은 서녘 하늘의 다채로운 노을빛을 반사했다.

---

13. 19세기 후반에는 의무교육이 열 살에 끝났으며, 열다섯 살 이하의 수많은 아이들이 남의 집에서 하인으로 일했다.

지난 두세 시간 동안 리어던은 계속 이렇게 앉아 있었다. 이따금 펜을 잉크에 담그고 글을 쓰려는 자세를 취하기도 했지만, 시도는 매번 무산되었다. 종이 위쪽에 '제3장'이라고 쓴 게 전부였다. 하늘에 어스름이 드리웠다. 금세 어두워질 터였다.

리어던은 실제 나이인 서른두 살보다 더 늙어 보였다. 정신적 고생 탓에 얼굴이 핼쑥했고, 그는 자주 넋을 놓고 절망이 담긴 큰 눈으로 허공을 응시했다. 정신이 들면 리어던은 의자에서 초조히 꼼지락거리다가 백 번째로 펜을 잉크에 담그고 일하겠다는 의지를 불태우며 몸을 앞으로 기울였다. 소용없었다. 그는 자신이 무엇을 쓰려는지 알지 못했고, 그의 뇌는 가장 단순한 문장조차 구성하기를 거부했다.

하늘에서 석양빛이 옅어지더니 빠르게 밤이 찾아왔다. 리어던은 책상 위에 팔을 뻗고 고개를 파묻은 채 마치 잠든 양 그대로 있었다.

그때 방문이 열리더니 앳되고 맑은 목소리가 들렸다.

"에드윈, 램프 필요 없어요?"

리어던은 몸을 일으키고 의자를 조금 돌려 열린 문을 바라보았다.

"들어와요, 에이미."

아내가 다가왔다. 건너편 집에서 흘러나오는 불빛 덕분에 방이 완전히 컴컴하지는 않았다.

"무슨 일이에요? 일이 잘 안 돼요?"

"오늘 한 글자도 못 썼어요. 이러다 미쳐 버리겠어요. 여보, 여기 와서 내 옆에 잠깐 앉아요."

"램프를 가져올게요."

"아니, 여기 앉아서 나랑 이야기 좀 해요. 서로를 더 잘 이해할 수 있어요."

"말도 안 돼요. 당신은 참 음울한 생각을 해요. 이렇게 어두침침한데 어떻게 앉아 있어요."

아내는 즉시 나갔다가 독서용 램프를 가지고 돌아와서 방 중앙에 있는 정사각형 테이블 위에 올려놓았다.

"블라인드를 좀 내려요, 에드윈."

에이미는 훤칠했지만 아주 큰 키는 아니었다. 비율을 따지면 어깨가 허리와 하체에 비해서 좀 넓은 편이었다. 느슨하게 땋아 올린 불그스름한 금발이 작고 우아한 머리의 아름다움을 훌륭히 완성했다. 그러나 아주 여성스러운 얼굴은 아니었다. 머리가 짧고 남성적인 옷을 입었다면 감쪽같이 열일곱 살 정도의 미소년으로 보였을 텐데, 그것도 아주 당차고 아랫사람을 부리는 데 익숙한 소년으로 보였을 것이다. 코는 살짝 휜 것만 빼면 완벽했는데, 이것 때문에 에이미의 얼굴은 측면보다 정면에서 봤을 때 더 예뻤다. 입술은 또렷하게 바깥으로 말려 있었다. 에이미가 입술을 돌연 당길 때 얼굴에 나타나는 인상은 그녀가 순한 성품이길 바랐던 사람을 불안하게 할 법했다. 목은 넓은 어깨에 어울리게 다부졌고, 램프를 방으로 가져오며 고개를 조금 돌리자 귀 아래로 늠름한 근육이 드러났다. 모양이 번듯하게 다듬어진 흉상이었고, 에이미를 보면 성실한 조각가가 대리석을 손수 깎아 만든 조각상이 떠올랐다. 대패로 밀고 정으로 조각한 자국이 보일 것만 같았다. 그녀의 분위기는 차가웠다. 뺨에 혈색은 어울리지 않았고, 홍조가 도는 일도 매우 드물었을 것이다.

스물두 살이 채 안 되는 에이미는 결혼한 지 거의 2년이 되었으며 10개월이 된 아기의 엄마였다.

에이미가 입은 옷은 스타일이나 색깔이 화려하지 않았지만 몸에 훌륭하게 맞았다. 철저히 관리한 품위가 외양 구석구석에 서려 있었다. 에이미는 우아하고 부드럽지만 단호하게 걸었고, 자리에 앉자마자 몸을 위엄 있게 곧추세웠다. 등받이 따위는 필요 없는 사람의 자세였다.

"뭐가 문제예요? 글이 왜 안 써지는 거예요?"

나무라는 말투는 친근했지만 다정하다고는 할 수 없었고, 상냥한 염려의 기색은 전혀 없었다.

리어던은 자리에서 일어나 아내에게 다가가고 싶었지만 곧장 갈 수 없었다. 그는 방의 다른 구석에 갔다가 에이미가 앉아 있는 의자 뒤쪽으로 돌아와 어깨에 얼굴을 묻었다.

"에이미."

"말해 봐요."

"난 이제 끝장난 거 같아요. 더는 글을 못 쓸 거 같아요."

"어리석은 소리 말아요, 여보. 뭣 때문에 못 쓰겠다는 거예요?"

"어쩌면 그냥 건강이 나빠졌을지도 몰라요. 하지만 진심으로 두려워지고 있어요. 의지가 치명적으로 약해진 것처럼 아무것도 못 끝내겠어요. 괜찮게 느껴지는 착상을 얻어도, 그걸 활용할 수 있도록 다듬기도 전에 기력이 다 빠져요. 최근 몇 달간 소설을 열두 편은 시작했을 텐데, 새로 시작할 때마다 당신에게 말하기가 부끄러웠어요. 스무 장쯤 쓰고 나면 용기가 없어져요. 내가 쓴 게 한심해서 계속 쓸 수가 없어요. 도저히! 내 손가락은 펜을 잡기를 거부해요. 단순히 글자 수만 치면 3부작보다 더 많이 썼을 거예요. 하지만 다 폐기했어요."

"당신의 그 음울한 작가 의식 탓이에요. 그것들을 폐기할 이유가 전혀 없었어요. 시장에 내보내기에는 충분했다고요."

"제발 그 단어를 쓰지 말아요, 에이미. 정말 싫어요!"

"싫어할 처지가 아니에요." 에이미가 대단히 현실적인 말투로 대꾸했다.

"예전에는 어땠든지 간에 이제는 시장을 겨냥해서 써야 해요. 당신도 인정했잖아요."

리어던은 잠자코 있었다.

"어디까지 썼어요?" 에이미가 물었다. "정확히 얼마만큼 썼냐고요?"

"계속 쓸 수 없는 소설의 짧은 채프터 두 개가 전부예요. 3부작이 끝없는 사막처럼 내 앞에 펼쳐져 있어요. 도저히 앞을 헤쳐 나갈 수 없어요. 내 구상은 무식할 정도로 인위적이고, 생생한 인물이라고는 한 명도 없어요."

"대중은 인물이 생생하고 자시고에 신경 쓰지 않아요. 여보, 그렇게 뒤에 서 있지 말아요. 대화하기 어색하잖아요. 이리 와서 앉아요."

리어던은 뒤로 물러나 아내의 얼굴을 볼 수 있는 곳으로 갔지만 조금 떨어져 섰다.

"맞아." 그가 달라진 말투로 말했다. "이게 최악이지."

"뭐가요?"

"당신이—아니에요. 부질없어요."

"내가—뭐요?"

에이미는 그를 바라보지 않았다. 말을 마친 그녀의 입술이 조금 당겨졌다.

"내가 비참하게 실패한 바람에 당신이 나를 대하는 태도가 달라지고 있어요. 당신은 매일같이 내가 실망스럽겠지요. 어쩌면 내가 당신을 일부러 속여서 결혼했다고 생각할지도 모르겠네요. 당신을 탓하는 게 아니에요. 그럴 만해요."

“솔직히 말할게요.” 잠시 침묵하던 에이미가 대답했다. “당신은 내가 생각했던 것보다 훨씬 약해요. 어려움이 닥치면 맞서 싸우려는 의지를 보이는 대신 좌절해 버리죠.”

“사실이에요. 항상 나의 단점이었죠.”

“그런 태도가 남자답지 못하다고 생각하지 않아요? 당신은 나를 사랑한다고 말하고, 나도 당신을 믿으려고 노력해요. 그런데 당신은 그렇게 말하면서 나를 점점 처참하고 혐오스러운 가난으로 몰아가고 있어요. 대체 나는, 우리는, 어떻게 되는 거죠? 우리가 완전히 결딴날 때까지 여기에 날마다 우두커니 앉아 있을 건가요?”

“물론 아니에요. 무슨 일이라도 해야죠.”

“대체 언제쯤에야 진정 노력할 건가요? 이번 분기 집세를 낼 날이 하루 이틀밖에 안 남았고, 그러고 나면 우리에게는 15파운드밖에 안 남아요. 크리스마스에 내야 하는 집세는 어디서 구하죠? 뭘 먹고 사냐고요? 필요한 옷도 한두 가지가 아니에요. 겨울이 되면 지출이 늘고요. 여름 내내 휴가도 못 가고 여기에 갇혀 살다시피 했잖아요. 불평하지 않으려고 나도 최선을 다했어요. 차라리 불평하는 게 현명했을지도 모르겠네요.”

에이미는 어깨를 쫙 펴고, 마치 파리가 성가시게 하는 양 머리를 조금 흔들었다.

“당신은 아주 너그럽고 듬직하게 견디고 있어요.” 리어던이 말했다. “내가 한심한 남자예요. 나도 알고 있어요. 제발, 내게 직장이 있었다면! 기분이 어떻든 출근해서 일하고 돈을 받아 올 수 있는 직장이 있었다면! 이런 기회만 온다면 내 몸이 부서지도록 일해서라도 당신이 부족한 것 없이 살게 할 거예요. 하지만 내 인생은 내 두뇌에 달렸어요. 메말라 버린 무능한 뇌예요. 아침에 사무실로 출근하는 사무원들이 얼마나 부러운지! 그들에게는 매일 업무가 할

당되어요. 그날 기분이나 감정 상태가 어떻든, 그들은 뭐라도 붙들고 일하고, 저녁이 오면 그날 하루 임금을 벌었으니 마음껏 쉬면서 즐길 수 있어요. 문학을 유일한 생업으로 삼은 건 정말 미친 짓이에요! 언제든지 사소한 사고로 몇 주 혹은 몇 달씩이나 일을 못 하게 될지도 모르는데. 아니, 예술을 장사의 수단으로 쓰다니, 정말이지 용서가 안 되는 죄란 말이죠! 이토록 지독한 잘못을 저지른 대가를 톡톡히 치르고 있는 거예요."

참담한 기분에 북받친 리어던이 뒤돌아섰다.

"정말 어리석은 소리예요!" 에이미가 확연한 비난조로 말했다.

"예술 활동은 장사예요. 어쨌든 우리 시대에는요. 지금은 상업의 시대예요. 일하지 않고 먹고살 형편도 안 되면서 자기 시대를 거스르는 사람이 어떻게 될지는 뻔하지 않아요? 당연히 망가지고 불행해지겠죠. 사실을 말하자면, 좀 더 실용적인 태도만 취하면 당신은 괜찮은, 충분히 팔릴 만한 글을 쓸 능력이 있어요. 밀베인 씨가 늘 하는 말이잖아요."

"밀베인과 나는 기질이 전혀 다른 사람이에요. 그는 천성적으로 태평하고 긍정적이지만 나는 반대로 타고났어요. 당신이나 밀베인이 하는 말은 사실이에요. 문제는 내가 행동으로 옮길 수 없다는 거죠. 그렇다고 내게 타협 불가한 예술가의 고집이 있는 것도 아니에요. 팔릴 만한 글을 쓰려고 노력할 의지가 충분히 있어요. 정신이 나간 게 아니고서야 지금 내 상황에서 누가 그런 고집을 피우겠어요. 하지만 의지가 있다고 능력이 생기지는 않아요. 노력해도 아무 소용이 없어요. 빈털터리가 될지도 모른다는 전망 자체가 창작을 방해하는 듯해요. 그 공포감이 나를 괴롭혀요. 이렇게 끔찍한 현실적인 문제들이 나를 짓눌러서, 상상력이 제대로 힘을 발휘하지 못하고 있어요. 어렵사리 이야기를 하나 짜내도, 어느 순간 갑자기 너무나도 하찮게 느껴져서 도저히 계속 쓸 수 없어요."

"당신이 아픈 게 틀림없어요. 휴가를 갈 걸 그랬어요. 지금이라도 1~2주 다녀오는 게 좋겠어요. 제발 그렇게 해요, 에드윈!"

"불가능해요! 명색만 휴가일 거예요. 당신을 여기 혼자 두고 나 혼자 가다니, 그건 안 돼요!"

"어머니나 오빠한테 돈을 좀 빌려 볼까요?"

"그런 수치는 견딜 수 없어요."

"지금 우리 상황이 견딜 수 없는 지경이잖아요!"

리어던은 방 끝에서 끝으로 오락가락했다.

"여보, 장모님도 우리에게 빌려줄 돈은 없잖아요. 게다가 형님은 정말 마지못해 빌려주는 격일 테니, 우리가 그런 입장이 될 수는 없어요."

"당신도 알다시피 언젠가는 생길 일이에요." 에이미가 차분히 대답했다.

"아니, 그렇게 되지 않을 거예요. 크리스마스가 오기 전에 기필코 책을 한 권 펴내리라. 오직 당신이—"

리어던이 다가와 그녀의 손을 잡았다.

"오직 당신이 나를 좀 더 이해해 준다면 말이에요, 여보. 이것도 내 단점 중 하나예요. 나는 당신에게 완전히 의지하고 있어요. 당신의 상냥함이 내게는 생명의 숨결이에요. 그걸 내게서 뺏지 말아요."

"난 그런 적 없어요."

"당신의 말투가 차가워졌어요. 당신이 실망한 건 이해해요. 팔릴 만한 거라면 뭐라도 쓰라는 당신의 권고가 쓰디쓴 실망의 증거죠. 2년 전에 누가 내게 그렇게 말했다면 당신은 그 사람을 경멸했을 거예요. 그때는 내 글이 아주 변변찮지는 않았고, 내가 단 한 문장도 천박한 무리의 입맛에 맞추려고 하지 않았기 때문에 당신은 나를 자랑스러워했어요. 하지만 그 시절은 끝났군요. 당신이 나에 대한 희망을 접었다는 사실이 얼마나 괴로운지 당신이 안다면!"

"글쎄, 완전히—포기한 건 아니에요." 골똘히 생각하며 에이미가 대답했다. "우리가 부유했다면 당신은 대단히 훌륭한 글을 썼을 거예요."

"그렇게 말해 줘서 정말 고마워요. 내 사랑."

"하지만 당신도 알다시피 우린 돈이 없고, 어디서 돈을 받을 가능성도 별로 없어요. 큰아버지라는 인색한 늙은이는 우리에게 한 푼도 물려주지 않을 거예요. 난 확신해요. 그분을 찾아가서 무릎 꿇고 제발 우리를 유언에 넣어 달라고 빌고 싶은 충동이 자주 들어요." 에이미가 웃었다. "물론 그럴 수 없고, 부질없을 거예요. 만약 그렇게 해서 돈을 받는다는 확신이 있다면 난 할 수 있겠지만요."

리어던은 아무 말도 하지 않았다.

"우리가 결혼할 당시에는 돈을 별로 염두에 두지 않았어요." 에이미가 말을 이었다. "아주 궁핍하게 산 적은 없었거든요. 그리고—이런 고백을 해서 나쁠 건 없겠죠—당신이 언젠가는 부자가 될 거라고 믿었어요. 하지만 당신이 명성만 높은 작가가 될 것을 알았어도 당신과 결혼했을 거예요."

"정말이에요?"

"그런 거 같아요. 물론 이제는 돈의 가치를 훨씬 더 잘 알게 됐죠. 돈이 세상에서 가장 강력하다는 걸 알아요. 명예롭지만 가난하게 사느니 차라리 경멸을 당하더라도 부유하게 살기를 선택하겠어요."

"그럴 순 없어요!"

"난 그럴 거예요."

"당신이 현명한지도 모르겠군요."

리어던이 한숨을 내쉬며 돌아섰다.

"아니, 당신이 옳아요. 명성이 뭐예요? 명성을 누릴 자격이 있는 사람들도 소수의 사람들이 인정해 줘야지만 얻을 수 있어요. 그 외 수백만 명 사람들은 끝에 가서 자신들이 결국 찬양하는 작품의 가치를 혼자서는 절대 알아보지 못했을 거예요. 이건 위대한 천재들의 운명이죠. 나처럼 평범한 이를 말하자면—대여섯 명 사람들이 내 글이 '보통 이상이다'라고 인정하길 바라면서 밤낮으로 고생하는 게 얼마나 어이없는 짓이에요? 이보다 더 한심스러운 허영이 있을까요? 신작을 내고 1년이 지나면 거의 잊힐 테고, 10년 후에는 완전히 잊히겠죠. 아무도 이름조차 기억 못 하는 우리 세기 초기의 작가들처럼 말이에요. 이 얼마나 헛된 허영심인가요!"

에이미는 탐탁지 않다는 눈빛으로 리어던을 보았지만 대꾸하지 않았다.

리어던이 말을 이었다. "물론 인간이 단지 명성을 원해서 훌륭한 일을 하려는 건 아니에요. 의도적으로 대충대충 하려는 불성실한 자세를 거부하려는 노력도 있죠. 요새 작가들 대부분은 그렇지 않은 것 같지만요. '시장에서 팔릴 수준이야.' 그들은 여기에 만족해요. 어쩌면 그런 태도가 합리적인지도 몰라요. 나도 내가 절대적인 이상에 맞춰서 사는 척은 못 해요. 모든 게 상대적이라는 것도 인정하고요. 당연히 절대적으로 좋은 것도, 나쁜 것도 없죠. 내 작품이 일류가 될 수 없는 걸 알면서도 최대한 잘 쓰려고 애쓰는 것조차 나의 터무니없는 모순일지도 몰라요. 반어적으로 하는 말이 아니에요, 에이미. 진심이에요. 도덕적 혹은 종교적 미신에 빠져 있다고 내가 비웃는 사람들만큼이나 내가 어리석은지도 몰라요. 내 이런 습관도 미신이겠죠. 내가 자기 책을 경멸하는 소리를 들은 인기 작가가 뭐라고 대답할지 뻔해요. 이렇게 말하겠죠. '이 친구야,

내 글이 쓰레기라는 걸 내가 모를 것 같나? 나도 자네만큼 잘 알지. 하지만 안락하게 사는 것이야말로 나의 천직이네. 나는 호화스러운 집에서 나에게 감사하는 아내와 자식들과 행복하게 살지. 자네가 다락방에서 살고 싶으면, 아니 심지어 아내와 아이들까지 그런 곳에서 살게 하고 싶으면 그건 자네 자유야.' 그리고 그 사람 말이 전적으로 옳아요."

"그런데," 에이미가 말했다. "당신은 왜 그 사람 글이 쓰레기라고 단정하죠? 훌륭한 작품도—이따금 성공해요."

"나는 문학적 가치와 무관한 대중적인 성공을 말한 거예요. 내 말이 심한 것 같다면, 글쎄, 무력한 나 자신이 견디기 힘들어서겠죠. 불쌍한 내 사랑, 나는 실패자예요. 내가 괜찮게 쓰던 시절에 쓴 글보다 훨씬 가치 없는 글을 쓰고도 성공한 사람들을 너그럽게 보기가 어려워요."

"에드윈, 당신이 스스로를 실패자라고 생각하면 당신은 결국 실패자로 끝날 거예요. 하지만 당신이 글을 써서 먹고살지 못할 이유가 없어요. 내가 충고를 좀 할게요. 문학적 가치에 대한 당신 생각은 다 접고 내 충고만 따라요. 3부작 소설을 못 쓰겠다고 했죠. 좋아요. 그럼 인기를 끌 만한 단편을 써요. 밀베인 씨가 항상 말하잖아요. 장편 소설은 이제 한물갔고, 앞으로 사람들은 1실링짜리 짧은 소설을 쓸 거라고요. 당신도 해봐요. 일주일 정도 시간을 가지고 자극적인 플롯을 짜고 2주에 걸쳐 글을 써요. 10월 말에 시작되는 새 분기에 발표할 수 있게 준비해요. 당신이 원하면 본명으로 출판하지 않아도 돼요. 어차피 그런 독자들에게 당신 이름은 무의미할 거예요. 밀베인 씨가 말한 대로 단순히 장사라고 생각하고 돈을 좀 벌 수 있나 궁리해 봐요."

리어던은 우두커니 서서 아내를 바라봤다. 그는 괴로우면서도 혼란스러운 표정이었다.

"에이미, 그런 이야기도 특정한 능력이 있어야 쓸 수 있다는 사실을 잊지 말아요. 플롯 구상이야말로 내가 가장 어려워하는 부분이에요."

"대중의 관심만 끌 수 있다면 바보 같은 플롯도 괜찮아요. 『텅 빈 조각상』 기억나요? 그것보다 멍청한 내용이 어디 있어요? 하지만 몇천 부가 팔렸죠."

"난 그렇게는 차마 못 하겠어요." 리어던이 조용히 말했다.

"알았어요. 그럼 당신은 어떻게 하겠다는 거죠?"

"3부작 대신 2부작을 쓸 수 있을지도 모르겠어요."

리어던은 책상 앞에 앉아 절망감에 괴로워하며 빈 종이를 응시했다.

"크리스마스까지 시간이 걸리겠죠." 에이미가 말했다. "그리고 어쩌면 50파운드를 받겠죠."

"최선을 다해야죠. 밖에 나가서 구상을 좀 해야겠어요. 우리가—"

리어던이 말을 멈추고 아내를 뚫어지게 바라봤다.

"말해요."

"이 집을 나가서 좀 더 싼 방을 얻자고 내가 제안하면 당신은 뭐라고 하겠어요?"

그는 시선을 떨구고 부끄러워하며 말했다. 에이미는 침묵했다.

"집을 전대할 수 있잖아요." 아까와 같은 말투로 리어던이 말을 이었다.

"이번 해 남은 기간에 말이에요."

"그리고 우리는 어디서 살자는 거죠?" 에이미가 차갑게 물었다.

"이렇게 비싼 동네에 살 필요는 없잖아요. 도시 외곽으로 이사해도 괜찮겠지요. 일주일에 8파운드 6펜스 정도면 가구 없는 방 세

칸짜리 집을 구할 수 있어요. 지금 집세의 반도 안 돼요."

"당신이 좋을 대로 해요."

"에이미, 제발 그렇게 말하지 말아요! 도저히 견딜 수 없어요. 내가 모든 방안을 모색해야만 하는 상황이라는 건 당신도 알잖아요. 그런 말은 나를 버리는 거나 다름없어요. 그렇게 할 수 없다거나, 혹은 하고 싶지 않다고 차라리 말해요. 내 불행을 함께하지 않겠다는 식으로 말하지 말아요!"

에이미는 잠시 마음이 움직였다.

"냉정하게 말하려던 건 아니었어요, 여보. 하지만 우리 집과 사회적 지위를 포기하는 건 실패했다고 광고하는 거나 다름없어요. 끔찍할 거예요."

"그렇다면 그 생각은 안 할게요. 크리스마스까지 석 달 남았으니 어떻게든 책을 끝낼게요!"

"당신이 못 할 이유가 없어요. 잘 쓰든 못 쓰든, 매일 정해진 양을 써요. 어떻게든 정해진 분량을 끝내요. 지금 채프터 2개를 썼으니까—"

"아니, 이건 안 돼요. 더 좋은 주제를 생각해야 해요."

에이미는 참을성이 바닥난 듯했다.

"또 시작이군요! 주제가 대체 무슨 상관이에요? 이 책을 끝내서 팔아 치우고 다음번에 더 좋은 책을 쓰면 돼요."

"생각을 좀 하게 오늘 밤만 시간을 줘요. 예전에 쓰다가 관둔 이야기 중 하나가 더 생생하게 다가올지도 몰라요. 한 시간만 산책하고 올게요. 혼자 있어도 괜찮겠어요?"

"그런 사소한 일에 신경 쓰지 말아요."

"당신과 조금이라도 관련된 일은 내게 사소하지 않아요. 아무것도! 당신이 그걸 잊는다면 난 견딜 수 없어요. 여보, 조금만 참아요.

조금만 더 시간을 줘요."

리어던은 에이미 옆에 무릎을 꿇고 앉아 그녀의 얼굴을 올려다봤다.

"예전처럼 다정하게 한두 마디만 해줘요."

에이미는 그의 머리를 가볍게 쓸어 넘기고 희미한 미소를 띤 채 몇 마디 중얼거렸다.

그리고 리어던은 모자와 지팡이를 챙겨 여덟 층의 돌계단을 내려가, 리전트 파크를 둘러싼 길을 어둠 속에서 걸으며 인물, 상황, 동기 따위를 찾아 기진맥진한 머릿속을 절망적으로 뒤졌다.

5장. 여기까지의 길

결혼한 달 리어던은 환희 속에서도 이런 가능성을 내다보았다. 그러나 그가 자포자기할 지경에 이르렀을 때마다 운명이 갑작스럽게 구출해 주었기 때문에, 성공한 기쁨의 정점을 찍은 순간이 결국 비천한 불행의 서문이 되었다는 사실이 리어던은 도무지 믿기지 않았다.

리어던의 아버지는 이런저런 일을 시도했지만 그중 어느 하나에서도 밥벌이 이상 성취를 이루지 못한 남자였다. 그는 마흔 살에—외아들인 에드윈은 열 살이었다—헤어포드라는 마을에 사진사로 정착했다. 9년 후 사망할 때까지 그는 이곳에 살면서 사진 업종과 별반 다르지 않은 투기를 가끔 했고, 그때마다 투자했던 소소한 금액을 잃었다. 리어던 부인은 에드윈이 열다섯 살 때 죽었다. 그녀는 남편보다 신분이 높고 교육을 잘 받았으며 400~500파운드 정도의 지참금까지 가져왔었다. 리어던 부인의 기질은 세상에서 뜻하는 두 가지 모두의 의미로 열정적이었고, 결혼은 행복하다고는 할 수 없었지만 그렇다고 심각한 불화가 있지도 않았다. 사진사는 변덕스러운 이상주의자였던 반면에 아내는 세속적 야심이 그득했다. 부부는 넓게 교류하지 않았고, 런던에 가면 운이 트일 거라는 생각에 사로잡힌 리어던 부인은 그곳으로 이사하고 싶다는 소망을 종종 밝혔다. 마침내 리어던이 런던으로 이사하겠노라 거의 마음을 굳혔을 때 아내가 갑작스레 죽었다. 그후 그는 새롭게 도전할 기력을 다시 불러일으킬 수 없었다.

아들은 훌륭한 지역 학교에서 교육을 받았다. 열여덟 살에 에드윈은 대학 예비 교육을 집중적으로 받은 아이들보다도 훨씬 더 고전문학에 정통하게 되었다. 더구나 그는 리어던 씨 사진관에서 조수로 일하던 귀화한 스위스인 덕분에 프랑스어를 읽는 것은 물론 그럭저럭 능란하게 대화도 가능했다. 하지만 이런 지식은 실용적이지 않았다. 에드윈에게 해줄 수 있는 최선은 사유지 관리인 사무실에 넣어 주는 것이었다. 그는 허약한 편이었으므로, 사유지 관리를 하면서 업무에 필요하기 마련인 야외활동을 꾸준히 하면 무리하게 공부하며 쇠약해진 체력을 회복할 수 있으리라는 의견이었다.

아버지가 죽으며 에드윈은 200파운드 정도를 물려받았다. (열아홉 살을 갓 넘긴 그에게 바로 떠맡겨진 것이나 다름없었다) 그의 아버지가 급무를 처리하기 위해 생명보험 지급액인 500파운드를 빼낸 직후였다. 리어던은 유산으로 뭘 할지 전혀 고민하지 않았다. 런던을 향한 어머니의 염원이 대물린 동기처럼 작용했고, 그는 적성에 맞지 않았던 직업을 그만두고 필수품이 아닌 물건을 죄다 팔아 버린 후 도시로 떠났다.

물론, 문인의 길을 밟기 위해서였다.

리어던은 나이에 어울리지 않게 몹시 검소하게 생활한 덕분에 가져온 돈으로 거의 4년이나 버틸 수 있었다. 거의 절대적인 고독으로 이루어진 이상한 생활이었다. 토트넘 코트 로드의 한 지점에서 보면, 그 대로와 평행으로 쭉 뻗은 길에 위치한 집의 다락방 창문이 보인다. 4년이라는 시간 대부분을 리어던은 이 다락방에서 보냈다. 집세는 고작 일주일에 3실링 6펜스였고, 음식값으로 하루에 1실링을 냈다. 옷이나 다른 불가피한 지출에 1년에 5파운드 정도를 썼다. 그리고 그는 책을 샀다. 책 한권 가격은 2펜스에서 2실링 사이였는데, 그 이상은 차마 쓰지 못했다. 장담하건대, 이상한 생활이었다.

스물한 살이 되자 리어던은 대영박물관 도서실의 열람권을 구하고 싶었다. 이 과제는 생각만큼 단순하지 않았다. 열람권을 받으려면 신용이 있는 가구주의 서명이 필요했는데, 리어던은 그런 사람을 아무도 몰랐다. 하숙집 여주인은 세금과 이자를 내는 선량한 시민이었지만, 그녀의 추천서를 그레이트 러셀 스트리트에 가져가서 자신을 소개하는 건 좋게 말해도 어처구니없었다. 모르는 사람에게 과감하게 부탁하는 것만이 유일한 방법이었지만 리어던은 늘 자존심 때문에 움츠러들었다. 결국 그는 작품을 읽고 어느 정도 공감했던 유명 작가에게 편지를 썼다.

"저는 문학의 길을 추구하고 있습니다. 대영박물관의 도서실에서 공부하고 싶지만, 일반적인 방식으로 추천을 받을 사람이 없습니다. 오직 이 문제에 관해서, 저를 도와주시겠습니까?" 편지에는 이러한 내용이 담겼다. 소설가는 답장으로 웨스트엔드에 있는 자기 집에 오라는 초대장을 보냈다. 리어던은 두려움으로 벌벌 떨며 초대에 응했다. 그의 옷차림은 형편없었다. 혼자 살면서 대단히 내성적이 된 리어던은 자기가 요청했던 것보다 많은 도움을 바라는 것처럼 보일까 봐 불안해했다. 그러나 소설가는 통통하고 명랑한 남자로, 사람과 집 모두 돈 냄새를 물씬 풍겼다. 그는 너무 행복한지라 남들에게 친절할 여유가 있었다.

"출간한 글이 있나?" 젊은이의 편지가 분명하게 밝히지 않았던 사항에 대해 소설가가 물었다.

"없습니다. 여러 문예지에 투고했는데 아직 아무 데서도 받아 주지 않았습니다."

"어떤 글을 쓰나?"

"주로 문학 관련 주제를 가지고 논설을 씁니다."

"그런 글을 팔기 어려운 건 당연하지. 문예지 또는 학술지와 인연이 있는 사람들이나 유명한 사람들이 익명으로 쓴 글만 실리거든. 자네가 쓰는 글의 주제를 하나 예로 들어 보게."

"최근에 티불루스[14]에 관해 썼습니다."

"아, 이런! 맙소사! 실례했네, 리어던 군. 감정이 북받쳐서 말이야. 학창시절부터 그런 이름들은 내게 줄곧 공포의 대상이었거든. 자네가 가려는 길이 오직 문학 평론이라면 내 말을 신경 쓰지 말고 계속하게. 하지만 사실대로 말해 주겠네. 그런 일은 보수도 적은데 수요도 거의 없어. 소설을 쓸 생각을 한 적은 없나?"

"안타깝게도 그런 재주는 없습니다."

소설가는 부탁받은 서명 말고는 해줄 수 있는 게 없었고, 대신에 행운을 비는 인사를 듬뿍 얹어 주었다. 집에 돌아가는 길에 리어던은 머리가 핑핑 돌았다. 문단에서의 성공이 어떤 것인지 난생처음 목격한 것이다. 호화로운 서재의 책장에는 고급스럽게 장정한 책이 빽빽했고 벽에는 아름다운 그림이 걸려 있었으며 공기는 따뜻하고 향기로웠다. 정말 멋졌다. 그런 것들에 둘러싸여 안락하게 산다면 무엇인들 못 하겠는가.

리어던은 박물관의 도서실에서 글을 쓰기 시작했으나 소설가의 제안이 자꾸 떠올랐고, 얼마 안 가 그는 단편소설을 한두 개 써봤다. 아무도 받아 주지 않았지만 리어던은 소설 쓰기를 계속 연습했고, 점차 자신이 재능이 있다는 생각이 들기 시작했다. 그러나 리어던이 어떤 본능적인 충동에 이끌려 소설로 돌아선 게 아니라는 사실엔 의미가 있다. 그의 지적 성향은 학생이며 학자의 것이었지만, 선생이라는 직업을 꺼리게 하는 강한 독립심과 섞여 있었다. 리어던이 쓴 소설은 어설픈 심리학의 조각들, 즉 문예지들이 무명의 신인에게서는 절대 받아 주지 않을 이야기였다.

---

14. 55 BC - 19 BC. 고대 로마의 시인. 『티불르스 전집』이 남아 있다.

리어던은 돈이 바닥나기 시작했고 겨우내 극심한 추위와 배고픔에 시달렸다. 다락방에는 찬바람이 새어 들어왔고, 난로의 불씨는 불을 흉내밖에 못 냈다. 이곳에서 도서실의 거대한 돔 아래로 피신할 수 있다는 게 얼마나 다행이었는지. 도서실은 리어던에게 진정한 집이었다. 실내의 따뜻한 온기가 그를 친절하게 감쌌고, 처음에는 두통을 유발했던 도서실 특유의 냄새도 점차 정답고 유쾌해졌다. 그러나 완전히 빈털터리가 될 때까지 이곳에 마냥 앉아 있을 수는 없었다. 실용적인 대책을 마련해야 했는데, 실용성은 리어던의 강점이 아니었다.

그는 런던에 친구라곤 한 명도 없었고 집주인과 가끔 대화하는 걸 제외하면 일주일에 열두 마디도 채 하지 않았다. 민주적인 성향과 거리가 먼 리어던은 자기보다 지적으로 열등한 사람과는 친분을 맺지 못했다. 고독은 애초부터 극심했던 과민성을 악화했고, 공식적인 직업의 부재는 쉽사리 몽상에 빠지고 일을 미루며 비현실적인 희망을 품는 성향을 부채질했다. 그는 수백만 명 사람들 가운데 은둔자였으며, 먹고살기 위해 몸부림쳐야 하는 현실을 끔찍하게 여겼다.

서서히 리어던은 헤어포드 시절 친구들과 연락을 끊었다. 그가 유일하게 안부를 주고받던 사람은 외할아버지뿐이었다. 직물점 사업에서 은퇴한 외할아버지는 미혼인 딸과 더비에서 그럭저럭 편안한 삶을 누리고 있었다. 그들은 지난 8년간 한두 번밖에 만나지 못했으나 할아버지는 항상 에드윈을 예뻐했다. 그러나 리어던은 편지에 도움이 필요하다는 암시를 하지 않았고, 정말 절박해지지 않는 한 경제적 지원을 부탁하지 않으리라 결심했다.

그는 구인광고에 답하기 시작했지만 가진 옷이 너무 초라했기 때문에 별 볼 일 없는 직업이 아니고서야 지원도 할 수 없었다. 한두 번 사무실에 찾아갔을 때 지독하게 무시를 당한 리어던은 그런 대접을 계속 받느니 차라리 아사하는 편이 낫다고 생각했다. 상처받은 자존심은 리어던을 몹시 오만하게 만들었다. 거절을 당하면 그는 무려 며칠을 다락방에 처박혀서 지내며 세상을 미워했다.

그는 소유하고 있던 얼마 안 되는 책을 팔았지만 물론 푼돈밖에 받지 못했다. 책을 팔고 난 후에는 옷마저 팔기 시작했다. 그러고 나면?

그때 도움의 손길이 찾아왔다. 어느 날 리어던은 런던 북쪽에 있는 병원의 사무총장이 직원을 구한다는 신문광고를 봤다. 지원서는 우편으로 보내라고 쓰여 있었다. 지원서를 보낸 이틀 뒤 놀랍게도 정해진 시간까지 와서 사무총장을 기다리라는 답장이 왔다. 리어던은 흥분에 들떠 병원을 찾아갔다. 사무총장은 매우 활기찬 젊은이로, 아담한 사무실 안에서 (특별 환자를 전문으로 하는 병원은 평범한 크기의 주택 안에 있었다) 서성이며 면접을 대단히 재미있는 농담으로 취급했다.

"사실 좀 어린 친구, 그러니까 거의 소년을 고용할 생각이었습니다. 하지만 이걸 봐요! 제 구인광고에 답한 편지들입니다."

그는 500~600장이 쌓여 있는 편지 더미를 가리키며 말하고 한참을 웃었다.

"이걸 다 읽는 건 불가능하다고밖에 할 수 없습니다. 그래서 편지를 모두 통에 넣어 흔든 다음에 아무거나 손에 잡히는 걸 고르면 가장 공평하다고 판단했죠. 만약 자격이 부족하면 다시 집고요. 그런데 제가 처음 집은 지원서가 리어던 씨 것이었고, 공평하려면 최소한 만나라도 봐야 한다고 생각했습니다. 사실은 말이죠, 일주일에 1파운드밖에 지급할 수 없습니다."

"그 급료를 받고 일할 수 있으면 매우 감사하겠습니다." 땀에 흠

뻑 젖은 리어던이 말했다.

"그러면 추천서나 그 외 서류는 어떻게 할까요?" 젊은 사무총장이 킥킥거리고 손을 비비며 말했다.

지원자는 고용됐다. 리어던은 간신히 집까지 걸어갔다. 갑작스레 파멸의 위기에서 벗어나자 극도로 쇠약해진 체력을 처음으로 자각한 것이다. 다음 주에 그는 심하게 앓았지만 새 직업을 소홀히 하진 않았다. 업무는 쉽게 배울 수 있었고 어렵지 않았다.

리어던은 그곳에서 3년간 일했는데 그동안 중대한 사건이 몇 개 일어났다. 아사 직전에서 벗어나 편하게 살게 되자, (일주일에 10실링으로 살던 사람에게 1파운드는 엄청난 금액이다) 리어던의 마음속에서 글을 쓰고 싶은 욕망이 어느 때보다 강하게 타올랐다. 그는 대개 6시쯤 귀가하고 저녁 시간은 자유로이 보낼 수 있었다. 여가에 그는 2부작 소설을 한 권 썼다. 첫 번째 출판사는 거절했지만 두 번째 출판사는 수익을 절반으로 나누는 조건으로 계약했다. 책은 시장에 나왔고 한두 개의 신문에서 호평했다. 작가에게 나눠줄 수익은 없었다. 병원에서 일한 지 3년째 되던 해 리어던은 3부작 소설을 썼고, 출판사로부터 선인세를 공제하고 나머지 수익의 절반을 받는다는 계약과 함께 25파운드를 받았다. 그의 소설은 이번에도 금전적 성공은 거두지 못했다. 그가 세 번째 소설에 막 착수했을 때 더비에 사는 할아버지가 돌아가시면서 400파운드를 물려줬다.

리어던은 다시 자유로울 수 있다는 유혹을 이기지 못했다. 집필로 1년에 80파운드를 번다고 가정하면 400파운드는 5년간의 작업을 뜻했다. 그 정도 시간이면 자신이 글을 써서 먹고살 수 있는 사람인지 충분히 결정할 수 있을 듯했다.

한편 그동안 리어던은 카터라는 이름의 병원 사무총장과 매우 친해졌다. 리어던의 소설이 출판되기 시작하자 쾌활한 카터는 경외심을 품고 자기 사무원을 바라보게 되었다. 소설가가 사직한 후에는 전 고용주와 직원 사이에 평등한 우정을 맺지 못할 이유가 전혀 없었다. 그들은 자주 만나며 계속 친분을 유지했고, 카터는 몇몇 친구에게 리어던을 소개했는데 그중 한 명이 정부 기관에서 일하는 느긋하고 이기적이며 어설픈 지성인인 존 율이었다. 리어던에게 고독의 시간은 끝났다. 그는 잠재력을 발휘하기 시작했다.

앞서 리어던이 쓴 두 권은 대중에게 인기를 끌 만한 작품이 아니었다. 특정한 계층의 사람들에 관한 이야기도 아니었고, (머리를 쓰는 사람들을 하나의 계층으로 인정한다면 모를까) 지역색도 없었다. 그의 소설은 거의 심리적인 이야기만 다루었다. 소설가에게 이야기를 꾸미는 재주가 없다는 건 분명했으며, 그의 글에서 역동적인 삶의 모습을 바라는 건 무리였다. 리어던은 다양한 부류의 많은 독자에게 다가갈 수 있는 작가가 아니었다. 그러나 그는 인물을 강렬하게 포착했고, 그가 쓴 최고의 문장들은 몇몇 교양 있는 독자의 마음에 쏙 드는 지적 열정으로 가득 차 있었다.

비록 리어던은 난관에 맞서 싸우는 사람은 아니었지만, 여유가 있으면 능력을 한껏 발휘할 수 있었다. 책임감 같은 것은 언젠가 그의 생산력을 말려 버릴 것이다. 다작은 꿈도 꿀 수 없었다. 2~3년에 한 권 정도는 그의 섬약한 정신에 큰 무리를 가하지 않았지만, 그 이상을 시도하면 그가 쓰는 소설 특유의 장점을 망쳐 버릴 게 분명했다. 리어던은 자신의 기질을 어렴풋하게나마 자각했고, 유산을 받고 나서는 새롭게 시작했던 소설을 거의 1년 가까이 연기했다. 머리를 식히기 위해 에세이를 몇 편 썼는데, 아무도 받아 주지 않은 예전 에세이보다 훨씬 성숙했고, 그중 두 편이 문예지에 실렸다.

그는 에세이 원고료로 새 옷을 샀다. 친구 카터의 조심스러운 제안을 받아들인 것이다.

리어던의 세 번째 소설은 50파운드에 팔렸다. 이전에 썼던 책들보다 높은 가격에 팔렸고 비평도 대개 호의적이었다. 그다음에 쓴 『중립 지대에서』라는 책으로 그는 100파운드를 받았으며 이 수익에 힘입어 6개월 동안 남부 유럽을 여행했다.

리어던은 6월 중순에 런던에 돌아왔는데, 돌아온 둘째 날 그의 여생을 결정한 사건이 벌어졌다. 그로스베너 갤러리에서 그림 감상에 몰두하고 있던 리어던은 자신의 이름을 부르는 익숙한 목소리를 들었고, 그가 돌아서자 최신 여름 신사복으로 눈부시게 빼입은 카터와 상당히 매력적인 젊은 여성이 있었다. 전에 리어던은 초라한 옷차림 때문에 이런 식으로 누굴 소개받는 걸 항상 두려워했다. 하지만 이제는 사교 생활을 기피할 이유가 전혀 없었다. 그는 그런대로 단정하게 입었고, 반년간의 여행 덕분에 혈색도 눈에 띄게 좋아졌다. 카터는 젊은 여성을 소개했는데, 카터의 약혼녀라고 리어던도 들은 적이 있는 여자였다.

그렇게 대화를 나누는 동안 척 봐도 어머니와 딸로 보이는 여자 두 명이 리어던이 만난 적 있는 존 율과 함께 다가왔다. 존 율은 활기차게 다가와서 귀국한 여행자를 반겼다.

"소개하겠습니다. 제 어머니와 여동생입니다. 작가님 명성을 듣고 꼭 만나 뵙고 싶어 했어요."

리어던은 다소 민망하지만 전혀 불쾌하지 않은 새로운 경험을 했다. 주위에 다섯 사람이 있었는데, 모두 그를 중요한 사람으로 대우하며 다정하게 말했다. 물론 사실대로 말하자면, 리어던은 명성이라고는 전혀 없었지만 이 사람들은 그의 이름이 조금이라도 알려지는 걸 지켜봐 왔고, 엄연한 작가, 그것도 이탈리아와 그리스에서 막 돌아온 작가를 자신의 친구로 반겼다. 율 부인의 말투는 리어던처럼 교양 있는 사람이 듣기에는 지나치게 허세스러웠다. 율 부인은 '원래 우리 가족은 일반적인 소설은 딱히 안 좋아하지만' 리어던 씨의 소설은 아주 잘 알고 있다고 서둘러 말했다. 말투에 허세도 없고 성품이 신중해 보이는 율 양 역시 작가에게 확실히 관심을 보였다. 딱한 작가로 말하자면, 그는 첫눈에 율 양에게 반했고 그걸로 모든 것이 결정됐다.

하루 이틀 후 리어던은 웨스트본에 있는 율 부인의 집에 방문했다. 크기가 아담한 집은 기품이 있다기보다는 화려했다. 이 집을 방문했던 사람은 에드먼드 율의 과부가 실상 수입이 거의 없으며 겉치레를 유지하기 위해 절박한 수단을 자주 쓴다는 말을 들어도 놀라지 않을 것이다. 하늘거리고 반들거리고 푹신한 작은 응접실에서 리어던은 모녀와 대화 중이었던 젊은 남자를 만났다. 바로 이 남자가 역시 문필업자인 재스퍼 밀베인이었다. 밀베인 씨는 큰 흥미를 느끼면서 읽었던 책들의 저자인 리어던을 만나 반가워했다.

"정말이지, 리어던 씨를 만나기까지 왜 이렇게 오래 걸렸는지 도무지 이해할 수가 없군요. 존이 그렇게 이기적이지만 않았으면 오래전에 작가님을 소개했을 텐데요." 율 부인이 말했다.

그로부터 10주 후, 율 양은 리어던 부인이 되었다.

불쌍한 리어던에게는 열광적인 환희의 시간이었다. 문단에서 이루는 성공의 정점이 아름답고 지적인 여성과의 결혼이라는 생각을 항상 품어 왔지만, 자신이 그런 성공을 거두리라고는 감히 꿈꾸지 않았다. 전반적으로 지금까지 삶은 그에게 너무 가혹했다. 젊은 시절을 수도승처럼 보내며 언제나 공감에 목말랐던 리어던은 여자의 사랑은 엄청난 축복을 받은 사람들에게만 주어지는 상이라고 여겼다. 그런데 돌연 친구들이 생기고 사람들의 칭송을 받았으며, 아, 사랑까지 그를 찾아왔다. 그는 일곱 번째 천국[15]으로 승천했다.

15. 신과 가장 높은 천사들이 있는 최상의 천국. 강렬한 행복.

과연, 여자는 그를 사랑하는 듯했다. 에이미는 리어던의 작은 유산이 100파운드 정도밖에 남지 않았으며 그의 책들은 헐값에 팔렸고, 유산을 물려줄 부유한 친척이 없다는 것도 알았다. 그런데도 그가 청혼했을 때 에이미는 망설이지 않았다.

"처음부터 당신을 사랑했어요."

"어떻게 그게 가능하죠?" 리어던이 물었다. "저한테 사랑할 만한 점이 뭐가 있습니까? 꿈에서 깨면 옛날에 살던 다락방에서 추위와 배고픔에 떨면서 일어날까 봐 두려워요."

"당신은 위대한 사람이 될 거예요."

"제발 그런 기대는 하지 말아요. 여러 면에서 나는 나약한 사람이에요. 위대한 사람이 될 자신은 전혀 없습니다."

"그러면 제가 두 명 몫으로 자신감을 가져야겠네요."

"저를 있는 그대로 사랑할 수 있나요? 그냥 한 남자로서?"

"사랑해요!"

사랑이라는 단어가 그를 에워싸고 귓가에 울리자 폭발할 듯한 기쁨으로 가슴이 격렬히 고동쳤다. 리어던은 자신이 너무나도 부족하다고 느꼈다. 에이미의 발치에 몸을 내던지고 뜨거운 눈물을 흘리며 그녀를 미친 듯이 숭배하고 싶었다. 그의 눈에 에이미는 상상 이상으로 아름다웠다. 그녀의 따뜻한 금발 머리는 그의 눈과 경건한 손의 기쁨이었다. 에이미는 마른 체격이었지만 매우 튼튼했다. "태어나서 아픈 적이 한 번도 없지요." 율 부인이 말하곤 했는데 누구나 그 말을 믿었다.

에이미는 달콤하고 단호하게 말했다. '사랑해요'라는 그녀의 한 마디는 영생과의 결속이었다. 소소한 일부터 중대한 일까지, 에이미는 그의 마음을 헤아리고 바로 실행했다. 에이미는 귀여운 심술을 부리거나 애교스럽게 무력한 척하는 일이 없었으며, 여자의 약한 모습을 보이지도 않았다. 스무 살 아가씨인 에이미는 싱싱했고, 그녀의 맑은 눈은 다가올 나날에 도전장을 내미는 듯했다.

리어던은 지나치게 강렬한 빛에 잠시 눈이 먼 사람처럼 행동했다. 그의 말투도 달라졌다. 고상한 의미에서 그는 무모하고 의기양양하고 자신만만하게 말했다. 그는 기회가 생길 때마다 친구를 사귀었고 온 세상을 두 팔로 반겼다. 그는 신의 자비를 느꼈다.

"사랑해요!" 행복에 취해 잠드는 리어던의 귓가에 이 말이 음악처럼 흘러들었고, 다음 날 아침 새로운 삶으로 손짓하는 영광스러운 종소리처럼 그를 깨웠다.

지연? 왜 지연하겠는가? 에이미는 그의 아내가 되길 그 무엇보다 바랐다. 에이미가 안주인인 집에 들어가기까지 일이 손에 잡힐 리 없었다. 리어던의 머릿속에선 앞으로 쓸 책들의 구상이 들끓었지만, 그의 손은 연애편지밖에 쓰지 못했다. 그리고 그 편지들이란! 리어던이 쓴 어떤 소설도 그의 편지에는 견줄 수 없었다. "보내 주신 시 잘 받았어요." 에이미가 그중 하나에 답장했다. 그녀가 옳았다. 그가 보낸 것은 편지가 아니라 시였고, 모든 단어가 뜨겁게 타올랐다.

대화를 나누던 그 시간이란! 에이미의 뛰어난 이해력과 방대한 독서량을 새삼 깨달을 때마다 리어던은 희열을 느꼈다. 안타깝게도 에이미는 라틴어와 그리스어를 읽지 못했지만, 그녀가 두 언어를 배우면 그들 사이 소통에 부족할 것이 없었다. 리어던은 고전문학의 작가들을 진심으로 사랑했다. 그들 덕분에 비참한 시절을 견딘 것이다.

연인들은 남부 유럽의 매혹적인 세계에 함께 갈 계획을 세웠다. 신혼여행은 아니었다. 경솔한 지출이라며 에이미가 반대했다. 하지만 그가 책을 팔아 돈을 받으면 바로 가리라. 출판사들이 친절하게 도와주지 않을까? 그들의 멍청한 수표 지갑에 얼마나 많은 행복이 수정란처럼 도사리고 있는지 그들이 알 수만 있다면!

결혼식 일주일 전, 리어던은 이른 아침에 퍼뜩 깨어났다. 독자도 그 느낌을 알 것이다. 근심이 꿈꾸던 뇌를 짓눌러서 한순간에 잠이 확 달아난 것이다. '앞으로 성공하지 못하면 어쩌지? 그토록 오랜 시간을 공들여 일하는 장편 하나로 계속 100파운드밖에 못 벌면 어쩌지? 키워야 하는 아이가 생길지도 모른다. 에이미는 또 어쩌지? 에이미가 가난을 어떻게 견디겠는가?'

리어던은 가난이 무엇을 의미하는지 잘 알았다. 뇌와 심장이 싸늘해지고 손이 덜덜 떨리며, 세상의 냉정한 무관심에 대한 공포와 수치심, 무력한 분노, 막막한 두려움이 스멀스멀 모여든다. 가난! 가난!

몇 시간 동안 리어던은 다시 잠들지 못했다. 자꾸 눈에 눈물이 차올랐으며 맥박이 느려졌다. 고독의 늪에 잠겨 그는 에이미에게 애원했다. "나를 버리지 말아요! 사랑해요! 사랑해!"

그 순간은 지나갔다. 6일, 5일, 4일. 행복에 겨워 심장이 터질 수 있을까? 여덟 층의 돌계단을 올라야 하는, 하늘 높이 우뚝 솟은 아파트를 계약하고 가구를 들였다.

"리어던, 자네는 터무니없을 정도로 운이 좋은 친구야." 그새 리어던과 매우 친해진 밀베인이 말했다.

"자네는 좋은 사람이야. 이런 행복을 얻을 자격이 있어."

"처음에 나는 도저히 믿을 수가 없었네."

"무슨 말인지 알 것 같아. 아니, 내가 율 양을 사랑했다는 뜻이 아니네. 흠모하긴 했지. 어차피 그녀는 절대 나에게 빠지지 않았을 거야. 나는 감성이 부족하거든."

"뭐라고?"

"나쁜 뜻으로 한 말이 아니네. 내 생각에 나랑 그녀는 너무 비슷한 부류 같아."

"그게 무슨 뜻인가?" 혼란스럽고 조금 불쾌해진 리어던이 물었다.

"자네도 알다시피 율 양은 순수하게 지성적인 성향이 다분해. 그런 사람은 열정적인 사람에게 끌리는 법이지."

"자네, 허튼소리를 하고 있군."

"뭐, 어쩌면 그럴지도 모르지. 솔직히 말하자면 난 여자에 관한 공부를 끝내려면 멀었네. 언젠가는 전문가가 되고 싶은 분야 중 하나지만 말이야. 물론 소설에 쓰려는 건 아니고 실제 삶에서 알고 싶어."

사흘. 이틀. 하루.

세상이 낼 수 있는 모든 기쁨의 소리를 하나로 화합해 울려요! 결혼식이 끝났을 때 마을 종을 명랑하게 울리는 거야말로 아름다운 풍습 아닌가요? 이곳 런던에는 그런 음악이 없어요. 하지만 내 사랑, 이 위대한 도시에서 생명을 분출하는 모든 소리가 우리의 결혼 축가예요. 면사포 아래 순수하고 아름다운 그 얼굴! 운명이 허락한다면, 내 생애의 정점인 지금 이 순간부터 오래오래 나에게 기쁨을 줄 그 얼굴!

밖에서 어둠 속을 헤매는 리어던은 괴로워하며 그 시절을 다시 살고 있었다. 당장 써야만 하는 가상의 이야기에 집중하려고 해도 그때의 장면들이 머릿속에 마구 파고들었다. 이전에 리어던이 소설을 쓸 때는, 어떤 연상을 일으키는 '상황'과 흥미를 자극하는 인물들이 불현듯 마음속에 떠올라 그에게 손짓하며 글을 쓰라고 부추겼다. 그런 자발적인 영감은 더는 바랄 수 없었다. 몇 달을 헛되이 고통스럽게 버둥거리는 동안 그의 뇌는 지쳐 버렸다. 게다가 리어던은 대중의 관심을 끌 만한, 한마디로 문학적 잭인더박스[16] 같은 플롯을 짜내려는 건데, 이런 일은 그의 천성적 상상력에 매우 낯설었다. 리어던은 뇌와 심장에 가해진 부담이 견딜 수 없을 지경에 이르렀다는 증거인 악몽에 시달리기 시작했다.

16. 상자 뚜껑을 열면 튀어나오는 장난감.

6장. 실리적인 친구

남편이 나간 후 에이미는 서재에 앉아 책 한 권을 읽으려는 양 꺼냈다. 책을 읽을 생각은 아니었다. 무릎에 손을 올리고 멍하니 앉아 있는 걸 항상 싫어했던지라, 의식적으로 사색에 잠길 때도 그녀는 대개 책 한 권을 펼쳐 놓았다. 사실 에이미는 최근 들어 책을 많이 읽지 않았다. 아기가 태어난 이래 별로 관심 없던 공부에는 더더욱 흥미를 잃었다. 그 대신 그녀는 성공했다는 신작이 손에 들어오면 대단히 실용적인 마음가짐으로 통독하며 인기 요소를 찾아서 리어던에게 알려 주었다. 예전에 에이미는 순수한 문학적 가치를 날카롭게 포착하고 이에 집중했다. 한때 얼마나 자주 그녀가 평범한 독자라면 알아차리지도 못할 장단점을 발견해서 남편에게 큰 기쁨을 안겨 주었던가! 이제 에이미는 그런 주제를 자주 논하지 않았다. 그녀의 관심사는 좀 더 개인적으로 변했다. 그녀는 유명 작가들의 성공담을 자세히 듣고 싶어 했다. 결혼한 사람이라면 배우자는 어떤지, 출판사와 어떤 계약을 맺었는지, 어떤 방식으로 일하는지 등등. 또한, 그녀는 문예지의 가십 칼럼—이중 몇몇은 문학과 관련도 없었다—에 흥미를 느꼈다. 에이미는 해외 출판권 같은 문제를 거론했고, 문예지와 학술지의 실질적 운영방식과, 출판사에서 원고를 누가 '읽는지' 알고 싶어 안달했다. 편견 없는 제삼자의 눈엔 에이미의 지성이 한층 활동적이고 성숙하게 발달하고 있는 것처럼 보일지도 몰랐다.

30분이 지났다. 머릿속에서 유쾌하지 않은 생각이 꼬리를 물었다. 그녀의 입술은 양옆으로 당겨졌고, 미간에는 주름이 살짝 잡혔다. 에이미의 표정에 서려 있는 자제력은 평소에는 아름다웠지만, 지금은 지나치게 차갑고 단호해 보였다. 일부러 문을 열어 둔 침실에서 무슨 소리가 난 듯했다. 확인하려고 재빨리 고개를 돌리는 그녀의 눈이 금세 부드러워졌다. 하지만 아무 소리도 들리지 않았다. 이륜마차가 덜거덕대고 사륜마차가 덜컹거리며 지나가는 소리가 이따금 들릴 뿐 거리는 고요했다. 건물은 쥐죽은 듯 조용했다.

그래, 발소리였다. 돌계단을 힘차게 올라오는 소리였다. 우체부의 발소리와는 달랐다. 꼭대기 층에 있는 다른 집에 온 손님일지도 몰랐다. 발소리는 이쪽에서 멈췄고, 잠시 후 문에서 선명하게 똑똑 노크 소리가 들렸다. 에이미는 곧바로 일어나 문을 열었다.

재스퍼 밀베인이 도시적인 실크 모자를 치켜들고 허물없이 우정을 표하는 인사와 함께 손을 내밀었다. 안부를 묻는 그의 목소리가 너무 우렁차서 에이미는 손짓으로 경고했다.

"윌리를 깨우겠어요!"

"이런! 항상 잊어버리는군요." 재스퍼가 목소리를 낮추었다.

"아기는 잘 크고 있나요?"

"네."

"리어던은 나갔어요? 토요일 저녁에 돌아왔는데 여태 찾아올 시간이 없었습니다." 이날은 월요일이었다. "여긴 참 후텁지근하군요. 오후에 지붕이 열을 받아서 그런가 봅니다. 시골 날씨는 정말 상쾌했어요! 할 얘기가 많아요. 리어던은 금방 돌아오겠죠?"

"그렇지 않을 거 같아요."

재스퍼는 복도에 모자와 지팡이를 두고 서재로 들어오며 3주 전에 왔을 때와 뭔가 달라졌을 거라고 예상한 것처럼 집을 둘러보았다.

"휴가는 즐거우셨나요?" 침실 문가에서 잠시 귀 기울이던 에이미가 자리에 앉으며 물었다.

“뇌를 좀 쉬게 해줬죠. 휴가 동안 누구랑 알게 됐는지 맞춰 봐요.”

“거기서요?”

“네. 당신 둘째 큰아버지 앨프리드와 그의 딸이 존 율 씨 집에 머무르고 있어서 만났습니다. 집으로 초대받았거든요.”

“우리 이야기를 했나요?”

“율 양에게만 했습니다. 산책하다 우연히 만났는데 실수로 리어던 이름을 말해 버렸어요. 아무 상관 없습니다. 그녀가 당신 안부를 꽤 궁금해하던데요. 어렸을 때 보였던 조짐만큼 미인이 됐냐고 물었어요.”

에이미가 웃음을 터뜨렸다.

“밀베인 씨의 풍부한 상상력에서 나온 말은 아니고요?”

“전혀 아닙니다. 어쨌든, 당신은 율 양에 대해 무얼 묻겠어요? 어릴 때 미인이 될 조짐이 보였나요?”

“안타깝지만 그렇다고 할 수는 없어요. 이목구비는 그럭저럭 괜찮지만 좀 평범한 얼굴이었죠.”

“그렇군요.” 재스퍼는 고개를 뒤로 젖히고 기억 속 무언가를 떠올리는 듯했다. “지금도 대부분 사람은 율 양이 다소 평범하다고 할 것 같아요. 하지만—아니, 어차피 그건 안 되겠죠. 어쨌든, 그녀는 피부가 아주 창백하고 머리가 짧아요.”

“짧다고요?”

“아, 소년처럼 중앙 가르마를 탄 생머리가 아니에요. 그런 머리는 길면 축 처지죠. 율 양은 전체적으로 곱슬머리인데 놀랄 정도로 잘 어울려요. 정말이에요. 두상이 대단히 아름답더군요. 아주 특이한 여자예요. 정말 특이해요. 조용하고 생각이 깊고. 안타깝게도 그다지 행복해 보이진 않았어요. 책의 세계로 돌아가고 싶지 않은 듯했어요."

"그런가요! 하지만 그 애가 책을 좋아한다고 생각했는데요."

"아마 여섯 사람 치를 읽고 있겠죠. 몸이 허약할지도 몰라요. 누군지 첫눈에 알아봤습니다. 도서실에서 본 적이 있거든요. 기억에 남는 여자예요. 궁금해지게 만들죠. 아주 친해지기 전에는 보여 주지 않는 뭔가가 있을 것 같아요."

"글쎄요, 그러길 바라요." 에이미가 묘한 미소를 지으며 말했다.

"물론 저와는 무관합니다. 런던에서 찾아오라는 초대도 못 받았어요."

"당신이 우리 가족과 친하다고 메리언이 자기 부모님에게 말했나 보군요."

"그런 것 같지 않아요. 여하튼, 말하지 않겠다고 약속했어요."

에이미는 조금 혼란스럽다는 표정으로 의아해하며 쳐다봤다.

"약속했다고요?"

"자발적으로요. 우리는 서로 상당히 이해했거든요. 당신 둘째 큰아버지—앨프리드 말입니다—정말 인상적인 사람이에요. 하지만 나를 시시한 젊은이로 보는 것 같더군요. 아무튼, 요즘 어때요?"

에이미는 고개를 가로저었다.

"아무 진전이 없어요?"

"전혀요. 아무것도 쓰지 못하고 있어요. 정말 아픈 게 아닌가 걱정이 되기 시작했어요. 날씨가 추워지기 전에 어디라도 가야 해요. 오늘 꼭 좀 설득해 줘요. 당신이 동행할 수 있으면 참 좋겠네요."

"미안하지만 지금은 불가해요. 미친 듯이 일만 해야 하거든요. 2주 정도면 둘이 같이 다녀올 수 있지 않아요? 헤이스팅스나 이스트본 같은 곳으로?"

"경솔한 행동이에요. '1, 2파운드가 무슨 상관이냐?' 이런 말들을 하잖아요? 하지만 결국엔 엄청나게 상관있죠."

"맞습니다. 빌어먹을! 식사가 즐거웠다는 이유로 웨이터한테 10실링 팁을 주는 유복한 장사꾼 아들이 우리 이야기를 들으면 얼마나 우스워하겠어요. 어쨌든 이건 말씀드리죠. 리어던이 현실적으로 생각을 바꾸도록 당신이 도와야 해요. 동의하지—?"

재스퍼는 말을 멈췄고, 에이미는 시선을 떨구었다.

"시도는 했어요." 마침내 에이미가 조용히 말했다.

"정말 노력해 봤나요?"

깍지 낀 손을 무릎 사이에 끼고 재스퍼가 몸을 앞으로 기울였다. 그는 에이미의 얼굴을 관찰하고 있었고, 그의 집요한 시선을 느낀 에이미는 어색하게 고개를 돌렸다.

"저는 이제 확신해요." 에이미가 말했다. "지금으로선 장편은 무리예요. 그이는 쓰는 속도가 느린 데다가 깐깐하기까지 하죠. 최근에 출판한 것보다 더 약한 책을 급히 내버리면 끝장날지도 몰라요."

"『낙천주의자』가 약했다고 생각해요?" 재스퍼가 조금 멍하니 물었다.

"에드윈의 수준에는 떨어져요. 누구나 저와 동의할 거예요."

"당신이 어떻게 생각하는지 궁금했지요. 맞아요. 새로운 방안을 찾아야 해요."

그때 바깥문 걸쇠가 열리는 소리가 났다. 재스퍼는 의자 등받이에 기대앉아 친구가 나타나길 기다리며 미소 지었다. 에이미는 움직이지 않았다.

"아, 자네 여기 있었군." 음지에서 양지로 온 사람처럼 눈부셔하며 리어던이 들어왔다. 얼굴에는 아직 침울한 기색이 남아 있었지만 진심으로 반기는 목소리였다.

"언제 돌아왔나?"

밀베인은 앞서 에이미와 나눈 대화 앞부분을 되풀이했다. 그러는 동안 에이미는 방에서 나가 5분 정도 보이지 않다가 다시 들어와 말했다.

"밀베인 씨, 저희와 식사하실 거죠?"

"네, 부탁합니다."

잠시 후 모두 다이닝룸에서 만났다. 아기가 자는 침실과 가까웠기 때문에 다들 조용조용 대화를 나누었다. 재스퍼는 런던에 돌아온 이래 있었던 일을 이야기하기 시작했다.

"아주 흥미로운 우연이었어. 그건 그렇고, 《스터디》에서 벌어지고 있는 일을 들었나?"

"들었지." 표정이 밝아지며 리어던이 말했다. "상당히 만족스러운 기분으로 들었네."

"정말 우습지 않아요?" 에이미가 외쳤다. "비펜 씨가 말했을 때 너무 우스워서 믿기지 않았어요."

세 사람은 나지막하게 웃었다. 상반된 비평을 우스워하는 리어던은 그 순간만큼은 딴사람 같았다.

"비펜이 자네에게 알려 줬군." 재스퍼가 말을 이었다. "참 이상한 사건이야. 그런데 토요일 저녁에 하숙집에 돌아오니까 호레이스 발로우 씨에게 서신이 와 있지 뭐야. 일요일 오후에 윔블던으로 오라고 초대했는데, 주된 이유가 그 자리에 《스터디》 편집장이 오기 때문이래. 내가 만나고 싶어 하지 않을까 생각했다더군. 그 편지를 보고 웃음이 터졌지. 그 웃긴 비평 때문만이 아니라, 앨프리드 율이 패지라는 이 편집장에 대해 별별 이야기를 다 했거든. 리어던 부인, 당신 둘째 큰아버지 말에 따르면 패지는 문단에서 가장 악질이라는군요. 물론 이런 말은 대단히—아닙니다, 잊어버려요. 난 물론 패지를 만나게 되어 기뻤지. 발로우의 집에서 정말 이상한 사람들을 잔뜩 만났는데 대부분 악명 높은 여자들이었네. 이 위대한 패지라는 자도 놀랍더군. 수척하고 성마른 자를 예상했는데, 상상 이상으로 혈색이 좋고 통통하고 땅딸막한 멋쟁이였어. 마흔다섯 살 정도로 보이는데, 숱 없는 금발에 눈은 파랗고 아주 천진난만하게 행동하더군. 고맙게도 내게 은밀한 이야기를 해주었는데, 발로우가 왜 나한테 그자를 만나라고 했는지 드디어 알게 됐지. 앞으로 패지가 컬페퍼의 새 월간지를 편집할 건데 기고자 중 한 명으로 나를 고려하고 있다네! 어때, 이 정도면 괜찮은 소식 아닌가?"

밀베인은 득의만면한 미소를 띠고 리어던과 에이미를 번갈아 보았다.

"정말 기쁜 소식이군!" 리어던이 열렬히 말했다.

"봤지? 내가 뭐랬나?" 옆방에 있는 아기를 까맣게 잊은 재스퍼가 외쳤다.

"기다릴 줄 아는 사람에겐 기회가 오는 법이라니까. 하지만 이렇게 일찍 찾아오리라곤 상상도 못 했네. 이제 내 이름이 알려진 거야. 내가 해온 일들이 인정받은 거지. 내 스타일의 장점이 이목을 끌었고, 유망한 신인으로 손꼽힌 거네. 어느 정도는 발로우, 이 노인네 덕이라는 걸 나도 인정해. 누굴 만날 때마다 나를 띄워 주는데 재미를 붙인 모양이야. 최근에 《웨스트엔드》에 발표한 글 덕을 톡톡히 본 거 같아. 앨프리드 율도 《웨이사이드》에 실린 글이 좋았다고 말했거든. 이렇게 일이 풀리는 거야. 전혀 생각지도 않을 때 평판이 확 올라가는 법이지."

"새 문예지는 이름이 뭐예요?" 에이미가 물었다.

"《커런트 The Current》라는 이름을 제안하더군요. 어떤 면에선 괜찮죠. 누군가 이런 소리를 하겠지만 말입니다. '최신 《커런트》 읽었나[17]?' 나는 무슨 일이 있어도 유행하는 스타일로, 간결하게 쓸 거야. 쓸데없이 이것저것 가져다 붙이지 않을 거네. 처음부터 끝까지 날카롭고 세련된 재치로만 채울 거라고. 창간호에 내가 뭘 쓸 것 같나? 주요 일간지와 주간지의 일반적인 독자들에 대한 스케치를 모은 글을 발표할 거야. 기막히게 좋은 아이디어지. 물론 내가 생각한 거야. 막상 쓰려고 하면 어마어마하게 힘들겠지만 난 해내고 말 거네. 어디 내가 못 하나 보라고. 독기로 패지와 겨루겠어. 그 사람 말투에는 독기가 전혀 없던데. 어쨌든 이 기사는 엄청난 파문을 일으킬 거야. 한 달을 다 쏟아부어서 완벽한 풍자를 쓸 거네."

"그런 일이야말로 내게 경외심과 질투심을 불러일으켜." 리어던이 말했다. "나는 미분 계수에 관해서 쓸 수 없는 것만큼이나 그런 글을 쓸 수 없어."

"하, 이건 내 천직이네! 애초에 내가 경험이 부족하다고 할 수도 있겠지. 하지만 나는 직감이 좋아서 적은 경험도 크게 활용할 수 있어. 내가 지난 몇 년 동안 문예지나 읽고 별별 한량들과 어울리면서 무위도식했다고 다들 생각하겠지. 사실 난 아이디어를 모으고 있었네. 돈으로 환전할 수 있는 아이디어 말일세, 친구. 난 즉흥적인 글에 특별한 재능이 있어. 내 평생 진중하고 문학적 가치가 있는 글은 못 쓰겠지. 그리고 난 내 글을 읽는 사람들을 경멸할 거야. 하지만 난 성공할 거네. 언제나 그렇게 말해 왔고, 이제는 확신이 생겼어."

"그럼 패지는 《스터디》를 그만둔 건가?" 다정한 미소를 지으며 친구의 연설을 듣던 리어던이 물었다.

"맞아. 어차피 그만둘 생각이었던 것 같아. 물론 난 문제의 상반된 비평에 대해선 입도 벙끗 안 했지. 패지랑 대화하는 내내 혹시 내 생각을 들킬까 봐 웃기가 두려울 정도였어. 그 사람에 대해서

---

17. Current의 여러 뜻 가운데 현재, 최신이라는 뜻을 이용한 말장난.

들어본 적 있나?"

"아니. 나는 《스터디》 편집장이 누군지도 몰랐네."

"나도 마찬가지야. 유명한데 아무도 못 알아보는 사람들이 얼마나 많은지 놀라울 정도지. 소식이 하나 더 있네. 내 동생들을 문필업에 끌어들이려고 해."

"어떻게 말인가?"

"질색하는 교습을 하느니 차라리 글을 좀 쓰는 게 어떨까 싶었지. 어젯밤에 윔블던에서 돌아와서 데이비스를 찾아갔어. 내가 예전에 말한 적 있는데 자네가 잊었을지도 모르겠군. 한 1년 전까지 졸리 앤드 몽크라는 출판사에 있던 사람이야. 지금은 업계지에서 편집 일을 하는데 거의 연락을 안 하고 살았네. 그래도 찾아갔을 때 마침 집에 있어서 오랫동안 실용적인 대화를 나눴어. 졸리 앤드 몽크 같은 회사가 글을 파는 시장이 어떤지 알고 싶었거든. 그 사람이 아주 유용한 힌트를 몇 개 줘서 오늘 아침에 몽크를 직접 만나고 왔네. 졸리는 자리에 없었어. 자네도 잘 아는 내 무덤덤한 말투를 최대로 활용하며 시작했지. '몽크 씨, 『어린이를 위한 영국 의회 역사』라는 책을 준비하고 있는 숙녀분의 부탁으로 왔습니다. 그분 착상은—' 뭐 이런 식으로. 나랑 몽크 씨는 말이 잘 통했어. 내가 컬페퍼의 새 문예지 기고가라고 하니까 더 잘해 주던데. 내가 말한 기획에 호의를 표하면서 샘플을 읽어 보고 싶다고 하더군. 읽어 보고 마음에 들면 계약 조건을 논하자고 했어."

"동생분들이 그런 책을 실제로 쓰기 시작했나요?" 에이미가 물었다.

"둘 다 여기에 대해서 아무것도 모릅니다. 하지만 내가 생각하고 있는 글을 쓸 능력은 충분히 있어요. 전반적으로 유명한 정치인들의 일화를 모아 놓은 글이거든요. 내가 샘플을 직접 쓴 다음에 동생들에게 보내서 어떤 아이디어인지 알려줄 거예요. 50파운드는 받을 수 있을 거 같아요. 글을 쓰는데 필요한 책은 와틀보로우 도서관에서 빌릴 수 있고, 아니면 내가 보내 주면 되죠."

"자네 갑자기 기운이 넘치는군." 리어던이 말했다.

"맞아. 때가 온 걸 느끼네. 신선한 매력이 있는 글을 인용하자면, '인간사에는 조수(潮水)가 있지[18].'"

빵과 버터, 치즈, 정어리, 코코아로 구성된 저녁 식사가 끝났다. 재스퍼는 최근 경험과 앞으로의 계획을 계속해서 구구절절 설명하며 응접실로 앞장섰다. 얼마 후 에이미는 두 친구가 담배를 피우도록 자리를 피해 주었다. 남편이 집필에 대해 밀베인과 의논하고, 밀베인이 주리라고 확신하는 실용적인 충고를 받아들이기를 바랐다.

"여전히 글을 못 쓰고 있다고 들었네." 두 사람이 잠시 침묵 속에서 담배를 피운 후 재스퍼가 말했다.

"그렇다네."

"상황이 좀 심각해지고 있는 것 같은데. 어떤가?"

"그렇다네." 리어던이 작은 목소리로 되풀이했다.

"이보게, 이러지 말게. 계속 이러면 안 돼. 해변으로 휴가를 좀 다녀오면 어떨 것 같나?"

"아무 소용 없을 거야. 기회가 있어도 난 휴가를 즐길 수 없는 사람이네. 지금 뭔가 하지 않으면 걱정하다 백치가 되어 버릴지도 몰라."

"알겠네. 그럼 어떻게 하려고 하나?"

"2부작을 쓰려고 하네. 270장 이상 안 써도 되고, 행간도 넓게 써야지."

"참신한걸. 실용적이야. 하지만 내 말을 들어 보게. 좀 자극적으

---

18. 셰익스피어의 『줄리어스 시저』에서 인용. 4막 3장.

로 쓰면 어떨까? 사람들 눈과 귀를 사로잡을 만한 제목이 없을까? 제목이 내용을 암시하도록 말이야."

리어던은 조소를 터뜨렸지만 밀베인보다는 자신을 향한 비웃음이었다.

"노력해 보겠네." 그가 중얼거렸다.

두 남자는 잠시 그 문제에 대해 곰곰이 생각하는 듯했다. 그러다 재스퍼가 무릎을 찰싹 쳤다.

"이건 어떤가? '기묘한 자매'? 끝내주지 않나? 배운 사람이나 못 배운 사람이나 별별 상상을 다 하게 만들잖아. 너무 인기만 노린 것 같지도 않고 말이야."

"자네에겐 어떤 상상을 일으키나?"

"아, 마녀처럼 신비로운 소녀나 여자들이지. 한번 생각해 보게."

다시 긴 침묵이 흘렀다. 리어던의 얼굴에 절대적인 고통의 표정이 떠올랐다.

"노력했어." 말하려다 목소리가 갈라져서 입을 다물었던 리어던이 마침내 말했다. "어쩌다 이 지경이 됐을까 나 자신에게 설명하려고 노력했어. 이제 알 것 같네."

"어떻게?"

"반년 해외여행을 가고 여행에서 돌아오자마자 갑작스럽게 엄청난 행복을 경험하면서 내 본질의 균형이 깨진 것 같아. 나는 역경과 궁핍과 투쟁에만 익숙한 사람이었지. 나 같은 성정은 그런 급격한 상황의 변화를 겪으면 큰 영향을 받기 마련이네. 영국을 떠나기 전의 나로 돌아간 적이 없어. 난 천천히, 성실하게 노력해서 그 단계에 다다랐었네. 책벌레 소년에서 거의 성공한 소설가가 되기까지 내가 어떤 과정을 거쳤는지 돌아봤어. 아주 자연스럽고 진중한 발전이었지. 그러나 지난 2년 반 동안은 아무 발전이 없었어. 그 시절에는 내 능력이 절정에 이르렀다고 때때로 느꼈네. 그건 착각이었지. 지적으로 난 퇴화했네. 내가 마음 편하게 살 여유가 있다면 이 또한 크게 상관없겠지. 마음의 평정을 되찾고, 다시 한번 나를 발견할 수 있을 테니까. 하지만 가난 때문에 이런 절차를 제대로 밟을 수 없어."

리어던은 천천히, 명상하듯 단조로운 말투로 말하며 단 한 번도 바닥에서 시선을 떼지 않았다.

"방금 자네 말에 철학적 진실이 있을지도 몰라. 나도 이해하네. 그래도 말이야, 자네가 그런 걸 굳이 반추하며 골머리를 앓는 게 안타깝군." 재스퍼가 말했다.

"안타깝다니? 전혀 그렇지 않아. 사람은 계속해서 비판적으로 사고해야 하네. 내가 끝내 제정신을 잃고 파멸할지 몰라도 그때까진 사고력이라는 지성적 유산을 절대 포기하지 않을 거야."

"그럼 우리 속을 터놓고 대화해 보자고. 해외에 나갔다 온 게 실수였다고 생각하나?"

"실질적인 측면에서 실수였지. 시야가 엄청나게 넓어지면서 소설을 쓰는 기술을 잊어버렸네. 이탈리아와 그리스에 있을 때 난 학생으로 살면서 고대 문명을 공부했지. 그리스어나 라틴어로 쓰인 게 아니면 거의 읽지도 않았어. 그러다 공들여 닦아 온 길에서 새버린 거네. 내가 쓴 글들을 자주 경멸했어. 내 소설은 지루하기 짝이 없고 형편없으며 얄팍하게 현대적이더군. 금전적 여유가 있었다면 난 학자가 되어서 연구에 일생을 바쳤을 거야. 그게 아마 내 천성에 가장 적합한 듯하네. 난 최근 몇 년 동안의 상황과 이런저런 영향에 떠밀려 소설가가 됐지. 요즘 시대에 저널리스트가 될 역량은 없지만 글로 돈을 벌려는 사람은 죄다 소설을 택하니까. 엘리자베스 시대 사람들이 연극을 쓴 것처럼 말이야. 난 예전에 하던 일로 돌아가야 했어. 해외여행을 가면서 시작된 붕괴를 결혼이 완성했지."

리어던이 불쑥 올려다보며 덧붙였다.

"물론 혼잣말처럼 하는 말이야. 내가 아내를 원망한다고 오해하지 말게."

"아니라는 걸 잘 알고 있어."

"물론 에이미를 탓하지 않아. 내가 가난한 게 잘못이지. 두려울 정도로 상황이 나빠지고 있어서 차라리 내가 결혼식 전날 죽었으면 좋았겠다 싶어. 그랬으면 에이미라도 구할 수 있었겠지. 물질주의자들이 옳아. 필요한 지출을 감당할 수입이 없는 남자는 결혼할 자격이 없네. 난 지독하게 이기적으로 행동한 거야. 그런 행복이 내게 찾아올 리 없다는 걸 알았어야 했어."

"자네가 지금 하는 이야기들, 다시는 글을 못 쓰겠다고 진심으로 걱정해서 하는 말인가?"

"끔찍할 정도로 진심이네." 리어던이 파리한 얼굴로 말했다.

"정말 이상하군. 내가 자네 입장이었으면 죽을 힘을 다해서 쓸 거야."

"자네는 절박해지면 불붙는 사람이라서 그래. 나는 주눅이 들지. 난 천성이 나약하고 제멋대로네. 현실적인 어려움이 닥쳤을 때 맞서서 이긴 적이 한 번도 없어."

"있고말고. 자네 병원에서 일했을 때를 기억하게."

"난 그저 지원서를 우편으로 보냈을 뿐이야. 나머지는 운이 도와줬지."

"내 생각엔 말이야, 리어던. 자네가 아픈 것 같아."

"맞는 말이야. 고약하게 복잡한 병이지. 말해 보게. 내가 어떤 일을 구할 수 있을까? 예를 들어, 내가 신문사 같은 데서 일할 수 있을까?"

"유감이지만 아니네. 자네만큼 저널리즘과 안 맞는 사람도 없을 거야."

"내가 출판업자들에게 부탁하면 그들이 도와주려나?"

"어떻게 도와준단 말인가. 당신이 책을 쓰면 우리가 사겠습니다. 이런 소리나 하겠지."

"그래. 그거밖에 없지."

"자네가 단편소설을 쓸 수 있으면 좋을 텐데. 패지가 유용할지도 몰라."

"그게 무슨 소용인가? 많이 받아도 한 편에 10기니 정도 받겠지. 나는 지금 최소 몇백 파운드는 필요하네. 내가 3부작을 완성한다고 해도, 『낙천주의자』가 그렇게 실패한 마당에 또 100파운드를 줄지 모르겠어. 아니, 안 주겠지."

"이렇게 앉아서 부정적인 생각만 하는 건 정말 치명적이네, 친구. 아까 말한 2부작을 쓰게. 기묘한 자매라고 부르거나, 자네가 더 좋은 제목이 생각나면 그걸로 쓰게. 하지만 완성해야 해. 하루에 몇 장을 쓸지 정해 놓고 쓰게. 내가 예상하는 대로 일이 잘 풀리면 금세 여러 문예지에서 자네를 띄워 줄 수 있어. 자네가 운이 안 좋았던 건, 영향력 있는 친구들이 없어서야. 그건 그렇고, 《스터디》에선 지금까지 자네를 어떻게 평했나?"

"형편없다고 했지."

"기회를 봐서 패지에게 자네 작품 이야기를 하겠네. 난 패지랑 잘 맞을 거 같아. 무슨 이유인지, 앨프리드 율은 그 사람을 증오하더군. 어쨌든, 내가 율가 사람들이랑 일부러 교류를 일찍 끊었다는 걸 자네에게 말해도 되겠지."

"그랬나?"

"율 양을 지나치게 많이 생각하기 시작했거든. 자네도 알다시피,

절대 안 될 일이야. 나는 부유한, 그것도 아주 부유한 여자와 결혼해야 하네. 그건 필수 조건이야."

"그럼 여기서도 찾아가지 않을 건가?"

"그래. 게다가 패지랑 일하게 되면 율 씨가 나까지 미워하게 되겠지. 내가 현명하게 행동한 거야. 난 뭐가 신중한 길인지 냄새를 잘 맡거든."

둘은 오랫동안 이야기를 나누었지만, 대체로 밀베인에 대한 이야기로 돌아갔다. 사실 리어던은 자신의 문제를 이야기하고 싶지 않았다. 의욕이 꺾인 마당에 글에 대해 왈가왈부하는 건 자기기만이며 괴롭기만 했고, 어떤 결심을 했다고 떠들든지 간에 모든 건 그가 절대 예측할 수 없는 외부의 영향에 달렸다는 걸 알았다.

7장. 메리언의 집

재스퍼가 떠나고 일주일 더 시골에 머물렀던 메리언이 런던에 돌아온 지 3주가 지났다. 어느 날 오후, 메리언은 대영박물관 도서실의 항상 앉는 자리에서 일하고 있었다. 오후 3시였고, 정오에 30분 동안 차를 마시고 샌드위치를 먹은 시간을 제외하면, 오전 9시 30분부터 그녀는 그 자리에 줄곧 있었다. 메리언은 〈17세기 프랑스 여성 작가들〉이라는 논설을 위한 자료를 수집하고 있었다. 그녀의 아버지가 익명으로 출판하는 조건으로 발표하는 글 중 하나였다. 이런 논설은 메리언이 이제 거의 혼자서 쓸 수 있어서 그녀의 아버지는 조언과 힌트를 주는 게 전부였다. 앨프리드는 얼마 안 되는 수입 대부분을 익명으로 벌었다. 앨프리드가 자신의 이름으로 발표하는 비평과 책도 익명으로 낸 글과 비슷한 주제를 다뤘지만, 그는 그 정도 위치에 있는 사람에게 보기 드문 성실함으로 임했다. 안타깝게도 결실은 노력과 비례하지 않았다. 앨프리드는 그 시대의 평론가로서 제법 이름이 알려졌다. 간행물 명단에서 앨프리드의 이름을 보면 어떤 글인지 대부분 예측할 수 있었으나 그가 쓴 글이 인쇄된 장을 펼치는 사람은 별로 없었다. 앨프리드는 박식하고 장황했으며 때론 신랄했다. 하지만 그의 글은 세련되지 않았다. 최근 그는 메리언의 글에 자신의 글과는 전혀 다른 기량이 있다는 걸 깨달았고, 이제 그녀가 쓴 글은 본인 이름으로 발표하는 게 더 낫지 않을까 고민하기 시작했다. 좌우간 처음에는 사업적인 이유에서였다.

메리언은 한참을 책상에서 거의 눈을 떼지 않았지만 지금은 귀중

한 라루스[19]를 참고할 필요가 있었다. 종종 그렇듯 필요한 책은 책장에 없었다. 메리언은 뒤돌아서 실망감이 담긴 지친 눈으로 주위를 둘러보았다. 조금 떨어진 곳에 젊은 남자 두 명이 서 있었다. 뭔가 우스운 이야기를 나누는 표정이었다. 메리언의 시선은 그들에게 닿자마자 떨어졌지만, 다음 순간 그녀는 다시 그쪽을 바라봤다. 메리언의 표정이 완전히 변했다. 소심한 기대감이 얼굴에 떠올랐다.

두 남자는 웃고 떠들면서 그녀 쪽으로 걸어왔다. 메리언은 책장 쪽으로 돌아서서 책을 찾는 척했다. 목소리가 가까워졌다. 그중 하나는 익숙한 목소리였다. 이제 그들의 대화 내용이 전부 들렸다. 그리고 두 남자는 지나갔다. 밀베인 씨가 그녀를 못 알아본 걸까? 메리언의 눈이 그의 등을 좇았다. 재스퍼는 그렇게 멀지 않은 자리에 앉았다. 그녀를 못 보고 지나친 게 틀림없었다.

메리언은 자리로 돌아가 잠시 펜을 만지작거렸다. 다시 일을 시작하려고 했지만 아까처럼 집중할 수 없을 게 뻔했다. 중간중간 그녀는 지나가는 사람들을 흘끔거렸다. 넋을 놓고 상념에 잠기기도 했다. 그녀는 몹시 피곤했고 미미한 두통까지 있었다. 시곗바늘이 3시 30분을 가리켰을 때 메리언은 발췌하던 책을 덮고 서류를 챙기기 시작했다.

뒤에서 목소리가 들렸다.

"율 양, 아버지는 어디 계시나?"

말을 건 사람은 육십 대 남자로, 키가 작고 뚱뚱했으며 세월에 머리칼을 뺏겼다. 얼굴 살은 축 늘어졌고 낯빛은 오래된 순무 같았는데, 뺨 한쪽만 오디 열매 색으로 물들어 있었다. 회색 동공이 박힌 노란 눈동자는 쾌활한 호기심으로 반짝였고 입에는 수다쟁

---

19. 라루스 백과사전: 프랑스의 문법학자인 피에르 라루스가 편찬한 프랑스의 대표 백과사전.

이 기질이 걸려 있었다. 눈썹은 불그스름한 다박수염 같았고, 변색한 밧줄 쪼가리 같은 것이 콧수염 자리에 달렸으며, 비슷한 재질의 가닥이 주름진 턱 아래 매달려 수염 행세를 했다. 옷은 박물관에 수차례 맡겨졌던 듯했다. 갈색과 파란색 중간 색인 재킷은 펑퍼짐하고 볼품없이 처져 있었고, 단추가 부족해서 반만 여민 조끼는 주머니 하나가 덜렁거렸다. 구릿빛 바지는 무릎까지 흘러내리다시피 했다. 넥타이는 매지 않았으며, 옷의 청결 상태는 가히 세탁부를 자극할 법했다.

메리언은 그와 악수했다.

"2시 30분쯤 떠나셨어요." 메리언이 대답했다.

"운도 없군! 꼭 만났으면 했는데. 종일 볼일을 보러 다니느라 일찍 오지 못했단다. 중대한, 아주 중대한 소식이 있어. 율 양한테는 말할 수 있지. 네 아버지 외 다른 사람에겐 입도 벙끗하지 말렴."

큄비 씨는—이것이 그의 이름이었다—빈 의자를 가져와 메리언 옆에 바싹 다가앉았다. 그는 신이 나고 흥분해 있었으며, 조금 거들먹거리며 우물우물 말했는데 말끝마다 숨을 헐떡였다. 자신의 이야기가 엄청난 비밀이라고 강조하기 위해 그는 메리언과 머리를 맞대다시피 했고, 메리언의 가늘고 섬세한 손은 그의 짤막하고 투실투실하고 불그스름한 손 아래 파묻혔다.

"너새니얼 워커 씨와 이야기를 나눴지." 큄비 씨가 말했다. "아주 긴 대화였어. 엄청나게 중요한 대화였지. 워커 씨를 아니? 물론 모르겠지. 네가 어떻게 알겠니. 사업을 하는 분이란다. 라켓 씨와 친하지. 라켓 씨는 알지? 《스터디》의 사장이잖니."

여기서 그는 엄숙하게 말을 멈추고 아까보다 더 흥분한 표정으로 눈을 반짝였다.

"라켓 씨 성함은 들어 봤어요." 메리언이 말했다.

"물론이지, 물론이야. 이번 해 말에 패지가 《스터디》를 떠난다는 말도 들었겠구나?"

"그럴지도 모른다고 아버지가 말씀하셨어요."

"그자와 라켓은 몇 달 동안 말다툼밖에 안 했어. 잡지가 폭삭 망해가고 있거든. 오늘 내가 냇 워커와 마주쳤는데, 나를 보자마자 그가 이렇게 말했단다. '자네는 앨프리드 율과 잘 알고 지내겠구먼?' 나는 그렇다고 말했지. 왜냐고 묻자 그가 이렇게 말하더구나. '말은 해주겠지만, 남에게는 발설하지 말게. 라켓이 《스터디》와 관련된 일로 앨프리드 율을 고려하고 있는 듯하네.' '아주 좋은 소식이군.' '사실대로 말하자면, 율이 편집장이 될 수도 있겠지. 하지만 이런 이야기를 하기엔 아직 이르다네. 알겠나.' 이 대화를 어떻게 생각하니?"

"굉장한 소식이네요." 메리언이 대답했다.

"그렇단다, 호, 호!"

오랜 세월 동안 도서실에서 웃음을 참는 게 버릇된 퀌비 씨는 특이하게 웃었다.

"아버지 말고는 아무에게도 말하지 마라. 내일 오시겠지? 조심스레 소식을 전해 드리렴. 너도 알다시피 흥분을 쉽게 하시잖니. 나처럼 일을 차분히 받아들이지 못하시지. 호, 호."

숨죽인 웃음이 한바탕 기침, 그러니까 도서실 기침으로 끝났다. 기침이 멎자 퀌비 씨는 아버지처럼 애정 어린 손길로 메리언과 악수하고, 다른 사람과 수다를 떨러 뒤뚱거리며 가버렸다.

메리언이 책 몇 권을 참고 자료 책장에 꽂고 나머지 책들을 도서 반납 책상 위에 올려놓고 나가려던 찰나 또 다른 목소리가 그녀를 불렀다.

"율 양. 잠시만 기다려요."

키가 크고 비쩍 말랐으며 건조한 인상의 남자는 가난하되 자긍심이 있는 사람다운 검소하고 깔끔한 차림이었다. 코트의 소매 끝은 정성껏 꿰맸고, 대머리를 가린 정수리 모자와 검은 넥타이는 집에서 만든 티가 완연했다. 그는 점막 분비물이 가득 찬 파란 눈으로 부드럽고 소심하게 웃었다. 턱과 목에 새로이 난 생채기는 떨리는 손으로 면도한 결과였다.

"아버님을 찾던 중이야." 메리언이 돌아보자 그가 말했다. "여기 안 계시니?"

"집에 가셨어요, 힝크스 씨."

"아, 그럼 부탁인데 책 한 권을 아버님께 전해 줄 수 있을까? 『역사극에 관한 에세이』라는 내 신간이란다."

그는 초조하게 머뭇거리며 말했고, 목소리는 자신의 존재를 사과하는 것처럼 들렸다.

"아버지께서 굉장히 반기실 거예요."

"미안한데 1분만 기다려 주겠니, 율 양. 책이 내 자리에 있어서."

그는 성큼성큼 걸어갔다가 책을 가지고 금방 헐떡이며 돌아왔다.

"안부를 전해 드리렴. 율 양도 잘 지내지? 더 이상 시간 뺏지 않으마."

그리고 힝크스 씨는 뒷걸음질하다가 그들 쪽으로 조용히 다가오던 남자와 부딪혔다.

메리언은 여성용 외투 보관소로 가서 모자를 쓰고 재킷을 입은 뒤 박물관을 나섰다. 그녀보다 한걸음 앞서 누가 회전문으로 나갔는데, 주랑에 나오자마자 메리언은 그가 재스퍼 밀베인이라는 것을 알아봤다. 복도에서 그녀가 재스퍼 바로 뒤에서 걸은 듯했지만, 그녀는 땅을 보고 걷느라 못 봤다. 재스퍼는 이제 혼자였다. 그는 계단을 내려가며 좌우를 둘러봤지만 뒤돌아보지는 않았다. 메리언은

3~4미터 정도 거리를 두고 걸었다. 정문이 가까워지자 그녀는 밀베인과 거의 동시에 거리로 나가려는 것처럼 걸음을 서둘렀다. 하지만 그는 고개를 돌리지 않았다.

재스퍼는 오른쪽으로 향했고, 메리언은 다시 뒤처졌지만 그리 멀지 않은 거리에서 걸었다. 재스퍼가 느리게 걸었기 때문에 그녀가 마음만 먹으면 자연스레 지나칠 수 있었다. 그러면 그가 그녀를 안 볼 수 없을 것이다. 하지만 메리언의 마음속엔 사실 그가 도서실에서 그녀를 알아보았다는 불안한 의심이 있었다. 그들이 핀든에서 헤어지고 처음 만난 것이다. 그녀를 피할 이유가 있을까? 아버지가 또 만나고 싶다는 기색을 비치지 않아 기분 나빴던 걸까?

메리언은 그들 사이의 거리가 넓어지게 내버려 두었다. 1~2분 후 밀베인은 샬럿 스트리트로 꺾었고, 곧 그녀의 시야에서 사라졌다.

토트넘 코트 로드에서 메리언은 캠든 타운의 외진 지역으로 그녀를 데려다줄 옴니버스를 기다렸다. 그녀는 구석 자리에 앉아 최대한 등받이에 기대앉았고, 버스 안의 사람들에게는 주의를 기울이지 않았다. 마침내 캠든 로드의 정거장에서 내린 메리언은 10분 정도 걸어서 아담하고 깨끗한 집들이 모여 있는 세인트 폴스 크레센트라는 조용한 곁길에 있는 목적지에 도착했다. 그녀가 멈춘 집은 밖에서 봐도 단정해 보였다. 깨끗이 닦인 창문에 커튼이 가지런히 달렸으며 문에 달린 금속은 전부 반짝반짝 빛났다. 메리언은 열쇠로 문을 열고 들어가 아무도 마주치지 않고 곧바로 위층으로 올라갔다.

잠시 후 내려온 그녀는 1층 입구 바로 앞에 있는 방에 들어갔다. 이 방은 응접실 겸 다이닝룸으로 쓰였고, 화려하지 않고 편안하게 꾸며져 있었다. 벽에는 판화 몇 점과 흑백 사진이 걸렸고, 난롯가와 창문 사이 책장엔 책이 수백 권 꽂혀 있었다. 앨프리드의 서재에서 남은 책들이었다. 식탁에는 상이 차려져 있었다. 이 가족에게는 5시 저녁이 일정에 가장 적절했다. 대부분 문인이 그렇듯 율과 메리언은 긴 저녁 시간 내내 일해야 했기 때문이다. 박물관에서 하루를 보내고 나면 언제나 그렇듯 메리언은 피곤하고 허기가 져서 어지러웠다. 그녀는 테이블 위에 놓인 빵을 조금 잘라서 안락의자에 앉았다.

곧 자그마하고 마른 중년 여자가 실용적이고 수수한 회색 옷을 입고 나타났다. 한 번도 대단한 미인이라고 불린 적이 없을 얼굴이었고, 지력도 보통 이상은 아닐 것 같았다. 그러나 얼굴의 선이 다정하고 착한 마음씨를 드러냈다. 여자는 무엇인가를 이해하려고 필사적으로 노력하는 사람처럼 보였다. 이런 간절함은 아마도 그녀 인생의 특별한 상황이 초래했을 터였다.

"일찍 왔구나, 메리언." 여자가 문을 닫고 자리에 앉으려고 다가오며 말했다.

"네. 두통이 좀 있어서요."

"아, 저런. 그게 또 시작된 거니?"

율 부인은 문법이 틀리게 말하는 일이 거의 없었고 억양도 노골적으로 천하지는 않았지만 혈통이 미천하다는 꼬리표가 달린 런던 하류층의 억양이 단어에 아직도 달라붙어 있어서 지성인들과 오랜 시간 교류하며 익힌 올바른 어법을 무용지물로 만들었다. 그녀의 몸가짐도 마찬가지로 아쉽게 숙녀의 수준에 미치지 못했다. 런던에서 노동자 계층으로 태어난 여자는 자신이 태어난 계층을 자의로든 타의로든 극복할 수 없다. 우아한 억양을 끝내 자기 것으로 만들지 못하는 것처럼, 그들은 귀부인처럼 앉거나 일어서거나 움직이는 법에 끝내 숙달하지 못했다. 메리언을 대하는 율 부인의 태도는 이상할 정도로 소심했다. 그녀는 딸에게 다정하게 말하고 애정 어린 눈길로 바라봤지만 딸을 대하는 어머니다운 편한 태도가 아니었다. 누가 보면 아가씨 시중을 드는 듬직한 하녀로 생각할지도 몰랐다. 그녀는 기회가 될 때마다 딸을 몰래 훔쳐보았는데, 그럴 때마다 곤혹스러운 표정이 얼굴에 훤히 드러났다. 그녀는 자신과 딸 사이의 어마어마한 차이를 단 한 번도 익숙하고 사소한 사항으로 받아들이지 못했고, 메리언의 타고난 재능과 섬세한 감정과 우월한 교육 수준을 항상 의식했다. 평소에도 그녀는 주저하며 딸을 대했다. 자신의 관점에서 확신하는 일도 메리언은 전혀 다른 기준으로 판단한다는 것을 알았기 때문이었다. 딸이 대개 침묵으로 의사를 밝힌다는 것을 아는 그녀는 딸의 표정에서 진심을 눈치채려고 애썼다.

"배고팠구나." 메리언이 먹고 있던 빵을 보며 율 부인이 말했다.

"점심을 좀 든든히 먹으렴. 오래 굶는 건 좋지 않아. 그러다 병이 나면 어쩌니."

"외출하고 오셨어요?" 메리언이 물었다.

"그래. 홀로웨이에 다녀왔단다."

율 부인은 한숨을 쉬었고 몹시 속상해 보였다. '홀로웨이에 다녀왔다'라는 말은 그녀가 친정 식구들을 만나고 왔다는 뜻이었다. 결혼해서 아이가 셋인 그녀의 여동생과 남동생은 한집에 살았다. 율 부인은 남편에게 자기 가족을 감히 자주 언급하지 못했다. 앨프리드는 그들과 전혀 교류하지 않았다. 하지만 메리언은 동정심을 가지고 이야기를 들었고, 율 부인은 메리언이 기꺼이 자신을 낮추는 자세—율 부인의 생각이었다—에 감동하며 고마워했다.

"상황이 전혀 좋아지지 않았나요?" 딸이 물었다.

"내가 보기에는 더 나빠졌어. 존이 술에 다시 손을 대기 시작했고 톰과 밤마다 싸우나 보더라. 집구석에 조용한 날이 없어."

율 부인이 발음이나 문법을 실수할 때는 어김없이 친정 이야기를 할 때였다. 그 특정한 주제가 그녀를 예전 모습으로 돌아가게 만드는 듯했다.

"그분은 독립해서 혼자 사셔야 해요." 주정뱅이 존, 어머니의 남동생에 대해 메리언이 말했다.

"그래, 그래야지. 나도 갈 때마다 이야기한단다. 아무리 말해도 듣지 않아. 그렇게 어리석고 고집이 세단다. 수전은 오히려 내게 화를 내고 잘난 척하지 말라고 하지. 불쾌한 말은 한마디도 하지 않았는데 말이야. 정말 조심하거든. 애니는 또 어떻고. 완전히 제멋대로란다. 종일 바깥에서 나도는데 그러다 어찌 될지 누가 알겠니. 모두가 그렇게 방탕해지고 있어. 수전 잘못이 아니야. 정말 아니란다. 그 애는 여자가 할 수 있는 한에서 최선을 다하고 있어. 하지만 톰이 저번 달에 10실링도 벌지 않았고 점점 나태해지는 것 같아. 하프 크라운을 주고 왔어. 그게 내 최선이니까. 엄마를 정말 힘들게 하는 건, 그들은 내가 마음만 먹으면 훨씬 많이 도와줄 수 있다고 생각하는 거야. 우리가 부자인 줄 알아. 아무리 아니라고 말해도 소용없어. 내가 거짓말하는 줄 알고, 그런 의심을 받는 게 너무 괴롭단다. 정말 괴로워, 메리언."

"어머니께서 어떻게 하실 수 있는 일이 아니에요. 삶이 힘드셔서 매정하고 불공평해지셨나 봐요."

"바로 그거란다. 정말 맞는 말이야. 가난에 지나치게 시달리면 선량한 사람도 악해질 수 있단다. 왜 이렇게 세상에 가난이 많은지 난 정말 모르겠구나."

"아버지는 금방 돌아오시겠죠?"

"저녁 시간에 맞추어 돌아온다고 하셨어."

"퀌비 씨에게 들은 소식이 있는데 만약 이게 사실이면 정말 좋은 소식이에요. 하지만 미심쩍은 건 어쩔 수 없어요. 그분 말에 따르면 이번 해 말에 아버지가 《스터디》의 편집장이 될 수도 있대요."

물론 율 부인은 문학계의 일을 그런대로 이해했다. 그녀가 오직 금전적인 관점에서 이해하긴 했지만 그건 다른 문필업자들도 매일반이다.

"어머나!" 율 부인이 외쳤다. "그러면 얼마나 좋을까!"

퀌비 씨의 말에 기대를 거는 게 망설여지는 이유를 메리언이 설명하려는 찰나 우체부의 노크 소리를 들은 그녀의 어머니가 자리를 잠시 비웠다.

"네게 편지가 왔어." 방으로 돌아온 율 부인이 말했다. "시골에서 보낸 편지야."

메리언은 편지를 받아서 관심을 가지고 주소를 살펴보았다.

"밀베인 자매 둘 중 한 명이 보냈을 거예요. 맞아요. 도라 밀베인이 보냈어요."

재스퍼가 떠난 후 그의 동생들은 메리언과 여러 번 만났고 대화를 통해 서로를 향한 호감을 확인했다. 서신을 주고받자는 약속이 지켜지길 기다리던 중이었다. 메리언은 동생인 도라가 편지를 쓸 거라고 예상했다. 모드는 매력적이고 친절하고 아마도 똑똑했지만, 우정을 쌓는 데 적극적인 쪽은 도라였다.

"네가 이 얘기를 들으면 흥미로워할 것 같아." 도라의 편지에 이렇게 적혀 있었다. "네가 여기 있을 때 우리 오빠가 언급했던 계획이 정말 실현됐어. '어린이를 위한 영국 의회 역사'라는 제목으로 오빠가 샘플을 써서 보냈고, 언니는 마감만 촉박하지 않으면 비슷한 스타일로 쓸 수 있다고 했어. 나랑 언니는 함께 영국 역사를 공부하고 있고, 조만간 우리는 작가가 될 거야. 책이 끝났을 때 마음에 들면 졸리 앤드 몽크가 30파운드를 지급하고 나중에 인세를 줄 가능성도 있대. 거래에서는 오빠를 믿을 수 있어. 우리의 작가 커리어가 농담 이상이 될지도 모르겠어. 난 그러길 바라. 교습을 안 하고 살 수만 있다면 정말 좋겠어. 시골 여자아이들과 교류하는 게 아직도 괜찮으면, 부디 안부 전해 줘."

메리언은 기쁜 미소를 띠고 편지를 읽은 후에 어머니에게 내용을 전했다.

"참 잘됐구나. 네가 연락하고 지내는 사람이 워낙 적어서 말이야."

"맞아요."

메리언은 이야기를 더 하고 싶은 낌새였다. 딸의 마음을 알고 싶어 하는 사려 깊은 표정이 어머니 얼굴에 떠올랐다.

"그 아이들 오빠가 우리 집에 찾아올 거 같니?" 율 부인이 조심스레 물었다.

"아무도 초대를 안 했어요." 메리언이 조용히 대답했다.

"초대가 없인 안 올 거 같니?"

"저희 주소도 아마 모를 거예요."

"아버지가 그 사람을 만나지는 않는구나?"

"우연히 마주칠 수도 있겠죠. 잘 모르겠어요."

사실 이 두 사람이 일상적인 화제 말고 다른 이야기를 하는 일은 거의 없었다. 모녀는 서로 사랑하긴 했지만 마음을 터놓지는 않았다. 메리언이 아주 어렸을 때부터 모권을 행사하지 못한 율 부인은 어머니의 특권을 기대하지 않았고, 메리언의 타고난 소심함은 어머니가 정중하게 거리를 두는 바람에 더 심해졌다. 집에서도 격식을 따지는 영국 특유의 문제점이 이 집안에서보다 심하긴 어려웠다. 지나친 격식은 윗세대와 아랫세대 간의 교육 수준 차이 때문에 서로 서먹해진 불행한 가정의 특징 중 하나였다.

메리언이 힘겹게 말을 시작했다. "아버지는 밀베인 씨가 썩 마음에 들지 않으셨나 봐요."

메리언은 혹시 어머니가 그 일에 관해 들은 게 있는지 묻고 싶었지만 차마 말을 꺼낼 수 없었다.

"난 전혀 모르겠구나." 율 부인이 옷의 주름을 펴며 말했다. "나에겐 아무 말도 없었어."

어색한 침묵이 흘렀다. 어머니는 벽난로 선반에 시선을 고정하고 열심히 생각했다.

"싫어하신 게 아니라면," 메리언이 말했다. "런던에서 만나자고 하셨을 거예요."

"그 신사분에게—네 아버지가 싫어할 만한 점이 있었니?"

"전 모르겠어요."

대화를 이어나가기 어려웠다. 메리언은 안절부절못하다가 자리에서 일어나 편지를 집어넣어야겠다고 중얼거리더니 방에서 나갔다.

잠시 후 앨프리드 율이 귀가했다. 그가 꿍해서 입을 꾹 다물고 집에 오는 것은 다반사였는데, 이날 저녁은 그의 표정에서부터 경고가 느껴졌다. 앨프리드는 다이닝룸으로 들어와 벽난로 앞 깔개에 서서 석간신문을 읽었다. 그의 아내는 테이블을 정리하는 시늉을 했다.

"뭐요?" 앨프리드가 짜증스럽게 외쳤다. "벌써 5시가 넘었는데 저녁은 왜 준비가 안 됐소?"

"금방 돼요, 앨프리드."

나이가 좀 들면, 평범한 사람도 저녁 식사가 늦어졌을 때 신경이 날카로워지기 마련이다. 한데 이럴 때 이 문인의 짜증은 누구도 따라올 수 없었다. 앨프리드가 출판업자와 그리 만족스럽지 못한 만남을 갖고 돌아오는 길이라는 사실이 추가되었다면, 아내와 딸은 무시무시한 상황으로 여겼을 터였다. 방에 들어온 메리언은 어머니의 겁에 질린 표정을 바로 눈치챘다.

"아버지." 주의를 돌리기 위해 메리언이 말을 걸었다. "힝크스 씨가 새로 출간하신 책을 제 편에 보내셨어요. 안부를—"

"그럼 그 책을 돌려주고 그만 쓰레기를 읽는 거 말고도 내가 할 일이 산더미라고 전해라. 내가 자기 책에 대해서 한마디 써주리라는 기대는 버리는 게 좋을 거야. 그 멍청이가 귀찮게 굴어서 견딜 수가 없군. 괜찮다면 이제 말해 주겠니?" 앨프리다가 섬뜩하게 차분한 목소리로 말했다. "저녁이 언제 준비될지 말이야. 편지 몇 장을 쓸 시간이 있다면 바로 말해 주렴. 30분을 낭비하지 않게."

메리언은 아버지의 비합리적인 짜증이 억울했지만 감히 말대꾸하지 못했다. 그때 하녀가 김이 나는 고기 한 덩어리를 들고 나타났고, 곧이어 율 부인이 채소가 담긴 접시를 가져왔다. 문인은 자리에 앉아 분노의 칼질을 했다. 에일 한 잔으로 저녁 식사를 시작한 그는 머리가 접시에 닿을 정도로 고개를 푹 숙이고 굶주린 듯 크게 몇 숟가락을 허겁지겁 먹었다. 이 가정에서는 한마디 대화 없이 저녁 식사를 하는 경우가 허다했는데, 이날 저녁에도 그럴 조짐이 보였다.

앨프리드가 아내에게 말을 할 때는 뭔가를 퉁명스럽게 물어보거나 짜증을 부리는 게 전부였다. 그가 밥상에서 인간답게 말하는 상대는 메리언뿐이었다.

10분이 지났다. 이제 메리언은 무슨 수를 써서라도 분위기를 바꾸기로 결심했다.

"퀌비 씨가 말을 전해 달라고 하셨어요." 메리언이 말했다. "친구 너새니얼 워커 씨에게 들었는데, 라켓 씨가 아버지에게 《스터디》 편집장 자리를 제안할 가능성이 크대요."

앨프리드의 입이 움직임을 멈췄다. 그는 한 30초 동안 등심을 뚫어지게 노려봤다. 그러더니 그의 시선이 맥주잔과 소금 통을 지나 메리언에게 돌아왔다.

"워커가 그런 말을 했다고? 웃기는군."

"비밀이래요. 아버지 말고는 아무에게도 말하지 말라고 당부하셨어요."

"워커는 멍청이고 컴비는 얼간이야." 그녀의 아버지가 말했다.

하지만 앨프리드의 덥수룩한 눈썹이 떨렸다. 이마의 주름이 반쯤 펴졌다. 그는 음식을 음미라도 하듯이 좀 더 천천히 먹기 시작했다.

"뭐라고 했니? 컴비가 한 말을 그대로 해보렴."

메리언은 거의 토씨 하나 안 틀리고 그대로 말했다. 앨프리드는 비웃음을 띠고 있었지만 표정은 부드러워졌다.

"라켓이 그런 제안을 할 정도로 현명한 사람이라고 생각하지 않아." 그가 신중히 말했다. "만약 제안이 오더라도 내가 받아들일지 모르겠다. 패지 그자가 잡지를 거의 망쳐 놓았거든. 컬페퍼의 새 문예지를 완전히 망가뜨리는 데 얼마나 걸릴지 두고 보면 재미있겠군."

5분 정도 침묵이 흘렀다. 갑자기 앨프리드가 말했다.

"힝크스가 준 책은 어디 있니?"

메리언이 옆 테이블에서 책을 집었다. 이 집에서 책은 상차림에 거의 필수적인 요소였다.

"이것보단 긴 책일 줄 알았는데." 애서가 특유의 동작으로 책을 펼치며 앨프리드가 중얼거렸다.

어떤 구절을 봐달라는 듯이 한 쪽이 접혀 있었다. 앨프리드는 안경을 쓰고 읽기 시작했고, 그가 읽은 구절이 앨프리드의 표정을 완전히 바꾸었다. 그의 눈이 빛났으며 턱은 기쁨을 표현했다. 잠시 후 그는 책을 메리언에게 건네주며 각주 하나를 가리켰다. 그 각주는 어떤 문학 논설을 소개하면서, 앨프리드 율의 '비평적 통찰력과 학자로서의 업적과 명료한 스타일' 등 다양한 가치를 칭송했다.

"정말 친절하시네요." 메리언이 말했다.

"좋은 친구야. 사람들에게 이 친구 책을 좀 소개해야겠어."

"내가 봐도 되겠니?" 율 부인이 메리언 쪽으로 몸을 기울이며 작은 목소리로 물었다.

딸이 책을 건네주었고, 각주를 읽는 율 부인의 얼굴에는 부족한 지력이 선량한 의도를 헛되게 만들 때 참으로 안타까운 무지의 기색이 떠올랐다.

"당신에게 도움이 되겠군요. 그렇죠, 앨프리드?" 율 부인이 남편을 흘끔 보며 물었다.

"물론이오." 그는 경멸이 담긴 조소를 띠고 말했다. "힝크스가 잘되면 내 명성을 높여 주겠지."

그리고 앨프리드는 세상과 맞서 싸울 기운이 생긴 사람처럼 에일을 한 모금 벌컥 들이켰다. 그런 아버지를 곁눈질하며 메리언은 그의 인간성에 잠재된 기묘한 모순을 숙고했다. 아버지처럼 성정이 강하고 능력이 뛰어난 사람이 자신이 업신여기는 사람들의 찬사와 비난에 그렇게까지 목매는 게 메리언은 언제나 이상했다.

율은 책을 훑어보고 있었다.

"힝크스가 영어를 올바르게 못 쓰는 게 참 안타깝군. 여기 쓴 단어 좀 봐라. 폐색을 일으키는. 믿음직한. 특정화. 공갈성, 다른, 꺼리는. 케케묵은 현학적 단어가 현대적인 저속함과 이렇게 섞이기도 힘들 거다. 독일어 hinken[20]에서 이름을 따온 것이 분명해. 안 그러니, 메리언?"

앨프리드는 낄낄거리며 책장을 넘겼다. 그의 기분이 싹 바뀌었

---

20. Hinken은 독일어로 '절뚝거리다, 다리를 절다'라는 뜻이다.

다. 그는 식사를 즐기고 있다는 사실을 여러모로 표하며 딸과 편히 대화하기 시작했다.

"여성 작가들에 대한 글은 끝냈니?"

"아직이에요."

"서두를 필요 없다. 시간이 될 때 디칠리의 새 책을 좀 읽어 보렴. 그리고 그중 최악의 문장을 따로 적어 놓아라. 요즘 유행하는 산문 스타일에 대한 논설에 인용할 생각이다. 오늘 오후에 떠오른 아이디어지."

앨프리드가 음침하게 웃었다. 율 부인의 얼굴에 안도감이 퍼졌고, 커스터드를 매우 잘 만들었다는 남편의 칭찬에 화색이 돌았다. 저녁 식사를 마친 앨프리드는 양해를 구하지 않고 곧바로 서재로 들어갔다.

앨프리드는 어마어마하게 일했고 몹시 고통스럽게 살았다. 문필업에 종사하는 사람이라면 흔히 앓는 여러 질병과 소화불량이 그를 괴롭혔다.

앨프리드가 홀본에 있는 서점에서 조수로 일하던 시절로 돌아가 보자. 그때 이미 야심이 그를 통째로 삼켰으며 지식에 대한 진정한 사랑이 그의 뇌를 들쑤셨다. 앨프리드는 자신에게 하루에 서너 시간의 잠밖에 허락하지 않았다. 그는 여러 고대와 현대 언어를 배우려 안간힘을 썼다. 운율을 맞춘 번역을 시도했고, 비극 극본을 구상했다. 그는 과거에 사는 것이나 다름없었다. 그는 보스웰[21]을 공부하며 문학적 이상을 형성했다.

서점의 수석 조수가 죽은 친척의 사업을 이어받으려고 일을 그만두었다. 스트랜드의 골목에 자리한 조그만 서점이었다. 폴로 씨

---

21. 제임스 보스웰: 18세기 활동한 스코틀랜드 출신 전기 작가. 그가 쓴 새뮤얼 존슨의 전기(1791)는 영어로 쓰인 가장 훌륭한 전기로 손꼽힌다.

는 (독특한 이름을 가진 이 사람에 대해서는 점차 잘 알게 될 것이다) 가게를 확장할 이런저런 방안을 모색 중이었다. 그가 도입한 여러 방안 중 하나가 《올 소츠 All Sorts》라는 1페니짜리 주간지였다. 앨프리드는 이 문예지에 처음으로 글을 발표했다. 얼마 안 가 그는 《올 소츠》의 부편집장이 됐고 이후에는 실질적인 관리자가 되었다. 그는 서점에 작별을 고했고, 바야흐로 앨프리드의 문필업 경력이 시작됐다.

폴로 씨는 앨프리드 율만큼 오랫동안 쉬지 않고 일할 수 있는 사람을 본 적이 없다고 말하곤 했다. 1855년도부터 1860년도 사이, 즉 앨프리드가 스물다섯 살에서 서른 살이 되기까지, 젊은 앨프리드가 배운 것과 쓴 글을 있는 그대로 말하면 거의 풍자적인 과장이라고 생각할 것이다. 그는 유명한 문인이 되기로 마음먹었고, 특출난 재능을 타고나지 못한 자신 같은 사람이 그렇게 되기 위해서는 엄청난 노력을 해야 한다는 사실을 알았다. 상관없었다. 그는 명성을 쌓을 것이다. 성공하기 위해 버둥거리다 죽지만 않는다면야.

그러는 와중에 앨프리드는 결혼했다. 다락방에 살며 턱없이 빈약한 식사를 혼자 만들어 먹던 그는 조그만 잡화점에서 자주 장을 봤는데, 거기서 일하는 아가씨는 예쁘지는 않았지만 인상이 순박했다. 어느 휴일 앨프리드는 여동생과 산책하던 가게 아가씨와 마주쳤다. 그들 사이가 가까워졌고, 얼마 안 가 그녀는 그의 아내가 되어 다락방에서 함께 살기로 승낙했다. 그의 형제 존과 에드먼드는 신분이 그렇게 낮은 아가씨와 결혼한 것은 용서할 수 없을 정도로 어리석었다고 비난하면서, 수입이 좀 생길 때까지 기다렸어야 했다고 나무랐다. 좋은 충고이긴 했지만 몇 년 뒤에 고급 음식을 먹을 수 있으니 지금은 일단 굶으라고 하는 거나 다름없었다. 앨프리드는 어떤 형태이든 자양분이 필요한 상태였으며 아내 없이는 못 살

나이가 되었던 것이다. 명석하지만 가난한 많은 남자가 이런 길을 택했다. 교육받은 여자들은 런던 다락방을 특히 혐오했고, 비상한 천재와 가난하게 사는 삶을 택할 여자는 5만 명 중 한 명도 없을 것이다. 많은 경우 결혼이 성공에 불가결하지만 일단 성공해야만 비슷한 계층의 여자와 결혼할 수 있으므로, 가난한 남자는 자신보다 신분이 낮은 여자 중에서 신붓감을 찾고, 교육받지 못한 그녀들이 자신들의 외로움에 보이는 동정심에 감사해야 한다.

유감스럽게도 앨프리드는 그가 당연히 느껴야 할 만큼 고마워하지 않았다. 앨프리드의 결혼은 절대 실패가 아니었다. 천박한 잔소리꾼과 결혼할 수도 있었는데 그의 아내는 겸손과 친절이라는 미덕을 갖추었다. 그녀는 남편을 더 잘 이해하려고 애썼지만, 본인의 무딘 이해력과 그의 급한 성격 때문에 결국 해낼 수 없었다. 앨프리드는 아내의 인성에만 만족해야 했다. 앨프리드가 문필업자들 사이에서 두각을 드러내기 시작하면서 상황이 나빠졌다. 이전에는 그가 짜증을 부리긴 했으나 결혼을 후회한다는 기색을 비치진 않았다. 하지만 이제 그는 자기 상황의 불리한 점만 보기 시작했고, 결혼했을 때 정황은 까맣게 잊고 자기와 지적 대화가 가능한 여자를 만날 때까지 기다렸어야 했다고 상상하기 시작했다. 율 부인은 오랜 세월을 쓰라린 아픔 속에서 보내야 했다. 일찌감치 소화불량에 걸린 데다가 폭풍 같은 두통에 시달리는 남편은 성깔을 못 이기고 친절과 예절까지 잊어버리고는 불쌍한 아내의 무식과 무지와 낮은 신분을 들먹이며 책망했다. 자연스레 율 부인은 억울한 사람이라면 누구나 택할 만한 무기로 자신을 방어했다. 그들이 헤어질 뻔한 건 한두 번이 아니었다. 끝내 이혼하지는 않았는데, 주된 이유는 앨프리드가 아내 없이 살 수 없는 남자였기 때문이다. 그는 그녀의 시중이 꼭 필요했을뿐더러 아이도 고려해야 했다.

처음부터 앨프리드는 메리언이 어머니의 억양과 몸가짐을 닮을까 봐 걱정했다. 그는 아내가 딸과 말을 섞는 것도 거의 허락하지 않았다. 나이가 되자마자 메리언은 사립학교로 보내졌고, 열 살이 됐을 때는 풀럼에 있는 기숙사에서 매주 월요일부터 금요일까지 머물렀다. 메리언이 숙녀답게 말하고 행동하도록 키울 수만 있다면 돈은 얼마가 들어도 상관없었다. 자신과 보내는 시간이 아이한테 가장 유해하다고 느끼는 어머니의 심정은 물론 참담했을 것이다. 그러나 율 부인은 겸손한 사람이었고 메리언을 사랑했기 때문에 앨프리드의 처사에 반대하지 않았다. 그리하여 어느 날 어린 소녀는 어머니가 범한 명백한 문법 오류를 듣고 아버지에게 돌아서며 심각하게 물었다.

"어머니는 왜 우리처럼 올바르게 말하지 않아요?" 이 상황은 이러한 결혼이 낳는 결과 중 하나이며 가난이 초래하는 산더미 같은 불행 중 하나일 뿐이다.

모든 걸 무릅쓰고 목표는 이루어졌다. 메리언은 모든 면에서 아버지가 바랐던 소녀로 자랐다. 몸가짐에 기품이 있었을 뿐만 아니라 일찌감치 명석한 두뇌의 조짐을 보였다. 탁아소를 다닐 때부터 아이는 책에 관심이 많았고, 열두 살이 되자 벌써 필사를 하며 아버지를 돕기 시작했다.

에드먼드 율이 아직 살아 있을 때였다. 그가 편견을 버린 덕분에 형제 가족 사이에 교류가 이루어졌다. 에드먼드 부인이 (그녀는 법률 대서인의 딸이었다) 앨프리드 부인을 존중하지 않았기 때문에 두 가족이 친밀하다고는 할 수 없었다. 하지만 사촌인 에이미와 메리언은 종종 만났고 두 소녀는 그럭저럭 잘 어울렸다. 에이미의 아버지가 죽으면서 두 가족의 교류는 끝났다. 자기 마음대로 할 수 있게 된 에드먼드 부인은 앨프리드 부인을 대놓고 무시했고, 그것은 결국 앨프리드를 무시하는 거나 다름없었다. 이 문인은 비록 자기는 아내를 함부로 대했지만 남이 자기 아내를 깔보는 건 또 다른 일이었다. 앨프리드는 동생의 과부와 심하게 언쟁했고, 이날부터 두 가족은 왕래하지 않았다.

다툼은 앨프리드의 삶에서 큰 자리를 차지했다. 성격이 까다로운 데다가 사람들이 자신의 진가를 안 알아준다는 억울함까지 더해져 그는 출판업자들과 편집장들과 동료 작가들과 자주 다투었고, 자신에게 도움이 될 만한 사람을 모욕하는 불행한 재주를 지녔다. 예를 들어, 폴로 씨는 그를 존중했을뿐더러 성공한 사업가였기 때문에 더할 나위 없이 값진 인맥이었는데, 앨프리드는 자존심이 얽힌 사소한 문제로 그와 절교해 버렸다. 후에 앨프리드는 클레멘트 패지와 교전을 벌였는데, 자기 홍보 측면에서 두 남자 모두에게 큰 이익이 될 만한 사건이었다. 그 사건은 1873년에 벌어졌다. 앨프리드는 당시 《밸런스 The Balance》라는, 이상은 높되 사업을 굴러가게 할 판매 부수는 초라한 문예지의 편집장이었다. 앨프리드보다 젊었던 패지는 그 문예지에서 평론을 담당했다. 곤궁한 처지였던 패지는 열심히 아부를 떨어 앨프리드의 호감을 샀다. 하지만 기회에 눈이 밝았던 패지 씨는 앨프리드가 자신에게 일시적으로만 유용할 걸 눈치챘고, 앨프리드와 그의 글을 기회만 되면 깎아내리는 유명한 문예지 편집장의 눈에 드는 것이 훨씬 이익이라고 판단했다. 잘 나가는 문예지로 옮기는 데 성공한 패지는 당시 정기간행물에서 누구도 대적할 수 없는 악독하고 건방진 글을 마구 쓰는 특기를 연마했다. 이러한 특기에 완벽하게 숙달했을 즈음 패지는 우연히 자신의 옛 편집장이 쓴 논설의 비평을 맡았다. 〈국가적 특성으로서의 상상력〉이라는 상당히 허세가 심하고 장황하지만 가치가 없다고는 말할 수 없는 글이었다. 패지의 비평은 걸작이었다. 비평에 담긴 지독한 독설을 읽은 문필업자들의 폭소가 문단을 흔들었다. 누구의 작품인지 의심할 여지가 없었다. 앨프리드는 경솔하게도 《밸런스》에 패지를 공격하는 신랄한 답글을 썼다. 패지가 원하던 바였다. 그 후에 벌어진 소동—조롱, 분노, 침울한 답글, 악의적인 냉소—이 모든 것이 패지가 익명으로 쓴 재담에 이목을 모았으며 진중하고 성실한 앨프리드를 조롱의 대상으로 만들었다. 뭐, 독자도 나머지는 다 알 것이다. 버둥거리던 앨프리드의 문예지는 자취를 감추었고 패지는 명성의 기반을 탄탄하게 굳혔다.

문학과 관련해서 앨프리드가 한 번이라도 시도하지 않은 분야는 없다. 박물관 도서목록에서 그의 이름을 찾아보라. 등재된 글을 보면 실소가 나올 것이다. 서른 살 때 그는 소설을 출간했다. 보기 좋게 실패했으며, 5년 후 비슷한 실험으로 다시 한번 실패했다. 현대인의 삶에 관한 극본을 하나 써서 무대화하려고 몇 년을 애썼지만 결국 실패했다. 끝내 레제드라마[22]로 연출된 극은 클레멘트 패지에게 흔치 않은 즐거움을 선사했다. 이 연극과, 이와 비슷하게 어리석었던 앨프리드의 시도에 주목할 만한 점이 있다면 바로 작업에 쏟아부은 진심이었다. 앨프리드가 문학적 가치에 연연하지 않고 소설이나 극본을 썼으면 물질적인 성공을 거두었을지도 모른다. 안타깝게도 이 딱한 친구는 그렇게 유연하지 못했다. 그는 직업정신이 투철했다. 자기가 예술 작품을 창조하고 있다고 생각했다. 앨프리드는 치열한 작가 의식을 품고 자신의 야심을 좇았다. 그러나 이 모든 것에도 불구하고 그는 그저 그런 수준밖에 미치지 못했다. 그가 실력을 발휘하는 일은 돈이 안 되었고 명성을 쌓아 주지도 않았다. 쉰 살에 앨프리드는 여전히 이름 없는 동네의 초라한 집에서 살

22. 무대에서 상연할 목적이 아니라 독서용으로 쓰인 극본. 괴테의 『파우스트』와 바이런의 『만프레드』등이 있다.

았다. 먹고살 정도 수입은 있고 신체에 특별한 문제만 안 생긴다면 앞날을 걱정할 필요는 없었지만, 자신의 인생이 실패였다는 사실을 스스로에게 숨길 수 없었다. 이 생각은 그를 끝없이 괴롭혔다.

그런데 갑자기 예상치 못한 희망의 빛이 보인 것이다. 만약 라켓이 정말로 《스터디》의 편집장 자리를 준다면 그가 여태 간절히 바랐던 승리감을 맛볼 수 있을 터였다. 《스터디》는 명성이 나쁘지 않은 주간지였다. 물론 패지가 잡지의 질을 떨어뜨렸다는 사실엔 의심의 여지가 없었다. 패지는 《스터디》의 주 독자층, 즉 근대문학의 평론이 독살스러운 말발을 뽐내는 것보다 중요한 무언가를 제공한다고 믿는 진중한 사람들의 취향에 어긋나는 색을 입혔다. 하지만 그가 예전의 진정성을 불어넣는다면 잡지를 다시 살릴 수 있을 것이다. 게다가 최고봉의 자리에 앉는 즐거움이란! 자기만의 잡지를 손에 넣고 문단에서 중요한 인물이 되어 성숙한 평론법으로 많은 독자에게 다가갈 수 있다면!

한을 품은 사람은 간사한 유혹에 약하기 마련이다. 《스터디》는 매주 칼럼 하나에서 여러 가십을 다뤘는데, 이 사실에 생각이 미친 앨프리드는 패지를 포함한 숙적 여러 명을 떠올렸다. 지나치게 공격적이지 않으면서 누군가를 모욕하는 일에 가십 칼럼이 얼마나 유용한지 앨프리드는 뼈저리게 배웠다. 누군가의 이름을 작가 목록에서 제외하는 것만으로 수치심을 주고 상처 입힐 수 있었다. 교묘히 조작된 문장은 우리 시대에 하나의 예술로 등극했다. 물론 독자도 여러 사건이 기억날 것이다. 앨프리드는 유혹이 얼마나 클지 잘 알고 있었다. 때때로 유혹에 넘어가는 건 딱히 불명예스러운 일이 아니라고 그는 스스로에게 일렀다. 그 자신도 여러 차례 지독하게 당하지 않았는가. 공공의 이익을 위해서라도 망신을 줘야 할 사람들이 있었고, 앨프리드의 손가락은 편집장의 펜을 잡고 싶어 안

달복달했다. 하하. 마치 전장에 나온 말처럼 그는 멀리서 벌어지는 전투의 피비린내를 맡았다.

마감이 임박한 업무가 있었지만 오늘 저녁에는 일을 안 하기로 했다. 다이닝룸을 제외하고 1층에 있는 유일한 방인 그의 서재는 좁았고 심지어 바닥에도 책이 쌓여 있었으나 앨프리드는 초조히 거닐 공간을 찾았다. 9시 30분쯤 앨프리드가 이러고 있는데 그가 야식으로 즐기는 커피와 비스킷을 아내가 가져왔다. 평소에는 이맘때 메리언이 아버지를 보러 왔기 때문에 앨프리드는 왜 메리언이 오지 않았느냐고 물었다.

"딱하게도 또 두통이 시작됐나 봐요." 율 부인이 대답했다. "일찍 자라고 설득했어요."

그녀는 책더미를 밀고 테이블 위에 쟁반을 올려놓았지만 방에서 나가지 않고 주춤거렸다.

"앨프리드, 바빠요?"

"왜요?"

"좀 하고 싶은 이야기가 있어서요."

율 부인은 앨프리드가 기분 좋은 틈을 타기로 했다. 율은 평소처럼 냉정하기는 했지만 험악한 기색은 없었다.

"무슨 일이오? 당신 친정 사람들 이야기를 할 생각인가 보군."

"아니, 아니에요. 메리언에 관한 거예요. 오후에 그 아가씨들 중 한 명에게 편지가 왔어요."

"아가씨들이라니, 누굴 말하는 거요?" 율 부인이 에둘러서 말하자 율이 신경질을 내며 물었다.

"밀베인가 아가씨들이요."

"뭐 나쁠 건 없겠지. 점잖은 사람들이니까."

"그래요, 그렇다고 하셨죠. 그런데 애가 그 아가씨들 오빠를 언급하더라고요. 그리고—"

"무슨 말을 했소? 하고 싶은 말이 있으면 어서 하고 나가요."

"아무래도 당신이 그분을 초대하지 않아서 메리언이 실망한 모양이에요."

앨프리드는 조금 놀란 눈으로 아내를 보았다. 그는 아직 화를 내지 않았고 아내가 두려워하며 꺼낸 이야기를 생각해 볼 의사가 있어 보였다.

"그렇소? 흠, 난 잘 모르겠소. 내가 왜 그 젊은이를 초대했어야 했단 말이오? 미스 해로우가 원해서 만나 봤을 뿐이야. 난 그자에게 아무 관심 없소. 그리고—"

앨프리드는 말을 멈추고 자리에 앉았다. 율 부인은 멀찍이 섰다.

"이제 아이 나이를 생각해야죠." 그녀가 말했다.

"물론이오."

그는 잠시 골똘히 생각하며 비스킷을 우물거렸다.

"앨프리드, 당신도 알다시피 메리언이 젊은 남자들을 전혀 만나지 않잖아요. 계속 이렇게 지내면 안 될 거 같다고 종종 생각했어요."

"흠! 하지만 이 밀베인이라는 자는 석연찮은 구석이 있단 말이오. 일단, 빈털터리지. 제 어머니가 거의 먹여 살리고 있다 하더군. 나로선 용납할 수 없는 일이오. 어머니가 부유한 것도 아닌데 남자가 그 나이에 스스로 밥벌이를 해야 하지 않소. 머리는 잘 돌아가는 모양이니까 어쩌면 나중에 어느 정도 위치에 오를 수도 있겠지. 하지만 그걸 누가 안단 말이오."

앨프리드가 이런 생각을 처음 한 것은 아니었다. 시골길에서 함께 걷던 밀베인과 메리언을 마주쳤을 때 그는 자연스레 이런 가능성을 떠올렸고, 그들의 관계가 발전하는 걸 장려하지 않겠다고 결심했다. 그래서 그는 밀베인이 작별 인사를 하러 왔었다는 말을 물론 들었지만 일부러 만나러 가지 않았다. 앨프리드의 머릿속에서 이 문제는 뚜렷한 형태가 없었다. 두 젊은이가 시골에서 헤어진 후 서로를 많이 생각할 것 같지 않았고, 그들이 헤어질 시간이 왔을 때 애틋한 감정으로 속을 끓일 만큼 오랜 시간을 함께 보내지도 않았다고 생각했다. 물론 딸이 평생을 독신으로 산다는 예상이 유쾌하지는 않았다. 그러나 메리언은 아직 젊었고, 게다가—그녀는 귀중한 조수였다.

두 번째 이유가 앨프리드에게 얼마나 중요했을까? 아내가 돌연 이 문제를 들먹이자 그는 자문해야 했다. 그가 일부러 이기적으로 행동할 수 있을까? 지금까지는 그와 메리언의 이해관계에 충돌이 없었다. 사실 앨프리드는 딸이 영원히 자기를 도우리라는 생각에 길들여져 있었다.

물론, 만일 그가 정말 《스터디》의 편집장이 된다면 그녀의 도움이 지금만큼 필요하지 않을 것이다. 그리고 밀베인이라는 젊은이는 확실히 앞날이 창창해 보였다.

"여하간에." 앨프리드는 자기 생각을 이어가는 동시에 실망한 듯한 아내의 표정에 답하며 말했다. "밀베인이 메리언을 만나고 싶어 하는지 아닌지 당신은 모르잖소?"

"물론 저는 전혀 모르죠."

"게다가 당신이 오해했을 수도 있소. 왜 메리언이—그자에게 호감이 있다는 생각을 했소?"

"그냥 느낌이 그랬어요. 그리고 당신이 그 젊은이를 못마땅해했느냐고 묻더군요."

"그랬소? 흠! 밀베인이 메리언에게 어울리는 남자라고 생각하지 않소. 그저 재미로 여자들에게 사근사근하게 대하는 부류처럼 보였지."

율 부인은 걱정스러워 보였다.

"아, 당신이 그렇게 생각한다면 초대하지 말아요. 절대 안 돼요."

"물론 확실하다는 건 아니오." 그는 커피를 한 모금 마셨다. "그렇게 자세히 관찰할 기회가 없었소. 하지만 내가 존중하는 부류는 확실히 아니지."

"그러면 그냥 두는 게 낫겠군요."

"맞소. 이제 뭘 어쩌겠소. 그 젊은이가 어떻게 해나가는지 두고 보자고. 애 앞에서 그 사람을 괜히 들먹이지 마시오."

"네, 물론 안 할게요."

율 부인은 방에서 나가려는 듯 움찔거렸지만, 메리언이 편지를 읽고 나서 나눈 대화에서 마음에 걸리는 부분이 있었고, 남편에게 하고 싶은 말이 있었다.

"그 아가씨들이 편지에서 자기들 오빠 이야기를 종종 꺼내지 않을까요."

"맞소. 유감스러운 일이오."

"그리고, 앨프리드, 그분이 동생들에게 부탁할 수도 있고요."

"이런 일에 관해서는 여자라면 누구나 섬세한가 보군." 앨프리드가 미소를 띠고 중얼거렸다. 못된 말이었지만 말투까지 심술궂지는 않았다.

그러나 앨프리드의 말을 알아듣지 못한 율 부인은 이해하려고 애쓰는 예의 그 익숙한 표정으로 남편을 쳐다보기만 했다.

"그건 어쩔 수 없소." 부인이 제안했던 가능성에 대해 앨프리드가 답했다. "그자가 메리언에게 진심으로 마음이 있다면, 뭐, 기회가 오길 기다리라고 하지."

"정말 안타깝지 않나요? 메리언이 동배들과 어울릴 기회가 좀 더 없다는 게?"

"이렇게 말하는 게 무슨 소용이오. 어쩔 수 없지. 메리언이 불행하다고 생각하진 않소."

"행복하지도 않죠."

"그렇게 생각하오?"

"그렇다고 확신해요."

"내가 《스터디》 편집장이 되면 상황이 좀 달라지겠지. 물론—아니오, 부질없는 말을 해서 어쩌겠소. 괜히 애가 자기가 외롭다고 생각하게 부추기지나 마시오. 일에 집중하는 게 좋아. 그건 확실하지."

"그럴지도 모르죠."

"생각해 보겠소."

율 부인은 조용히 방에서 나가 바느질을 다시 시작했다.

그녀는 앨프리드가 '부질없는 말'이라고 일컬은 게 무엇인지 잘 알았다. 남편이 그런 식으로 넌지시 암시할 때면 율 부인은 지금보다도 불행했던 시절, 앨프리드가 대놓고 불평하던 때를 떠올렸다. 자신이 교육받은 여자였다면 딸이 이렇게 쓸쓸하게 지내지 않았으리라는 사실을 율 부인도 잘 알았다.

남편과 딸과 함께 존 율의 집을 방문하지 않은 건 율 부인의 선택이었다. 그녀는 집을 하녀 한 명에게만 맡길 수 없다는 핑계를 댔지만, 무슨 일이 있어도 끝내 동행하지 않았을 것이다. 자신의 존재가 남편과 딸을 창피하게 만들 것이 뻔했기 때문이다. 앨프리드는 새로 사람을 만날 때 언제나 부인을 부끄러워했고, 그런 감정을 그녀에게서도, 그를 관찰하고 있는 남들에게서도 숨기지 못했다. 메리언은 어머니를 부끄러워하지 않았지만 그녀가 동행하면 딸이 자유로이 교제할 수 없을 터였다. 하지만 그건 불변의 사실이 아닐까?

만약 밀베인 씨가 정말 집에 찾아오기라도 하면, 메리언의 어머니가 어떤 사람인지 보고 불쾌해하지 않을까?

바느질감에 눈물이 몇 방울 떨어졌다.

자정에 서재의 문이 열렸다. 다이닝룸을 점검하러 들어온 율은 아직도 그곳에 앉아 있는 아내를 보고 깜짝 놀랐다.

"왜 아직도 안 자고 있소?"

"시간 갔던 줄 몰랐네요."

"시간 가는 줄. 가는 줄. 또 옛날처럼 말하지 마시오. 어서 불이나 꺼요."

8장. 승자의 편으로

앨프리드가 친분을 유지하는 젊은 시절 지인 중 몇몇은 남에게 소개할 수 없는 아내의 남편이라는 특정한 카테고리에 속했다. 예를 들어 힝크스도 그중 한 명이었는데, 앨프리드는 그가 지루하다고 비아냥거리면서도 마음속으로는 자못 존중했다. 힝크스는 소수의 출판사만 팔 수 있는 글로 1년에 100파운드쯤 벌었고, 이 수입의 삼 분의 일 정도를 책 사는 데 썼다. 그의 아내는 세탁부의 딸이었는데, 30년 전 힝크스가 런던에 온 지는 얼마 안 됐으나 이미 배고픔에 익숙했던 시절에 그녀의 집에서 하숙했다. 부부는 금실이 좋았지만 힝크스보다 네 살 연상인 힝크스 부인은 세탁부의 말버릇을 고치지 못했고 고칠 수도 없었다. 다른 한 쌍은 고버트 부부였다. 이들은 살림이 어렵지 않았다. 보모였던 부인이 결혼한 지 얼마 안 되어 친척에게 건물을 물려받았기 때문이다. 자칭 시인인 고버트 씨는 아내가 유산을 물려받은 이래 매년 자비로 시집을 출간했다. 출판의 결과는 잔소리쟁이에다가 허영심까지 있는 아내를 화나게 하는 게 전부였다. 조금만 더 기다렸으면 안정된 직업이 있고 안락하게 사는 부유한 상인과 결혼할 수 있었을 거라며, 고버트 부인은 문필업자와 혼약한 날을 대놓고 후회했다. 율 부인은 고버트 부인이 독주에 입을 대지 않나 의심했는데, 의심할 이유가 충분했다. 세 번째로, 찢어지게 가난한 크리스토퍼슨 부부가 있었다. 그들은 친구 집에서도 끝없이 옥신각신하며 가정에서 벌어지는 우습고도 슬픈 이야기를 늘어놓았다. 남편은 무책임한 글을 불규칙적으로 기고하는 저널리스트였는데, 사실 그는 형이상학을 전공했다. 크리스토퍼 씨는 자신에게 명예를 안겨 주리라 기대하고 있는 길고 심오한 책에 평생을 바쳤다. 물론 그도 명예 외 다른 것을 바랄 정도로 망상이 심하지는 않았다. 기사 몇 개를 써서 생필품을 살 돈이 들어오면 그는 박물관으로 향했고, 한번 그곳에 처박히고 나면 좀처럼 다시 돈을 벌러 현실 세계로 돌아오지 않았다. 이 모든 상황에도 불구하고 남편과 아내는 서로 아꼈다. 크리스토퍼슨 부인은 캠버웰 출신이었고, 그녀의 아버지는 한때 그곳에서 가장 초라한 푸줏간의 주인이었다. 그녀의 젊은 시절과 관련된 불쾌한 소문이 돌았지만 형이상학자는 귀를 막았다. 그들 사이에는 아이가 셋 있었고, 다행히 모두 죽었다.

앞서 말한 남자들은 모두 그들이 이제껏 한 일이나 앞으로 할 일보다 훌륭한 업적을 이룰 능력이 있었다. 그들은 남에게 소개할 수 없는 아내를 둔 탓에 젊은 시절의 가능성을 실현하지 못했다. 그들은 기다렸어야 했다. 그랬다면 쉰 살에서 육십 살 사이쯤에 신분이 동등한 여자와 결혼할 수 있었을지도 모른다.

앨프리드의 오랜 친구 중 쿼비 씨도 있었다. 총각인 쿼비 씨는, 그의 표현에 따르면 꼼짝없이 발목을 잡힌 친구들 앞에서 의기양양했다. 그는 수입이 꽤 넉넉했지만, 존슨 박사와 마찬가지로 깨끗한 옷에 열광하지 않았다.

앨프리드는 오랜 친구들을 아주 경멸하지는 않았고, 이따금 만날 때 그들이 자신에게 표하는 존경에 흐뭇해했다. 이 무리 중 몇몇이 반년에 한두 번씩 앨프리드 집에서 모였는데, 그때마다 앨프리드는 자신이 사회적으로 또 지성인으로서 저명한 인사가 된 듯한 착각을 즐겼다. 이런 모임에서 그는 평소의 침울한 태도를 벗어던지고, 방대한 지식과 비판적 사고력을 뽐내며 열정적으로 토론했다. 필연적으로 그들의 대화는 문단에서 유명한 사람들의 개인적 허물과 허세와 단점으로 흘러갔다. 그들은 방이 쩌렁쩌렁 울릴 정도로 비웃음을 터뜨리고 야단스럽게 빈정대고 반어적인 고함을 치고 지독한 독설을 퍼부었다. 이렇게 저녁을 보내고 나면 앨프리드는 며칠 동안 맥이 빠져 우울해했다.

도서실과 여타 장소에서 상습적인 수다쟁이인 퀌비 씨가 라켓에 관해 들은 이야기를 떠벌리지 않을 리 없었다. 앨프리드가 패지의 뒤를 이어 《스터디》의 편집장이 될지도 모른다는 소문이 삽시간에 퍼졌고, 앨프리드는 잘 모르거나 전혀 모르는 사람들에게서 따뜻한 관심을 받았다. 동시에 그의 진정한 오랜 친구들은 축하의 인사와 함께 다정히 악수를 청하며 문예지의 칼럼을 메우는 데 이바지하고 싶다는 굳은 의지를 내비쳤다. 이 모든 게 유쾌한 경험이었지만 막상 라켓 씨에게서는 아무런 소식이 없었고, 시간이 지나도 앨프리드의 의심은 사그라지지 않았다.

그의 의심은 타당했다. 패지의 뒤를 이을 사람이 앨프리드 율이 아니라 시골에서 조용히 부편집장 일을 해온, 런던의 문학계에 아군도 적군도 없는 남자라는 공식발표가 10월 말에 났다. 대학을 졸업한 지 비교적 얼마 안 되는 젊은이로, 순수한 학문에 뛰어난 기량이 있다는 소문이었다. 당연히 현명한 선택이었으며 《스터디》의 명성은 어느 때보다도 높아졌다.

앨프리드는 요즘 시대에 자기 같은 사람은 이런 자리에 오르지 못한다는 사실을 내심 알고 있었다. 그는 실망하지 않았다고 스스로를 설득하려 했지만, 멍한 표정으로 다가온 퀌비 씨의 고귀한 마음에 두고두고 상처가 될 분노의 말을 몇 마디 내뱉고야 말았다. 집에서는 뚱하게 침묵만 지켰다.

그렇다. 가난하고 사회적 영향력이 없는 앨프리드 같은 사람에게 편집장 자리가 주어질 리 만무했다. 게다가 그는 너무 늙었다. 다른 분야와 마찬가지로 문학계에서도 노장들은 그들이 애써 일군 작은 경작지조차 기운찬 젊은이들에게 뺏기기에 십상이었다. 하지만 퀌비 씨가 퍼뜨린 소문이 아주 근거 없는 말은 아니었다. 앨프리드가 클레멘트 패지와 본질적으로 상극이라는 이유로 《스터디》의 사장이 잠깐이나마 그를 고려한 것은 사실이었다. 물론 기회가 된다면 패지를 모욕하고 싶기도 했다. 그러나 라켓 씨의 주변 사람들이 위험한 선택이라며 말렸다.

소식을 전하는 앨프리드는 덤덤해 보였으나 율 부인과 딸은 이 실망이 초래할 결과를 너무나도 잘 알았다. 그후 한 달은 율가 사람 모두에게 괴로운 시간이었다. 매일 저녁 식사 자리에서 앨프리드는 시무룩해서 한마디도 하지 않았다. 부인에게는 거의 말을 걸지 않았으며 메리언과도 일에 관한 대화가 전부였다. 앨프리드의 낯빛이 이상한 색으로 물들어서 누가 보면 황달에 걸렸다고 생각할 지경이었다. 끔찍한 두통이 성마른 성격을 더욱 악화했다. 오랜 경험을 통해 율 부인은 자신이 위로하려는 시도가 쓸모없는 정도가 아니라는 걸 익히 알았다. 그녀는 쥐 죽은 듯 있어야만 안전했다. 메리언도 감히 그 사건을 언급하지 못했다. 그러나 어느 날 저녁 그의 서재에 온 메리언은 "안녕히 주무세요" 인사를 하며 뺨을 아버지의 뺨에 가져다 대었고, 이 드문 애정 표현이 앨프리드에게 이상하게 작용했다. 딸이 연민을 표하자 그는 전에 없이 속마음을 털어놓았다.

"내가 이렇게 살지 않을 수도 있었단다." 그들이 지금까지 이 주제를 논하고 있던 것처럼 앨프리드가 불쑥 내뱉었다. "네가 나의 실패를 생각할 때—너도 이제 세상일을 알 나이가 되었으니 자주 그러겠지—내 앞을 가로막은 장애물을 간과하지 마라. 아비가 성공할 가능성도 없었던 멍청이라고 여기지 않았으면 한다. 패지를 보렴. 그 작자는 신분이 높은 여자와 결혼했지. 부인이 친구들은 물론 영향력을 가져다줬어. 그게 아니었으면 그자가 주제에 맞지도 않은《스터디》의 편집장이 되는 일은 없었을 거다. 하지만 그는 사람들을 초대하고 대접할 여건이 됐고, 그들 부부는 사교계에 들락거렸어. 모두가 패지를 알고 그에 대해 떠들었다. 나는 어땠을 것 같니? 나는 굴속에 처박힌 짐승이나 마찬가지였다. 내가 교류해야 할 사람들 사이에 있어도 기회를 그냥 날려 버려야 했어. 내가 라켓이나 그런 사람들을 직접 만날 수 있었으면, 같이 저녁을 먹거나 같은 클럽에 속했다면, 이 나이에 이러고 있지는 않았을 거다.《밸런스》에서 편집장 노릇을 하던 시절이 내게는 유일한 기회였는데, 이 또한 대단치 않았지. 그 문예지는 자금이 부족해서 오래 버틸 수 없었어. 하지만 심지어 그런 문예지에서라도, 내가 지위에 맞는 생활을 하고 필요한 사람들을 집으로 자유로이 초대할 수 있었다면 이렇게 됐을 것 같니?"

메리언은 차마 고개를 들지 못했다. 아버지가 한 말이 어느 정도 사실이긴 했으나 그런 말을 딸에게 한다는 자체가 충격이었다. 메리언이 침묵하자 앨프리드는 어머니에 대한 이런 말이 그녀에게 얼마나 괴로운지 깨닫고, 갑작스레 "잘 자라" 인사하며 내보냈다.

방으로 올라온 메리언은 가족의 불행을 한탄하며 흐느꼈다. 지난 휴가 이후 고독이 더욱 견디기 힘들어졌다. 핀든의 산책길에서 잠시나마 메리언은 젊은 사람이 마땅히 즐겨야 할 기쁨을 엿보았다. 하지만 그것은 사라져 버렸고 다시 돌아오길 기대할 수 없었다. 그녀는 여자가 아니라 읽고 쓰는 기계에 불과했다. 아버지는 이에 대해 아무 생각이 없는 걸까? 가난이 빚은 상황 때문에 괴로운 사람이 비단 그뿐만은 아니었다.

메리언은 슬픔을 하소연할 친구도 없었다. 도라가 두 번째 편지를 보냈고 최근에 모드도 편지를 보냈지만, 자신이 진짜 어떻게 지내는지 답장에 적을 수 없었다. 이들 자매에게는 특히 말할 수 없었다. 편지를 읽은 자매는 그녀가 문필업에 몰두하며 보람차고 바쁜 생활을 하고 있다고 상상할 것이다. 그녀의 가슴에 얼마나 슬픔이 그득한지, 미래가 얼마나 암울하게 느껴지는지 아무에게도 말할 수 없었다.

모녀가 서로 마음을 터놓았던 순간은 그걸로 끝이었다. 율 부인은 재스퍼 밀베인에 관해 남편과 다시 의논할 기회가 없었고, 메리언에게는 일부러 아무 말도 하지 않았다. 모든 것이 예전처럼 계속되어야 했다.

어두운 계절이 찾아왔다. 메리언은 11월의 비와 안개를 헤치며 언제나처럼 박물관으로 향했고 다른 일꾼들 사이에서 분투했다. 일주일에 한 번쯤 메리언은 도서실 통로를 오가며 책상에 앉은 사람들의 얼굴을 몰래 훔쳐봤지만, 그녀가 보고 싶은 얼굴은 보이지 않았다.

11월 끝자락의 어느 날, 메리언은 책을 펼쳐 놓고 있었지만 아무리 노력해도 집중할 수 없었다. 음산한 날이었고 어두침침해서 글자를 읽기 힘들었다. 텁텁하고 미지근한 공기 속 안개 맛이 진해졌다. 우울함이 너무 강하게 몰려와서 일하는 척을 하기도 힘들었다. 누가 보든 말든 메리언은 팔을 축 늘어뜨리고 고개를 떨궜다. 자신에게 떠맡겨진 삶이 무슨 의미가 있으며 또 무슨 소용인지 계속해서 자문했다. 세상에는 이미 사람이 평생 읽어도 다 못 읽을 만큼 많은 걸작이 있는데 여기서 그녀는 사람들이 한 번 이상 읽을 시늉도 안 하는 글을 생산하려고 아등바등하고 있다. 이렇게 어처구니없는 바보짓이 또 무엇이 있을까? 글 쓰는 일이야말로 세상에 중대한 할 말이 있는 자의 특권이자 기쁨이 아닌가? 아버지에게 그런 중요한 메시지 따위 없다는 사실을 메리언은 잘 알았다. 창작을 완전히 포기한 앨프리드는 남이 쓴 글에 관해서만 썼다. 생계에 대한 걱정만 없었다면 메리언은 언제라도 기꺼이 펜을 내려놓을 수 있었다. 그리고 그녀의 주변 사람들. 그들은 이미 존재하는 책을 조금 새롭게 바꿔 쓰는 것 말고 뭘 바랄 수 있단 말인가? 그래서 그걸 조금 새롭게 한 다른 책이 또 나오도록? 이 거대한 도서실, 통제 불가하게 커지며 모두의 자취를 삼키는 글자의 사막이 되리라 위협하는 이 도서실이 인간의 영혼을 얼마나 괴롭게 짓누르는지!

오, 몸을 쓰는 일을, 아무리 비천하고 하찮은 일이라도 세상이 진정 필요로 하는 일을 할 수만 있다면! 여기 앉아 알량한 지적 존엄성을 꾸며내는 일이야말로 진정 비천했다. 며칠 전 메리언은 '문필업 기계'라는 제목의 신문광고를 보고 깜짝 놀랐다. 그녀처럼 불쌍한 인간들을 대신해서 책과 논설을 쓰는 기계가 드디어 발명된 건가? 안타까워라! 기계는 단지 제본을 용이하게 하여 책 제작의 신체적 부담을 줄이는 용도였다. 하지만 곧 에디슨 같은 발명가가 그런 기계를 만들 것이 분명했다. 비교적 단순한 발명일 것이다. 일정한 숫자의 옛날 책들을 입력한 다음에 요즘 입맛에 맞게 가감하고 섞고 현대화하면 된다.

안개가 짙어졌다. 돔 아래 창문을 올려다보니 하늘에 노르스름한 저녁놀이 깔렸다. 메리언의 시선이 도서실 위층 통로를 서성이는 경비원에게 향했다. 비참하고 비뚤어진 기분에 빠진 메리언은 경비원을 끝없이 늘어선 책장 사이를 영영 헛되이 방황해야 하는 길 잃은 영혼에 비유하며 조소했다. 불빛이 들어온 책상에 줄줄이 앉아 있는 사람들은 또 무엇인가? 이들은 거미줄에 걸린 파리였고, 그 거미줄의 중심에는 거대한 도서목록이 있었다. 어두워지고, 어두워졌다. 드높게 쌓인 책더미에서 티끌이 흩날리며 주위를 점점 더 침침하게 만드는 것 같았다. 책으로 빼곡한 도서실의 원주는 곧

형체 없는 감옥의 경계가 되리라.

그때 타닥타닥 하얀빛이 깜박이며 전깃불이 들어왔고, 끊임없이 윙윙거리는 소음이 또 다른 두통을 유발했다. 불이 들어오자 오늘 얼마나 일을 안 했는지 새삼 떠오르며 마음이 조급해졌다. 그녀는 반드시, 결단코, 눈앞에 놓인 임무에 집중해야 했다. 기계는 임무를 미룰 수 없었다. 하지만 눈앞에서 종이가 파란색, 초록색, 노란색으로 가물거렸다. 자꾸 깜빡이는 전등을 견딜 수 없었다. 옳지 않은 행동일지 몰라도 집에 갈 것이고, 방에 숨어 눈물을 쏟아 내며 가슴의 슬픔을 비울 것이다.

책을 돌려주러 가는 길에 메리언은 재스퍼 밀베인과 정면으로 마주쳤다. 그가 그녀를 외면할 수 없는 상황이었다.

그리고 재스퍼는 피하고 싶은 눈치가 아니었다. 그의 얼굴이 환해지며 반가움을 역력히 드러냈다.

"멜로드라마에서 흔히 말하듯, 마침내 우리가 만났군요. 아, 저한테 책을 주세요. 책 때문에 악수도 못 하는군요. 어떻게 지내세요? 날씨가 마음에 드시나요? 이 불빛은 또 어떻고요?"

"정말 힘들어요."

"불빛과 날씨에 관해 말한 거라면 괜찮지만, 어떻게 지내느냐에 대한 대답은 아니길 바랍니다. 만나서 정말 반가워요. 지금 떠나려던 참인가요?"

"네."

"전 런던에 돌아온 이래 여기에 대여섯 번도 안 왔어요."

"하지만 글은 계속 쓰시죠?"

"그럼요! 비축해 놓은 관찰과 실제 삶과 제 천재성에서 소재를 얻고 있죠."

메리언은 열람권을 돌려받고 다시 재스퍼를 향해 돌아섰다. 그녀의 입술에 미소가 걸려 있었다.

"지독한 안개예요." 재스퍼가 말을 이었다. "집에는 어떻게 가십니까?"

"토트넘 코트 로드에서 옴니버스를 타요."

"그러면 어느 정도 저와 같이 가시죠. 저는 저기 위쪽 모닝턴 로드에 살아요. 어차피 한 30분 정도 시간을 때우러 왔는데, 집에 가는 게 낫겠어요. 아버님은 안녕하신가요?"

"썩 좋지 않으세요."

"저런, 죄송합니다. 당신도 최상의 상태는 아닌 듯하네요. 정말이 날씨는! 런던은 겨울에 살 만한 곳이 아니에요. 핀든은 그래도 괜찮겠지요."

"훨씬 좋을 거예요. 거기에서는 날씨가 안 좋아도 자연적인 현상이겠지만, 런던에서는 인간이 만든 불행이죠."

"저는 별로 신경 쓰지 않습니다." 밀베인이 말했다. "최근에 기분이 아주 좋거든요. 엄청나게 일하고 있어요. 끝이 없을 정도예요. 평생 해온 일보다 더 많을 정도예요."

"잘됐네요."

"외투와 소지품은 어디에 보관하셨나요? 여성용 보관실이 저쪽 어디에 있지 않나요?"

"맞아요."

"그럼 물건들을 챙겨 와요. 복도에서 기다리겠습니다. 그런데 당신이 집에 혼자 간다고 제가 넘겨짚었네요."

"혼자 가요. 완전히."

'완전히'는 좀 과했고, 이 말에 재스퍼는 미소 지었다.

"제가 동행해서 방해하는 건 아니고요?" 재스퍼가 곧이어 물었다.

"왜 방해가 되겠어요?"

"알겠습니다."

밀베인은 1~2분밖에 기다릴 필요가 없었다. 메리언이 나오자 그는 그녀를 머리에서 발끝까지 훑어보았다. 재스퍼의 말에 이따금 묻어 나오는 무례함처럼 의도적이지 않은 버릇이었다. 그의 얼굴에 흐뭇한 미소가 번졌다. 그들은 안개 속으로 나갔다. 런던의 안개 중 최악은 아니었지만 걷기에 불편했다.

"동생들과 연락하시죠?" 재스퍼가 물었다.

"네, 맞아요. 친절하게도 제게 편지를 보내 줬어요."

"자기들이 시작한 엄청난 일도 언급했고요? 이번 해 말까지 끝냈으면 좋겠어요. 저한테 보낸 부분을 읽어 보니까 꽤 잘했더라고요. 동생들이 글쓰기에 어느 정도 재주가 있다고 믿었죠. 이제 《잉글리시 걸 The English Girl》이라는 잡지에 실을 만한 글을 하나 썼으면 해요. 이 잡지를 아시나요?"

"들어봤어요."

"제가 편집장인 보스턴 라이트 부인과 아는 사이입니다. 어제 누구 집에서 그분을 만났는데, 동생들한테 쓸거리를 하나 주면 좋겠다고 노골적으로 부탁했죠. 이래야만 통하거든요. 사람들이 나를 도와주고 싶어 한다고 믿어야 합니다. 최근에 꽤 많은 사람을 만났어요."

"참 잘됐네요." 메리언이 말했다.

"혹시—아니, 율 양이 알 리 없죠. 제가 새로 창간되는 문예지의 기고가로 뽑혔습니다. 《커런트》라는 잡지예요."

"그렇군요!"

"패지라는 남자가 편집장이죠."

"네."

"아버님께서 그 사람을 안 좋아하신다는 걸 압니다."

"좋아하실 수 없어요, 밀베인 씨."

"네. 패지는 자기가 마음만 먹으면 상당히 불쾌한 사람이 되는데, 그런 마음을 꽤 자주 먹는 것 같더군요. 하지만 전 그 사람을 최대한 이용해야 해요. 제가 그 사람 아래서 일한다고 저를 싫어하진 않겠죠?"

"이런 일에는 선택의 여지가 없다는 걸 알아요."

"맞습니다. 제가 패지 같은 사람이라고 생각하지 않았으면 좋겠어요. 뼛속까지 패지스럽다고요."

메리언이 웃었다.

"그럴 일은 없을 거예요."

안개가 눈에 차오르고 목 뒤로 넘어가고 있었다. 토트넘 코트 로드에 도착할 때쯤엔 둘 다 몹시 불편한 상태였다. 버스를 기다리는 동안 그들은 콜록거리며 틈틈이 말했다. 버스 안에서는 말하기가 좀 더 수월했지만 다른 사람들 때문에 자유롭게 대화할 수 없었다.

"정말 살기 힘드네요!" 재스퍼가 얼굴을 지나치게 가까이 들이밀며 말했다. "그 조용한 들판에 있었으면 좋겠어요. 기억나죠? 9월 햇살이 내리쬐고 있고요. 조만간 핀든에 가실 건가요?"

"잘 모르겠어요."

"저희 어머니가 편찮으세요. 어쨌든 크리스마스에는 꼭 가야하는데 즐거운 방문은 아닐 거 같습니다."

햄프스테드 로드에서 재스퍼는 인사를 하며 손을 내밀었다.

"할 이야기가 많은데, 언젠가 또 마주칠지도 모르죠."

그는 버스에서 뛰어내려 불그스름한 안개 속에서 모자를 흔들었다.

12월이 끝나기 얼마 전 드디어 《커런트》가 창간호를 발행했다.

앨프리드는 새로 창간된 잡지를 한두 번 신랄하게 비웃었고, 물론 구매하지 않았다.

"밀베인이 패지의 유망한 잡지에 합류하는 모양이더군." 하루 이틀 후 아침 식사 시간에 앨프리드가 말했다. "글을 아주 영리하게 잘 쓴다고 하더구나. 다른 곳에 실렸으면 좋았을 텐데. '악랄한 통신 회사.' 이런 곳 말이다."

"패지 씨와 개인적으로 친분이 있는 것 같지는 않아요." 메리언이 말했다.

"아마 아니겠지. 하지만 기고해 달라고 초대받았더군."

"그분이 거절해야 했다고 생각하세요?"

"아니. 난 전혀 관심 없단다. 전혀."

율 부인은 딸을 힐끔 봤지만 메리언은 무덤덤해 보였다. 그것으로 이야기는 끝났다. 사실 앨프리드는 의도적으로 그 이야기를 꺼냈다. 여태 그들은 대화할 때 밀베인의 이름을 부자연스럽게 피해 왔는데, 그걸 끝내고 싶었던 것이다. 이제껏 앨프리드는 이 문제에 대해 확신이 없고 마음이 불편했다. 아내의 말을 들어 보니 메리언은 밀베인과 교류가 갑작스레 끝나 실망한 듯했고, 딸을 아끼는 그는 자신이 그녀의 행복을 앗아간 게 아닌가 하는 의심에 마음이 편치 않았다. 앨프리드의 양심은 자신의 행동을 정당화할 기회를 덥석 물었다. 밀베인은 적의 편으로 갔다. 자신과 패지 사이 악연이 얼마나 지독한지 그 젊은이가 아는지 모르는지는 무관했다. 설사 친분을 맺었더라도 밀베인이 패지 밑으로 들어가면서 결국 끝장났을 터이므로 서로 친분을 이어 가지 않은 게 현명한 처사였다. 좋을 게 하나도 없는 인연이었다. 밀베인은 기회주의자였다. 모든 일에서 자신의 이익을 먼저 따질 사람이었다. 적어도 앨프리드는 그런 인상을 받았다. 메리언이 어떤 희망을 품었어도 결국에는 실망했으리라. 둘 사이가 깊어지기 전에 잘 차단했다.

그러므로 지금부터는 밀베인을 언급할 수밖에 없는 상황이 되면 그를 여느 문필업자와 다름없이 취급해야 했다. 메리언이 밀베인에게 특별하거나 개인적인 관심을 가질 가능성은 희박해 보였다. 그의 여동생들과 연락하고 지내는 건 유감스러웠지만, 이런 우정은 대개 오래가지 않았다.

그날 저녁 앨프리드는 아내에게 이 이야기를 했다.

"핀든 아가씨들에게서 소식이 왔소?"

"저번 주 오후에 편지를 한 통 받았어요."

"당신은 읽었소?"

"아니요. 처음에는 무슨 내용인지 말해 주더니 이제는 그러지 않네요."

"당신한테 밀베인 이야기를 또 꺼내지 않았고?"

"한마디도 안 했어요."

"흠, 내 이럴 줄 알았지." 사실은 자신이 불안불안했다는 것을 기억하기 싫은 사람의 자신만만한 태도로 앨프리드가 말했다. "그자를 여기 들여서 좋을 게 하나도 없소. 내가 경멸하는 자들과 한통속이 됐지. 혹시라도 메리언이 무슨 이야기를 하면, 그냥 나한테 말해요."

메리언은 이미 《커런트》를 구매해서 혼자 읽었다. 밀베인의 글이 영리하다는 사실에는 반박의 여지가 없었다. 사람들은 그의 글에 주목했고, 창간한 잡지를 다룬 기사들 모두 밀베인의 글을 특별히 언급했다. 메리언은 큰 관심을 가지고 기사를 읽었고, 가능할 때면 기사를 오려서 안전한 곳에 보관했다.

1월이 지나가고 2월도 지나갔지만 메리언은 재스퍼를 한 번도 보지 못했다. 3월 첫째 주에 도라에게 편지가 와서 『어린이를 위한 영국 의회 역사』가 곧 출간된다고 전했다. 밀베인 부인이 심하게 앓았지만 날씨가 풀리면서 회복하고 있다는 소식도 함께 들어 있었다. 재스퍼에 대해선 아무 말 없었다.

일주일 후 밀베인 부인이 사망했다는 소식이 왔다.

편지는 아침 식사 시간에 왔다. 겉봉이 평범했고 전혀 예상하지 못했기 때문에 첫 글자를 읽자마자 메리언은 충격의 외마디를 질렀다. 난롯가 쪽으로 몸을 돌리고 신문을 읽고 있던 그녀의 아버지가 돌아보며 무슨 일이냐고 물었다.

"밀베인 부인이 그저께 돌아가셨대요."

"저런!"

앨프리드는 더는 이야기하고 싶지 않은 기색으로 고개를 돌렸다. 하지만 잠시 후 그가 물었다.

"이제 그 딸들은 어떡하니?"

"전혀 모르겠어요."

"그들 상황이 어떤지 아니?"

"스스로 생계를 책임져야 할 거예요."

대화는 그렇게 끝났다. 율 부인이 연민이 담긴 몇 마디를 건넸지만 메리언은 짤막하게 답했다.

그로부터 열흘 뒤 일요일 오후, 메리언이 어머니와 응접실에 단둘이 앉아 있을 때 현관문에서 노크 소리가 들렸다. 앨프리드는 외출 중이었는데, 이 집에 온 손님이 앨프리드 말고 다른 사람을 찾을 리 없었다. 모녀는 귀를 기울였다. 하녀가 문을 열러 나갔고, 웅얼거리는 말소리가 들렸다. 잠시 후 하녀가 돌아와 율 부인에게 전했다.

"밀베인 씨라는 분입니다." 이 집에 손님이 얼마나 뜸한지 느껴지는 목소리로 하녀가 말을 이었다. "율 씨를 찾으셔서 외출하셨다고 했더니 율 양이 계시냐고 여쭤보셨어요."

모녀는 불안한 시선을 교환했다. 율 부인은 당황했다.

"밀베인 씨를 서재로 안내해 주세요." 메리언이 갑자기 단호하게 말했다.

"거기로 모실 거니?" 어머니가 다급하게 속삭였다.

"여기보다는 서재로 모시길 어머니가 원하실 거 같아서요."

"맞아, 맞다. 하지만 그분이 가시기 전에 네 아버지가 오기라도 하면?"

"상관없어요. 그분이 애초에 아버지를 만나러 오신 거잖아요."

"아, 그렇구나. 그럼 어서 가보렴."

율 부인만큼이나 긴장한 메리언이 방에서 나가려다 다시 돌아왔다.

"만일 아버지가 오시면, 서재로 들어오시기 전에 어머니가 말씀 좀 해주세요."

"그래."

서재의 난롯불이 까물거렸다. 서재에 들어오자마자 이것을 본 메리언은 아버지가 최소한 몇 시간 안에는 돌아오지 않을 거라는 확신이 생겼다. 앨프리드가 한동안 나가 있을 작정을 하고 나간 게 분명했다. 풍족하게 사는 사람들은 이해하지 못할 사소한 절약이 앨프리드에게는 평생 몸에 밴 규칙이었다. 메리언은 자유로이 이야기할 수 있다는 기쁜 마음으로 밀베인을 바라보았다. 책장 앞에 서 있던 그는 상장은 달지 않았지만 평소와 다르게 심각한 표정이었고 얼굴빛이 창백했다. 그들은 묵묵히 악수했다.

"너무 안타까운—" 메리언이 갈라진 목소리로 말을 시작했다.

"고맙습니다. 동생들이 소식을 전했다는 걸 알아요. 오래 견디시지 못하리라고 지난달부터 예상했지만, 돌아가시기 전에 갑자기 상태가 호전돼서 깜빡 속았습니다."

"앉으세요, 밀베인 씨. 아버지는 조금 전에 나가셨는데 금세 돌아오실 거 같지 않아요."

"정말 아버님을 뵙고 싶어서 온 건 아닙니다." 재스퍼가 솔직히 말했다.

"아버님이 계셨으면 제가 하려고 온 말을 했을 거예요. 하지만 당신이 몇 분만 시간을 내주면 훨씬 좋겠네요."

메리언은 사그라지는 불씨를 곁눈질했다. 밀베인이 하려는 말에 대한 호기심과 불을 새로 지펴야 한다는 초조함이 뒤섞였다. 방은 이미 아주 싸늘했던지라, 손님에 대한 예의가 아닌 것 같아 마음이 불편했다.

"불씨를 살리고 싶으세요?" 메리언의 몸동작과 시선을 눈치챈 재스퍼가 물었다.

"너무 약해서 못 살릴 거 같아요."

"아닙니다. 셋방살이를 하다 보니 이런 일에 요령이 생겼죠. 제가 한번 해보겠습니다."

재스퍼는 집게로 작은 석탄 덩어리를 집어 남아 있는 불씨에 얹었다. 메리언은 부끄럽고 속상해서 멀찍이 서 있었다. 현실에서는 일이 연극에서처럼 착착 진행되지 않는 법이다. 그리고 이런 사소한 상황 덕분에 한결 자연스레 대화가 시작되었다.

"이제 됐어요." 불꽃이 여기저기서 혀를 날름거리기 시작하자 재스퍼가 말했다.

메리언은 아무 말 없이 자리에 다시 앉아 그의 말을 기다렸다.

"어제 런던에 돌아왔습니다." 재스퍼가 말했다. "당연하지만 앞으로 할 일이 많고 걱정이 태산입니다. 미스 해로우가 동생들을 참 따스하게 대해 주셨어요. 와틀보로우에 있는 다른 친구들도 마찬가지고요. 모드와 도라가 앞으로 어떻게 해야 할지 바로 결정해야 했습니다. 동생들 일 때문에 뵈러 온 거예요."

메리언은 연민이 가득한 표정으로 이야기를 들으며 잠자코 있었다.

"동생들이 런던으로 오기로 했습니다. 대담한 선택이죠. 결과가 좋을 거라는 확신도 없습니다. 하지만 동생들은 도전하는 편이 낫다고 생각해요."

"계속 글을 쓸 건가요?"

"글쎄요, 우리 모두 그랬으면 합니다. 물론 한동안은 생활비를 벌기 힘들 거예요. 지금 사정이 이렇습니다. 동생들은 최대한 아끼면 런던에서 1년 반 정도 살 돈이 있습니다. 그동안 어떻게서든 먹고 살 대책을 마련해야죠. 여하튼 1년 반 정도 후에는 제가 애들을 어느 정도 도울 능력이 생길 거예요."

재스퍼가 언급한 돈은 그들의 아버지가 동생 윌리엄 밀베인에게 빌려주었던 돈이었다. 밀베인 부인의 부탁을 받은 그가 빌린 돈의 반을 드디어 갚고 나머지는 1년 안에 갚기로 약속했다. 재스퍼는 깜짝 놀랐다. 추가로 가구를 팔고 받은 돈이 조금 있었는데, 집에 새로 들어올 임차인을 빨리 구하지 않으면 집세로 다 나갈지도 몰랐다.

"동생분들이 시작을 잘 하셨어요." 메리언이 말했다.

메리언은 기계적으로 말하고 있었다. 생각을 제어하기 힘들어서였다. 도라와 모드가 정말 런던에 온다면, 그녀의 인생에서 가장 의미 있는 변화가 생길지도 몰랐다. 언제라도 만날 수 있는 거리에 친구들이 산다는 건 상상하기도 힘든 행복이었다. 하지만 아버지는 어떻게 생각하실까? 메리언은 상반된 감정이 충돌해서 곤혹스러웠다.

"아무것도 안 해놓은 것보다는 낫겠죠." 재스퍼가 대답했다. "게다가 훌륭하게 했더라고요. 꽤 빨리 썼고, 제가 기대했던 이상으로 직업의식을 보여 줬어요."

"오빠처럼 재능이 있는 게 분명해요."

"그럴지도 모르죠. 물론 저는 제가 어느 정도 재능이 있다는 건 압니다. 대단하지는 않지만요. 동생들이 책 판매원 수준 이상으로 글을 쓸 수 있을지는 지켜봐야죠. 아시다시피 둘 다 아직 어려요. 《잉글리시 걸》 같은 잡지에 실을 글은 쓸 수 있습니다. 저도 졸리 앤드 몽크가 좋아할 만한 아이디어는 또 찾을 수 있고요. 어쨌든, 여기로 오면 책을 쉽게 구할 수 있고 핀든에서보다는 기회가 많을 겁니다."

"시골에 계신 친구분들은 어떻게 생각하나요?"

"영 마뜩잖아하죠. 하지만 달리 무슨 수가 있습니까? 동생들에게 주어진 점잖고 상식에 맞는 길이라곤 평생 가정교사로 사는 건데 애들이 넌더리를 치죠. 뭐든 좋으니 딴 걸 하고 싶어 합니다. 다방면에 걸쳐 심각한 대화를 나눴어요. 확실히 큰 난관입니다. 앞으로 얼마나 힘들지 솔직히 말해 주었어요. 런던 하숙집이 어떤지, 그런 것들이요. 그래도 애들은 모험심이 있어서 도전하겠다고 하네요. 만약 일이 정말 안 풀리면 그때 가서도 가정교사 일은 찾을 수 있겠죠."

"더 잘 되길 바라야죠."

"네. 하지만 이 말씀을 드리겠습니다. 동생들이 당신과 친하지 않았다면 전 애들을 여기로 데려오는 것에 대해 훨씬 더 회의적이었을 거예요. 내일 아침에 둘 중 한 명이나 둘 모두에게서 편지가 올 겁니다. 동생들이 소식을 전하게 내버려 두는 편이 나았을지도 모르지만 전 당신을 만나서 제 방식대로 이야기하고 싶었어요. 무슨 말인지 이해하시리라 믿습니다, 율 양. 당신에게 직접 듣고 싶었어요. 불쌍한 제 동생들의 친구가 되어줄 거라고요."

"아, 그건 이미 아시잖아요! 동생분들을 자주 만날 수 있게 되어서 기뻐요."

메리언의 따뜻한 마음이 목소리에 자연스럽고 사랑스럽게 실렸다. 메리언은 원래 감정을 잘 표현하지 않았다. 평소의 조심스러움을 잠시 떨치고 잘 드러내지 않는 속마음을 조용히 보였을 뿐인데 그녀의 목소리에서 우아한 여성스러움이 우러나왔다.

재스퍼는 메리언의 얼굴을 똑바로 바라보았다.

"그렇다면 동생들이 고향을 많이 그리워하지 않겠군요. 물론 대단히 검소한 하숙집으로 들어가야 합니다. 이미 알아보기 시작했어요. 제 하숙집 근처에서 찾고 싶어요. 괜찮은 동네고 공원에서 가깝고, 또 당신 집에서도 너무 멀지 않으니까요. 애들은 저와 같이 살고 싶어 하지만 안타깝게도 그건 불가합니다. 다 같이 살 집을 구하려면 따로 사는 비용을 합친 것보다 돈이 더 들거든요. 게다가 저희가 사이좋게 살기 힘들 거라고 털어놔도 괜찮겠죠. 솔직히 말하면, 저희 모두 성격이 꽤 고약하거든요. 서로 신경을 긁죠."

메리언은 웃었지만 의아해하는 표정이었다.

"그런 생각 안 해봤어요?"

"성격이 안 좋다는 느낌을 받은 적 없어요."

"제가 최악인지는 모르겠습니다. 괜히 자책할 필요 없죠. 모드가 제일 까다로운지도 모릅니다. 거만한 구석이 있고 뭔가 대단한 척을 하는데, 저한테도 그런 면이 있다는 걸 압니다. 율 양도 느끼셨죠?"

"거만함이라고 생각하지 않아요. 자신감이죠."

"때때로 지나친 자신감입니다. 하지만 저를 빼놓고 말하면, 당신이 동생들을 안 좋게 볼 일은 없으리라 확신해요. 여간 심술궂은 사람이 아니고서야 당신이 누굴 안 좋게 보는 일은 없겠죠."

"우리가 계속 친하게 지낼 수 있을 거라고 믿어요."

재스퍼는 방 안을 둘러보았다.

"아버님 서재인가요?"

"네."

"제가 이렇게 대뜸 찾아와서 사적인 이야기를 시작했으면 아버님이 이상하게 생각하셨을 수도 있겠군요. 저와 거의 모르는 사이나 마찬가지니까요. 하지만 여기 처음 찾아와서—"

재스퍼가 엔간해서는 느끼지 않는 머쓱함에 말을 멈췄다.

"제가 아버지께 설명드릴게요. 이런 이야기를 하고 싶으신 게 당연하죠." 메리언이 눈치 빠르게 답했다.

메리언은 옆방에 있는 어머니가 마음에 걸렸다. 재스퍼를 어머니에게 소개하지 못할 이유가 없었지만 감히 제안하지 못했다. 최근에 아버지가 패지의 문예지와 관련해서 밀베인을 언급했던 것을 기억한 메리언은 그를 다시 초대하기 전에 확실하게 허락 받아야 한다고 판단했다. 곤란한 상황이 생길지도 몰랐다. 골수에 사무친 아버지의 원한이 자신과 밀베인 자매의 우정에 어떤 영향을 끼칠지 가늠할 수 없었다. 하지만 그녀는 성인이었고, 자기 뜻대로 친구를 사귈 권리가 있었다. 재스퍼가 집에 찾아와서 이렇게 친밀하게 말했다는 기쁨이 용기를 주었다.

"동생분들은 언제 도착할까요?" 메리언이 물었다.

"가까운 시일 이내일 겁니다. 전 애들 하숙집을 구하자마자 핀든에 돌아가야 해요. 세간을 처리하면 곧바로 동생들과 함께 돌아올 겁니다. 유년시절부터 함께한 물건들을 파는 건 괴롭죠. 저희가 차마 못 파는 물건들은 와틀보로우 지인이 맡아 주기로 했습니다."

"마음이 아프겠군요." 메리언이 중얼거렸다.

"동생들이," 재스퍼가 불쑥 말했다. "저 때문에 이런 어려운 상황에 처한 걸 아십니까?"

메리언은 놀란 눈으로 그를 보았다. 재스퍼에게서 처음 듣는 말투였다.

"어머니께선 보험금을 받으셨습니다." 그가 말을 이었다. "종신 연금이긴 했지만 저만 아니었으면 거기서 상당히 저축하셨을 겁니다. 전 재작년까지는 한 푼도 못 벌었거든요. 필요 이상으로 썼고요. 물론 무모하게 산 건 아닙니다. 미래를 위해 준비하고 있다는 건 알았어요. 하지만 지금 생각하니 몹쓸 짓이었던 것 같군요. 너무나 미안하고요. 제가 어떻게든 자립했으면 좋았을 텐데요. 어머니께서 말년에 필요 이상으로 고생하셨죠. 당신이 이런 사실을 이해했으면 해요."

메리언은 시선을 바닥에 두고 있었다.

"어쩌면 동생들이 이미 암시했을지도 모르겠군요." 재스퍼가 덧붙였다.

"아니요."

"이기심. 제 단점 중 하나입니다. 아주 막돼먹은 이기심은 아니에요. 저의 그런 단점을 생각할 때마다 기분이 언짢죠. 저도 돈이 있었으면 관대하고 좋은 남자였을 겁니다. 확신해요. 궁핍한 상황에서 자신의 최대 단점을 드러내는 다른 사람들도 저와 마찬가지일 겁니다. 전 영웅적인 부류가 아니에요. 물론 아닙니다. 문명화된 남자일 뿐입니다."

메리언은 아무 말도 할 수 없었다.

"제가 주제넘게 이런 말을 왜 하나 싶으시죠. 최근 몇 주간 전 마음이 몹시 힘들었고, 왠지 당신에게 속마음을 털어놓지 않을 수가 없네요. 당신은 제가 진심으로 존경하는 사람 중 한 명이니까요. 당신을 잘 알지는 못하지만 존경할 만한 사람이라는 건 압니다. 제 동생들도 그렇게 느낍니다. 앞으로 저는 오직 돈과 명성을 위해 비열한 짓을 많이 할 겁니다. 나중에 당신이 어떤 이야기를 들어도 놀라지 않도록 미리 말하는 거예요. 저는 제가 바라는 대로 살 여유가 없습니다."

메리언이 미소를 띠고 그를 올려다봤다.

"나쁜 짓을 할 사람들은 이런 식으로 미리 선언하지 않아요."

"물론 이러면 안 되겠죠. 몇 분 전만 해도 이런 말을 할 생각은 추호도 없었습니다. 제가 너무 지쳤나 봅니다. 하지만 유감스럽게도 모두 진실이에요."

재스퍼는 일어나서 가장 가까이 있는 책장의 책을 훑어보았다.

"그럼 이만 가봐야겠습니다."

그가 다가오자 메리언이 일어났다.

"동생들에게 글을 써서 먹고살 수 있다고 부추긴 건 다 좋은데," 재스퍼가 웃으며 말했다. "그런데 만약 저도 못 해내면 어쩌죠? 이번 해 생활비를 벌 수 있을지 없을지도 모릅니다."

"당신이 희망을 품을 근거가 다분하다고 생각해요."

"사람들이 그렇게 말해주면 기분이 좋죠. 그 말은 물론 제가 미친 듯이 일해야 한다는 뜻입니다. 작년에 우리 모두 핀든에 있을 때 동생들에게 1년 안에 자립하겠다고 선언했어요. 이제는 그것밖에 방법이 없습니다. 게다가 전 일을 싫어합니다. 천성이 게을러요. 글을 쓰고 싶어서 쓰는 일은 없을 거예요. 그저 돈을 벌기 위해서죠. 제 모든 노력과 행동은 돈을 염두에 둔 일입니다. 모두 다요. 그 어떤 것도 금전적 성공에 걸림돌이 되게 하지 않을 거예요."

"꼭 성공하시길 바라요." 메리언이 시선을 내리깐 채 웃음기 없는 얼굴로 말했다.

"고마워요. 이렇게 말하니까 꼭 작별 인사 같네요. 모든 걸 떠나서, 우리는 친구로 지낼 거죠?"

"그럼요. 그러길 바라요."

그들은 악수했고, 재스퍼는 문을 향해 걸어갔다. 문을 열기 전에 그가 물었다.

"《커런트》에 실린 제 글을 보셨나요?"

"네. 읽었어요."

"나쁘지 않았죠?"

"정말 재치 넘쳤어요."

"재치, 네 그겁니다. 반응도 좋았어요. 그것만큼 좋은 기사를 반쯤 끝냈죠. 4월 호에 실릴 거예요. 당장은 심란해서 못 쓰겠어요. 동생들이 런던에 오면 연락할 겁니다."

메리언은 복도로 함께 나가 재스퍼가 현관문을 여는 걸 지켜보았다. 문이 닫히자 그녀는 서재로 갔고, 어머니에게 가기 전에 잠시 혼자 있었다.

9장. 메마른 영감[23]

끝내, 에드윈 리어던이 매일매일 할당된 양을 쓰며 규칙적으로 일하는 날이 다시 한번 왔다. 리어던은 글씨를 아주 작게 썼는데, 그가 주로 사용하는 종이에 작은 글씨로 60장을 쓰면, 글자 크기를 키우고 행간을 넓히고 백지를 많이 활용하는 놀라운 유행 덕분에 그럭저럭 300쪽짜리 한 권을 완성할 수 있었다. 평소 그는 하루에 그렇게 네 장을 썼다. 그리하면 15일에 한 부를 쓰고, 45일이면 한 권이 완성됐다.

45일. 까마득한 시간이었다. 그래도 기간을 계산하고 나니 희미하게나마 용기가 났다. 이렇게 쓰면 크리스마스 전에 책을 팔 수 있을지도 몰랐다. 100파운드를 받을 가능성은 희박했다. 어쩌면 75파운드. 그만큼이라도 받으면 다음 분기 집세를 낼 수 있고, 2~3주뿐일지언정 머리를 식힐 여유가 생긴다. 그렇게라도 쉬지 못하면 그는 부서질 것이다. 자기 자신과 가족을 먹여 살릴 다른 방법을 찾든지, 아니면 이 삶과 책임에 작별을 고해야 한다.

두 번째 방안이 리어던의 머릿속에서 자꾸 아른거렸다. 그는 두세 시간 이상 연이어 잠들지 못했고, 깨어 있는 시간은 종종 고통 그 자체였다. 자정부터 동틀 녘까지 시간의 흐름을 알리는 여러 소리가 끔찍하게 익숙해졌다. 리어던의 정신을 가장 심하게 고문하는 소리는 시간을 알리는 종소리였다. 그중 두 개, 말리번 교구 교회와 그옆에 붙은 구빈원의 종소리는 대개 또렷하게 들렸는데, 구빈원

23. Invita Minerva: 직역하면 '내키지 않은 미네르바'이며, 지혜의 여신인 미네르바(그리스 신화의 아테나와 동격)가 흔쾌히 도와주지 않는다는 뜻이다.

의 종소리는 교회보다 언제나 몇 분 느렸고 음색도 달랐다. 새되고 신경질적인 소리가 그곳에 속한 사람들을 적절히 대표한다고 리어던은 생각했다. 가만히 누워 있으면 매 15분을 알리는 종소리가 들렸다. 네 번까지 울리지 않고 멈추면 그는 안심했다. 몇 시인지 알기가 두려웠기 때문이다. 정각을 울리면 그는 몇 번 울리는지 초조히 셌다. 2시, 3시, 심지어 4시도 감지덕지했다. 생각만 해도 끔찍한 임무, 다시 잠자리로 돌아올 수 있기 전에 아득하게 텅 빈 종이 네 장을 채워야 하는 임무를 당면하기까지 시간이 꽤 남았다. 마음이 편한 건 잠시였다. 구빈원에서 울리는 종소리가 멈추기도 전에 그의 지친 상상력은 일하기 시작했다. 그것마저 불가능할 때면 두려운 미래를 상상했다. 옆에 누운 에이미의 부드러운 숨소리와 따뜻한 팔다리가 리어던의 마음을 견디기 힘든 고통으로 채웠다. 이미 그는 에이미의 사랑이 식었다고 믿었고, 이러한 의심은 가슴 속 무거운 얼음덩어리 같았다. 아내에게서 연민이나 예전의 상냥한 모습이라도 기대하려면, 그는 불가능을 기필코 달성해야 했다.

불가능하다. 더 이상 리어던은 자신이 진정 성공하리라고 스스로를 속일 수 없었다. 잘해야 입에 가까스로 풀칠할 것이다. 에이미가 그런 삶에 만족할 리 없었다.

그가 자연사로 죽기라도 한다면 모두를 위해 좋은 일이다. 아내와 아이는 누군가 돌볼 것이다. 에이미는 친정으로 돌아가면 됐고, 그녀를 부양할 능력이 있는 남자와 머지않아 결혼하리라는 사실에는 의심의 여지가 없었다. 그의 결혼은 비겁하게 이기적이었다. 아, 물론 그때 에이미는 그를 사랑하고 신뢰했다. 그러나 리어던의 마음속 깊은 곳에서는 언제나 경고의 종소리가 울렸다. 그는 예상했다. 알았다.

그가 자살하면 어떨까? 여기서는 안 된다. 불쌍한 아내와 그녀의 가족들이 그런 끔찍한 일을 겪게 할 수는 없다. 어딘가 먼 곳에서, 그가 죽었다는 사실은 확실하되 시신은 회수하기 어려운 방법을 택한다면? 이 또한 비겁한가? 그 반대이다. 삶이 가난과 비참뿐이라는 게 확실할 때는. 에이미가 아무리 진정 슬퍼하더라도 그녀의 미래를 생각하면 짧은 시련이다. 에이미가 아이를 데리고 친정에서 지낸다면 그들의 생활비를 버는 부담이 적을 것이다. 리어던은 밤마다 이 문제를 고민했다. 침대에서 일어나야 하는 시간이 오기 전에 잠의 여신이 그를 가엾이 여겨 한 시간이라도 휴식을 줄 때까지.

가을이 겨울에 자리를 내주고 있었다. 그의 마음을 어김없이 울적하게 하는 흐린 날이 잦아지고 곧 뻔뻔히 꼬리를 물을 것이다. 그런 나날들이 하루 네 장을 뜻하기만 한다면.

밀베인의 충고는 당연히 무용하다고 판명되었다. 자극적인 제목은 리어던에게 아무런 영감도 불러일으키지 못했다. 이야기를 빚어보고자 허우적대는 손 앞에서 불완전한 인간성의 모습으로 놀리듯이 너덜거릴 뿐이었다. 결국 리어던은 자신에게 익숙한 이야기로 결정했다. 내용이 부실해서 3부작으로 늘리기는 무리였지만, 그래도 스스로 떠올린 이야기였다. 집필을 끝내고 제목을 정하는 것은 언제나 골치 아팠다. 이제껏 한 번도 리어던은 제목을 먼저 정하고 집필을 시작한 적이 없었다.

일주일간 그는 정량을 썼다. 그리고 또다시, 예상대로 위기가 닥쳤다.

탈진한 상상력이 앓는 질병의 익숙한 증세였다. 쓸 만한 주제가 머릿속에 대여섯 개씩 떠올랐다. 처음 소설을 쓰기 시작했을 무렵 신선한 아이디어가 넘칠 당시 생각했던 주제들이었다. 그중 하나를 간절히 붙들고 최선을 다해 발전시키면, 하루 이틀 정도는 거의 만족할 만한 수준의 글이 나왔다. 애써 그는 인물, 상황, 동기

등을 짜냈고 본격적으로 쓸 준비가 됐다고 느꼈다. 그러나 채프터 한두 개를 미처 끝내기도 전에 모든 구조가 와르르 무너졌다. 이건 실수였다. 이 주제 말고 다른 것을 택했어야 했다. 마음 한구석으로 잠시 치워 두었던 다른 이야기가 새로운 가능성과 함께 돌아와, 지금까지 쓴 것을 버리고 다시 시작하라고 유혹했다. 좋다. 이제 그는 좀 더 가능성이 있는 작품에 착수했다. 하지만 며칠 후 똑같은 일이 반복됐다. 이것도 아니었다. 그렇다면 아주 오랫동안 잊고 있던 또 다른 이야기는 어떨까. 그렇게 가능성이 충만한 이야기를 왜 버려 두었을까.

몇 달 동안이나 리어던은 이렇게 살았다. 끊임없이 빙글빙글 돌며 계속 다시 시작하고 좌절로 끝났다. 지쳤다는 증거였고, 그를 더욱 완벽하게 탈진시켰다. 이따금 리어던은 백치에 가까운 상태가 되었다. 그의 정신은 아무런 내용도 형체도 없는 뿌연 혼돈을 응시했다. 리어던은 큰 소리로 혼잣말하면서 자각하지 못했다. 길을 걷다 보면 그의 정신을 지배하고 있는 주제를 암시하는 짧은 문장들이 입에서 구슬프게 굴러 나왔다. "이걸 어떻게 쓸 수 있을까?" "내가 그 남자를 이렇게 만든다면?" "아니, 그건 안 되지." 등등. 그는 놀란 눈으로 자기를 빤히 바라보는 행인의 시선을 느꼈다. 괴로움에 미쳐 혼잣말하긴 너무 젊구려!

예상한 위기가 찾아왔지만, 리어던은 기필코, 결과가 어찌 되든, 계속 쓰겠다는 사나운 의지로 타올랐다. 그 의지가 승리했다. 경험해 보지 못한 사람에게는 설명조차 불가한 하루 이틀 동안의 고통 끝에, 리어던은 한 장, 한 장 다시 종이를 메웠고, 종이를 넘길 때마다 안도의 한숨을 내쉬었다. 전체의 한 부분이었다. 한 부분, 한 부분.

리어던은 하루를 다음과 같이 보냈다. 아침 식사를 마치고 9시에 책상에 앉아 1시까지 일했다. 그러고 나서 점심을 먹고 산책을 다녀왔다. 그는 에이미가 산책에 따라오지 못하게 했다. 그날 쓸 것의 남은 부분을 걸으면서 고민해야 했기 때문에 옆에 누가 있으면 치명적일 것이다. 3시 30분쯤 리어던은 자리에 앉아 6시 30분까지 쓰고 저녁을 먹었다. 그리고 7시 30분부터 10시까지 다시 일했다. 하루를 별별 방법으로 다 쪼개 봤다. 일정에 조금이라도 차질이 생기면 아무것도 하지 못했다. 에이미는 꼭 물어봐야 하는 일이 있어도 감히 방문을 열지 못했다.

가끔은 아침 세 시간 동안 치열하게 일해서 얻은 결과물이 알아볼 수 없을 정도로 고치고 고쳐 쓴 대여섯 줄에 불과했다. 뇌가 말을 듣지 않았다. 가장 간단한 유의어조차 생각나지 않았다. 문장이 견딜 수 없을 정도로 형편없어서 돌아 버릴 지경이었다. 리어던은 이렇게 문장을 시작하곤 했다. '그녀는 그 표정으로 그 책을 들고—' 아니면, '이 결론을 바꾸면 결과적으로 바보 취급을 당하는 결과를 초래할 것이다.' 문장이 별다른 무리 없이 쓰여질 때는 마침표가 귀에 거슬릴 정도로 규칙적으로 딸그락딸그락 종이를 찍었다. 원래 리어던은 훌륭한 문체를 구사했는데, 이제 그 능력을 발휘하지 못했다. 아름답게 다듬어진 문체를 중시하는 그는 자신이 쓰고 있는 글을 경멸할 수밖에 없었다. "어쩔 수 없어. 계속 써야 해. 시간이 얼마 안 남았어."

대개 저녁에는 글이 잘 써지는 편이었다. 때때로 그는 운이 좋았던 시절처럼 막힘없이 술술 썼고, 그러면 가슴에는 기쁨이 차오르고 손은 즐거움에 떨렸다.

생생한 지역 묘사 혹은 인물이나 동기에 대한 신중한 분석은 현재로서는 무리였다. 리어던은 최대한 대화로 종이를 메꿨다. 공간을 쉽게 채우는 수단이었고, 인물들 입에 소소한 일상 이야기를 집어넣는 건 식은 죽 먹기였다.

리어던이 방문을 열고 에이미를 부르는 날이 왔다.

"무슨 일이에요?" 에이미가 침실에서 대답했다. "지금 윌리 때문에 바빠요."

"시간 나면 바로 와줘요."

10분 뒤 에이미가 왔다. 그녀의 얼굴에 불안한 기색이 서려 있었다. 그가 일을 못 하겠다고 또 한탄할까 봐 두려웠던 것이다. 그 대신 리어던은 1부를 끝냈다고 기뻐하며 말했다.

"다행이에요!" 에이미가 외쳤다. "오늘 더 일할 거예요?"

"아니요. 당신이 함께 앉아 주면 오늘은 그만할래요."

"윌리가 몸이 안 좋아요. 통 잠을 못 자네요."

"애 옆에 있고 싶어요?"

"잠시만요. 금방 올게요."

에이미가 방문을 닫았다. 리어던은 등받이 의자를 난로 앞에 놓고 앉았다. 그는 1부를 끝냈다는 감사한 마음으로 앞으로 써야 할 2부와 3부에 대한 걱정을 덮었다. 문득, 『오디세이아』를 몇 장 읽으면 즐겁겠다는 생각이 들었다. 리어던은 고전을 모아 둔 책장으로 가서 원하던 책을 집어 오디세우스가 나우시카아와 대화하는 부분을 펼쳤다.

> *"남녀를 통틀어 이제껏 그대 같은 인물은 본 적이 없으니. 그대를 바라보는 나의 마음은 경외감으로 차 있소. 델로스의 아폴론 신전 근처에서 한 번, 그대와 같은 우아함으로 싹을 틔우고 있는 어린 야자수를 보았소."*

그래, 이것은 하루에 미친 듯이 몰아 쓴 글이 아니었다. 시인의 귓가엔 그를 야단치는 구빈원의 종소리도 없었을 것이다. 얼마나 영혼이 맑아지는지! 기품 있고 아름다운 6보격을 읽는 기쁨에 눈앞이 뿌예질 정도였다.

에이미가 방에 들어왔다.

"들어 봐요." 리어던이 환한 미소와 함께 아내를 올려다보며 말했다. "내가 이걸 처음 읽어준 날을 기억해요?"

그리고 그는 대화를 운율 없는 산문으로 읽었다. 에이미가 웃었다.

"잘 기억하죠. 우리 집 응접실에 함께 있었죠. 제가 다른 사람들에게는 저녁 시간 동안 다이닝룸에 가 있으라고 했고요. 당신이 갑자기 주머니에서 이 책을 꺼냈어요. 항상 작은 책을 들고 다니는 당신의 버릇에 내가 웃음을 터뜨렸죠."

반가운 소식 덕분에 에이미도 덩달아 기분이 좋아졌다. 만약 또 한탄이나 들어야 했다면 그녀의 목소리가 이렇게 다정하게 오르내리지 않았을 것이다. 그 사실에 생각이 미친 리어던은 잠시 입을 다물었다.

"불길한 습관이에요." 그가 불안한 미소를 띠고 에이미를 바라보며 말했다. "실용적인 문필업자들에게는 그런 버릇이 없죠."

"예를 들어 밀베인은 그러지 않죠."

에이미는 이상할 정도로 밀베인을 자주 언급했다. 그녀 자신도 모르게 나오는 버릇이었기 때문에 리어던은 그 사실에 큰 의미를 두지는 않았지만, 눈치는 챘다.

"내가 그 사람들을 깔보는 것처럼 들렸어요?"

"깔보는 것처럼요? 조금요. 당신 말투에는 그런 느낌이 늘 있는 것 같아요."

이 대답에 리어던은 아내가 냉큼 예시로 든 인물을 떠올렸다. 사실 리어던은 재스퍼를 별로 존경하지 않는 말투로 종종 언급했지만 에이미는 그런 적이 없었다.

"무시하려는 의도는 없었어요." 리어던이 말했다. "그저 나 같은 책벌레의 버릇은 소설가로서 성공하는 데 아무 도움이 안 된다는 뜻이었어요."

"그렇군요. 그때는 당신이 그렇게 생각하지 않았지만요."

리어던이 한숨을 내쉬었다.

"당신 말이 맞아요. 적어도—아니에요."

"적어도, 뭐요?"

"아무것도 아니에요. 그때는 내가 전반적으로 낙관적이었죠."

에이미가 초조히 손가락을 비틀었다.

"에드윈, 이 말을 해야겠어요. 당신은 비관적으로 말하는 버릇이 생겼어요. 대체 왜 그래야 하죠? 나는 싫어요. 나까지 우울해져요. 그래서 사람들이 당신 안부를 묻기라도 하면 뭐라 대답해야 할지 모르겠어요. 내가 불편해하는 게 그 사람들 눈에도 뻔히 보이겠죠. 내가 예전과는 전혀 다르게 말하니까요."

"그래요?"

"어쩔 수 없어요. 방금 말한 것처럼 당신 탓이에요."

"나는 원래 낙천적인 성격이 아니고 비관적인 말버릇에 쉽게 빠져 버려요. 그래서 에이미 당신이 내 옆에 있잖아요?"

"알아요, 알아요. 하지만—"

"하지만?"

"내가 그저 당신 기분을 북돋우려고 여기 있는 건 아니잖아요?"

에이미가 처녀 때처럼 웃으며 깜찍하게 물었다.

"물론 아니에요! 내가 그렇게 자기중심적으로 말하면 안 됐어요. 그냥 농담처럼 해본 소리예요. 유감스럽지만, 내가 원하는 만큼 명랑한 성격이 될 수 없는 건 사실이에요. 이런 내 성격이 견디기 힘들어요?"

"조금요. 답답한 건 어쩔 수 없지만 참으려고 해요. 당신도 노력해야 해요. 아까 같은 말을 꼭 해야 했어요?"

"당신 말이 맞아요. 쓸데없는 소리였어요."

"몇 주 전에는 당신이 다시 명랑해질 거라는 기대도 안 했어요. 정말 암울했으니까요. 이제 당신이 1부를 끝냈으니까 희망이 다시 생겼어요."

희망? 대체 어떤 희망이란 말인가? 리어던은 머릿속 생각을 소리내어 말할 수 없었다. '아주 작고 보잘것없는 희망이지. 또 반년을 죽자사자 일할 수 있을 정도 돈을 벌 희망. 만약 그 정도라도 벌 수 있다면.' 무슨 일에 관해서든지 간에 자신의 속내를 에이미에게 전부 털어놓으면 안 된다는 사실을 리어던은 깨달았다. 안타까웠다. 이상적인 아내에게는 남자가 모든지 숨김없이 말할 수 있다. 그런 여자는 남편이 자기한테 뭔가를 숨기기보다는 모든 것을 공유하길 바란다. 그녀는 이렇게 말한다. "최악의 상황에 대해 우리 이야기해봐요, 우리 둘이 같이 의논해요." 아니, 그런 면에서 에이미는 이상적인 아내가 아니었다. 그러나 에이미를 반쯤 탓하던 리어던의 양심은 비난의 화살을 금세 자신에게 돌렸다. 그리고 사랑의 기쁨이 가득한 눈으로 에이미의 말간 눈을 들여다보았다.

"맞아요. 희망이 다시 생겼어요, 내 사랑. 우울한 이야기는 그만합시다. 방금 내가 당신에게 읽어 줬으니, 당신도 내게 읽어 줘요. 당신의 낭독을 듣는 기쁨을 느낀 지도 오래됐어요. 무엇을 읽겠어요?"

"오늘은 좀 피곤해요."

"그래요?"

"윌리를 돌보느라 진이 빠졌어요. 당신이 호메로스를 좀 더 읽어 줘요. 그렇게 해주면 참 좋겠어요."

리어던은 다시 책을 향해 손을 뻗었지만 썩 내키지 않았다. 그의 얼굴에 실망한 기색이 완연했다. 아이가 태어난 이래 부부의 저녁 시간은 예전과 달라졌다. 에이미는 윌리 때문에, 물론 정당하게, 피곤했다. 가난한 집에서, 특히 비교적 가난한 집에서 언제나 그렇듯 아이는 엄마와 아빠 사이에 끼어들었다. 리어던은 기어이 한마디 하고 말았지만 유쾌한 말투로 말하려고 노력했다.

"런던에는 커다란 공공 탁아 시설이 꼭 하나 필요해요. 교육받은 엄마가 보모 노릇을 해야 한다니, 어처구니없는 일이에요."

"당신도 알다시피 난 그렇게 생각하지 않아요. 탁아 시설이라니, 정말! 내 아이는 절대 그런 곳에 보내지 않아요."

바로 이거였다. 에이미는 아이를 위해서라면 어떤 고생도 감내했다. 그것이야말로 사랑이었다. 반면에—물론 모성은 본능적이었다.

"당신이 책을 팔아서 200~300파운드만 벌면 내가 아이에게 이렇게 많은 시간을 쓰지 않아도 될 거예요." 그녀가 웃으며 덧붙였다.

"200~300파운드!" 리어던이 고개를 절레절레 저으며 되풀이했다. "아, 그게 어떻게 가능하단 말인가요."

"그렇게 큰돈이 아닌걸요. 당신이 아는 소설가 50명을 생각해 봐요. 한 책에 300파운드를 준다고 하면 그들이 뭐라고 하겠어요? 마크랜드 같은 사람이 요즘 선인세를 얼마 받을 거 같아요?"

"전혀 받지 않아요. 인세만 받죠. 십 대 일로."

"사람들 입에서 책이 오르내리지 않을 때쯤엔 이미 500~600파운드는 벌었겠죠."

"그만 이야기합시다. 파운드라는 단어를 듣기만 해도 신물이 나요."

"나도 마찬가지예요."

에이미는 동의하는 대가로 한숨을 내쉬었다.

"에이미, 내 이야기를 들어 봐요. 내가 우울한 천성을 억누르고 명랑해지려고 노력한다면 당신도 돈 생각은 좀 접어 두는 게 공평하지 않을까요?"

"그래요. 호메로스를 읽어 줘요, 여보. 오디세우스가 헤이드에 내려갔을 때 아이아스가 그를 지나쳐 가 버리는 부분이요. 아, 내가 정말 좋아하는 부분이에요!"

리어던은 읽기 시작했다. 처음엔 다소 냉랭하게 읽었지만 점차 마음이 누그러졌다. 에이미는 팔짱을 끼고 앉아 미소를 띠었고, 서사시를 흥미롭게 들으며 미간에 주름을 살포시 잡았다. 얼마 안 가 그들은 현실의 고초를 모두 잊었다. 때때로 리어던은 책에서 시선을 들고 즐거운 웃음을 터뜨렸고, 에이미도 함께 웃었다.

책장에 책을 꽂은 리어던은 아내가 앉아 있는 의자 뒤로 가서 몸을 숙이고 그녀의 뺨에 자신의 뺨을 맞대었다.

"에이미!"

"네, 여보?"

"아직도 나를 조금은 사랑해요?"

"조금보다 훨씬 많이 사랑해요."

"형편없는 싸구려를 쓰는 처지가 되었는데도?"

"그렇게 형편없나요?"

"끔찍할 정도예요. 인쇄된 걸 보기 부끄러울 거예요. 교정하는 사람만 죽을 고생을 하겠지요."

"아, 하지만 왜요? 대체 왜?"

"내가 할 수 있는 최선이에요, 여보. 당신은 이런 말을 차분히 받아들일 만큼 나를 사랑하지는 않는 거군요."

"당신을 사랑하지 않았으면 차분하게 받아들였을 거예요. 에드윈, 평론가들이 뭐라고 할지 생각만 해도 두려워요."
"평론가들 따위!"
순식간에 리어던의 기분이 바뀌었다. 그는 분노에 몸을 떨며 성난 표정으로 벌떡 몸을 일으켰다.
"이것 하나 약속해요, 에이미. 누가 당신 앞에 들이밀지 않는 한 비평을 한 줄도 안 읽겠다고. 지금 약속해요. 나도 그럴 거지만, 당신도 완전히 무시해요. 당신의 눈길이 닿을 가치도 없어요. 내게 쏟아지는 온갖 경멸을 당신이 읽는다는 건 견딜 수 없어요."
"나는 물론 피하고 싶어요. 하지만 다른 사람들, 우리 친구들은 읽을 거예요. 그게 정말 큰일이죠."
"평론가들의 찬사 역시 무가치하다는 걸 알잖아요. 이와 마찬가지로 비판도 무시해요. 친구들이 마음대로 읽고 떠들게 내버려 둡시다. 비록 내가 형편없는 글이라도 써야 하는 처지가 되었지만, 그래도 나는 삼류 작가가 아니라는 사실에 위안을 받으면 안 될까요?"
"사람들은 그렇게 생각하지 않아요."
"하지만, 여보." 리어던은 에이미의 손을 굳세게 잡았다. "남들은 신경 쓰지 말아요. 우리에겐 서로가 전부이잖아요? 내가 부끄러워요? 나라는 사람이?"
"물론 아니에요. 하지만 나는 다른 사람들의 의견과 이야기에 민감해요."
"그들 때문에 내가 부끄러워졌다는 말이군요. 그 말이 아니면 뭐예요?"
침묵이 흘렀다.
"에드윈, 좋은 글을 못 쓰더라도 삼류는 안 돼요. 어떻게 달리 돈을 벌 방법을 찾아야지요."

"당신이 내게 자극적인 싸구려 소설을 쓰라고 부추긴 걸 잊었어요?"

에이미가 분개하며 얼굴을 붉혔다.

"내 말을 오해했군요. 자극적이라고 반드시 졸작은 아니에요. 그리고 만약 당신이 완전히 색다른 시도를 했다면, 실패해도 사람들에게 변명할 여지가 있잖아요."

"사람들! 사람들!"

"우리끼리만 살 수는 없어요, 에드윈. 물론 그렇게 되기 일보 직전이지만요." 리어던은 이 말에 차마 대꾸할 수 없었다. 에이미는 그가 들추어내려는 중대한 문제를 질릴 정도로 여성스럽게 피하고 있었다. 여기서 조금만 더 논쟁하면 말투에서 짜증이 새어 나올 것이 분명했다. 그래서 리어던은 뒤돌아서 다시 일하려는 것처럼 책상 앞에 앉았다.

"저녁 먹을래요?" 에이미가 일어나며 물었다.

"내일 아침에 쓸 채프터를 구상해 놓아야 해요."

"에드윈, 난 이 책이 정말 형편없다고 믿을 수 없어요. 헛수고로 생각하는 일에 이렇게 노력할 수는 없는 법이에요."

"맞아요. 내 정신이 건강하다면 그렇겠죠. 하지만 난 지금 건강과 거리가 멀어요."

"여보, 여기로 와서 나랑 저녁 먹어요. 구상은 밥 먹고 해요."

리어던이 몸을 돌려 에이미에게 미소 지었다.

"내가 당신 부탁을 거절하는 날이 오지 않길, 내 사랑."

이 모든 대화의 결과로, 물론, 이튿날 리어던은 전혀 일할 수 없는 마음 상태로 책상 앞에 앉았다. 에이미가 혹평을 겁낸다는 사실을 알게 된 그는 이미 엉망이라고 생각하는 소설에 공들이기가 더 힘들었다. 그리고 불운은 언제나처럼 떼로 몰려와, 하루 이틀 후 그는 이번 겨울의 첫 감기를 앓았다. 지난 몇 년간 리어던은 10월부터 5월까지 독감, 목감기, 요통에 연이어 시달렸다. 크리스마스까지 완성하겠다는 다짐과 함께 지금 소설에 착수했을 때 그는 병에 걸릴 가능성을 미처 계산하지 않았다. 리어던은 스스로에게 일렀다. "다른 사람들도 감기를 앓으면서 일했어. 나도 그렇게 해야 해." 장한 결심이었지만 리어던은 영웅이 아니었다. 열감기가 그의 체력과 의지를 시험했다. 하루 동안 그는 책상에 버티고 앉아 종이 한 장을 사 분의 일쯤 메웠다. 다음 날에는 에이미가 침대에서 일어나지 말라고 금지했다. 그는 지독하게 앓았다. 밤에 그는 지금 쓰고 있는 글에 대해 혼미한 헛소리를 해서 에이미를 불안하게 했다.

"계속 이러다가는 뇌염에 걸리겠어요. 2~3일 쉬어야 해요." 이튿날 아침 에이미가 말했다.

"어떻게 하면 쉴 수 있는지 말해 줘요. 나도 쉬고 싶어요."

쉬는 건 불가능했다. 이틀 동안 리어던은 한 글자도 쓰지 못했지만, 누워 있으면서 너무 괴로워했기 때문에 차라리 책상 앞에 앉는 편이 나을 뻔했다. 다시금 익숙한 빈 종이를 앞에 펼치고 앉은 리어던은 비쩍 여위었다.

원래 2부는 1부보다 쉽게 써져야 하는 법이다. 그런데 이번에는 오히려 더 힘들었다. 평론계의 신사 숙녀분들이 2부가 약하다고 지적할 터였다. 틀린 소리는 아니었는데, 1부로 그럭저럭 마무리되는 이야기는(대부분 책이 그렇다) 3부로 늘려지길 거부했기 때문이다. 이미 내용이 부실했던 리어던의 소설은 2부에서는 더덕더덕 군더더기만 붙었다. 세 장을 쓰면 성공한 하루였다.

게다가 에이미의 노력에도 불구하고 돈은 새어 나가고, 또 새어 나갔다. 에이미는 지출을 최소화했다. 집에 사치품이라곤 전혀 없었다. 꼭 필요한 옷이 아니면 사지 않았다. 이런 노력이 다 무슨 소용인가? 돈이 다 떨어지기 전에 책을 완성하고 팔기란 이제 불가했다.

11월 말 어느 아침, 리어던이 아내에게 말했다.

"내일 2부가 끝날 거예요."

아내가 답했다. "일주일 안에 우리는 빈털터리가 될 거예요."

지금까지 리어던은 재정 상황에 대해 일부러 묻지 않았고, 에이미는 그가 걱정하면 글을 못 쓰게 될까 봐 입을 다물고 있었다. 하지만 이제 그들은 현재 상황을 의논해야 했다.

"2부로 끝낼 수는 없어요?"

"그건 안 돼요. 정말 안 돼. 3부도 형편없을 게 뻔하지만 완성도 안 된 책을, 게다가 이런 책을 사달라고 빌 수는 없어요. 난 못 해요!"

리어던의 이마에 땀방울이 맺혔다.

"우리 사정을 알면 도와줄 거예요." 에이미가 나지막하게 말했다.

"그럴지도. 잘 모르겠어요. 가난한 사람들을 모두 도울 수는 없으니까요. 아니, 내 책을 좀 팔게요. 아주 아깝지 않은 책들을 팔면 50~60실링 정도는 받을 수 있을 거예요."

이 방책이 리어던에게 얼마나 괴로운 일인지 에이미는 알았다. 코앞으로 닥친 재난이 에이미의 마음을 누그러뜨린 듯했다.

"에드윈, 내가 당신 2부작을 가지고 출판사를 찾아갈게요. 그리고—"

"절대 안 돼요! 그럴 수는 없어. 보나 마나 당신은 내 책의 가치가 확실하지 않기 때문에 완성되기 전에는 한 푼도 줄 수 없다는 말을 들을 거예요. 난 당신이 그런 일을 당하게 내버려둘 수 없어요, 내 사랑. 팔아도 되는 책을 오늘 아침에 추려내고, 점심을 먹고 나서 사람을 불러 감정받을게요. 너무 걱정하지 말아요. 3주면 끝낼 수 있어. 확실해요. 3~4파운드쯤 구해 주면 급한 불은 끌 수 있겠죠?"

"네."

에이미는 외면하며 말했다.

"돈을 구할게요." 리어던은 매우 조용히 말했다. "만약 책을 판 돈이 모자라면, 내 시계가 있어요. 팔 건 많아요."

그는 갑작스레 뒤돌아섰고, 에이미는 집안일을 다시 시작했다.

10장. 부부의 친구들

대부분 시간을 혼자 보내는 에이미가 외로워서 불평할 만했다. 평생 그녀는 많은 사람과 어울릴 기회가 없었다. 수입이 부족한 탓에 에이미의 가족은 몇몇 오래된 친구와만 교류했고, 새로 사귀는 사람들은 차 한 잔 모임에 만족할 만한 사람들뿐이었다. 사교적인 기질을 타고난 에이미는 결혼 후 자아가 성숙하며 자신의 성향을 예전보다 뚜렷이 느꼈다. 리어던이 성공하리라는 믿음이 결혼에 중대한 동기로 작용했다는 사실을 에이미는 이미 털어놓았다. 결혼 당시에는 에이미가 남편의 명성을 자기들의 관계에만 비추어 생각했을 가능성이 높다. 남편을 자랑스러워하는 마음은 사랑의 한 시절로 끝났다. 이제 에이미는 남편이 얼마나 비범하든, 사람들이 그의 재능에 감탄하는 모습을 보는 즐거움 외에는 자신에겐 아무 쓸모가 없다는 사실을 알았다. 리어던의 재능을 선망하는 무리 앞에서 그녀는 그 빛을 반사하며 빛나야 했다.

자신의 본질에 대한 이해가 깊어진 에이미는 실수를 깨달았다. 리어던은 위대한 남자가 될 인물이 아니었다. 심지어 대중의 관점에서도 특출난 지위에 오르지 못할 것이다. 그 두 가지 성공이 빛과 어둠만큼이나 다르다는 걸 알았지만, 실망에 속을 끓이면서도 에이미는 리어던이 최근 다분한 가능성을 보이듯 무명으로 끝내 소멸하기보다는, 차라리 무가치한 인기로라도 타오르길 바랐다. 사람들이 자기와 남편에 대해 무슨 말을 하는지 에이미는 잘 알았다. 문학에 문외한인 지인들조차 리어던의 최근작이 실패한 걸 알았고, 그가 소설을 써서 밥벌이를 못 하면 두 사람이 어떻게 살아갈지 수군거리고 있을 터였다. 그런 대화를 상상하기만 해도 자존심이 쓰라렸다. 곧 그녀는 동정의 대상이 된다. 사람들이 '그 딱한 리어던 부인'에 대해 속닥거린다. 견딜 수 없는 일이었다.

그래서 지난 반년 동안 에이미는 자신이 더없이 즐겼을 모임들을 최대한 피했다. 진짜 이유를 숨길 핑계를 하나 지어냈고, 그 핑계를 대며 스스로를 비웃었다. 에이미는 자기가 진지하게 공부를 시작했기 때문에 살림하고 아이를 돌볼 시간도 빠듯하다고 말하고 다녔다. 정말 최악은, 남들이 이 말을 믿는다고 확신할 수도 없다는 것이다. 거짓말할 때면 에이미의 얼굴이 불쾌하게 뜨거워졌고, 듣는 사람의 눈에서 미심쩍은 빛이 엿보였다. 거짓말했다는 사실 때문에 그녀는 자신에게 화가 났고, 그런 거짓말을 필요하게 만든 남편에게도 화가 났다.

피하기 가장 힘든 친구는 카터 부인이었다. 리어던이 그로스베너 갤러리에서 미래의 아내를 처음 만났을 때 친구 카터와 이 활기찬 친구의 성을 곧 따르게 될 젊은 여성과 함께였다는 사실을 독자도 기억할 것이다. 카터 부부는 결혼한 지 1년쯤 됐다. 그들은 베이스워터에 거주하면서 상류층의 사치와 취미를 한 단계 낮은 수준에서 흉내 내는 부류와 주로 어울렸다. 카터 씨는 리어던이 한때 주급으로 20실링을 받고 일한 병원의 사무총장 직책을 여전히 맡고 있었지만, 자선사업의 세계로 뛰어들면서 부수입이 생겼다. 예를 들어 그는 바클레이 신탁에서 사무총장을 겸임했는데, 이 자선단체는 소소한 자금 대부분을 단체 운영자들을 후원하는 데 썼다. 카터 씨는 특유의 활발한 성격을 이용해서 자신에게 도움이 될 사람들의 환심을 사놓았고, 그 대가로 개인적인 친분을 통해서만 구할 수 있는 직책을 얻었다. 카터의 아내는 성격이 원만하고 활달하며 제법 영리한 여자로, 에이미를 진심으로 좋아하고 리어던을 존경했다. 뛰어난 지식인들과 어울리고 싶은 야심이 있는 그녀는 리어던 부부를 자주 초대했다. 자신이 속한 세계에서 현직 소설가를 만나긴 어려웠으므로, 카터 부인은 리어던 부부를 5시 티타임이나 작은 모임에 초대하려는 노력이 최근 번번이 무산되어 속상했다.

리어던이 돈이 필요해서 중고 서적 상인을 부른 그 날 오후였다. 그는 언제나처럼 문을 꼭 닫고 방에서 우울히 일하고 있었다. 손님의 노크 소리가 에이미를 방해했다. 하녀가 문을 열었고, 곧이어 카터 부인이 하녀를 따라 들어왔다.

상황이 아주 좋을 때에도 리어던이 책상 앞에 앉아 있는 시간에는 절친한 친구가 아니면 들이기가 껄끄러웠다. 비좁은 다이닝룸 (스토브가 칸막이 뒤에 숨겨져 있는)에서는 간소한 만남밖에 가질 수 없는 데다가, 윌리를 돌보라고 하녀를 침실로 내보내야 했다. 엄밀히 따지면 사생활은 불가했다. 침실과 다이닝룸은 문 하나를 사이에 두고 맞닿아 있었기 때문에 하녀가 대화를 죄다 엿들을 수 있었다. 에이미는 차마 손님에게 조용히 말하라고 부탁할 수 없었다. 결혼 초반에는 이런 애로가 없었다. 당시에는 리어던이 3시부터 6시까지 아내를 위해 거실을 비워 줬다. 그가 종일 일하기 시작한 건 앞날에 대한 걱정에 시달리기 시작하면서부터였다. 얼마나 복잡한 상황인지 독자도 이해하리라 믿는다. 하나의 불편이 다른 것과 연관됐고, 생활의 모든 면에서 불만이 곱으로 늘었다.

에이미가 자신을 절친한 친구로 생각하지 않는다는 사실을 알았으면 카터 부인은 몹시 실망했을 것이다. 그들은 서로 세례명으로 불렀고 격식 없이 대화했다. 그러나 에이미는 자신이 가난을 숨기고 있는 집에서, 비싼 옷으로 빼입은 젊은 카터 부인이 웃음을 터뜨리고 신나게 떠들 때마다 불쾌했다. 이디스는 싫어할 수 없는 사람이었다. 그녀는 마음씨가 고왔고 꼴사나운 가식을 떨지도 않았다.

상황만 괜찮았더라면 에이미는 이 우정을 두 팔로 반기고 이디스의 초대에 기쁜 마음으로 응했을 것이다. 그러나 지금 그녀에게 카터 부인과의 교류는 유해했다. 그녀의 마음에 질투심은 물론 남편과 운명에 대한 원망을 불러일으켰다.

'왜 나를 내버려 두지 않는 거야?' 이디스를 본 에이미의 머릿속에 떠오른 생각이었다. '반갑지 않다는 티를 내겠어.'

"남편은 일하고 있어?" 두 여자가 키스와 인사를 나누자마자 이디스가 서재 쪽을 흘끔 보며 물었다.

"그래, 바빠."

"넌 언제나처럼 혼자 앉아 있구나. 혹시 외출했을까 봐 걱정했어. 요즘 같은 계절엔 낮에 잠깐이라도 나가서 햇볕을 쏘여야지."

"해가 났니?" 에이미가 차갑게 물었다.

"어머, 전혀 몰랐단 말이야? 가끔 너는 정말 웃겨! 온종일 책만 읽었구나. 윌리는 잘 있어?"

"그래. 고마워."

"봐도 될까?"

"원하면."

에이미는 침실로 들어가 하녀에게 윌리를 데리고 나오라고 했다. 아직 아이가 없는 이디스는 아기에게 달콤한 찬사를 퍼부었다. 그녀의 말에는 진심이 담뿍 담겼기 때문에, 아기 엄마는 친구에게 고마운 애정을 느낄 수밖에 없었다. 이날 오후도 이디스가 몇 분 동안 사랑스럽고 다정하게 호들갑을 떨며 아기를 예뻐하자 에이미는 언제나처럼 마음이 풀렸다. 그녀는 하녀에게 차를 내오라고 명했다.

그때 복도 문이 열리며 리어던이 얼굴을 빼꼼 내밀었다.

"어머, 정말 멋져요!" 이디스가 외쳤다. "꿈에도 상상 못 했어요!"

"무엇을요?" 리어던이 창백한 미소를 띠고 물었다.

"제가 여기 있는 동안 작가님이 얼굴을 비치실 거라고요."

"부인에게 인사하려고 나왔다고 해야겠지만, 사실은 아닙니다. 한 시간 정도 산책하러 나가는 길이에요. 에이미, 원하면 방을 써도 돼요."

"나간다고요?" 에이미가 놀란 얼굴로 물었다.

"별일 아니에요. 아무것도 아니에요. 난 여기 있으면 안 돼요."

리어던은 카터 부인에게 남편의 안부만 묻고 곧바로 나갔다. 그가 나가고 현관문이 닫히는 소리가 들렸다.

"그럼 서재로 들어가자." 에이미가 다시 냉정하게 말했다.

리어던의 책상에 백지가 몇 장 널려 있었다. 절반은 시늉으로, 절반은 진짜로 까치발을 하고 들어온 이디스는 경외심에 가득 차 집필 도구를 바라보다가 웃으면서 친구에게 고개를 돌렸다.

"여기 앉아서 자기가 창조한 사람들에 관해 쓰는 건 얼마나 즐거울까! 너와 리어던 씨를 알게 된 후 나도 혹시 이야기를 지어낼 수 있을까 도전해 보고 싶더라고."

"해봤니?"

"너는 어떻게 그 유혹을 이기는지 모르겠다. 너도 남편만큼 뛰어난 글을 쓸 기량이 다분해."

"시도할 생각도 없어."

"오늘 몸이 안 좋아 보여, 에이미."

"평소랑 똑같아."

남편 글이 또 막혔구나, 하는 생각에 에이미는 기분이 다시 침울해졌다.

"오늘 놀러 온 이유 중 하나는," 이디스가 말했다. "다음 주 수요일 만찬에 너와 리어던 씨가 와줄 수 있느냐고 애원하고 부탁하고 간청하러 왔어. 그렇게 엄한 표정 하지 마! 그날 약속 있니?"

“맞아. 평소와 다름없어. 에드윈은 일해야 해.”

“단지 하루 저녁인걸! 우리가 다 같이 어울린 지 한참 됐어.”

“정말 미안해. 앞으로도 초대에 응할 수 없을 거 같아.”

에이미는 돌연 충동적으로 그렇게 말해 버렸다. 1분 전만 해도 그렇게 장담할 생각은 전혀 없었다.

“평생?” 이디스가 외쳤다. “대체 왜? 이게 무슨 뜻이야?”

“사람들과 어울리니까 시간을 너무 뺏기는 거 같아.” 에이미가 방금 한 선언만큼이나 즉흥적으로 지어내며 대답했다. “너도 알다시피 사람은 다른 사람들과 어울리거나 말거나 둘 중 하나야. 결혼한 사람들은 이따금 친구들 초대에 응할 거면 자기도 보답으로 자리를 마련하지 않으면 안 돼. 우리는 완전히 물러나기로 했어. 여하튼 한동안은 말이야. 가족 외에는 만나지 않을 생각이야.”

이디스는 충격받은 표정으로 이야기를 들었다.

“**나도** 만나지 않겠다고?” 그녀가 외쳤다.

“그래. 네 우정을 잃고 싶지는 않아. 하지만 나는 초대를 거절하면서 너한테만 여기 오라고 할 수는 없어.”

“아, 제발 그렇게 말하지 마! 하지만 너무 이상한걸.”

이디스는 에이미의 진짜 이유를 추측하지 않을 수 없었다. 그러나 편하게 살아온 사람들이 대개 그렇듯, 그녀는 친구들이 너무 빈곤한 나머지 문명사회의 평범한 의무조차 수행하기 어렵다고 믿기 힘들었다.

“네 남편 시간이 얼마나 귀한지 알아.” 자기 입에서 마지막에 튀어나온 말의 여파를 지우려는 양 이디스가 덧붙였다. “우리 사이니까 이런 말을 해도 되겠지. 네가 기꺼이 우리에게 시간을 내줬다고 해서 너도 우리를 초대해야 한다고 생각할 필요 없어. 내 표현력이 부족하지만 말뜻을 이해하리라 믿어. 에이미, 그냥 가끔 우리 집에 와줘."

"미안하지만 우리는 일관성 있게 행동해야 해, 이디스."

"이게 현명한 방법이라고 생각하니?"

"현명한?"

"너도 전에 말했잖아. 소설가는 별별 사람을 다 연구해야 한다고. 집에만 틀어박혀 있으면 리어던 씨가 그럴 기회가 없잖아? 여러 사람을 새로 만나야 하지 않을까?"

"내가 말했듯이 계속 이러진 않을 거야." 에이미가 말했다. "지금으로선 에드윈은 '자료'가 충분해."

에이미는 딱딱하게 말했다. 그녀는 희생을 자처하면서 변명까지 지어내야 하는 현실에 속이 쓰라렸다. 이디스는 차를 홀짝이며 한동안 잠자코 있었다.

"리어던 씨 다음 책은 언제 출간되니?" 마침내 이디스가 물었다.

"잘 모르겠어. 겨울은 지나야 할 거야."

"정말 기대돼. 나는 새로운 사람을 만날 때마다 책으로 화제를 돌린단다. 네 남편 책을 읽어 봤냐고 묻고 싶어서야."

이디스가 즐겁게 웃었다.

"읽은 사람은 아마 드물겠지." 에이미가 무덤덤한 미소를 보이며 말했다.

"평범한 독자들이 리어던 씨 책을 알 리 없잖아. 내가 좀 더 교양 있는 사람들과 어울리면 좋겠어. 그러면 당연히 리어던 씨 책 이야기를 더 자주 듣겠지. 하지만 사람은 주어진 것을 가지고 최선을 다해야지. 너와 네 남편과 교류가 끊기면 난 슬플 거야. 정말로."

에이미는 이디스의 얼굴을 재빨리 훔쳐봤다.

"우리는 계속 친구로 지낼 거야." 에이미가 지금까지보다 좀 더 부드럽게 말했다. "그래도 당장은 만찬에 초대하지 말아 줘. 이번 겨울은 우리 둘 다 매우 바빠. 그래서 어떤 초대도 승낙하지 않으려고 해."

"내가 가끔 놀러 와도 된다고 허락해 주면 그걸로 만족할게. 투덜거리면서 귀찮게 하지도 않고 말이야. 하지만 어떻게 그렇게 살 수 있는지 난 모르겠어. 나도 보통 여자들보다는 책을 많이 읽는 편이고 누가 나한테 경박한 사람이라고 하면 화가 나겠지만, 나는 사람들과 자주 어울리고 싶어. 정말로, 그리고 아주 많이, 난 사람들과 어울리지 않곤 못 살아."

"그래?" 에이미가 미소를 띠고 물었다. 이디스가 해석할 수 있는 그 이상의 뜻이 담긴 미소에는 희미하게 우월감이 배어 있었다.

"물론 장담할 수는 없지. 내가 만약 문인과 결혼했다면—" 이디스는 웃으면서 골똘히 생각에 잠겨 말을 멈췄다. "하지만 그러지 않았잖아." 그녀는 웃었다. "너도 알다시피 앨버트는 책벌레와는 거리가 멀지."

"너도 남편이 책벌레이길 바라진 않을 거야."

"아, 물론 아니야! 우리는 확실히 잘 어울려. 그이는 나만큼이나 사람들과 어울리는 걸 즐기니까. 매일 하루의 사 분의 삼을 쾌활한 사람들과 보내지 않으면 앨버트는 죽을지도 몰라."

"너무 많은 시간 아니니? 물론 쾌활한 사람에 너도 포함되겠지."

그들은 시선을 교환하고 함께 웃음을 터뜨렸다.

"내가 방정맞은 사람들에 대해 너무 많이 떠들어서 넌 나도 방정맞다고 생각하겠지." 이디스가 말을 이었다. "하지만 그렇게 살면 꽤 재밌는걸. 나는 너처럼 인생을 진지하게 받아들이지 않아. 결국, 사람은 사람이잖아. 사람들을 만나서 이런저런 이야기를 듣고 남들은 어떻게 사는지 보면 참 재미있어."

에이미는 자신의 연기가 처량하다고 생각했다. 그녀는 신 포도와 꼬리 잘린 여우에 대한 우화를 떠올렸다. 정말 싫은 건, 이디스가 진짜 이유를 눈치챘을지도 모른다는 것이었다. 에이미는 공통 지인의 안부를 묻기 시작하면서, 대화하기 한결 편한 가십으로 화제를 바꾸었다.

손님이 떠나고 15분쯤 후에 리어던이 돌아왔다. 에이미의 추측이 옳았다. 책을 팔아야 한다는 슬픔 때문에 리어던은 일이 손에 안 잡혔다. 저녁 식사는 거의 대화 없이 침울하게 지나갔다.

다음 날 중고 서적 상인이 책을 보러 왔다. 리어던은 거의 100권에 가까운 책을 추려 테이블에 쌓아 놓았다. 몇 권을 제외하면 전부 중고로 산 책이었다. 상인은 재빨리 책을 감정했다.

"얼마를 원하시나요?" 상인이 고개를 갸우뚱하며 물었다.

"먼저 제안을 주시면 좋겠습니다." 세상 물정에 어두운 사람 특유의 어쩔 줄 모르는 태도로 리어던이 답했다.

"2파운드 10실링보다 드리기는 힘듭니다."

"그럼 한 권에 6펜스입니까?"

"평균적으로 봤을 때 이 책들의 가치가 그 정도 합니다."

공정한 제안일지도 몰랐고 아닐 수도 있었다. 리어던은 시장에 가서 더 나은 제안을 찾을 시간도, 기력도 없었다. 그는 흥정하면서 궁핍한 처지를 드러내기 창피했다.

"그렇게 하죠." 리어던은 덤덤히 말했다.

그날 오후 배달부가 책을 가지러 왔다. 그는 가방 두 개에 책을 차곡차곡 넣어 아래층에서 기다리고 있는 수레로 가져갔다.

리어던은 책장의 빈 부분을 응시했다. 사라진 책 다수가 그의 소중한 옛 벗이었다. 그는 책을 어디서 언제 샀는지 다 기억했다. 책을 펼치면 자신이 지적으로 성장하던 시절과 당시 품었던 희망 혹은 절망과 역경이 떠올랐다. 대부분 책에는 그의 이름이 적혀 있었고 여백에는 메모가 되어 있었다. 물론 그는 가장 귀한 책들을 골랐다. 2파운드 10실링을 위해 소중한 책이 그렇게 많이 사라졌다. 독자도 알다시피 책값은 싸다. 필요하면 호메로스의 작품을 4펜스에, 소포클레스를 6펜스에 살 수 있다. 리어던이 싼값에 사서 모은 책들은 쓰레기가 아니라 제본이 너덜너덜하고 종이가 얼룩지고 대체 개정판으로 이루어진, 가난한 학생의 장서였다. 리어던이 책을 사랑하긴 했지만 그가 책보다 더 사랑하는 것이 있었다. 에이미가 안쓰러워하며 바라보자 리어던은 명랑하게 웃었다.

"너무 적게 받아서 아쉬울 따름이에요. 돈이 또 떨어질 지경이 되면 말해요. 더 구할게요. 괜찮아요. 소설은 곧 끝날 거예요."

그날 밤 그는 자정까지 끈질기고 맹렬하게 일했다.

다음 날은 일요일이었다. 리어던은 대개 일요일에 쉬었는데, 런던에서 보내는 일요일은 일하기에는 너무 우울했기 때문에 쉴 수밖에 없었다. 이날이 그가 친구를 방문하거나 방문을 받는 날이었다.

"오늘 저녁에 누가 오기로 했나요?" 에이미가 물었다.

"비펜이 들릴 거 같아요. 밀베인이 올지도 모르겠군요."

"윌리를 데리고 어머니 집에 가려고요. 8시 전에 돌아올게요."

"에이미, 책 이야기는 하지 말아요."

"안 해요."

"우리가 저쪽으로 언제 이사하게 될지 당신을 볼 때마다 물어보시겠군요."

그가 말리번 구빈원을 가리키며 말했다. 에이미는 웃으려고 노력했지만 아기를 안고 있는 여자가 그런 농담에 웃기는 힘들었다.

"어머니 집에서 우리 이야기를 하지는 않아요." 에이미가 말했다.

"그게 최선이에요."

에이미는 아이를 안은 하녀와 함께 3시에 집을 나섰다.

5시에 익숙한 노크 소리가 아파트에 울렸다. 묵직한 두드림을 뒤이어 메아리처럼 가벼운 소리가 대여섯 번 따라왔다. 마지막 노크 소리는 거의 들리지 않을 정도였다. 리어던은 책을 내려놓고 파이프를 입에 문 채 현관문으로 갔다. 축 처진 모자를 쓰고 긴 회색 코트를 입은 키 크고 마른 남자가 서 있었다. 남자는 아무 말 없이 리어던과 악수하고 복도에 모자를 건 다음에 서재로 들어왔다.

그의 이름은 해럴드 비펜이었다. 옷차림을 보건대, 그도 평범한 사람은 아니었다. 그는 지나치게 비쩍 말라서 살아 있는 해골이라는 이름으로 전시장에 올라도 될 정도였다. 수척한 몸에 걸친 옷은 아마 중고 옷가게에서 3실링 6펜스 정도에 샀을 것이다. 그러나 남자는 본인의 체격이나 입은 옷보다 뛰어났다. 수려한 얼굴의 눈은 큼직하고 다정했고, 코는 살짝 매부리였으며, 입은 작고 섬세했다. 굵고 검은 머리칼이 코트 깃까지 내려왔다. 콧수염이 덥수룩했고 수염도 수북했다. 그의 걸음걸이에는 특별한 위엄이 서려 있었다. 교양과 기품을 지닌 사람만이 비펜처럼 서고 움직일 수 있었다.

방에 들어오자마자 비펜은 코트 주머니에서 파이프, 담배쌈지, 작은 탬퍼, 그리고 성냥갑을 꺼내 방 중앙에 있는 테이블 구석에 조심스레 올려놓았다. 그리고 그는 의자를 가져와 앉았다.

"코트를 벗게." 리어던이 말했다.

"고맙네. 하지만 오늘은 괜찮아."

"대체 왜 싫다는 건가?"

"오늘은 괜찮네. 고맙네."

리어던은 잠시 생각했다. 이유는 뻔했다. 비펜은 코트 아래 재킷을 안 입고 있었다. 이 사실을 언급하는 건 배려 없는 행동이었다. 친구의 사정을 이해한 소설가는 미소를 지었지만 즐거운 미소는 아니었다.

"소포클레스 좀 빌려주게." 손님이 뒤이어 말했다.

리어던은 옥스퍼드 포켓 클래식의 소포클레스를 건네주었다.

"나는 분더의 편집판이 더 좋더군. 부탁하네."

"그건 이제 없네, 친구."

"없다고?"

"현금이 필요해서."

비펜은 비난과 동정이 섞인 신음 소리를 냈다.

"안타깝군. 정말 유감이야. 어쩌겠나, 이거라도 읽어야지. 『오이디푸스 왕』에 나오는 코러스를 자네는 어떻게 읽는지 알고 싶네."

리어던은 책을 받아 잠시 생각하고 운율에 강세를 주어가며 큰 소리로 율독했다.

"코리암부스[24]군?" 비펜이 외쳤다. "가능해. 물론이지. 하지만 행수 잉여음이 있는 상승 이오니쿠스 운각[25]으로 읽어 보게. 그게 더 나은지 한번 보자고."

비펜은 즐거운 나머지 눈을 반짝이며 이론적인 사항을 논했다. 기술적인 면을 설명한 다음에 그가 시범을 보였는데, 친구가 읊었던 운율과는 전혀 다른 느낌이었다. 비펜의 낭송은 학자보다는 시인의 것에 가까웠다.

위대하거나 달콤한 운율이 배고픔을 가시게 해주는 세상에 사는 것처럼, 삼십 여분 동안 그들은 그리스 운율법에 대해 담소했다.

두 사람의 첫 만남은 흥미로웠다. 리어던이 『중립 지대에서』를 출간하고 얼마 지나지 않아 헤이스팅스에서 일주일을 보내고 있을 때였다. 비가 와서 그는 도서관에 갔고, 읽을거리를 찾아 책장

---

24. 형태 4음절 음보. 장단단장격.

25. 고대 이오니아 지방에서 사용된 율격. 약약강강

을 둘러보는데 가까운 곳에서 누군가 에드윈 리어던의 책이 무엇이라도 있느냐고 도서관 직원에게 물어보는 소리가 들렸다. 소설가는 깜짝 놀라 돌아보았다. 누가 그의 책을 찾는다는 사실 자체가 믿기지 않았다. 물론 도서관은 리어던의 책을 보유하고 있지 않았기 때문에 문의했던 사람은 도서관을 떠났다. 다음 날 리어던은 외진 해변에서 같은 남자를 마주쳤다. 그는 다가가서 몇 마디 의례적인 인사를 건넸다. 대화가 시작되었고 에드윈이 전날 일을 말했다. 낯선 남자는 자신을 해럴드 비펜이라고 소개했다. 그는 무명작가였고, 학생이 구해질 때는 개인 교습을 했다. 그는 리어던의 책에 대한 혹평 때문에 오히려 흥미를 느꼈는데, 아직은 제목밖에 못 들어 봤다고 했다.

여러 면에서 취향이 비슷했던 그들은 런던으로 돌아온 이래 자주 만났다. 언제나 극심한 빈곤에 시달리는 비펜은 기이한 곳에서 기거했다. 그는 심지어 리어던보다 더 심한 고생을 해봤다. 그의 생계 수단 중 하나인 교습은 품위 있는 과외 수업의 세계에 알려지지 않은 종류였다. 온갖 시험이 판치는 이 시대에 별 볼 일 없는 직업을 가진 사람들은—대개는 사무원들—이런저런 공증 시험에 합격해서 새로운 커리어를 찾을 수 있을까 기대한다. 터무니없는 야심을 키우는 자들이 적지 않다. (돈이 없고 돈이 생길 구석도 없는) 창고 직원이 남몰래 법률 시험을 준비하고, 포목상인의 조수가 외과 입학시험을 대비하며, 교육받지 못한 사람 다수가 교구 성직자 자리에 지원하기에 적합한 교육을 받았다는 간판을 구하려 한다. 이런 부류의 지원자들은 싼값으로 신문에 선생 구인광고를 자주 올리거나 자신들을 겨냥한 광고에 답한다. 선생의 시급은 6펜스에서 2실링 6펜스 사이를 오가는데, 후자를 내는 경우는 매우 드물다. 비펜은 때때로 그런 제자를 서넛 가르치면서, 이 세계에서 얻은 방대한 경험을 토대로 놀라운 이야기 소재를 건졌다.

소설가로서 비펜을 말해 보자. 그리스 운율법에 대한 담론이 끝나자마자 그는 자신의 집필 계획을 소개하고 현재 연구 중인 이론을 펼쳤는데, 전에도 리어던과 수차례 논한 주제였다.

“새롭게 설명할 방법을 생각해 봤네. 나는 범속하게 선량한 사람들의 삶을 완전히 사실적으로 쓰고 싶어. 내가 알기론 아직 개척되지 않은 분야야. 평범하고 범속한 삶을 진중하고 충실하게 쓴 작가는 아직 없어. 졸라는 의도적인 비극을 쓰네. 졸라가 강렬한 상상력으로 꾸민 드라마에서는 비도덕적인 인물들이 영웅이 되지. 나는 영웅적이지 않은 사람들, 하찮은 상황에 휘둘리는 대중의 일상을 그리고 싶은 거야. 디킨스는 그런 작품의 가능성을 이해했지만, 한편으로는 멜로드라마에, 다른 한편으로는 코미디에 빠지느라 실천하지 못했어. 예를 하나 들겠네. 30분 전에 리전트 파크를 따라서 여기로 오는 길에 연인 한 쌍이 바로 앞에서 사랑을 속삭이면서 걷고 있었네. 천천히 지나치면서 그들이 하는 이야기를 꽤 들었지. 그들은 낯선 사람이 가까이 있든 말든 신경도 안 썼네. 남녀 간의 그런 사랑 장면은 한 번도 소재로 쓰인 적 없어. 순박하기 그지없으면서도 무한제곱으로 범속했지. 디킨스는 그들을 우스꽝스럽게 표현했을 텐데 그건 정당하지 않아. 하류층 사람들에 관해 쓰는 다른 소설가는 터무니없이 미화할지도 모르지. 나라면 대화를 그대로 재현하겠네. 어떤 평가도 내리지 않고 있는 그대로를 보여 줄 거야. 결과적으로 무진장 지루하겠지. 바로 그거야. 그게 범속하게 선량한 삶의 표식이야. 지루하지 않다면 진실하지 않은 거지. 물론, 일반 독자들에게 지루할 거란 말이었어.”

“나는 못하네.” 리어던이 말했다.

“물론 자네는 못하겠지. 자네는, 흠, 자네는 교양 있는 세계의 심리적 사실주의자란 말이야. 범속한 상황을 못 견디지."

"내 인생에서 그런 상황에 너무 시달렸기 때문이야."

"같은 이유로 나는 즐긴다네." 비펜이 외쳤다. "자네는 자네에게 상처를 입힌 것들을 질색하지. 나는 그것에 외려 매력을 느껴. 우리의 이런 차이가 정말 흥미롭군. 하지만 그걸 제외하면 우리는 닮았지. 기질상 우리 둘 다 과격한 이상주의자들이니까."

"사실이네."

"하여튼 일단 내 이야기를 듣게. 나는 여러 가지를 추구하지만, 일단 사소한 사건들의 운명적인 힘을 강조하고 싶네. 아직 아무도 제대로 시도하지 않았어. 풍자극에서는 종종 다루지만 아마 그 탓에 풍자를 읽으면 우울해지는 거겠지. 이런 일을 내가 현실에서 얼마나 많이 보고 들었는지 자네도 알겠지. 앨런이란 친구는 입고 나갈 만한 깨끗한 셔츠가 없어서 인생 최대의 기회를 잃었고, 윌리엄슨이란 친구는 부잣집 아가씨와 결혼할 수 있었는데 결정적인 순간에 눈에 티끌이 들어가는 바람에 허둥거리다가 기회를 놓쳤네."

리어던이 폭소를 터뜨렸다.

"이보게!" 비펜이 친근하게 부아를 내며 말했다. "자네 역시 남들 같은 반응을 보이는군. 자네라면 우습게 썼을 거야."

"웃기는 걸 어쩌나." 리어던이 주장했다. "당사자들에게는 심각한 일이겠지만 말이야. 인생의 중대한 문제들이 그런 하찮은 사건에 좌지우지된다는 사실이 어처구니없지. 삶은 거대한 농담이야. 그리고 유머 감각이 있는 사람은 조소로 무장하고 운명에 맞설 수 있어."

"맞는 말이지만 독창적인 생각은 아닐세. 나도 유머 감각이 부족하지는 않지만, 인생의 이런 면들을 공평한 관점에서 바라보고 싶어. 웃는 사람들은 잔인한 전지전능 신의 입장을 취하는 걸세. 그런 존재가 있다고 가정하면 말이야. 나는 어느 편에도 서고 싶지 않아. 그저 단순히 이렇게 말하는 거네. 이걸 보십시오. 이런 일이 실제로 일어납니다."

"자네의 진정성을 높이 사네, 비펜." 리어던이 한숨을 내쉬며 말했다. "그런 글은 팔리지도 않을 텐데 자네는 소신이 있기에 용감하게 밀고 가지."

"모르는 일이야. 언젠가는 팔릴지도."

"그동안," 리어던이 파이프를 내려놓으며 말했다. "뭐라도 한 입 먹는 게 어떨까. 꽤 출출하군."

결혼 초반에 리어던은 일요일 저녁에 친구들이 놀러 오면 거하게 한 상 차려주었다. 하지만 그가 차리는 저녁은 점점 간소해졌고, 이제 가난의 구렁에 빠진 그는 대접할 여력이 있는 행세도 하지 않았다. 비펜이 평소 자주 굶는다는 걸 알기 때문에 그는 빵 한 조각과 버터와 차를 스스럼없이 권했다. 그들은 뒷방으로 들어가 스파르타식 저녁을 먹으며 소설의 여러 단면에 관한 토론을 이어갔다.

"나는 극적인 장면은 절대 쓰지 않을 걸세." 비펜이 말했다. "그런 일들이 실제로 일어나는 건 사실이야. 그러나 매우 드물어서 내 목적과는 무관하지. 어쨌든 그런 사건들은 일반적인 소설가에게는 쓸모없는 형태로 일어난다네. 상황에서 이러이러한 부분을 빼고 다른 걸 채워 넣어야 해. 왜 그래야 하지? 알고 싶군. 무대 위에서 필요했기 때문에 그런 관습이 생겼네. 소설은 연극에서 파생했고, 아직 연극의 영향을 벗어나지 못했어. **효과**를 주려고 쓰는 건 무엇이든 나쁘고 옳지 않아."

"그건 자네 생각일 뿐이야. 소설 쓰기의 **기술**이라는 게 존재한다고."

"그런 게 만들어졌지. 우리는 거기서 잠시 떨어져야 하네. 자네 작품에서 최고인 부분들은 소설 쓰기의 관례에 맞지 않아. 『중립지대에서』에 대한 혹평이 이런 사실을 어설프게 들먹였기 때문에 내가 자네 소설에 흥미가 동했지. 아닐세. 우리, 인생을 베끼자고. 남자와 여자가 열정적으로 만나는 장면이 있다면, 둘 중 한 명이 머리가 지끈거려 못 만나게 하고, 고대하던 파티 전날 예쁜 여자 코에 흉한 여드름이 나게 하자고. 평범하고 선량한 삶의 수많은 혐오스러운 양상을 드러내잔 말일세. 진지하게. 냉철하게. 경박함은 완전히 배제해야 해. 아니면 전혀 다른 글이 되겠지."

8시쯤 리어던은 아내의 노크 소리를 들었다. 문을 열어보니 윌리를 안고 있는 하녀와 에이미뿐 아니라 재스퍼 밀베인도 있었다.

"율 부인 댁에 있었네." 재스퍼가 들어오며 설명했다. "누가 왔나?"

"비펜."

"아, 그럼 사실주의를 논하겠군."

"그 이야기는 벌써 했네. 그리스 운율학 이야기도 끝났어."

"천만다행이군!"

세 남자는 자리에 앉아 웃으며 농담을 주고받았다. 그들의 파이프에서 피어오르는 연기가 작은 방을 자욱하게 채웠다. 30분 후 에이미가 동참했다. 에이미는 담배 냄새에 연연하지 않았고, 남편과 친구들이 모여서 나누는 대화를 즐겼다. 하지만 그녀는 풍성한 저녁 식사를 제공하는 안주인 역할을 더는 할 수 없어 속상했다.

"왜 코트를 입고 계세요, 비펜 씨?" 들어오자마자 에이미가 물었다.

"실례지만 이해해 주세요, 리어던 부인. 오늘 저녁에는 이 차림이 더 편하군요."

에이미는 의아했지만 남편의 눈빛을 보고 더는 묻지 않았다.

비펜은 언제나 진심으로 깍듯하게 에이미를 대했기 때문에 에이미가 가장 좋아하는 친구였다. 딱한 비펜이 봤을 때 리어던은 엄청난 축복을 누리고 있었다. 가난한 작가가 결혼했다는 사실이, 그것도 에이미 같은 여자와 결혼했다는 사실이 비펜에게는 기적이었다. 비펜에게 여자의 사랑은 닿을 수 없는 이상이었다. 그는 벌써 서른다섯 살이었으나 끼니라도 꼬박꼬박 먹을 돈을 벌 전망조차 없었다. 결혼은 꿈도 꿀 수 없었다. 리어던의 집에서 비펜은 무례할 정도로 에이미를 흘끔거리는 걸 멈추기 힘들었다. 지적인 여자와 대화할 기회가 거의 없는 그에게 에이미의 맑은 목소리는 음악보다 감미로웠다.

에이미는 비펜 가까이 앉아 그가 관심을 가질 만한 주제에 관해 매력적으로 말했다. 에이미의 이야기를 듣고 답하는 비펜의 정중한 자세는 재스퍼 밀베인 특유의 무람없이 편한 태도와 상반됐다. 에이미가 있는 자리에서 절대 담배를 피우지 않은 사실주의자와는 달리 재스퍼는 그녀와 대화할 때도 쾌활하게 연기를 내뿜었다.

"어젯밤에 웰프데일이 찾아왔었네." 밀베인이 곧 말했다. "소설이 여기저기서 죄다 거절당했대. 재봉틀 회사에서 외판원으로 돈을 벌어 볼까, 이런 소리를 하더군."

"전부 거절당했다는 게 나로선 이해할 수 없네." 리어던이 말했다. "최근작은 아주 실패는 아니었거든."

"거의 실패라고 봐야지. 게다가 이번 소설은 처음부터 끝까지 두 사람 사이 대화만 나오는걸. 소설이 아니라, 말 그대로 다이얼로그일세. 내게 스무 장 정도 읽어 줬는데, 왜 못 팔았는지 이해가 되더군."

"아, 하지만 상당한 강점이 있어." 비펜이 말했다. "대화가 뛰어나게 진실했거든."

"아무런 결과에도 도달하지 않는 대화가 무슨 의미가 있나?" 재스퍼가 반대 의견을 표했다.

"실제 삶의 한 부분이지."

"맞아. 하지만 시장 가치는 전혀 없네. 사람들에게 읽힐 수만 있다면 쓰고 싶은 대로 맘껏 써도 되겠지. 웰프데일도 똑똑한 친구인데 팔릴 만한 글은 한 줄도 못 쓴단 말이야."

"내가 아는 사람들과 비슷하군." 리어던이 웃으며 말했다.

"웰프데일은 누가 봐도 실리적인 사람이라서 더 이상하네. 그렇게 생각하지 않아요, 리어던 부인?"

재스퍼와 에이미는 몇 분간 이야기를 나누었다. 리어던은 사색에 잠긴 표정이었지만 이따금 그들을 곁눈으로 관찰했다.

11시가 되자 남편과 아내는 다시 둘만 남았다.

"설마 비펜이 재킷을 팔았다는 말이에요?" 에이미가 물었다.

"전당 잡혔을지도 몰라요."

"코트는 가지고 있잖아요?"

"일단 코트가 재킷보다 따뜻하고, 또 재킷이 좀 더 돈을 많이 받을 수 있기 때문이겠지요."

"그 가엾은 사람은 언젠가 굶어 죽을 거예요, 에드윈."

"가능한 일이에요."

"음식을 대접했길 바라요."

"줬어요. 하지만 양껏 먹지 않는 것 같더군요. 나도 예전처럼 그를 동정하지는 않아요. 내가 힘들어서 그런가 봐요."

에이미는 입을 다물고 한숨을 쉬었다.

11장. 잠깐의 휴식

책의 마지막 부는 2주 만에 끝났다. 이 성과를 이루기 위해서 리어던은 거의 영웅적인 모습을 보였는데, 단순한 글쓰기 노동보다 더 큰 고난이 있었기 때문이다. 3부를 시작하고 얼마 안 되어 그는 심한 요통을 앓았다. 2~3일은 의자에 앉는 게 고문이나 다름없었고, 그는 장애가 있는 것처럼 움직였다. 여기에 두통과 목감기와 체력 감소가 따라왔다. 엎친 데 덮친 격으로 2주가 되기 전에 또다시 돈이 바닥났다. 리어던은 시계를 전당 잡혔고, (예상할 수 있겠지만, 별 가치가 없는 시계였다) 책을 몇 권 더 팔았다. 이 모든 어려움에도 불구하고 소설은 드디어 끝났다. '끝'이라는 단어를 쓴 리어던은 의자에 기대앉아 눈을 감고 15분 정도 아무 생각도 하지 않았다.

제목을 정해야 했다. 하지만 그의 뇌는 더 이상 일하기를 거부했다. 몇 분 동안 힘없이 제목을 고민하던 리어던은 그냥 소설의 여주인공 이름을 썼다. 마거릿 홈. 그걸로 만족해야 했다. 마지막 단어를 쓰자마자 소설 속 모든 장면과 인물과 대화가 망각의 세계로 사라졌다. 그는 이제 그들을 몰랐고 관심도 없었다.

"에이미, 당신이 교열을 좀 해줘야겠어요. 이 저주받은 책은 내 평생 한 장도 안 읽을 거예요. 나를 거의 죽이다시피 했죠."

"이제 끝났다는 게 중요해요." 에이미가 말했다. "정리해서 내일 아침에 출판사로 가져가요."

"그럴게요."

"몇 파운드 미리 줄 수 있느냐고 물어볼 거죠?"

"그래야겠죠."

그러나 그 과제는 소설의 마지막 부를 다시 쓰는 것만큼이나 어려웠다. 처자식이 없었더라면, 과민한 기질인 리어던은 법적으로 자신의 것이 아닌 돈을 받느니 차라리 굶었을 터였다. 지금은 선택의 여지가 없었다. 출판사가 계약 조건을 보내기까지 보통 한 달 이상 걸렸다. 게다가 연말이라 더 지연될 가능성도 있었다. 돈을 빌리지 않으면 앞으로 1~2주 이상 지출을 감당할 수 없었다.

리어던은 꾸러미를 팔에 끼고 1층 사무실로 들어가 개인적으로 아는 직원을 불러 달라고 요청했다. 직원이 지금 런던에 없고, 며칠 후에서야 돌아온다는 대답을 들었다. 리어던은 원고를 맡기고 거리로 다시 나왔다.

그는 길을 건너 반대편 보도에서 출판사의 창문을 올려다보았다. '내가 얼마나 비참한 상황인지 저들이 상상할 수 있을까? 하찮은 낙서 몇 줄에 지불할 원고료에 내 인생이 걸린 걸 알면 놀랄까? 아니야. 매일 겪는 일이겠지. 편지를 써서 부탁해야겠다.'

비바람이 몰아쳤다. 그는 느릿느릿 집으로 향했다. 아파트 정문을 열려는 순간 몹시 심란해진 리어던은 몸을 돌려 아파트를 지나쳤다. 집에 들어가면 곧바로 돈을 앞당겨 달라는 편지를 써야 했는데, 도저히 못 할 것 같았다. 자존심이 너무 상했다.

몇 주 동안 버틸 돈을 구할 다른 방법이 없을까? 집세는 크리스마스까지 내야 했지만 며칠 미룰 수 있을지도 몰랐다. 식비와 연료비가 문제였다. 에이미가 장모에게 부탁하겠다고 말했었다. 그러나 자신이 책임지겠다고 한 마당에 아내에게 일을 떠맡기는 건 비겁했다. 런던에서 돈을 빌릴 만한 사람이 누가 있을까? 그는 지인들을 쭉 떠올렸지만, 일말의 희망이라도 품고 부탁할 수 있는 사람은 단 한 명이었다. 바로 카터였다.

30분 후 리어던은 몇 년 전 아사 직전 상태로 들어갔던 병원 문을 열었다. 수간호사가 그를 맞이했다.

"카터 씨 계시나요?"

"아니요. 하지만 금방 돌아오실 거예요. 기다리시겠어요?"

리어던은 낯익은 사무실로 들어가서 앉았다. 그가 일하던 자리에 젊은 직원이 앉아서 무언가 끄적이고 있었다. 지난 몇 년간 일을 없었던 것으로 할 수만 있다면, 그에게 의존하는 사람이 없고, 다시 한번 이 방에서 일주일에 1파운드를 받고 일할 수 있다면! 얼마나 행복한 시절이었나!

거의 30분이 지났다. 거지는 기다림에 익숙해야 한다. 그때 카터가 잰걸음으로 들어왔다. 최신 유행의 방한용 긴 코트를 입고 새 장갑을 끼고 화려한 실크 모자를 쓰고 있었다. 양쪽 뺨이 동풍에 상기되어 있었다.

"하, 리어던! 잘 지내나? 반갑네!"

"자네, 매우 바쁜가?"

"아닐세. 딱히 바쁘지 않아. 사인해야 하는 수표가 몇 장 있을 뿐이야. 곧 크리스마스라서 기부 요청을 보내고 있거든. 기억나나?"

카터는 명랑하게 웃었다. 이 젊은이는 놀랄 정도로 거만하지 않았다. 리어던의 우월한 지력이 그의 사회적 편견을 오래전에 허물었기 때문이다.

"이야기를 좀 했으면 하는데."

"그래야지!"

그들은 사무실 안쪽의 작은 방에 들어갔다. 리어던은 열병에 걸린 것처럼 심장이 쿵쿵댔다. 혀끝이 입천장을 쪼갤 듯 파고들었다.

"그래, 무슨 일인가, 친구?" 카터가 자리에 앉아 다리를 꼬며 물었다. "수상쩍어 보이는구먼. 자네랑 자네 부인은 왜 가끔 얼굴을 비치지 않는 거야?”

“소설을 끝내느라고 정신없었네.”

“끝냈나 보군? 잘됐네. 언제 나오나? 출간되면 사람들을 잔뜩 머디 도서관으로 보내지.”

“고맙네. 하지만 솔직히 말하자면, 좋은 책이라고 생각하지 않아.”

“아, 그게 무슨 뜻인지 우리 모두 알지.”

리어던은 기계처럼 말하고 있었다. 나사를 돌리고 레버를 눌러 단어를 하나씩 입밖으로 내보내는 것 같았다.

“내가 찾아온 이유를 바로 말하는 게 좋겠군. 혹시 한 달 동안만 10파운드를 빌려줄 수 있나? 아니, 내가 출판사에서 돈을 받을 때까지?”

사무총장의 안색이 어두워졌다. 그러나 뭇 쾌활한 남자들이 이런 상황에서 돌변하듯 완전히 냉랭한 표정은 아니었다. 카터는 진심으로 겸연쩍어 보였다.

“이런! 큰일이군. 사실대로 말하자면, 10파운드를 빌려줄 여유가 없네. 맹세코 없네, 리어던! 집 관리비로 나가는 돈이 악마적인 수준이야! 자네에게는 말하겠네, 친구. 이디스와 나는 최근 좀 낭비를 했어.” 카터가 웃으며 바지 주머니에 손을 찔러 넣었다. “월세를 어마어마하게 내거든. 125파운드를 내지. 남은 겨울 동안 좀 아껴야겠다고 의논하던 참이야. 정말 미안하네. 정말이야.”

“나야말로 시기적절치 않은 부탁으로 괴롭혀서 미안하네.”

“딱 그런 시기이긴 하네, 리어던!” 사무총장이 외치고 자기 농담에 폭소를 터뜨렸다. 그러고 나서 기분이 매우 좋아진 그는 마침내 말했다. “5파운드는 별로 쓸모가 없을까? 한 달이라고 했나? 그 정도는 가능할 거 같은데 말이야.”

"큰 도움이 되겠네. 하지만 자네에게 부담이 되면 절대—"
"아니야, 한 달에 5파운드 정도는 없어도 살 수 있지. 수표를 주는 게 낫겠나?"
"부끄럽네—"
"그런 생각하지 말게! 수표를 써서 오겠네."
리어던의 얼굴이 화끈거렸다. 카터가 돌아온 후 나눈 대화를 그는 한마디도 기억할 수 없었다. 수표는 손안에 구겨져 있었다. 거리로 다시 나온 리어던은 손에 든 종이 쪼가리가 버스표나 처방받은 약의 청구서라고 잠시 착각하며 버릴 뻔했다.
리어던은 저녁 시간이 지나서야 집에 돌아왔다. 에이미는 그가 너무 늦게 와서 놀랐다.
"조금이라도 받았나요?" 에이미가 물었다.
"받았어요."
리어던은 출판사가 선금을 주었다고 거짓말할 생각이었다. 그러나 에이미에게 하는 첫 거짓말이 될 터인데, 왜 그런 짓을 하겠는가? 리어던은 사실대로 털어놓았다. 솔직하게 말한 결과는 그의 예상을 뒤엎었다. 에이미는 몹시 역정을 냈다.
"아, 대체 왜 그랬어요!" 에이미가 외쳤다. "왜 집에 와서 나랑 의논하지 않았어요? 내가 어머니한테 바로 갔을 텐데요."
"그게 상관있어요?"
"물론이죠." 에이미가 날카롭게 대답했다. "카터 씨가 아내에게 말할 텐데, 그럼 내가 얼마나 창피하겠어요?"
"그건 미처 생각 못 했어요. 당신이 느끼는 것만큼 언짢은 일이라고 난 생각하지 않았나 봐요."
"전혀 안 했겠죠."
에이미는 홱 돌아서서 침울하게 입을 꾹 다물고 멀찌가니 서 있었다.

"아무튼," 그녀가 마침내 입을 뗐다. "이제 어쩔 수 없죠. 와서 식사해요."

"당신 때문에 입맛을 잃었어요."

"무슨 소리예요! 당신 배고파 죽겠잖아요."

그들은 거의 한마디도 주고받지 않으며 불편한 마음으로 밥을 먹었다. 에이미의 얼굴에 떠오른 표정은 리어던이 이제껏 그녀의 얼굴에서 봤던 어떤 표정보다 메꿎은 성미를 드러냈다. 식사를 마친 그는 서재에 들어가 홀로 앉았다. 에이미는 들어오지 않았다. 자신이 겪은 고통을 되짚어 보던 리어던은 점점 고집스럽게 화가 나기 시작했다. 그는 에이미가 매정하다고 생각했다. 그녀가 먼저 말을 걸기 전에는 한마디도 안 하리라.

6시에 에이미가 문가에 얼굴을 비치며 차를 마시겠느냐고 물었다.

"고마워요." 그가 답했다. "하지만 그냥 여기에 있을래요."

"좋을 대로 해요."

9시까지 리어던은 방에 혼자 있었다. 책을 맡기고 왔다는 편지를 출판업자들에게 써야 한다는 사실이 그제야 떠올랐다. 그는 편지를 쓰고 가능한 한 빨리 회신을 달라고 덧붙였다. 리어던이 모자를 쓰고 코트를 입고 편지를 부치러 나가려는데 에이미가 다이닝룸 문을 열었다.

"나가요?"

"그래요."

"오래 걸리나요?'

"아니요."

리어던은 금세 다녀왔다. 돌아오자마자 서재로 곧장 들어갔지만 다른 방에 홀로 있는 에이미 생각에 마음이 편치 않았다. 그가 침실을 들여다보니 에이미는 난로에 불도 지피지 않고 청승맞게 앉아 있었다.

“이렇게 추운 데 있으면 안 돼요, 에이미.”

“유감이지만 익숙해져야겠죠.” 에이미는 바느질에 집중하는 척하며 대답했다.

강경한 인성을 드러내는 표정, 그가 무척 좋아했던 그 표정이 불길하게 딱딱해졌다. 에이미를 보고 있자니 가슴이 철렁했다.

“가난이 우리에게도 똑같은 결과를 초래하는 건가요?” 리어던이 다가가며 물었다.

“가난해도 괜찮은 척한 적 없어요.”

“그럼 노력도 하지 않겠다는 거예요?”

아무 대답도 없었다. 화난 여자와 나누는 대화가 보통 그렇듯, 대화는 전체적인 상황에서 구체적인 사항으로 흘러갔다.

“유감이지만 카터 부부는 우리 사정을 이미 잘 알고 있던 것 같아요.” 리어던이 말했다.

“전혀 다른 일이에요. 돈을 구걸하는 건—”

“정말 미안해요. 당신이 이렇게 화낼 줄 알았으면 뭐라도 다른 방법을 택했을 거예요.”

“한 달이나 기다려야 한다면 5파운드는 어차피 별로 쓸모도 없어요.”

에이미는 지출이 나가는 부분을 세세히 설명했다. 현재 생활방식을 유지하려면 피할 수 없는 비용이었다.

“당신은 이제 신경 쓰지 말아요. 내가 알아서 할게요. 책도 다 썼으니까 좀 쉬려고 노력해 봐요.”

“서재로 들어와서 난롯가에 앉아요. 우리가 서로에게 화가 나 있으면 내가 어떻게 쉬겠어요?"

울적한 크리스마스였다. 한 주, 한 주가 흘러갔고, 리어던은 자기가 준 돈이 바닥났다는 걸 알았다. 그러나 에이미는 아무런 요구도 하지 않았다. 필요한 지출은 다 메꿔졌다. 그는 견딜 수 없게 부끄러웠으며, 가끔은 아내 얼굴을 바라보기도 힘들었다.

출판업자들로부터 회신이 왔다. 『마거릿 홈』의 저작권료로 75파운드를 제안했고, 책이 얼마 이상 팔리면 25파운드를 더 준다고 적혀 있었다.

실패작이라는 사실이 숫자로 명백히 드러났다. 리어던은 자신의 작가 경력이 결딴났다고 스스로에게 말했다. 25파운드를 더 받을 만큼 팔릴 리 없었다. 세상 사람들 모두가 비웃을 터였고, 그래야 지당했다.

"승낙할 건가요?" 침울한 침묵 끝에 에이미가 물었다.

"이보다 더 좋은 제안은 없었어요."

"돈을 한 번에 줄까요?"

"그렇게 해달라고 부탁해야죠."

어쨌든 75파운드가 손에 들어왔다. 부탁하자마자 수표가 왔고, 잠시나마 리어던의 얼굴이 밝아졌다. 축복받은 돈이여! 선의 근원. 적어도 세상이 좀 더 합리적인 경제 체제를 만드는 그 날까지는.

"장모님께 얼마를 빌렸어요?" 에이미를 보지 않고 리어던이 물었다.

"6파운드요." 그녀가 차갑게 답했다.

"카터한테 빌린 5파운드와 집세 12파운드 10실링을 내야죠. 앞으로 50파운드로 살아야 해요."

12장. 희망 없는 노동

그들이 밟아야 하는 신중한 다음 절차는 너무나 뻔했기에 리어던은 에이미가 제안하지 않는다는 사실에 놀랐다. 25파운드면 구할 수 있는 집이 있는데 그들 처지에 50파운드를 내고 사는 건 무모했다. 한 해가 저물기 전에 아파트에 새로 들어올 사람을 충분히 찾을 수 있었고 이사 비용도 대단치 않을 것이다. 어쨌든 몹시 힘들고 절박한 상황에서 그 정도 마음의 여유라도 생겼으면 리어던도 현실에 맞설 용기를 얻었을지도 모른다. 석 달 전, 그는 참담한 기분에 떠밀려 에이미에게 이 방안을 제안했었다. 그때 에이미의 표정과 목소리가 너무 생생해서 리어던은 다시 이야기를 꺼낼 엄두가 나지 않았다. 그녀는 남편을 위해 그 정도 희생도 할 수 없단 말인가? 체면을 유지하려고 헛되게 발버둥질하다가 무슨 일이 생기든, 모든 책임을 그에게 떠넘기는 것인가?

그들은 이제 서로 마음을 완전히 터놓지 않았다. 에이미의 침묵은 비난을 뜻했고, 예전에는 어떠했든 이제는 에이미가 어머니와, 그리고 어쩌면 다른 사람들에게 자신의 고초를 하소연하는 게 분명했다. 리어던이 자신의 신간을 어떻게 생각하는지 에이미가 남들에게 말하지 않을 리 없었다. 지인들이 새 책을 혼자서 몰래 비웃거나, 안타까움에 고개를 내저으며 읽을 마음의 준비를 시키는 것이었다. 에이미를 향한 리어던의 감정은 새로운 국면에 들어섰다. 변치 않는 사랑이 고통의 원천이었다. 리어던은 자책하면서도 에이미를 원망했다. 속마음은 그렇지 않으면서 냉정하게 말하고 행동하기 시작했다. 에이미는 그런 변화를 눈치채지 못한 척했다. 여하튼, 그녀는 아무 말도 하지 않았다. 그들은 한때 즐기던 화제 대신 예전에는 최대한 기피했던, 물질적인 생활과 관련된 비루한 주제만 논했다. 불과 얼마 전까지만 해도 그들은 부부로서 자신들의 관계에 대해 끝없이 이야기할 수 있었으나 이제는 차마 입에 올리지도 못했다. 두 사람 모두 어떤 위태로운 가능성을 또렷이 느꼈기 때문이다.

출판업자의 제안을 기다리는 동안, 그리고 잠시 얻은 휴식 기간에 무얼 할지 자문하고 있는 요즘, 리어던은 대영박물관에서 하루하루를 보냈다. 집중해서 책을 읽지는 못했지만 에이미가 흘끔거리는 곳에서 빈둥대느니 타인들 사이에 앉아 있는 편이 나았다. 창작에 질린 그는 타고난 기질에 언제나 가장 적합했던 연구로 시선을 돌렸고, 예전에 문예지에 팔았던 종류의 에세이를 한두 편 써보기로 했다. 디오게네스 라에르티오스[26]를 읽으면서 해놓은 필기 한 뭉치가 아직 사용하지 않은 자료 중에 있었다. 이제 리어던은 철학자들의 일화를 바탕으로 팔릴 만한 글을 써볼 요량이 생겼다. 기분이 좋았더라면 기쁜 마음으로 이 작업에 임했을 것이다. 전문 학자처럼은 아닐지언정 유머 감각과 감성이 고전의 유령들 사이에서 더 자유로운 현대인의 관점에서 썼을 것이다. 심지어 지금도 리어던은 예전에 발표했던 에세이의 강점이었던 친근하고 유머러스한 접근을 어느 정도 되살릴 수 있었다.

그러는 동안 《커런트》의 창간호가 발행되었고, 재스퍼 밀베인은 명백한 성공을 거두었다. 에이미는 〈전형적인 독자〉라는 제목의 사설을 자주 언급하면서, 이 사설의 필자를 향한 관심을 선명히 드러냈다. 재스퍼의 이름을 어디서 볼 때마다 에이미는 남편에게 읽어 주었다. 리어던은 미소를 지으며 반갑다는 표정을 지었지만, 이전처럼 밀베인에 대해 솔직히 말하지 않았다.

26. 3세기에 활동한 그리스 작가로 고대 그리스 철학자들의 전기를 썼다.

1월 말 어느 저녁, 리어던은 최근 박물관에서 글을 썼다는 사실을 아내에게 알리고 혹시 읽고 싶으냐고 물었다.

"거기서 대체 뭘 하나 궁금하던 참이었어요." 에이미가 답했다.

"그럼 왜 물어보지 않았어요?"

"물어보기 두려웠어요."

"두렵다니, 왜요?"

"마치 당신에게 상기시키는 것 같아서—무슨 말인지 알죠."

"한두 달이 지나면 위기가 또 닥칠 거라는 사실 말이군요. 그래도 당신이 내 일에 관심을 보였으면 좋았을 거예요."

잠시 잠자코 있던 에이미가 물었다.

"이런 에세이도 받아 줄 거 같아요?"

"아주 가망 없지는 않아요. 내 생각엔 나쁘지 않거든요. 내가 한 장 읽어—"

"어디에 보낼 거예요?" 그녀가 말을 잘랐다.

"《웨이사이드》에 보낼 생각이에요."

"《커런트》에 보내지 그래요? 패지 씨에게 소개해 달라고 밀베인에게 부탁해 봐요. 거기 원고료가 훨씬 세잖아요."

"패지에게 어울리는 글이 아니에요. 그리고 가능하면 난 독립적으로 하고 싶어요."

"그런 면이 당신의 단점 중 하나예요, 에드윈." 아내가 부드럽게 나무랐다. "가장 강한 사람들이나 독립적으로 살 여유가 있죠. 당신은 모든 수단을 이용해야 해요."

"나는 약해 빠졌으니까요?"

"당신이 기분 나빠할 줄 몰랐어요. 내 말은—"

"아니, 당신 말이 맞아요. 난 도움이란 도움은 다 필요한 사람 중 하나예요. 하지만 이건 확실해요. 《커런트》에 어울리는 글이 아니에요."

"당신이 퀴퀴한 옛날로 돌아가려는 게 참 안타깝네요. 밀베인이 쓴 사설을 생각해 봐요. 당신이 그런 글을 쓸 수만 있다면! 대체 누가 디오게네스와 그 사람 욕조랑 램프에 관심을 가지겠어요?"

"여보, 내가 알기론 디오게네스 라에르티오스는 욕조도 램프도 없었어요. 당신이 잘못 안 거예요. 뭐, 상관없지만 말이에요."

"그래요, 상관없어요." 에이미의 입에 신랄한 말투는 어울리지 않았고 불쾌한 느낌을 자아냈다. "그 사람이 누구이든지 간에 대부분 독자는 그 이름만 들어도 지레 겁먹을 거예요."

"대부분 독자는 내가 쓰는 글에 관심을 안 가질 거예요. 그건 인정해야 해요."

"당신이 노력해도 인기 있는 스타일로 못 쓰겠다는 말을 나는 못 믿겠어요. 당신도 밀베인만큼 똑똑해요—"

리어던은 성마른 몸짓을 했다.

"밀베인 이야기 좀 그만해요! 우리만큼 상반되는 남자들도 없을 거예요. 계속 비교를 해서 무슨 소용이 있겠어요?"

리어던에게서 처음 듣는 퉁명스러운 말투에 놀란 에이미가 쳐다봤다.

"어떻게 내가 비교한다고 말할 수 있어요?"

"입 밖에 내지 않을 때는 그런 생각을 하잖아요."

"말이 심하군요, 에드윈."

"에이미, 당신이 너무 뻔히 보이게 행동해요. 내 말은, 당신은 내가 밀베인과 달라서 항상 아쉬워하고 있어요. 내가 대중이 좋아하는 방식으로 못 쓴다고 한탄하잖아요. 나도 한탄스러워요. 당신을 생각하니까 나도 한탄하게 되더군요. 나도 밀베인의 재능이 있어서 명성과 돈을 얻을 수 있으면 좋겠어요. 하지만 내겐 그런 능력이 없어요. 그게 다예요. 자기 단점을 끝없이 들먹이면 누가 좋아하겠어요?"

"다시는 밀베인을 언급하지 않겠어요." 에이미가 쌀쌀맞게 말했다.

"어처구니없는 소리 말아요."

"나도 당신이 화내는 것에 대해 같은 심정이에요. 당신이 불쾌하게 느낄 말 따위 한 적 없어요."

"그럼 이제 그만 이야기합시다."

리어던은 에세이를 옆으로 치우고 책을 펼쳤다. 에이미는 에세이를 읽어 달라고 부탁하지 않았다.

그러나 그 에세이는 팔렸다. 《웨이사이드》 3월호에 실렸고, 리어던은 7파운드 10실링을 받았다. 그때쯤 그는 플리니우스[27]의 편지를 바탕으로 가벼운 에세이를 한 편 더 썼다. 기질에 맞는 일을 하니까 즐거웠지만 계속 이럴 수는 없었다. 4월이면 『마거릿 홈』이 출판될 것이다. 어느 정도 팔리면 25파운드를 더 받을지도 몰랐다. 만약 받아도 이번 해 중반까지는 지급하지 않을 터인데, 그보다 훨씬 전에 그는 빈털터리가 될 것이다. 휴식 기간은 끝났다.

그러나 이제 리어던은 아무와도 상담하지 않았다. 그는 최대한 사람들을 피했다. 문단과 관련 없는 지인은 한 명도 만나지 않았고, 동료 작가들도 거의 안 만났다. 밀베인은 너무 바빠져서 크리스마스 이후 두세 번밖에 오지 못했으며 리어던은 그를 찾아가지 않았다.

27. 가이우스 플리니우스 카이길리우스 세쿤두스: 삼촌이었던 대 플리니우스와 구분하기 위해 소 플리니우스(Pliny the Younger)라고도 불리는 고대 로마의 관료, 작가, 변호사. 그의 편지는 당시 로마의 행정 체제와 일상을 연구하는 데 중요한 기록으로 쓰인다.

자신의 행복한 결혼생활이 끝장났다고 리어던은 믿었지만 파탄이 어떤 양상으로 실현될지는 내다볼 수 없었다. 에이미는 그가 미처 몰랐던 일면을 드러내고 있었다. 현실적인 남자였으면 에이미의 그런 성격을 애초에 알아차렸을 것이다. 남편을 도우며 가난을 견디기는커녕 그런 삶을 공유할 의지조차 에이미에게는 없었을지도 모른다. 에이미가 천천히 멀어지는 게 느껴졌다. 벌써 그들의 마음에는 이혼이란 두 글자가 있었고, 그는 아내의 애정을 얼마나 오래 붙들 수 있을지 몰라 괴로웠다. 다정한 말에도 손짓에도 에이미는 반응하지 않았다. 그녀가 보이는 가장 따뜻한 모습마저 한낱 동지애였다. 에이미는 자신의 애정을 모조리 아이에게 쏟아부었다. 부모가 함께 아이를 만들었다는 사실을 어머니들이 얼마나 쉽게 잊을 수 있는지 리어던은 깨달았다.

리어던은 아이에게 점점 정이 떨어졌다. 윌리가 없었다면 에이미가 여전히 그에게 완전한 사랑을 주었을지도 모른다. 신혼 때처럼 열정적이진 않더라도 연인처럼 사랑해 줬을지도. 아이를 대하는 그의 마음이 변했다는 걸 에이미도 알았다. 어쨌든 그녀는 그 사실을 언급하기는 했다. 리어던이 아이에 대해 거의 물어보지 않으며, 아이가 성장하는 모습에 대해 이야기해도 무관심하다는 걸 에이미는 느꼈다. 그녀는 한편으로는 속상했지만, 다른 한편으로는 왠지 마음이 놓였다.

아이만 없었다면 가난이 그들을 갈라놓지 못했을 거라고 리어던은 믿었다. 그가 열정적인 사랑의 힘으로 에이미의 실망까지 모두 이겨냈으리라. 무엇보다, 아이까지 돌봐야 하는 부담이 없었다면 이 정도로 절박한 처지는 안 되었을 것이다. 유약하고 민감한 남자는 이런저런 상황 때문에 좌절된 가능성에 집착하는 법이다. 리어던이 현재 자신이 처한 곤경을 고민하는 데 한 시간을 썼다면, 손에 넣을 수 있던 행복을 상상하는 데에는 숱한 시간을 썼다.

지금이라도 돈이 조금만 들어오면 모두 만회할 수 있다. 에이미는 사치스럽지 않았다. 소박하고 품위 있는 집에서 돈에 쪼들리지 않고 살 수만 있다면 그녀는 예전의 고아한 모습을 되찾을 것이다. 어떻게 에이미를 탓할 수 있겠는가? 그가 겪은 궁핍한 삶을 전혀 모르고 살아온 그녀로서는 생필품을 살 돈도 없다는 현실이 견디기 어려울 정도로 창피했다. 심지어 평범한 상인의 아내도 에이미가 지난해 말에 경험한 빈곤을 겪지 않는다. 하찮은 푼돈이 그의 인생을 망치고야 말았다. 최근 리어던은 에이미의 부자 큰아버지, 존 율을 자주 생각했다. 그가 에이미에게 유산을 물려줄지도 몰랐지만 확실하지는 않았다. 만약 물려받는다고 해도, 아내에게 빌붙어 사는 삶이 마음 편할까? 그녀 손에 들어온 조그만 재산을 조금씩 갉아먹어서 몇 년 후에는 두 사람이 원위치로 돌아가게? 얼마 전까지만 해도 리어던은 아내의 도움을 거리낌 없이 받았을 것이다. 그러나 그들 사이가 이렇게 달라진 이상 그게 과연 가능할까?

두 번째 에세이를 끝내자 (두 군데에서 거절당했기 때문에 《웨이사이드》에 다시 투고할 수 있을 때까지 기다려야 했다) 리어던은 새 소설에 착수해야 했다. 이번에는 3부작을 쓰지 않기로 했다. 소설가들이 그 천편일률적인 관습에서 벗어나고 있다고 여러 광고에서 알렸다. 희박한 희망이긴 하지만, 그는 몇 주 안에 완성할 수 있는 책을 써보기로 했다. 기막히게 인위적이고 자극적인 제목을 안 쓸 이유는 또 무엇인가? 가장 최근에 쓴 소설보다 나쁠 수는 없었다.

그래서 리어던은 순수하게 지성적인 연구를 치워 놓고, 에이미에게는 아무 말 없이 다시 한번 '플롯'을 찾아 헤매기 시작했다. 2월 말 즈음 일이었다. 『마거릿 홈』의 교열은 매일 조금씩 했다. 에이미가 도와주겠다고 했지만, 최대한 오랫동안 이 책을 아무에게도 안 보이고 싶었던 그는 도움을 거절하고 종이를 휙휙 넘기며 서둘러 마무리했다. 그의 상상력은 혐오스러운 새 임무에 즐겁게 임하지 않았다. 그래도 끝내 리어던은 눈앞의 과제만큼이나 어처구니없는 플롯을 짜냈다. 한 부라도 완성할 수 있을지는 의심스러웠다. 그러나 밀베인과 에이미가 제안했던 방식으로 노력해 보지도 않고 아내와 아이를 굶길 수는 없었다.

일의 진도를 늦춘 대참사를 몇 번 겪어가며 리어던은 매일 한두 장 썼고, 거의 사 분 일쯤 끝냈을 때 재스퍼가 밀베인 부인의 죽음을 편지로 알렸다. 리어던은 아침상 위로 에이미에게 편지를 건네주고 편지를 읽는 그녀의 얼굴을 지켜봤다.

“그 사람 상황은 달라지지 않겠네요.” 에이미가 무심히 말했다.

“좋아지지는 않겠죠. 어머님이 어느 정도 수입은 있다고 했는데, 뭘 남기셨더라도 전부 동생들에게 갈 것 같아요. 이런 일에 대해선 내게 별 이야기 없었어요.”

3주가 지나서야 재스퍼로부터 다시 연락이 왔다. 시골에서 보낸 편지에는 그가 동생들을 런던으로 데려올 작정이라는 내용이 담겨 있었다. 다시 한 주가 흘렀고, 어느 저녁, 재스퍼가 문 앞에 나타났다.

리어던은 그리 열렬히 반기지 않았는데, 상을 치른 친구를 배려하는 마음이라고 해석할 수도 있었으나 재스퍼는 자신이 이 집에서 예전처럼 환영받지 못한다고 전에도 느꼈다. 율 부인의 집에서 에이미와 함께 왔던 날 그는 이런 느낌을 뚜렷하게 받았고, 바쁘다는 핑계로 그때부터 자주 오지 않았다. 소설가로서 입지가 무너지고 있는 리어던이 성공의 가도에 들어선 친구를 따뜻이 대하기 힘든 게 당연하다고 밀베인은 이해했다. 냉소적인 기질 덕분에 그는 타인의 이런 단점을 용서할 수 있었을 뿐만 아니라 어느 정도 우쭐하기도 했다. 그러나 재스퍼는 리어던을 좋아하고 존중했으며, 최근에는 자신의 따뜻한 면을 표현하고 싶은 기분이었다.

"자네 책이 발표되었던데." 재스퍼가 자리에 앉자마자 기쁘다는 듯 운을 뗐다.

"몰랐네."

"사실이야. '『중립 지대에서』 작가의 신작'이라고 4월 16일에 발표됐어. 이에 관해 제안 하나 하겠네. 《커런트》 5월 호 '이달의 책'에 싣자고 내가 패지에게 제안하면 어떻겠나?"

"그냥 내버려 두게. 언급될 가치가 있는 책이 아니야. 그 책 비평을 써야 하는 사람은 거짓말을 하거나, 아니면 잡지에 피해를 끼치게 될 거야."

재스퍼가 에이미에게 도움을 청했다.

"이런 남자는 대체 어떻게 해야 합니까? 이런 사람한테 무슨 말을 해야 하죠, 리어던 부인?"

"에드윈은 책이 마음에 안 든대요." 에이미가 덤덤하게 대답했다.

"그건 무관합니다. 리어던이 쓴 책은 무엇이든지 간에, 호평할 의도가 있는 평론가라면 잘 살릴 만한 강점이 있다는 걸 아시지 않습니까. 패지가 허락하면 내가 직접 쓰겠네."

리어던과 부인 모두 아무 말 없었다.

"물론 자네가 원하지 않는다면—" 밀베인이 리어던을 보며 말했다.

"그냥 두게. 부탁하네. 아무 말도 하지 말아 줘."

어색한 침묵이 흘렀다. 에이미가 입을 열었다.

"동생분들은 이사하셨나요?"

"네. 이틀 전에 왔습니다. 모닝턴 로드에서 멀지 않은 곳에 하숙집을 얻었어요. 딱하게도 자기들이 어디 있는지도 잘 모릅니다. 한동안은 자기들끼리 조용히 있어야죠. 시간이 지나면 제가 나서서 친구를 찾아 줄 겁니다. 친한 사람이 벌써 한 명 있어요. 다름 아닌 부인 사촌입니다. 율 양 말이에요. 벌써 동생들을 찾아왔어요."

"참 다행이네요."

에이미는 기회를 봐서 그의 얼굴을 관찰했다. 마치 억눌린 듯한 침묵이 다시 흘렀다. 아내를 흘깃 본 리어던이 망설이며 말했다.

"동생분들이 다른 사람도 만날 생각이 있으면, 에이미도 물론 기꺼이—"

"그럼요!" 아내가 덧붙였다.

"고마워요. 리어던 부인이 동생들에게 친절히 대해 줄 거라고 믿었어요. 하지만 솔직히 말할게요. 동생들이 율 양과 상당히 친해졌습니다. 작년에 핀든에서 만났으니까요. 그게—" 재스퍼가 에이미를 보았다. "불편하지 않겠습니까?"

에이미는 대답을 주저하며 바닥에서 눈을 떼지 않았다.

"당신은 사촌이랑 아무 다툼이 없잖아요." 리어던이 말했다.

"전혀 없어요. 어머니랑 둘째 큰아버지 사이 일이었죠."

"율 양이 누구와 다투는 건 상상도 안 돼요." 재스퍼가 말했다. 그리고 그는 재빨리 덧붙였다. "뭐, 일은 자연스럽게 진행되어야 하는 법이죠. 두고 봅시다. 지금은 동생들도 아주 바쁘거든요. 물론 바쁘게 지내는 게 최선이죠. 내가 매일 들여다볼 거고, 율 양도 꽤 자주 올 거라고 믿어요."

리어던은 에이미와 잠시 눈을 맞췄지만, 다시 시선을 피했다.

"맹세컨대!" 잠시 곰곰 생각하던 밀베인이 외쳤다. "1년 전에 이렇게 되지 않은 게 천만다행이네. 동생들은 아무 수입이 없거든. 생활비로 쓸 현금이 조금 있을 뿐이지. 일을 찾아야 해. 최근에 내 입지가 좀 올라가서 천만다행이야."

리어던이 동의하는 말을 중얼댔다.

"자네는 요즘 뭐하나?" 재스퍼가 갑자기 물었다.

"1부작 소설을 쓰고 있네."

"그거 반가운 소식이군. 특별한 출간 계획은 있나?"

"아니."

"제드우드에게 가져가지 그러나? 그 사람이 1부작 소설을 연달아 출판하고 있거든. 자네도 제드우드 알지? 컬페퍼의 매니저였지. 반년 전쯤 자기 사업을 시작했는데 잘 될 거 같아. 그 여자랑 결혼했어. 이름이 뭐더라? 『헨더슨 씨의 아내들』 작가 이름이 뭐였지?"

"들어본 적도 없는 책이네."

"설마! 아, 맞아, 미스 윌키스야. 아무튼, 그 둘이 결혼했는데 제드우드와 부인의 출판업자들 사이에서 큰 싸움이 벌어졌었나 봐. 보스턴 라이트 부인이 죄다 이야기해 줬지. 아주 대단한 여자야. 최근 소문의 백과사전이라고 할 수 있어. 나를 상당히 예뻐하지. 부인이 최선을 다해 동생들을 도와주겠다고 약속했어. 어쨌든, 내가 제드우드 이야기를 하고 있었지. 그 사람한테 자네 책을 팔아 보게. 새로운 작가들과 손을 잡고 싶어 안달이거든. 엄청나게 광고를 해준다네. 격주로 《스터디》 뒷면 전체를 쓰고 있지. 미스 윌키스 수입으로 감당하나 봐. 1부로 부풀리지도 못할 하찮은 이야기 한 편 값으로 마크랜드에게 200파운드를 줬어. 마크랜드 본인에게 들은 이야기네. 내가 그자와 친해진 거 아나? 그러고 보니 그 이후로 자네를 만난 적이 없군. 외눈에 키가 아주 작아. 보스턴 라이트 부인은 기회가 될 때마다 그 사람을 치켜세우지."

"보스턴 라이트 부인이 대체 누군가?" 리어던이 짜증이 섞인 웃음과 함께 물었다.

"《잉글리시 걸》의 편집장일세. 아주 놀라운 삶을 살았어. 모리셔스, 아니 실론이었나. 잊어버렸군. 어쨌든 그런 곳에서 태어나서 열다섯 살에 선원과 결혼했어. 어디선가 표류가 되어서 엄청난 고생 끝에 살아났는데, 이것에 관해서는 말을 흐리더군. 그리고 케이프코드에 신문사 특파원으로 나타난 거야. 그 일을 그만두고 어떤 농사를 시작했어. 어디였는지는 잊어버렸군. 재혼했는데(첫 남편은 표류 당시 실종됐대) 이번 남편은 뱁티스트 목사고, 그들은 리버풀에서 자선 식당을 운영했어. 남편이 어디선가 화재로 죽었고, 그 후 그녀는 런던 문학 사교계의 중심에 나타났지. 정말 좋은 여자야. 오십 살은 됐을 텐데 스물다섯으로 보여."

재스퍼는 말을 멈췄다가 충동적으로 덧붙였다.

"부인의 만찬에 나랑 한번 같이 가게나. 목요일 9시야. 남편 좀 설득해 봐요, 리어던 부인."

리어던이 고개를 저었다.

"아닐세. 나와 정말 안 맞을 거야."

"왜 그렇겠나? 거기 가면 별별 유명한 사람을 다 만날 수 있어. 자네가 오래전에 만났어야 하는 사람들이지. 이러면 더 좋겠군. 내가 자네와 부인 둘 다 초대해 달라고 할게. 그 여자가 마음에 들 거예요, 리어던 부인. 사기꾼 냄새가 나는 건 사실이지만, 장점도 많아요. 그 여자에 대한 험담은 들어 보지 못했을 정도예요. 이 부인과 교류하면 정말 좋은 광고가 된다네. 침이 마를 때까지 자네 책과 글에 대해 떠들 거야."

에이미가 눈빛으로 남편에게 의견을 물었다. 리어던은 불편하다는 몸짓을 했다.

"두고 보자고." 그가 말했다. "어쩌면 나중에."

"자네가 내킬 때 언제든지 말하게. 그리고 제드우드 말이야. 제드우드네 출판사에서 원고를 읽는 사람을 내가 알지."

"맙소사!" 리어던이 외쳤다. "자네는 모르는 사람이 누군가?"

"세상에서 가장 간단한 일이야. 지금으로서는 인맥을 넓히는 게 내 사업의 큰 부분이네. 이보게, 자질구레한 글을 써서 먹고살아야 하는 사람은 다양한 사람들과 교류하지 않고는 해나갈 수 없어. 자기 아이디어는 곧 고갈되는 법이거든. 영리한 사람들은 남의 머리를 쓸 줄 알지."

에이미는 흥미진진하다는 미소를 무의식적으로 띠고 재스퍼의 이야기를 들었다.

"아. 자네가 웰프데일을 마지막으로 본 게 언젠가?" 재스퍼가 물었다.

"한참 됐네."

"요즘 웰프데일이 뭘 하고 다니는지 아나? '글쓰기 조언가'를 자처하고 있네. 《스터디》에 매주 광고를 내고 있어. '젊은 작가들과 작가 지망생들에게' 뭐 이런 거지. '선택한 분야에 대한 조언을 드립니다. 검토, 교정, 출판사에 추천. 저렴한 가격 등등.' 진짜야! 게다가 첫 2주 동안 6기니를 벌었어. 아무튼, 자기 말로는 그렇다고 하더군. 내가 들은 중 제일 웃기지. 자기 책은 출판하지 못하는 자가 남들에게 글쓰기를 가르쳐서 돈을 벌다니!"

"막돼먹은 사기 아닌가?"

"아, 글쎄, 모르겠네. 웰프데일도 '작가 지망생'들에게 문법 교정 정도는 해줄 능력이 있거든. 출판업자들에게 추천하는 건—글쎄, 추천은 누구나 할 수 있겠지."

리어던의 분노가 웃음에 자리를 내줬다.

"웰프데일이 진가를 발휘할 분야일지도 모르겠군."

"그렇지." 재스퍼가 동의했다.

잠시 후 그는 시계를 보았다.

"이제 나는 가봐야겠네, 친구들. 바퀴 달린 침대에 눕기 전에 써야 할 게 있거든. 적어도 세 시간은 걸릴 거야. 잘 지내게, 친구. 소설이 끝나면 내게 알려줘. 같이 의논해 보자고. 보스턴 라이트 부인에게 가는 것도 생각해 보게. 아, 그리고 《커런트》 비평 말인데, 내가 쓰게 해주게나. 자네의 안내자이자 철학자이자 친구와 상의하게."

그는 에이미를 가리키며 말했다. 에이미는 억지웃음을 지었다.

재스퍼가 떠난 뒤 두 사람은 몇 분 동안 잠자코 앉아 있었다.

"그 아가씨들을 만날 생각이 있어요?" 리어던이 마침내 물었다.

"방문하는 게 예의 아닐까요?"

"그런 것 같네요. 당신 마음에 들지도 모르잖아요."

"그럼요."

그들은 각자 자기만의 생각에 빠졌다. 리어던이 돌연 웃음을 터뜨렸다.

"바로 저게 성공하는 남자죠. 밀베인은 언젠가 으리으리한 저택에서 살면서 문학계의 의견을 좌지우지할 거예요."

"밀베인이 무슨 말로 당신 비위를 거슬렀어요?"

"거슬렀냐고요? 아니요. 밀베인의 전도가 밝아서 다행이에요."

"당신은 왜 그 사람들을 만나러 가지 않겠다는 거예요? 당신에게 여러모로 도움이 될지도 모르잖아요."

"내가 좋은 책을 쓰고 있었을 때 이런 기회가 왔다면 아마 거절하지 않았을 거예요. 하지만 『마거릿 홈』이나 지금 내가 쓰고 있는 쓰레기의 저자로 남들에게 소개받고 싶은 생각은 추호도 없어요."

"그러면 쓰레기를 쓰지 말아야죠."

“맞아요. 집필을 그만둬야 해요.”

“그리고 뭘 할 거죠?”

“나도 그게 알고 싶어요!”

NEW GRUB STREET

PART II.

13장. 경고

제드우드 씨 출판사의 춘기 출간 목록에 앨프리드 율의 새 책이 소개되었다. 『19세기 영국 산문』이라는 제목의 이 책에는 여러 논설이 (그중 몇몇은 이전에 문예지에 실렸었다) 흐름에 맞게 묶여 있었다. 동시대 작가들을 다룬 마지막 채프터에는 저널리즘이 산문체를 오염시킨다는 주장의 예시로 들기에 적절한 사람들이 다수 언급되었다. 책은 몇몇 현직 작가들에게 쓴소리를 퍼부었는데 물론 당사자들이 달게 들을 리 없었다. 문예지들의 비평 칼럼은 앨프리드의 책을 상당히 혹독히 다루었다. 앨프리드의 책은 무시할 수 없었고, (독자층을 확보하지 못한 작가를 공격할 때 가장 안전한 방법이다) 가장 숙련된 자들만이 자기가 뜨끔한 사실을 들키지 않고 공격할 수 있었다. 독립적인 정신을 자부하는 석간신문 하나가 앨프리드의 책에서 논쟁을 불러일으킬 만한 채프터 하나를 즐겁게 호평한 후, 다음 날에는 어설프게 정체를 감춘 기자가 작가와 책 모두를 경멸하는 편지를 실었다. 앨프리드 율과 클레멘트 패지 사이의 잊지 못할 싸움 이래 앨프리드의 이름이 사람들 입에 이렇게 오르내린 적이 없었다.

출판업자가 노린 바였다. 제드우드 씨는 정력적이고 쾌활한 남자로, 문학계에서 차근차근히 요지부동의 자리를 잡은 출판사들과 1년 안에 맞먹겠다는 결심을 품고 출판업에 뛰어들었다. 그의 자본은 대단치 않았지만 운 좋게도 그는 인기 소설가와 결혼하면서 아내의 안정된 수입에 기댈 수 있었다. 자신의 판단력을 무한 신뢰하는 제드우드 씨는 신중한 사람이라면 혀를 내두를 만한 지출을 사업 초반부터 쏟아부었다. 그는 '새로운 시대'를 입에 달고 다니며 출판과 서적 판매 사업에 혁명이 일어나리라 예측했고, 이제 막 성인이 되었고 민주적인 경향을 띤 신세대를 유혹할 만한 여러 입증되지 않은 모험을 계획했다. 그러는 와중에도 그는 사람들의 입에 오르내릴 만한 것이라면 무엇이든 출판할 준비가 되어 있었다.

《커런트》는 5월 호 '이달의 책'이라는 기사의 반 정도를 『19세기 영국 산문』의 비평에 할애했다. 이 혹평은 가히 경박한 공격의 완성체라고 할 수 있었다. 경박함은 지적 악행 중 가장 구제 불능인데, 이야말로 패지 씨 문예지의 특색이었다. 패지가 달마다 쓰는 신작 비평을 목을 빼고 기다리는 독자들이 벌써 생겼다. 점점 불어나고 있는 이 독자층은 조롱거리 외 무엇에도 관심 없었다. 패지의 독살스러운 조롱은 자신이 겨냥한 책을 지루하고 맹맹하게 보이게 만들면서 구독자에게 웃음을 선사했고, 다른 평론가들의 혹평은 그에 비교하면 서툴고 무력했다. 저자를 공격하는 동시에 그의 책에 대한 사람들의 흥미를 떨어뜨리는 기술은 저널리즘의 정점으로, 만약 《커런트》가 유일한 문예지였으면 이 잡지는 이런 목적을 달성할 역량이 충분했다. 이런 공격에는 가만히 있는 게 상책일지도 몰랐다. 그러나 패지 씨는 독침을 맞은 자신의 적이 분개할 것을 알았고, 그것이 그의 전리품이었다.

《커런트》가 발행된 날, 제드우드 씨의 사무실에서는 앨프리드가 당한 공격에 대한 회의가 열렸다. 제드우드 씨와 친한 큄비 씨가 찾아왔을 때 마침 청년 한 명이 (제드우드 씨 출판사의 원고 검토자 중 한 명이었다) 과연 패지가 이 비평을 썼는지에 대한 의구심을 표하고 있었다.

"비평 전체에 패지의 손자국이 묻어 있네." 큄비 씨가 외쳤다.

"물론 그 사람이 영감을 줬겠죠. 하지만 제 생각엔 밀베인이라는 친구가 쓴 글 같습니다."

"그래?" 출판업자가 물었다.

"글쎄요, 밀베인이 마크랜드 씨 책 비평을 쓴 건 확실하거든요. 율 씨 책 비평도 그 사람이 썼다고 믿을 이유가 있어요."

"똘똘한 친구군." 제드우드 씨가 말했다. "대체 누군가?"

"누군가의 서자겠죠." 믿음직스러운 정보의 원천이 웃으며 말했다. "덴햄이 그 사람을 1~2년 전에 뉴욕에서 만났대요. 그때는 다른 이름을 썼다는군요."

"미안하지만, 자네가 잘못 알고 있네." 퀌비 씨가 끼어들었다.

그는 앨프리드로부터 직접 들은 밀베인의 경력을 전했다. 이 부분에서는 사실을 규명한 퀌비 씨는 몇 시간 후 힝크스 씨에게 《커런트》에서 앨프리드의 책을 비평한 사람이 젊은 밀베인이 거의 확실하다고 말했고, 결과적으로 그 소문은 누구나 다 아는 명백한 사실로 둔갑해서 앨프리드의 귀에 들어갔다.

앨프리드가 집을 비운 일요일에 밀베인이 메리언을 방문한 건 이 사건이 터지기 한 달 전이었다. 그의 방문을 전해 들은 앨프리드는 무관심한 척했지만, 아버지가 떨떠름하게 여긴 걸 메리언은 알았다. 런던에 곧 오기로 한 자매에 대해서 그는 메리언에게 알아서 처신하되 자매를 집으로 초대할 때는 방해가 안 되는 시간과 때를 고르라고 부탁했다.

메리언은 습관대로 침묵으로 도피했다. 모드와 도라가 가까운 곳에 사는 것만큼 반가운 일은 없었지만, 그들이 자기를 자유롭게 방문할 수 없다는 걸 알았다. 어쩌면 친구들에게 이 창피한 상황에 대해 솔직히 말해야 할지도 몰랐다. 물론 당장은 그런 말을 할 수 없었다. 너무 매정해 보일 것이다. 자매가 도착한 다음 날 도라의 연락을 받은 메리언은 곧바로 친구들의 하숙집에 찾아갔다. 일주일

후에는 모드와 도라가 세인트 폴스 크레센트를 방문했다. 일요일이었고 앨프리드는 일부러 외출했다. 그 이후 그들은 한 번밖에 더 놀러 오지 않았는데, 그날 역시 율 씨는 집에 없었다. 그러나 메리언은 자매의 하숙집에 자주 갔으며 가끔 거기서 재스퍼를 만났다. 재스퍼는 그녀의 아버지를 단 한 번도 언급하지 않았고, 메리언 역시 재스퍼를 초대하지 않았다.

메리언은 어머니와 상담할 수밖에 없었다. 율 부인이 밀베인 자매가 언제 또 오는지 물어보며 이야기할 기회를 마련했다.

"다시 초대하지 않을 거 같아요." 메리언이 답했다.

딸의 말을 이해한 어머니는 근심스러운 표정이었다.

"친구들에게 상황이 어떤지 말해야 해요. 그럴 수밖에 없어요." 메리언이 말을 이었다. "합리적인 사람들이니까 저를 원망하지는 않을 거예요."

"아버지가 그 아가씨들을 안 좋게 이야기한 적은 없단다." 율 부인이 힘주어 말했다. "그런 말은 한마디도 안 했어. 만약 하셨다면 내가 너한테 그대로 말해 줄 거야."

"그래도 너무 불편해요. 기쁜 마음으로 초대할 수 없어요. 아버지는 편견이 생긴 이상 생각을 바꾸지 않으실 거예요. 친구들에게 말하는 게 좋겠어요."

"힘들겠구나." 그녀의 어머니가 한숨을 내쉬었다. "내가 네 아버지에게 말해서 도와줄 수 있다면—하지만 난 못 하잖니, 얘야."

"알아요, 어머니. 우리 그냥 예전처럼 지내기로 해요."

다음 날 저녁 시간에 귀가한 앨프리드는 메리언을 서재로 불렀다. 메리언은 그날 집에 온종일 있었다. 뒤죽박죽인 문서 더미에서 발췌하는, 시간이 한참 걸리는 업무 때문이었다. 메리언은 아버지의 부름에 답하기 위해 응접실에서 나왔다.

“네가 재미있게 읽을거리가 하나 있구나.” 앨프리드가 《커런트》의 최신호를 건네주고 자신의 책에 대한 비평을 가리키며 말했다.

메리언은 몇 줄 읽고 테이블 위에 잡지를 내던졌다.

“역겨운 글이에요.” 메리언이 화가 나서 외쳤다. “천박하고 양심 없는 사람만이 쓸 수 있는 글이에요. 이런 것 때문에 언짢아하지 않으실 거죠?”

“절대 아니지.” 과하게 차분한 척하며 그녀의 아버지가 대답했다. “하지만 이 글의 문학적 가치를 네가 몰라보다니 놀랍구나. 네가 특히 끌릴 만한 글인데.”

그의 목소리나 말이 다 이상했기 때문에 메리언은 의아해하며 올려다봤다. 아버지가 이런 비평에 엄청나게 속을 썩이리라는 사실은 잘 알았지만, 이걸 왜 그녀에게 굳이 보여 줬으며 말투는 왜 그렇게 신랄했을까?

“왜 그렇게 말씀하세요, 아버지?”

“누가 썼는지 모르겠니?”

메리언은 단박에 알아들을 수밖에 없었다. 그녀는 놀란 나머지 한동안 말을 잃었다가 간신히 입을 열었다.

“물론 패지 씨 본인이겠죠?”

“아니라고 하더구나. 패지가 데리고 있는 젊은이 중 한 명이 썼다는 이야기를 믿을 만한 데서 들었지.”

“당연히 지금 밀베인 씨를 뜻하시는 거죠.” 메리언이 조용히 답했다. “하지만 그럴 리 없어요.”

앨프리드는 그녀를 유심히 쳐다봤다. 메리언이 좀 더 강경하게 반대할 것이라고 예상했던 것이다.

“내가 들은 말을 안 믿을 이유가 없다.”

“확실한 증거가 있을 때까지 믿지 않을 이유가 많아요.”

평소에 메리언은 논쟁할 때도 이런 말투가 아니었다. 그녀는 대개 순종적이었다.

앨프리드의 표정이 굳고 목소리가 차가워졌다. "제드우드에게 직접 들은 사람에게서 들은 이야기다."

앨프리드 역시 자신이 한 말이 거짓이라는 걸 알았지만 그는 솔직히 말할 기분이 아니었고, 그 말에 메리언이 어떻게 반응할지 궁금했다. 앨프리드는 두 가지 가능성을 보았다. 그는 한편으로는 비평의 모든 문장에서 패지를 감지하면서도, 다른 한편으로는 밀베인이 그의 주인과 똑같아졌다고 믿는 심술궂은 즐거움을 느꼈다. 앨프리드는 자신이 뒤섞인 감정으로 내린 결정, 즉 떳떳하지 않은 결정을 자기 자신과 남들에게 정당화할 기회를 뿌리칠 수 있는 남자가 아니었다.

"제드우드가 어떻게 알아요?" 메리언이 물었다.

율은 어깨를 으쓱했다.

"편집장들과 출판업자들 사이에 소문이 안 돌겠니?"

"이 경우에는 오해가 있었어요."

"대체 왜 그렇다는 거냐?" 그의 목소리가 짜증으로 떨렸다. "왜 오해라고 생각하니?"

"밀베인 씨는 아버지 책을 그렇게 악독하게 평할 수 없어요."

"그건 네가 잘못 안 거다. 밀베인은 돈만 많이 주면 무슨 일이든 할 거다."

메리언은 잠시 생각에 잠겼다. 다시 눈을 들었을 때, 그녀의 눈빛은 완전히 차분했다.

"왜 그렇게 생각하세요?"

"내가 그런 부류의 사람을 모를 거 같니? Noscitur ex sociis[28].

---

28. 친구를 보면 그 사람을 알 수 있다.

너도 이 정도 라틴어는 알지 않니?"

"아버지가 오해하셨다고 밝혀질 거예요." 메리언은 대답하고 방에서 나갔다.

메리언은 대화를 계속하면 자기 입에서 어떤 말이 나올지 두려웠다. 아버지 때문에 이렇게 화난 적은 처음이었고, 이런 감정을 품은 적도, 만약 있었다면, 매우 드물었다. 그런 감정이 말이 되어 입밖으로 튀어나오려고 했는데, 그녀 인생의 흐름을 아예 뒤바꿀 말들이었다. 아버지의 가장 추한 모습을 본 메리언은 그를 향해 솟구치는 부자연스러운 반항심에 충격을 받았다. 그가 들은 소문에 아무리 확신이 있어도, 그것을 왜 이런 식으로 이용해야 했나? 악의적인 행동이었다. 밀베인에 대해 경고해야겠다는 생각이 들 이유가 있었다면 이렇게 해서는 안 됐다. 순전히 딸을 사랑하는 마음으로 행동하는 아버지는 절대 그런 표정을 짓거나 그런 말을 하지 않았을 것이다.

그는 문단에서 비롯된 원한의 혐오스러운 정신에 지배당하고 있었다. 눈을 멀게 하고 미치게 만드는, 사람으로 하여금 모든 악을 믿게 하는 정신이었다. 메리언은 자신에게 선고된 인생이 이렇게까지 무가치하게 느껴지긴 처음이었다. 그 저열한 비평, 그리고 아버지의 비천한 감정—이런 것들만 생각해도 모든 문학이 인간의 삶에 들러붙은 병적인 이상 돌출물처럼 느껴졌다.

시간이 가는 것도 모르고 메리언은 오도카니 방에 앉아 있었다. 노크 소리가 났고, 저녁상을 차려 놓고 기다리고 있다는 어머니의 간곡한 목소리가 들렸다. 메리언은 먹을 생각이 없으니 혼자 있게 내버려 두라고 말할 충동을 느꼈다. 그러나 그건 유치한 짜증이었다. 그녀는 얼굴에 평소와 다른 기색이 보이는지 거울로 확인하고 계단을 내려가 여느 때처럼 자리에 앉았다.

저녁 시간 내내 한마디 대화도 없었다. 앨프리드의 침울함은 극에 달했다. 그는 몇 입 허겁지겁 먹더니 석간신문을 펼쳤다. 그리고 자리에서 일어나며 메리언에게 물었다.

"발췌는 끝났나?"

불손한 하인에게 말하듯, 무례한 어투였다.

"절반 조금 넘겼어요." 메리언이 냉랭하게 대답했다.

"오늘 밤에 끝낼 수 있겠나?"

"못할 거 같아요. 외출할 거예요."

"그럼 내가 해야겠군."

그리고 그는 서재로 갔다.

율 부인은 초조히 애를 태우고 있었다.

"무슨 일이니, 얘야?" 부인이 메리언에게 애원하듯이 속삭였다. "아버지와 다투지 말렴. 그러면 안 돼!"

"노예로 살 수는 없어요, 어머니. 불공정한 처사를 참지도 않을 거예요."

"무슨 일이니? 엄마가 가서 이야기해 볼게."

"아니에요. 우리가 이렇게 벌벌 떨면서 살 수는 없어요."

율 부인이 상상도 못 한 재앙이었다. 메리언이, 착하고 조용한 메리언이 반항하게 되리라곤 꿈에도 생각 못 했다. 게다가 천둥처럼 갑작스레 터진 일이었다. 율 부인은 저녁 식사 전에 아버지와 딸이 잠깐 이야기를 나눈 동안 무슨 일이 있었는지 알고 싶었지만, 메리언은 떨리는 목소리로 마지막 말을 중얼거리고 방으로 올라갔다.

메리언은 친구들을 찾아가서 앞으로 초대할 수 없다고 말하기로 결심했다. 그러나 끝내야 하는 발췌가 있는데 아버지 혼자 일하게 두고 나가기엔 양심이 찔리고 마음이 불편했다. 일하지 않겠다고 말한 건 그녀의 의지가 아니라 지친 마음이었다. 벌써 메리언은 자기가 그런 말을 했다는 사실에 놀라고 있었다. 쿵쿵대던 맥박이 다소 진정된 메리언은 마음속에서 휘몰아치는 괴로운 혼돈을 좀 더 냉철히 분석했다. 밀베인을 감싸느라 자신이 어리석은 말을 한 게 아닐까 걱정이 되었다. 성공을 위해 어떤 비열한 짓을 할지 모른다고 그가 자기 입으로 말하지 않았는가? 어쩌면 밀베인이 그 말을 벌써 실천했다는 생각에 괴로워서 그녀가 자제를 잃고 아버지의 무례한 말에 반발했는지도 모른다.

메리언은 결심대로 행동할 수 없었다. 이런 분노와 참담한 심정을 집에 남기고 몇 시간 외출하는 건 불가했다. 차츰 그녀는 평소의 모습으로 돌아갔다. 두려움과 후회에 심장이 시렸다.

메리언은 서재로 내려가 문을 두드리고 들어갔다.

"아버지, 제가 마음에도 없는 말을 했어요. 물론 발췌를 계속하고 가능한 한 빨리 끝낼게요."

"그럴 필요 없다." 앨프리드는 자리에 앉아 벌써 메리언의 업무를 하고 있었다. 앨프리드가 조용히 잠긴 목소리로 말했다. "네가 원하는 대로 저녁 시간을 보내라. 네 도움은 필요 없다."

"제가 못되게 굴었어요. 용서하세요, 아버지."

"부탁인데 나가라. 알겠니?"

그의 눈은 충혈됐고, 누리끼리한 이가 험상궂게 모습을 드러냈다. 메리언은 감히, 정말 감히 아버지에게 다가가지 못했다. 그녀는 잠시 가만히 있었지만, 지긋지긋한 억울함이 다시 한번 마음속에서 요동쳤고, 그녀는 들어온 대로 조용히 나갔다.

메리언은 이제야말로 완벽히 정당하게 외출할 수 있다고 스스로에게 일렀다. 그러나 자유는 이론일 뿐이었다. 본성이 순종적이고 겁많은 메리언은 나가지 못했다—심지어 2층에 있는 자기 방에서도 못 나갔다. 어머니와 마주치면 무슨 일이 있었는지 털어놓아야 할 텐데, 그럴 자신이 없었다. 마음속 괴로움을 터놓을 친구가 있었으면 지금 같은 순간에 얼마나 소중했을까. 그러나 메리언에게는 모드와 도라가 유일한 친구였고, 그들에게 속이 시원하게 털어놓는 것은 불가했다.

율 부인은 혼자 있는 딸을 방해하지 못했다. 메리언이 외출도 안 하고 방에 틀어박혀 있다는 사실이 속상한 마음을 대변했지만, 어머니는 딸을 위로할 엄두가 나지 않았다. 평소와 같은 시간에 그녀는 남편의 커피를 가지고 서재로 갔다. 잠시 그녀를 올려다본 그의 얼굴에 대화하고 싶은 기색은 없었지만, 걱정스러운 마음에 율 부인은 입을 열었다.

"왜 메리언에게 화가 났어요, 앨프리드?"

"애한테나 대체 무슨 생각으로 그렇게 행동했냐고 물어보시오."

그가 대꾸도 안 할 거라고 예상했던 율 부인은 용기를 내서 소심하게 질문을 하나 더 했다.

"애가 어떻게 행동했는데요?"

"당신 귀가 먹었소?"

"그 전에 무슨 일이 있었잖아요? 당신이 애한테 화를 내며 말했잖아요."

"내가 화를 내며 말했군 그래? 애는 나갔겠군?"

"아니요. 안 나갔어요."

"알았소. 더 이상 방해하지 마시오."

그녀는 머무를 수 없었다.

이튿날 아침 역시 그들 사이에 말 한마디 없이 지나갈 것 같았다. 그러나 율이 의자를 뒤로 밀치고 일어나려는데, 창백하고 아파 보이는 메리언이 도서실에서 그날 하기로 한 일에 대해 질문했다. 그는 사무적으로 대답했고, 몇 분 동안 그들은 평소처럼 그 주제로 대화했다. 30분 후 메리언은 언제나처럼 박물관으로 나섰으며 앨프리드는 집에 남았다.

그 사건은 이렇게 일단락됐다. 메리언은 그 일을 잊어버리는 게 최선이라고 판단했고, 그녀의 아버지도 그럴 작정인 듯했다. 그녀는 용서를 빌었고, 그의 거절은 가혹했다. 그러나 이제 메리언은 아버지가 겪은 온갖 고통과 역경, 가슴에 사무친 한, 그리고 새롭게 받은 상처를 이해할 마음의 준비를 다시 한번 갖추었다. 평소와 다름없는 행동이 아버지가 후회하고 있다는 충분한 증거였다. 가능했다면 메리언은 자신이 내뱉은 원망스러운 말을 기꺼이 주워 담았을 것이다. 그녀는 어린아이같이 성질을 부렸고, 이로 인해 앞날이 더 힘들어질 가능성도 있었다.

그러나 다른 한편으로는, 그녀의 아버지가 경고를 받은 게 잘된 일인지도 몰랐다. 그녀가 언제까지 순종하기만 할 수는 없었고, 여차하면 참을성이 바닥날 수 있었다. 어쩌면 언젠가는 아버지에게 정면으로 맞서 자신의 삶에 대한 권리를 주장해야 할 날이 올지도 모르니, 그가 그런 가능성을 인지하고 있는 편이 나았다.

그날 저녁에는 할 일이 없었다. 저녁 식사를 마친 메리언은 곧 외출 준비를 했다. 그녀는 어머니에게 10시 전에 돌아오겠다고 말했다.

"안부를 전해 주렴, 얘야. 네가 괜찮다면—" 율 부인이 숨소리만 한 목소리로 말했다.

"물론이에요."

14장. 신참들

메리언은 캠든 로드에서 가장 가까운 정류장으로 걸어가서 옴니버스를 기다렸다. 옴니버스를 타면 모드와 도라의 하숙집 근처에서 내릴 수 있었다. 하숙집은 리전트 파크의 북동쪽에 있었고, 재스퍼가 여전히 하숙하는 모닝턴 로드에서 멀지 않았다.

자매가 단둘이 방에 있다는 말을 들은 메리언은 3층으로 올라가 노크했다.

"바로 그거야!" 도라의 예쁜 목소리와 함께 문이 열리며 손님이 모습을 드러냈다. 뒤이어 울린 친근한 인사가 메리언의 가슴을 따스하게 감쌌다. 최근까지 런던 어느 집에서도 이렇게 반기는 인사를 들어 보지 못했다.

천박한 가구와 싸구려 장식품으로 채워진 3층 응접실에서 자매는 이상하게 부조화해 보였다. 상복 차림에 외려 미모가 돋보이는 모드는 특히 이질감이 심했다. 모드의 창백하고 수려한 얼굴이 초라한 배경에 그렇게 안 어울릴 수 없었다.

도라는 언니보다 소탈해 보였으나 그녀에게서도 역시 하숙방과 전혀 어울리지 않는 기품이 느껴졌다. 침실에 침대가 두 개 있었기 때문에 자매는 방을 두 칸만 빌렸다. 그들이 직접 장을 보았고, 저녁 식사만 제외하고 요리도 스스로 했다. 첫 주에는 둘 다 많이 울었다. 편안한 시골집에서 누추한 런던 하숙방으로 오는 일이 쉽지 않았다. 첫눈에 보이는 인상처럼, 모드는 주어진 상황에서 최선을 다하려는 마음이 동생보다 부족했다. 모드의 얼굴에는 슬픔보다 불만이 어려 있었고, 동생처럼 적극적으로 대화에 참여하지 않았다.

둥근 테이블에 책이 여러 권 놓여 있었다. 메리언이 왔을 때 자매는 한창 독서 중이었다.

"이렇게 금세 또 놀러 와도 괜찮은지 몰라." 메리언이 겉옷을 벗으며 말했다. "너희 시간이 소중한데."

"너도 소중해." 도라가 웃으며 대답했다. "어차피 온종일 일했어. 저녁에는 달리 할 일이 없어서 하는 거야."

"네게 말해 줄 소식도 있어." 불편한 의자에 맥없이 앉아 있던 모드가 말했다.

"좋은 소식이길 바라."

"어제 누가 우릴 찾아왔어. 누군지 네가 맞출 수 있을걸."

"혹시 에이미야?"

"맞아."

"어땠어?"

자매는 대답을 주저했다. 도라가 먼저 말했다.

"딱하게도 우울해 보이더라고. 요새 몸이 좀 안 좋대. 서로 더 잘 알게 되면 좋아하게 될 거라고 믿어."

"상당히 어색했어, 메리언." 언니가 설명했다. "리어던 씨 책에 관해 한마디라도 해야 하는데 읽은 게 없거든. 그래서 그분 신작을 고대하고 있다고 말했어. '비평을 아직 못 보셨나요?' 리어던 부인이 곧바로 이렇게 물어봤어. 시치미 뚝 떼고 안 봤다고 말했어야 했는데 한두 개 읽었다고 인정해 버렸어. 오빠가 보여 줬거든. 그랬더니 기분 나빠 보이더라고. 그러고 나서 대화가 시들해졌어."

"평이 아주 나빠." 메리언이 걱정스러운 표정으로 말했다. "저번에 여기 온 뒤로 그 책을 읽을 기회가 있었는데, 미안하지만 실망스럽더라. 하지만 그것보다 훨씬 안 좋은 소설도 호평을 받는 경우를 많이 봤어."

"오빠 말로는 리어던 씨에게 저널리스트 친구가 없어서 그렇대."

"유감이지만," 메리언이 말했다. "평론가가 솔직히 썼으면 칭찬하긴 힘들었을 거야. 에이미가 너희를 초대했니?"

"응. 그런데 지금 사는 집에서 얼마나 더 살지 모르겠대. 거기 가도 우리가 환영받을지 모르겠어. 아니면 지금만 상황이 좀 껄끄러운 건지."

메리언은 고개를 떨군 채 이야기를 들었다. 자기 집에서도 환영할 수 없다고 말해야 하는데, 그렇게 야멸찬 말을 어떻게 시작할지 막막했다.

"너희 오빠가 너희에게 어울리는 친구들을 금방 찾아줄 거야." 메리언이 잠시 후에 말했다.

"오빠가 나중에 우리를 보스턴 라이트 부인에게 데려가서 소개하겠대." 도라가 우습다는 표정으로 말했다. "처음에는 농담인지 알았는데 진심이라고 다짐하더라고."

메리언은 점점 더 말수가 적어졌다. 집에서 생각했을 때는 마음이 통하는 자매에게 고민을 털어놓을 수 있을 것 같았다. 그러나 막상 말해야 하는 순간이 다가오자 그녀는 부끄럽고 불안했다. 물론 꼭 이날 저녁에 말해야 하는 건 아니다. 아버지의 편견에 맞서면 자연스럽게 일이 해결될지도 몰랐다. 외롭게 살면서 몹시 예민해진 메리언은 지금 같은 상황을 견디기 힘들었다. 활발하게 사회생활을 해온 사람들에게는 사소한 문제가 그녀의 마음을 심히 어지럽혔다. 도라는 친구의 우울한 기분을 금세 눈치챘다.

"무슨 일이야, 메리언?"

"차마 말을 꺼내기도 힘들어. 어쩌면 너희 우정을 잃을지도 모르는데, 그러고 나면 나는 다시 외로운 생활로 되돌아가기 괴로울 거야."

자매는 처음에는 농담인가 의심하며 메리언을 쳐다봤다.
"그게 무슨 소리야?" 도라가 외쳤다. "무슨 일인데 그러니?"
테이블에 팔꿈치를 올리고 기대고 있던 모드는 메리언의 얼굴을 호기심 어린 눈으로 훑어봤지만 아무 말도 하지 않았다.
"밀베인 씨가 《커런트》 최신호를 보여 줬니?" 메리언이 물었다.
그들은 아니라고 했고, 모드가 덧붙였다.
"오빠는 이번 달에 아무것도 안 썼어. 비평 하나만 빼고."
"비평?" 메리언이 나지막이 되풀이했다.
"그래. 누구 소설이라던데."
"마크랜드란 사람." 도라가 말했다.
메리언은 숨을 들이쉬었지만 잠시 눈을 내리깔고 잠자코 있었다.
"말해 봐." 도라가 재촉했다. "무슨 말을 하려고 했잖아?"
"이번 호에 아버지 책 비평이 실렸어." 그녀가 말을 이었다. "아주 악독한 글이야. 패지 씨라는 편집장이 쓴 거야. 오래전부터 아버지와 사이가 몹시 나빴거든. 혹시 밀베인 씨가 이런 이야기를 했니?"
이야기한 적 있다고 도라가 대답했다.
"다른 업종은 어떤지 모르겠지만, 우리 업종에서처럼 질투와 증오와 악의가 가득하지 않았으면 좋겠어." 메리언이 말했다. "내가 듣고 읽는 것들 때문에 문학 자체에 넌더리가 나곤 해. 우리 아버지는 운이 나빴고, 성공한 사람들을 미워하게 될 만한 갖은 풍파를 겪으셨어. 처음에는 친구였던 사람들과도 사이가 종종 틀어지곤 했는데, 패지 씨와 싸운 것처럼 심한 적은 없었어. 아버지는 패지 씨를 너무 싫어하셔서 그 사람과 관련된 사람들까지 다 싫어해. 그리고 너무 안타깝지만—" 메리언은 괴롭고 불안한 눈빛으로 자매를 번갈아 보며 말했다. "너희 오빠까지 미워하시게 됐어. 그리고—"
메리언은 감정이 격해져서 말을 잇지 못했다.

"이렇게 될까 봐 걱정했어." 도라가 안쓰러워하며 말했다.
"오빠가 이렇게 될지도 모른다고 말했어." 모드가 조금 더 냉정히, 그러나 친근하게 말했다.
"이 말을 꺼낸 이유는—" 메리언이 황급히 말을 이었다. "이것 때문에 우리 사이가 멀어질까 봐 걱정했어."
"아, 그렇게 생각하지 마!" 도라가 외쳤다.
"너무 창피해." 메리언이 불안해하며 말을 이었다. "하지만 너희를 우리 집에 초대하지 못할 거 같아. 참 어처구니없지. 어처구니없고 부끄러워. 이제 나를 만나고 싶지 않다고 해도 이해해."
"신경 쓰지 마." 모드가 다소 필요 이상으로 너그러운 말투로 말했다. "괜찮아. 별로 상관없어."
그러나 친구들의 다짐을 기쁜 표정으로 들을 수 없던 메리언은 고개를 돌렸다. 막상 말하고 나니 자신이 지나치게 소심하게 행동했다는 생각이 들었다. 비합리적으로 가혹한 아버지의 처사에 더 강하게 맞서야 했다. 그것 때문에 친구들을 불친절하게 대하면 안 되었다. 그러나 메리언은 재스퍼 밀베인에게 아버지의 생각을 알리려면 이 방법뿐이 없으며, 꼭 알려야 한다고 느꼈던 것이다. 이제 자매가 오빠에게 말을 전하고 나면 양쪽 모두 상황을 분명히 이해할 터였다. 괴로웠지만 애매모호한 관계보다는 나았다.
"오빠가 속상해할 거야." 도라가 메리언을 힐끔 보고 말했다.
"하지만 오빠는 패지 씨를 정말 자연스럽게 알게 됐어." 언니가 덧붙였다.
"그런 기회를 거절할 수는 없었어."
"당연히 불가능하지." 메리언이 진심으로 답했다. "내가 아버지를 정당화한다고 생각하지 말아 줘. 나는 아버지를 이해할 수 있지만 너희에겐 힘들 거야. 그런 고약하고 비천한 다툼 때문에 아버지가 얼마나 마음고생을 하셨는지 나만큼 알 수 없으니까. 너희가 계속 나와 친구로 지내 주고 내가 여기에 오게 해준다면 얼마나 좋을까. 난 한 번도 편한 마음으로 친구를 초대하지 못했어. 친구가 있을 때도 말이야. 그럴 만한 이유가 있었거든—말할 수는 없지만."

"소중한 메리언." 도라가 말했다. "그렇게 힘들어하지 마! 우리 마음이 변할 이유가 없다는 걸 믿어! 맞지, 언니?"

"맞아. 우리는 비합리적인 사람들이 아니야, 메리언."

"고마워서 뭐라고 해야 할지 모르겠어."

목이 멘 메리언은 울음을 터뜨릴 것처럼 보였다. 이윽고 그녀는 마음을 추스르고 평소처럼 이야기했지만, 웃을 때 미소는 희미했다. 모드는 자신들이 쓰고 있는 글로 화제를 바꿨다. 자매는 벌써 졸리 앤드 몽크를 위한 새로운 책을 시작했다. 처음 썼던 책보다 더 어렵고 시간이 훨씬 오래 걸릴 것이라고 했다.

두어 시간이 지났다. 메리언이 가야겠다고 말한 순간 문과 가까운 계단에서 급히 올라오는 남자 발소리가 들렸다.

"오빠다." 도라가 말했고, 잠시 후 짧고 단호한 노크 소리가 들렸다.

과연 재스퍼였다. 환한 얼굴로 들어온 그는 불빛에 눈이 부신 듯 잠시 눈을 깜박였다.

"안녕, 애들아! 율 양, 안녕하세요? 당신이 여기 있을지도 모른다고 막연히 생각했죠. 그냥 그럴 거 같은 밤이었어요. 왜인지는 모르겠네요. 도라, 쓸 만한 안락의자를 두세 개 구해야겠다. 햄프스테드 로드에 있는 중고 가구점 앞에서 몇 개 봤거든. 하나에 6실링 정도야. 이런 의자에 어떻게 앉니."

그가 외출복을 벗어서 내려놓자, 앉으려 했던 의자가 불길하게 삐걱거리며 흔들렸다.

"들었어? 조심하지 않으면 바닥에 나동그라지겠군. 와, 정말 엄청난 하루였어. 내가 정말 마음먹고 열심히 하면 얼마나 할 수 있나 시험해 봤어. 들어 봐. 포부가 있는 젊은이들을 격려하기 위해 기록되어야 할 이야기야. 7시 30분에 일어나서 아침을 먹고 내가 평해야 하는 책을 한 권 훑어봤어. 10시 30분에 비평을 끝냈지. 《이브닝 버젯 Evening Budget》 칼럼을 사 분의 삼 정도 채울 분량이야."

"불운한 작가는 누구야?" 모드가 빈정대며 끼어들었다.

"전혀 불운하지 않아. 띄워 줘야 하는 사람이거든. 아니면 그렇게 빨리 끝내지 못했을 거야. 호평만큼 쓰기 쉬운 글은 없어. 툴툴거리는 애송이나 단점을 찾는 게 쉽다고 할 거야. 빌링턴의 『변덕』이라는 책이었어. 물론 바람만 잔뜩 든 헛소리지. 하지만 그 사람은 대저택에 살면서 만찬을 베풀거든. 어쨌든, 10시 30분부터 11시까지 시가를 한 대 피우면서 하루를 괜찮게 시작했다고 생각했어. 11시에는 《윌 오브 더 위스프 Will o' the Wisp》 토요일자에 실을 연수필을 쓸 준비가 됐어. 거의 1시까지 거기에 매달렸지. 너무 오래 쓴 거 같아. 그런 글에는 한 시간 반 이상 투자할 여유가 없어. 1시에 햄프스테드 로드에 있는 지저분한 작은 식당으로 뛰어갔어. 밥 먹으면서 《웨스트엔드》에 보낼 글을 구상했고, 1시 45분에 돌아왔어. 그리고 자리에 앉아서 파이프를 입에 물고 여유 있게 예술적인 글을 썼어. 5시에 반 정도 끝냈는데 나머지 반은 내일 쓸 거야. 그리고 30분 동안 신문 네 개랑 잡지 두 권을 읽었어. 읽는 동안 머릿속에 떠오른 아이디어를 15분 정도 끄적였지. 6시에는 다시 그 지저분한 식당에 가서 굶주린 배를 채웠고, 6시 45분에 집에 돌아와서 《커런트》에 실을 긴 글을 계속 썼어. 그리고 열심히 구상하면서 여기 온 거야. 어때? 이만하면 쉴 자격이 있지?"

"그 모든 일의 가치가 얼마야?" 모드가 물었다.

"내 계산에 따르면 아마 10기니에서 12기니 정도 될 거야."

"내 말은, 문학적 가치가 어느 정도냐고." 동생이 웃으면서 말했다.

"곰팡이가 핀 견과류 정도겠지."

"내 예상대로구나."

"아, 하지만 오빠는 목표를 달성했고 누구에게 피해를 주지도 않았어." 도라가 힘주어 말했다.

"정직한 삼류 장인의 작업이지!" 재스퍼가 외쳤다. "이런 일을 할 수 있는 사람은 런던에 몇 안 돼. 나보다 더 많은 양을 쓸 수 있는 사람은 많아도 그치들은 내 시장을 못 건드려. 내 글은 쓰레기지만 아주 특별한 종류의 쓰레기거든. 대단히 고급스러운 쓰레기야."

메리언은 재스퍼의 인사에 답했을 뿐 한마디도 하지 않았다. 때때로 그에게 일별을 던졌지만, 대개 눈을 내리깔고 있었다. 재스퍼가 말을 걸었다.

"율 양, 1년 전이었으면 저도 제가 이렇게 일할 수 있다고 못 믿었을 겁니다. 사실, 그때는 못 했을 거예요."

"너무 무리하시는 거 아닌가요?" 메리언이 물었다.

"표본으로 삼을 하루는 아니에요. 내일은 두세 시간에 걸쳐 편하게 쓸 수 있는 《웨스트엔드》 사설만 쓰고 아무것도 안 할 거예요. 모르겠습니다. 노력하면 계속 이렇게 밀어붙일 수 있을지도요. 하지만 그렇게 써봤자 어차피 다 팔아 치우지도 못하겠죠. 한 걸음씩, 아니 어쩌면 그것보다는 좀 더 빨리, 제 범위를 넓힐 겁니다. 예를 들어, 큰 문예지 하나에 일주일에 두세 개 정도 주(主)사설을 내고 싶어요. 아직은 그럴 능력이 없죠."

"정치적 사설은 아니죠?"

"전혀 아닙니다. 제 분야가 아니에요. 훌륭한 글에서 여섯 문장으로 할 수 있는 이야기를 늘리고 부풀려서 칼럼 하나를 메꾸는 그런 글을 쓰려는 겁니다. 시가를 '돌려 말은 담뱃잎'이라고 부르거나 말이죠. 사람들은 그런 걸 재치 있다고 생각하거든요. 아직 그런 스타일은 도전해 본 적 없어요. 멋지게 해낼 수 있습니다. 언젠가 연습을 좀 할 거예요. 훌륭한 문체를 쓰는 작가 글 몇 줄을 가져와서 20줄로 늘리는 거죠. 대여섯 가지 다른 방법을 쓰면서요. 뇌를 훈련하는 데 최고일 거예요!"

메리언은 그의 이야기를 몇 분 더 듣다가 잠깐 조용해진 틈을 타서 일어나 모자를 썼다. 재스퍼는 눈으로 그녀를 좇았지만 일어나지는 않고, 동생들을 보면서 멈칫거렸다. 끝내 그는 집에 가야겠다며 일어났다. 지난번에 그가 메리언을 여기서 만났을 때도 같은 우연이 일어났었다.

"어쨌든, 오늘 밤에는 더 일하지 마." 도라가 말했다.

"아니. 이제 위스키나 한잔하면서 뭘 좀 읽을 거야. 그리고 자신의 임무를 수행한 사람답게 푹 자야지."

"위스키는 왜 마셔?" 모드가 물었다.

"그런 소소한 위안도 받지 말라는 거니?"

"왜 필요한지 모르겠다는 말이야."

"무슨 소리야, 언니!" 동생이 외쳤다. "그렇게 열심히 일한 다음에는 한잔해도 되지."

메리언과 인사할 때 자매는 둘 다 의미심장하게 그녀의 손을 꼭 잡고, 저녁에 시간이 되면 가능한 한 빨리 또 오라고 청했다. 메리언의 눈에 감사의 빛이 떠올랐다.

맑고 그리 춥지 않은 저녁이었다.

"집에 가기 좀 늦었네요." 집에서 나오며 재스퍼가 말했다. "조금 같이 걸어도 괜찮을까요?"

메리언이 나지막하게 말했다. "고마워요."

"동생들이랑 마음이 잘 맞나 봐요. 그렇죠?"

"동생분들도 저만큼 이 우정이 기쁘길 바라요."

"저런 곳에 사는 걸 보니 안쓰럽지 않습니까? 하인을 잔뜩 거느리면서 좋은 집에서 살아야 하는데요. 교양 있는 남자가 고생하는 것도 딱한데, 여자들이 궁색하게 사는 건 더 보기 힘들죠. 동생들이 경험만 좀 쌓으면 응접실에서 활약할 거 같지 않습니까?"

"의심의 여지가 없어요."

"옷만 잘 차려입으면 모드는 정말 엄청날 거예요. 어떻게 봐도 평범한 얼굴은 아니죠. 제 생각엔 도라도 예쁘장하고요. 동생들을 곧 사람들에게 소개할 거예요. 껄끄러운 문제는, 이렇게 초라한 곳에서 산다는 사실을 남들에게 알리기 싫다는 겁니다. 하지만 동생들에게 더 좋은 곳에서 살라고 조언하지 못하겠어요. 그런 투자를 해서 본전을 건질 자신이 없거든요. 물론 저로 말하자면, 제게 만일 몇천 파운드가 생기면 어떻게 투자할지 알아요. 수익에 대한 확신도 있고요. 아마 10년은 절약할 겁니다. 제 말은, 빈손으로 노력해서 10년이 걸렸을 자리로 단번에 성큼 뛰어오를 수 있다는 거예요. 한데 동생들 돈은 턱없이 모자라고 아직 모든 게 불확실해요. 이런 상황에서는 투기하면 안 되죠."

메리언은 대답하지 않았다.

"제가 맨날 돈 이야기만 한다고 생각하죠?" 재스퍼가 갑자기 그녀의 얼굴을 내려다보며 말했다.

"가난한 게 어떤지 저도 잘 알아요."

"네. 그래도 조금은 저를 경멸하시죠?"

"정말로, 전혀 아니에요, 밀베인 씨."

"진심이시라면 정말 다행이군요. 우정이라고 생각할게요. 아시다시피 전 사실 상당히 경멸스럽습니다. 그것도 제가 하는 일의 일부예요. 하지만 저의 그런 면을 친구가 신경 쓸 필요는 없어요. 사람이 어쩔 수 없이 하는 일과 그 사람은 구분해야죠."

햄프스테드와 하이게이트, 그리고 홀로웨이로 이어지는 파크 스트리트 끝의 삼거리에 다다를 때까지 두 사람은 침묵했다.

"옴니버스를 탈 건가요?" 재스퍼가 물었다.

메리언은 망설였다.

"아니면 제가 같이 걸어도 될까요? 피곤하신가요?"

"전혀 안 피곤해요."

대답을 끝맺듯이 메리언은 한 걸음 떼었고, 그들은 길을 건너 캠든 로드의 어둠 속으로 걸어 들어갔다.

"제가 이걸 물어봐도 괜찮을까요, 밀베인 씨." 메리언이 아주 조용히 말을 시작했다. "《커런트》 최신호의 평론가에 대해서요?"

"유감스럽게도 무슨 말인지 압니다. 대답 못할 이유가 없죠."

"패지 씨가 아버지 책 비평을 직접 썼나요?"

"네. 몹쓸 인간이죠! 그렇게 악랄하게 잘 쓸 수 있는 사람은 그자밖에 없습니다."

"아버지가 그분과 그분 친구들을 공격하셔서 응대한 거겠죠."

"아버님이 쓰신 글은 정직하고 직설적이고 정당하고 논리적이었습니다. 그중 한 채프터를 아주 만족스럽게 읽었죠. 그런데 패지 말고 다른 누가 그런 걸작을 쓸 수 있다는 말을 들었나요?"

"네, 제드우드 씨라는 출판업자가 오해하신 거 같아요."

"제드우드요? 어떤 오해죠?"

"아버지는 당신이 썼다고 들으셨어요."

"저요?" 재스퍼가 걸음을 멈췄다. 가로등 불빛 아래 있었기 때문에 두 사람은 서로의 얼굴을 볼 수 있었다. "그리고 그 말을 믿으셨고요?"

"유감이지만, 네."

"당신도—당신도 믿었어요?"

"한순간도 안 믿었어요."

"아버님께 편지를 써야겠습니다."

메리언은 한동안 침묵을 지키다가 말했다.

"제드우드 씨께 진실을 알리는 편이 낫지 않을까요?"

"당신 말이 옳은 것 같군요."

재스퍼는 메리언의 제안을 대단히 고마워했다. 순간 그는 아무리 신중히 쓴다고 해도 앨프리드 율에게 그런 편지를 쓰는 것이 얼마나 경솔한 행동인지 깨달았다. 만약 그런 소문이 위대한 패지의 귀에 들어가기라도 하면 그로서는 큰 낭패였다.

"당신 말이 맞아요." 재스퍼가 되풀이했다. "소문을 근원에서 잘라 버리죠. 어떻게 그런 말이 돌기 시작했는지 모르겠습니다. 저를 싫어하는 사람의 짓이라고밖에 생각할 수 없네요. 동기를 가늠하기도 힘들지만요. 알려 줘서 고맙고, 아무리 일 때문이라도 제가 아버님에 대해 그런 글을 쓸 리 없다고 믿어 줘서 고마워요. 제가 스스로를 경멸스럽다고 말했을 때, 그 정도로 타락할 거라는 뜻은 아니었어요. 당신 아버지라는 이유 하나만으로도—"

그는 말을 삼켰고, 그들은 몇 미터를 말없이 걸었다.

재스퍼가 말을 다시 시작했다. "그렇다면 아버님께서 저를 좋게 생각하지 않으시겠군요?"

"아버지는 도저히—"

"아니요. 제가 패지와 일한다는 자체만으로 저에게 편견을 가지시리라는 걸 압니다. 하지만 그것 때문에 우리까지 친구가 못 될 이유는 없죠?"

"그러지 않길 바라요."

"제 우정에 큰 가치가 있는지는 모르겠군요." 자신의 인성을 논할 때면 늘 그리하듯 재스퍼는 시선을 위로 하고 말을 이었다. "전 시작한 대로 계속 밀고 나갈 거고 이 세상의 좋은 것들을 누리기 위해 싸울 겁니다. 하지만 당신의 우정은 소중해요. 우리 우정에 확신이 있다면 저도 좀 더 고귀한 이상에 가까워지겠죠."

메리언은 땅에 시선을 고정한 채 걸었다. 벌써 세인트 폴스 크레센트에 거의 도착했다는 사실에 그녀는 놀랐다.

"멀리까지 와줘서 고마워요." 걸음을 멈추며 메리언이 말했다.

"집에 거의 도착했군요. 동생들 집을 떠난 지 몇 분밖에 안 된 거 같은데요. 그럼 이만 전 모드가 못마땅해한 위스키에게 뛰어가겠습니다."

"위스키가 좋은 효력을 발휘하길 바라요!" 메리언이 웃으며 말했다.

이런 말은 메리언의 입에서 흔히 나오지 않았고, 재스퍼는 그녀의 손을 잡고 바라보며 웃었다.

"그러면 당신도 농담할 줄 아는군요?"

"제가 그렇게 지루한 사람처럼 보였나요?"

"지루하다뇨, 전혀 아니죠. 진중하고 현명하고 과묵한 건 맞지만요. 제가 친구에게 바라는 장점들이죠. 제 성정과 정반대이니까요. 그 아래 유쾌한 장난기까지 있다니 금상첨화네요. 그럼 잘 자요, 율 양."

재스퍼는 성큼성큼 걸어갔고, 1~2분 후 고개를 돌려 어둠 속으로 사라지는 자그마한 형체를 바라보았다.

현관문 열쇠를 꽂으려는 메리언의 손이 떨렸다. 그녀는 살그머니

문을 닫고 응접실로 들어갔다. 율 부인은 적적한 저녁 시간을 메워 준 바느질거리를 옆에 내려놓았다.

"좀 늦었어요." 메리언이 들뜬 목소리를 가라앉히며 말했다.

"그래. 걱정하기 시작하던 참이었다."

"걱정하실 필요 없어요."

"즐거웠구나. 눈에 보이네."

"네, 즐거웠어요."

비록 집을 나설 때는 전혀 다른 기분이었지만 메리언은 친구들과 어울린 중 가장 즐거운 시간이었던 것처럼 느꼈다. 두 가지 근심을 마음에서 덜었다. 자신이 설명한 상황을 자매가 언짢게 받아들이지 않는다는 확신이 생겼으며 《커런트》의 비평을 누가 썼느냐에 대한 의심이 사라졌다.

이제 메리언은 재스퍼로부터 직접 확답을 들어야만 했다고 자기 자신에게 고백할 수 있었다. 그가 극히 이기적인 마음으로 그런 비평을 썼을 가능성도 있었다. 인간의 약한 모습까지 부정할 만한 완벽한 믿음이 메리언에게는 없었던 것이다. 그렇게 흔들리지 않는 믿음이 애초에 가능하기는 한 건지 그녀는 자문했다. 그런 건 그저 시인의 꿈, 머나먼 이상 아닐까?

메리언은 종종 이렇게 깊이 고찰했다. 그녀는 자신에게 솔직했고 거짓의 가능성을 살피는 날카로운 통찰력도 지녔다. 좀처럼 환상에 빠지지 않았으며, 깊이 생각하고 말을 아끼며 23년을 사는 동안 메리언은 여자에게 주어진 꿈과 현실의 차이를 이해하게 되었다. 만약 그녀가 자기 생각을 쉽게 드러냈다면, 대단히 회의적이고 조금 냉소적인 아이라는 평판을 얻었을 터였다.

하지만 인간의 본성이 선하다는 믿음이 그녀의 행복을 보장한다면 얼마나 기쁜 마음으로 맹신할 수 있는지!

방에 홀로 앉은 메리언은 재스퍼 밀베인밖에 생각할 수 없었고, 그가 했던 말과 보인 표정을 기억에서 떠내어 자신의 굶주린 영혼을 채웠다. 재스퍼는 그녀에게 이성으로서 관심을 보인 첫 남자였다. 그를 만나기 전까지 메리언은 그녀를 찬미하는 표정이나 감정에 호소하는 말을 경험한 적 없었다. 재스퍼는 비록 그녀의 상상 속 연인과 거리가 멀었으나, 와틀보로우 근처 들판에서 오래 이야기를 나눈 이래 재스퍼에 대한 생각이 그녀의 상상을 대체했다. 그날 메리언은 스스로에게 말했다. 그가 내 사랑을 원하면 줄 수 있어. 성급했나? 어쩌면. 아니, 물론이다. 하지만 굶주리는 이는 음식을 보고 주저하지 않는 법이다. 재스퍼는 활력과 젊은이다운 자신감을 지니고 그녀에게 다가와 감정을 표현한 첫 남자였다. 게다가 잘생겼다. 메리언은 그렇게 생각했다. 그녀 안의 여성이 그를 맞으러 열렬히 다가갔다.

그날 이래 메리언은 재스퍼의 단점을 신중히 헤아려 봤다. 대화할 때마다 그의 새로운 단점과 어리석음이 드러났다. 결과적으로 그녀의 사랑은 현실로 자리매김했다.

그는 매우 인간적이었고, 거의 수녀처럼 소녀 시절을 보낸 메리언은 세상의 쾌락을 솔직하고 활기차게 추구하는 남자를 사랑할 준비가 되어 있었다. 현학적인 태도는 거부감을 자아냈을 것이다. 그녀는 높은 지성이나 대단한 능력을 바라지 않았다. 그대신 활력, 용기, 성공을 향한 의지에 매력을 느꼈다. 메리언의 이상형은 문인이 아니었는데, 특히나 저널리즘에서 이름을 떨치는 자는 아니었다. 메리언은 활동적인 사람, 사업이나 사무실의 일과에 묶여 있지 않은 사람을 선호했을 것이다. 그러나 그녀는 그가 어쩌다 종사하게 된 업종과 관계없이 재스퍼에게 끌렸다. 대영박물관의 도서실에서 일하는 여자에게 꿈속의 왕자님은 찾아오지 않는다. 재스퍼 같은 남자라도 인연이 닿았다는 사실은 놀라운 행운이었다.

첫 만남 후 몇 년이 지난 것처럼 느껴졌다. 런던에 돌아온 이래 메리언은 오랜 시간을 절망적으로 보냈다. 하지만 그들이 마주칠 때마다 그는 여느 여자에게나 보일 리 없는 말투와 표정으로 그녀를 대했다. 처음부터 그는 그녀에게 관심을 솔직히 드러냈고, 비로소 그가 '존경'한다는 고백과 함께 단순한 지인 이상으로 지내고 싶다는 소망을 밝혔다. 그가 그녀를 원하는 마음이 없었다면 최근 몇 번 했던 그런 말을 할 가능성은 희박했다.

이런 생각은 메리언에게 희망을 주었다. 분명한 경고처럼 들리는 그의 말들은 잠시 쉽게 잊혔다. 그러나 메리언의 상상력이 기쁨의 성을 짓자마자 그 말들이 제멋대로 성가시게 마음속으로 파고들었다. 재스퍼는 왜 자꾸 돈 이야기를 하는 걸까? '그 무엇도 제 앞날을 방해하지 못할 겁니다.' 마치 그는 '빈털터리 여자와 사랑에 빠지는 일은 없을 겁니다'라고 말하는 듯했다. 그리고 재스퍼는 우정 이상은 줄 수 없고 바라지도 않는다는 듯 '친구'라는 단어를 강조했다.

하지만 그건 재스퍼가 서둘러 사랑을 고백하지 않겠다는 뜻일 뿐이었다. 그의 야망과 사랑 사이에 분명히 갈등이 존재했다. 메리언은 자신이 그에게 미치는 영향을 알아봤고, 거기에서 기쁨을 느꼈다. 이날 저녁 재스퍼가 함께 나가려고 일어나기 전 멈칫거리는 모습을 본 메리언은 결국 열정에 무릎 꿇는 그를 보고 웃었다. 지금부터 그런 만남은 자주 생길 터였고 그럴 때마다 그녀의 영향력은 더욱 세질 것이다. 얼마나 고맙게도 운명이 도라와 모드를 런던에 데려왔는가!

재스퍼는 재산을 가져다줄 여자와 결혼할 능력이 있었다. 그는 그걸 원했고, 메리언도 그 사실을 알았다. 그러나 그녀는 한순간의 기회도 놓치지 않을 것이다. 그는 가난하더라도 그녀를 선택해야 했고, 자신의 능력으로 벌 수 있는 수입에 만족해야 했다. 그녀의 사랑이 그에게 이런 희생을 요구할 권리를 부여했다. 그가 사랑을 구하기만 한다면, 희생조차 희생이 아닌 것처럼 느끼도록 열정적으로 사랑해 주리라.

재스퍼가 구애할 것이다. 오늘 밤 메리언은 자신감이 충만했는데, 이는 부분적으로 최근 겪은 마음고생에 대한 반작용이 틀림없었다. 헤어질 때 그는 그녀의 기질이 자신과 잘 어울린다고 했다. 그녀를 좋아한다고 했다. 그녀의 손을 따스하게 꼭 잡았다. 얼마 안 가 그가 구애할 것이다.

감히 꿈꾸지도 못했던 행복이 이제 손 뻗으면 닿을 거리에 있었다. 그녀는 책의 그림자가 드리운 골짜기에서 계속 일할 수 있었다. 그 퀴퀴한 음울함 속에 찬란한 햇빛 한 줄기가 언제든지 쏟아질 수 있으니.

15장. 최후의 보루

지난 열두 달 동안 에드윈 리어던은 수년은 더 늙은 것처럼 보였다. 그는 서른다섯 살이었지만 대부분 사람이 그를 마흔 살로 봤을 것이다. 그의 자세와 습관도 젊은이답지 않았다. 리어던은 구부정한 자세로, 들고 있는 지팡이에 눈에 띄게 기대어 걸었다. 현재를 즐기는 기색이나 앞날에 대한 기대는 그의 얼굴에서 찾기 힘들었다. 그의 발걸음은 무기력했다. 목소리는 한층 낮아졌고, 그는 자주 단어를 못 고르고 머뭇거렸는데, 이는 실패로 인해 자신감을 잃은 사람들에게서 흔히 찾아볼 수 있는 버릇이다. 끝없는 혼란과 두려움이 리어던의 눈에서 망연자실함이나, 때로는 사나운 표정으로 표출됐다.

그는 거의 밤마다 잠을 설쳤다. 잠 못 들고 초조히 일하는 정신과 신체적 피로가 거의 매일밤 줄다리기를 했다. 어둠의 시간 내내 리어던은 집필 중인 소설에 등장하는 허구의 난관을 해결하려 끙끙댔다. 이따금 그는 잠에서 깨어나 실존하지 않는 난관이라며 스스로를 타일렀지만, 그렇게 마음을 놓기가 무섭게 현실의 고뇌가 떠올랐다. 전혀 위로가 안 되는 잠을 자는 동안 리어던은 큰소리로 잠꼬대를 해서 자주 에이미를 깨웠다. 대부분 꿈에서 그는 불가능한 임무를 떠맡긴 누군가와 논쟁하는 것 같았다. 자신에게 맡겨진 일이 얼마나 부당한 일인지, 그는 괴기한 소리를 내며 맹렬히 항의하고 따지고 빌었다. 한번 에이미는 그가 돈을 구걸하는 잠꼬대를 들었다—길거리에 나앉은 거지처럼 확실히 구걸하고 있었다. 그런 소리를 듣는 건 너무 끔찍했기에 그녀는 눈물을 흘렸다. 자신이 무슨 잠꼬대를 했느냐고 묻는 질문에 에이미는 차마 대답할 수 없었다.

시계 종소리가 한 치의 미안함도 없이 일하라고 다그치며 깨우면 리어던은 어지럼증에 자주 휘청거렸다. 사람들의 시선과 기억에서 벗어나 어딘가 어두침침하고 따뜻한 구석에 가만히 누워, 달콤한 죽음의 품에 천천히 의식을 맡기는 것이 자신이 바랄 수 있는 가장 큰 행복처럼 여겨졌다. 매일매일 되풀이되는 스물네 시간에 축적된 여러 고통 가운데 새로운 하루를 맞이하며 일어나는 순간이 단연 최악이었다.

그가 4~5주 예상하고 시작한 1부작 소설은 두 달 만에 어렵게 끝났다. 3월의 찬바람이 그를 병상에 눕혔고, 한번은 기관지염에 걸리는 바람에 며칠 동안 일하려는 시도조차 할 수 없었다. 런던의 날씨는 겨울마다 리어던을 모질게 괴롭혔는데, 이번처럼 지독한 적은 없었다. 정신적 지병이 육신까지 쇠약하게 만든 듯했다.

어떤 책이었든지 간에, 리어던이 끝내 완성했다는 자체가 놀라웠다. 결과에 일말의 희망도 품지 않았기 때문이다. 그는 마지막으로 한번 더 노력함으로써 실패를 완성하면 문필업을 영영 포기할 작정이었다. 다른 어떤 일을 할 수 있을지는 불확실했지만, 어떻게든 먹고살 길을 찾을 수 있을지도 몰랐다. 예전처럼 일주일에 1파운드만 벌어도 괜찮다면, 그는 경험이나 소질이 불필요한 병원 사무원 자리를 다시 구할 것이다. 안타깝게도 지금 처지에서 그 정도 수입은 무의미했다. 에이미와 아이를 데리고 다락방에서 살 수 있을까? 1년에 100파운드도 없이 체면을 지키고 살 수는 없다. 벌써 그의 옷차림이 빈곤한 주머니 사정을 드러내기 시작했고, 어머니가 보내는 선물이 없었으면 에이미도 같은 처지였을 것이다. 빈털터리가 될 날이 다시 가까워졌기 때문에 그들은 푼돈에도 쩔쩔맸다.

에이미는 예전보다 자주 집을 비웠다.

가끔 그녀는 아침 식사를 마치자마자 나가서 어머니 집에서 온종일 지냈다. "음식값이 절약되잖아요." 다녀온 지 얼마 되지 않아 또 간다는 말에 리어던이 놀란 기색을 하자 에이미는 쓴웃음을 지으며 말했다.

"그리고 당신의 딱한 처지를 한탄할 수도 있겠죠." 리어던이 차갑게 쏘아붙였다.

몹쓸 비난이었으므로 에이미가 한마디 인사 없이 집을 나선 것도 당연했다. 그런데도 그는 아내의 처량한 농담을 원망했듯이 이 또한 원망했다. 리어던은 남자답지 못한 자신의 처지에 괴로워했고, 괴로워하며 성격이 점점 비뚤어졌다. 그날 온종일 몇 줄밖에 쓰지 못하고 괴로워하던 리어던은 아내가 돌아오면 그녀와 말을 안 하겠노라 다짐했다. 그렇게 결심하자 기분이 좀 나아졌다. 그는 에이미가 잔인하게 자신을 내팽개쳤다고 탓하는 것으로 스스로를 달랬다. 집에 돌아온 에이미는 자신의 상냥한 질문을 남편이 무시하자 놀라서 그의 얼굴을 쳐다보았다. 리어던의 표정은 무뚝뚝하게 굳어 있었는데, 그가 이렇게 성난 얼굴을 할 수 있으리라 그녀는 상상도 못 했다. 역시 욱한 에이미는 그를 내버려 두었다.

하루 이틀 동안 리어던은 침묵을 고집하며 어쩔 수 없을 때만 짤막하게 대꾸했다. 처음에는 에이미도 화가 치밀어서 그가 혼자 성질을 부리게 내버려 두고 어머니 집에 가서 연락이 올 때까지 돌아오지 않겠다고 마음먹었다. 그러나 비참함에 상췌해지는 리어던의 얼굴이 동정심을 자극했고, 결국 상처 난 자존심까지 잊게 했다. 저녁 늦게 에이미는 서재에 갔다. 그는 우두커니 앉아 있었다.

"에드윈."

"무슨 일이에요?" 리어던이 냉랭하게 물었다.

"나한테 왜 이러는 거예요?"

"내가 어떻게 행동하든 당신이 상관이나 하나요? 당신은 내가 존재한다는 것도 쉽게 잊고 당신 삶을 살 수 있잖아요."

"내가 뭘 어쨌기에 당신이 이렇게 변했죠?"

"내가 변했어요?"

"당신도 그렇다는 걸 알잖아요."

"내가 전엔 어땠는데요?" 그가 그녀를 흘깃 보며 물었다.

"당신답게 행동했죠. 친절하고 상냥하게."

"내가 만약 그랬다면, 다른 남자라면 괴로워서 못되게 굴었을 상황에도 내가 친절하고 상냥했다면 당신도 어느 정도는 나를 다정히 대해 줘야 하지 않아요?"

"상황이라니, 무슨 뜻이죠?"

"당신 잘못도, 내 잘못도 아닌 상황 말이에요."

"내가 당신에게 쌀쌀맞게 군 적은 없는데요." 에이미가 차갑게 말했다.

"그렇다면 당신이 자신의 예전 모습을 잊었고 나에 대한 마음도 달라졌다는 뜻이겠군요. 우리가 여기 처음 이사 왔을 때라면, 당신이 나를 며칠 동안이나 고통 속에 홀로 두고 나갈 수 있으리라 상상이나 했겠어요? 내게 불운이 닥쳤다는 이유 하나로? 당신은 나를 도와줄 생각조차 없다고 암시했어요. 다정한 말로 위로조차 안 하겠다고. 우리 사이에 아무것도 안 남았다는 듯이 당신은 기회가 될 때마다 내 곁을 떠났어요. 타인들에게만 당신 속을 털어놓죠. 내가 마치 일부러 당신을 이런 곤경에 몰아넣은 것처럼 그들에게 불평하잖아요."

"내가 무슨 말을 하는지 당신이 어떻게 알아요?"

"그럼 사실이 아니에요?" 리어던이 화가 난 눈으로 그녀를 보며 물었다.

"사실이 아니에요. 물론 어머니에게는 우리 힘든 사정을 이야기 했어요. 어떻게 안 그러겠어요?"

"다른 사람들에게도 했겠죠."

"당신이 억울하게 여길 말은 안 했어요."

"나를 한심한 남자로 만들었겠죠. 나 때문에 당신이 가난하고 불행해졌다고 불평하고, 그들이 동정하면 좋아하겠죠."

"당신 말인즉 나더러 아무도 만나지 말라는 거군요. 당신에게 이런 추궁을 당하지 않으려면 그 방법뿐이겠네요. 내가 사람들 앞에서 웃고 노래하면서 앞날이 더없이 밝아 보인다고 말하지 않으면 난 동정을 구하는 거고 당신을 욕하는 거군요. 당신이 왜 이렇게 비합리적으로 구는지 이해할 수 없어요."

"유감스럽지만 당신은 나를 거의 이해하지 못하는 거 같아요. 내 앞날이 창창했을 때는 당신이 내 마음을 잘 헤아렸죠. 하지만 내 전망이 어두워지자마자 우리 사이에 무엇인가 끼어들었어요. 에이미, 당신은 아내의 의무를 다하지 않았어요. 당신의 사랑은 견뎠어야 하는 시험을 견디지 못했어요. 당신은 나를 도와주기는커녕 점점 냉랭해지는 당신의 태도를 견뎌야 하는 괴로운 부담만 주었어요. 당신으로부터 아내다운 말을 들어본 적이 없어요. 가정부 이상 역할을 하는 아내 말이에요."

그의 격렬한 목소리와 거센 비난에 에이미는 할 말을 잃었다.

"내가 당신에게 언제나 친절하고 상냥했던 건 사실이에요." 리어던이 말을 이었다. "내가 당신에게 달리 말하거나 사랑 외 감정을 느낄 수 있을 거라고 상상도 못 했어요. 그런데 당신은 너무나도 비참하게 괴로워하는 나를 버렸어요. 그것도 너무 일찍 버렸어요. 내가 최선을 다해 노력하고 당신을 한결같이 사랑하면 당신도 내게 예전에 했던 말들을 기억해야 했어요. 나를 격려하려고 노력해야 했어요. 하지만 당신은 그럴 생각도 없었죠."

리어던으로 하여금 불쑥 감정을 분출하게 만든 충동에는 여러 동기가 복잡하게 얽혀 있었다. 그의 말은 전부 진심이었지만, 이와 동시에 그는 자신의 감정을 표현할 방법이 두 가지라고 판단했다. 간곡한 애원과 냉정한 비난이었다. 그는 결국 두 번째 방법을 택했는데, 자신의 천성에 낯선 방법이었기 때문이었다. 그는 격렬한 괴로움을 표현해서 에이미의 마음을 움직이고 싶었다. 연민을 갈구하고 사랑을 담은 말은 에이미에게 아무 영향도 끼치지 못하는 성싶으니, 그가 다른 종류의 열정을 불러일으키면 그녀의 얼음 같은 태도를 깰 수 있을지도 모른다고 생각한 것이다. 상처받은 사랑은 언제나 속마음과 상반되는 말을 하기 마련이다. 리어던은 에이미에게 처음으로 이런 분노를 표출하며 이상하게 뒤엉킨 고통과 쾌감을 동시에 느꼈다. 그는 화를 내어 자괴감을 달래면서도 불안스럽게 아내의 표정을 살폈다. 그녀도 자기처럼 아파하길 원했다. 그러면 그는 곧바로 냉정한 위장을 벗어던지고 가슴에서 우러나오는 가장 부드러운 말로 그녀를 위로하리라. 리어던은 아내의 사랑이 진정 식었다고 믿을 수도, 상상할 수도 없었다. 그러나 기질상 리어던은 끊임없이 사랑을 재확인받길 원했다. 그들이 서로에게 열렬했던 시절의 애정 표현을 에이미는 금세 그만두었다. 그녀는 모성에 빠졌고, 남편에게는 친구가 되어 주면 충분하다고 생각했다. 아내에게 애정 표현을 대놓고 구걸하기 부끄러웠던 리어던은 그녀가 자신에게 완전히 무관심해졌으며 배신한 거나 다름없다고 책망했다. 이렇게 추궁하면 에이미가 항의하면서 진심을 드러낼지도 몰랐다.

그러나 에이미는 그를 향해 아무런 몸짓도 하지 않았다.

"내가 어떻게 당신을 버렸다고 할 수 있죠?" 그녀는 단지 차갑게 분개하며 말했다. "내가 언제 당신과 가난하게 살길 거부했죠? 내가 언제 우리가 겪는 일을 불평했죠?"

"상황이 정말 어려워지기 시작한 이래 당신은 소리 내어 불평하진 않았지만 마음속 불만을 드러냈어요. 당신은 한 번도 기꺼이 나의 불행을 함께 짊어지지 않았어요. 용기를 북돋는 말로 위로하기는커녕 나를 더 괴롭히는 말만 잔뜩 늘어놓았죠."

"내가 완전히 가버리면 더 나을까요? 당신이 원하는 대로 살 수 있게? 그걸 원하면 그냥 그렇다고 말하지 그래요? 내가 짐이 되지 않을게요. 누군가 저를 돌봐주겠죠."

"당신은 아무 미련 없이 나를 떠나겠어요? 당신은 형식상으로만 아내로 남고 싶은 거예요?"

"당신 마음대로 날 판단해요. 날 변호할 생각 없어요."

"당신은 내가 서운해할 이유가 없다고 생각해요? 내가 아무 이유 없이 성질을 부리는 것처럼 보인단 말이에요?"

"솔직히 말하면, 그렇게 생각해요. 내가 뭘 잘못해서 당신이 화가 났나 물어보려고 왔는데, 당신은 대뜸 역정을 내면서 온갖 애매한 비난을 퍼붓는군요. 나도 당신이 힘든 걸 알아요. 하지만 그게 나를 공격할 이유는 아니잖아요. 나는 내 의무를 소홀히 한 적 없어요. 나한테만 의무가 있나요? 나만큼 참을성 있는 아내도 별로 없을 거예요."

리어던은 그녀를 잠시 지켜보다 뒤돌아섰다. 그들 사이 거리는 그가 예상했던 것보다 더 멀었다. 그는 자신의 본질에 낯설기만 한 충동을 따른 것을 후회했다. 화를 내니까 에이미는 더 멀어졌다. 다른 방법을 택했다면 그토록 갈망하는 애정의 손길이 왔을지도 모른다. 리어던이 더 말할 생각이 없어 보이자 에이미는 방에서 나갔다.

밤이 깊었다. 난롯불은 꺼졌지만 리어던은 싸늘한 방에 계속 앉아 있었다. 지난해 힘들었을 때처럼 자기 파괴의 충동이 다시금 그를 사로잡았다. 만약 에이미의 사랑을 잃었다면, 밥벌이하기 힘들 정도로 정신적으로 무력해졌다면, 살아가야 할 이유가 무엇이란 말인가? 아이는 그에게 무의미했다. 그의 아이라기보다는 에이미의 아이였고, 윌리가 성인으로 자라나는 전망이 그는 기쁘기보다는 두려웠다.

구빈원의 종이 두 번 울렸을 때 아무 경고 없이 발소리가 들리며 문이 열렸다. 에이미가 들어왔다. 잠옷을 입은 그녀는 잠자리에 들기 위해 머리를 푸르고 있었다.

"왜 여기서 이러고 있어요?" 에이미가 물었다.

에이미의 목소리가 아까와 달랐다. 그녀의 눈은 빨갛게 부어 있었다.

"울었어요, 에이미?"

"신경 쓰지 말아요. 지금 몇 시인지 알아요?"

그는 그녀에게 다가갔다.

"왜 울었어요?"

"울 이유는 많죠."

"에이미, 아직도 나를 사랑해요, 아니면 가난이 모두 앗아갔나요?"

"당신을 사랑하지 않는다고 한 적 없어요. 왜 자꾸 그런 의심을 해요?"

리어던은 그녀를 열정적으로 껴안으며 계속해서 얼굴에 키스했다. 에이미의 눈에서 새로이 눈물이 흘렀다.

"왜 우리가 이렇게 망해야 하죠?" 에이미가 흐느꼈다. "아, 제발, 제발 우리를 구하려고 노력해 봐요. 말 안 해도 내가 당신을 사랑하는 거 알잖아요. 그토록 찬란한 미래를 함께 꿈꿨는데, 우리의 행복한 삶이 이대로 끝장날지도 모른다는 게 너무 무서워요. 불가능한가요? 예전처럼 일해서 우리가 믿었던 대로 성공할 수 없나요? 아직 절망하지 말아요, 에드윈. 제발 노력해요. 아직 시간이 있을 때요!"

"내 사랑, 내 사랑. 내가 할 수 있었으면 좋겠어요!"

"여보, 내가 한 가지 아이디어를 냈어요. 당신이 작년에 말했던 대로 해요. 아직 돈이 조금 남았을 때 우리 아파트에 새로 들어올 사람을 찾고, 당신이 건강을 회복하고 저렴하게 지낼 수 있는 조용한 시골로 가요. 그리고 새 책을 쓰는 거예요. 당신의 명성을 회복시킬 훌륭한 책이요. 나랑 윌리는 여름 동안 어머니 집에서 지낼게요. 이렇게 해요! 혼자 살면 돈이 많이 안 들잖아요, 맞죠? 내 걱정을 할 필요도 없고요. 어머니는 몇 달 저를 데리고 사는 건 괜찮으세요. 당신 건강이 나빠져서 잠시 휴양을 가야 한다고 설명하면 되죠."

"우리가 이 집에서 이사 나가면, 왜 당신도 나와 같이 갈 수 없어요?"

"그럴 여유는 없어요. 당신이 글을 쓰는 동안 부담을 안 느끼면 좋겠어요. 계속 이렇게 살면 우리가 어떻게 되겠어요? 지금 쓰고 있는 책으로는 얼마 받지 못하겠죠?"

리어던이 고개를 가로저었다.

"그러면 우리가 연말까지 어떻게 살겠어요? 무엇이든 해야 해요. 우리가 초라한 하숙집으로 들어가면 어떻게 당신이 좋은 글을 쓸 수 있겠어요?"

"하지만, 에이미. 나는 자신이 없어—"

"아, 이번에는 다를 거예요! 며칠, 아니 일주일이나 2주일간 봄 날씨를 즐기면서 제대로 휴식을 취하면요. 해변으로 가요. 어떻게 당신 재능이 전부 사라졌겠어요? 근심이 과하고 건강이 나빠져서 그래요. 내가 당신을 사랑하지 않는다고 당신은 의심하지만, 나는 당신에게 최선이 무엇인지, 당신이 어떻게 스스로를 구할 수 있을지 생각하고 있었어요. 당신이 어떻게 일개 사무원이 될 수 있어요? 그건 당신의 운명일 수 없어요, 에드윈. 말도 안 돼요. 아, 그렇게 눈부신 희망이 있었는데, 한 번만 더 노력해 봐요! 우리가 남부 유럽에 같이 가기로 했던 거 잊었어요? 나를 이탈리아와 그리스로 데려가겠다고 한 말은요? 당신이 소설가로서 완전히 실패하면 어떻게 그런 일이 가능하겠어요? 다른 일을 하면 근근이 먹고살기밖에 더하겠어요?"

리어던은 바로 아래 있는 에이미의 얼굴에 심취해 그녀의 말을 거의 알아듣지 못했다.

"나를 사랑해요? 나를 사랑한다고 다시 말해 줘요!"

"여보, 온 마음으로 당신을 사랑해요. 하지만 우리 미래가 너무 두려워요. 나는 가난을 견딜 수 없어요. 못하겠다는 걸 이제 알았어요. 그리고 당신이 그저 평범한 남자가 되는 게 얼마나 두려운지—"

리어던이 웃었다.

"나는 '그저 평범한 남자'가 아니에요, 에이미. 내가 앞으로 한 줄도 안 쓰더라도 지금껏 쓴 게 없어지진 않아요. 물론 대단치는 않아도 당신은 내가 어떤 사람인지 알잖아요. 당신은 내 안의 작가만 사랑하는 건가요? 내가 이룰지 못 이룰지 모르는 성취들과 나를 분리해서 생각할 수는 없어요? 내가 사무원이 되어서 돈을 번다면, 내 영혼도 사무원인가요?"

"그렇게 되지 않을 거예요! 이렇게 오랫동안 노력해서 얻은 걸 잃을 수는 없어요. 내가 계획할게요. 내 말대로 해요. 당신은 우리가 처음부터 기대했던 그런 사람이 될 거예요. 여름 내내 가 있어요. 지금 이 책을 끝내려면 얼마나 남았어요?"

"1~2주요."

"그럼 끝내요. 그리고 얼마 받을지 알아봐요. 그런 다음에 우리가 이사할 수 있게 세입자를 바로 찾아요. 그러면 남은 해 동안 25파운드를 아낄 수 있어요. 당신은 혼자 살면 아주 적게 쓰잖아요, 그렇죠?"

"일주일에 한 10실링밖에 필요 없어요."

"아, 하지만 굶지는 말아요. 내 계획이 괜찮지 않아요? 아까 당신에게 이 말을 하려고 했어요. 그런데 당신이 잔인하게—"

"용서해요, 내 사랑. 내가 반쯤 미쳐 있었어요. 너무 오랫동안 당신이 나를 차갑게 대했어요."

"난 경황없었어요. 우리가 점점 벼랑 끝으로 내몰리는 것 같았어요."

"장모님께 이 이야기를 했어요?" 리어던이 초조히 물었다.

"아니요. 정확히 이런 이야기는 아니에요. 하지만 어머니가 어떻게든 우릴 도와주실 걸 알잖아요."

리어던은 그녀를 안고 얼굴을 맞댄 채 자리에 앉았다.

"당신과 헤어지기 두려워요, 에이미. 너무 위험해요. 우리가 다시는 남편과 아내로서 함께하지 못할지도 몰라요."

"왜 그렇게 되겠어요? 이건 바로 그 위험을 피하기 위해서예요. 이러다간 돈이 바닥날 거예요. 그러면 어떻게 되겠어요? 비참한 하숙집에라도 가면 다행이겠죠. 생각만 해도 끔찍해요. 그렇게 되면 나도 나를 못 믿을 거 같아요."

"그게 무슨 뜻이에요?" 리어던이 불안해하며 물었다.

"나는 가난이 너무 싫어요. 내 최악의 단점을 끄집어내요. 내가 이전에도 말한 적 있죠, 에드윈?"

"그래도 당신이 내 아내라는 사실을 잊지는 않겠지요?"

"안 그러길 바라요. 하지만—난 생각할 수 없어요. 상상도 하기 싫어요! 우리에게 일어날 수 있는 가장 끔찍한 재난일 거예요. 그러니까 우리는 최선을 다해 그걸 피해야 해요. 당신만큼 책을 쓰고도 절망적인 가난으로 빠지는 사람이 어디 있겠어요?"

"너무나 많아요."

"당신 나이에 말이에요. 당신 나이에는 없겠죠?"

"안타깝게도 그렇게 딱한 자들이 많아요. 초반에는 기대를 한몸에 받고 명성을 쌓다가 소리소문없이 사라지는 사람들에 관한 이야기가 수두룩하죠. 물론 대개는 그들이 다른 직종을 택했다는 뜻이지만. 가끔은, 가끔은—"

"네?"

"나락이에요." 리어던이 바닥을 가리켰다. "빈곤과 좌절과 비참한 죽음."

"아, 그들에게는 처자가 없었을 거예요. 만약 그랬다면 힘껏—"

"여보, 그들도 안간힘을 썼을 거예요. 하지만 이건 목에 점점 무거워지는 추가 걸리는 것과 비슷해요. 점점 밑바닥으로 끌고 가요. 금전적 가치가 있는 걸 만들거나 혹은 그런 일을 해내지 못하는 사람들에게 세상은 냉정하죠. 위대한 시인일지라도 어떤 착한 사람이 가엾이 여기지 않으면 길거리에서 굶을지도 몰라요. 사회는 운명의 여신처럼 눈이 멀었고 잔인해요. 난 내가 불운하다고 불평할 권리가 없어요. 시작했을 때의 기세를 이어가지 못한 건 내 잘못이에요. (어떤 면에서는) 내가 초기에 썼던 것 수준의 작품을 쓰면 돈을 벌 수 있겠죠. 하지만 이 모든 것에도 불구하고, 내가 시장을 파악하지 못한다는 이유 하나로 무시당하고 내쳐지는 건 견디기 어려워요."

"그렇게 되지 않을 거예요! 당신이 끝내 성공할 사람이라는 게 얼굴에서 보여요. 사람들이 초상화에서 보는 얼굴이에요."

리어던은 에이미의 머리칼과 눈과 입에 키스했다.

"당신이 예전에 그 말을 했던 게 얼마나 생생히 기억나는지! 왜 갑자기 내게 이렇게 상냥한 거예요, 에이미? 당신이 따뜻하게 대해 주면 나는 무엇이든 할 수 있을 거 같아요. 하지만 당신에게서 떨어지기가 너무 두려워요. 만약 이번 시도마저 절망적이라면, 어딘가에 내가 혼자 있으면서 이 모든 노력이 물거품이었다는 걸 깨닫는다면—"

"그러면요?"

"그럼 당신을 자유롭게 놔줄 수 있겠죠. 내가 당신을 책임지지 못한다면 자유롭게 해줘야 해요."

"무슨 말인지—"

에이미가 고개를 들고 그의 눈을 들여다봤다.

"이 얘기는 그만합시다. 내가 계속 노력하길 당신이 원하면 그렇게 할게요."

에이미는 얼굴을 숨기고 잠시 그의 품에 조용히 안겨 있었다. 그녀가 중얼거렸다.

"여기는 너무 춥군요. 시간이 많이 늦었어요. 침실로 가요."

"너무 이른 시간이에요. 저기 3시 종이 울리네요."

이튿날 그들은 새로운 계획을 오랫동안 의논했다. 이날은 햇빛이 나서 에이미가 남편의 오후 산책에 동행했다. 그들이 함께 외출하는 건 오랜만이었다. 무개 마차가 지나갔고, 소녀 두 명이 말을 타고 그 뒤를 따랐다. 그 광경을 본 리어던은 늘 하는 생각으로 다시금 돌아갔다.

"우리가 저 사람들만큼 부유하다면! 우리 바로 옆을 지나갔잖아요. 그들이 우리를 보고, 우리도 그들을 보죠. 하지만 우리와 그들 사이 거리는 무한대로 멀어요. 저 사람들은 우리 같은 가난뱅이와 같은 세상에 속하지 않아요. 모든 면에서 세상을 다른 시각으로 볼 거예요. 저들의 힘이 우리에게 갑자기 생긴다면, 우리는 그걸 초능력이라고 여길 만해요."

"그렇죠." 그의 동행이 한숨을 내쉬며 말했다.

"한번 상상해 봐요. 하루 동안 마음속에 떠오르는 이런저런 소망을, 물론 얼토당토않은 것을 제외하고, 죄다 충족할 수 있다는 걸 알면서 아침에 눈을 뜬다면 어떻겠어요. 언제나, 매일, 죽을 때까지 그렇게 살 수 있어요. 저 저택들을 봐요. 안팎의 세세한 부분이 모두 고급스럽죠. 저런 집이 있다면!"

"저기 사는 사람들은 머리가 텅 비었을 거예요."

"하지만 그들은 살고 있어요, 에이미. 능력이 어떻든 그들은 모두 자유로이 살 수 있어요. 나와 다를 바 없는 한낱 인간이 저런 집을 소유한다는 사실이 비현실적으로 느껴질 때까지 쳐다보곤 했어요. 돈의 힘은 우리가 상상할 수 있는 그 이상이에요. 돈을 가진 적 없는 사람은 그것이 삶의 모든 양상을 얼마나 완전하게 뒤바꾸는지에 놀라기만 하죠. 우리가 집이라고 부르는 것과 부자들 집을 비교해 봐요. 비웃음이 나오죠. 나는 금욕주의적 관점에 전혀 공감하지 않아요. 부와 가난의 차이는 성한 몸과 불구의 차이나 매한가지예요. 내 하체가 마비되었더라도 생각은 할 수 있겠죠. 하지만 이 삶에서는 걷는 것도 중요해요. 마찬가지로, 내가 가난뱅이일지라도 고결하게 살 수 있을지 몰라요. 그렇지만 즐거움을 느끼는 능력은 퇴화하고 말겠죠. 물론 부자들은 자기들이 얼마나 행복한지 몰라요. 만약 알았다면 그들은 신처럼 행동하고 말하겠지요. 그들은 과연 신이니까."

에이미는 미간을 찌푸렸다. 현명한 남자라면 리어던 같은 상황에서 이런 화제를 택하지 않았을 것이다.

“돈이 있는 사람과 없는 사람의 차이는 단순히 이거예요.” 리어던이 계속해서 말했다.

“전자는 ‘내 삶을 어떻게 살까’를 고민하고 후자는 ‘어떻게 먹고 살까?’를 고민하죠. 생계에 대한 걱정을 단 한 번도 해보지 않은 사람의 뇌와 그런 걱정에서 자유로운 적이 없던 사람의 뇌를 생리학자가 비교하면 흥미로운 차이를 찾을 거예요. 빈곤의 고통을 뜻하는 어떤 특정한 대뇌 변화가 있겠죠.”

“뇌의 모든 기능에 영향을 끼칠 거예요.” 에이미가 말했다. “어떤 특별한 부분만 고통 받는 게 아니라 모든 생각을 비참하게 물들여요.”

“맞아요. 내 경험의 모든 영역에서 가난이라는 매개체를 통하지 않고 볼 수 있는 것이 하나라도 있을까요? 가난이 망치지 않은 즐거움이 없고, 악화하지 않은 고통이 없어요. 현대사회의 가난이 내리는 저주는 고대사회 노예제도의 저주나 다름없어요. 부자와 빈민의 관계는 자유인과 노예의 관계와 마찬가지예요. 내가 자주 읽어 준 호메로스의 구절 기억나요? 노예제도가 인간을 어떻게 망가뜨리는지에 대한 거였죠. 가난도 마찬가지예요.”

“내게도 영향을 끼쳤어요. 나도 뼈저리게 느껴요.” 에이미가 씁쓸하고 솔직하게 말했다.

리어던은 그녀를 흘끔 보고 뭐라고 대답하고 싶어 했지만 머릿속 생각을 말하지는 못했다.

리어던은 소설을 계속 썼다. 소설이 끝나기 전에 『마거릿 홈』이 출간되었고, 전통적으로 작가에게 주어지는 여섯 권이 소포로 배달왔다. 리어던은 무덤덤하게 소포를 개봉할 정도로 작가 생활을 오래 하지는 않았다. 책의 장정이 고급스러웠다. 표지와 글꼴을 본 에이미가 기쁨의 탄성을 내질렀다.

"잘 될지도 몰라요, 에드윈. 실패작처럼 보이지 않잖아요. 그렇죠?"

에이미는 자신의 어린아이 같은 모습에 웃었다. 그러나 리어던은 책을 펼치고 한 채프터의 도입 부분을 훑어보고 있었다.

"맙소사!" 그가 외쳤다. "이 부분을 쓰기가 얼마나 지옥 같았는지! 안개가 너무 짙어서 램프를 켜야 했던 아침에 썼어요. 글자를 읽으니까 이마에 땀이 맺히는군! 이걸 읽는 사람들은 작가가 어떤 고충을 겪었는지 모르겠죠! 정말 끔찍한 문체예요. 주점 종업원도 이것보단 잘 쓸 거예요."

"책은 누구에게 보내겠어요?"

"내 마음대로 할 수 있다면 아무에게도 주고 싶지 않아요. 하지만 장모님께서 기다리고 계시겠죠."

"밀베인은요?"

"줘야겠죠." 리어던이 무심히 말했다. "밀베인이 달라고 하면 그때 줘요. 딱한 비펜에게도 물론 하나 보내야죠. 이걸 읽고 나면 날 경멸하겠지만. 그리고 우리가 하나 가집시다. 그러면 두 권을 땔감으로 쓸 수 있겠군요. 신문 구독을 끊은 이후로 땔감이 부족해요."

"카터 부인에게 한 권 줘도 될까요?"

"당신이 원하면요."

리어던은 한 권을 집어 책장 맨 위 칸에 늘어서 있는 자신의 저서 대열에 꽂았다. 에이미는 그의 어깨에 손을 올리고 책이 추가된 모습을 감상했다.

"에드윈 리어던 작품." 에이미가 미소 지으며 말했다.

"어쨌든 이 책은 이전에 쓴 책들과 상당히 달라요, 에이미. 『중립지대에서』를 썼던 시절로 당신과 함께 돌아가면 얼마나 좋을까! 그때는 내 마음이 얼마나 충만했는지! 그냥 뭘 보기만 해도 영감이 떠올랐어요. 지금은 눈이 아플 정도로 바라봐도 막연하고 괴상한 형태만 가물거려요. 그때는 내가 뭘 쓰려는지 확신하고 책상 앞에 앉았는데, 이제는 지어내려고 애써도 머릿속이 하얘요. 따뜻하고 나긋나긋한 손가락으로 바늘을 집는다고 상상해 봐요. 그리고 이번에는 뻣뻣하고 추위로 무감각해진 손으로 집는 거예요. 그게 바로 내가 그때 쓰던 모습과 지금의 차이에요."

"당신은 건강을 회복할 거예요. 그리고 그 어느 때보다 잘 쓸 거예요."

"두고 봅시다. 물론 그때도 비참하게 고생했지만 몇 시간 만족스럽게 일하고 나면 아무것도 아닌 것처럼 느껴졌어요. 아침에 일어나면 구상을 하고 계획을 세웠죠. 저녁이 가까워지면 내가 준비되어 가는 게 느껴졌고, 머릿속에 울리는 문장 한 줄과 함께 자리에 앉았죠. 그때는 책도 엄청나게 읽었어요. 『중립 지대에서』를 쓰는 동안 하루에 칸토 하나씩 『신곡』을 꼼꼼하게 다 읽었으니까. 자정을 넘긴 날이 숱했지만, 가끔은 정한 분량을 훨씬 일찍 끝내서 스스로에게 산책이라는 상을 주곤 했어요. 내 최고 아이디어들이 어디를 걷다가 떠올랐는지 전부 다 기억해요. 프렌더개스트의 하숙집 장면을 기억해요? 어느 날 밤 레스터 스퀘어를 돌아 클레어 마켓으로 이어지는 빈민가로 걸어가던 중 번뜩 생각났죠. 정말 생생하군! 기쁨에 겨워 열병이 걸린 것처럼 다락방으로 돌아와서 자기 전까지 신들린 듯 썼어요."

"걱정하지 말아요. 다 돌아올 거예요."

"당시 난 돈 걱정을 안 해도 됐어요. 주급이 꼬박꼬박 나온다는 보장이 있었으니까요. 책을 팔아서 얼마를 받을까 궁금해하지도 않았어요. 맹세코, 그런 생각이 뇌리에 스치지도 않았어요. 단 한 번도. 작품 그 자체를 위해서 일한 거예요. 책을 빨리 끝내려고 조바

심치지도 않았죠. 내가 쓸 기분이 아니면 쓰고 싶을 때까지 기다리면 됐어요. 『중립 지대에서』는 일곱 달 걸렸는데, 이젠 3부작을 아홉 주 안에 써야 하죠. 하루라도 일을 쉬면 스스로에게 채찍질을 하면서 말이에요."

리어던은 잠시 우울해하며 생각에 잠겼다.

"내 책을 한두 권 읽고 흥미를 느낀 부자가 어딘가 있을 법한데요. 그를 만나서 내가 얼마나 궁핍한 상황인지 말할 수 있다면, 일주일에 몇 파운드 벌 수 있는 일자리를 구해 줄지도 모르죠. 그런 일에 대해 종종 듣잖아요."

"옛날에나 있던 일이죠."

"맞아요. 요즘 세상엔 과연 가능할지 모르겠어요. 우리 시대에 살았다면 콜리지도 길먼을 쉽게 만나지 못했을 거예요.[29] 뭐, 나는 콜리지가 아니고 다른 사람에게 빌붙기도 싫어요. 그래도 우리가 구빈원에 가야 할지도 모른다는 불안감에 밤새 벌벌 떨지 않을 정도 돈만 벌 수 있다면—"

에이미는 돌아서더니 곧 아기를 돌보러 나갔다.

이로부터 며칠 후에 밀베인이 찾아왔다. 그는 밤 10시쯤 왔다.

"오래 있지 않을 거야." 그가 선언했다. "그런데 내 『마거릿 홈』은 어디 있나? 내게 줄 건가?"

"자네가 읽길 딱히 바라지는 않네." 리어던이 답했다.

"벌써 읽었네, 친구. 출판되자마자 도서관에서 빌렸지. 자네가 나한테 한 권 보내지 않을 거란 의심이 들어서 말이야. 하지만 자네 작품은 전권을 가져야겠네."

---

29. 새뮤얼 테일러 콜리지: 영국 낭만주의 시인. 아편 중독이 있던 콜리지는 1816년부터 하이게이트의 의사 제임스 길먼의 집에서 살며 치료를 받았다. 후에 길먼은 콜리지의 명성을 되살리는 데 크게 이바지했으며 그의 전기를 썼다.

“여기 있어. 어디 숨겨두게. 이왕 왔는데 몇 분이라도 있다 가지 그러나?”

“자네가 괜찮다면 책에 관해 이야기하고 싶네. 자네 말처럼 정말 끔찍하게 최악은 아니야. 3부로 늘려야 했던 게 불운이었지. 내가 한 권으로 줄이면 자네에게 도움이 될 걸세. 이야기의 동기는 충분히 훌륭해.”

“맞아. 그게 얼마나 형편없이 발전되었는지 보일 정도로 좋지.”

밀베인은 수없이 논한 진부한 주제, 즉 3부작 체계의 해악을 논박하기 시작했다.

“영국 소설가들의 피를 빨아먹고 있는 삼두 괴물이네. 코믹 문예지를 위해 누가 알레고리 만화를 그려도 좋겠어. 그나저나, 이런 거는 왜 없는 거지? 문학계와 문인들을 조롱하는 주간지 말이야. 우매한 자들은 알아주지 않겠지만[30] 어느 정도 지지가 있을지도 몰라. 편집장은 아마 암살되겠지.”

“나 같은 처지에서 어떻게 3부작을 포기한단 말인가?” 리어던이 물었다.

“원고료의 문제네. 평판이 그럭저럭 괜찮은 작가라면 1년에 3부작을 하나 써서 먹고살 수 있겠지. 책이 확실히 팔린다는 보장이 있고, 한 권에 100~200파운드를 받는 작가 말이네. 그런데 이 정도 원고료를 1부작으로 벌려면 최소한 네 권은 써야 하겠지. 어차피 1년에 그렇게 많이 출판하기도 힘들고. 게다가 도서관의 이해관계[31]

30. 원문은 caviare to the general. 셰익스피어의 『햄릿』에 나오는 구절로, 매우 훌륭하거나 지적으로 뛰어나지만 무지한 자들이 가치를 몰라보는 것.

31. 도서관은 영국에서 3부작 체제가 표준화되는 데 결정적인 역할을 했다. 소설 하나를 세 권으로 나누어 대여함으로써 수익을 남긴 도서관의 압력 때문에 출판사들은 3부작을 고집할 수밖에 없었고, 결과적으로 소설책은 판매가격이 무척 비쌌으며, 소설의 플롯과 스타일도 영향을 받았다.

가 끼어 있어. 상업적 관점에서 도서관은 필수적인 존재야. 만약 독자들이 자기가 읽는 책을 다 사야 했다면 지금처럼 많은 작가가 활동할 수 있겠나? 이 체제에 갑자기 변화가 생기면 소설가 중 사 분의 삼은 생계를 위협당할 거네."

"도서관에서 1부작 소설을 대여하지 않을 이유는 없어."

"수익이 적어지겠지. 사람들이 가장 저렴한 기본 구독권을 신청할 테니까."

"현실적인 이야기가 나와서 말인데, 자네 1부작은 어떻게 되어 가나?"

"거의 끝났네."

"제드우드에게 가져갈 거지? 가서 직접 만나 보게. 내가 봤을 땐 아주 괜찮은 사람이야."

밀베인은 30분밖에 머무르지 않았다. 그가 이 집에서 저녁 내내 한담을 나누던 시절은 끝났다. 그가 바빠진 탓도 있었으나 조금 더 복잡한 이유로는, 그와 리어던 사이가 점점 서먹해지고 있었기 때문이다.

"당신 계획을 알리지 않았네요." 손님이 떠나고 얼마 있다 에이미가 말했다.

"안 했어요."

리어던은 그 대답이 충분하다고 생각했고, 아내도 그 이상 묻지 않았다.

아파트를 광고한 결과 두세 사람이 집을 보러 왔다. 군인처럼 보인 한 사람은 얼른 계약을 하고 싶어 마음이 급한 듯했다. 그는 다음 분기(6월)부터 계약해도 괜찮지만 가능하다면 더 일찍 들어오고 싶다는 뜻을 내비쳤다.

"정말 잘 됐어요." 에이미가 남편에게 말했다. "여분 날짜 치까지 그 사람이 내면 우리로서는 다행이죠."

상념에 잠긴 리어던은 우울해 보였다. 그는 이 실험에 대해 낙관하기 어려웠을 뿐만 아니라 에이미 곁을 떠나야 한다는 생각에 가슴이 미어졌다.

"당신은 하루빨리 나를 떼어 놓고 싶어 안달이 난 것 같네요." 그가 애써 웃으며 말했다.

"맞아요." 에이미가 외쳤다. "오직 당신을 위해서예요. 당신도 알잖아요."

"이 책이 안 팔리면 어떡하죠?"

"그래도 몇 파운드 생길 거예요. 《웨이사이드》에 당신 플리니우스 에세이를 보내요. 우리 돈이 떨어지면 어머니가 좀 빌려줄 수 있어요."

"그런 상황에선 일할 수 없을 거예요."

"아, 하지만 책이 팔릴 거예요. 20파운드를 받을 거고, 그거면 당신이 석 달을 살 수 있어요. 생각해 봐요. 연중 가장 좋은 시기에 해안가에서 석 달을 보낸다니. 당신은 엄청난 글을 쓸 수 있을 거예요."

가구는 율 부인 집에 맡기기로 했다. 둘 중 누구도 팔자는 이야기는 하지 못했다. 불길하게 들릴 게 분명했다. 리어던이 휴가를 보낼 장소로 에이미는 자신이 몇 년 전에 가본 워딩을 제안했다. 런던에서 가깝다는 장점이 있었고 시내나 시내 근처에서 아주 저렴한 하숙집을 찾을 가능성이 컸기 때문이다. 불운한 작가에겐 방 하나면 충분했고, 푼돈인 집세를 제외하면 지출은 식비뿐이었다.

그렇다, 리어던은 일주일에 1파운드보다 훨씬 적게 쓰고 살 수 있었다.

에이미는 오랜만에 기분이 꽤 좋아 보였다. 그녀는 이 위험천만한 계획에 아무 문제 없다고, 남편이 훌륭한 책을 써서 원고료를 두둑이 받고 집을 되찾을 거라고 스스로를 설득한 듯했다. 그러나 그녀의 기분은 들쭉날쭉했다. 아파트를 세놓는 과정이 지연되고 있었고, 에이미는 이것 때문에 신경이 날카롭게 곤두섰다. 집에 대한 협의가 한창 오가던 중 그녀가 모드와 도라 밀베인을 방문했다. 에이미가 다녀오기 전까지 리어던은 그녀에게 방문할 의향이 있었는지도 몰랐다. 에이미는 짐짓 아무렇지도 않게 말했다.

"언젠가는 해야 할 일을 해버린 거예요." 리어던이 놀란 기색을 보이자 그녀가 말했다. "어차피 내가 좋은 인상을 준 거 같지 않아요."

"우리 계획에 대해서 말했겠군요?"

"아니요. 말 안 했어요."

"왜요? 비밀로 할 수는 없잖아요. 밀베인도 장모님께 벌써 들었을 텐데요."

"어머니한테서요? 그 사람은 어머니 집에 거의 오지도 않는걸요. 밀베인이 자주 들락거리는 줄 알았어요? 확실히 결정될 때까지는 말하지 않는 편이 낫다고 판단했어요. 무슨 일이 생길지 누가 알아요?"

이상하게 초조해 보이는 에이미를 리어던은 불안한 마음으로 지켜봤다. 최근 그는 말수가 급격히 적어졌고 음울한 상상을 하며 시간을 보냈다. 책이 끝난 지금 그는 출판업자의 결정을 기다릴 수밖에 없었다.

16장. 거절

당시 리어던의 소소한 걱정 중 하나는 『마거릿 홈』의 비평이 우연히 눈에 들어올지도 모른다는 것이었다. 책이 출간된 뒤 그는 최선을 다해 비평란을 피했다. 평론가들이 아무리 어리석더라도 그들의 의견은 스스로 판단하지 못하는 사람들에게 작가와 그의 글을 대신 평가해 줬기 때문에, 심적으로 불안한 리어던은 비평을 생각만 해도 두려웠다. 리어던 본인이 미처 깨닫지 못한 책의 강점이나 단점을 들출 수 있는 사람은 없었다. 칭찬은 듣기 좋았지만 적절치 않을 때가 많았고, 혹평은 대개 우둔했다. 녹슨 칼에 베이는 걸 겁내듯 그는 자신의 신작에 대한 비평을 피했다. 혹평일 수밖에 없었고, 평론가들이 써대는 악의적인 문구가 그의 속을 뒤집어 놓을 것이 분명했다. 소설의 결함이 어디서 비롯됐으며 어떤 성질인지 아무도 제대로 이해할 수 없었다. 그러므로 모든 평가가 요지에서 벗어날 것이다. 조롱, 멸시, 진부한 지적질을 읽으면 그는 억울해서 미쳐 버릴지도 몰랐다.

물론 리어던의 마음가짐은 비논리적이었다. 나약한 기질이 미적 감성과 결합해 초래한 결과였다. 현재 평론계가 형편없다는 사실과 별개로, 책에 대한 평가는 저자의 주머니 사정이나 그의 신체적, 정신적 상태와 무관했다. 리어던도 잘 아는 사실이었지만 그는 자기 감정을 다스릴 수 없었다. 그는 자신의 진정한 능력과 예술적 수준에 떨어지는 글을 쓸 수밖에 없게 만든 구차한 사정에 격렬히 반발했다. 이 책을 쓴 건 그 자신이 아니라 저주받을 가난이었다. 따라서 리어던은 자신이 책의 저자로서 공격당하는 건 잔인한 모욕이라고 느꼈다. 한 일간지에 실린 비평이 운 나쁘게 그의 눈에 띄었을 때 리어던은 지독하게 병적인 상태에서나 느낄 법한 증오로 피가 끓어올랐다. 그 비평을 읽고 나서 30분 동안이나 그는 손의 떨림을 멈출 수 없었다. 이 평론가는 사실을 말했을 뿐이었다. 소설 전체에 뛰어난 장면이나 생생한 인물이 단 하나도 없다고 했다. 리어던 본인도 거의 같은 표현으로 책을 평했었다. 하지만 스스로를 무자비한 세상에 맞서는 병들고 가난한 약자로 보게 된 리어던은 자신에게 가해진 모든 공격이 비열하다고 생각했다. 상처를 준 평론가에게 '비겁한 놈!'이라고 외칠 수도 있었다.

지금 제드우드 씨 손에 들어간 자극적인 소설이 『마거릿 홈』보다는 오히려 나을 가능성이 있었다. 소설은 간결했고, 활기찬 사건들을 줄줄이 이어 놓았을 뿐 다른 시도는 하지 않았기 때문에 아주 못 읽을 정도는 아니었다. 하지만 리어던은 굴욕을 느꼈다. 이것이 그의 최신작으로 출간되고 나면, 에드윈 리어던이 아직 끝장나지 않았다고 믿는 동정심 많은 독자에게 작가로서 그의 능력이 이제 완전히 고갈되었으며, 열등한 대중의 수준을 맞추려고 애쓰고 있다는 최후의 증거를 안겨 주는 거나 다름없었다. 절박한 사정에도 불구하고, 이따금 그는 제드우드가 책을 거절하길 바랐다.

때때로 리어던은 휴가지에서 보낼 서너 달을 낙관적으로 내다보며 기다리기도 했다. 단순히 그의 신경질환이 낳은 충동적 기분이었다. 현재 상태에서 그는 아무런 자신이 없었다. 이렇게 계속 괴로워하다가는 그가 제대로 발휘하고 있지는 못하되 지니고는 있는 능력마저 망가질 것이다. 그런데도 리어던은 최후의 수단을 시도하겠노라 마음먹었다. 하루빨리 떠나고 싶었던 그는 출판업자의 대답을 기다리는 동안 최선을 다해 시간을 보냈다. 독서는 불가했고, 다음 책을 위한 구상도 하지 않았다. 머리를 쉬고 있다는 착각이 하루

하루를 공허하게 보내는 핑계가 되었다. 플리니우스 에세이는《웨이사이드》에 보냈으며 어쩌면 팔릴지도 몰랐다. 사실 그는 이것에도 다른 무엇에도 무관심했다. 리어던의 정신은 임박한 극빈의 민낯을 바라보는 것밖에 할 수 없는 듯했다. 그는 파멸로 가는 단계에는 별 관심이 없어 보였다.

어느 날 저녁 리어던은 해럴드 비펜을 만나러 집을 나섰다.『마거릿 홈』을 주러 갔을 때 사실주의자는 하숙집에 없었고, 두고 간 책을 잘 받았다는 인사를 하러 왔던 날 이후 두 사람은 만날 기회가 없었다. 비펜은 포틀랜드 플레이스와 토트넘 코트 로드 사이 침침한 구역에서 보이는 가로인 클립스톤 스트리트에 살았다. 하숙집의 문을 두드리고 친구가 방에 있다는 말을 들은 리어던은 꼭대기 층으로 올라가서 노크했다. 문 위와 아래의 넓은 틈에서 램프 불빛이 흘러나왔다. 들어오라는 말에 문을 여니 뜻밖에 비펜은 교습 중이었다.

“아래층에서 손님이 있다는 말을 안 해줬네.” 그가 말했다. “이따 다시 오겠네.”

“안 가도 괜찮아.” 악수하러 다가오며 비펜이 말했다. “잠깐 책이나 읽고 있게. 베이커 씨는 상관 안 하니까.”

방은 아주 비좁고 천장이 낮아서 장신인 리어던은 간신히 똑바로 설 수 있었다. 삐걱거리고 더러운 거미줄 투성이 판자와 그의 머리 사이에 어쩌면 3인치 정도 공간이 있었다. 잡초같이 까칠하고 작은 카펫이 난로 앞에 깔렸을 뿐, 나머지는 여기저기 금이 간 맨바닥이었다. 올려놓은 램프가 위태로워 보일 정도로 균형이 안 맞는 둥근 테이블 하나, 등나무 다리가 달린 작은 의자 세 개, 잡다한 물건이 놓인 작은 세면대 하나. 휴식을 취할 시간이 되면 하숙인이 다소 원시적으로 두드려서 펼칠 수 있는 소파침대는 지금은 서랍 안에 접혀 있었다. 책장은 없었지만 너덜너덜한 책 수백 권이 바닥과 낡은 서랍장 위에 쌓여 있었다. 이날 날씨가 전형적인 영국 봄 날씨라서 텅 빈 난로 받침쇠가 보기에 을씨년스러웠으나 비펜은 5월부터는 여간해서는 불을 지피지 않았다.

베이커 씨라는 남자는 학생 같은 자세로 책상 앞에 앉아 있었다. 덩치가 좋고 강인한 인상이었으며, 머리는 검고 스물두 살이나 스물세 살처럼 보였다. 햇볕에 그을리고 바람에 쓸린 두 뺨과 큼직한 두 손, 입고 있는 옷으로 봐서 직업이 공부와는 무관해 보였다. 강변을 떠올리게 하는 남자였다. 부두에서 일하거나 바지선의 선원일지도 몰랐다. 하지만 그는 똑똑해 보였고, 태도는 겸손했다.

"문장을 더 짧게 쓰세요." 리어던이 책을 펼치자 비펜이 다시 남자 옆에 앉아 수업을 재개하며 말했다. "나쁘지 않아요. 전혀 나쁘지 않아요. 정말이에요. 하지만 할 말을 다 썼는데 마침표를 고작 세 개 썼죠. 한 열두 개는 썼어야 했어요."

"바로 그겁니다, 선생님! 바로 그거예요." 남자가 철사 같은 머리를 쓸어내리며 말했다. "문장을 나누지 못하겠어요. 생각이 덩어리로 몰려와요. 이게 맞는 표현이라믄요. 글을 나누는 거야말로 잭문의 기술 아니겠습니까."

리어던은 고개를 들어 남자를 쳐다볼 수밖에 없었다. 비펜은 매우 진지하고 친절한 표정으로 학생이 겪고 있는 어려움을 친구에게 설명했다.

"베이커 씨는 원외 관세청에 취직하려고 시험을 준비 중이네. 시험 과목 중 하나가 작문인데, 자네도 알다시피 사람들이 생각하는 것만큼 만만한 일이 아니지."

베이커는 손님을 향해 순박하게 사람 좋은 미소를 지었다.

"다른 과목은 진전이 있습니다, 선생님." 그가 주먹으로 테이블을 가볍게 치며 말했다. "서체, 철자법, 산수. 이것들은 전혀 두렵지 않아요. 비펜 선생님께 물어보십쇼. 하지만 잭문만 생각하면 이마에 땀이 맺힌답니다."

"당신만 그러는 게 아닙니다, 베이커 씨." 리어던이 말했다.

"많이들 어려워합니까, 선생님?"

"그렇습니다."

"잭문에 200점이 배정되어 있습니다." 남자가 말을 이었다. "이르케 쓰면 몇 점이나 줄까요, 비펜 선생님?"

"글쎄요, 정확히는 말할 수 없어요. 하지만 나아지고 있습니다. 확연히 발전하고 있어요. 1~2주만 더 열심히 해봅시다."

"아, 걱정은 붙들어 매십쇼, 선생님. 저는 한번 마음먹으면 엔간해서는 포기하지 않습니다. 잭문이라는 놈도 해치울 테니, 두고 보십쇼!"

베이커 씨의 주먹이 호두를 깨는 스팀해머처럼 다시 한번 테이블을 내리쳤다.

수업은 10분 정도 더 이어졌고, 리어던은 책을 읽는 체하면서 최근 들어 가장 즐거운 기분으로 수업을 엿들었다. 마침내 베이커 씨가 일어나 공책과 책을 챙겨 나가려고 했다. 그는 잠시 불편한 몸짓과 눈빛을 보이더니 비펜에게 나지막이 물었다.

"저랑 잠깐만 문밖에서 이야기할 수 있을까요, 선생님?"

남자와 선생은 밖으로 나가서 문을 닫았고, 리어던은 웅얼거리는 말소리를 들었다. 잠시 후 묵직한 발걸음 소리가 계단을 내려가자 비펜이 다시 들어왔다.

"참 착하고 정직한 친구야." 그가 감탄하며 말했다. "오늘이 수업료를 내는 날인데, 자네 앞에서 돈을 꺼내기 싫었나 봐. 저 친구 계층에선 보기 힘든 섬세함이지. 한 시간에 6펜스를 내거든. 난 일주일에 2실링을 번다네. 가끔 저 친구 돈을 받기가 부끄럽지만, 사실 따져보면 나보다 훨씬 잘살지."

"관세청에서 채용할 거 같나?"

"물론이네. 가능성이 희박했으면 수업을 시작하기 전에 말했을 거야. 자주 고민해야 하는 문제인데, 한두 번은 내 양심이 주머니 사정을 안 봐주더군. 얼마 전에 가난하고 결핵 기색이 있는 친구가 와서 라틴어를 배우고 싶어 했어. 성직자가 되고 싶어서 런던 입학 고사를 볼 요량이라더군. 견딜 수 없었네. 수업을 한두 번 하고 나는 기침이 너무 안 좋으니까 건강을 회복할 때까지 쉬라고 했어. 아무 가망이 없다고 말하는 것보다는 낫겠지. 그가 낸 수업료로 음식을 사면 목구멍으로 넘어가지 않았거든. 그래, 베이커는 잘 해낼 거야. 착하고 겸손한 친구야. 나를 얼마나 깍듯이 대하는지 봤나? 내가 이런 다락방에 사는 것에 연연하지 않아. 나는 교육받은 사람이고, 그는 내 환경과 지성을 따로 볼 줄 알지."

"비펜, 왜 좀 더 좋은 자리를 찾지 않나? 자네라면 충분히 능력이 되지 않나."

"어떤 자리를 말하는 건가? 나를 받아줄 학교는 없네. 자격증도 없고 격식에 맞는 옷가지도 없는걸. 같은 이유로 부잣집 개인 교습 선생을 못 하는 거네. 아니야, 괜찮네. 어떻게든 먹고살면서 글을 쓰고 있으니까. 그건 그렇고, 『잡화상 베일리 씨』라는 책을 쓰기로 했네."

"주제가 뭔가?"

"단어 선택이 적절치 않군. '어떤 현실인가?'라고 물어보는 게 나을 걸세. 베일리 씨는 여기 작은 길목의 잡화점 주인이야. 나랑 오랫동안 알고 지냈고, 수다스러운 사람이라 그 사람과 그가 살아온 인생을 많이 알게 됐지. 장사를 시작한 첫해 얼마나 고생했는지 말하기 좋아하거든. 그는 원래 빈털터리였는데 고양이 사료를 팔아서 45파운드 정도 모아 놓은 여자와 결혼했어. 자네가 이 여자를 한번 봐야 하네! 덩치가 크고 거칠고 사팔뜨기야. 결혼 당시 여자는 마흔두 살 과부였어. 베일리 씨의 결혼과 그가 잡화상이 된 과정을 쓸 생각이네. 아주 대단한 책이 될 거야! 대단한 책!"

비펜은 구상에 빠져 방 안을 오락가락했다.

"야만적인 구석이라곤 전혀 없을 걸세. 선량하게 범속한 사람들. 내가 자주 말하지 않았나. 최소한 1년은 걸릴 거야. 천천히, 정성을 들여 쓸 걸세. 물론 1부작이고. 일반적인 프랑스 소설처럼 말이야. 제목이 괜찮지 않나? '잡화상 베일리 씨.'"

"부럽네, 친구." 리어던이 한숨 쉬며 말했다. "자네는 좋은 열정이 있어. 힘과 열의가 있지. 내가 어떻게 하기로 했는지 아나?"

"듣고 싶군."

리어던이 계획을 설명했다. 비펜은 건너편 의자에 앉아 팔을 뒤로 늘어뜨리고 심각한 표정으로 이야기를 들었다.

"자네 부인이 동의했나?"

"그럼." 에이미가 먼저 제안했다고 리어던은 차마 말할 수 없었다. "내게 딱 필요한 변화라고 확신하고 있어."

"만약 자네가 정말 쉰다면 나도 그렇게 말하겠네. 하지만 곧바로 일을 다시 해야 한다면 별 도움이 안 될 거 같은데."

"그만두게. 부탁이니까 기죽이지 말아 줘. 만약 이것마저 실패하면—정말, 자살할 거 같네."

"에이." 비펜이 외쳤다. "자네 부인 같은 여자를 두고?"

"바로 그 때문일세."

"아니야, 다른 방법이 있을 거야. 그건 그렇고 오늘 아침에 자네 부인을 봤는데, 부인은 나를 못 봤어. 토트넘 코트 로드에서 봤지.

밀베인이랑 있더군. 내가 너무 꼴사나운 차림이어서 차마 인사하지 못했네."

"토트넘 코트 로드에서?"

리어던이 관심을 갖은 세부사항은 그게 아니었지만, 그가 일부러 그렇게 물어본 건 아니었다. 그의 마음이 무의식적으로 본심을 숨겼다.

"지나가는 걸 잠깐 본 것뿐이네." 비펜이 말을 이었다. "아, 그리고 소식이 하나 있네! 웰프데일이 결혼한다는 말을 들었나?"

리어던은 딴생각에 잠겨 고개를 가로저었다.

"아까 아침에 메시지를 받았네. 오늘 밤에 찾아오라고 하더군. 그러면 다 이야기해 준다고. 같이 가게나."

"웰프데일과 어울릴 기분이 아닐세. 거기까지 함께 걸어갔다가 난 집에 가지."

"아니야. 같이 들어가자고. 이야기를 나누다 보면 기분이 괜찮아질 거야. 그건 그렇고 가기 전에 뭐라도 한입 먹어야겠군. 자네는 별로 원하지 않겠지?"

비펜은 찬장을 열어 빵 한 덩이와 드리핑[32]이 담긴 접시 하나, 소금과 후추를 가져왔다.

"이 정도로 괜찮은 드리핑을 먹은 지 오래됐네. 베일리 씨네 가게에서 샀지. 물론 그 사람 진짜 이름은 아니지만. 큰 호텔 주방에서 하녀로 일하는 처제가 가져왔다고 하더군. 아주 깨끗해. 다른 것들은 대부분 밀가루를 섞지 않나. 물론 절약하는 사람이 상상하기 싫은 더 끔찍한 걸 넣을지도 모르지. 소금이랑 후추만 좀 있으면 이 빵과 드리핑만큼 맛있는 것도 없네. 저녁을 자주 이렇게 때워."

"나도 예전에 그렇게 먹었지. 콩가루 푸딩도 먹나?"

32. 소나 돼지의 지방이나 다른 기름진 부위에서 얻은 기름. 라드와 비슷하다.

"물론! 클리블랜드 스트리트에 있는 가게에서 1페니어치를 잔뜩 사곤 하지. 품질이 아주 괜찮아. 거기 고기 경단이 일품이네. 자네가 떠나기 전 내가 한번 저녁을 차려주지."

비펜은 맛있는 음식을 떠올리며 즐거워했다.

그는 나이프와 포크를 써서 빵과 드리핑을 먹었다. 이렇게 먹으면 식사가 훨씬 풍족하게 느껴졌다.

"밖이 꽤 추운가?" 비펜이 자리에서 일어나며 물었다. "코트를 입어야 할까?"

비펜이 중고 시장에서 3년 전에 산 코트는 문에 박힌 못에 걸려 있었다. 비교적 상황이 괜찮아져서 사실주의자는 실내용 재킷을 되찾았다. 능직이라는 옷감으로 만든 모닝코트였고, 그의 체격에 헐렁했으나 다른 옷에 비교하면 좀 더 나은 상태였다.

코트가 필요할 거라고 리어던이 말하자 그의 친구는 코트의 결을 조심스럽게 빗고 걸이에서 신중하게 집었는데, 느슨해지기 시작한 이음매 때문인 듯했다. 비펜은 파이프와 담배쌈지와 탬퍼와 성냥갑을 주머니에 넣고, 별다른 이유 없이 불현듯 떠오른 그리스 단장격 운율을 중얼댔다.

"나가게. 자네가 나가면 램프를 끄지. 항상 그렇지만, 내려가는 계단 조심하게." 비펜이 당부했다.

그들은 클립스톤 스트리트로 내려가 북쪽을 향해 걷다가 유스턴 로드를 건너, 웰프데일 씨가 현재 사는 외관이 말쑥한 건물이 있는 알바니 스트리트에 다다랐다. 문을 열어준 여자가 꼭대기 층으로 가라고 했다.

그들이 노크하자 명랑한 목소리가 대답했다. 비펜이 사는 하숙집보다는 문명의 손길이 훨씬 많이 느껴지는 방이었다. 얼마쯤 서재 느낌을 자아내는 가구는 가장 기본적인 것들만 있었지만 상태는 멀쩡했다. 방 한쪽 끝은 친츠 커튼으로 가려져 있었고, 자세히 보면 커튼 뒤로 침실에 필수인 가구가 보였다.

웰프데일 씨는 난롯불 앞에 앉아 시가를 피우고 있었다. 서른 살인 그는 이목구비는 평범했지만 우아하고 세련된 인상이었으며 밤색 구불거리는 머리에 다듬은 수염이 잘 어울렸다. 지금 그는 깃이 없는 실내복 차림이었다.

"어서 오게, 신사분들." 웰프데일이 익살스럽게 말했다. "정말 오랜만이군, 리어던. 자네 새 책을 읽고 있지. 책 곳곳에 비상하게 훌륭한 부분들이 있더군. 비상해."

웰프데일에게는 불쾌한 진실을 말하지 못하는 단점과 더불어 리어던이 그와 어울리는 걸 꺼리게 만드는 아부 기질이 있었다. 『마거릿 홈』을 굳이 언급할 필요가 없었는데도 그는 호의적이지 않은 평가로 오해받을 소지가 있는 침묵 대신 매끄러운 거짓말을 택했다.

"자네 작품을 통틀어 가장 훌륭한 부분을 3부에서 한두 개 발견했네. 정말이야." 웰프데일이 말을 이었다.

리어던은 들은 체도 하지 않았다. 진심이 아니라는 걸 알았기 때문에 짜증이 났고, 친구의 침묵을 이해한 비펜이 화제를 바꾸었다.

"자네가 메시지에 썼던 숙녀분이 대체 누군가?"

"아, 놀라운 이야기야. 내가 결혼하게 됐네, 리어던. 진짜 결혼 말일세. 파이프에 불을 붙이게나. 내가 죄다 이야기해 주지. 자네 놀랐군 그래, 비펜? 상상도 못 했지? 어떤 사람들은 경솔하다고 할지도 모르네. 하지만 이 집에서 방을 하나 더 빌리는 것뿐이네. 그게 다야. 일주일에 2기니 정도는 벌 수 있고, 몇 푼 들어올 계획이 무궁무진하거든."

리어던은 담배를 피울 입맛조차 떨어진 상태였지만 비펜은 불을 붙이고 로맨틱한 이야기에 큰 관심을 보이며 기다렸다. 가난뱅이 남자가 자신의 가난을 공유하도록 여자를 설득한 이야기를 들을 때마다 비펜은 자세한 사연을 궁금해했다. 그런 꿈 같은 행운이 그에게도 언젠가 찾아올지도.

"자." 웰프데일이 다리를 꼬고 시가에서 뿜어낸 연기구름을 바라보며 운을 뗐다. "자네들도 내 글쓰기 조언 사업을 알지. 사업이 그럭저럭 잘 되어서 확장할 생각인데, 여기에 대해선 잠시 후에 말하겠네. 한 6주 전에 내 광고를 본 여자에게서 편지가 왔어. 내가 조언을 해줬으면 하는 소설 원고가 있다고 하더군. 출판사 두 군데에서 거절을 당했는데 한 곳에서 칭찬을 많이 해줘서, 팔릴 만하게 고칠 방법이 없나 알아보고 있다고 했어. 물론 나는 긍정적으로 답했고, 원고가 왔네. 사실 나쁘지 않았어. 정말이지, 출판사에 추천해 달라고 사람들이 보내는 원고를 자네들이 한번 봐야 하네. 그 여자 원고는 어디를 봐도 절망적이지는 않아서 내가 진지하게 생각해 봤지. 편지 몇 통을 주고받은 다음에 여자한테 나를 찾아오라고 했네. 우푯값도 아낄 수 있고, 직접 만나서 이야기도 하게 말이야. 여자는 자기 주소를 주지 않았어. 편지를 베이스워터에 있는 문구점으로 보내야 했네. 어쨌든 여자가 오겠다고 했고, 진짜 왔어. 어떤 여자일 거라고 대충 예상했는데 물론 내가 완전히 헛짚었다고 밝혀졌지. 매우 아름답고 흥미로운 스물한 살쯤 된 여자가 나타났을 때 내가 얼마나 놀랐을지 상상해 보게나. 딱 내 이상형이었네. 검은 머리에 마치 결핵이라도 걸린 것처럼 창백하고, 늘씬했지. 아니, 도저히 묘사를 못 하겠군. 불가능해. 자네들이 직접 볼 때까지 기다리게."

"결핵이 그냥 표현이었길 바라네." 비펜이 특유의 진지한 말투로 말했다.

"아, 심각한 건 아니야. 아니겠지. 기침을 좀 하는 것뿐이네, 불쌍하게도."

"뭐라고?" 리어던이 외쳤다.

"아닐세, 아니야. 괜찮을 거야. 어쨌든, 우린 그녀의 소설에 관해 의논했네. 난 아주 솔직하게 말했어. 그녀가 두세 번 여기 온 다음에는 조금씩 자기 이야기를 꺼내도록 부추겼지. 가슴 아픈 사정이 있더군. 런던에 혈혈단신으로 있는 데다가 몇 주 동안 제대로 된 음식도 못 먹었대. 팔 수 있는 옷은 다 팔았고, 그런 사정들. 고향은 버밍엄인데 새어머니가 괴롭혀서 어쩔 수 없이 집을 나왔다더군. 친구가 빌려준 몇 파운드랑 미완성인 소설 한 권을 들고 런던에 온 거야. 자네들도 알다시피, 나 같은 사람은 이런 이야기를 들으며 어떤 여자에게라도 마음이 약해질 텐데, 완전히 내 이상형인 여자라면 또 어떻겠나. 자기가 내 시간을 너무 뺏는 거 같다고 걱정하더군. 돈을 못 낼까 봐 말이야. 도저히 참을 수 없었지. 그 자리에서 청혼했어. 여자를 속일 마음은 추호도 없었다는 걸 알아 주게. 나는 사실주의 소설가로서 실패했고, 닥치는 대로 일해서 먹고사는 가난한 작가라고 말했어. 그리고 우리가 여러 사업을 함께하며 살 수 있을 거라고 설명했네. 그녀는 계속 소설을 써도 되고, 뭐 그런 것들. 그녀는 두려워하더군. 너무 갑작스러웠겠지. 자네들도 알다시피 내 단점이지 않나. 하지만 그녀를 잃을까 봐 너무 겁이 났어. 그래서 사실 그대로 말했지."

비펜이 미소 지었다.

"우리가 결말을 몰랐더라면." 그가 말했다. "정말 흥미로운 이야기였겠군."

"그렇지. 비밀로 하지 않은 게 유감이군. 그녀가 좀처럼 승낙을 하지 않는데, 거절도 하지 않았다는 걸 눈치챘네. '어쨌든 자주 만나 주시겠습니까?' 내가 물었어. '수업료는 신경도 쓰지 마십쇼. 밤낮으로 당신을 위해 일할 겁니다. 당신 소설이 팔리도록 최선을 다할 거예요.' 그리고 돈을 좀 빌려주게 허락해 달라고 했어. 설득하기 힘들었지만 끝내 그녀가 몇 실링을 받았지. 딱 봐도 굶주렸더군. 상상해 보게! 굶고 있는 미인이라니! 미쳐 버릴 지경이었어! 하지만 수확이 있었네. 그날 이후 우리는 거의 매일 만났어. 그리고 마침내 그녀가 승낙했네! 승낙했다고! 아직도 믿기 힘들군. 2주 안에 결혼할 거야."

"축하하네." 리어던이 말했다.

"그래, 나도 축하하네." 비펜이 한숨을 내쉬며 말했다.

"그저께 그녀가 아버님께 소식을 전하러 버밍엄에 내려갔어. 그게 좋겠다고 나도 동의했지. 아버지라는 사람이 완전히 가난뱅이는 아닌 듯하네. 가출한 걸 용서할지도 모르지. 아내한테 꽉 잡혀 사는 것 같긴 하지만. 어제 메시지가 왔네. 첫날은 친구 집에서 보낸다고 하더군. 오늘 아침에 소식이 또 올 줄 알았는데. 여하튼, 내일은 반드시 오겠지. 자네들도 상상할 수 있겠지만, 난 몹시 흥분한 상태네. 물론 노인네가 결혼 선물이라도 내놓으면 더 좋겠지. 상관없네. 어떻게든 함께 생활을 꾸려 나갈 거야. 내가 지금 뭘 쓰고 있는지 아나? 작가를 위한 지침서. 자네들도 어떤 건지 알지. 물론 불티나게 팔려. 곧 내 사업을 제대로 광고할 생각이야. 멋진 아이디어가 있다네. 이렇게 광고할 거야. '10회 만에 소설 완성하기!' 어떤 것 같나? 사기가 아닐세. 전혀 아니야. 평범한 남녀에게 유용한 수업 열 개 정도 해줄 능력은 되거든. 계획을 짜고 있어. 리어던, 자네가 아주 재미있어할 거야. 첫 번째 수업은 소설의 주제와 지역색 따위를 다룰 거야. 나는 학생들에게 아주 진지하게 조언하네. 가능하면, 부유한 중산층에 관해 쓰라고. 인기가 많은 소재거든. 고귀한 나리나 귀부인들도 괜찮은 소재지만, 귀족은 아닌데 떵떵거리고 사는 속물들 이야기를 쓰는 게 요점이야. 특히 승마에 대해 공부하라고 권하지. 아주 중요하네. 군대에 관해서도 좀 알아야 해. 샌드허스트[33]나 그런 것들. 요트도 매우 중요하네, 알겠나? 아, 난 이걸 제대로 해볼 거네. 아내를 잘 가르쳐서 소녀들 교습을 하게 해야지. 여자들은 여자 선생님을 선호할 테니까."

비펜은 몸을 뒤로 젖히고 요란하게 웃었다.

"수업료는 얼마나 받을 생각인가?" 리어던이 물었다.

"때마다 다르지. 1, 2 기니는 물론 받겠지만, 어떤 사람들에게는 5기니까지 받을 거야."

그때 누군가 문을 두드리고 말했다.

"웰프데일 씨, 편지 왔어요."

그는 벌떡 일어나서 문으로 갔다가 환한 얼굴로 돌아왔다.

"그래, 버밍엄에서 왔어. 오늘 아침에 보냈군. 글씨체가 얼마나 아름다운지 한번 보게."

그는 겉봉을 뜯었다. 리어던과 비펜은 배려하기 위해 시선을 돌렸다. 잠시 침묵이 흘렀고, 웰프데일이 낸 이상한 외침에 친구들이 돌아봤다. 창백해진 그는 떨리는 손으로 종이를 들고 눈살을 찌푸리고 있었다.

"안 좋은 소식은 아니겠지?" 비펜이 조심스레 물었다.

웰프데일은 의자에 털썩 주저앉았다.

"이럴 수는 없어!" 그가 쉰 목소리로 외쳤다. "이렇게 잔인할 수는 없어! 이렇게 끔찍한 소리는 들어본 적도 없네! 한 번도!"

두 친구는 웃음을 참으며 기다렸다.

"그녀가 말하길—버밍엄에 옛날 애인이 있는데—사실 아버지가

---

33. 영국 육군 사관학교(Royal Military Collge)가 있는 지역으로 영국과 인도 군대의 보병대와 기병대를 양성했다.

아니라 이 사람과 싸우고 집을 나온 거였다고 하네. 놀라게 하고 걱정도 좀 시키려고. 하지만 이제 다시 화해했고 결혼할 예정이라고 하네!"

웰프데일의 손에서 편지가 떨어졌다. 그가 너무 비탄에 잠겨 보여 두 친구는 곧 그런 상황에 어울리는 위로의 말을 건네면서 달래려 애썼다. 몹시 괴로워하는 웰프데일을 보고 리어던은 그를 이전보다 좀 더 높이 평가했다. 그가 이런 감정을 느낄 수 있는 사람이라고 생각하지 않았던 것이다.

"천박하게 바람을 피운 게 아니야!" 이윽고 버림받은 남자가 외쳤다. "그렇게 생각하지 말게나. 그녀는 진심으로 괴로워하고 뉘우치면서 편지를 썼어. 정말이네. 아, 빌어먹을! 내가 왜 그녀를 버밍엄에 보냈지? 2주만 기다렸으면 안전하게 내 것으로 만들 수 있었는데. 하지만 이게 내 운이겠지. 내가 약혼한 게 이번이 세 번째였다는 걸 아나? 아니, 제길, 네 번째야. 항상 여자가 마지막 순간에 도망쳐 버렸지. 운도 없지! 완전히 내 이상형이었단 말일세! 자네들에게 보여 줄 사진조차 한 장 없어. 그녀를 봤으면 깜짝 놀랐을 거야. 제길, 대체 내가 왜 버밍엄에 보냈단 말인가?"

손님들은 자리에서 일어났다. 웰프데일이 슬픔에 못 이겨 금방이라도 울음을 터뜨릴 것처럼 보여 불편했다.

"우리가 이만 가는 게 좋겠군." 비펜이 말했다. "정말 괴로운 일이야. 정말로."

"이보게! 자네들 눈으로 직접 편지를 읽어 보게! 읽어 봐!"

그들은 그런 요구를 하지 말라고 부탁하며 거절했다.

"어떤 여자였는지 자네들이 봤으면 좋겠네. 희극에서나 나올 법한 속임수가 아니란 말일세! 전혀 아니야! 용서해 달라고 빌면서 자책하고 있어. 그냥 내 운이지. 세 번째—아니 네 번째 불운이야, 제길! 나보다 여자 운이 없는 남자도 없을 거야. 내가 너무 가난해서 그렇지. 그래, 바로 그것 때문이야."

리어던과 동행은 간신히 빠져나왔으나 사라진 여자의 덕망과 미모에 대해 낱낱이 들은 후였다. 집을 나온 그들은 침울한 기분이었다.

"어떻게 생각하나?" 비펜이 물었다. "조금이라도 가치 있는 여자가 저럴 수 있을까?"

"여자는 무슨 짓이든 할 수 있네." 리어던이 사납게 대답했다.

그들은 포틀랜드 로드 역까지 아무 말 없이 걸었다. 리어던은 런던을 떠나기 전에 다락방에 저녁을 먹으러 가겠다고 약속했고, 친구와 헤어져 서쪽으로 향했다.

그가 집에 들어오자마자 에이미가 그를 불렀다.

"제드우드에게서 편지가 왔어요, 에드윈!"

그는 서재로 들어갔다.

"당신이 외출하자마자 왔어요. 열어 보고 싶은 걸 참느라 혼났어요."

"그냥 읽지 그랬어요?" 그가 무심히 말했다.

리어던은 직접 개봉하려고 했지만, 손이 떨려 처음엔 실패했다. 마침내 봉투를 개봉한 그는 출판업자가 직접 쓴 편지를 찾았고, 눈에 들어온 첫 글자는 '유감이지만'이었다. 분노를 삼키며 그는 편지를 끝까지 읽고 에이미에게 건네주었다.

편지를 읽는 에이미의 낯빛이 어두워졌다. 리어던이 제안한 소설이 출판사의 1부작 소설 시리즈를 찾는 독자들 사이에서 인기가 없을 거 같다는 내용이었다. 자기가 소설 자체를 낮게 평가하는 게 아니라는 사실을 알아달라는 당부도 함께 있었다.

"놀라지 않았어요." 리어던이 말했다. "맞는 말이에요. 교양 있는 독자가 좋아하기엔 너무 알맹이가 없고, 범속한 독자들이 좋아할 만큼 가볍지는 않아요."

"그래도 다른 출판사에 보낼 거죠?"

"소용이 있을지 모르겠어요."

그들은 말없이 마주 보고 앉아 있었다. 제드우드의 편지가 에이미의 무릎에서 미끄러져 바닥에 떨어졌다.

"이렇게 된 이상 우리 계획을 어떻게 실천할지 모르겠군요." 리어던이 잠시 후 말했다.

"해야만 해요!"

"어떻게요?"

"《웨이사이드》에서 7~8파운드 정도 받을 거예요, 그리고—우리가 가구를 파는 게 낫지 않을까요."

리어던의 표정을 본 에이미가 말을 멈췄다.

"에이미, 당신이 어떻게든 내게서 벗어나려는 것처럼 보여요."

"제발 또 그 소리 시작하지 말아요!" 그녀가 짜증을 내며 외쳤다. "만약 내 말을 못 믿으면—"

둘 다 견디기 힘들 정도로 신경이 곤두섰다. 목소리가 떨렸고, 눈이 이상하게 빛났다.

"우리 가구를 판다면." 리어던이 말을 이었다. "당신이 영영 돌아오지 않겠다는 말이에요. 우리 앞에 펼쳐진 고생길에서 당신과 아이를 구하고 싶은 거겠죠."

"맞아요. 구하고 싶어요. 하지만 당신을 버리고 구하려는 게 아니에요. 나는 당신이 떠나서 우리 모두를 위해 일하길 바라요. 그래서 얼마 후에 다 같이 행복하게 살 수 있게요. 아, 너무 괴로워요!"

에이미가 발작처럼 흐느끼기 시작했다. 리어던은 그녀를 달래는 대신 옆방에 가서 오랫동안 어둠 속에 앉아 있었다. 그가 돌아왔을 즈음에 에이미는 진정했고, 비참한 표정이 차갑게 굳어 있었다.
"오늘 아침에 어디 갔었어요?" 리어던이 일상적인 이야기를 꺼내려는 양 물었다.
"말했잖아요. 윌리 물건이 필요한 게 있어서 사러 갔다고요."
"아, 그랬지."
침묵이 흘렀다.
"비펜이 토트넘 코트 로드에서 당신을 지나쳤다더군요." 그가 덧붙였다.
"나는 못 봤어요."
"맞아요. 당신은 자기를 못 본 거 같다고 했어요."
"어쩌면 내가 밀베인과 있었을 때였나 보네요." 에이미가 말했다.
"밀베인을 만났어요?"
"네."
"왜 내게 말하지 않았어요?"
"글쎄요. 하루 동안 있었던 일을 시시콜콜 다 말할 수는 없어요."
"물론 그렇겠죠."
에이미는 지친 듯 눈을 감았고, 1~2분 동안 리어던은 에이미의 얼굴을 관찰했다.
"그래서 당신은 우리가 가구를 팔았으면 좋겠어요?"
"거기에 대해선 아무 말도 안 하겠어요. 에드윈, 당신 생각대로 해요."
"내일 장모님 집에 갈 거예요?"
"네. 당신도 같이 가면 어떨까요."
"아니요. 내가 가서 좋을 게 없어요."
그는 다시 일어났다. 비록 다음 날 (일요일) 앞으로의 행보를 모두 결정해야 하겠지만, 그날 밤 그들은 닥친 시련에 대해서 아무 말도 하지 않았다.

17장. 이별

에이미는 교회를 다니지 않았다. 결혼 전에는 어머니를 따라 형식적으로 다녔지만 대중 종교에 대한 리어던의 관점을 금세 흡수한 뒤 이 주제를 마음에서 완전히 떠나보냈고, 교리를 방어하지도 공격하지도 않았다. 그녀는 신비주의는 질색이었다. 에이미의 본성은 대단히 실리적이었으며 학식에 열정 비슷한 걸 느꼈다.

일요일 아침, 에이미는 소소한 집안일로 분주했다. 리어던이 보니 그녀는 짐을 싸고 있는 듯했고, 아내만큼이나 말할 기분이 아니었던 그는 밖에 나가 햄프스테드 근방을 몇 시간 걸었다. 식사가 끝나자마자 에이미는 곧바로 웨스트본 파크로 갈 채비를 시작했다.

"그래서, 나랑 같이 안 가겠다고요?" 에이미가 남편에게 물었다.

"그래요. 런던을 떠나기 전에는 뵈러 가야겠지만 당신이 준비를 마치기 전까지는 가고 싶지 않아요."

"가구를 안 팔았으면 좋겠어요?" 에이미가 물었다.

"장모님 의견을 물어보세요. 그럼 결정 나겠죠."

"가구를 옮기는 것도 비용이 들잖아요. 《웨이사이드》에서 원고료를 보내지 않으면 2~3파운드밖에 안 남아요."

리어던은 대답하지 않았다. 수치심에 기분이 상했다.

"그럼 어머니한테 오늘 말할까요?" 에이미가 외면한 채 말을 이었다. "화요일에 완전히 들어간다고? 그러니까, 여름 동안에 말이에요."

"그래야겠죠."

갑자기 리어던이 아내를 향해 돌아섰다.

"여름이 끝날 때쯤이면 내게 정말 돈이 생길 거라고 믿어요? 왜 그렇게 말하는 거예요? 가구를 팔아서 지금 당장 몇 파운드가 생기더라도 내가 나중에 새로 가구를 살 수 있다고 장담할 수 있어요?"

"앞을 어떻게 내다보겠어요?" 에이미가 대답했다. "이제 우리의 생계가 걸린 문제예요. 당신이 어머니한테 빌리기보다는 이 방법을 선호할 줄 알았어요. 어머니는 이제 저와 윌리도 책임지셔야 하잖아요."

"당신 말이 맞아요." 리어던이 중얼댔다. "당신이 알아서 해요." 대단히 실용적인 마음가짐이었던 에이미는 쓸데없는 이야기를 하기 위해 기다리지 않았다. 몇 분 후 리어던은 혼자 남겨졌다.

그는 책장 앞에 서서 가져갈 책을 고르기 시작했다. 아직 삶에 미련이 남은 애서가에게 꼭 필요한 몇 권—그의 호메로스, 그의 셰익스피어.

나머지는 팔아야 했다. 내일 아침에 처분하리라. 다 합치면 몇 파운드 정도 생길지도 몰랐다.

그리고 그의 옷이 있었다. 에이미는 아내의 살림 의무를 다했다. 리어던의 옷은 그들 상황에서 최상의 상태였다. 괜히 겨울옷까지 가져가서 짐을 만들 필요 없었다. 여름을 어떻게 넘긴다고 해도, 필요하면 낡은 옷을 언제든지 다시 살 수 있었다. 지금 당장은 돈을 한 푼이라도 더 긁어모으는 것만 생각했다. 그래서 그는 팔릴 만한 옷을 한 무더기 쌓아놨다.

가구는? 만약 팔린다고 해도 10~12파운드 이상 받긴 힘들 터였다. 어쩌면 15파운드. 그 정도면 여름 동안 생활비는 충분했다.

리어던은 비펜을 떠올리며 부러워했다. 비펜은 필요하면 일주일에 3~4실링으로 살 수 있고, 책임질 사람도 없었다. 만일 그가 굶어 죽는다면, 뭐, 그렇게 죽은 외로운 남자는 많다. 그가 자살을 택한다고 누가 슬퍼하겠는가? 운 좋은 친구 같으니라고!

세인트 말리번의 종이 오후 예배 시간을 알리며 뗑그렁뗑그렁 울리기 시작했다. 무딘 고통에 잠겨 멍하니 종소리를 듣고 있던 리어던은 어두침침한 교회에 앉아 단조로운 기도 소리를 들으면서 위안을 받거나 혹은 그걸 의무로 생각하는 사람들이 존재한다는 사실이 새삼 놀라웠다. 삶이 공허한 나머지 무덤에 묻힌 후의 보상을 믿어야만 하는 수백만 명의 비참한 인간들이 떠올랐다. 그는 그런 걸 바라지도, 염원하지도 않았다. 현재 통용하는 현금을 아주 조금만 손에 넣을 수 있으면 이 세상은 그에게 더할 나위 없는 천국이었다. 그래서 더 안타까웠다. 그는 세상에서 가장 귀한 상을 손에 넣었다—여자의 사랑—그러나 주머니가 텅 비어 있어서 지킬 수 없었다.

리어던이 위대한 사람이 되지 못한다는 것. 에이미에게는 통탄할 만한 실망이었다. 하지만 단지 이것 하나 때문에 그녀가 멀어지지는 않았다. 극빈에 대한 두려움과 수치심이 에이미의 마음을 차갑게 얼렸다. 양심상 리어던은 암담한 상황에 겁먹은 아내를 경멸할 수 없었다. 정말 굳센 소수의 사람만이 그런 고난을 꿋꿋하게 버틴다. 그는 아직도 에이미를 열정적으로 사랑했으나 그녀가 어떤 부류의 여자인지 인제 깨달았다. 에이미는 그가 한때 상상했던 것처럼 초연히 고상한 사람이 아니었다. 그녀가 남루한 고생길을 앞에 두고 움츠러든 건 완벽히 자연스러운 현상이었다. 조금만 돈이 있었다면 그는 자신의 영혼과 지성의 최고 모습만 계속 보여서 아내의 사랑을 지킬 수 있었을 것이다. 가난은 리어던 역시 비천하게 만들었다. 그는 이제 사랑이나 존경을 받을 자격이 있는 남자처럼 행동하지 않았다. 모든 게 단순하고 당연했다—얄팍한 이상주의에 빠지지 않고서야 착각할 수 없는 상황이었다.

최악은, 에이미가 재스퍼 밀베인의 활력과 성공할 가능성에 매력을 느낀다는 사실이었다. 그는 에이미를 저속하게 의심하지는 않았지만, 침울하고 무기력하며 이제까지 쌓은 입지마저 잃은 남편과 웃으면서 앞날을 개척하고 있는 젊은 저널리스트를 그녀가 습관적으로 비교하는 모습을 눈치채지 않을 수 없었다. 에이미는 밀베인과 나누는 대화를 즐겼고, 그와 이야기하고 나면 명랑해졌다. 그녀는 그를 개인적으로 좋아했다. 리어던이 옛 친구를 대하는 태도에 돋아난 질투의 가시를 그녀가 못 느꼈을 리 없는데, 이런 모습을 여자에게 보이는 건 언제나 위험하다. 예전에는 에이미가 남편의 우월함을 높이 샀고 밀베인의 인성과 지성에서 완연히 드러나는 범속한 기질을 살포시 비웃었다. 그러나 지긋지긋하게 계속되는 남편의 실패에 질린 지금 그녀는 성공 가도를 달리는 밀베인을 보며, 그의 성격과 재능의 세속적 가치를 깨달았다. 다시 말하지만, 단순하고 당연했다.

남편과 떨어져 사는 동안 에이미가 사람들과 교류를 끊지는 않을 테고, 밀베인을 꽤 자주 만날 가능성이 컸다. 율 부인을 종종 방문하던 밀베인이 에이미가 거기 있다고 발길을 끊을 리 없었다. 어제와 같은 우연한 만남이—그녀가 남편에게 말하지 않기로 택한—종종 있을 터였다.

어두운 공포의 그림자가 리어던을 덮쳤다. 상황이 힘들다고 소극적으로 포기함으로써 아내를 가난이라는 질병보다 더 큰 위험에 노출하는 게 아닐까? 에이미를 무엇보다 소중히 생각하는 사람으로서, 그녀를 홀로 방치하는 것이 과연 올바른 처사일까? 단지 몇 달뿐이더라도? 강인한 남자라면 에이미의 이런 계획을 절대 승인하지 않았을 것이다. 리어던은 에이미가 밀어붙이는 계획에 맞설 힘이 없었고, 또 안전하게 물러서는 것에 익숙했다. 만약 여름 휴가가 무용했다고 판명난다면, 이런 나약함의 끝은 무엇이란 말인가? 지금과 같은 상황에서 자신이 몇 달 만에 정신력을 회복할 가능성이 희박하다는 사실을 그는 에이미보다 훨씬 잘 알았다. 고생을 미루고 싶은 약한 마음에 못 이겨 그녀의 결정을 따랐으나, 돌이킬 수 없는 순간이 눈앞에 다가온 지금, 여태 간과했던 위험이 마음속으로 밀려들었다.

리어던은 괴로워하며 벌떡 일어나 마치 도움이 근처에 있는 것처럼 주위를 둘러보았다.

잠시 후 현관에서 노크 소리가 들렸고, 문을 열자 쾌활한 카터 씨가 있었다. 리어던이 결혼하고 나서 카터는 두세 번밖에 찾아오지 않았던지라, 의외의 방문에 리어던은 어리둥절했다.

"한동안 런던을 떠난다고 들었네." 카터가 외쳤다. "이디스가 어제 말해 줬어. 그래서 잠깐 보러 왔네."

봄옷을 입고 있는 카터는 상쾌한 향을 풍겼다. 그의 부유한 활력과 리어던의 좌절한 조용함이 하늘과 땅 같은 대비를 이루었다.

"몸이 안 좋아서 쉬러 간다고 그러던데. 자네는 지나치게 열심히 일했네. 무리하면 안 되지. 어디로 갈 생각인가?"

"갈지 안 갈지 아직 확실하지 않네." 리어던이 대답했다. "해변 어딘가로 몇 주 정도 갈까 했지."

"북쪽으로 가길 권하겠네." 카터가 명랑하게 말했다. "자네한테 활기를 불어넣을 게 필요하거든. 스코틀랜드에서 배를 타고 낚시를 하면 어떤가. 아주 새사람이 돼서 돌아올 걸세. 이디스와 나도 작년에 거기 갔었는데, 정말 도움이 됐어."

"그렇게 멀리 가진 않을 것 같네."

"하지만 그게 바로 자네에게 필요한 거네. 확실한 변화 말일세. 신선한 걸 찾아보게. 자네 몸이 정말 안 좋아 보여. 이건 엄연한 사실이네. 런던의 겨울은 여러 사람 잡지. 나도 그랬는걸. 최근 몇 주간 꽤 골골거렸어. 이디스가 이번 달 말에 파리에 데려가달라고 하더군. 나쁜 생각이 아니야. 하지만 너무 바쁘지 뭔가. 가을에는 노르웨이에 갈 것 같네. 그쪽이 요즘 유행인 거 같아. 자네도 노르웨이에 가보면 어떤가? 아주 저렴하게 다녀올 수 있다고 하더군. 증기선을 헐값에 탈 수 있어."

미래가 신나는 휴일로 꽉 찼고 수입이 보장된 남자다운 만족감을 풍기며 카터는 이야기를 이어갔다. 리어던은 그런 제안에 아무 대답도 할 수 없었다. 그는 딱딱한 미소를 띠고 이야기를 들었다.

"자네 혹시 소식 들었나?" 잠시 후 카터가 물었다. "우리 병원이 시티 로드에 새 지점을 곧 개원한다네."

"아니, 못 들었네."

"외래환자만 받을 거야. 삼 일은 아침, 삼 일은 저녁 이렇게 번갈아 여는 지점이네."

"거기에선 누가 자네 일을 하나?"

"나도 종종 들리겠지. 예전 사무실과 마찬가지로 사무원을 한 명 둘 거고."

그는 진료를 맡을 의사와 새롭게 시도하려는 계획을 세세히 설명했다.

"사무원은 구했나?"

"아직이야. 하지만 나랑 잘 맞을 것 같은 사람을 한 명 알지."

"나한테 기회를 줄 생각은 없나?"

리어던은 쉰 목소리로 묻고 어색하게 웃었다.

"요새 자네 급여는 내가 감당할 수준이 아니잖나, 친구." 농담이라 생각한 말에 한마디 보태며 카터가 외쳤다.

"일주일에 1파운드 줄 건가?"

"25실링이네. 현금으로 계산하는 환자들에게 돈을 받으니까 믿을 만한 사람이어야 하지."

"글쎄, 나는 진심이네. 나한테 자리를 줄 수 있나?"

카터는 리어던을 빤히 바라보았고, 다시 웃으려다 멈췄다.

"대체 무슨 소리인가?"

"사실은 말이야, 나는 직업이 몇 개 있어야 하네." 리어던이 답했다. "집필은 한 번에 한두 달 이상 못 하겠단 말일세. 그렇게 하다가 내가 거의 망가지다시피 했지. 자네가 이 사무원 자리를 준다면, 나는 계속 소설을 써야 하는 부담에서 해방되는 거야. 모든 면에서 내게 도움이 될 걸세. 내가 일을 잘 하고 믿을 만한 사람이란 건 자네도 알잖나. 자네가 구할 웬만한 직원보다 내가 나을 거라고 감히 말할 수 있네."

해냈다. 첫 충동에 아주 잘 해냈다. 1분이라도 주저했으면 창피해서 차마 입을 열지 못했을 것이다. 리어던은 얼굴이 화끈거렸고 혀가 바싹 말랐다.

"정말 놀랍군!" 카터가 외쳤다. "설마 자네가—하지만 물론 자네가 진짜 원한다면야. 자네가 진심이라고 믿기가 힘들군, 리어던."

"못 믿을 게 뭔가? 내게 주겠다고 약속할 수 있나?"

"음, 알겠네."

"일은 언제 시작할 수 있나?"

"이 지점은 내일부터 일주일 뒤에 개원해. 그럼 자네 휴가는 어떻게 하나?"

"휴가는 나중에 가도 괜찮네. 새로운 일을 하게 되는 것만으로도 충분한 휴가지. 게다가 옛날에 했던 일이고. 아주 즐거울 거야."

역경에서 빠져나왔다는 생각에 마음이 놓인 리어던이 기뻐하며 웃었다. 그들은 30분 정도 더 일에 관해 이야기를 나누었다.

"정말 재미있는 일이야." 카터가 일어나며 말했다. "뭐, 자네 일은 자네가 제일 잘 알겠지."

에이미가 돌아오자 리어던은 그녀가 아이를 재울 때까지 기다렸다가 말하기로 했다. 마침내 에이미가 서재로 들어와서 자리에 앉았다.

"어머니가 가구를 팔지 말라고 하시네요." 에이미의 첫마디였다.

"잘 됐군요. 나도 그러지 않기로 마음먹었어요." 에이미는 그의 말투에 생긴 변화를 단박에 알아차렸다.

"뭔가 좋은 생각이 났나요?"

"그래요. 카터가 다녀갔는데 외래환자만 받는 지점을 시티 로드에 새로 연다고 말했어요. 일할 사람이 필요하다고 하더군요. 내게 직책을 달라고 부탁해서, 약속받았어요."

리어던은 침착하게 말하기로 마음먹었으나 마지막 단어들은 황급히 굴러 나왔다. 더 이상 약하게 굴지 말자. 그는 결심했다. 책임감 있는 남자답게 행동할 것이다.

"일이라뇨? 무슨 일이요?" 에이미가 물었다.

"단순한 말로 사무예요. 내가 전에 했던 것과 같은 일이죠. 환자를 접수하고 청구서를 기다리고 등등. 일주일에 25실링을 받기로 했어요."

에이미는 몸을 곧추세우고 그를 뚫어지게 바라봤다.

"농담이에요?"

"전혀 아니에요, 여보. 우리를 구해 줄 축복이죠."

"당신이 카터 씨에게 사무원 자리를 부탁했다고요?"

"그래요."

"그리고 우리는 일주일에 25실링으로 살아갈 거고요."

"아, 아니에요! 일주일에 오전 삼 일과 오후 삼 일만 일해요. 내 시간에 계속 글을 쓸 거고, 그러면 1년에 50파운드는 벌 수 있어요. 당신이 도와준다면요. 내일 나는 여기서 좀 떨어진 곳에 방을 구할 작정이에요. 이즐링턴을 생각하고 있어요. 우리는 여태 능력보다 과소비했어요. 그런 생활은 이제 끝내야 해요. 체면 때문에 허세를 부리는 건 그만하겠어요. 내가 소설을 써서 성공하면 참 좋겠지요. 그러면 우리의 지위와 전망이 바뀔 거예요. 하지만 지금 우리는 가난한 사람들이니까 검소하게 살아야 해요. 우리 집에 오고 싶은 친구들은 속물근성 따위는 버리고 우리 모습 그대로 받아들여야 해요. 만약 오고 싶지 않다고 하면, 그게 우리가 동떨어져 사는 핑계가 되겠죠."

에이미는 자신의 손등을 두드리고 있었다. 오랜 침묵 끝에 그녀는 아주 조용히, 하지만 아주 단호하게 말했다.

"당신 계획에 동의할 수 없어요."

"그렇다면 에이미, 나는 당신의 동의 없이 해야겠어요. 이 집에는 새로운 사람들이 들어올 거고 우리 가구는 그들에게 넘어갈 거예요."

"나와 아무 상관 없어요." 아내가 같은 목소리로 말했다. "난 결정했어요. 당신이 하라고 했던 대로예요. 난 다음 주 화요일에 윌리를 데리고 어머니 집으로 갈 거예요. 당신은 원하는 대로 해요. 해변에서 여름을 보내면 당신에게 더 도움이 될 거로 난 생각했어요. 하지만 당신이 이즐링턴에서 살고 싶다면—"

리어던은 다가서서 한 손을 그녀의 어깨에 올려놓았다.

"에이미, 당신은 내 아내예요, 아니에요?"

"난 그 정도 주급을 받고 일하는 사무원의 아내는 확실히 아니에요."

그는 에이미가 반대하리라 예상하긴 했지만 어떤 방식일지는 몰랐다. 에이미가 반발하더라도 부드럽고 차분하게 설득하겠다고 결심했었다. 그러나 이렇게 의식적으로 자신감을 가지려는 남자는 신경이 부들거려서 계획했던 대로 행동하지 못하는 법이다. 이미 리어던은 애초에 마음먹었던 것보다 훨씬 더 퉁명스럽게 말했다. 부지불식간에 리어던의 목소리에서 간절하고 단호한 결심 대신 아집이 흘러나왔고, 이런 이상한 말투는 으레 같은 말투로 이어지는 법이다. 그는 자제력을 잃었다. 에이미의 마지막 말이 전기 충격처럼 그를 관통했다. 잠시 리어던은 아내에게 무시당한 남자, 신체적으로 더 약한 성에게 짐승 같은 힘을 행사할 자극을 받은 남자였다.

"당신이 나를 어떻게 생각하든, 당신은 내가 하라는 대로 할 거요. 논쟁하지 않겠소. 내가 화이트채플에서 셋방을 찾기로 하면, 당신은 나를 따라와서 사는 거요."

에이미의 얼굴을 똑바로 응시한 리어던은 거기서 자신의 사나움과 맞먹는 무언가를 느꼈다. 갑자기 그녀는 훨씬 나이 들어 보였다. 두 뺨은 얇아질 정도로 바짝 당겨졌고, 입술은 핏기 없이 굳었으며, 이마에는 전에 없었던 주름이 잡혔다. 에이미는 이빨과 발톱으로 자신을 방어하는 동물처럼 그를 노려봤다.

"당신이 하라는 대로 한다고? 과연!"

에이미가 저런 목소리를 낼 수 있었나? 맙소사! 그런 억양은 노상에서 남편에게 악다구니를 부리는 여자에게서나 들어봤다. 이런 세계의 여자와 그런 세계의 여자가 결국 아무 차이가 없는 걸까? 상반되는 표면 아래 같은 본성이 존재하는 건가?

그에게 남은 선택은 하나였다. 그녀의 팔을 붙잡고 의자에서 일으킨 다음에 온 힘을 다해 뒤로 밀쳐 버리는 것이다—그럼 변신은 완성되고, 그들은 자연 본래의 위치에서 서로를 향해 설 것이다. 어쩌면 욕설을 내뱉으며—

그 대신 리어던은 목이 메어 숨차하며 눈물을 흘렸다.

에이미는 경멸하며 뒤돌아섰다. 주먹다짐과 욕설은 일시적으로라도 그녀를 압도했을 것이다. 그녀는 느꼈을 것이다. '그래, 이 사람은 남자고, 나는 내 운명을 이 사람 손에 맡겼어.' 리어던의 눈물을 본 에이미는 잔인한 승리감을 느꼈다. 그녀가 우월하다는 증거였다. 흐느꼈어야 했던 사람은 그녀였지만, 그런 약한 모습이 이렇게 멀게 느껴지긴 난생처음이었다.

어쨌든 이건 끝이 아니었고 에이미는 여기서 마무리할 생각이 없었다. 서로 외면하며 잠시 서 있다가 리어던이 그녀를 향해 돌아섰다.

"그럼 당신은 나와 살기를 거부하는 거예요?"

"그래요. 당신이 내게 제공하는 삶이 이런 거라면요."

"남편을 버렸다고 모두에게 선언하는 것보다, 남편의 불운을 공유하는 게 더 부끄럽단 말이에요?"

"나는 단순한 진실을 '모두에게 선언'하겠어요. 우리를 파멸에서 구하려고 노력할 기회가 있었는데 그마저 당신이 차버렸다고요. 당신은 차라리 나를 비참한 삶으로 끌어내리는 편을 택했어요. 나는 그 계획에 동의할 수 없고, 하지도 않을 거예요. 망신은 당신 몫이에요. 나를 받아 줄 품위 있는 집이 있어서 다행이에요."

"당신에게 다행이라고! 당신은 창피한 줄도 모르고 그런 말을 하는군요! 난 당신에게 버림받을 만한 행동을 한 적 없어요. 내 능력이 어떤지는 내가 판단해요. 당신이 좋은 여자였다면 내가 제안한 삶이 비참하다고 느끼지 않았을 거예요. 당신은 내가 당신 상상 이상으로 가난해졌다는 이유 하나 때문에 나를 버리고—"

리어던은 횡설수설했다. 내뱉고 싶은 격렬한 말 수천 개가 마음속에서 충돌하고 혼란스럽게 입 밖으로 터져 나왔다. 남자답게 강하게 행동하려다 실패한 그는 당황했고 어떤 어투를 써야 할지도 몰랐다.

"네, 물론 당신은 그렇게 말하겠죠." 에이미가 말했다. "당신 친구들에게 나를 그런 여자로 묘사하겠죠. 내 친구들은 다르게 보겠지만요."

"그들이 당신을 희생자로 볼 것 같아요?"

"아무도 나를 동정하지 못해요. 그건 알아 둬요. 불운하게도 난 내 감정에 무심하고 섬세하지 못한 남자와 결혼했지만, 이런 실수를 한 여자가 내가 처음은 아니죠."

"섬세하지 않다고요? 무심하다고? 내가 당신을 완전히 잘못 봤나요? 아니면 가난 때문에 당신이 내가 알아볼 수 없을 정도로 변한 건가요?"

리어던은 바짝 다가와 절박한 심정으로 에이미의 얼굴을 들여다보았다. 에이미의 얼굴 근육 하나도 예전처럼 반응하지 않았다.

"그거 알아요, 에이미?" 그가 나지막이 덧붙였다. "지금 우리가 헤어지면 영영 헤어진다는 사실을?"

"유감스럽게도 그럴 가능성이 크죠."

에이미는 옆으로 비켜섰다.

"그걸 원한단 말이군요. 당신은 내게 질렸고, 내게서 자유로워지는 것만 바라고 있어요."

"더는 싸우고 싶지 않아요. 죽도록 지긋지긋해요."

"그럼 아무 말도 하지 말아요. 우리의 상황에 대한 내 의견을 마지막으로 들어 봐요. 내가 당신과 잠시 떨어져 있기로 했을 때, 멀리 가서 혼자 일하라는 당신의 제안에 동의했을 때, 나는 어리석었고 심지어 진심도 아니었어요. 당신에게도, 나 자신에게도 말이에요. 불가능한 계획이란 걸 난 알았어요. '나는 글을 써서 밥벌이할 수 없어요. 그러니까 딴 일을 찾아야겠어요.' 이렇게 솔직히 고백해야 하는 순간, 그 끔찍한 순간을 미룬 거예요. 내가 그렇게 약하게 행동하면 안 됐어요. 하지만 당신이 그런 결정을 어떻게 생각하는지 알았기 때문에 사실대로 말하기 두려웠어요. 정말 두려웠어요. 카터가 와서 갑자기 그런 기회를 알려 줬을 때 나는 우리의 계획이 얼마나 황당한지 깨달았어요. 순간 결심했어요. 거짓으로, 절망적이면서 희망이 있는 척, 그렇게 당신 곁을 떠나는 것보다는 무엇이든 낫다고 생각했어요."

리어던은 말을 멈추고 에이미를 바라봤다. 벽에 대고 말하는 것처럼 아무런 반응도 감지할 수 없었다.

"그리고 당신도 많이 잘못했어요, 에이미. 우리의 앞날이 얼마나 암담한지 내가 처음 깨달았을 때 기억나죠? 우리의 생활방식을 바꿔야겠다고 내가 말했잖아요. 이곳을 떠나 저렴한 곳으로 가지 않겠느냐고 당신에게 물어봤어요. 당신이 뭐라고 답했는지 당신도 알겠죠. 당신은 최악의 상황이 닥쳐도 내 곁을 지키겠다는 의지를 전혀 보이지 않았어요. 그때 난 앞으로 어떻게 될지 깨달았지만 차마 믿을 수 없었어요. 나는 스스로에게 계속 말했어요. '에이미는 나를 사랑해. 에이미가 진정 이해하기만 하면—' 나 자신을 기만한 거죠. 내가 현명한 남자였다면 당신이 오해할 여지가 없게 확실히 말했을 거예요. 우리가 무모하게 살고 있으며 그런 생활방식을 바꾸기로 했다고 말이에요. 내가 섬세하지 않다고요? 당신의 감정에 무심하다고요? 아, 내가 차라리 무심했더라면! 내가 어떤 고민을 했는지, 나를 비겁하게 만든 그 생각들이 뭔지 당신이 이해나 할지 모르겠어요. 한때 나는 당신이 이해하지 못할 섬세한 감성은 없다고 생각했지만요. 그래요, 나는 이렇게 생각할 정도로 어리석었어요. '내가 일부러 속인 것처럼 보일 거야. 그녀를 가난에 빠뜨리고 별별 창피를 다 겪게 할 걸 뻔히 알면서도 구애했다고 생각할 거라고.' 다시 말하기 힘들 정도예요. 나는 필사적으로 계속 노력하면서 희망을 놓지 않으려고 했어요. 당신이 알기만 한다면—"

잠시 그는 말을 못 이었다.

"당신이 어쩜 그렇게 무심하고 인정머리가 없는지 모르겠어요. 내가 불안해서 때론 거의 미칠 지경이란 걸 알잖아요. 남편의 그런 모습을 보았다면 어느 여자나 최선을 다해 도와주고 싶어 했을 거예요. 어떻게 망설일 수가 있어요? 당신이 '그래요. 우리 좀 더 검소하게 살기로 해요.' 이 한마디만 했어도 내게 얼마나 큰 위안과 용기를 줬을지 생각해 봤어요? 날 사랑하는 마음을 표현하기 위해 입으로만 한 말이었더라도 내가 얼마나 기뻤을지! 당신은 나를 전혀 도와주지 않았어요. 모든 책임을 내게 떠맡기고—마음속으로는 당신에게 피난 갈 곳이 있어 다행스러웠겠죠. 심지어 지금도 난 당신에게 이런 말을 하는 내가 싫어요. 내가 하는 말이 모두 다 진실이라는 걸 알면서도요. 내가 숭배했던 여자와 당신이 전혀 다른 여자라는 걸 깨닫는 데 한참 걸렸어요. 내가 욱해서 거친 말을 내뱉기도 하지만, 그건 내 진심이 아니에요. 내가 당신을 진심으로 경멸하려면 아주 오랜 시간이 걸릴 거예요. 불이 갑자기 꺼진 다음에도 눈앞에 불빛이 계속 아른거리잖아요. 하지만 드디어 어두워졌군요."

에이미가 그를 돌아봤다.

"이런 말을 하는 대신 내가 틀렸다고 증명하지 그래요. 그러면 내가 기꺼이 인정하죠."

"당신이 틀렸다고? 무슨 말인지 모르겠어요."

"최선을 다해 나를 굴욕에서 구하겠다는 의지를 증명하라고요."

"에이미, 난 최선을 다했어요. 당신이 상상하는 그 이상으로 노력했어요."

"아니요. 당신은 병과 불안에 허덕이면서 일했죠. 그건 나도 알아요. 하지만 더 좋은 환경에서 일할 기회가 생겼어요. 그걸 시도하기 전까지는, 당신은 자포자기하고 나까지 비참한 삶으로 끌어내릴 권리가 없어요."

"어떻게 대답할지 모르겠어요. 내가 당신에게 자주 말하지 않았어요. 당신은 나를 이해하지 못해요!"

"할 수 있어요! 해요!" 에이미의 목소리가 처음으로 떨렸다. "당신은 역경이 닥치면 금방 포기하는 사람이란 걸 알아요. 내 말을 들어요. 그리고 내가 하라는 대로 해요." 에이미가 이상한 명령조로 말했다. 간청이 아니라 명령이었지만, 거친 목소리는 아니었다.

"당장 카터 씨에게 가세요. 어이없는 실수를 저질렀다고 말해요. 우울증이 찾아왔었다고요. 무슨 말이든 해요. 그 사람 사무원 노릇은 할 수 없다고 말해요. 오늘 밤에요. 어서요! 알아들었어요, 에드윈? 가요, 지금 당장."

"내가 얼마나 약한 남자인지 시험하기로 했어요? 나를 더욱 완전히 경멸하고 싶어요?"

"나는 당신의 친구가 되기로 했어요. 당신을 당신 자신에게서 구하기로요. 지금 바로 가요! 나머지는 내게 맡겨요. 지금까지 내가 두 손 놓고 있었다면, 앞으로는 그러지 않아요. 내가 책임질게요. 그냥 내가 하라는 대로 해요."

"불가능하다는 걸 당신도—"

"그렇지 않아요! 내가 돈을 구할게요. 우리가 헤어진다는 말은 아무도 못 해요. 아직 그런 생각을 하는 사람도 없어요. 당신은 건강이 안 좋아서 석 달만 가 있는 거예요. 내가 얼마나 신중하게 처세했는지 당신은 전혀 몰라 주죠. 당신이 다음 책을 쓸 때까지 필요한 돈은 내가 구할게요. 약속해요. 내가 알아서 할게요. 그리고 내가 우리가 살 다른 집을 구할게요. 제대로 된 집으로요. 당신은 걱정하지 않아도 돼요. 당신은 그냥 머리를 쓰는 일만 해요. 하지만 카터 씨에게는 곧바로 말해야 해요. 그 사람이 말을 퍼뜨리기 전에요. 만약 이미 말했으면 그 사람은 자기가 한 말을 취소해야 해요."

"당신에게 놀랐어요, 에이미. 내가 사무원이 되는 게 그렇게 수치스럽단 말이에요?"

"그래요. 나는 그런 사람이에요. 어쩔 수 없어요. 당신이 그렇게 추락하는 게 난 부끄러워서 견딜 수 없어요."

"내가 한때 사무원이었다는 건 모두가 알아요."

"소수의 몇몇만 알죠. 그리고 그건 전혀 다른 일이에요. 과거에 무슨 일을 했느냐는 중요하지 않아요. 특히 문학에 종사하는 남자는요. 글 쓰는 사람은 한때 가난했으려니 다들 상상해요. 하지만 지금 당신이 오른 위치에서 추락해서 주급을 받고 사는 건—내가 속한 세계 사람들이 그걸 어떻게 생각하는지 당신은 몰라요."

"당신이 속한 세계? 나는 우리가 같은 세계에 사는 줄 알았어요. 게다가 정말 어처구니없는 말이에요."

"시간이 늦어지고 있어요. 어서 가서 카터 씨를 만나요. 그러고 나면 당신이 원하는 만큼 같이 대화해 줄게요."

리어던은 항복할 뻔했지만, 에이미의 마지막 말에 은근히 배어 있던 멸시는 도저히 참을 수 없었다. 자기가 모자를 집고 그녀의 명령에 복종하기 위해 나가는 순간 아내가 자신을 얼마나 못나고 줏대 없는 남자로 볼지 그 어떤 말보다 뚜렷이 드러낸 것이다.

"당신은 바라는 게 너무 많군요." 의외로 냉정한 말투로 그가 말했다. "내 의견이 너무 하찮아서 말썽 부리는 어린아이의 말처럼 무시한다면, 사람들 앞에서 내 체면을 세우려고 노력할 가치가 있을지 모르겠네요. 아주 간단해요. 내가 처한 치욕적인 상황과 당신은 무관하다고 모두에게 알려요. 당신이 원하면 신문에 광고라도 내요. 남자들이 아내의 빚과 자신을 분리하는 것처럼요. 나는 내 길을 정했어요. 당신 비위를 맞추기 위해 나 자신을 바보로 만들 수는 없어요."

이제 끝났다는 것을 에이미는 알았다. 반발하는 리어던의 목소리는 진정 수치심에 떨리고 있었다.

"그럼 당신 갈 길을 가요. 나는 내 길을 갈게요!"

에이미는 방에서 나갔다.

한 시간 뒤 침실에 들어온 리어던은 소파침대를 펼치고 깔개를 깔고 누워 밤을 지새웠다. 그는 눈을 감지 않았다. 에이미는 동이 트기 전 한두 시간 잠이 들었고, 일어나서 깜짝 놀란 듯 불안한 눈빛으로 방을 둘러봤다. 두 사람 모두 아무 말도 하지 않았다.

아침 식사 자리에서는 평소와 다름없는 척했다. 어린 하녀가 있어서 어쩔 수 없었다. 남편이 외출 준비를 하는 걸 본 에이미는 서재로 와달라고 말했다.

"얼마나 오래 나가 있을 거죠?" 에이미가 무뚝뚝하게 물었다.

"잘 모르겠어요. 방을 찾으러 나가는 거예요."

"그렇다면 당신이 돌아왔을 때 난 없을 거예요. 내일까지 여기 있을 이유가 없죠."

"좋을 대로 해요."

"리지를 계속 부를 건가요?"

"아니요. 급료를 주고 이제 그만 와도 된다고 해요. 여기 돈이 좀 있어요."

"그건 내게 맡기는 게 좋겠군요."

리어던은 테이블 위에 동전을 던지고 문을 열었다. 에이미가 재빨리 다가와서 다시 문을 닫았다.

"이게 우리의 작별이군요. 아닌가요?" 시선을 땅에 고정한 채 그녀가 물었다.

"당신이 원한 대로—그래요."

"내가 원해서가 아니었다는 걸 기억하세요."

"그렇다면 나와 함께 새집에 가면 돼요."

"그럴 수 없어요."

"그럼 당신은 결정을 내렸어요."

에이미는 이번에는 그가 문을 여는 걸 막지 않았다. 리어던은 뒤돌아보지 않고 나갔다.

오후 3시에 리어던이 돌아오자 에이미와 아이는 없었다. 하녀도 없었다. 다이닝룸의 테이블에 한사람 밥상이 차려져 있었다.

그는 침실에 들어갔다. 에이미의 여행 가방은 없었다. 아이 침대에는 덮개가 씌어 있었다. 서재의 테이블에는 그가 던진 동전이 그대로 있었다.

몹시 추운 날이어서 그는 불을 지피고, 불이 붙는 것을 기다리는 동안 신문의 찢어진 부분에 실린 기사를 흥미롭게 읽었다. 도시에서 열렸던 상인 미팅에 관한, 리어던이 평소라면 눈길도 안 줬을 기사였다. 신문 쪼가리가 마침내 그의 손에서 떨어졌다. 그는 고개를 푹 떨구고 어지러운 잠으로 빠져들었다.

6시에 리어던은 차를 마시고 새집으로 가져갈 책 몇 권과 다른 짐들을 가능한 대로 상자나 여행 가방에 쌌다. 이 작업에 몇 시간을 소진한 그는 피로를 참을 수 없어 침대로 갔다. 잠이 들기 전 익숙한 시계 두 개가 종을 여덟 번 치는 소리가 들렸다. 이날 저녁 두 시계의 종소리는 웬일로 박자를 맞추었고, 구빈원의 신경질적인 종소리가 세인트 말리번의 묵직한 종소리 사이사이 파고들었다. 리어던은 마지막으로 종소리에 귀 기울인 게 언제였는지 기억하려 했다. 이 문제가 이상하게 중요하게 느껴졌으며, 꿈속에서 그는 그것에서 비롯된 괴기한 생각들로 끙끙 앓았다.

18장. 옛집

처녀 시절 에드먼드 율 부인은 수입이 변변치 않았던 홀아비 치과의사의 일곱 딸 중 한 명이었다. 당시 그녀는 푼돈에도 벌벌 떨며 절약하느라 갖은 고생을 했는데, 이런 경험이 원래 인색하기보다는 관대했던 성격에 악영향을 끼쳤다. 남편이 살아 있는 동안 에드먼드 부인은 아내에게 권리뿐 아니라 의무도 있다는 사실을 잊고, 남편이 그녀의 명령에 따라 제공하는 사치를 지나치게 적극적으로 즐겼다. 과부가 되면서 갑자기 곤궁해진 그녀는 점차 가식적이고 신경질적으로 변했는데, 이해할 만했지만 불쾌한 모습이었다.

대부분 런던 주민처럼 에드먼드 율 부인은 소득 대비 집세의 적정선보다 훨씬 비싼 집에서 살았다. 런던 주민들의 이 작은 성격상 결함은 건물주들의 주머니를 두둑하게 채웠다. 현재 수입으로 충분히 수수하고 편하게 살 수 있었는데도 그녀는 친구들과 이웃에게 과시하는 모습의 누추한 뒷면을 숨기려고 끝없이 발버둥질했다. 그녀는 하녀를 두 명 거느렸는데, 임금은 터무니없이 적게 주면서 지독하게 부려 먹었기 때문에 대부분 석 달 이상 견디지 못했다. 어쩔 수 없이 고용해야 하는 사람들과의 거래에서 그녀는 믿기 힘들 정도로 인색했다. 예를 들어, 반쯤 굶고 사는 양재사에게 옷감을 사면서 옷감 값은 물론 노동비까지 최대한 늦게 냈다. 정확히 인정머리가 없어서는 아니었다. 그녀는 부끄러운 행동이란 걸 알았으며 실제로 부끄러워했고, 자신의 피해자들에게 미안해했다. 그러나 삶은 전쟁이었다. 파괴하지 않으면 파괴당한다. 그녀도 수입이 충분히 있었으면 아무에게도 사기를 치지 않았을 것이고 많은 이들에게 베풀었을 것이다. 그러나 현실에서는 간신히 생활을 꾸려나갈 정도 수입밖에 없었기 때문에, 에드먼드 율 부인은 표정을 굳히고 죄책감을 억누르고, 자기로서는 어쩔 수 없는 사정이라고 믿었다.

에드먼드 율 부인은 가난한 사람들의 딱한 사정을 들으면서 눈물을 흘렸는데 전혀 위선적인 눈물이 아니었다. 삶은 힘들고 가혹했다. 이렇게 부자가 많은 세상에서 그런 일은 용납되어서는 안 됐다. 그러나 다음 날 그녀는 하프 펜스 때문에 청소부와 언쟁했고, 불공평하며 부족하다고 본인도 내심 인정하는 금액을 딱한 여자에게 주는 것으로 끝내 마무리했다. 이유는 단순했다. 그녀가 질색하는 빈곤을 겪지 않으려면 그 이상 줄 수 없었다.

에드먼드 율 부인은 모르는 사람들에게는 하이에나처럼 구는 반면, 친족들과 자기가 좋아하는 사람들에게는 놀랍도록 다정하고 친절했다. 율 부인의 이런 모습은 세상에서 흔히 볼 수 있는 양면성이고, 사회적 갈등의 야만성을 상기시킨다. 소수의 사람들이 똘똘 뭉쳐 공동의 적에 맞서는 모습. 외부인에게는 가차 없으나 언제나 일촉즉발인 듯한 위험 때문에 자기들끼리는 더욱 아끼고 살뜰한 사회. 에드먼드 율 부인만큼 헌신적인 어머니는 없었다. 그녀의 아들은 유별나게 이기적인 남자로, 어머니 집에 붙어살면서 터무니없이 적은 방세를 명목상 냈다. 하지만 그녀는 아무리 금전적으로 힘들어도 아들에게 도움을 청하지 않았다. 또한, 딸을 지극히 아끼는 그녀는 어떤 일에서도 에이미의 뜻을 거스르지 않았다. 율 부인은 자기가 겉치레를 유지하기 위해 벌이는 온갖 추악한 짓을 자식들에게 철저히 숨겼다. 물론 존 율은 뒤에서 일어나는 일들을 눈치챘다. 에이미가 출가한 후 그는 그만두려는 하녀와 어머니 사이의 대화를 우연히 들었는데, 심지어 그도 낯부끄러울 정도였다. 그러나 에이미에게서는 모든 쩨쩨하고 치사한 행동이 철저히 숨겨졌다. 딸이 눈치챌 위험이 있으면 율 부인은 한 치의 망설임도 없이 영웅적으로 거짓말했다.

그렇다고 이 활력적인 부인이 신분 상승을 꿈꾸는 건 아니었다. 그녀는 우월한 위치에 있는 사람들과 친분을 맺으려고 하지도 않았다. 그저 자기와 친한 사람들 사이에서 우월하고 싶을 따름이었다. 율 부인의 인맥은 넓지 않았으나 그 무리 안에서 그녀는 고상한 취향과 인품을 갖춘 여자에 걸맞은 존경을 받아야 했다. 그녀가 아주 가끔 베푸는 만찬에 초대받는 것이 특권으로 여겨져야 했다. '에드먼드 율 부인'이라는 이름은 사람들 입에 기분 좋게 올라야 했다. 남들 이름을 언급할 때 그녀 자신이 종종 그리하듯 묘한 미소를 불러일으키는 이름이면 안 된다.

에이미가 어린 소녀에서 여자로 성숙하면서부터 율 부인은 그녀의 혼사를 항상 염두에 두고 있었다. 에이미는 평범한 사람과 결혼할 수 없었다. 단순히 돈이 많거나 지위가 높은 남자는 부족했다. 에이미에게 어울릴 정도로 잘난 남자는 드물었다. 그러나 해가 바뀌길 거듭해도 모든 면에서 출중한 남자는 나타나지 않았다. 구혼자는 몇몇 있었지만, 에이미는 그들의 구애 앞에 차갑게 미소 지었고, 혼자 있을 때 그녀의 미소에는 멸시감이 배어 있었다. 율 부인은 점점 초조해지긴 했지만 딸의 그런 태도를 자랑스러워했다. 그런데 갑자기 에드윈 리어던이 나타났다.

글 쓰는 남자? 글쎄, 확실히 하나의 영예이긴 하다. 게다가 다행히 소설가였다. 이따금 소설가들은 상당한 사회적 성공을 거둔다.

리어던 씨가 거친 박력이 필요한 전투에서 밀고 나갈 성격처럼 보이지 않은 것은 사실이었다. 하지만 에이미는 그가 고만고만하게 성공적인 이야기꾼보다는 훨씬 뛰어난 명성을 쌓을 거라고 자기 자신을 설득했다. 저명한 사람들이 그를 존경할 것이다. 문화의 중심부에서 그를 환영할 것이다. 교양 있는 사람들이 이렇게 말할 것이다. '원래 소설은 읽지 않는 편인데 물론 리어던 씨 작품은—' 만약 정말 그렇게 된다면, 모든 게 괜찮을 것이다. 율 부인은 사회적, 지적 우수함을 높이 샀다.

아, 이럴 수가! 이럴 수가! 그렇게 찬란한 기대가 어떻게 끝났는가?

먼저, 율 부인이 '내 사위, 에드윈 리어던 씨'라고 언급하는 일이 점점 줄어들었다. 다음에는, 누가 물어보지 않는 한 그녀는 리어던의 이름을 입에 올리지 않았다. 그리고 그녀의 지인 중 가장 친한 사람들은 해석하기 까다로운 암시를 받기 시작했다. "리어던 씨가 참 별난 행동을 하기 시작했어. 사람들 만나는 걸 꺼리더라고. 특이한 관심사에 시간을 온통 쏟고 말이야. 아니, 당분간 새 소설은 나오지 않을 것 같아. 익명으로 많이 쓰는 모양이야. 정말, 특이한 구석이 있어!" 에이미와 우울한 대화를 나눈 날이면 율 부인은 많은 눈물을 흘렸다. 그리고 예상대로, 그녀는 이런 고통을 초래한 이에게 혹독한 마음을 품었다. 리어던이 마지막으로 방문했을 때 그녀는 과하게 정중하게 대하며 거리를 두었고, 그때까진 장모를 착하고 조금 속없는 여자로 생각했던 리어던은 그녀를 싫어하게 됐다.

걸출한 남자와 결혼했어야 하는 에이미가 이렇게 되다니! 점점 한 단계씩 미끄러지다 결국 대참사가 터졌다. 그것만으로도 한탄스러운데 친구들을 생각하면 더욱 원통했다. 남편이 워딩보다 먼 곳에 살지도 않는데 에이미가 몇 달 동안이나 친정에서 사는 걸 친구들에게 어떻게 설명한단 말인가? 끔찍하고 자명한 진실을 말할 수는 없다! 하지만 밀베인 씨가 알고, 카터 부부도 짐작할 게 틀림없었다. 이런 비루한 고민을 어떻게 미화할 수 있을까?

최악의 상황은 아직 벌어지지 않았다. 5월 아침, 뜻밖에 마차 하나가 집 앞에 서더니 에이미와 아이와 여행 가방과 짐과 별별 물건이 쏟아져 나왔다.

율 부인은 다이닝룸 창문에서 그들이 내리는 것을 보았고, 잠시 후 차마 입에 담기도 힘든 원인을 들었다.

그녀는 세상 여느 여자만큼이나 진심으로 울음을 터뜨렸다.

"울어도 소용없어요, 어머니." 에이미가 말했다. 에이미의 기분은 위태위태했다. "이제 더 나빠질 수 없다는 게 하나의 위안이에요."

"아, 이런 수치가! 창피해라!" 율 부인이 흐느꼈다. "사람들에게 뭐라고 할지 난 생각도 못 하겠다."

"아무 말도 안 할 거예요. 말하고 싶지 않은 티를 내는데도 물어볼 만큼 사람들이 무례하지는 않아요."

"하지만 설명을 해줘야 하는 사람들이 있단다. 아가, 그가 정신이 나간 게 틀림없어. 확실하단다. 정신이 나간 게야."

"말도 안 되는 소리 마세요, 어머니. 그 사람은 나만큼이나 제정신이에요."

"그 사람이 얼마나 이상한 소리랑 행동을 해왔는지 너도 종종 말했잖니. 기억나지, 에이미? 그 잠꼬대 같은 것들. 네 얘기를 듣고 많이 생각해 봤단다. 내 사랑, 리어던 씨가 너무 이상하게 변해서 이렇게 됐다고 내가—"

"안 돼요." 에이미가 단호하게 말했다. "그렇게 말하면 제가 정말 매정해 보일 거예요. 모르시겠어요?"

"그렇지 않단다. 너도 알다시피, 정신이 이상해진 남편과 살 수 없는 이유는 수만 가지야. 너는 그 사람을 위해 최선을 다했어. 이렇게 말하면 설명이 될 거야. 게다가 어느 정도 진실도 담겨 있다고 난 확신해."

"어머니가 하고 싶은 말을 제가 막을 수는 없어요. 하지만 그런 소문을 퍼뜨리는 건 옳지 않아요."

이 발언은 조금 전처럼 단호하지 않았다. 골똘히 생각에 잠긴 에이미는 침통해 보였다.

"응접실로 올라가자, 아가." 그녀의 어머니가 말했다. 그들은 여태 현관 앞에서 이야기를 나누고 있었다. "네 심정이 어떻겠니! 아, 이럴 수가!"

율 부인은 날씬하고 몸매가 균형 잡힌 여자로 아직도 얼굴이 예뻤고 자신의 매력을 강조하는 옷차림으로 차려입었다. 그녀의 목소리에는 구슬픈 느낌이 있었으며 전체적으로 딸보다 가냘팠다.

"제 방은 준비됐어요?" 에이미가 계단에서 물었다.

"미안하지만 아직이야. 원래 내일 오기로 되어 있었잖니. 바로 준비하라고 할게."

식솔이 늘어나서 이 집 노예들은 더욱 힘들어질 게 틀림없었다. 율 부인은 이런 상황에 대처할 능력이 있었다. 에이미를 위해서라면 그녀는 하녀들이 눈앞에서 쓰러져 죽을 때까지 부릴 터였다.

"일단 엄마 방을 쓰렴." 그녀가 덧붙였다. "내 방 정리는 끝난 거 같아. 여기서 잠깐 기다려라. 제대로 했나 보고 올 테니."

정리는 만족스럽지 않은 것으로 판명났다. 달콤하게 구슬픈 그녀의 목소리가 불운한 하녀를 닦아세울 때 어떻게 변하는지 독자도 들어 봐야 한다. 거칠지 않았다. 전혀 그렇지 않았다. 하지만 몹시 날카롭고 딱딱하고 무자비했다—가난의 여신, 그녀의 목소리가 딱 이럴지도.

리어던이 미쳤다고? 손가락으로 이마를 가리키고 목소리를 낮춰 가며 그 사람 이야기를 해야 하나? 터무니없고 불쾌한 생각이었다. 그런데 그 생각이 자꾸만 에이미의 머릿속에 침투했다. 어머니가 응접실로 돌아왔을 때 에이미는 이것을 곰곰이 생각하고 있었다.

"전에 세운 계획은 절대 하지 않겠다는 거니?"

"싫대요. 아무 소용 없을 거래요."

"왜 소용이 없어? 그 사람 행동에는 이해할 수 없는 이상한 구석이 있어."

"이해할 수 없는 건 아니에요." 에이미가 답했다. "나약하고 이기적인 게 다예요. 새 책을 쓴다는 어려운 과제를 피하고 싶어서 보잘것없는 기회가 오자마자 덥석 잡은 거예요."

남편의 입장이 정확히 이렇지 않다는 것을 잘 알았지만, 양심이 께름칙했던 에이미는 외려 모진 말을 내뱉었다.

"하지만 생각해 보렴!" 그녀의 어머니가 외쳤다. "어떻게 일주일에 25실링으로 같이 살자는 거니? 맹세컨대, 정신이 나간 게 아니면 일부러 너를 밀쳐내려고 계획한 거야."

에이미는 고개를 가로저었다.

"그러면 그 사람은 정말 그걸로 너와 아기를 부양하는 게 가능하다고 생각한다는 거니? 그 봉급으로?" 율 부인이 물었다. 마지막 단어는 극심한 경멸을 표현하기 위해 선택했다.

"글을 써서 1년에 50파운드를 벌겠대요."

"그래 봤자 1년에 100파운드 아니니. 아가, 두 가지 중 하나야. 정신이 나갔거나 일부러 너를 밀쳐낸 거야."

남편에게서 두 번째 가능성을 상상한 에이미는 웃음을 터뜨렸다.

"멀리서 해답을 찾을 필요 없어요." 그녀가 말했다. "그 사람은 실패했어요. 그게 다예요. 남들이 사업에서 실패하듯 실패한 거예요. 예전처럼 쓸 수 없어요. 건강이 안 좋은 탓인지도 모르죠. 모르겠어요. 가장 최근에 쓴 책은 아예 거절당했어요. 그 사람은 자기 앞날에 가난밖에 남지 않았다고 생각해요. 그리고 내가 왜 노동자의 아내로 살기를 거부하는지 이해하지 못해요."

"내가 아는 건, 그 사람 탓에 네가 너무나도 곤란한 상황에 빠졌다는 거야. 여름 동안 워딩에 가기라도 했으면 우리가 자연스럽게 설명할 수 있잖니. 사람들은 글쟁이에게 특이한 구석이 있다고 믿기 마련이니까—어느 정도는 말이야. 우리가 아무일도 없는 것처럼 행동할 걸 그랬어. 이제 어쩌니?"

그녀와 같은 부류의 무수한 사람들이 그렇듯 율 부인은 타인의 의견 속에서만 살았다. 그녀는 남들이 뭐라고 생각할지 끊임없이 걱정했다. 그녀는 인생을 개인의 것으로 생각해 본 적 없었다. 삶을 독립적으로 이끌어 나가는 건 아주 특이하거나 사회에서 동떨어져 사는 사람들만 가능하다고 믿었다. 에이미는 지성적으로 이런 견지를 훨씬 넘어섰지만, 용기가 부족해서 소신대로 행동하지 못했다.

"사람들에게 사실대로 말해야겠지요." 에이미가 힘없이 말했다.

사회적 관계에서 진실을 말하는 것이야말로 율 부인이 가장 꺼리는 행동이었다. 그녀의 존재 자체가 진실을 뻔뻔하게 부정하는 데 기반했다. 그런 사람들이 대개 그렇듯, 율 부인은 타조 근성이 강했다. 또한 그녀는 친구들의 거짓과 허세를 날카롭게 포착하면서도 본인의 창피를 감추기 위해서는 자기 자신을 터무니없을 정도로 기만했다.

"우리도 진실을 모르잖니, 에이미." 어머니가 대답했다. "엄마한테 맡기고 일단은 사람들을 최소한으로 만나. 네 친한 친구들 두세 명에게는 무슨 말이라도 해야겠지. 엄마 조언을 듣고 일단 비밀스럽게 행동해. 자기들이 생각하고 싶은 대로 생각하게 내버려 둬. 무슨 말이든 '남편이 나를 부양할 능력이 없어서 주급을 받고 사무원이 되기로 했어'라고 말하는 것보다는 낫지. 조용히 비밀스럽게. 그게 제일 안전해."

대화는 잠깐씩 멈춰 가며 온종일 이어졌다. 오후에 여자 두 명이 찾아왔지만 에이미는 얼굴을 비치지 않았다. 6시와 7시 사이에 존 율이 그의 신사다운 직장에서 돌아왔다. 저녁 식사로 달래기 전에 그는 대개 신경질적이었기 때문에, 여동생의 최근 안부는 저녁 늦게까지 언급되지 않았다. 리어던이 예정보다 하루 먼저 해안으로 떠났다고 존이 믿도록 내버려 두었다.

다이닝룸 뒤에는 존의 성소로 정해진 안락한 작은 방이 있었다. 여기서 그는 담배를 피우고 남자 손님들을 접대했으며, 율 부인의 응접실에서는 거북하게 느꼈을 여자 손님들의 얼굴을 감상했다. 저녁 식사 후 어머니와 동생이 이야기하러 그의 은거지에 찾아왔다.

율 부인은 다소 불안해하며 자초지종을 설명했다. 그동안 에이미는 테이블 옆에 서서 잡지를 몇 권 뒤적거렸다.

"놀랍지는 않군요." 존의 첫마디였다. "이렇게 될 줄 알았어요. 제가 알고 싶은 건, 우리가 얼마나 오래 에이미랑 아이를 먹여 살려야 하죠?"

현실적인 질문이었고, 율 부인이 예상한 대로였다.

"그걸 따질 때가 아니야." 그녀가 대답했다. "설마 에이미가 이즐링턴의 뒷골목에서 살면서 격일로 굶고, 누더기를 입기를 바라는 거니?"

"오빠는 별로 마음 아파하지 않을 거예요." 에이미가 조용히 말했다.

"여자들은 꼭 이런 식으로 말하지." 존이 대답했다. "단지 난 이 상황이 어떻게 끝날지 알고 싶은 거예요. 리어던은 자기 책임을 우리에게 떠넘겨서 즐겁겠군요. 나도 결혼해서 능력 이상으로 펑펑 써대다가 돈이 다 떨어지면 아내를 친정으로 보내면 어떨까요. 안부 인사를 곁들여서요. 이렇게 이득인 사업이 또 어디 있겠어요."

"달리 무슨 방법이 있니?" 율 부인이 물었다. "빈정거리고 불쾌하게 말할 필요는 없어."

"이 난관을 헤쳐나가야 하는 사람이 우리가 아니잖아요. 사실을 말하자면, 리어던은 점잖은 직책을 찾아야 해요. 딱히 할 줄 아는 게 없는 남자에게 어울리는 직책을 누구한테서든 얻어야 해요. 카터가 도와줄 수 있지 않을까요."

"오빠도 잘 알잖아." 에이미가 말했다. "그런 직책은 쉽게 찾을 수 없어. 기회가 오려면 몇 년이 걸릴지도 몰라."

"빌어먹을 놈 같으니라고! 대체 왜 소설을 계속 안 쓰는 거야? 소설로 벌 수 있는 돈이 깔렸는데."

"못 한다니까. 재능을 잃어버렸어."

"다 헛소리야, 에이미. 한번 감을 잡은 사람은 자기가 원하면 계속 쓸 수 있어. 일 년에 소설 두 권 정도는 거뜬히 쓸 수 있다고. 남녀 작가 수백 명이 그러고 있잖아. 게으르지 않았으면 나도 그 정도는 쓸 수 있어. 그게 리어던의 문제야. 일하기를 싫어하지."

"나도 그 생각을 했단다." 율 부인이 말했다. "소설을 쓰기로 마음먹었는데 못 쓴다는 게 말이 되니. 블런트 양 최근작을 봐. 아니, 그 정도는 누구나 쓰지. 전부 나도 상상해낼 수 있는 내용이었어."

"여하튼 제가 알고 싶은 건, 상황이 바뀌지 않으면 에이미는 어쩌냐는 거예요."

"내 집이 있는 한 애가 살 집은 있다."

어려운 문제가 닥쳤을 때 존에게 자연스러운 절차는 자신의 책임을 부정하고 주변 사람들을 모조리 책잡는 거였다.

"다 좋지만, 어머니, 결혼한 순간부터 여자는 좋으나 싫으나 남편을 따라가야 해요. 남자가 아내를 따라가야 하는 것과 마찬가지예요. 솔직히 말하면, 에이미가 한 행동은 올바르지 않아요. 빈민가에서 살면서 이따금 저녁을 거르는 건 굉장히 불쾌하겠지만 그런 전망이 두려우면 결혼하지 말았어야죠."

"못된 소리 하지 말아라, 존!" 그의 어머니가 외쳤다. "에이미가 어떻게 그런 미래를 내다볼 수 있었겠니? 이건 아주 드문 경우야."

"그렇게 드물지는 않다고 말씀드리고 싶네요. 얼마 전에 누구한테 들었는데, 교육도 잘 받고 고상한 숙녀가 무능한 남편 때문에 어디 상점에서 일한대요."

"그래서 넌 에이미가 상점에서 일하길 바라는 거니?"

"아니요. 그런 건 아니에요. 에이미의 불운에 전례가 있긴 하다고 말하는 거예요. 친정 사람들이 너그러워서 에이미는 참 운이 좋아요."

에이미는 조금 떨어진 자리에 앉아서 이마를 괴었다.

"어머니가 리어던을 찾아가면 어때요?" 존이 물었다.

"무슨 소용이겠니? 내 일에나 신경 쓰라고 할지도 몰라."

"정답! 바로 이게 어머니 일이잖아요. 내 생각에는 어머니가 찾아가서 그 작자한테 자기가 얼마나 비신사적으로 행동하고 있는지 깨우쳐 주면 좋겠어요. 딱 봐도 그자는 자극이 좀 필요한 성격이잖아요. 내가 직접 가서 한마디 하고 싶은 생각이 들 정도예요. 어느 빈민굴로 이사한다고 했죠?"

"아직 주소는 몰라."

"열병이 옮을 위험이 있는 동네만 아니라면 내가 가도 괜찮아요."

"소용없을 거야." 에이미가 무덤덤하게 말했다.

"소용없긴! 다들 손을 놓고 있으니까 일이 이 지경이 된 거야."

대화는 물론 아무 소득이 없었다. 존은 계속해서 리어던이 점잖은 직책을 찾아야 한다는 주장만 고집했다. 마침내 에이미는 지치고 질려서 방을 떠났다.

"엄청나게 싸웠나 봐요." 에이미가 나가자마자 오빠가 말했다.

"안타깝게도 그랬겠지."

"뭐, 어머니가 원하는 대로 하시겠지만, 에이미랑 아이까지 책임지는 건 정말 부담스러워요. 아시겠지만 난 못 도와줘요."

"아들아, 부탁하지도 않았단다."

"아니죠. 하지만 어머니가 고생깨나 하실 거예요. 내가 잘 알죠."

"어떻게든 해야지."

"알았어요, 어머니는 용감한 여자니까요. 그나저나 유감이군요. 리어던은 사기꾼이에요. 난 그렇게 생각해요. 그 작자에 대해서 카터랑 의논해 봐야겠어요. 가구도 전부 빈민가로 가져갔겠네요?"

"벌써 옮기진 못했을 거야. 오늘 아침에 셋방을 찾으러 나갔대."

"아, 그럼 이렇게 하죠. 내가 내일 아침에 찾아가서 아버지 같은 태도로 따끔하게 한마디 할게요. 에이미한테 말할 필요 없어요. 내가 보니까, 그자는 사람들이 내버려 두면 평생 카터한테 25실링을 받고 만족하면서 에이미가 어떻게 살지는 신경도 안 쓸 거예요."

율 부인은 이 제안을 냉큼 받아들였다. 위층으로 올라간 그녀는 응접실의 소파에서 잠들다시피 한 에이미를 발견했다.

"마음이 힘들어서 지쳤구나." 그녀가 말했다. "침실로 가렴. 그리고 늦게까지 푹 자."

"그럴게요."

에이미는 말끔하고 정돈된 침실이 유쾌한 쉼터로 느껴졌다. 방문을 잠근 그녀는 혼자 있을 수 있다는 즐거움을 난생처음으로 절실히 느꼈다. 처녀 시절에는 홀로 있는 시간이 당연했고, 결혼한 이래 하룻밤도 혼자 지내지 못했다. 그녀의 침대가 드리운 그림자 속에 있는 작은 침대에서 윌리가 곤히 잠들어 있었다. 모성애와 안도감에 휩싸인 에이미는 충동적으로 몸을 숙여 아기가 깨지 않을 정도로 살살 키스를 퍼부었다.

모든 것이 얼마나 깨끗하고 안락한지! 가난에 철저히 무지한 사람들은 가난해도 청결할 수 있다고 우긴다. 사실과 거리가 멀다. 정말 어렵게, 지칠 정도로 일하고 여러 가지를 괴롭게 희생해야 가난한 사람들은 몸과 주변을 어느 정도 깨끗이 유지할 수 있다. 에이미는 결혼 초기였다면 몹시 불쾌하게 여겼을, 심지어 혐오했을 상황들과 차차 괴로워하며 타협했다. 시골에 사는 주부는 작은 뒤뜰이나 심지어 아담한 부엌만 있어도 대야 앞에 앉아 빨래를 처리할 수 있다. 그러나 런던 중심가의 소형 아파트에 사는 사람에게는 불가한 일이다. 에이미는 참담한 심정으로 세탁에 필요한 지출을 줄이기 시작했다. 사람은 그런 불쾌한 필요성에 익숙해지기 마련이고, 벌써 에이미는 숙녀답게 깔끔을 떠는 여자가 견딜 수 있는 삶에 필요한 최소 비용을 알았다.

그렇다. 청결은 비싸고, 필요한 기기와 도구를 임시방편으로 만들려면 골치가 아프다. 에이미는 가난한 삶의 이런 면을 이해하게 됐고, 부분적으로는 바로 이 탓에 리어던이 가자고 하는 하숙집, 지금보다 더 쪼들리는 삶이 두려웠다. 그녀는 빈곤한 생활이 사람의 자존감을 어떻게 갉아먹는지 알았다. 부유하고 교육받은 사람들의 삶과 무지하고 가난한 사람들의 삶의 차이는 뻔히 드러나는 모습보다 남들 눈에 보이지 않는 세세한 사항에서 더 컸고, 적당한 수입이 있는 노동자 계층 여자가 만족할 만한 삶에 그런대로 적응하기까지 에이미는 엄청난 변화를 겪어야 할 것이다. 그녀는 자기가 그렇게 변하는 꼴을 보느니 차라리 남편과 완전히 헤어질 준비가 되어 있었다.

에이미는 한가로이 옷을 벗고 서늘하고 부드럽고 향기 좋은 침대에서 팔다리를 쭉 뻗었다. 깊은 안도의 한숨이 새어 나왔다. 혼자 있는 게 이렇게 좋을 수가!

그리고 15분 후 에이미는 한 방에 있는 아이만큼이나 평화롭게 잠들었다.

다음 날 아침 식사 시간에 에이미의 표정은 밝았고 거의 행복해 보였다. 그녀는 마지막으로 이렇게 편하게, 잠들기 전과 깨기 전에 원치 않는 생각에 시달리지 않고 잔 것이 언제인지 까마득했다. 인생이 망가졌을지 모르지만, 그녀는 그런 생각에 침울해하지 않기로 했다. 지금은 자유를 만끽해야 했다. 마치 소녀 시절로 돌아간 기분이었다. 대부분 기혼 여성은 처녀 시절의 자유를 누릴 기회를 결국 언젠가는 기쁘게 받아들이기 마련이다. 에이미는 결혼이 파탄 났다는 생각을 스스로에게 허락하지 않았다. 코앞에 닥친 일이 아니면 마음 한켠으로 밀어낼 수 있는 여성의 기이한 능력으로, 에이미는 현재의 안도감을 즐기며 미래는 불확실하게 내버려 두었다. 리어던이 언젠가는 곤경을 벗어나거나 누군가 그를 도와줄 거라고 그녀는 막연히 믿었다. 이런 생각들이 에이미의 유쾌한 기분 뒤에 흐리멍덩하게 자리했다.

물론 그는 괴로워하리라. 하지만 그래야 마땅했다. 고통이 동기부여가 될지도 몰랐다. 그가 새 주소를 알리면—설마 그걸 소홀히 할 리는 없었다—그녀는 자못 다정한 편지를 써서 이번 기회에 소설을 쓰라고, 다락방 시절 고독 속에서 썼던 작품들만큼 좋은 책을 쓰라고 넌지시 암시할 계획이었다. 만일 리어던이 문학에서 손을 떼기로 진정 결심했다면, 그는 교육받은 사람에게 어울리는 직책을 찾아야 한다. 그렇다. 그녀는 모질거나 모욕적인 단어 하나 없이, 이렇게 편지를 쓸 것이다.

에이미는 풍성하게 차려진 아침을 먹고 식사를 즐겼다는 기색을 내비쳤다.

"정말 다행이구나!" 그녀의 어머니가 말했다. "너무 마르고 창백해졌어."

"꼭 결핵 환자처럼 말이야." 신문에서 시선을 들며 존이 말했다. "여기 근처 삯마차 가게에다가 4륜 마차를 매일 보내라고 주문할까?"

"마음대로 해." 동생이 대답했다. "어머니와 내게 좋을 거고, 오빠에게 그럴 여유가 있는 거 알아."

"아, 그럼! 너는 정말 대단한 여자야. 그나저나, 네 남편은 지금 빵이랑 물로 아침을 때우고 있겠다?"

"아니길 바라고, 그럴 것 같지도 않아."

"잭[34], 잭!" 율 부인이 부드럽게 아들을 말렸다.

그녀의 아들은 다시 신문을 읽기 시작했고, 식사 후에는 외출 채비를 하기 위해 평소와 다르게 힘차게 나갔다.

34. 존의 애칭.

19장. 과거로의 귀환

에드윈 리어던도 잠에서 깼을 때 아주 우울하지만은 않았다. 그도 오랜만에 푹 잤고, 잠에서 깨어나자마자 그는 부담이 사라졌다는 해방감을 그 사실과 관련된 괴로운 상황과 상실감보다 먼저 느꼈다. 그들의 번듯한 아파트에서 이즐링턴의 몇 칸짜리 하숙방으로 옮기는 구차한 일을 에이미가 어떻게 느낄지 걱정할 필요가 더는 없었다. 이런 안도감 덕분에 리어던은 여태 겪은 모든 고통과 아내가 친정에 얹혀산다는 수치심을 잠시나마 견딜 수 있었다.

물론 그 순간뿐이었다. 아침 식사(지난밤 저녁 식사에서 남은 것들)를 준비하기 위해 일어난 리어던은 이틀 안에 끝내야 하는 불쾌한 과제를 떠올리자마자 다시 마음이 무거워졌다. 이날 아침 잠에서 깨어나 혹독한 현실을 마주한 여느 사람들처럼 그는 비통한 처지였다. 그가 느끼는 수치심만 하더라도! 에이미의 친정 식구들과 친구들이 뭐라고 수군거리겠는가? 소설을 쓸 수 없는 소설가. 아내와 아이를 부양할 수 없는 가장. 하찮은 급료를 받기 위해 단순 업무에 열정적으로 지원한 문인. 우스꽝스러운 소문으로서 얼마나 흥미로운가! 상황이 나아지리란 희망이 어디 있단 말인가?

잘한 짓일까? 현명하게 행동한 걸까? 마지막으로 한 번만 더 시도해 보는 게 낫지 않았을까? 서식스 절벽 아래 조용한 은거지, 길게 굽이치는 파란 파도가 하얀 거품으로 부서지는 장면이 그의 눈앞에 떠올랐다. 파도 소리가 귓가에 울리고 짭조름한 바닷바람의 신선함이 입안에 퍼졌다. 영감이 찾아왔을지도 모른다.

에이미의 사랑이 조금만 더 강했다면, 그녀가 이상적인 아내의 모습으로 다정하고 용감하게 그의 용기를 북돋웠다면! 그러나 리어던은 아내의 눈 속에서 혐오스러운 것들을 보았다. 그녀의 사랑은 죽었고, 에이미는 자신의 행복한 미래를 망쳤다며 그를 원망했다. 에이미는 오로지 자기 자신을 위해서 그에게 일하라고 보챘던 것이다. 고생은 그가 다 하고, 그가 만약 성공하면 혜택은 그녀가 누리기 위해서였다.

"내가 죽으면 좋아하겠지. 참 다행이라고 여길 거야."

리어던은 확신했다. 그래, 눈물은 흘릴 것이다. 여자들은 쉽게 우니까. 하지만 그가 죽어서 그녀의 앞길에서 비켜 준다면, 그래서 지금의 비정상적인 상황에서 벗어난다면, 한 번 더 기회를 얻는다면, 에이미는 반길 것이다.

이런 생각에 빠져 있을 때가 아니었다. 오늘 그는 불필요한 물건을 팔고 내일 바로 이사할 준비를 해야 했다. 계약대로 수요일 밤까지는 아파트를 비워 줘야 했다.

지금 상황에서 다행스럽게 그는 방을 두 칸만 얻어도 됐다. 방 세 개짜리 집을 얻었으면 오래 못 버텼을 것이다. 두 칸짜리 하숙방 집세가 일주일에 6실링 6펜스였는데, 만약 에이미가 따라왔으면 어떻게 그가 주 25실링으로 연명했겠는가? 완전히 독립된 공간이 아니면 한 줄도 못 쓰는 그가 비좁은 북새통에서 어떻게 글을 썼겠는가? 절망감 속에서 그는 불가능을 꿈꿨다. 에이미는 비록 매정했지만 결과적으로 현명한 선택을 했다.

10시쯤, 리어던은 책과 옷과 다른 불필요한 물건들을 구입할 사람들을 찾기 위해 아파트를 나섰다. 문을 닫으려는 찰나 계단을 오르는 발소리가 그의 주의를 끌었다. 반질거리는 실크 모자를 쓰고 말쑥하게 빼입은 신사가 올라왔다. 존 율이었다.

"하, 좋은 아침입니다." 존이 올려다보며 외쳤다. "조금만 늦었으면 놓칠 번했군요."

존은 제법 친근하게 말하며 계단참에 다다르자 손을 내밀었다.

"지금 바로 가야 합니까? 아니면 잠깐 이야기를 나눌 수 있을까요?"

"들어오시죠."

그들은 어수선한 서재로 들어갔다. 리어던은 방의 모습에 대해 아무 설명 없이 손님에게 앉으라고 권하고 자신도 앉았다.

"담배 피우겠습니까?" 율이 담뱃갑을 내밀며 말했다.

"고맙지만 괜찮습니다. 이른 시간에는 담배를 피우지 않습니다."

"그럼 나만 피우기로 하죠. 나는 담배를 피워야 말하기가 편하더군요. 이사 준비를 하던 참인가 보네요?"

"그렇습니다."

리어던은 창피한 내색을 하지 않고 덤덤하게 말하려고 노력했다. 그러나 성공적이지 않았고, 손님은 그의 말투가 불쾌하다고 느꼈다.

"에이미에게는 새 주소를 알려 주겠죠?"

"물론입니다. 내가 왜 감추겠습니까?"

"아닙니다. 그런 뜻이 아니에요. 하지만 당신이 부부 사이가 완전히 끝났다고 단정할까 봐 걱정했습니다."

두 남자는 친한 적이 없었다. 리어던은 아내의 오빠가 속물이고 혐오스러울 정도로 이기적이라고 여겼다. 한편 존 율은 소설가가 주제넘다고 생각했고, 최근에 와서는 의뭉스러운 사기꾼이 아닌가 의심했다. 매부의 태도가 그의 처지에 전혀 어울리지 않는다고 느낀 존은 예의를 갖추어 말하기 힘들었다. 한편 리어던은 손님이 넌지시 암시하는 말에 상처를 받았다. 그는 존이 찾아왔다는 사실 자체에 화가 나기 시작했다.

"아무것도 단정하지 않습니다." 리어던이 냉랭하게 말했다. "하지만 우리가 대화를 나눠서 좋아질 건 없습니다. 그럴 시기는 지났습니다."

"글쎄요. 내가 봤을 때는 지금이 딱 그런 시기 같습니다."

"말하기에 앞서, 혹시 에이미가 부탁해서 왔습니까?"

"어떤 면에선 그렇죠. 에이미가 보낸 건 아니지만 어머니와 난 지금 상황에 큰 충격을 받았습니다. 우리 둘 중 한 명이 올 수밖에 없었죠."

"이건 에이미와 나 둘 사이의 문제입니다."

"대체로 부부 사이 갈등은 당사자들에게 맡기는 편이 낫죠. 하지만 사실은 말입니다, 이 상황에는 특이한 요소들이 있어서요. 내가 더 설명할 필요 없겠죠."

리어던은 할 말을 잃었다. 율이 암시하는 바를 깨달은 그는 자기가 처한 상황이 못 견디게 창피했다.

"물론 당신은—" 그는 입을 열었지만 아무 말도 할 수 없었다.

"뭐, 우리는 에이미가 얼마나 오랫동안 친정에 머물 건지 알고 싶은 겁니다."

존은 자신만만했다. 그는 웬만해선 평정을 잃는 사람이 아니었다. 그는 호박 파이프에 채워 넣은 담배를 피우고 그 맛을 음미하는 듯했다. 리어던은 자기도 모르게 존의 흠 잡을 데 없는 신발과 바지를 바라보고 있었다.

"그 문제는 전적으로 에이미에게 달렸습니다." 리어던이 기계적으로 답했다.

"어떻게 그렇죠?"

"나는 내 능력 안에서 제일 좋은 집을 구했습니다."

리어던은 자기 자신이 불쌍하고 처량했고, 그렇게 느끼게 한 말쑥한 차림의 남자를 증오했다.

"하지만, 리어던." 다리를 풀었다가 다시 꼬면서 존 율이 말했다. "진심으로 에이미더러 일주일에 1파운드짜리 집에서 살라는 겁니까?"

"그런 게 아닙니다. 내 능력 안에서 최선의 집을 구했다고 했습니다. 에이미에게 불가능하다는 건 나도 압니다."

이렇게 말하거나 미친 듯이 화를 내거나 둘 중 하나였다. 입속에 맴도는 분노의 말을 삼키기 어려웠지만 리어던은 해냈고, 다행이라고 생각했다.

"그렇다면 에이미에게 달린 게 아니네요." 존이 말했다.

"아닐 수도 있겠군요."

"에이미가 지금처럼 계속 살 수는 없다는 걸 모릅니까?"

통찰력이 부족한 존에게는 리어던의 달라진 말투가 뻔뻔하고 염치없게만 들렸다. 그는 매부를 거만하게 응시했다.

"할 말은 이것뿐입니다." 진력나다 못해 무심해진 리어던이 말했다. "내가 괜찮은 집을 구하자마자 아내에게 돌아올 기회를 줄 겁니다."

"그럼 말해 봐요. 그게 대체 언제요?"

존은 선을 넘었다. 그는 대놓고 경멸했다.

"당신은 나를 그런 말투로 심문할 자격이 없습니다." 리어던이 외쳤다. "장모님이 이런 질문을 했으면 꾹 참았을 겁니다. 하지만 당신은 내게 그런 말을 할 자격이 없습니다. 더구나 이런 말투로는."

"그렇게 말하다니 유감이군요." 존이 차분하고 거만하게 말했다. "불쾌한 짐작이 어쩌면 사실인가 보군요."

"무슨 말입니까?"

"지금 상황을 고려했을 때, 당신이 너무 속 편하게 있지 않나 의심하지 않을 수 없습니다. 아내를 친정으로 보내는 게 흔한 일은 아니잖습니까."

리어던은 도저히 이런 말을 듣고 있을 수 없었다. 그가 발끈하여 끼어들었다.

"당신과는 말을 못 하겠습니다. 당신은 전혀, 나와 내 상황을 전혀 이해하지 못합니다. 날 변호해도 소용없겠죠. 당신에게 그럴싸한 대로 생각하시죠"

담배를 다 피운 존은 일어났다.

"내게 그럴싸한 생각은 참으로 불쾌한 것이라서요." 그가 말했다. "하지만 당신과 싸우려는 건 아닙니다. 이 말만 하죠. 어머니 집에서 나도 생활비를 냅니다. 그러므로 난 이 상황이 걱정스럽습니다. 덧붙이자면, 지금 내가 봤을 때는 당신이 걱정을 너무 안 하는 것 같네요. 지금보다는 해야 할 겁니다."

화를 낸 사실이 벌써 부끄러워진 리어던은 이 말에 조용해졌다.

"그럴 겁니다." 그가 마침내 차갑게 내뱉었다. "당신 말뜻은 확실히 알아들었습니다. 당신이 괜히 입만 아픈 수고를 한 건 아닙니다. 달리 또 할 말이 있습니까?"

"고맙습니다. 없습니다."

그들은 냉정하게 격의를 갖추어 인사했고, 리어던은 그가 나가자 문을 닫았다.

리어던은 에이미의 친정 식구들이, 또 에이미도 어느 정도 색안경을 끼고 자신을 본다는 걸 알았다. 지금까지 리어던은 자기 같은 남자는 세상 사람들로부터 언제나 오해를 받는다는 생각을 위안으로 삼았다. 그가 자신의 상황과 생각을 설명하려고 했으면 답답해서 속이 터졌을 것이다. 심지어 에이미조차 그의 지적, 도덕적 기질이 겪는 고통을 제대로 이해하지 못하는 마당에 율 부인이나 존에게 설명하는 건 외국어를 뇌까리는 것이나 다름없었다. 리어던이 자신의 처지를 이해시키는 데 참고할 만한 공통기준이 그들 사이에는 존재하지 않았다. 상황의 이면을 설명하던 존의 극히 현실적인 말투 때문에 리어던은 하려던 말조차 할 수 없었다. 에이미는 그의 초라한 셋방에 따라오지 않을 것이다. 그녀의 어머니와 오빠를 포함한 모든 조언자가 말도 안 되는 일이라고 일축할 것이다. 좋다. 이 사실을 깨달은 이상, 그는 아내를 부양할 의무를 인정해야 한다. 그녀의 생계를 책임질 능력은 없지만, 줄 수 있는 만큼 줘야 한다.

리어던은 한 시간 전과 전혀 다른 목적을 품고 집을 나섰다. 에지웨어 로드 쪽을 잠시 두리번거리던 그는 중고 가구점 상인을 찾아 최대한 빨리 아파트로 와달라고 청했다. 한 시간 후 상인이 왔다. 리어던은 그를 서재로 안내하고 말했다.

"이 아파트에 있는 가구를 전부 팔고 싶습니다. 제가 가리키는 몇 개만 제외하고요."

"좋습니다." 남자가 답했다. "한번 둘러보죠."

리어던은 상인이 최솟값을 제안할 걸 알았다. 투박하고 상당히 지저분한 상인은 그의 계층에서 흔히 볼 수 있는 의심 많은 눈빛을 지녔다. 운 나쁘게 천박한 장사에 엮이면 리어던 같은 남자는 두 배로 불리했다. 그런 일에 무지할뿐더러 예민하기까지 해서 가장 수완 없는 사람과 거래해도 손해를 보았다. 남들과 동등한 관계에서 거래하려면, 속지 않겠다는 차분한 자신감을 보이며 자신의 주장을 내세워야 한다. 그런데 리어던은 자기가 손해를 보리라 지레짐작했고, 흥정을 경멸하고 꺼렸다. 더구나 반쯤 정신이 나간 상태였던 그는 파멸하는 과정의 지긋지긋한 세부사항을 빨리 해치우고 싶었다.

그는 꼭 필요한 물품을 적었다. 자기가 쓸 것은 챙겨야 했다. 가구가 포함된 방보다는 빈방이 저렴했고, 한 푼이라도 더 아껴야 했다. 접이식 소파침대와 침구, 테이블, 의자 두 개, 거울. 불가결한 물건만 챙겼다. 목록을 만들 필요도 없었다. 결혼 선물로 받은 값비싼 물건이 몇 개 있었지만, 그것들은 그보다는 에이미 것이었다. 이것들은 챙겨서 웨스트본 파크로 보낼 것이다.

상인은 리어던을 몇 번이나 흘끔거리며 계산했다.

"다 해서 얼마를 바라십니까?"

"제안하시지요."

"대부분 가구에 쓴 흔적이 꽤 많아요."

"압니다, 알아요. 얼마 줄 건지 말이나 해보시오."

"흠, 숫자를 원하시면, 18파운드 10실링입니다."

리어던의 예상보다는 많았지만, 이런 일에 빠삭한 사람들이 받았을 액수보다는 훨씬 적었다.

"그게 최선입니까?"

"6펜스도 더 주기 힘듭니다. 여기 보시면—"

상인이 결점을 지적하기 시작했지만 리어던은 말을 잘랐다.

"바로 가져갈 수 있습니까?"

"언제요? 2시 괜찮습니까?"

"예."

"나머지는 다른 곳으로 옮기십니까?"

"그렇습니다. 내일까진 아닙니다. 이즐링턴까지 배달하면 얼마를 받습니까?"

그렇게 흥정은 끝났고, 상인은 갈 길을 갔다. 그러고 나서 리어던은 책을 파는 일에 착수했다. 1시 30분쯤 그는 책들을 권당 2~3기니에 팔았다. 2시에 가구를 가져갈 사람이 왔고, 4시가 되니 아파트에는 다음 날 새집으로 가져갈 물건밖에 남지 않았다.

다음 할 일은 이즐링턴에 가서 그가 계약한 방 두 칸짜리 집의 일주일 치 집세를 물리고 계약을 파기한 다음에 가장 저렴한 단칸 셋방을 찾는 일이었다. 아침부터 아무것도 먹지 못한 리어던은 가는 길에 식당에 들러서 허기를 채웠다. 그가 바라던 다락방을 찾는 데 두어 시간 걸렸다. 하숙집은 어퍼 스트리트에서 이어지는 좁은 곁길에 있었다. 집세는 일주일에 하프 크라운이었다.

7시에 리어던은 한때 서재라고 불렸던 곳에 앉아 다음과 같은 편지를 썼다.

"20파운드를 동봉했소. 당신 친정 식구들이 당신을 부양하게 됐다는 사실을 유념하라는 주의를 받았소. 가구를 파는 게 최선이라고 판단했고, 팔아서 받은 금액 전체를 여기 넣었소. 내 마음대로 팔면 안 될 것 같은 물건을 따로 담은 상자가 내일 도착할 거요. 카터에게 급여를 받기 시작하면 매주 절반을 당신에게 보내겠소. 내 주소는 5 맨빌 스트리트, 어퍼 스트리트, 이즐링턴이오. 에드윈 리어던."

그는 지폐와 동전을 봉투에 넣고 아내를 수신인으로 적었다. 에이미가 그날 밤에 바로 받으려면 직접 전달해야 했다. 그래서 그는 전철을 타고 웨스트본 파크로 가서 율 부인 집까지 걸어갔다.

에이미의 가족이 저녁을 먹는 시간이었다. 다이닝룸의 창문에서 불빛이 번져 나왔고, 응접실 창문은 캄캄했다. 잠시 망설이던 리어던은 하녀를 부르는 종을 울렸다. 문이 열리자 그는 하녀에게 편지를 건네주고 리어던 부인에게 최대한 빨리 전해 달라고 부탁했다. 그는 다시 한번 창문을 재빨리 훔쳐보고—에이미가 오랜만에 마음 편히 쉬고 있을지도—황급히 발걸음을 돌렸다.

한때 집이었던 곳의 텅 빈 모습을 보자 억장이 무너졌다. 이렇게 되기까지 한두 시간밖에 걸리지 않았다. 카펫도 깔지 않은 맨바닥엔 아무것도 남지 않았다. 그가 황야로 가져갈 물건들은 극빈한 사람도 쉽사리 포기하지 못할 문명의 흔적이었다. 분노, 혐오, 배신감 등등 혼돈에 빠진 격한 감정이 별별 양상으로 드러나며 정신없던 하루 동안 그를 지탱했다. 이제야 그는 자기가 얼마나 지쳤는지 느낄 여유가 있었다. 리어던은 소파침대에 쓰러져 한 시간이 넘도록 몸과 영혼이 무감각한 채 누워 있었다.

하지만 자기 전에 뭔가 먹어야 했다. 방은 싸늘했지만 불을 지필 힘도 없었다. 찬장에 아직 음식이 좀 남아 있었고, 리어던은 피로에 찌든 노동자처럼 접시를 무릎에 올려 놓고 손가락과 칼을 써서 먹었다. 예절이 그에게 무슨 의미가 있단 말인가?

리어던은 세상에 홀로 남은 것처럼 느꼈다. 그를 따뜻하게 받아줄 사람은 비펜뿐이었다. 헐벗은 방이 그의 삶을 상징했다. 돈을 잃음으로써 그는 모든 것을 잃었다. '살아 있다는 걸 감사해라. 아직도 먹을 음식이 조금 남은 걸 감사해라. 인간은 값을 치를 수 없는 그 무엇에도 권리가 없다. 사랑은 예외인 줄 알았나? 어리석은 이상주의자! 사랑이야말로 가난에 가장 먼저 식겁한다. 다락방으로 가서 일주일에 12실링 6펜스로 생활하면서, 과거의 기억을 들이키며 살아라.'

신혼여행에서 돌아온 날 그와 에이미는 이 방에 앉았다. "지금처럼 나를 언제나 사랑할 거예요?" "영원히요. 영원히!" "나한테 실망하더라도? 내가 실패하더라도?" "그런 것들이 어떻게 내 사랑을 바꾸겠어요?" 그들의 목소리가 슬프고 아련한 메아리로 울리는 듯했다. 고작 몇 년 전이었다.

그의 잘못이었다. 남자는 실패하면 안 된다. 무엇보다, 자기가 역경에 못 이겨 쓰러질 때 남들이 동정하거나 돌아봐 주리라고 기대하면 안 된다. 뒤에서 따라오던 자들이 그를 밟고 지나갈 것이다. 어쩔 수 없다. 그들도 불가항력에 떠밀려 앞으로 나아가고 있다.

몇 시간 자고 일어난 리어던은 누워서 동이 트는 광경을 바라봤다. 점차 환해지는 새벽빛이 애처롭게 텅 빈 방을 밝혔다.

아침 우편으로 큼직하고 무거운 봉투가 왔다. 그는 잠시 혼란스러웠지만 곧 글씨체를 알아보았고, 무슨 뜻인지 이해했다. 《웨이사이드》 편집장이 친절하게 쓴 편지에는 그가 얼마 전에 보냈던 플리니우스 에세이와 함께, 이번 글은 리어던에게서 받았던 다른 글만큼 흥미롭지 않았다는 사과의 편지가 동봉되어 있었다.

별일 아니었다. 처음으로 리어던은 거절 편지를 담담하게 받았다. 심지어 그는 상황이 얼마나 예술적으로 끝맺어졌는지 생각하며 웃었다. 돈은 반가웠을 테지만, 바로 그렇기 때문에 손에 들어오지 않을 걸 알았어야 했다.

그의 물건을 이즐링턴 셋방으로 옮겨 줄 카트가 정오에 도착했다. 리어던은 아파트와 관련된 모든 사항을 마무리하고, 그가 솟아올랐던 무명의 세계로 돌아갈 준비를 마쳤다. 지난 2년 반 동안 다른 사람 행세를 한 것처럼 느껴졌다. 보장된 수입이 있는 사람의 삶은 그에게 가당치도 않았다. 그는 일반 월급쟁이 계층에 속했다. 무명으로 돌아가자!

리어던은 몸에 지녀야 할 물건이 든 가방을 짊어지고 전철을 타고 킹스 크로스로 갔다. 거기서 펜턴빌 힐까지 걸어서 올라가고, 또 어퍼 스트리트로 올라간 후 하숙집이 위치한 곁길을 찾았다. 맨빌 스트리트는 못 봐주게 더럽지는 않았다. 리어던이 찾은 하숙집의 외관은 흠칫할 정도는 아니었고, 집주인 여자는 정직해 보였다. 에이미는 겁에 질려 움츠러들었겠지만, 런던 다락방에 살아 본 사람들의 관점에서 이 집은 무던한 수준이었다. 불쌍한 비펜의 집과 달리 문도 제대로 닫혔고, 바닥에 외풍이 새는 작은 구멍도 별로 없었으며, 창문은 하나도 깨지지 않았다. 사람이 편히 살 수 있는 곳이었다. 기억을 지울 수만 있다면.

"편지가 와 있어요." 집주인이 문을 열어주며 말했다. "난로 선반에 올려놨어요."

리어던은 급히 계단을 올라갔다. 에이미에게서 온 편지가 분명했다. 새 주소를 아는 사람은 그녀뿐이었다. 과연 에이미가 보낸 편지였다. 내용은 이러했다.

"가구를 벌써 팔았다니, 보낸 돈의 반만 받겠어요. 윌리랑 내 옷을 사야 해요. 나머지 10파운드는 가능한 한 빨리 보낼게요. 카터 씨가 주는 주급의 절반을 보내겠다는 말은 황당하군요. 여하튼, 난 받을 수 없어요. 글 쓰는 일을 완전히 포기했다면 당신은 교육 수준에 어울리는 직책을 찾으려고 노력해야 해요. 에이미 리어던."

에이미는 이렇게 쓰는 것이 의무라고 여긴 듯했다. 연민은 눈곱만큼도 담겨 있지 않았다. 리어던은 결국 탓할 사람은 자기 자신뿐이라고 인정했다. 그리고 에이미도 자기만큼 괴로운 처지라고.

그가 짊어지고 온 가방에 필기도구가 있었다. 그는 난로 선반 앞에 서서 이렇게 답장을 썼다.

"가구 판 돈은 당신 생활비니까 그렇게 아시오. 만약 돌려보내면 다시 보낼 겁니다. 당신이 그 돈을 안 쓰겠다면 모아 두었다가 윌리에게 주시오. 내가 언급했던 다른 돈은 한 달에 한 번 보낼 거요. 우리의 문제가 더는 우리만의 것이 아니니, 나는 내가 최선을 다해 당신을 부양하지 않았다고 비난하는 사람들로부터 나를 방어해야 하오. 조언은 감사히 받겠소. 그렇지만 당신은 나를 사랑하지 않기로 한 순간부터 조언할 자격도 잃었다는 걸 명심하시오."

그는 곧바로 나가서 편지를 부쳤다.

3시쯤 되니 가구 배치가 끝났다. 카펫은 가져오지 않았다. 사치고 주제넘었다. 가져온 책들은 난로 선반 위에 올려놓았다. 옷은 여행 가방에 보관했다. 식기 도구와 그릇, 컵 따위는 뚜껑 없는 서랍 안에 넣었고, 맨 아래 선반에는 연탄을 쌓아 두었다. 정리를 마친 리어던은 층계참에 있는 수도에서 물을 받아 목욕했다. 그리고 가방을 가지고 장을 보러 나갔다. 빵 한 덩이, 버터, 설탕, 연유를 샀고, 옛집에서 가져온 찻잎이 조금 남아 있었다. 방으로 돌아온 그는 최대한 작게 불을 지피고 주전자를 올려놓은 후 명상을 하기 위해 앉았다.

얼마나 익숙한가! 나쁘지 않았다. 올바른 목적을 가지고 일하던 시절이 떠올랐다. 젊음을 되찾은 느낌이었다.

그는 에이미를 생각하지 않으려고 애썼다. 그가 얼마나 불행한지 알면서도 그녀는 여성스러운 상냥함이라곤 찾아볼 수 없는 냉정하고 무뚝뚝한 편지를 보냈다. 그들이 언젠가 다시 함께하려면 그녀가 먼저 다가와야 한다. 에이미가 다시 노력할 때까지 그는 애정을 되살리지 않을 것이다.

다음 날 아침 리어던은 병원에 가서 카터를 찾았다. 그의 묘한 미소와 표정을 보건대, 지난 일요일 이래 리어던의 가정에서 벌어진 일을 전부 아는 듯했다. 그의 첫말이 리어던의 추측이 옳다고 증명했다.

"자네, 이사했다면서?"

"그래. 자네에게 새 주소를 주는 게 좋겠군."

리어던 이것에 관해 더는 말하고 싶지 않다는 기색을 확실히 내비쳤다. 카터는 생각에 잠겨 주소를 받아 적었다.

"아직도 그 직책을 원하나?"

"물론이네."

"그럼 나와 점심을 먹자고. 그리고 시티 로드 지점에 가서 마저 이야기하지."

생기발랄한 젊은 친구는 리어던을 이전만큼 친근하게 대하지는 않았지만, 고용인과 피고용인 관계로 돌아갔다고 해서 한번 친구가 된 사이가 변하지는 않을 거라는 뜻을 전하려는 듯했다. 그는 분명히 그런 목적으로 점심 식사에 초대했다.

"혹시 더 좋은 기회가 생기면 받아들일 의향이 있겠지?" 식당 안에 앉았을 때 카터가 물었다.

"물론이네."

"자네 시간을 몽땅 차지하는 일은 원하지 않겠지. 글은 계속 쓸 거 아닌가?"

"현재로서는 아니야."

"그럼 내가 귀를 열어 두는 게 좋겠나? 지금 당장은 아무것도 없네만, 그런 이야기를 종종 듣거든."

"그렇게 해주면 고맙겠네."

이렇게 인정하고 나니 리어던은 마음이 한결 편했다. 뻔히 보이는 걸 왜 쓸데없이 감춘단 말인가? 자신의 능력이 닿는 데까지 최대한 돈을 많이 버는 것이 그의 의무였다. 소설가 에드윈 리어던은 잊히리라. 그는 글 따위는 한 문장도 안 써본 사람처럼, 보수가 두둑한 일만 찾고 있었다.

에이미는 10파운드를 보내지 않았으며 편지도 없었다. 짐작하건대 그가 주급에서 떼어 보내는 돈도 받을 것이다. 다행이었다. 집세로 하프 크라운을 내면 10실링이 남는다. 수중에 남은 3파운드는 건드리지 않기로 했다. 혹시 모를 상황을 위한 비상금이었다. 하프 소버린이면 충분했다. 예전에는 그것만 있어도 마음이 든든했다.

그가 시티 로드 지점으로 출근할 날이 왔다. 출퇴근에는 한두 시간밖에 걸리지 않았다. 또다시 리어던은 무명의 무해한 사무원, 평범한 월급쟁이로 돌아왔다.

20장. 기다림의 끝

리어던이 이즐링턴으로 이사하고 2주가 더 지나서야 재스퍼 밀베인은 리어던 부부의 소식을 처음으로 들었다. 어느 날 오후 그는 《윌 오브 더 위스프》라는 문예지의 사무실에서 편집장과 회의를 했다. 그가 지난주에 발표한 사설에 관한 회의였는데, 사설 중 한 문장이 명예훼손이라는 신고가 들어왔기 때문이었다. 고소로 이어질 가능성이 컸는데, 그건 바로 문예지 사람들이 원하던 바였다. 그가 회의를 마치고 나오는데 같은 건물 위층에서 내려오던 사람이 쫓아와서 어깨에 손을 올렸다. 웰프데일이었다.

"여기에 무슨 일로 왔나?" 재스퍼가 악수하며 물었다.

"내가 아는 사람이 《챗 Chat》의 부편집장으로 지금 막 임명됐네. 독자 서신에 응답하는 칼럼 자리를 내게 준다고 약속 비슷한 걸 했거든."

"화장품? 패션? 요리?"

"안타깝게도 난 그렇게 다재다능하지 않아. 그냥 일반적인 정보를 제공하는 지면이야. '당신의 훌륭한 문예지를 통해 부디 제게 알려 주시겠어요? 런던 대화재로 탔던 지역이 정확히 어딘가요?' 이런 거지. 홉번이라는 친구인데, 그의 전임자는 이 문예지를 《챗 모스》라고 불렀다더군. 매주 빈 지면을 채우기 너무 힘들어서 말이야. 그나저나, 자네가 《윌 오브 더 위스프》에 쓴 사설은 대단하더군. 영국 저널리즘에서 그런 글은 본 적이 없어. 맹세하네!"

"마음에 들었다니 다행이군. 어떤 사람들은 그렇게 열광하지 않았네."

재스퍼는 사무실에서 편집장과 나눈 대화를 들려주었다.

"몇천 파운드가 깨질지도 몰라. 하지만 패트윈은 광고효과를 톡톡히 볼 거라고 믿더군. 발로우는 아주 신이 났어. 그 사람들을 1~2주라도 웃음거리로 만들 수 있다면 그 돈의 두 배도 쓸 사람이야."

그들은 거리로 나가 함께 걸었다. 예리한 눈빛과 통찰력이 깃든 미소를 띤 밀베인은 딱 봐도 성공의 기술을 연마한 현대적인 젊은이였다. 그의 동행은 그렇게 돋보이진 않았지만, 감성과 재치가 섞인 얼굴에 명민함이 은근히 서려 있었다.

"리어던 부부 소식은 당연히 들었겠지?" 웰프데일이 물었다.

"못 본 지 꽤 됐네. 무슨 일인가?"

"갈라섰다는 소리도 못 들었나?"

"갈라섰다고?"

"나도 어젯밤에서야 들었네. 비펜이 말해 줬어. 리어던은 이스트엔드 어딘가에 있는 병원에서 사무원 일을 하고 있네. 부인은 친정에 돌아갔고."

"어허!" 재스퍼가 곰곰 생각하며 외쳤다. "결국 이렇게 됐군. 그들이 얼마 안 가리라는 건 알았지만. 리어던이 불쌍하군."

"나는 부인이 불쌍하네."

"자네라면 여자를 우선시할 줄 알았네, 웰프데일."

"그것이 명예로운 일이네, 친구. 내가 여성의 노예라는 건 사실이지만 명예로운 의미에서야. 내가 최근에 겪은 일을 당했으면 대부분 남자는 공격적이고 냉소적으로 변하겠지. 아닌가? 나는 전혀 아닐세. 그런 일을 당했다고 여성을 나쁘게 보지 않아. 언제나 그랬듯이 그들을 경외하지. 내가 도량이 큰 모양이야. 아닌가?"

재스퍼는 참지 않고 마구 웃었다.

"이것이 단순한 진실이야." 웰프데일이 우겼다. "내가 버밍엄 여자에게 보낸 편지를 자네가 봤어야 해. 연민과 용서뿐이었지. 구구절절에 진심을 담았어. 내가 만나는 사람마다 붙들고 이렇게 말하는 건 고쳐야 할 버릇이지만, 때때로 친구들에게 자신의 장점을 보여 줘도 괜찮지 않겠나."

"리어던은 예전 집에 계속 사나?"

"아니. 죄다 팔고 아파트를 비웠어. 어디에 셋방을 얻었을 거야. 난 이런 상황에 찾아갈 만큼 친하지 않거든. 하지만 자네가 몰랐다니 의외군."

"이번 해 들어 자주 만나지 못했네. 리어던은—글쎄, 안타깝지만 그는 자네처럼 도량이 크진 않은 모양이야. 내가 성공하는 모습이 눈꼴시었던 듯하네."

"정말인가? 그럴 사람처럼 보이지 않던데."

"자네는 그 친구와 가깝지 않았으니까. 여하튼, 나를 대하는 태도가 달라진 이유를 달리 설명할 길이 없네. 참 딱하군. 정말 안타까워. 병원에서 일한다고? 카터가 옛날 직책을 다시 줬나 보군?"

"모르겠네. 비펜은 입이 무겁잖나. 자네도 알다시피 그는 대단히 섬세하지. 마음씨가 고결해. 리어던도 마찬가지라고 생각하네. 물론 자기 나름대로 단점이 있겠지만."

"아, 훌륭한 친구야. 하지만 단점이란 말은 적합하지 않군. 처음부터 난 이렇게 될 거라고 예상했네. 리어던과 처음 만났을 때 난 한 시간 만에 그가 역경에 맞서는 부류가 아니란 걸 알아봤지. 하지만 그는 진심으로 자기 앞날에 낙관적이었어. 책을 써서 돈을 점점 더 많이 벌 거로 생각했지. 리어던 부인 같은 여자가 그를 믿었다는 사실이 놀라울 뿐이네!"

그들은 곧 헤어졌고, 밀베인은 방금 들은 이야기를 곰곰 생각하며 집으로 향했다. 원래 그는 마감이 임박한 일을 저녁 내내 할 작정이었지만, 왠지 일이 손에 잡히지 않았다. 8시쯤 그는 일하기를 포기하고 야회복을 차려입은 후 웨스트본 파크를 향해 나섰다. 그의 목적지는 에드먼드 율 부인의 집이었다. 하녀가 문을 열자 그는 율 부인이 집에 있느냐고 물었고, 그렇다는 대답을 들었다.

"손님이 계시나요?"

"숙녀분이요. 카터 부인이 있어요."

"그렇다면 제 이름을 전해 주고, 율 부인이 절 만날 수 있는지 여쭤보세요."

재스퍼는 금세 응접실로 안내를 받았다. 응접실에는 율 부인과 그녀의 아들, 카터 부인이 있었다. 리어던 부인을 찾는 그의 시선은 성과가 없었다.

"정말 반가워요." 율 부인이 은밀한 말투로 말했다. "그러지 않아도 뵙고 싶던 참이었어요. 우리의 안타까운 상황은 물론 아시겠지요?"

"오늘 처음 들었습니다."

"리어던 본인에게서요?"

"아니요. 그는 만난 적 없습니다."

"만났으면 좋았을 텐데요. 당신은 그 사람을 어떻게 볼지 알고 싶어요."

"어떻게 보다니요?"

"어머니께서 이런 생각을 하셨습니다." 존 율이 말했다. "그자가 완전히 제정신은 아니라고요. 내가 마지막으로 봤을 때도 이상한 소리를 해대긴 했습니다."

"제 남편도 그분이 좀 이상하다고 했어요." 카터 부인이 말했다.

"병원에서 다시 일한다고 들었는데—"

"시티 로드에 새로 개원한 지점이에요." 율 부인이 답했다. "게다가 끔찍한 곳에서 살고 있어요. 이즐링턴의 가장 후미진 지역에서도 제일 충격적인 골목에서요. 한번 찾아갈 생각을 했지만 너무 무서워서 포기했어요. 그런 곳에서 일어나는 일에 대해 듣곤 하잖아요. 다들 말하길, 그 사람 표정이 난폭하고 말을 참 괴상하게 한대요."

"우리끼리니까 하는 말입니다만." 존이 말했다. "과장할 필요 없습니다. 그는 지저분한 곳에서 살고 있고, 카터 말로는 심하게 아파 보인다고 하더군요. 물론 우리만큼이나 제정신일지도 모르죠."

재스퍼는 놀라움을 금치 못하며 이 모든 이야기를 들었다.

"리어던 부인은요?" 그가 물었다.

"딱하게도 잘 지내지 못해요." 율 부인이 답했다. "오늘은 온종일 방에서 나오지도 못했어요. 애가 얼마나 충격을 받았을지 상상해 보세요. 게다가 마른하늘에 날벼락이었어요. 아무 경고도 없이 남편이란 사람이 자기가 사무원 자리를 얻었으니까 이스트엔드로 바로 이사하자고 한 거예요. 생각해 봐요! 그것도 남부 해안지방에서 바닷바람을 쐬면서 새 책을 쓰기로 다 정해 놓은 마당에요. 우리 모두 그가 아프다는 걸 알았기 때문에 해변에서 여름을 보내라고 조언했어요. 그 사람 혼자 가는 게 낫다고 생각했죠. 물론 에이미도 이따금 며칠씩 내려가고요. 그런데 한순간에 모든 게 바뀌었고, 그것도 이렇게 끔찍하게 바뀐 거랍니다. 제정신인 남자가 할 행동이 아니에요."

재스퍼는 사건의 경위가 훨씬 평범하게 설명될 수 있다는 걸 알았다. 사위의 행동을 충분히 설명할 수 있지만 남들 듣기에 불미스러운 이유를 율 부인이 슬쩍 빼놓은 건 당연했다.

"우리가 얼마나 괴로운 입장인지 아시겠죠." 완곡한 화술의 달인이 말했다. “리어던 씨가 자기 행동을 책임질 만한 상태가 아니라고 암시하기는 괴롭지만, 달리 어떻게 친구들에게 이런 상황을 설명하겠어요?”

“제 남편은 리어던 씨가 중병에라도 걸릴까 봐 걱정해요.” 카터 부인이 말했다. “얼마나 끔찍한가요! 그런 곳에서 살다니.”

“밀베인 씨, 당신이 한번 가서 들여다보면 참 고맙겠어요.” 율 부인이 청했다. “그 사람 상태를 어떻게 생각하는지 소견을 듣고 싶어요.”

“물론 가겠습니다.” 재스퍼가 말했다. “주소를 알려 주시겠어요?”

그는 한 시간 더 머물었고, 재스퍼가 떠나기 전 그들은 리어던의 문제를 처음보다 더 솔직하게 의논했다. 심지어 돈이라는 단어도 한두 번 등장했다.

“카터 씨가 고맙게도 이런 약속을 하셨어요.” 율 부인이 말했다. “적당한 직책을 알아보시겠다고요. 성공한 작가가 스스로 일을 그만두다니, 너무 충격적이에요. 2년 전만 해도 누가 상상이나 했겠어요? 그래도 그 사람이 지금처럼 살게 내버려 둘 수는 없어요. 정신이 이상해졌다고 생각할 이유가 없다면 말이죠.”

카터 부인을 위한 마차가 왔고, 그녀는 상황을 배려하는 마음에 타고난 명랑함을 억누르며 떠났다. 잠시 후 밀베인도 집을 나섰다.

그가 20미터 정도 걸어 적막한 거리의 끝자락에 다다랐을 때 한 남자가 골목을 돌아 나오며 그를 향해 다가왔다. 그는 단번에 누구인지 알아보았다. 잠시 후 그는 리어던과 마주 보고 있었다. 둘 다 걸음을 멈췄다. 재스퍼가 손을 내밀었지만, 리어던은 보지 못한 듯했다.

“율 부인 집에서 나오는 길인가?” 리어던이 기묘한 미소를 띠고 말했다.

가스등 아래 그의 얼굴은 창백하고 해쓱했으며, 그는 재스퍼의 눈을 뚫어지게 응시했다.

"그렇다네. 사실 자네 주소를 물어보러 갔었어. 왜 내게 아무 말도 하지 않았나?"

"아파트에 갔었나?"

"아니, 웰프데일에게 들었네."

리어던은 자기가 오던 방향으로 몸을 돌리고 천천히 걷기 시작했다. 재스퍼가 옆에서 함께 걸었다.

"우리 사이에 뭔가 틀어진 듯하네, 리어던." 재스퍼가 동행을 흘깃 보며 말했다.

"나와 모든 사람 사이에 틀어진 게 있네." 리어던이 부자연스러운 목소리로 답했다.

"자넨 너무 비관적으로만 보고 있어. 내가 혹시 방해했나? 자네가 가던 곳이—"

"아무 데도 아니네."

"그럼 내 방으로 가지. 그리고 우리가 예전처럼 이야기를 나눌 수 없는지 한번 보자고."

"자네가 예전에 하던 말들은 내 취향이 아니네, 밀베인. 그것 때문에 난 너무 많은 것을 잃었어."

재스퍼는 그를 빤히 바라봤다. 율 부인의 과장된 말에 어느 정도 근거가 있었나? 리어던의 대답이 너무 생뚱맞았고 말투가 평소와 전혀 달랐기 때문에 재스퍼는 갑자기 불안해졌다.

"너무 많은 것을 잃었다니? 무슨 말인지 모르겠네."

그들은 이 시간대에는 인적이 뜸한 널찍한 가로로 꺾어 들어갔다. 해진 코트 주머니에 손을 찔러넣고 고개를 숙인 채 걷던 리어던은 시선을 어디에도 고정하지 않고 천천히 계속 나아갔다. 잠시 대답을 미루던 그는 떨리는 목소리로 말했다.

"자네는 항상 성공을 찬양했지. 남자라면 누구나 목표로 삼아야 한다고 했어. 나에게만 그렇게 말했으면 괜찮았을 거야. 하지만 우리가 대화할 때 보통 다른 사람도 함께 있었네. 자네 말이 영향을 끼쳤어. 이젠 그걸 알 것 같네. 자네 때문에 난 성공할 가능성을 잃자마자 버림받았어."

비난을 들은 재스퍼는 불끈 화를 내며 부인할 충동을 느꼈지만 동정심이 앞섰다. 실패한 남자가 아내와 아이가 편안하게 사는 집 근처를 밤에 방황하는 모습이 너무 안쓰러웠다. 그리고 리어던의 목소리에는 처절한 고통이 배어 있었다.

"듣던 중 정말 놀라운 말이군." 재스퍼가 답했다. "물론 나는 자네와 자네 부인 사이에 무슨 일이 있었는지 전혀 모르네. 하지만 자네 부부의 여느 지인만큼이나 나도 그 일에 무관하다고 확신하네."

"자네는 확신할지 모르나 자네의 말과 태도가 내 아내로 하여금 나에게서 돌아서게 했네. 자네가 의도하지는 않았겠지. 그랬다고 의심한 적은 한 번도 없어. 그저 내 불운이네. 그게 다야."

"내가 의도한 적이 없다는 건 말할 필요도 없는 사실이네. 그런데 자네는 정말 이상하게 스스로를 기만하고 있군. 자네한테 솔직하게 말하기가 겁나네. 자네가 기분 나빠할까 봐 두려워. 자네가 결혼할 때쯤 내가 했던 말 기억나나? 자네는 그때도 듣기 싫어했고, 지금 기억하면 당연히 불쾌하겠지. 자네 상황이 궁해졌다고 부인의 사랑이 식었다면, 남들 영향은 생각할 필요도 없네."

리어던은 고개를 돌려 재스퍼를 쳐다봤다.

"그럼 자네는 내 아내가 힘든 상황에서 나를 버릴 여자라고 줄곧 생각해 왔나?"

"그렇게 물어보는 질문에 답하지 않겠네. 우리가 예전처럼 친밀하게 이야기할 게 아니라면 이런 문제는 언급하지 않는 게 좋겠어."

"어쨌든 자네는 대답한 셈이야. 자네가 했던 이야기는 물론 기억하지. 하지만 그때 자네가 옳았건 틀렸건, 내가 지금 한 말과는 무관해."

리어던은 정신적으로 너무 지쳐서 더는 말을 못 잇겠다는 듯 힘없이 우겼다.

"그런 추궁 앞에 날 변호할 수 없어." 밀베인이 말했다. "나는 사실이 아니라고 확신하고, 그 말밖에 할 수 없네. 하여튼, 자네는 소위 나의 영향력이란 것이 여전히 자네를 깎아내리고 있다고 생각하나?"

"나는 모르겠네." 리어던이 단조로운 목소리로 말했다.

"내가 말했듯이, 자네 부인이 친정으로 돌아간 이래 내가 이 집에 온 건 오늘이 처음이야. 그리고 오늘 자네 부인은 만나지도 않았어. 몸이 안 좋아서 못 나온다더군. 안 만나서 다행이야. 앞으로 나는 이 집 사람들과 교류를 끊겠네. 어쨌든 자네 부인이 여기 사는 동안은 말이야. 물론 이유는 밝히지 않겠어. 그건 불가하지. 하지만 내가 자네를 헐뜯을까 봐 걱정할 필요는 없네. 맙소사, 나를 대체 어떤 사람으로 보는 건가?"

"나는 하고 싶지 않았고, 해서도 안 될 말을 한 거야. 자네는 내 말을 오해했군. 어쩔 수 없지."

몇 시간째 걷고 있던 리어던은 사실 지칠 대로 지쳐 있었다.

그는 입을 꾹 다물었다. 재스퍼 역시 잠잠해졌다. 재스퍼는 악의적이지는 않았지만 의도적으로 리어던의 추궁을 오해한 척했다. 자신이 에이미에게 한 말이 친구 부부에게 실로 지대한 영향을 끼쳤다고 재스퍼는 믿지 않았다. 그러나 그가 에이미와 둘만 있을 때 한 말들은 남편 앞에서는 하지 못할 것들이었다. 리어던을 은근히 무시하는 가벼운 조롱은 내용보다는 말투에 문제가 있었고, 기회가 될 때마다 잘난 척을 하지 않고는 못 배기는 그의 성격에서 비롯됐다. 재스퍼 역시 약한 남자였지만, 리어던의 약점과는 성질이 달랐다. 재스퍼의 약점은 허영이었는데, 허영은 사람으로 하여금 자기는 절대 그러지 못할 거로 믿었던 악행을 저지르게 만든다. 양심이 뜨끔한 재스퍼는 오해한 척하며 진심을 감췄고, 이 또한 그의 됨됨이가 얼마나 작은지 증명한다.

그들은 웨스트본 파크 역에 가까워졌다.

"자네 집은 여기서 멀지 않나." 재스퍼가 냉랭하게 말했다. "전철을 탈 건가?"

"아닐세. 아까 내 아내가 아프다고 했나?"

"아, 아픈 건 아닌 듯하네. 적어도 심각한 병처럼 들리진 않았어. 율 부인 집에 가보지 그러나?"

"내 일은 내가 알아서 하겠네."

"맞는 말이야. 실례했네. 난 여기서 전철을 타야 하니 인사를 해야겠군."

그들은 묵례만 하고 악수는 나누지 않았다.

하루 이틀 후 밀베인은 율 부인에게 편지를 써서 리어던을 만났다고 했다. 그를 만난 상황에 대해서는 언급하지 않았지만, 그는 리어던이 신경성 질환을 앓고 있는 것처럼 보였고, 병 때문에 많이 변했다고 했다. 그리고 그가 이대로 가다가는 정신병에 걸릴 가능성이 크다고 했다. "안타깝게도 저는 아무 도움이 되지 못합니다. 리어던은 이전처럼 저를 친밀하게 여기지 않습니다. 하지만 그의 친구 중 능력이 있는 사람들이 힘을 써서 그를 끔찍한 절망의 늪에서 구하려고 노력해야 합니다. 제대로 도움을 받지 못하면 무슨 일이 생길지 모릅니다. 한가지는 확신합니다. 리어던이 스스로를 도울 수 있는 단계는 지났습니다. 제대로 된 문학 일은 할 수 없습니다. 그렇게 좋은 사람이, 게다가 뛰어난 머리를 지닌 사람이 이렇게 망가지다니 끔찍한 일입니다. 영향력 있는 사람들이 충분히 그를 건강하고 생산적으로 회복시킬 수 있을 텐데요."

여름이 지나갔다. 재스퍼는 약속을 지켜 율 부인의 집에 한 번도 찾아가지 않았다. 7월에 한 번 그는 카터 부부의 집에서 율 부인과 마주쳤고, 다른 사람들에게 들었듯이 리어던 부부의 상황이 달라지지 않았다는 말을 들었다.

8월에 율 부인은 에이미와 함께 해변에서 2주를 보냈다. 밀베인과 동생들은 와틀보로우 친구 집에 초대를 받아서 3주 정도 머물렀는데, 휴가의 마지막 열흘은 와이트섬에서 보냈다. 그들에겐 사치스러운 휴가였지만, 도라가 아팠기 때문에 재스퍼는 푹 쉬면 더 힘을 내서 일할 수 있을 거라며 안심시켰다. 앨프리드 율과 부인과 딸은 켄트의 시골 어딘가에서 휴가를 보냈다. 도라와 메리언은 서신을 교환했는데, 도라가 보낸 편지에는 이런 구절이 담겨 있었다.

"런던을 떠난 이래 오빠가 드물게 다정해졌어. 난 사실 이번 휴가를 좀 걱정했어. 우리 남매가 오랫동안 같이 있으면 서로 힘들어한다는 걸 경험으로 알기 때문이야. 오빠는 원래 시간이 좀 지나면 우리를 지겨워하고, 또 오빠 이기심은—정말 이기적이야, 내 말을 믿어—몹쓸 방식으로 나타나거든. 그런데 이번처럼 참을성 많은 모습은 처음 봤어. 나한테 특히 잘해줬는데, 내가 두통이랑 오한을 앓았기 때문인 거 같아. 일이 잘 풀리면 이 청년이 모드 언니나 내가 생각했던 것보다 훨씬 좋은 남자가 될 가능성도 있어. 하지만 오빠가 계속 착하게 살려면 일이 아주 잘 풀려야 해. 난 오빠가 너무 늦기 전에 부자가 되길 바랄 뿐이야. 저급하게 들리겠지만, 가난의 위험이 있는 한 오빠의 도덕성은 절대 안전하지 않아. 그런 사람들 있잖아. 가난한 오빠는 절대 방심할 수 없는 사람이야. 돈이 있으면 참아줄 만한 인간이 되지—남자라는 사실을 고려했을 때."

도라가 이렇게 말한 데는 이유가 있었다. 그녀는 친구와 대화를 나눌 때는 이런 말을 안 했지만, 떨어져 있으므로 편지로 대화해야 하는 기회를 빌렸다.

휴가에서 돌아온 후 자매는 졸리 앤드 몽크에서 출간할 책에 많은 진전을 보여서, 10월 초에 끝냈다. 도라는 이제 《잉글리시 걸》에 단편을 몇 개 실었고, 모드는 삽화 신문에 이따금 소설 비평을 쓰기 시작했다. 초라한 하숙집에 사는데도 자매는 보스턴 라이트 부인과 몇몇 친구의 인맥에 포함되었다. 그들의 상황이 알려졌기 때문에 자매는 초대를 받으면서도 원치 않는 사람들이 그들의 누추한 작은 응접실에 들이닥칠 걱정을 하지 않아도 됐다. 막내는 재스퍼가 소개해 주는 사람들에게 별 관심이 없었다. 메리언 율만 있었으면 도라는 저녁 시간을 즐겁게 집에서 보냈을 것이다. 그와 반대로 모드는 낯선 사람들에게 소개받는 걸 즐겼다. 사람들은 모드를 보면 감탄했고, 그녀도 그 사실을 알았다. 모드는 조심성을 잊고 시골집에서 가져온 것보다 더 값비싼 옷을 사기도 했다. 그녀는 부잣집 아가씨들을 유심히 관찰하고 질투했으며, 그들과 경쟁할 만한 옷을 사지 못하는 현실을 한탄했다. 지금으로서는 불리한 상황을 극복하기 힘들었다. 그녀에겐 샤프롱[35]도 없었을뿐더러 가난 때문에 사람들과 친해지기 어려웠다. 아주 가끔 오찬에 초대를 받거나, 한담을 나누는 신성한 시간에 방문해도 좋다는 허락이 그녀가

35. 빅토리아 시대에는 젊은 여성이 샤프롱(보호자 역할을 하는 기혼 여성이나 과부로, 주로 어머니가 담당했다) 없이 남성을 만나는 것은 부적절하다고 여겨졌다.

바랄 수 있는 전부였다.

"인내심을 가져." 어느 날 해변에서 이야기하던 중 재스퍼가 말했다. "네가 관습적인 보호 없이 사는 게 네 탓은 아니야. 하지만 그러므로 네가 더더욱 조심해야 해. 네가 친해지고 있는 사람들은 사회 규율에 보수적인 사람들이 아니고, 가난하다고 너를 경멸하지는 않을 거야. 그렇다고 무리하게 자선을 바라면 안 돼. 일단은 아주 조용히 지내. 네 상황이 일반적이지 않다는 사실을 너도 알고 있다는 걸 보여. 물론 겸손하고 얌전하게. 가능한 한 빨리 격식을 차려 줄 보호자랑 살게 해줄게. 정말 한심한 일이지. 하지만 우리는 한심한 사회에서 살고 있으니까 어쩔 수 없어. 부탁이니까 성급하게 굴어서 기회를 망치지 마. 돈이 좀 더 들어올 때까지 기다려."

10월 중순 어느 날 저녁 8시 30분쯤 되었을 때 도라가 재스퍼를 불쑥 찾아왔다. 그는 응접실에 앉아서 담배를 피우면서 소설을 읽고 있었다.

"무슨 일 있어?" 동생이 들어오자 재스퍼가 물었다.

"아니. 오늘 저녁에 나 혼자라서 오빠가 있나 보러 왔어."

"모드는 어딨어?"

"레인가 사람들을 만나러 오후에 나갔어. 레인 부인이 밤에 게이어티 극장에 가자고 초대했거든. 원래 초대했던 친구가 올 수 없어서 표를 버리게 생겼다고. 그 사람들이랑 저녁 먹으러 다시 나갔어. 집에 올 때는 승합 마차를 불러준다고 했대."

"레인 부인이 왜 갑자기 그렇게 잘해 주는 거야? 겉옷 내려놔. 지금 바쁘지 않아."

"래드웨이 양도 같이 간대."

"그게 누구야?"

"누군지 몰라? 레인 씨네 집에 묵고 있어. 언니 말로는 《웨스트엔드》에 기고하는 사람이라던데.”

“레인 그자도 같이 가나?”

“아닐걸.”

재스퍼는 파이프의 연통을 바라보며 곰곰이 생각했다.

“모드는 아주 신이 났겠네?”

“그렇지. 오래전부터 게이어티 극장에 가고 싶어 했거든. 가서 나쁠 건 없잖아, 아니야?”

미심쩍은 문제를 건드릴 때 여자들이 흔히 사용하는 무심한 말투로 도라가 물었다.

“나쁠 거는 없겠지. 바보스러운 짓거리랑 활기찬 음악이 전부야. 시간만 늦지 않았으면 내가 너를 데려갔을 텐데. 재미로 말이야. 제기랄, 모드도 좀 더 좋은 옷이 필요해.”

“아, 언니는 아주 예쁘게 하고 갔어. 최고로.”

“에이. 하지만 나는 모드가 레인가 사람들이랑 자주 어울리지 않았으면 해. 레인이 워낙 불한당이라서 부인까지 어느 정도 그렇게 보이지.”

그들이 30분 정도 한담을 나누고 있는데 문에서 들린 노크 소리가 대화를 끊었다. 집주인이었다.

“웰프데일 씨가 찾아왔어요. 밀베인 양이 있다고 했더니, 올라오라고 허락하시지 않으면 오지 않겠다고 합니다.”

재스퍼는 도라를 향해 미소 지으며 속삭였다.

“어떻게 할래? 올라오라고 할까? 예의는 지킬 사람이야.”

“오빠 좋을 대로 해.”

“올라오라고 해주세요, 톰슨 부인. 부탁합니다.”

웰프데일이 나타났다. 밀베인이 혼자 있을 때보다 훨씬 격식을 갖추어 들어온 그의 표정은 진지하고 깍듯했다. 발걸음은 가벼웠고, 수줍음과 더불어 즐거운 기대가 태도에서 느껴졌다.

“내 막냇동생이네, 웰프데일.” 재스퍼가 웃음을 참으며 말했다.

글쓰기 조언가는 자신의 명예를 실추하지 않을 인사를 하고 경외심이 깃든 목소리로 나지막이 말했는데, 거슬리지 않는 목소리였다. 사실 웰프데일은 신사 혈통이었다. 그가 새로워진 그럽 스트리트에 떨어진 것은 최근 일이었다.

“지침서는 잘 팔리나?” 밀베인이 물었다.

“아주 좋아! 거의 600권을 팔았어.”

“내 동생이 자네 독자 중 한 명일세. 아주 성실하게 자네 책을 공부했지.”

“정말인가? 정말 읽으셨습니까, 밀베인 양?”

도라가 그렇다고 말하자 웰프데일은 기뻐서 어쩔 줄 몰랐다.

“어딜 봐도 아주 헛소리는 아니더군.” 재스퍼가 너그럽게 말했다. “문예지에 기고할 글에 관한 채프터에는 대단히 훌륭한 조언이 한두 개 있었어. 자네가 그 조언을 실천하지 못한다는 게 얼마나 안타깝나, 웰프데일!”

“자네 진짜 너무하군!” 웰프데일이 항의했다. “오늘 밤에는 좀 봐주게. 안타깝게도 사실입니다, 밀베인 양. 저는 길을 가리킬 수는 있지만 제가 그 길을 따라가진 못합니다. 제 글을 한 번도 발표하지 못한 건 아닙니다. 하지만 그걸 전문직으로 삼을 수 없어요. 밀베인 양 오라버니는 성공했지요. 대단한 능력입니다! 참 부러워요. 요새 활동하는 사람 가운데 이만큼 재능이 있는 사람은 드물거든요.”

“오빠를 지금보다 더 거만하게 만들지 말아 주세요.” 도라가 말했다.

“비펜은 뭐하고 지내나?” 잠시 후 재스퍼가 물었다.

“『잡화상 베일리 씨』를 한 달 안에 끝낼 거라고 하더군. 지난밤에 책 후반부의 채프터 하나를 읽어 줬어. 아주 훌륭하지. 내가 봤을 때는 굉장한 글이야. 출판해 줄 곳을 찾지 못하면 충격적일 거야. 아무렴 그렇고말고."

"꼭 출판하셨으면 좋겠어요." 도라가 웃으며 말했다. "'베일리 씨' 이야기를 하도 많이 들어서 못 읽게 되면 몹시 서운할 거예요."

"즐겁게 읽지는 못하실 겁니다." 웰프데일이 머뭇거리며 말했다. "매우 저속한 내용입니다."

"게다가 주인공이 잡화상이지!" 재스퍼가 웃으면서 외쳤다. "아, 하지만 상당히 좋은 글이야. 음울하긴 하지만. 선량하게 범속한 사람들. 아니, 범속하게 선량한 사람들이었나? 비펜의 공식이 뭐였지? 일주일 전에 봤는데 그렇게 배고파 보일 수 없더군."

"불쌍한 리어던. 얼마 전에 킹스 크로스에서 마주쳤네. 나를 보지는 못했어. 언제나처럼 땅만 보고 걷고 있었거든. 나도 차마 말을 걸 용기가 안 났네. 옛날 리어던의 껍데기만 남았어. 오래 못 갈 거야."

도라와 재스퍼는 시선을 교환했다. 재스퍼가 동생들에게 리어던 부부를 언급하지 않은 지 한참 됐다. 최근에는 부부 어느 쪽 이야기도 꺼내지 않았다.

웰프데일은 대화를 즐기느라 시간 가는 줄 몰랐다. 재스퍼가 넌지시 일깨워 주었을 때는 이미 밤 11시가 넘었다.

"도라, 내가 널 집에 데려다줘야겠다."

손님은 곧바로 떠날 준비를 했고, 작별 인사도 들어올 때 했던 인사만큼 정중했다. 비록 웰프데일은 머릿속에 있는 생각을 입 밖에 내지 않았지만, 도라 밀베인 양을 다시 만나고 싶다는 희망이 얼굴에 역력히 드러났다.

"제 딴에는 나쁜 친구가 아니야." 도라와 둘만 남았을 때 재스퍼가 말했다.

"전혀 아닌걸."

반년 전쯤에 웰프데일의 불운한 약혼 이야기를 들은 도라는 기억을 떠올리며 미소 지었다.

"안타깝게도 잘 나가지는 못해." 재스퍼가 말을 이었다. "1년에 20파운드 수입이 있고 거기에 50~60파운드 정도 더 벌지. 내가 그 입장이었으면 사업 같은 걸 하겠어. 저 친구는 도와줄 만한 사람들이 주위에 있거든. 성격은 좋은데 돈이 없으면 그게 무슨 소용이니?"

그들은 함께 방을 나서서 자매의 하숙집으로 향했다. 도라가 열쇠를 꺼내려고 하자 재스퍼가 말렸다. "아니야. 부엌에 불이 들어와 있잖아. 이렇게 늦었으니까 문을 두드리는 게 나아."

"왜?"

"걱정하지 말고 내가 하라는 대로 해."

집주인이 문을 열어 주자 재스퍼는 그녀와 한두 마디 나누며 모드가 돌아올 때까지 기다리겠다고 했다. 3층 창문이 어두운 것으로 봐서 모드는 아직 집에 오지 않은 것 같았다.

"오빠는 참 별 걱정을 다 해!" 3층에 올라오자 도라가 말했다.

"대부분 사람이 하는 생각이야. 유감스럽지만."

테이블에 편지가 한 장 있었다. 모드에게 온 편지였다. 도라는 와틀보로우 친구의 글씨체를 알아봤다.

"무슨 소식이 있나 봐." 도라가 말했다. "헤인즈 부인은 특별한 소식이 있을 때만 편지를 보내거든."

자정이 조금 넘었을 때 마차가 집 앞에 섰다. 도라가 내려가 문을 열어주었다. 모드는 평소보다 얼굴이 상기되고 눈이 반짝였다.

"이렇게 늦은 시간에 여기서 뭐 해?" 방에 들어오며 재스퍼를 본 모드가 외쳤다.
"네가 잘 들어오는 걸 확인해야지 마음이 놓여서."
"뭐가 걱정돼서?"
모드가 숄을 벗어 던지며 웃었다.
"아무튼, 재미있었니?"
"그럼!" 모드가 무심히 말했다. "나한테 온 편지야? 헤인즈 부인이 무슨 소식이 있을까?"
모드는 편지를 개봉하고 서둘러 읽었다. 그녀의 안색이 변했다.
"무슨 일일 거 같아? 율 씨가 죽었어!"
도라는 외마디 소리를 질렀고, 재스퍼는 지대한 관심을 보였다.
"어제 죽었대. 아니, 그저께였겠구나. 시 회의에서 발작 비슷한 걸 일으켰나 봐. 가까운 병원으로 실려 갔는데 몇 시간 만에 죽었대. 결국 이렇게 됐구나. 앞으로 어떻게 되려나?"
"메리언은 언제 만나니?" 그녀의 오빠가 물었다.
"내일 저녁에 올지도 몰라."
"장례식에 가지 않을까?" 도라가 말했다.
"그럴지도 모르지. 확실하지 않아. 율 씨는 당연히 가겠지. 그저께였다고? 그럼 장례식은 아마 토요일에 치르겠군."
"메리언에게 조문 인사를 보내야 할까?" 도라가 물었다.
"아니야. 나라면 안 하겠어." 재스퍼가 답했다. "메리언이 먼저 말할 때까지 기다려. 금방 연락이 올 거야. 오늘 오후에 와틀보로우에 내려갔을지도 모르고 내일 아침에 갈 수도 있겠지."
헤인즈 부인이 보낸 편지가 모두의 손을 거쳤다. 편지에는 이렇게 쓰여 있었다. "그분이 공공사업을 위해 큰돈을 남겼다고 모두가 확신한단다. 공원을 지을 땅은 이미 샀어. 그와 관련된 계획을 추진하기 위한 돈을 따로 떼어 놨겠지. 런던에 있는 네 친구와 가족이 도움을 받았으면 좋겠구나."

상속에 관한 추측을 하며 이런저런 이야기를 끝맺고 재스퍼가 집으로 향한 건 꽤 오랜 시간이 흐른 후였다. 하숙집에 돌아와서도 그는 잠이 잘 오지 않았다. 존 율의 죽음은 항상 그의 머릿속에 있었지만, 오랫동안 일어나지 않으리라는 걱정을 동반했다. 갑작스러운 소식에 재스퍼는 마치 자기가 존 율의 친족이라도 되는 양 흥분했다.

21장. 율 씨, 런던을 떠나다

《커런트》에 실린 불쾌한 비평이 초래한 사건 이후 앨프리드 율과 딸의 관계는 변했다. 당사자 두 사람밖에 느끼지 못할 정도였으나 관계는 영원히 변했다. 표면적으로 두 사람은 예전처럼 대화를 나누고 함께 일했다. 그러나 메리언은 아버지가 더는 그녀를 전적으로 신뢰하지 않으며, 그녀가 성실하고 유능하게 일하는 모습에 예전만큼 기뻐하지 않는다는 사실을 눈치챘다. 한편 율은 딸이 자신을 도와주고 기쁘게 하려는 마음 외 다른 생각에 빠졌고, 그가 그녀에게 바랐던 삶과 다르며 어떤 면에서는 용납할 수 없는 새로운 길에 들어섰다는 걸 깨달았다. 갈등은 또다시 표출되지 않았다. 하지만 그들의 대화는 종종 의견이 갈리려는 순간 쌍방의 암묵적 동의에 의해 종결됐고, 이러한 긴장감은 율의 신경을 몹시 거슬렀다. 그는 메리언을 도발하기 두려워하면서도 이런 두려움 때문에 다시 한번 자존심이 구겨졌다.

딸이 밀베인 자매와 계속 교류한다는 것은 알았지만 그들 오빠와의 관계에 대해서는 아무것도 알지 못하고 알아낼 수도 없었는데, 이런 무지한 상태는 언짢은 사실을 확실히 아는 것보다 오히려 더 견디기 힘들었다. 문필업계의 떠오르는 샛별이자 혐오스러운 패지의 오른팔로 알려진 재스퍼 밀베인의 이름은 앨프리드의 귀에 싫어도 종종 들렸고, 이렇게 전망이 창창한 젊은이가 메리언 같은 여자를 진지하게 만난다고 앨프리드는 믿지 않았다. 한 가지 가능성은, 기회에 눈이 밝은 밀베인이 메리언의 큰아버지 존 율을 염두에 두고, 그가 죽었을 때 메리언이 유산을 상속받느냐 마느냐를 기다리고 있을지도 몰랐다. 이 젊은이에게서 완전히 마음이 돌아선 앨프리드는 만일 메리언과 재스퍼가 단순한 지인 이상의 관계라면, 재스퍼가 저열한 의도를 품고 있다고밖에 생각할 수 없었다. 패지의 측근이자 어쩌면 『19세기 영국 산문』 비평의 저자인지도 모르는 밀베인에게 품은 편견만큼 딸을 걱정하는 마음이 크다고, 앨프리드는 자기 자신을 설득했다. 밀베인은 여자를 들었다 놨다 할 능력이 충분히 있었고, 특이할 정도로 고립된 세계에서 자란 메리언은 영리한 투기자의 연기에 쉽게 속을 것이다.

앨프리드는 메리언이 《커런트》의 비평을 다시 언급하지 않은 이유에 여러 가능성을 보았다. 밀베인이 과연 저자인지 아닌지 그녀도 긴가민가하거나, 실제로 밀베인이 썼다고 믿을 근거가 있을지도 몰랐다. 아니면 그 이야기를 괜히 꺼냈다가 숨기고 있는 비밀을 들킬까 봐 입을 다물고 있을 가능성도 있었다. 마지막 추측이 사실이었다. 그 이야기가 다시 언급되지 않자 메리언은 아버지가 오해였음을 깨달았다고 결론을 내렸다. 그러나 앨프리드는 그가 평소 신뢰하는 사람들이 소문을 부정했는데도 자신의 편견에 들어맞는 의심을 풀지 않았다. 만약 밀베인이 직접 쓰지 않았더라도, 그가 충분히 쓸 만한 글이었다. 문단에서 떠도는 소문 중 확실한 게 뭐가 있단 말인가?

아버지의 감정에는 질투도 포함되어 있었다. 그가 메리언을 완전한 부성으로 애지중지하지 않는다 해도, 최소한 그는 세상 그 누구보다 그녀를 아꼈고, 딸이 돌아서자 자신의 이런 감정을 통감했다. 메리언을 잃으면 그는 진정 외로운 남자가 될 터였다. 그는 아내를 전혀 사랑하지 않았다.

지성적인 면에서도 앨프리드는 딸이 완전히 자기 편이기를 바랐다. 일을 도우려는 그녀의 열의가 식었으며, 어쩌면 그의 글이 쓸모

없고 젊은 세대에게 뒤처졌다고 메리언이 여길지도 모른다는 생각은 견딜 수 없었다. 밀베인 같은 자와 자주 어울리면서 생긴 변화가 분명했다. 메리언의 말과 행동에 그런 낌새가 배어 있다고 믿기 시작한 앨프리드는 싸움으로 이어질 만한 야단이나 비아냥조가 터져 나오려는 걸 억누르기 힘들었다.

만일 그가 아내를 대하듯 메리언을 구박해 왔다면 상황은 훨씬 단순했을 것이다. 그러나 그는 딸을 존중했고, 그녀의 존경을 잃기 두려웠다. 앨프리드는 이미 어느 정도, 그가 인정하고 싶은 그 이상으로, 메리언의 존경을 잃었다. 점점 비뚤어지고 있는 성격 탓에 그가 두려워하는 불화는 언제 터질지 몰랐다. 메리언은 그녀의 어머니와 달랐다. 그녀는 폭정에 순종하지 않으리라. 이미 경고를 한 번 받은 앨프리드는 딸이 무슨 생각인지 늘 궁금했고, 최악의 가능성에 대한 걱정이 기우라고 밝혀지길 바라면서 그녀와의 갈등을 최선을 다해 피했다.

여름 동안 두 번 그는 아내에게 밀베인 남매에 대해 아는 바가 있냐고 물었지만, 메리언은 어머니에게 털어놓지 않았다.

"자매를 만나는 것만 알아요. 가끔 서신을 주고받고요."

"그 오빠라는 자에 대해서는 아무 말도 안 했소?"

"한 번도 안 했어요. 밀베인 자매를 이제 초대하지 않겠다고 한 이후로 그 사람 이름은 들은 적도 없어요."

그는 메리언이 친구들을 초대하지 않기로 한 결정을 안쓰러워하지 않았다. 거북한 상황이 반복될 가능성이 없어졌기 때문이다. 하지만 한편으로는, 자매들이 계속 왔으면 메리언이 재스퍼와 어떤 관계인지 눈치챌 수 있었을지도 모른다. 아이들이 나누는 이야기를 아내가 듣고 자잘한 정보를 캐낼 수 있었을지도.

7월 내내 율은 통상 겪는 담즙으로 고생했고, 메리언 때문에 배로 늘어난 그의 짜증을 부인이 견뎌야 했다. 8월에는 앨프리드의 기분이 조금 나아진 듯했지만, 일을 시작하면서 다시금 무뚝뚝하고 무자비해졌다. 일에서 겪는 잡다한 여러 실패는 그가 젊은 문필업자들과 경쟁하기가 점점 버거워지고 있다는 경고였고, 그 사실을 명백히 인지하는 앨프리드는 운명과의 싸움이 한층 더 힘겹게 느껴졌다. 폭풍이 잦고 추운 9월의 우울은 캠든 타운의 끝자락에 있는 이 집에서 유난히 더 심했다. 그러나 10월이 되고 해가 다시 나오면서 문인의 기분이 나아진 듯했다. 기나긴 그의 짜증이 마침내 끝나려나 희망이 생기기 시작했을 무렵에 사건이 하나 발발했는데, 앨프리드의 기분이 좋았더라도 문제를 일으켰을 그 사건은 당시 율 가족의 상황에서는 재앙이나 다름없었다.

어느 날 아침 11시 경이었다. 율은 서재에 있었고, 메리언은 박물관에 갔으며, 율 부인은 장을 보러 나갔다. 현관문에서 거친 노크소리가 들렸다. 하녀가 문을 열자 점잖은 차림을 한 여자가 단호한 목소리로 율 부인이 집에 있느냐고 물었다.

"없어요? 그럼 율 씨는?"

"계십니다. 하지만 지금 바쁘세요."

"상관없어요. 꼭 만나야 해. 고비 부인이 왔다고 당장 전해요."

하녀는 불안해하며 서재에 가서 메시지를 전했다.

"고비 부인? 고비 부인이 누구야?" 방해를 받아 짜증이 난 문인이 외쳤다.

복도에서 대답이 들렸다. 고비 부인이 하녀 뒤를 바짝 따라왔던 것이다.

"내가 고비 부인이요. 홀로웨이 로드에서 남성용 잡화를 파는 C. O. 고비 씨의 부인이라고. 괜찮으면 얘기 좀 나눕시다, 율 씨. 율 부인이 없으니까."

율은 화를 내며 일어나서 하녀가 어쩔 수 없이 들여보낸 여자를 노려봤다.

"나와 대체 무슨 할 말이 있단 말이오? 율 부인을 만나고 싶으면 집에 있을 때 다시 오시죠."

"아니요, 율 씨. 다시 안 옵니다!" 얼굴이 새빨개진 여자가 외쳤다. "적어도 여기선 점잖은 대접을 받을 줄 알았는데 사람을 대하는 태도가 친척들이랑 똑같군요. 옷은 좀 더 괜찮게 입고, 스스로를 신사라 부를지 몰라도 말야. 난 여기 다신 안 올 거고, 당신은 내가 하려고 온 말을 들을 거요."

여자는 문을 난폭하게 닫고 험악하게 도전적인 태도로 섰다.

"대체 무슨 일이오?" 분통이 터진 작가가 고비 부인의 어깨를 거머쥐고 내쫓고 싶은 충동을 억누르며 말했다. 아마 실행에 옮기기 어려웠을 터였다. "당신은 누구요? 왜 여기 와서 시비를 거는 거요?"

"나는 점잖은 사람의 점잖은 부인이에요. 난 그런 사람이에요. 율 씨, 당신이 알고 싶다면 말이지. 그리고 율 부인도 우리 가게에서 하는 행동을 보고 나처럼 점잖은 사람인 줄 알았어요. 세인트 폴스 크레센트에 산다는 것 외에는 아무것도 모르긴 했지만. 그 부인은 점잖은 사람일지 몰라도, 신사인 척하는 남편은 신사답게 행동한다고는 할 수 없군요. 홀로웨이 퍼커 스트리트에 사는 부인 친정 식구들은 점잖다고 할 수 없지. 당신 친척이기도 하잖아요, 결혼했으니까. 그것들이 망나니 같은 혀를 놀려 나를 모욕하려 하면—"

"대체 무슨 소리를 하는 거요?" 아내의 비천한 친정이 언급되자 율이 이성을 잃고 고함쳤다. "내가 그 사람들과 무슨 상관이란 말이오?"

"무슨 상관이냐고? 친척 아닙니까? 애니 러드가 당신 질녀 아니냐고요? 어쨌든, 당신 부인의 질녀인 건 사실이고, 그럼 내가 알기로는 당신 친척이나 마찬가지인데. 물론 내가 잘못 알고 있다면 이렇게 책이 많은 신사분이 어련히 알려 주시겠지."

여자는 책이 빼곡한 방을 경멸하듯이, 그러나 조금 놀라워하며 둘러봤다.

"그 애가 뭘 어쨌단 말이오? 여기 온 까닭을 부디 말하겠소?"

"그래, 부디 말하죠. 내가 당신 질녀를 가정부로 들인 건 잘 알겠죠—그녀는 여기서 정확한 단어 뜻을 되풀이했다—가사 하녀로요. 그 애가 일할 만한 자리를 아느냐고 율 부인이 물어봐서 써준 거예요. 경험은 없어도 안주인을 도와 일을 잘 하는 아이라고 했어요. 당신도 알겠죠?"

"나는 전혀 모르는 일이오. 내가 하녀들과 무슨 상관이 있단 말이오?"

"상관이 있든 없든 그렇게 됐어요. 그리고 당신 질녀, 러드 양이 나를 보기 좋게 골탕 먹였지. 내가 얼마나 고생했는지 알아요? 집으로 도망을 가버려서 내가 힘들게 찾아갔죠. 그랬다가 그 집에서 내가 어떤 모욕을 당하고 욕을 먹었는지 당신은 모를 거요. 아주 대단한 집안입니다그려, 러드가 사람들은! 러드 부인은, 그 여자가 율 부인 동생이죠. 아주 참하고 예의 바르게 말하는 숙녀더군요! 그 여자가 한 말을 내가 되풀이하면—하지만 나를 그렇게 낮추진 않겠어요. 내가 하녀들을 지독하게 부린다고, 학대한다고, 먹을 것도 제대로 안 주고 돈도 쥐꼬리만큼 준다고, 런던에서 나만큼 악독한 여주인은 없답니다. 퍼커 스트리트에서 내가 그렇게 욕을 본 거요. 율 부인에게 어떻게 그런 집안 애를 추천했냐고 따지려고 왔다가 여기선 그 부인 신사 남편한테 모욕을 당하고 있군요."

율은 분노로 얼굴이 흙빛이 될 지경이었지만, 자신의 감정을 드러내기엔 여자를 너무 경멸했다.

"아까 말했듯이, 나와는 아무 관계가 없는 일이오. 윤 부인에게 당신이 왔었다고 얘기하리라. 더 이상 이야기를 나눌 시간이 없소."

고비 부인은 불만을 다시 한번 더욱 자세히 쏟아부었지만, 그녀가 말을 마치기 한참 전에 율은 무시하고 보란듯이 다시 책상 앞에 앉았다. 마침내 지쳐 버린 여자는 문을 벌컥 열고 나가더니 복도가 쩌렁쩌렁 울리도록 욕을 하고 현관문이 부서지게 쾅 닫고 나갔다.

그리고 얼마 안 되어 율 부인이 돌아왔다. 옷을 갈아입기 전에 그녀는 시장에서 산 물건 몇 가지를 들고 주방에 내려갔다가 하녀로부터 사건에 대해 들었다. 율 부인은 공포에 질려 벌벌 떨기 시작했다. 남편의 분노가 어김없이 유발하는 아찔하고 병약한 증세였다. 두려워도 그녀는 즉시 서재로 가야만 했다. 그곳에서 벌어진 장면은 앨프리드의 비열한 학대 중 하나였고, 겁에 질려 자책하던 부인의 마음은 결국 그녀가 당한 학대에 대한 한스러운 원망으로 바뀌었다. 다 끝난 후, 앨프리드는 모자를 집어 들고 외출했다.

앨프리드는 점심 시간에 돌아오지 않았고 메리언이 오후 늦게 박물관에서 돌아왔을 때도 그는 없었다.

응접실에 어머니가 안 보이자 메리언은 부엌 계단 끝에서 어머니를 불렀다. 율 부인이 침실에 있으며 몸이 좋지 않아 보인다고 하녀가 말했다. 메리언은 곧바로 위층으로 올라가서 침실 문을 두드렸다. 잠시 후 어머니의 눈물에 젖은 비참한 얼굴이 나타났다.

"무슨 일이에요, 어머니? 무슨 일이 있었어요?"

그들은 메리언의 방에 들어갔다. 거기서 율 부인은 마음껏 한탄했다.

"도저히 견딜 수 없구나, 메리언. 네 아버지는 내게 너무 혹독해. 내가 잘못했다고 할 수도 있고, 일이 이렇게 될 거라고 예상해야 했는지도 모르지만, 내가 일부러 말썽을 불러일으켰다고 해도 그렇게 잔인하게 말할 수는 없단다. 애니에 관한 일이야. 홀로웨이 로드에 사는 고비 부인이라는 사람 집에서 일하게 주선해 줬거든. 그런데 고비 부인이 우리 집에 찾아와서 자기가 러드가 사람들한테 모욕을 당했다고 아버지한테 화를 냈다는구나. 애니가 집으로 도망가서 부인이 찾아갔던 모양이야. 네 아버지가 이렇게 화낸 적은 또 처음이란다. 아버지가 한창 일하고 계실 때 고비 부인이 서재로 대뜸 쳐들어왔나 봐. 오늘 아침에 생긴 일인데 나는 하필 외출 중이었어. 애니 같은 아이를 추천했다고 나를 탓한 거야. 나는 잘되라고 한 일이었어. 애니가 열심히 하겠다고, 내게 피해를 안 주겠다고 굳게 약속했거든. 게다가 나한테 고마워하는 것처럼 보였단다. 그 애는 집에서 행복하지 않으니까. 그런데 이 말썽을 피우다니! 네 아버지와 상의했어야 했는데, 하지만 너도 알다시피 아버지한테 엄마 친정 식구들 이야기를 하기가 어렵잖니. 동생은 내가 자기와 조카들을 안 돕는다고 부끄러운 줄 알라고 하고. 내가 마음만 먹으면 충분히 도와줄 수 있다고 믿는단다. 그래서 이번에 도와주려고 한 건데, 이 사달이 났구나!"

메리언은 속상하고 혼란스러워하며 이야기를 들었다. 그녀는 어머니를 동정했다. 어머니가 울먹거리면서 띄엄띄엄 한 이야기를 들어보니 아버지는 그렇게 무자비하게 화낼 이유가 없었다. 물론 그의 가장 나쁜 모습을 끌어낼 만한 사건이기는 했다.

"아버지는 서재에 계세요?" 메리언이 물었다.

"아니. 정오에 나가셔서 아직 안 돌아오셨어. 내가 뭐라도 해야 할 것 같구나. 도저히 견딜 수 없어, 메리언. 나를 자기 인생의 저주라고 불렀어. 그래, 그렇게 말했어. 이런 이야기를 너한테 하면 안 되는 걸 알아. 물론 알긴 하지만, 도저히 견딜 수 없구나. 엄마는 최선을 다하려고 항상 노력하는데 점점 더 힘들어지고 있어. 물론 아버지가 이렇게 성격이 나빠진 건 내 탓이지. 나를 보면 화가 나시니까. 내가 평생 자기 발목을 붙들었다고 하더구나. 내가 아니었으면 훨씬 성공했을 거라고. 사실일지도 몰라. 나도 그 생각을 종종 하니까. 하지만 그런 말을 듣는 건 너무 괴롭고, 네 아버지가 나를 볼 때마다 얼굴에 그 생각이 보여서 견딜 수 없단다. 엄마가 뭐라도 해야겠어. 내가 사라지면 달가워하겠지."

"아버지는 어머니 마음에 그렇게 상처를 줄 권리가 없어요." 메리언이 말했다. "어머니는 아무 잘못 없어요. 어머니는 애니를 도우려고 노력해야 하셨고, 안타깝게도 결과가 안 좋았지만 그건 어쩔 수 없는 일이에요. 아버지가 홧김에 한 말을 너무 신경 쓰지 마세요. 자기가 무슨 말을 하는지도 모를 거예요. 가슴에 담아 두지 마세요, 어머니."

"난 최선을 다했단다, 메리언." 가엾은 여자가 흐느끼며 말했다. 율 부인은 메리언이 받은 교육과 고상한 감성이 모녀 사이를 너무 벌려 놔서, 딸에게조차 완전한 공감을 바랄 수 없다고 느꼈다. "너에게 이런 이야기를 하면 안 된다고 언제나 생각했지만, 오늘은 아버지가 너무 심하셨어."

"어머니가 말해 주셔서 다행이에요. 계속 이렇게 살 수는 없어요. 저도 어머니만큼이나 그렇게 느껴요. 아버지가 우리를 괴롭게 하신다고 말할 거예요."

"아, 아버지에게 그런 말을 하면 안 된다, 메리언! 너와 아버지 사이를 갈라놓을 생각은 꿈에도 없어. 내가 저지를 수 있는 가장 나쁜 짓이야. 너와 아버지 사이에 불화를 초래하느니 차라리 내가 집을 나가서 혼자 살겠다."

"불화를 초래하는 건 어머니가 아니라 아버지예요. 오래전에 아버지께 말씀드렸어야 했어요. 아버지가 어머니를 괴롭히는 걸 보고만 있어서는 안 됐어요."

이야기가 길어질수록 메리언은 아버지의 폭군 같은 성미에 맞서고 삭막한 집안 분위기를 바꿀 방안을 찾겠다는 결심을 굳혔다. 이렇게 오랫동안 침묵을 지킨 건 나약했다. 그녀 정도 나이가 됐으면, 어머니가 명백한 학대를 당할 때 끼어들어 막을 의무가 있었다. 아버지의 행동은 교양인으로서 부끄러웠고 그도 그 사실을 알아야 했다.

앨프리드는 돌아오지 않았다. 저녁이 30분 미뤄졌고, 그래도 그가 돌아오지 않자 메리언은 더는 못 기다린다고 선언했다. 모녀는 초라한 밥상을 차려 먹은 다음에 응접실로 함께 들어갔다. 8시에 현관문이 열리는 소리가 나더니 복도를 지나는 앨프리드의 발소리가 들렸다. 메리언이 일어났다.

"내일까지는 아무 말 하지 말렴!" 그녀의 어머니가 딸의 팔을 잡으며 속삭였다. "내일 말해, 메리언."

"지금 말해야 해요! 이렇게 공포에 떨며 살 수는 없어요!"

메리언은 아버지가 문을 닫으려는 찰나 서재에 도착했다. 앨프리드는 충혈된 눈으로 그녀를 노려봤다. 그의 얼굴에는 수치심과 분노가 뒤섞여 있었다.

"무슨 일인지 말씀해 주시겠어요, 아버지?" 메리언이 물었다. 그녀의 목소리는 두려움으로 떨렸지만, 여기까지 온 결심이 담겨 있었다.

"그 사항에 관해 논할 기분이 아니다." 기분이 최악일 때 늘 그렇듯이 율은 어색하게 말을 에둘렀다. "궁금하면 고비 부인이라는 사람에게 가봐라. 홀로웨이 로드에 산단다. 나는 그 일에 더는 관여하고 싶지 않다."

"그 여자가 우리 집까지 찾아와서 아버지를 방해한 건 정말 유감스러워요. 하지만 어머니 잘못이 아니에요. 어머니에게 화를 낸 건 옳지 않다고 생각해요."

아버지에게 이렇게 말하기까지 메리언은 엄청난 노력을 해야 했다. 그가 사납게 돌아보자 메리언은 다리에 힘이 풀린 듯 움찔했다.

"어머니 잘못이 아니라고? 그 천한 사람들이랑 상종하지 말라는 내 말을 거역한 게 아니냐? 다른 곳도 아닌 내 서재에서 내가 그런 모욕을 받아야 하느냐? 네 어머니가 질 나쁜 여자애를 천박한 여자에게 소개했기 때문에?"

"애니 러드를 질 나쁜 여자애라고 부를 수는 없다고 생각해요. 어머니가 질녀를 도우려고 애쓰신 건 당연해요. 그리고 아버지는 어머니가 친정 가족들을 만나는 걸 금한 적 없어요."

"그런 사람들과 어울리는 걸 찬성하지 않는다고 누누이 암시했다. 네 어머니도 그 여자애가 자기 이름에 먹칠할 걸 잘 알았을 거다. 나와 상의했으면 그런 일에 절대 관여하지 말라고 금했을 거다. 네 어머니도 안다. 내가 싫어할 걸 아니까 비밀로 했겠지. 난 그런 천박한 일에 연관될 수 없다. 내 이름이 그런 사람들과 엮이는 것도 싫다. 내가 화를 냈다면 그건 네 어머니가 잘못했기 때문이다."

"아버지는 지나치게 화를 내세요. 설사 어머니가 잘못하셨다고 쳐도, 경솔하게 행동하신 게 다예요. 그리고 친절한 의도로 하신 일이죠. 그런 일 때문에 어머니 마음에 상처를 주는 건 잔인했어요."

메리언은 반항할 힘이 솟구치는 걸 느꼈다. 피가 뜨거워졌다. 딱 한 번 그녀를 아버지와 충돌하게 몰아갔던 충동이 다시 한번 메리언의 심장과 뇌를 사로잡았다.

"너는 내 행동을 판단할 자격이 없다." 율이 매섭게 대꾸했다.

"말할 수밖에 없어요. 우린 이렇게 살 수 없어요, 아버지. 아버지 기분이 나쁘다는 이유로 우린 몇 달 동안이나 가시방석에 앉은 것 같았어요. 어머니와 전 우리 자신을 방어해야 해요. 더는 견딜 수 없어요. 오늘 아침에 벌어진 그런 사소한 일 때문에 난폭하게 화를 내는 게 얼마나 부조리한지 아버지도 아시잖아요. 제가 어떻게 아버지 행동을 판단하지 않을 수 있겠어요? 어머니가 이렇게 구박당하며 사느니 차라리 집을 나가겠다고 말씀하실 지경에 이르렀는데요. 이런 상황에서는 제가 방관하는 게 잘못된 행동이에요. 왜 그렇게 무자비하세요? 어머니가 뭘 그렇게 잘못하셨어요?"

"이런 문제를 너와 논할 생각 없다."

"그렇다면 정말 불공평하시군요. 저는 어린애가 아니에요. 왜 우리 집은 집처럼 느껴지는 대신 비참하기만 한 곳인지 여쭤볼 수 있어요."

"자명한 이유를 물어본다는 자체가 네가 아직 어린애라는 뜻이다."

"모조리 어머니 탓이라는 말씀인가요?"

"아버지와 딸이 할 만한 이야기가 아니다. 이것이 얼마나 부적절한 주제인지 모르겠으면 부디 나가서 생각해 보고 나를 내버려 두어라."

메리언은 말을 멈췄다. 그러나 그녀는 아버지가 대답을 회피하려고 야단을 치고 있다는 사실을 알았다. 아버지가 자신을 똑바로 바라보지도 못한다는 걸 깨달았고, 그의 수치심을 지각한 메리언은 시작한 말을 끝내기로 했다.

"그럼 어머니 말고 제 이야기만 하겠어요. 아버지의 혹독한 태도에 전 시달리고 있어요. 아버지는 너무 많은 희생을 요구하세요."

"내가 일을 너무 많이 시킨단 말이냐?" 앨프리드가 물었다. 그는 반항적인 직원을 보듯 딸을 노려봤다.

"아니요. 하지만 일하기 힘든 분위기를 조장하세요. 저는 아버지가 화를 낼까 봐 항상 벌벌 떨고 있어요."

"그러냐? 내가 대체 언제 네게 심한 말을 하거나 위협을 했냐?"

"폭발 직전처럼 느껴지는 침울함을 매일 견디느니 차라리 심한 말이나 위협을 듣는 편이 낫겠다고 자주 생각해요."

"내 기질과 태도를 비평해 주니 고맙지만 안타깝게도 나는 성격을 바꾸기엔 너무 늙었다. 인생이 나를 이렇게 만들었다. 내가 어떻게 살았는지 잘 아는 네가 명랑하지 못한 성격 정도는 이해할 거라고 믿었다."

힘겹게 끝맺은 빈정거림은 자기연민으로 가득 차 있었다. 말끝에선 목소리가 갈라졌고, 뻣뻣한 그의 몸도 살짝 떨렸다.

"명랑하지 않다고 불평하는 게 아니에요. 아버지. 그런 것 때문에 이런 말씀을 드리지는 않아요."

"내가 화를 잘 내고, 우울하고, 불쾌한 성격이라고 인정하길 바란다면 어려운 일이 아니다. 전부 사실이다. 네게 이것만 다시 묻겠다. 내 성격이 왜 나빠졌을 것 같니? 네가 이런 식으로 내 전반적인 성정을 비난하면, 난 네가 무얼 바라는지, 어떤 대답을 원하는지 알 수 없다. 솔직히 말해라. 나와 한집에 사는 게 힘드냐? 너와 네 어머니가 따로 살 수 있도록 돈을 부쳐달라는 거니? 너도 알다시피 내 수입이 대단친 않지만, 네가 진정 원한다면 최선을 다해서 해보겠다."

"그렇게밖에 저를 이해하지 못하신다니 마음이 아프네요."

"미안하구나. 한때는 우리가 서로를 이해한다고 생각했지만, 그건 네가 타인들의 영향을 받기 전이지."

심사가 뒤틀린 앨프리드는 대화의 요지를 흐리는 어떤 생각이라도 발설할 준비가 되어 있었다. 그의 마지막 말은 자기가 딸을 슬프게 하고 있다는 사실에 갑작스레 죄책감이 들면서 내뱉은 말이었다. 자기가 매몰차게 구는 진짜 이유를 넌지시 알림으로써 자책감을 덮은 것이다.

"아버지에게 적대적인 영향 따위 받은 적 없어요." 메리언이 답했다.

"너는 그렇게 생각하겠지. 이런 문제에서는 스스로를 기만하기 쉬운 법이다."

"아버지가 무슨 말씀을 하시는지 잘 알아요. 말씀드리건대, 전 스스로를 속이고 있지 않아요."

앨프리드의 눈이 캐묻듯이 번뜩였다.

"그럼 너는 언제든지 기꺼이 나를 공격할 사람과 친분을 맺고 있지 않다는 거냐?"

"저는 그런 사람과 친하게 지내지 않아요. 아버지가 생각하고 계신 사람이 누구인지 말해 보세요."

"무슨 소용이겠니. 무익하게 서로 의견만 갈릴 문제를 논하고 싶지 않다."

잠시 침묵을 지키던 메리언이 조용히 떨리는 목소리로 말했다.

"어쩌면 우리가 그 문제를 피하기만 해서 서로 이해하지 못하는 걸지도 몰라요. 만약 밀베인 씨가 아버지의 적이라고 생각하시면, 그분이 기꺼이 아버지를 공격할 사람이라고 생각하시면, 그건 아버지가 단단히 오해하신 거예요."

"내 숙적과 한통속이 되었고, 그자의 녹을 먹는 자가 적당한 기회에 나를 공격할 거라는 믿음은 합리적이다. 인간의 본성을 깊이 공부하지 않았어도 그 정도는 알 수 있어."

"저는 밀베인 씨를 알아요!"

"네가 안다고?"

“아버지보다는 훨씬 더 잘 알아요. 그건 확실해요. 아버지는 일반적인 원리로 결론을 내리셨죠. 하지만 전 그것이 이 상황에는 적용되지 않는다는 걸 알아요.”

“물론 넌 진심으로 그렇게 믿겠지. 다시 말하지만 이런 대화는 무익하다.”

“한 가지만 말씀드릴게요. 밀베인 씨가 《커런트》의 그 비평을 썼다는 소문은 사실이 아니에요. 자기가 쓴 게 아니고 아무 관련 없었다고 그분이 직접 확답을 주셨어요.”

율은 메리언을 곁눈으로 흘끔 봤다. 순간 그의 얼굴에 걱정하는 표정이 스쳤지만, 곧 비아냥거리는 조소로 변했다.

“물론 넌 그 신사분의 말을 믿겠지.”

“아버지, 대체 무슨 뜻이죠?” 메리언의 눈이 돌연 맹렬히 빛났다. “밀베인 씨가 저한테 거짓말을 했단 말씀이신가요?”

“불가능한 일은 아니라고 하는 거다.” 그녀의 아버지가 전과 같은 말투로 말했다.

“아버지가 그분을 이렇게 지독하게 모욕할 권리가 있나요?”

“정직하기만 하면 그자나 누구에 대해서도 내 의견을 말할 권리가 있다. 딸아. 무대에서나 쓰일 법한 말과 행동은 내 앞에서 삼가라. 네가 나더러 솔직히 말해 달라고 했으니까 말하는 거다. 이 문제에 관해서 우리 의견이 일치하지 않을 거라고 내가 경고하지 않았니.”

“아버지는 문단에서의 다툼 때문에 판단력이 흐려지셨어요. 전 인간의 마음에 독을 퍼뜨리는 이 끔찍한 직종에서 영원히 손을 떼고 싶어요.”

“내 말을 믿어라.” 그녀의 아버지가 신랄한 말투로 말했다. “우리 직종을 더러운 이기심으로 이용하고 물질적 획득만 추구하며,

어떤 관계에서도 자기 이익만 챙기는 사람들과 인연을 끊는 편이 더 쉬울 것이다."

그리고 욜은 의미심장한 눈빛으로 딸을 노려봤다. 메리언은—둘 다 여태 서서 대화를 나누고 있었다—눈을 내리깔고 생각에 잠겼다.

"난 확신하고 하는 말이다." 그녀의 아버지가 말을 이었다. "네가 내 동기를 얼마나 의심하건 나는 경험이 부족한 네가 상처받지 않게 보호하려는 거다. 네가 이거라도 허락을 해준다면—"

그때 두 번 반복된 노크 소리가 현관문에서 울렸다. 주로 전보를 알리는 소리였다. 율은 말을 멈추고 기다렸다. 하녀가 복도를 내려가 문을 열고, 서재로 오는 발소리가 들렸다. 전보였다. 이 집에 전보가 오는 일은 드물었다. 율은 봉투를 뜯고 내용을 읽었다. 전보를 배달한 소년에게 전할 답장이 있느냐고 하녀가 물을 때까지 그는 우두커니 서서 종이를 뚫어지게 응시했다.

"답장은 없소."

앨프리드는 천천히 봉투를 구기고 휴지통에 넣기 위해 한 걸음 비켜섰다. 전보는 책상 위에 두었다. 메리언은 고개를 푹 숙인 채서 있었다. 그는 이제 불쾌한 생각에 잠긴 표정으로 그녀를 내려다보았다.

"대화를 재개해서 뭐가 좋을지 모르겠구나." 앨프리드가 자못 달라진 목소리로 말했다. 그는 더 중요한 생각에 빠져서 그들의 말다툼에는 흥미를 잃은 듯했다. "네가 아직도 할 말이 있으면 들어는 주겠다."

메리언의 분노도 열기가 식었다. 그녀는 멍하고 우울했다.

"이것만 부탁드릴게요." 메리언이 답했다. "저희 삶을 너무 힘들게 하지 않으신다고요."

"내일 출발해서 며칠 동안 런던을 떠나야 한다. 네게는 틀림없이 반가운 소식이겠지."

메리언의 눈이 자동으로 전보로 향했다.

"내가 없는 동안 일은 전적으로 네게 맡기겠다." 딱딱하지만 어딘가 떨리고 감정이 격해진 목소리로 앨프리드가 말을 이었다. 지금까지의 목소리와 전혀 달랐다.

"네가 예전처럼 흔쾌히 나를 돕지 않는다는 생각이 최근 들었는데, 이제 네가 솔직히 인정하였으니 네 도움을 받아도 마음이 편치 않겠구나. 네게 맡기겠다. 알아서 해라."

원망하는 말투였지만 혹독하지는 않았다. 말을 하는 동안 그의 말투는 자기연민에 젖어 들며 부드러워졌다.

"아버지가 좀 더 친절하게 대해 주시면 저도 훨씬 즐겁게 일할 수 있다는 걸 숨기지는 않겠어요." 메리언이 답했다.

"미안하구나. 내 고통을 감추려고 더 노력할 걸 그랬구나."

"신체적으로 괴로울 때를 말씀하시는 건가요?"

"신체적이고 정신적이지. 너와 상관없잖니. 집을 떠난 동안 네 말을 생각해 보겠다. 어느 정도는 합당하다는 걸 안다. 가능하다면 앞으로는 네가 불평할 일을 줄여 보겠다."

그는 방 안을 둘러보고 마침내 자리에 앉아서 메리언의 반대쪽에 시선을 고정했다.

"저녁 식사는 하셨나요?" 메리언이 그의 지치고 창백한 얼굴을 슬쩍 보며 물었다.

"한입 먹었다. 상관없다."

율은 순교자라도 된 듯한 기분에 심취한 것 같았다. 동시에 그는 어떤 생각에 점점 더 골몰하고 있었다.

"드실 거를 가져올까요?"

"아니다. 아니, 괜찮다."

그는 다시 초조히 일어나 책상에 다가가 전보에 손을 얹었다. 메리언은 그의 행동을 지켜보고 얼굴을 관찰했다. 그는 간절한 표정이었다.

"그럼 더 할 말이 없는 거냐?" 율이 그녀를 향해 홱 돌아섰다.

"제 뜻을 아버지께 전달한 것 같지는 않지만 더 할 말은 없어요."

"잘 이해했다. 너무 잘 이해했지. 네가 날 오해하고 불신하는 게 어떻게 보면 당연한 거지. 너는 젊고 나는 늙었다. 너는 아직 희망이 많고, 나는 너무나도 자주 속고 패배해서 이젠 감히 희망을 품지 못한다. 나를 재단하렴. 네가 원하는 만큼 혹독하게 재단하렴. 내 삶은 하나의 길고 괴로운 전쟁이었다. 그리고 지금 만약—" 그는 말을 다시 시작했다. "나는 인생의 고달픈 면만 보았다. 내가 거칠어진 것도 당연하지. 나를 버려라. 젊은 사람들이 항상 그러듯 네 갈 길을 가라. 하지만 내 경고를 기억해라. 내가 줬던 주의를 명심해라."

앨프리드는 별안간 이상하게 격앙되어 말했다. 테이블에 기대고 있는 팔이 심하게 떨렸다. 잠시 후 그가 잠긴 목소리로 덧붙였다.

"나가라. 내일 아침에 이야기하자."

이해할 수 없는 느낌을 받은 메리언은 당장 아버지의 명령대로 방에서 나가, 응접실에 있는 어머니에게 갔다. 율 부인이 불안해하며 그녀를 바라봤다.

"걱정하지 마세요." 메리언이 어렵게 말을 시작했다. "괜찮아질 거 같아요."

"전보가 왔니?" 잠시 침묵하던 그녀의 어머니가 물었다.

"네. 어디서 왔는지는 몰라요. 아버지가 며칠 동안 런던을 떠나야 한다고 하셨어요."

모녀는 시선을 교환했다.

"네 큰아버지가 많이 편찮으신지도 모르겠구나." 어머니가 나지막하게 말했다.

"어쩌면요."

저녁이 우울하게 지나갔다. 격한 감정에 지칠 대로 지친 메리언은 일찍 잠자리에 들었다. 다음 날 평소보다 늦게 일어난 그녀가 1층으로 내려가자 아버지는 이미 밥상에 앉아 있었다. 그들은 인사하지 않았으며 식사하는 내내 한마디도 나누지 않았다. 메리언은 묘하게 심각한 눈빛으로 자꾸 힐끔거리는 어머니의 시선을 느꼈다. 하지만 그녀는 기분이 몹시 우울하고 무기력해서 한 가지 주제에 생각을 고정할 수 없었다. 율이 자리에서 일어나면서 그녀에게 말했다.

"잠시 할 이야기가 있다. 서재에 있겠다."

메리언은 금세 서재로 갔다. 율이 그녀를 냉정하게 쳐다보다 딱딱하게 말했다.

"어젯밤에 네 큰아버지가 돌아가셨다는 전보가 왔다."

"돌아가셨다고요!"

"와틀보로우에서 회의 중에 뇌졸중으로 죽었다고 한다. 오늘 아침에 내려가서 장례식이 끝날 때까지 머무를 예정이다. 네가 갈 필요는 없을 것 같지만, 함께 가고 싶으면 따라와도 된다."

"아니요. 아버지가 원하시는 대로 할게요."

"내가 없는 동안은 박물관에 안 가는 좋겠다. 네가 하고 싶은 걸 해라."

"해링턴의 메모 작업을 계속할게요."

"마음대로 해라. 네가 상복으로 뭘 입어야 할지는 모르겠구나. 네 어머니와 의논해라. 이게 전부다."

그는 통지하듯 말했다. 메리언은 아무리 노력해도 그의 차가운 말에 대꾸할 말을 찾지 못했다. 한두 시간 후 앨프리드는 인사도 없이 나갔다.

그가 나가고 얼마 되지 않아 누군가 문을 두드리더니 고비 부인이 나타났다. 곧이어 벌어진 만남에서 메리언은 남성용 잡화 상인 부인의 맹공격을 견디도록 어머니를 힘껏 도왔다. 고비 부인은 도망간 하녀와 율 부인과 율 씨에 대해 불평을 늘어놓았다. 그러나 아무도 화를 내며 따지지 않자 그녀는 평범한 대화가 가능할 정도로 흥분을 가라앉혔고, 집에서 다시 나갈 때는 당당한 기분으로, 전날의 모욕을 어느 정도 보상받았다고 느꼈다.

이 성가신 일 탓에 모녀는 오후 늦게나 존 율의 죽음에 관해 이야기할 수 있었다. 메리언은 서재에서 일하고 있었다기보다는 일하려고 노력하고 있었다. 그녀는 한 가지에 몇 분 이상 생각을 집중하기 힘들었다. 율 부인이 평소보다 더 의기소침하여 들어왔다.

"오늘 일은 거의 마쳤니, 아가?"

"지금으로선 충분히 한 거 같아요."

메리언은 펜을 내려놓고 의자에 깊숙이 기대앉았다.

"메리언, 아버지가 부자가 될 거 같니?"

"모르겠어요, 어머니. 금방 알게 되겠죠."

메리언은 꿈꾸듯이 말했다. 큰아버지의 죽음과 그것이 불러일으킬 변화가 자신과는 개인적으로 아무 관계가 없는 일, 전혀 무관한 애매한 가능성처럼 느껴졌다.

"만약 그렇게 되면 난 어찌할 바를 모르겠구나." 율 부인이 서글프게 말했다.

메리언이 의아해하며 어머니를 보았다.

"아버지가 부자가 되기를 바라지 않는 게 아니야." 어머니가 말을 이었다. "그럴 순 없지. 너를 위해서나 네 아버지를 위해서나. 하지만 난 어떻게 될지 모르겠구나. 네 아버지는 그 어느 때보다도 나를 걸림돌로 생각할 거야. 부자가 되면 아버지는 큰 저택에서 지금과 다르게 살고 싶어 할 텐데, 내가 그걸 어떻게 감당하겠니? 손님들에게 내 얼굴을 비칠 수도 없어. 아버지가 창피해할 테니까. 계속 아내 노릇, 엄마 노릇을 할 수도 없어. 심지어 너도 날 부끄러워할 거야."

"그런 말 하지 마세요, 어머니. 제가 그렇게 행동한 적 있나요."

"아니다, 넌 안 그러지. 하지만 자연스럽게 그렇게 될 거야. 난 네게 어울리는 삶을 살 수 없단다. 너와 아버지에게 짐만 되고 창피만 줄 거야."

"어머니는 저한테 짐이 되거나 창피를 준 적 없어요. 믿어 주세요. 그리고 아버지로 말하자면, 저는 아버지가 부유해지면 훨씬 친절해지실 듯해요. 모든 면에서 더 좋은 사람이 되실 거예요. 아버지는 가난 때문에 본성보다 성격이 나빠지셨어요. 대부분 사람이 가난하면 그렇게 되죠. 돈이 악영향을 끼칠 때도 있지만, 선하고 정신이 굳건한 사람들은 그런 영향을 받지 않는다고 전 확신해요. 아버지는 타고나시길 마음씨가 따뜻한 분이에요. 금전적 여유가 있으면 아버지의 장점이 살아날 거예요. 좌절과 난관 때문에 잃으셨던 관대함도 다시 찾으실 거예요. 변화를 두려워하지 마세요. 희망을 가지세요."

율 부인은 근심이 가득한 한숨을 내쉬고 몇 분 동안 초조히 생각했다.

"내 생각만 하던 게 아니란다." 그녀가 마침내 말했다. "내가 네 아버지에게 피해를 줄까 봐 그런 거야. 나 때문에 원하시는 대로 돈을 쓰지 못할까 봐. 내가 아니었으면 자기 인생이나 네 인생이 훨씬 더 잘 풀렸을 거라고 생각하시잖니."

"어머니, 이걸 기억하세요." 메리언이 답했다. "아버지 나이대 사람들은 큰 변화를 추구하지 않아요. 아버지의 가정생활은 별로 달라지지 않을 거예요. 아버지는 유산으로 문예지나 신문사를 차리고 싶어 하실 거예요. 그게 아마 아버지 머릿속에 떠오른 첫 생각이었을 거예요. 아버지 지인들이 집에 더 자주 찾아온다 한들, 그게 무슨 상관이에요? 아버지는 상류층 사람들과 교류할 생각도 없어요. 전부 문단 사람들일 텐데, 어머니가 그 사람들을 피해야 할 이유가 없어요."

"아버지는 지금까지 항상 나 때문에 인맥을 못 넓혔어."

"그건 사실이 아니에요. 아버지께서 홧김에 하신 말이고, 본인도 사실이 아니라는 걸 알아요. 가장 큰 이유는 언제나 가난이었어요. 사람들을 접대하려면 돈이 들어요. 시간도 들고요. 걱정하지 마세요, 어머니. 만일 부자가 되면 우리 모두에게 좋을 거예요."

메리언이 자기가 한 말을 믿고 싶은 게 당연했다. 그녀는 부가 아버지에게 어떤 영향을 끼칠지 두렵기도 했지만, 어두운 가능성을 차마 마주할 수 없었다. 횡재(橫財)가 앨프리드를 너그럽게 만들지도 모른다는 희망에 너무 많은 것이 걸려 있었기 때문이다.

어머니와 대화하고 난 후에야 메리언은 큰아버지의 죽음이 야기할 모든 결과를 숙고하기 시작했다. 지금까지는 너무 심란했던지라 현실로 받아들이지 못하고 있었다. 전에도 그녀는 이런 일이 생길 가능성을 종종 생각하긴 했지만, 먼 훗날의 일이며 결과도 불확실하다고 여겼다. 어쩌면 이 순간에, 자신도 모르는 사이에 그녀는 인생에서 가장 중요한 변화를 겪고 있는지도 몰랐다. 지금 쓰고 있는 논설에 더는 매달릴 필요가 없을지도.

메리언은 자신이 유산을 상속받으리라고는 예상하지 않았다. 큰

아버지와 아버지는 친밀한 사이가 아니었기 때문에 아버지가 얼마나 받을지도 불확실했다. 하지만 일반적으로 생각했을 때, 아버지가 문예지에 기고해서 밥벌이를 해야 하는 고생에서 벗어날 정도 돈은 받을 것이다. 앨프리드도 그렇게 예상했다. 그게 아니라면 왜 그가 '개인적인 이익만 생각하고 교류하는 사람들'에 대해 경고했겠는가? (게다가 그건 전보가 오기 전이었다.) 이 가능성에 생각이 미친 메리언은 재스퍼 밀베인을 싫어하는 아버지 마음의 새로운 일면을 보았다. 그녀가 받을지도 모르는 유산이 재스퍼의 계산 속에 있다고 아버지는 판단한 것이다. 그런 의심이 아버지의 가슴에 사무쳐 있었고, 문단에서의 적대감이 낳은 편견을 가중시킨 것이 틀림없었다.

근거가 있는 의심인가? 그렇다는 가능성을 메리언은 외면하지 않았다. 재스퍼는 처음부터 그녀에게 솔직했다. 자신의 최대 목표는 돈이라고 거듭 말했다. 아버지가 상당한 재산을 물려받으면, 재스퍼가 그녀에게 친구 이상의 관계를 원한다고 고백할까? 이 모든 가능성을 똑바로 인지하면서도 메리언의 사랑은 흔들리지 않았다. 재스퍼는 그의 상황과 장래가 아주 밝아지지 않는 한 결혼은 생각도 할 수 없는 처지였다. 그는 동생들도 책임져야 했다. 그녀의 상황이 좋아져서, 그가 이제껏 꼭꼭 숨기지도 않은 감정을 고백하는 게 뭐가 그리 잘못됐단 말인가? 메리언은 재스퍼가 그녀를 있는 그대로 흠모한다고 믿었다. 그들 사이의 장애물이 사라질 수만 있다면, 어떻게 사라지든 무슨 상관인가?

아버지가 문예지를 설립할 여건이 되면 재스퍼가 클레멘트 패지를 버리고 아버지 편에 설까?

이렇게까지 남자에게 양보하는 여자에 대해 듣거나 읽었다면 메리언은 거부감을 느꼈을 것이다. 그러나 여자는 격정의 순간에도 실리를 따지기 마련이고, 메리언도 자기 일에서는 실리성을 한껏 발휘했다. 이렇게 냉철하고 속된 계산은 많은 여자에게 거부감을 자아내지만, 그녀들도 막상 자신의 사랑을 위해서는 자부심을 걸고 똑같이 타협할 수 있다.

메리언은 도라에게 편지를 써서 무슨 일이 있었는지 알렸으나 친구들을 찾아가지는 않았다.

매일 밤 그녀는 점점 더 초조해졌고, 매일 아침 일하기가 더 힘들어졌다. 홀로 사유하며 서성대고 열띤 환상에 몇 시간씩 잠겨 있고 싶어서 메리언은 서재에 종일 틀어박혀 있었다. 아버지로부터는 아무 소식 없었다. 어머니는 불안해하며 울어서 자주 눈이 빨갰다. 자기만의 희망과 두려움에 시달리는 메리언은 매시간이 견디기 힘들었고, 그래서 어머니를 위로하지 못했다. 메리언이 이토록 자기 생각에만 빠진 것은 처음이었다.

앨프리드는 연락 없이 불쑥 돌아왔다. 5일간 떠나 있던 그는 이른 오전에 돌아와서 여행 가방을 복도에 놓고 위층으로 올라갔다. 앨프리드가 계단 꼭대기에 다다랐을 때 마침 서재에서 나오던 메리언이 그를 보았다. 동시에 율 부인이 주방에서 나왔다.

"아버지였니?"

"네, 위층으로 올라가셨어요."

"무슨 말을 했니?"

메리언은 고개를 저었다. 그들은 여행 가방을 잠시 바라보다 응접실에 들어가서 15분 넘게 묵묵히 앉아 있었다. 계단에서 앨프리드의 발소리가 들렸다. 그는 천천히 내려와서 복도에 잠깐 멈췄다가 평소의 우울하고 차가운 표정으로 응접실에 들어왔다.

22장. 상속인들

재스퍼는 매일같이 동생들을 찾아와 와틀보로우나 메리언 율에게서 소식이 있었는지 물었다. 초조해하는 기색이 아니었고 무관심한 말투로 물어봤지만, 날마다 왔다.

어느 날 오후 도라가 혼자 일하고 있을 때 재스퍼가 왔다. 모드는 레인 부인의 집에 오찬 초대를 받아서 나갔다고 했다.

"벌써 또 만나러 갔어? 그 사람들이랑 친해지고 있네. 왜 너는 초대를 못 받았니?"

"내가 나가고 싶지 않아 한다고 언니가 대신 전해 줬어."

"다 좋지만 일을 소홀히 하면 안 되는데. 모드가 어젯밤이나 오늘 오전에 일했니?"

도라는 펜 끝을 물고 고개를 저었다.

"왜 안 했어?"

"초대장이 어제 오후 5시쯤 왔어. 그걸 받고 언니가 들떴던 거 같아."

"바로 그거야. 그게 내가 걱정하는 거야. 사람들이 초대하기 시작하면 모드는 진득하게 일할 애가 아니야. 내가 하는 말을 잘 듣고, 모드한테 진지하게 말해. 너도 알다시피 모드는 자기 생계를 책임져야 해. 레인 부인이랑 그 무리는 별 쓸모가 없을 거야. 그게 제일 유감이지. 그 사람들은 모드 시간을 낭비하고 불만만 키울 거야."

도라는 버리는 종이에 세밀하게 그물 무늬를 끄적거렸다. 입술을 오므리고 미간엔 주름을 잡고 있었다. 마침내 도라가 말했다.

"메리언은 아직 안 왔어."

재스퍼는 반응하지 않았다. 도라가 오빠를 올려다보니, 그는 골똘히 생각에 잠겨 있었다.

"그래서, 어젯밤에 그 사람들 만났어?" 도라가 물었다.

"응. 그건 그렇고 거기에 루퍼트 양이 있었어."

재스퍼는 그 이름이 동생에게 익숙한 것처럼 말했다. 도라는 어리둥절했다.

"루퍼트 양이 누구야?"

"내가 말하지 않았나? 너한테 한 줄 알았지. 아, 그 여자를 처음 만난 건 발로우 씨 집에서였어. 우리가 휴가를 마치고 돌아온 다음이야. 상당히 흥미로운 여자야. 아버지가 광고대리인 맨턴 루퍼트야. 그 사람들 집에 초대받고 싶어. 유용한 사람들이야."

"광고대리인도 신사라고 할 수 있어?"

재스퍼가 웃음을 터뜨렸다.

"전단을 돌리는 사람인 줄 알았니? 여하튼 엄청난 부자이고 치즐허스트에 근사한 대저택이 있어. 그 아가씨는 새어머니랑 다니더라. 아가씨라고 불렀지만 거의 서른 살은 됐을 거야. 새어머니는 그녀보다 고작 두세 살 더 많고. 어젯밤에 꽤 오래 이야기를 나눴어. 루퍼트 양이랑 말이지. 다음 주에 발로우 씨 집에 머문다고 했어. 그러니까 나도 조만간 오후에 윔블던에 가야겠어."

도라는 의혹이 담긴 눈초리로 오빠를 보았다.

"루퍼트 양을 만나러 거기까지 간다고?" 재스퍼의 눈을 똑바로 응시하며 도라가 물었다.

"물론이지. 안 갈 건 뭐야?"

"아!" 별로 관심 없다는 듯이 동생이 중얼댔다.

"사실 미인이라고는 할 수 없어." 생각에 잠긴 재스퍼가 동생을 재빨리 흘끔 보고 말했다. "하지만 꽤 지적인 편이야. 피아노를 잘

치고 콘트랄토 목소리가 훌륭하지. 토스티[36]의 새 곡을 몇 개 불렀어. 제목이 뭐였더라? 처음 봤을 때는 좀 남성적이라고 생각했는데, 계속 보니까 그런 느낌이 줄어들더라. 나를 꽤 좋아하는 거 같아."

"하지만—" 잠시 조용히 있던 도라가 말했다.

"하지만 뭐?" 재스퍼가 흥미를 보이며 물었다.

"오빠를 이해하지 못하겠어."

"전반적으로, 아니면 어떤 특정한 면에서?"

"오빠가 왜 루퍼트 양을 만나려고 여기저기 기웃거려?"

"왜 그러냐고?" 재스퍼가 웃었다. "나는 장래를 생각해야 하는 젊은 남자야. 어떤 기회도 놓칠 수 없어. 루퍼트 양이 내게 관심이 있다면 나야 반대할 거 없지. 그 여자도 자기 친구를 알아서 고를 나이는 됐으니까."

"그럼 그냥 친구로 생각하는 거야?"

"두고 봐야 알겠지."

"오빠가 완전히 자유로운 몸이라고 생각해?" 도라가 조금 발끈하며 물었다.

"그렇게 생각 안 할 이유는 뭐야?"

"그렇다면 오빠는 정말 이상하게 처신하고 있어."

재스퍼는 도라가 진심이라는 걸 눈치챘다. 그는 뒤통수를 두드리다 벽을 보고 웃었다.

"메리언 이야기를 하는 거니?"

"당연하지."

"하지만 메리언은 나를 완벽하게 이해해. 내가 그녀를, 글쎄, 쉬운 말로 하자면 사랑한다던가, 이렇게 생각할 만한 행동은 한 적 없

---

36. 프란체스코 파올로 토스티: 이탈리아의 가곡 작곡가.

어. 난 메리언과 대화할 때마다 내가 어떤 사람인지, 어떤 상황인지 알려 주려고 노력했거든. 내 뜻을 오해할 여지는 없어. 메리언이 그랬을 것 같지도 않고."

"알았어. 오빠가 양심에 꺼림칙한 게 없으면—"

"말해 봐, 도라. 왜 이러는 거야? 네가 메리언이랑 친한 건 알아. 메리언 이야기를 하라는 게 아니야. 내 입장을 설명할게. 이따금 내가 여기 왔다가 집에 가는 길에 메리언과 잠깐 걸은 적이 몇 번 있지. 우리가 우연히 같은 시간에 떠나게 됐을 때 말이야. 걸으면서 우리가 나눈 대화에 은밀한 내용이라곤 전혀 없었어. 우리는 둘 다 지성인이고, 지적인 이야기를 해. 너는 참 구식이고 촌스러운 관념이 있는 것 같아. 메리언 같은 여자들은 여성의 새로운 권리를 주장하지. 여자가 남자와 친해질 때 무조건 남자의 '의중'을—구식 표현을 쓰자면—헤아리고 있다고 네가 말하면 메리언은 질색할 거야. 우리는 남들 눈이 무서워서 원하는 대로 못 하는 와틀보로우에 살고 있지 않아."

"아니지. 하지만—"

"말해 봐."

"내가 봤을 때는 좀 이상해. 그게 다야. 그만 이야기하자."

"이제 막 이야기를 시작했는걸? 네가 내 입장을 분명히 알았으면 좋겠어. 자, 만약에—물론 불가능하겠지만—메리언이 2만~3만 파운드 정도를 상속받는다고 하자. 그럼 나는 곧바로 청혼할 거야."

"과연!"

"빈정댈 필요 없어. 합리적인 절차일 뿐이야. 나는 메리언을 아주 좋아해. 하지만 둘 다 빈털터리인데 결혼한다는 건 (메리언이 나를 받아 준다면 말이지) 기막히게 어리석은 짓이야. 내 커리어를 망치고 별별 문제가 다 생길 거야."

"지금 상황에서 결혼하라고 할 사람은 없어."

"그렇지. 하지만 나는 어떻게 해서든지 돈을 구해야 하고, 결혼 말고는 적당한 방법이 생각나지 않아. 그것도 최대한 빨리 해야 해. 앞으로 몇 년 안에 번듯한 편집장 자리가 내게 떨어질 리 만무한데, 나는 그때까지 1년에 고작 몇백 파운드 벌자고 고생해서 일찍 늙고 싶지 않아. 이런 것들을 메리언에게 솔직하게 모두 설명했어. 메리언도 자기한테 돈이 생기면 내가 어떻게 할지 아마 알 거야. 그래서 나쁠 건 없지. 하지만 지금 이 상태로는 우리가 지성적 친구에 지나지 않는다는 걸 메리언은 알아."

"그럼 내 말을 들어, 오빠. 만약 메리언이 그 애 큰아버지한테서 아무것도 못 받으면 오빠 태도를 똑바로 하는 게 좋을 거야. 예전만큼 관심이 없다는 걸 확실히 표현하라고."

"너무 잔인한데."

"정직한 거야."

"글쎄, 그렇지 않아. 엄밀히 따지면, 내가 메리언을 좋아하는 마음은 변하지 않을 거야. 우리가 친구로 남아야 한다고 결정이 나는 것뿐이야. 지금까지는 나도 어떻게 될지 확실치 않았어. 아직도 잘 모르지. 그러니까 네 조언과는 반대로, 난 메리언에게 내가 지금까지보다 더 좋은 친구가 되어 줄 작정이라고 표현할 거야. 우리 관계가 더는 애매하지 않을 테니까."

"모드 언니도 나랑 같은 의견일 거라는 건 알아 둬."

"너희 둘 다 보는 시선이 비딱한 거야."

"그렇지 않아. 오빠가 원칙이 부족한 거야."

"동생아, 나보다 더 공명정대하고 직설적인 사람은 없다는 걸 모르니?"

"오빠 말은 전부 헛소리야."

"헛소리라고? 아, 여자들은 정말 비논리적이야. 내가 말한 논점은 듣지도 않았구나. 이런 점에서 루퍼트 양이 마음에 들어. 루퍼트 양은 논점을 이해하고 추론할 줄 알거든. 그건 메리언도 마찬가지이고. 우리가 지금 한 이야기에 대한 메리언의 의견을 들을 수 있으면 좋을 텐데."

그때 문에서 노크 소리가 들렸다. 도라가 들어오라고 말하자 메리언 본인이 나타났다.

"신기하네요!" 재스퍼가 목소리를 낮추며 외쳤다. "당신에게 뭘 물어볼 수 있으면 좋겠다고 말하던 참입니다."

도라는 얼굴이 빨개져서 창피한 기색으로 자리에서 일어났다.

"여자가 논리적일 수 있느냐에 관한 진부한 논쟁거리였죠. 실례했습니다, 율 양. 지난번에 뵌 이래 변고를 겪으셨죠."

도라는 메리언을 의자로 안내하고 아버지가 시골에서 돌아왔느냐고 물었다.

"응. 어제 돌아오셨어."

재스퍼와 도라는 메리언이 큰아버지의 죽음 때문에 딱히 힘들었을 거로 생각하지 않았다. 존 율은 그녀에게 남이나 다름없었다. 그런데 메리언의 얼굴에는 극심한 정신적 괴로움의 흔적이 있었고, 격한 감정 때문에 말하길 힘들어하는 듯했다. 재스퍼는 유감스럽지만 가야겠다고 말하면서 세 사람을 둘러싼 어색한 침묵을 깼다.

"모드가 사교계 아가씨가 되고 있어요." 문으로 향하며 재스퍼는 무슨 말이라도 하려고 말했다. "율 양이 여기 계실 때 모드가 돌아오면 사교계는 문필업자에게 망하는 지름길이라고 경고 좀 해주세요."

"오빠가 되새겨야 할 경고 같은데." 도라가 의미심장한 표정으로 말했다.

"아, 하지만 나는 내 앞날을 위해서 사교계를 이용할 정도로 이성적이야."

이 말에 메리언은 고개를 홱 돌렸다가 재스퍼를 똑바로 돌아보기 전에 멈췄다. 그의 마지막 말에 동요한 것 같았다. 눈을 내리깐 메리언의 눈썹에 괴로운 표정이 드리웠다.

"오래는 못 있어." 둘만 남게 되자 메리언이 도라를 향해 엷게 웃으며 말했다. "박물관에서 오는 길이야."

"언제나처럼 쓰러질 정도로 일했구나. 한눈에 보여."

"아니야. 거의 아무것도 못 했어. 읽는 척밖에 못 하겠던걸. 너무 심란해서 그래. 큰아버지 유서에 대해 들었니?"

"아니. 아무 얘기도 못 들었어."

"와틀보로우에서 소문이 나서 친구들이 네게 소식을 전했을지도 모른다고 생각했어. 아직 그럴 시간이 없었겠구나. 네가 들으면 많이 놀랄 거야. 아버지는 아무것도 못 받으셨어. 나는 5천 파운드를 받았고."

도라는 눈을 그대로 내리깔고 있었다.

"그리고, 이건 어떻게 생각하니?" 메리언이 말을 이었다. "내 사촌 에이미는 1만 파운드를 받았어."

"어머나! 사정이 완전히 바뀌겠구나!"

"맞아. 에이미 오빠 존은 6천 파운드를 받았는데, 그들 어머니는 또 아무것도 못 받았어. 큰아버지는 유산을 여기저기 남기셨는데, 대부분 와틀보로우 공원으로 갔어. '율 공원'이라고 불릴 거래. 그리고 자원병들을 위한 보조금 같은 것들. 그분이 사람들이 생각했던 만큼 부자는 아니라고 하더라."

"미스 해로우는 얼마 받았는지 알아?"

"그 집에서 평생 살 수 있고 1천5백 파운드를 받았어."

"그런데 네 아버지는 아무것도 못 받으신 거야?"

"아무것도. 한 푼도 못 받으셨어. 너무 마음이 아파. 잔인하고 옳지 않아. 에이미와 그 애 오빠는 합쳐서 1만6천 파운드를 받았는데, 아버지는 아무것도 못 받다니. 이해할 수 없어. 두 분 사이가 아주 나빴던 것도 아니야. 큰아버지는 아버지가 얼마나 고생하셨는지도 다 알고 계셨어. 너무 매정하지 않니?"

"아버지는 뭐라고 하셔?"

"실망하신 것보다 상처를 더 받으신 거 같아. 물론 무언가 기대하셨겠지. 어머니랑 있는데 아버지가 들어오시더니 자리에 앉아서 마치 신문에서 읽은 남 이야기를 하듯이 유서 내용을 말씀하시는 거야. 그렇게 표현할 수밖에 없어. 이야기를 마치고 곧바로 서재로 가셨어. 난 조금 기다렸다가 따라갔어. 아버지는 벌써 책상 앞에 앉아서 일하고 계셨어. 어딜 갔다 오신 적도 없는 것처럼. 얼마나 죄송한지 말씀드리고 싶었는데 입이 안 떨어졌어. 바보처럼 울음을 터뜨리고 말았어. 아버지는 다정하게 말씀하시더라. 오랫동안 듣지 못한 다정한 말투였어. 하지만 유서에 대해서는 입을 꾹 다물고 계셨어. 그래서 그냥 혼자 계실 수 있게 나가야 했어. 불쌍한 어머니! 우리가 부자가 될까 봐 그렇게 마음 졸이셨는데, 이젠 낙담하신 아버지를 보고 너무 마음 아파하셔."

"마음을 졸이셨다고?" 도라가 물었다.

"우리가 큰 저택에 살게 되면 당신은 그런 삶에 안 어울린다고, 혹시 우리 앞날에 방해가 될까 봐 걱정하셨어." 메리언이 서글프게 웃었다. "불쌍한 어머니. 얼마나 겸손하시고 착하신지. 아버지가 어머니에게 상냥하면 좋을 텐데. 이제 어떻게 될지 아무도 몰라. 아버지를 볼 때마다 죄스러워."

"네가 5천 파운드를 받아서 다행이라고 생각하실 거야."

메리언은 눈을 내리깔고 잠시 대답하지 않았다.

"그래. 어쩌면."

"어쩌면?"

"도라, 아버지는 자기가 그 돈을 받았으면 어디에 썼을지 생각하실 거야. 그럴 수밖에 없어. 자기만의 문예지를 설립하는 게 아버지 평생소원이었거든. 《스터디》 같은 잡지 말이야. 유산을 받았으면 아마 거기에 쓰셨을 거야."

"그래도 당연히 네 행운을 기뻐하셔야지."

메리언은 화제를 바꿨다.

"리어던 부부를 생각해 봐. 하룻밤 사이에 운명이 바뀐 거야! 그들이 어떻게 할까? 계속 이대로 별거하진 않겠지?"

"오빠가 알려 주겠지."

그들이 그쪽 집안 이야기를 하고 있는데 모드가 돌아왔다. 수려한 얼굴에 수틀린 표정이 서려 있었고, 그녀는 메리언에게 차갑게 인사했다. 모자와 장갑을 벗어 난로 선반에 올려놓은 다음에 모드는 존 율의 유서에 대해 들었다.

"왜 리어던 부인만 그렇게 많이 받은 거지?" 모드가 물었다.

"그분이 가장 아끼던 동생이 제일 예뻐하던 딸이기 때문이라고밖에 생각할 수 없어. 그런데 에이미가 결혼했을 때는 아무것도 안 주셨어. 소설가랑 결혼했다고 멸시하셨지."

"율 씨가 끝내 용서해서 리어던 씨는 천만다행이네. 유서를 언제 쓰셨을까? 리어던 씨와 다퉈서 받은 상일지도 몰라."

이 말에 모두 웃음을 터뜨렸다.

"유서를 언제 쓰셨는지는 몰라." 메리언이 말했다. "리어던 부부가 어렵다는 소식이 큰아버지 귀에 들어갔는지도 모르고. 아마 들으셨겠지. 사촌 존은 장례식에 왔는데 작은어머니는 안 오셨대. 아버지랑 존은 서로 한마디도 안 했을 거야. 다행히 와틀보로우 주민이 많이 와서 친족들은 눈에 띄지 않은 거 같아. 엄청난 추모 행진이 있었대."

모드는 동생을 자꾸 흘깃거렸다. 불쾌한 표정이 완전히 사라지지는 않았지만 그녀는 이제 다른 생각에 잠긴 것 같았다.

잠시 후 메리언은 서둘러 집으로 돌아갔다. 메리언이 나가자 자매는 시선을 교환했다.

"5천 파운드라." 언니가 중얼거렸다. "큰 의미는 없네."

"맞아. 메리언이 왔을 때 오빠가 있었어. 금방 갔지만."

"오늘 저녁에 오빠한테 알려줄 거야?"

"응." 도라가 답했다. 그리고 잠시 생각하더니 말을 이었다. "언니가 레인 씨 집에 또 갔다고 화를 내던데."

모드는 관심 없다는 몸짓을 했다.

"뭐 때문에 기분이 나빴어?"

"그냥 바보 같았어. 오기로 했던 사람 몇몇이 안 오고. 글쎄, 상관없어."

모드는 일어나서 선반 위에 걸려 있는 타원형 거울에 자신을 잠깐 비춰 보았다.

"오빠한테서 루퍼트 양이라는 사람 이야기를 들은 적 있어?" 도라가 물었다.

"내가 기억하기론 없는데."

"들어 봐. 오빠는 메리언이 자기를 평범한 친구 이상으로 생각할 이유가 없다고 정말 덤덤하게 말하는 거야. 오해를 살 만한 짓을 한 적 없대."

"그렇겠지! 오빠의 관심이라는 영광을 받을 사람이 루퍼트 양이야?"

"거의 서른 살인 여자래. 좀 남성적이고. 하지만 대단한 상속녀인가 봐. 오빠는 부끄러운지도 몰라!"

"뭘 기대했니? 오빠가 무슨 생각인지 네가 메리언에게 알려 줘야 해. 아니면 그 애를 속이는 걸 돕는 꼴이야. 오빠는 그런 면에서 도의라고는 전혀 없으니까."

한시바삐 소식을 전하고 싶던 도라는 재스퍼가 집에 있기를 바라며 차를 마시자마자 출발했다. 10미터도 채 안 갔을 때 도라는 오빠와 마주쳤다.

"메리언이 아직도 너랑 있을까 봐 걱정했지." 재스퍼가 웃으며 말했다. "집주인한테 물어볼걸. 어떻게 됐어?"

"밖에서 말할 수 없어. 들어가자."

재스퍼는 너무 흥분해서 기다릴 수 없었다.

"그냥 말해. 얼마 받았대?"

도라는 짜증이 난 표정으로 집을 향해 빠르게 걸었다.

"한 푼도 못 받았어? 그 애 아버지는?"

"그분이 한 푼도 못 받았어." 동생이 대답했다. "메리언은 5천 파운드를 받았고."

재스퍼는 고개를 숙이고 걸었다. 그는 위층으로 올라가 응접실에 들어갈 때까지 한마디도 하지 않았다. 모드가 무심히 인사했다.

"리어던 부인은?"

도라가 말했다.

"뭐?" 재스퍼가 믿을 수 없다는 듯 외쳤다. "1만 파운드? 말도 안 돼!"

그는 폭소를 터뜨렸다.

"이제 리어던은 사무원 신세와 빈민굴에서 해방되겠군. 뭐, 잘됐어. 정말 잘 됐군. 메리언이 1만 파운드를 받고 그들이 5천을 받았으면 더 좋았겠지만 말이야. 정말 대단한 농담이야. 어쩌면 리어던은 아내 돈에 손대지 않겠다고 우길지도 몰라. 딱 그가 할 만한 짓이지."

그 생각을 하며 몇 분 더 우스워하던 재스퍼는 창가를 향해 돌아서서 묵묵히 서 있었다.

"우리랑 차 마실래?" 도라가 물었다.

그는 동생 말을 못 들은 듯했다. 도라가 다시 한번 묻자 재스퍼는 멍하니 대답했다.

"그래. 그러자. 그러고 나서 집에 가서 일해야겠다."

남은 시간 동안 재스퍼는 거의 입을 다물고 있었고, 모드 역시 딴 생각에 잠겨 있었기 때문에 세 사람은 침묵 속에서 차를 마셨다. 떠나기 전에 재스퍼가 물었다.

"메리언은 여기 언제 또 오니?"

"몰라." 도라가 답했다.

그는 고개를 끄덕이고 갈 길을 갔다.

그날 아침에 시작한 잡지 기사를 계속 써야 했던 재스퍼는 집에 도착하자 평소와 다름없이 일할 태세로 종이를 펼쳤다. 그가 '카피'를 써야 하는 주제는 꽤 까다로웠고 취향에 맞지도 않았다. 재스퍼는 아침부터 드물게 쩔쩔매며 간신히 한 장을 썼고, 이제 다시 일을 재개하려 했지만 좀처럼 집중할 수 없었다. 몽유병에 걸린 듯 멍하니 줄줄 써 내려가는 기술을 아직 터득하지 못한 재스퍼는 글을 쓰려면 아직도 쓰는 것에만 집중해야 했다. 그는 의지만 강하면 언제든지 글을 쓸 수 있다는 존슨 박사의 말을 입에 달고 살았고, 심란한 여러 상황 속에서도 꾸준히 써야 하는 다른 사람들과 마찬가지로 그 말에 도움을 받았다. 그러나 이날 저녁에는 아무 효과가 없었다. 두세 번 재스퍼는 자리에서 일어나 결연한 표정으로 방을 오가다 다시 앉아 힘차게 펜을 집었다. 그러나 그는 목적에 부합하는 문장 하나 생각해 내지 못했다.

'뭐라도 하려면 결정을 내려야 해.' 재스퍼는 마지막으로 다시 한 번 포기하며 생각했다. '결정해야 해.'

그래서 그는 안락의자에 앉아 담배를 피우기 시작했다. 생각을 잘 하려고 담배 수십 개비를 피웠더니 너무 초조해져서 더는 혼자 있을 수 없었다. 재스퍼는 모자를 쓰고 코트를 입고 집을 나섰다. 밖에 나가니 장대비가 쏟아지고 있었다. 방에 돌아가서 우산을 가지고 다시 나온 그는 극장에 갈지 말지 갈팡질팡하며 스트랜드 주위를 정처 없이 맴돌았다. 극장에 가는 대신 재스퍼는 그날 신문이 비치되어 있고 지인을 만날 가능성이 있는 단골 식당의 위층에 앉았다. 손님 대여섯 명이 신문을 읽고 담배를 피우고 있었다. 그가 아는 사람은 없었다. 재스퍼는 라거를 한 잔 마시며 석간신문을 훑어보고 다시 빗속으로 나갔다.

결국, 집에 가는 편이 나았다. 눈에 들어오는 모든 것이 머릿속을 휘저어서 결정해야 하는 사항에 더욱 확신이 없어졌다. 모닝턴 로드에서 그는 우산을 들고 천천히 걷고 있던 웰프데일과 마주쳤다.

"방금 자네 집에 다녀가는 길이네."

"그렇군. 원하면 들어오게."

"내가 방해하는 거 아닌가?" 웰프데일이 평소와 다르게 소심하게 물었다.

걱정하지 말라는 말에 그는 기꺼이 같이 들어왔다. 밀베인은 존 율이 죽었다는 소식과 함께 리어던 부부이 받은 유산까지 알려 주었다. 이런 갑작스러운 변화에 부부가 어떻게 반응할지에 대해 그들은 이야기를 나눴다.

"비펜은 리어던 부인의 안부는 전혀 모른다고 하더군." 웰프데일이 말했다. “리어던을 배려해서 입을 다물고 있는 모양이야. 그들이 앞으로도 한참을 떨어져 산다고 해도 난 놀라지 않겠어.”

“그럴 가능성은 적어. 결국 가난 때문 아니었나.”

“서로 너무 안 맞아. 리어던 부인이 결혼을 후회하는 건 명백하고, 리어던도 아내에게 애정이 남았는지 모르겠네.”

“이혼할 수는 없으니 최선을 다해야겠지. 1만 파운드면 1년에 400파운드야. 충분히 먹고살 만하지.”

“불행하겠지. 사랑이 사라졌다면.”

“자네는 참 감상적인 친구야!” 재스퍼가 외쳤다. “사랑, 어쨌든 자네가 사랑이라고 생각하는 그 광란의 감정이 결혼 내내 유지되어야 한다고 믿는 모양이군. 자네 나이 정도 되는 사내가 어떻게 그런 원시적인 생각을 하나?”

“글쎄, 잘 모르겠어. 어쩌면 자네는 반대 입장에서 오류를 저지르는 걸지도.”

“자네도 알겠지만 나는 사랑에 기초한 결혼에 회의적이네. 게다가 사랑에 빠지는 것 자체도 정말 희귀한 일이라고 생각해. 리어던과 부인은 어쩌면 서로 사랑했겠지. 어쩌면. 난 부인은 어땠는지 확신이 안 서거든. 대체로 결혼은 조금 끌리는 감정이 적절한 상황의 부추김을 받고, 강력한 성적 감정으로 의도적으로 고조되었을 때 이뤄지는 법이네. 혐오스러운 여자만 아니라면 누구에게나 그런 감정을 품을 수 있다는 건 자네가 제일 잘 알아야 하지 않나.”

“비슷한 종류의 감정이지만, 깊이의 차이는 엄청나네.”

“그렇겠지. 그래도 정도의 차이일 뿐이야. 그게 광란의 수준에 다다르면 사람들은 사랑에 빠졌다고 하지. 그리고 내가 말했듯이, 그런 일은 드물게 일어나. 나로 말하자면 아직 경험한 적 없네. 앞으로 경험할 것 같지도 않아.”

"나는 그렇게 말할 수 없지."

둘은 함께 웃었다.

"자네는 지금까지 최소 열두 번은 사랑에 빠졌다고 상상했거나, 난 잘 몰라도, 진짜로 빠졌겠지. 그렇게 충동적인 감정이 어떻게 결혼의 중요 요소로 여겨지는지 나로서는 도무지 이해할 수 없어."

"글쎄, 잠깐." 웰프데일이 말했다. "남자가 살면서 딱 한 번만 진정 사랑에 빠지거나, 혹은 단 한 여자와만 행복할 수 있다고 생각한 적은 없네. 적어도 열여섯 살 이후에는 없어. 똑같이 진심으로 천 명을 사랑할 수도 있겠지."

"나는 사랑이라는 단어 자체를 반대하네. 저속해졌어. 남녀 간의 어울림을 논해 보자고. 과학적으로 따졌을 때 남자마다 그에게 아주 잘 어울리는 여자 한 명이 있다고 생각해. 그들의 상황은 배제했을 때 말이야. 추상적으로 아무리 잘 맞아도 상황이 안 도와주면 어긋나기 마련이니까. 어쨌든 사람 자체만 보았을 때 나의 기질에 가장 잘 어울리는 기질을 가진 여자가 한 명 있을 테고, 자네도 마찬가지겠지. 그런 짝은 남자가 최선을 다해 찾을 가치가 있을 거야. 그리고 서로를 끝내 찾으면 행복한 사랑의 결실을 맺겠지. 그렇지만 이건 불가능하네. 게다가 사람들은 찾을 수 없는 이것을 최선으로 대체할 만한 관계를 발견했다고 착각할 때 터무니없는 오류를 저지르지. 바로 이것이 내가 결혼에 대한 감상적인 이야기를 싫어하는 이유야. 교육받은 남자라면 모순적인 운명의 손에 놀아나면 안 되네. 자기가 결혼을 원한다고 맘껏 생각하라고 해. 하지만 자신의 감정을 과장하거나 이상화하지는 말라고 하게."

"자네 말도 충분히 일리가 있네." 웰프데일이 마지못해 인정했다.

"충분한 정도가 아니야. 이 주제에서 단 하나의 진실이네. 낭만적 사랑의 시대는 끝났어. 과학적 정신이 그런 자기기만을 끝장냈지. 낭만적 사랑은 별별 미신과 다 얽혀 있거든. 영원성이라든지, 우리보다 우월한 존재에 관한 믿음 따위. 배우자를 찾을 때 이제 우리는 상대가 도덕적, 지적, 신체적으로 우리와 어울리는지를 고려해야 해. 최소한 이성적인 사람들은 그렇게 해야 해."

"걸맞지 않은 사람과 사랑에 빠질 정도로 운이 나쁘지 않다면 말이지." 웰프데일이 웃으며 덧붙였다.

"흠, 그것도 하나의 비논리일세. 과학이 설명할 수 있는 비이성적인 욕망이야. 내가 그런 종류의 뇌전증에 걸리지 않아 다행이군."

"자네는 정말 사랑에 빠진 적이 없나 보군."

"자네가 말하는 의미의 사랑이라면, 없어. 물론 강하게 끌린 적은 있지."

"자네가 말한 어울림에 따라?"

"맞아. 하지만 조심성과 이해타산을 잊어버릴 정도로 강하게 끌리지는 않았어. 맞아, 그렇게 강하지 않았어."

재스퍼는 자기 자신을 설득하려는 것처럼 보였다.

"그렇다면 당연히 사랑이라고 부를 수 없네." 웰프데일이 말했다.

"아닐지도. 하지만 아까 말했듯이, 이런 호감은 내가 원하기만 하면 더 큰 감정으로 고조시킬 수 있지. 이 경우에는 충분히 가능해. 그런 충동에 빠져도 내가 후회할 것 같지는 않아."

웰프데일이 웃었다.

"아주 흥미롭군. 어떤 결실이 생기기를 바라네."

"그럴 거 같지 않아. 난 내가 끌리지 않아도 물질적으로 유용한 여자와 결혼할 가능성이 훨씬 커."

"솔직히 말하건대, 난 놀랍네. 나도 자네만큼이나 돈의 가치를 알지만 돈 때문에 부자 여자와 사랑 없는 결혼을 하지는 않겠네. 절대!"

"물론이지, 물론이야. 자네는 꾸준히 감상주의자였어."

"끝없이 실망할 운명이지." 웰프데일이 애처롭게 방을 둘러보며 말했다.

"힘내게, 친구! 자네가 결혼하고 후회하는 모습을 보게 될 거라고 확신하네."

"그럴 가능성이 있다는 건 인정하지. 그건 그렇고, 내가 뭘 깨달았는지 아나? 나는 매번 이전 여자보다 뛰어난 여자와 사랑에 빠지네."

재스퍼가 무례하게 폭소를 터뜨리자 웰프데일은 기분이 상한 듯했다.

"난 진지해. 3~4년 전에는 바햄 스트리트의 집주인 딸을 좋아했지. 착한 여자였어. 그러나 한계가 있는 여자였어. 한계가 심했지. 그다음에는 문구점 여자가 있었네. 기억나나? 지적으로나 인격적으로나 훨씬 우월했지. 그다음이 엠블턴 양이었고. 맞아, 다시 한번 향상했지. 그녀는 베드퍼드 대학을 다녔고 여러 면에서 상당히 우수했어. 도덕적으로도 나무랄 데 없었네. 그리고—"

그는 말을 멈췄다.

"버밍엄 여자 아닌가?" 재스퍼가 다시 폭소를 터뜨리며 말했다.

"맞네. 음, 확실히는 모르겠어. 여러 면에서 내 이상형이긴 했지. 정말이야."

"그때도 자네가 한두 번 말했지."

"나는 그녀가 진정 엠블턴 양보다 뛰어나다고 생각했네. 어쨌든 내 기준에서는 그랬지. 결국에는 그것이 제일 중요하지 않나. 여자가 자신에게 미치는 영향을 고려해야 해."

“다음 여자는 일품이겠구먼.”

“다음?”

웰프데일은 또다시 방을 둘러봤지만, 아무 말도 하지 않고 긴 침묵에 빠졌다.

그가 떠난 후 재스퍼는 방을 잠시 서성이다 책상에 앉았다. 한층 마음이 편해졌기 때문에 자기 전에 두어 시간 정도 일할 수 있으리라 생각했다. 그는 실제로 대여섯 줄쯤 썼지만 일하려고 하자 다시 전과 같은 기분이 되었다. 금세 그는 펜을 놓고 다시 초조히 마음속으로 논쟁했다.

재스퍼는 자정이 지날 때까지 그대로 있었다. 침실로 향하는 무거운 발걸음이 그의 마음속에서 여전히 들끓는 갈등을 암시했다.

23장. 투자 제안

낙담한 앨프리드 율이 보인 모습은 역경이 그와 같은 사람에게도 좋은 효과를 발휘할 수 있다고 증명하는 듯했다. 집으로 돌아온 날 그는 아내에게 드물게 부드러운 말투로 일관했고, 메리언을 대하는 태도는 더할 나위 없이 다정했다. 식사 시간에도 그는 비록 문학과 관련된 주제에 관한 독백 같기는 하지만 어쨌든 대화를 시도했고, 때때로 특유의 음울한 농담을 던져 메리언을 기쁘게 했다. 그는 딸이 최근 들어 무리했다는 걸 깨달은 듯, 몇 주 동안 신간 소설이나 읽으며 쉬라고 권유했다. 형의 죽음을 공식으로 발표할 때 그가 보인 냉랭함과 우울함은 아내와 딸의 연민에 녹은 듯했다. 이제 그는 비통했으나 마음을 내려놓았다.

그는 메리언에게 그녀가 받을 유산의 성질이 정확히 어떤 것인지 설명했다. 메리언이 받을 유산은 존 율이 지난 20년간 투자자로 있던 문구류 도매 사업의 지분에서 나올 건데, 얼마 전에 존이 투자금에서 큰 부분을 회수했다고 했다. '투버빌 컴퍼니'라는, 메리언은 처음 들어 본 회사였다.

"형이 어떻게 관련된 사업인지는 통 모르겠다." 그녀의 아버지가 말했다.

"거기서 7천~8천 파운드 정도 나올 거라고 하더구나. 형이 투자금을 건드리지 않고 고스란히 네게 물려주지 않아서 유감이다. 돈을 금세 받을지는 모르겠구나."

유서 집행인들은 고인의 가까운 친구로, 한 명은 그가 운영하던 제지업의 파트너였다.

앨프리드가 돌아온 둘째 날 저녁 식사가 끝나고 한 시간 정도 후에 힝크스 씨가 찾아왔다. 그는 언제나처럼 서재로 곧장 갔다. 얼마 안 가 쿼비 씨가 합류했다. 세 사람은 한동안 서재에 머물렀다. 마침 위층에서 내려오던 메리언은 서재 앞에서 아버지와 마주쳤다.

"어머니에게 9시 45분까지 야식을 차려 달라고 전해 주렴." 그가 정중하게 말했다. "너도 들어오지 그러니? 우린 그냥 잡담 중이란다."

메리언이 이런 초대를 받는 경우는 드물었다.

"제가 들어가길 바라세요?" 그녀가 물었다.

"그래. 그러면 좋겠구나. 네가 안 바쁘면 말이다."

메리언은 율 부인에게 손님들이 야식을 원한다고 말하고 서재로 들어갔다. 쿼비 씨는 담배를 피우고 있었다. 경제적인 이유로 오래전에 담배를 끊은 힝크스 씨는 두 손을 바지 주머니에 찔러넣고, 길고 깡마른 다리를 의자 아래 접고 앉아 있었다. 메리언이 들어오자 두 사람은 평소보다 따뜻하게 반기며 일어났다.

"담배를 대여섯 모금만 더 피워도 괜찮겠니?" 쿼비 씨가 불룩한 배에 한 손을 얹고 파이프를 거품 있는 술이 담긴 잔처럼 들어 올리며 물었다. "거의 다 피웠단다."

"원하시는 만큼 피우세요." 메리언이 답했다.

힝크스 씨가 서둘러 메리언을 가장 편안한 의자에 앉히자 앨프리드는 그들이 무슨 이야기를 하고 있었는지 말했다.

"너는 어떻게 생각하니, 메리언? 영국에 문학 아카데미를 설립하는 것에 대한 네 의견을 듣고 싶구나."

쿼비 씨는 그녀를 향해 온화한 미소를 지었고, 힝크스 씨는 비쩍 마른 목을 길게 빼고 공손히 대답을 기다렸다.

"지금도 문단에는 다툼이 충분히 있는 것 같아요." 메리언이 눈을 내리깔고 미소 지으며 답했다.

퀌비 씨는 소리 죽여 쿡쿡거렸고, 힝크스 씨는 새된 소리로 웃으며 외쳤다. “정답이군! 아주 좋아!” 앨프리드는 공정한 미소로 칭찬했다.

“앵글로색슨의 정신과 조화롭지 않지.” 힝크스 씨가 소심하게 심오한 분위기를 잡으며 말했다.

율은 그 주제에 관해 복잡다단한 문구를 쏟아 냈다. 화제는 곧 문예지로 넘어갔고, 세 남자는 현존하는 주간 혹은 계간 문예지 가운데 아무것도 이 시대 최고의 문학적 견해를 대표하지 못한다고 입을 모았다.

“우리에겐 문학에만 집중한 월간 비평지가 필요하네.” 퀌비 씨가 말했다. “《포트나이틀리 Fortnightly》, 《컨템포러리 Contemporary》도 제 나름대로 괜찮긴 하지만, 잡다한 문집일 뿐이지. 정치적, 경제적, 그리고 일반적 잡소리만 다루는 기사만 가득한 가운데 제대로 된 문학 논설은 하나도 없네.”

“환율이나 철도 통계나 진화론에 관한 기사만 난무하지.” 힝크스 씨가 이 사이에 무언가 낀 듯한 표정으로 말했다.

“계간지는 또 어떻고?” 율이 덧붙였다. “본래 계간지는 1년에 네 번 넘게 평론할 만큼 중요한 책이 많이 출간되지 않는다는 판단에서 시작됐네. 그건 여전히 사실일지 몰라도 월간지는 비평보다 더 많은 걸 담을 수 있어. 힝크스의 역사드라마 논설 같은 것이 적당하겠지. 아니면 퀌비 자네의 〈스페인 시인들〉 말일세.”

“지난번에 제드우드에게 아이디어를 던져 봤네.” 퀌비 씨가 말했다. “그가 고려하고 있는 것 같아.”

“그럼, 그럼.” 앨프리드가 말했다. “한데 제드우드는 너무 많은 양의 쇠를 달구고 있어. 현재로서는 자금이 충분하지 않을 거야. 물론 자본가들이 합류하면 그가 해낼 거라는 데는 의심의 여지가 없네."

"엄청난 자본이 필요하지도 않아." 켐비 씨의 의견이었다. "시작하자마자 수익이 발생할 걸세. 주간지와 계간지 중간 정도가 되겠지. 주간지는 너무 학술적이고, 계간지는 지나치게 범위가 방대해서 문학적 취향이 뚜렷한 사람들 입맛에 맞지 않아. 해외 출간물도 많이 다루어야 하네. 하지만 힝크스가 말했듯이, 책답지 못한 책은 다루면 안 되겠지. 복본위제에 관한 에세이나 예방접종 찬반론 같은 거 말일세."

심지어 친구 서재에서도 켐비 씨는 도서관에서처럼 널찍한 조끼 위로 양손을 모으며 웃었다.

"소설은 어떤가? 수준이 되는 소설은 연재해도 좋겠지?" 앨프리드가 말했다.

"확실히 좋은 생각이네. 수준이 꽤 높아야 하겠지만."

"아무렴, 수작만 받아야지." 힝크스 씨가 동의했다.

그들은 창간호가 조만간 발간되는 문예지의 편집 위원이라도 되듯 이야기를 이어갔고, 율 부인이 야식이 준비되었다고 문 앞에서 알릴 때까지 대화는 계속됐다.

야식을 먹는 내내 메리언은 관심의 초점이 이상하게 자신에게 맞춰졌다고 느꼈다. 그녀의 아버지는 콜드비프를 건네주며 입에 맞냐고 물어봤고, 그녀가 먹는 모습을 계속 지켜봤다. 힝크스 씨는 깍듯이 동감하는 말투였고, 켐비 씨는 아버지같이 훈훈한 모습이었다. 율 부인은 평소처럼 침묵을 지켰지만, 이날 저녁에는 남편이 그녀의 지적 수준에 맞추어 몇 마디를 건넸고 심지어 그녀의 대답도 친절히 받아 주었다.

남자들이 담배를 피우고 토디를 마시러 가자 모녀는 단둘이 남았다. 그들은 이날 저녁의 멋진 변화를 언급하지는 않았지만 오래

간만에 가벼운 마음으로 대화했다.

다음 날 앨프리드는 지금 작업 중인 에세이의 성향에 대해 메리언과 의논했다. 그는 그녀의 의견을 진지하게 경청했고, 그녀 덕분에 자신의 머릿속에 있던 의심을 떨친 것처럼 말했다.

“딱한 힝크스!” 잠시 후 앨프리드가 한숨을 내쉬며 말했다. “건강이 망가지고 있는 거 같지? 거의 비틀거리다시피 걷더구나. 안타깝지만 그는 마비를 동반하는 뇌졸중을 앓는 부류야. 그가 당장 쓰러져서 못 움직이게 되어도 놀라지 않을 것 같구나.”

“만약 그렇게 되면 그분은 어떡하나요?”

“누가 알겠니! 대부분 사람에게도 같은 질문을 할 수 있단다. 예를 들어, 내가 일을 못 하게 되면 나는 어떻게 살겠니.”

메리언은 대답할 수 없었다.

“네게 말해 줄 게 하나 있다.” 율이 목소리를 낮추어 말했다. “네가 너무 걱정하지 않았으면 한다. 하지만 내 눈에 조금 이상이 생기기 시작했어.”

메리언은 깜짝 놀라 아버지를 보았다.

“아버지 눈에요?”

“별일 아니란다. 아니길 바라야지. 안과 의사에게 가봐야겠어. 시력을 잃는 건 상상도 하기 싫잖니. 백내장이나 그런 비슷한 질병일지도 몰라. 상태를 확인하는 게 낫겠지.”

“안과에 꼭 가보세요.” 메리언이 간절히 당부했다.

“너무 걱정하지 말렴. 아무것도 아닐지도 모른다. 어쨌든 안경은 바꿔야겠다.”

메리언이 불안해하며 지켜보는 동안 그는 문서 몇 장을 뒤적거렸다.

“내가 뭐 하나 물어보마, 메리언.” 그가 말을 이었다. “내 수입은 연250파운드를 넘은 적이 없고, 그보다 훨씬 못한 적이 많았단다. 심지어 나이가 지긋해진 후에도 마찬가지였어. 그 정도 수입에서 내가 조금이라도 저축할 수 있었겠니?"

"불가능해요."

"한 가지 방법으로는 저축했단다. 500파운드짜리 생명보험을 들어 놓았지. 하지만 불구가 되는 경우에는 아무것도 못 받는다. 만약 내가 글을 못 쓰게 되면, 나는 어떻게 되겠니?"

용기를 줄 만한 대답을 할 수도 있었지만 메리언은 차마 자기 생각을 말하지 못했다.

"앉으렴." 그녀의 아버지가 말했다. "너는 며칠 동안 일을 좀 쉬어라. 나도 반나절 정도는 쉬어도 되겠지. 딱한 힝크스! 우리라도 어떻게 도와주려고 한다. 퀌비는 물론 비교적 부유한 편이야. 우리 세 사람은 거의 25년 가까이 친구로 지냈어. 퀌비를 처음 만났을 때 나는 그럽 스트리트의 저널리스트였고, 퀌비는 심지어 나보다 더 가난했지. 고달픈 인생이었다, 고달픈 인생이었어!"

"정말 그랬어요."

"그건 그렇고." 앨프리드가 의자 등받이에 팔을 올렸다. "우리가 상상한 문예지가 어떠니? 어젯밤에 이야기한 문예지 말이다."

"문예지는 지금도 너무 많아요." 메리언이 회의적으로 말했다.

"너무 많다고? 딸아, 향후 10년 동안 세 배로 늘어날 거다."

"그게 과연 좋은 현상일까요?"

"문예지가 많아지는 것이? 글쎄, 어떤 점에서는 아니지. 훌륭한 문학 작품을 읽을 시간을 뺏으니까. 그러나 다른 한편으로는, 짧고 새로운 기사가 아니면 아무것도 읽지 않는 사람이 부지기수란다. 그런 사람들이 좀 더 가치 있는 글을 읽도록 유도할 수 있어. 물론 문예지가 어떤 걸 제공하느냐에 달렸지. 이런 문예지의 경우는—그는 인기 많은 잡지 이름을 두세 개 말했다—없어져도 된다. 남의 험담을 하거나, 혹은 나태가 초래하는 다른 못된 짓거리를 하는 대신 이것들을 읽는 게 아니라면 말이다. 우리가 구상한 월간지는 뛰어난 문학적 가치가 있어. 조만간 누군가 만들 게 틀림없지."

"안타깝지만," 메리언이 말했다. "저는 아버지가 기대하시는 만큼 문학 사업에 관심이 없어요."

돈은 자긍심을 높인다. 5천 파운드의 주인이라고 스스로를 확실히 인지하기 시작한 이래 메리언은 전보다 침착하게 말했고 단호하게 걸었다. 정신적으로도 그녀는 덜 의존적이 되었다. 8~9일 전에 아버지와 싸웠을 때도 문학 일에 아무런 흥미를 못 느낀다고 홧김에 고백할 수 있었겠지만, 그때라면 지금처럼 차분하게 또박또박 말하지 못했을 것이다. 메리언이 말하며 보인 미소도 전에 없던 것이었다. 그녀가 견습생의 신분에서 해방됐다는 뜻이었다.

"나도 그걸 느꼈다." 상냥하지 않은 말이 새어 나올 뻔한 아버지가 말투를 바꾸기 위해 잠시 말을 고르고 말했다. "내가 너를 순교자처럼 살게 한 게 아닌가 걱정했단다."

"그런 뜻으로 한 말이 아니에요, 아버지. 일반적으로 그렇다는 뜻이었어요. 저는 아버지처럼 문학 사업에 열정적이지 않다는 뜻이었고, 그게 다예요. 저는 책을 좋아하지만 사람들이 일단은 현존하는 문예지에 만족했으면 좋겠어요."

"딸아, 내가 너와 동감하지 않는다고 생각하지 마라. 아, 내가 쓴 것 중 얼마나 많은 것이 단순한 노역이고 생계를 위한 노동이었는지! 그들에게서 돈을 우려낼 생각 없이 위대한 작가들과 시간을 더 많이 보낼 수 있었더라면! 새로운 문예지가 또 생겨도 좋다고 내가 말했을 때는, 나 자신이 그걸 필요로 해서 한 말이었다."

앨프리드는 말을 멈추고 그녀를 바라봤다. 메리언은 그와 눈을 마주쳤다.

"아버지께서 물론 기고하시겠죠." 메리언이 말했다.

"메리언, 내가 편집하면 안 될 이유가 어딨니? 네가 주인이 되지 말라는 법 있니?"

"제가요?"

메리언은 새어 나오려는 웃음을 참았다. 지금까지 아버지에 대해 품었던 그 어떤 생각보다 불쾌한 의심이 들었다. 그가 이것 때문에 그녀에게 친절했던 건가? 아버지가 계산적으로 위선을 떨 수 있는 사람이었나? 그녀가 아는 아버지는 그런 사람이 아니었다.

"한번 이야기해 보자꾸나." 앨프리드가 말했다. 눈에 띄게 흥분한 그의 목소리가 떨렸다. "이 말을 들으면 처음에는 네가 놀라겠지. 네가 유산을 받기도 전에 내가 손을 대려 한다고 생각할지도 모르겠다." 그는 웃음을 터뜨렸다. "난 단순히 네 돈을 투자하면 어떻겠냐고 물어보는 거다. 훌륭한 투자야. 일반적으로 네가 5천 파운드를 투자하면 최대 3퍼센트 이자를 받는다. 그러면 1년에 150파운드지. 내가 생각하는 문학 사업에 투자하면, 그 이자의 다섯 배는 벌고, 수익이 나는 데 오래 걸리지도 않을 거다. 물론 대략적인 그림이야. 믿음직스러운 사람들에게 조언을 받고, 구체적이고 완전한 수익률을 추정하고 나서 네게 말해야지. 현재로서는 그저 하나의 투자로 제안하는 거다."

앨프리드는 그녀의 얼굴을 간절히, 탐욕스레 바라보다 메리언이 시선을 들자 눈을 피했다.

"그렇다면 당연히 제게 확답을 바라시는 건 아니겠지요." 메리언이 말했다.

"물론 아니지. 아니란다. 투자의 주요 강점을 피력하는 것뿐이야. 나는 이기적인 늙은이니까, 내게 어떤 이익이 될지부터 말하마. 나는 새로운 문예지의 편집장이 된다. 문예지를 발전시키는 데 필요한 지출과 내 생활비 정도 급여는 받겠지만, 일반 편집장보다는 훨씬 적게 받아도 만족한다. 이런 직위에 오르면 난 단순노동보다 더 가치 있는 일을 해낼 수 있단다. 내가 정말 쓰고 싶을 때만, 영감이 올 때만 쓰는 거야." 듣는이의 기분을 맞추려는 듯 그는 다시 웃음을 터뜨렸다. "그렇게 되면 눈을 편히 쉴 수 있겠지."

앨프리드는 자신의 눈을 들먹이고, 그 말이 메리언에게서 반응을 불러일으키길 기다렸다. 그러나 그녀가 잠자코 있자 그는 말을 이었다.

"앞으로 몇 년 안에 내가 정말로 시력을 잃는다고 가정해 보자. 창설 초창기에 확고한 기반을 잡은 사람에게 문예지 사장이 소소한 연금 정도는 주지 않겠니?"

"이 사업을 시작해서 얻을 이익이 뭔지는 알겠어요." 메리언이 말했다. "하지만 문예지가 성공한다는 가정에 달렸죠."

"그렇다. 제드우드 같은 편집장과 동업하면 성공하지 못할 가능성은 아주 적다. 그는 새로운 학파의 원기 왕성한 사람이지."

"그런 문예지를 시작하는 데 5천 파운드가 충분할까요?"

"글쎄, 그건 확실히 말하지 못하겠다. 일단, 옷은 옷감에 맞추어 만들어야 하는 법이지. 사업에 지장을 주지 않으면서도 지출은 줄일 수 있어. 다시 말하지만, 내 생각엔 제드우드가 공동투자할 거 같다. 이런 건 다 구체적인 사항이야. 일단은 네게 대략적인 아이디어를 설명하고, 네가 이 투자를 통해 얻을 수 있는 이득을 알려주는 게 전부다."

"투기라고 부르는 편이 낫겠네요." 메리언이 난처한 미소를 지으며 말했다.

이 순간 메리언은 아버지의 투자 제안이 전혀 탐탁지 않다고 알리려는 생각뿐이었다. 아버지의 제안은 너무나도 터무니없었지만 차마 그렇게 말할 수는 없었다. 그가 변죽을 치며 접근했기 때문에 그녀는 자신이라도 단도직입적으로 말할 필요를 느꼈다. 감언이설에 넘어가지 않을 것이라고 알려야 했다. 앨프리드가 문예지의 성공을 확신하는 건 필연적이었다. 그러나 메리언은 아버지의 판단이 틀릴 가능성이 크다는 걸 알았다. 그의 문예지에 투자하는 것이야말로 그녀에게 최악의 선택이고, 따라서 그에게도 최악의 선택이라는 생각으로 메리언은 부탁을 거절하는 미안함을 달랬다. 게다가 그의 불길한 예감이 사실로 판명이 난다면, 아버지의 생계는 그녀에게 달렸다. 메리언으로 하여금 이런 막중한 책임감을 씩씩하게 마주하게 해준 용기는 그녀가 차마 입 밖에 낼 수 없는 어떤 희망에서 우러나왔다.

"네가 원하는 대로 부르렴." 율이 가까스로 짜증을 억누르며 말했다. "네 말이 사실이다. 모든 사업은 일종의 투기지. 한 가지 물어보마. 솔직하게 답해 주렴. 너는 내가 이 문예지를 편집할 능력이 없다고 생각하니?"

그랬다. 메리언은 그가 시대에 뒤처졌을뿐더러 문예지를 창설하려는 그의 주된 목적과 마음가짐이 믿음직스러운 편집장과 거리가 멀다고 생각했다.

하지만 그걸 어떻게 말한단 말인가?

"제 의견은 중요치 않아요." 메리언이 답했다.

"만약 제드우드가 나를 신뢰하면, 너도 나를 믿어 주겠니?"

"아버지, 우리가 이 얘기를 지금 할 필요는 없어요. 전 약속으로 오해받을 말은 할 수 없어요."

앨프리드는 눈을 번뜩 치켜떴다. 그렇다면 그녀는 그를 완전히 불신하는 건가?

"내게 매우 중요한 이 계획을 편하게 논의하는 건 괜찮겠지?"

"아버지께 괜한 희망을 드릴까 봐 걱정돼요." 메리언이 솔직히 말했다. "제가 아버지 소원대로 할 수 있을지 모르겠어요."

"그래, 그래. 이해한다. 네가 스스로 판단하지 못하거나 견해가 없는 어린애라고 생각하지 않는다. 이렇게 큰돈이 걸린 상황에서 내가 성급하게 행동하거나 너를 재촉하면 안 되지. 매우 신중해야 한다."

"예." 그녀는 기계적으로 답했다.

"이것이 이루어지기만 한다면! 내게 얼마나 큰 의미가 있을지 넌 모른다, 메리언."

"알아요, 아버지. 아버지께서 어떻게 생각하시고 느끼시는지 잘 알아요."

"그러니?" 격앙된 표정으로 앨프리드가 다가섰다. "내가 영향력 있는 문예지의 편집장만 될 수 있다면, 지난날의 고통과 고역은 아무것도 아니다. 이 승리를 위한 과정이었다고 생각할 거야. Meminisse juvabit![37] 딸아, 나는 부하 노릇을 할 사람이 아니다. 난 권위 있는 자리에 올라야 할 기질이야. 내가 겪은 갖은 실패가 가슴에 사무쳐서 때때로 사나워지고, 비열해지고, 끔찍하게 잔인해지지. 너에게 부끄럽게 행동했다. 말을 끊지 말렴, 메리언. 내 딸아, 난 네게 못 할 짓을 했다. 사랑하는 내 딸. 그러면서 내가 잘못하고 있다는 것도 다 알았다. 그게 나 같은 단점을 지닌 사람이 받는 벌이다. 너를 괴롭힌 거친 말, 화난 표정, 그때마다 나는 스스로를 미워했다. 나 자신이 너무 미웠다!"

"아버지—"

---

37. 베르길리우스의 『아이네이아스』에서 인용한 구절로 전체 문장은 "Forsan et haec olim meminisse juvabit." 언젠가는 이날조차 즐겁게 기억되리.라는 뜻.

"아니, 내 말을 들어 주렴, 메리언. 너는 나를 용서했지. 나도 안다. 너는 언제나 용서할 준비가 되어 있어. 내가 그날 저녁을 잊을 수 있을까? 내가 너한테 혹독한 말을 했는데, 네가 와서 잘못했다고 용서를 빌었지. 그 기억에 가슴이 미어진다. 내가 한 말이 아니야. 실패와 수치심의 악마가 한 말이다. 내 적들은 승승장구하며 나를 비웃지. 그 생각만 하면 분노가 솟구친다. 내가 이런 대접을 받을 만한가? 성공해서 나를 짓밟으려 하는 그들보다 내가—열등한가? 아니다! 그렇지 않아! 나는 그들보다 뛰어난 지성과 고귀한 마음을 지녔다!"

이렇게 괴이한 감정의 발산을 들으며 메리언은 지난 며칠간 그의 위선을 용서하고도 남았다. 아니, 위선이라고 할 수도 없었다. 격렬한 희망이 앨프리드의 가슴에 내재한 다정함을 겉으로 끌어낸 것이다.

"왜 그런 것 때문에 괴로워하세요, 아버지? 그런 소인배들이 아버지보다 성공한 것이 그렇게 중요한가요?"

"소인배라고?" 앨프리드는 그 말에 매달렸다. "그 사람들이 소인배라고 인정하는 거니?"

"패지 씨는 확실히 소인배예요."

"그럼 넌 그자 편이 아닌 거니?"

"어떻게 그런 생각을 하실 수 있어요?"

"그래, 그래. 이런 얘기는 하지 말자꾸나. 어쩌면 그리 중요치 않을지도. 아니, 철학적인 관점에서 보았을 때는 터무니없이 하찮은 일이지. 하지만 난 그다지 철학적인 사람이 아니잖니." 그는 웃었지만 목소리가 갈라졌다. "삶에서 패배는 패배란다. 게다가 불공평한 패배는 쓰라린 저주야. 내가 재기하지 못할 정도로 늙지는 않았다. 시력이 나빠지고 있지만 잘 관리하면 돼. 나만의 문예지가 있다면,

내 최고의 필력을 발휘해서 논설을 이따금 올릴 거다. 딱한 힝크스가 자기 책에 나를 언급했던 것 기억하니? 우린 그때 웃었지만, 그가 틀린 말을 하진 않았어. 그가 칭찬한 많은 것들이 사실이란다. 사람은 자기 단점뿐 아니라 장점도 알기 마련이지. 나도 상당한 업적을 이뤘다. 체베리의 허버트 남작[38]에 대한 내 평론을 기억하니? 그렇게 예리한 평론은 이제까지 아무도 쓴 적이 없다. 하지만 이런 저런 문예지에 실린 쓰레기 같은 글에 밀려서 잊혔지. 단지 내 표현이 신랄하다는 이유로 많은 적이 생겼어. 하지만 기다려라! 기다려! 내가 문예지 편집장이 되어 여유가 있고 마음이 편안하면, 맹세컨대! 내가 어떤 글을 쓸 줄 아느냐? 갈기갈기 찢어 버릴 테다!"

"아버지께서 상대하실 가치도 없어요. 그 사람들을 무시하는 게 훨씬 낫지 않겠어요. 편집장의 위치에서는 사사로운 감정을 드러내지 않도록 조심해야 해요."

"글쎄. 물론 네 말이 옳다. 착하기도 하지. 내가 문예지를 시작하려는 가장 큰 동기가 그런 비루한 이유라고 네가 생각하게 만든다면, 그건 나 자신에게도 못 할 짓이겠지. 그건 사실이 아니다. 젊어서부터 나는 문단에서 이름을 떨치고자 하는 간절한 열망이 있었다. 내 인성의 모든 표면적 결함 아래 깊은 곳에 존재하는 열망이야. 인생의 황금기는 놓쳐 버렸고, 내가 못나서 그 자리를 거머쥐지 못했다는 생각이 들 때마다 절망하지. 이제는 방법이 단 하나밖에 안 남았는데, 그게 바로 중요한 문예지의 편집장이 되는 거야. 그래야만 다른 사람들이 내 주장에 귀를 기울이게 할 수 있다. 수많은 사람이 정당한 심사를 받지 못해서 빛을 못 보고 무덤으로 간

38. 에드워드 허버트 (1583-1648): 영국의 외교관, 역사가, 철학자, 시인으로, 영국 이신론의 개조로 불린다. 주요 저서로는 『진리론』이 있다. 종교 시인 조지 허버트의 형이다.

다. 요즘 시대에는 파렴치한 사업가들이 대중의 이목을 끈다. 그들이 나팔을 너무 시끄럽게 불어 대는 바람에 정직한 사람들의 목소리가 묻혀 버린다."

딸에게 애원하다시피 하는 아버지의 태도에 메리언은 마음이 아팠다. 그녀의 동정을 사려는 노력이 아니면 무엇이겠는가? 더구나 그녀가 귀를 막을 수밖에 없는 상황에서? 메리언은 아버지의 자기 평가가 어느 정도는 사실이라고 생각했다. 편집장으로서는 거의 확실히 실패하겠지만, 문필업자로서 앨프리드는 인기로 그를 앞지른 사람들보다 훨씬 훌륭한 업적을 남겼다. 어쩌면 그녀가 아버지를 도울 수 있을지 몰랐지만, 그가 제안한 방식으로는 아니었다. 메리언은 진심을 털어놓을 수 없는 상황이 가장 힘들었다. 그녀가 본인의 이익과 그의 이익을 저울질하고 있다고 아버지가 의심할 게 뻔했다. 사실 그녀는 아버지의 제안을 따르는 것이야말로 그의 앞날을 생각했을 때 현명한 처사가 아니고, 자기가 추구하는 행복도 위험해지리라는 확신 때문에 괴로워하고 있었다.

"제가 돈을 받으면 그때 다시 이야기할까요?" 메리언이 잠시 조용히 있다가 말했다.

"그래. 내가 하소연을 해서 네 마음을 움직이려고 한다고 오해하지 말렴. 그건 비천한 짓이지. 이번 기회를 빌려 내가 어떤 심정인지 말하고 싶었을 뿐이다. 평소에 나는 내 이야기를 선뜻 하지 못하고 대개 속마음을 숨기는 편인데 이것도 성격의 결함 때문이겠지. 네가 어떻게 날 도와줄 수 있고, 동시에 너에게도 어떤 이익이 있을지 제안하는 동안, 네가 날 좋게 볼 이유가 얼마나 적은지 깨달았단다. 하지만 이야기는 나중에 마저 하자. 내 제안을 생각해 보겠니?"

대화가 끝나서 안도한 메리언은 그러겠노라 약속했다.

그 주 일요일에 앨프리드는 딸에게 오후에 약속이 있느냐고 물었다.

“네, 있어요.” 메리언은 민망함을 숨기려 노력하며 대답했다.

“저런, 아쉽구나. 나랑 컴비 집에 함께 가자고 물어보려고 했지. 저녁 내내 나가 있을 거니?”

“아마 9시까지요.”

“아, 그럼 됐다. 잊어버리렴.”

그는 별일 아니란 듯 말했지만, 메리언은 그의 낯빛을 스친 그림자를 보았다. 아침 식사 직후에 일어난 일이었다. 그러고 나서 오전에 메리언은 아버지를 못 봤고, 점심 식사 시간에 율은 기분이 안 좋을 때 늘 그리하듯 밥상에서 책을 읽지는 않았지만, 식사하는 내내 아무 말도 없었다. 메리언은 어머니와 대화하면서, 앨프리드가 변한 이래 집에 생긴 명랑한 분위기를 유지하려고 노력했다.

그녀는 외출하는 길에 아버지와 복도에서 마주쳤다. 그는 미소를 짓고(괴로운 억지 미소에 가까웠다) 고개를 끄덕였지만, 아무 말도 하지 않았다.

메리언이 나가고 현관문이 닫히자 그는 율 부인이 삽화 잡지를 읽고 있는, 어쨌든 페이지를 넘기고 있는, 응접실에 왔다.

“애가 어디 간 것 같소?” 앨프리드가 무뚝뚝하긴 하지만 공격적이지 않은 목소리로 물었다.

“밀베인 자매를 만나러 간 것 같아요.” 율 부인이 그를 곁눈으로 보며 말했다.

“메리언이 그렇게 말했소?”

“아니요. 그런 건 아니에요.”

앨프리드는 방 모퉁이에 있는 의자에 앉아 턱을 괴고 앞으로 몸을 숙였다.

“메리언이 당신에게 문예지 이야기를 한 적 있소?”

"한마디도 안 했어요."

그녀는 남편을 소심하게 흘끗 보고 잡지를 몇 장 넘겼다.

"퀌비 집에 같이 가려고 했소. 제드우드가 문예지를 시작하길 학수고대하고 있는 남자가 오기로 했거든. 그 사람의 실용적인 의견을 들려주고 싶었지. 당신이 애한테 이따금 말을 꺼내도 나쁘지 않을 거요. 물론 메리언이 거절하기로 마음먹었으면 내가 이렇게 애쓸 필요가 없겠지만. 애가 무슨 생각인지 어쩌면 당신은 알아낼 수 있을까 싶었소."

절실하지 않았다면 앨프리드가 아내에게 도움을 요청할 리 없었다. 딸을 설득하려는 비밀스러운 음모는 그들 사이에 없었다. 율 부인은 남편의 행복을 바라는 것만큼 딸의 행복을 바랐지만, 두 사람 중 누구도 도울 힘이 없었다.

"메리언이 무슨 이야기를 하면 알려 줄게요."

"당신이 먼저 물어볼 수도 있잖소."

"나는 못 해요, 앨프리드."

"유감스럽게도 당신은 못 하는 게 너무 많지." 앨프리드는 평소처럼 독살스러운 말투는 아니지만 아내의 귀에 무척이나 익숙해진 모진 말을 던지고는 자리에서 일어나 방에서 나갔다. 그는 서재에서 한 시간을 우울히 보낸 뒤 퀌비 씨의 집에서 열리는 문인 모임에 참여하기 위해 집을 나섰다.

24장. 재스퍼의 관대함

일요일 아침에 이따금 재스퍼는 예배를 마치고 나오는 동생들을 만나 집에 같이 가서 식사했다. 이날 아침에는 하늘에 먹구름이 드리우고 거친 북서풍이 몰아쳤기 때문에 야외에서 기다리기에 전혀 유쾌하지 않은 날이었지만, 그는 교회 앞으로 갔다.

“오늘 오후에 라이트 부인 집에 갈 거니?” 함께 걸으며 재스퍼가 물었다.

“나는 갈 거야.” 모드가 말했다. “도라는 메리언을 만나기로 했어.”

“너희 둘 다 가지 그래. 그 부인은 소홀히 대하면 안 돼.”

그리고 재스퍼는 말을 끝냈지만, 잠시 응접실에 도라와 둘만 남게 되자 묘한 미소를 지으며 조용히 말했다.

“이따 네가 모드랑 같이 가는 게 좋겠어.”

“안 돼. 메리언이 3시에 오기로 했단 말이야.”

“그래서 가라는 거야.”

도라는 놀라 보였다.

“메리언이랑 할 말이 있어. 이렇게 하자. 너희는 2시 45분에 집에서 나가. 나가면서 집주인한테 너희가 금방 돌아올 거니까 율 양한테 기다리라고 전해 달라고 해. 메리언이 위층에 올라오면 내가 있을 거야. 알겠지?”

도라는 기분이 복잡한 표정으로 반쯤 몸을 돌렸지만 불쾌해 보이지는 않았다.

“루퍼트 양은 어떻게 됐어?” 도라가 물었다.

"루퍼트 양은 예리코로 가든지, 마음대로 하라고 해. 난 관심 없어. 오늘 나는 관대한 기분이거든."

"굉장히 그런가 봐."

"그래서 내 말대로 할 거니? 가난해서 불편한 것 중 하나는 이런저런 꾀를 부리지 않으면 친구랑 단둘이 이야기도 할 수 없다는 거야. 하지만 이렇게 사는 것도 끝나겠지."

재스퍼는 의미심장하게 고개를 끄덕였다. 도라는 언니와 이야기하기 위해 방을 나갔다.

계획은 실행에 옮겨졌고, 동생들이 떠나는 모습을 보는 재스퍼는 그들이 최소한 세 시간은 나가 있을 걸 알았다. 그는 난롯가에 편안히 앉아서 생각에 잠겼다. 메리언이 약속 시각을 지키지 않는다고 생각하며 재스퍼가 시계를 보았을 때는 5분도 채 지나지 않았다. 자신에게는 그런 약점이 없다고 믿었지만, 그는 불안했다. 제어했어야 하는 충동에 져서 여기 이렇게 앉아 있는 게 아닌가 의심이 들었다. 그러나 이미 결정을 내렸고, 이제 와서 자기 자신과 논쟁을 재개하기엔 너무 늦었다. 너무 늦었나? 글쎄, 완전히 늦지는 않았다. 아직 아무것도 약속하지 않았다. 자유의 마지막 순간까지는 기회가—

현관문에서 들린 소리는 분명히 메리언의 노크였다. 재스퍼는 자리에서 벌떡 일어나 방 안을 서성대다 다른 의자에 앉았다가 원래 자리로 돌아갔다. 문이 열리더니 메리언이 들어왔다.

메리언은 놀라지 않았다. 밀베인 씨가 위층에서 동생들을 기다리고 있다고 집주인이 일러 줬기 때문이다.

"도라 대신 양해를 구할게요." 재스퍼가 말했다. "부디 용서해 달라고, 기다려 달라고 전하라더군요."

"네, 그럼요."

"당신이 모자를 벗는 것을 확인하라고도 했어요." 재스퍼가 웃으며 말했다. "그리고 당신 우산을 구석에 이렇게 놓아 주라고요."

재스퍼는 메리언의 두상과 짧고 부드러운 곱슬머리가 아름답다고 늘 여겨왔고, 모자를 벗는 그녀의 우아한 팔동작과 작은 몸의 나긋함에 감탄했다.

"평소에 어디에 앉아요?"

"잘 모르겠어요."

"친구 집에 자주 가면 어떤 습관이 생기기 마련이죠. 비펜의 다락방에서 저는 평생 앉아본 중 가장 불편한 의자에 앉곤 했습니다. 그래도 애착이 가더라고요. 리어던의 집에서는 가장 편안하다고 여겨지는 의자로 안내를 받았는데, 저한테는 너무 작아서 앉고 일어날 때마다 의자를 노려봤죠."

"리어던 부부 소식을 들었나요?"

"네. 리어던이 소년 보육원의 사무총장직인가, 아무튼 그런 비슷한 직책을 제안받았다고 하더군요. 크로이던에서요. 이제는 그런 데서 일할 필요가 없지만요."

"물론이에요!"

"아, 그건 모르는 일입니다."

"지금 같은 상황에서 그런 일을 왜 하시겠어요?"

"부인이 돈은 죄다 자기 것이라고 할 수도 있죠."

메리언이 웃었다. 재스퍼는 메리언의 웃음소리를 거의 못 들어봤는데 게다가 이렇게 즉흥적인 웃음은 처음이었다. 그 웃음소리에 담긴 음악이 좋았다.

"당신은 리어던 부인을 아주 높게 평가하지는 않는군요." 메리언이 말했다.

"판단하기 어려운 사람이에요. 싫어한 적은 없습니다. 하지만 가난한 작가에게는 전혀 어울리지 않는 아내입니다. 부인 때문에 리어던과 다투게 되어서 조금 편견이 생겼는지도 모르죠."

밀베인과 친구 사이가 멀어진 뜻밖의 이유에 메리언은 놀랐다. 그들이 몇 달이나 만나지 않았다는 것은 재스퍼에게 들어서 알고 있었지만 정확한 이유는 몰랐던 것이다.

"이왕 말한 거 전부 말해도 괜찮겠지요." 자기가 의도했던 대로 당혹스러워하는 메리언을 보고 재스퍼가 말했다. "그들이 별거하기 시작하고 얼마 되지 않아 리어던을 우연히 만났습니다. 제가 그들 부부 사이 갈등에 큰 원인을 제공했다고 비난하더군요."

메리언은 그대로 눈을 내리깔고 있었다.

"제가 어떤 잘못을 했다고 추궁을 당했는지 상상도 못 할 거예요. 제가 하는 말이 자기 아내에게 정신적으로 유해했다고 했습니다. 제가 물질적 성공을 하도 찬양해서, 그것 때문에 아내가 자기들 처지에 불만을 품기 시작했다고요. 터무니없지 않습니까?"

"아주 이상하네요."

"리어던은 절박하게 진심이었습니다. 딱한 친구죠. 솔직히 말하자면, 그의 말이 어느 정도 사실일지도 몰라요. 그래서 앞으로는 절대 에드먼드 율 부인의 집에 가지 않겠다고 맹세했습니다. 실제로 그렇게 했고요. 결과적으로는 제가 리어던 부인을 못마땅해한다고 그 집 사람들이 믿게 됐지요. 난감한 일이지만 저로서는 어쩔 수 없었습니다."

"당신이 에이미에게 정말로 영향을 끼친 것 같다고 방금 말했잖아요."

"그랬을지도 모르죠. 저는 그런 가능성은 미처 예상하지 못했습니다."

"그게 사실이라면 에이미는 귀가 몹시 얇은가 보군요."

"저처럼 하찮은 사람에게 영향을 받아서요?"

"누구에게든 그렇게 영향을 받는다면요."

"이 얘기 때문에 저를 더 안 좋게 보게 됐나요?" 재스퍼가 물었다.

"잘 이해가 안 돼요. 에이미에게 무슨 말을 했죠?"

"제가 누구에게나 하는 말입니다. 당신도 여러 번 들은 이야기에요. 천재가 아닌 이상 문필업은 안락한 삶과 명예를 얻기 위해 하는 것이다. 전 이 말이 충격적이라고 생각하지 않아요. 저의 이런 관점을 리어던 부인이 남편에게 너무 진지하게 되풀이했는지도 모릅니다. 저는 이런 신념을 통해 확실한 성공을 거두고 있는데 자기 남편은 실리에 맞게 일을 안 하거나, 혹은 못해서 괴로웠을지도 모르죠."

"정말 안타깝군요."

"제 탓인 것 같나요?"

"아니요. 당신은 소신대로 말했을 거라고 확신해요. 그런 결과는 미처 예상하지 못했겠죠."

재스퍼는 미소 지었다.

"정확합니다. 대부분 성공한 사람들도 저랑 비슷한 생각이지만, 문학적 직업의식 따위를 들먹일 때는 그럴듯한 가식을 떨 수밖에 없겠죠. 전 제 생각을 숨김없이 말한 것뿐이에요. 저도 양심 있고 성실한 문인이면 좋겠지만 저에게는 허락되지 않은 사치입니다. 당신에게 이런 얘기를 자주 했죠."

"네."

"하지만 당신에게는 정신적인 해를 끼치지 않았죠." 재스퍼가 웃으며 말했다.

"전혀 아니에요. 그렇지만 그런 말을 좋아하진 않아요."

놀란 재스퍼가 메리언을 빤히 바라보았다. 그렇다면 그가 지나치게 솔직했단 말인가? 유별나게 솔직한 성격을 메리언이 매력으로 생각한다는 건 착각이었나? 메리언은 평소와 상당히 다르게 단호하게 말했다. 그러고 보니 메리언이 방에 들어올 때부터 어딘가 분위기가 달랐다. 그녀는 평소보다 훨씬 자신감이 있었고, 이전처럼 그의 기분을 맞추려고 자기 개성을 억누르지도 않았다.

"좋아하지 않는다고요? 재스퍼가 차분히 물었다. "좀 질렸나요?"

"당신이 늘 자신의 안 좋은 모습만 강조하는 게 유감스러워요."

재스퍼는 예리한 남자였다. 그러나 그는 자기가 말만 하면 메리언이 곧바로 승낙하리라 당연시하고 대화를 시작했고, 이런 자신감에 빠져 있느라 메리언이 갑자기 보이는 독립성의 성질을 이해하지 못했다. 조금만 더 겸손했더라면 재스퍼는 이 순간에 좀 더 섬세하게 반응해서, 뻔한 목적으로 다가오는 자신의 접근에 메리언이 한 걸음 물러서며 느끼는 기쁨을 이해하고, 그녀가 본인의 마음을 고백하기 전에 성심껏 구애받기를 원한다는 걸 눈치챘을 것이다. 잠시 재스퍼는 당혹스러웠다. '안 좋은 모습만'이라고 말하는 메리언의 어투에는 희미하게 우월감이 배어 있었다. 그녀에게서 상상도 못한 모습이었다.

"내가 당신에게 항상 그렇게 보이진 않았겠지요?" 재스퍼가 물었다.

"항상 그렇지는 않아요."

"내가 진짜 어떤 남자인지 미심쩍은가요?"

"이해가 안 되는군요. 당신은 생각한 대로 말한다고 했잖아요."

"사실입니다. 가난을 견딜 수 없는 사람에게는 별 선택이 없다고 믿어요. 그렇다고 내가 이런 비루한 상황을 즐긴다고는 한 적 없어요. 어쩔 수 없으니까 받아들이는 겁니다."

재스퍼가 안절부절못하며 자기 자신을 변호하는 모습에 메리언은 기뻤다. 난생처음으로 느끼는 힘이었다. 자기가 상속받은 유산 때문에 재스퍼의 마음이 더 열렬해진 건 아무렇지도 않았다. 그럴 수밖에 없었다. 애당초 재스퍼가 그녀를 있는 그대로 좋아했다는 사실에 만족했으므로, 메리언은 돈을 사랑의 유용한 동맹으로 반겼다. 재스퍼의 감정이 그녀의 기준에서는 사랑에 못 미쳤지만, 메리언은 자신이 그에게 어떤 힘을 발휘하는지 느꼈으며, 그 힘을 어떻게 써야 하는지 열정이 가르쳐 주었다.

"하지만 그런 상황에 상당히 기꺼이 순응하시죠." 메리언이 순수히 이성적인 눈으로 그를 바라보며 말했다.

"내가 운명을 한탄이나 하는 편이 낫겠습니까? 고귀하지만 대가가 없는 일에 인생을 바칠 형편이 안 된다면서요?"

재스퍼의 말에는 조롱이 깃들어 있었다. 그것을 감지한 메리언은 순간 떨었지만 평정을 유지했다.

"당신이 단 한 번도 노력조차 하지 않았다는 사실을 생각하면—불쾌한 말은 하지 않겠어요."

"내가 고귀한 일에 무관심하고 그럴 능력도 없다고요." 재스퍼가 그녀의 말을 대신 끝맺었다. "당신이 그렇게 생각할 줄 몰랐습니다."

대답하는 대신 메리언은 고개를 문 쪽으로 돌렸다. 계단에서 발소리가 들렸지만 지나갔다.

"도라인 줄 알았어요."

"최소한 두 시간은 지나야 올 겁니다." 재스퍼가 희미하게 웃으며 말했다.

"하지만 아까—?"

"동생들은 보스턴 라이트 부인 집에 보냈습니다. 당신과 이야기를 좀 하고 싶어서요. 이런 책략을 부린 걸 용서해 줄래요?"

메리언은 다시 자세를 곧추세웠지만 입술에는 살포시 미소가 걸렸다.

"시간이 충분해서 다행입니다." 재스퍼가 말을 이었다. "당신이 최근 들어 날 오해한 게 아닌가 생각이 들기 시작하네요. 오해를 풀어야겠습니다."

"내가 오해했다고 생각하지 않아요."

"방금 그 말은 아주 안 좋게 해석할 수 있겠군요. 어떤 사람들은 날 대단히 경멸한다는 걸 알지만, 당신이 그중 한 명이 되게 할 수는 없습니다. 당신에겐 내가 어떤 사람처럼 보이나요? 우리가 이제까지 나눈 모든 대화를 통해 당신은 어떤 결론을 내렸습니까?"

"이미 말했잖아요."

"진지하게 이야기한 적은 없죠. 내가 좋은 사람이 될 수 있다고 생각해요?"

"그걸 부정하는 것은 당신을 극히 드문 소수, 최악의 부류에 포함하는 거예요."

"좋습니다. 그러니까 내가 최악은 아니란 말이군요. 날 높게 평가한다는 뜻도 아니지만요. 내가 어떤 사람이건 간에, 내겐 아주 원대한 야심이 몇 개 있습니다."

"어떤 것이죠?"

"예를 들어, 혹시 당신이 날 사랑하지 않을까 감히 기대를 품고 있습니다."

메리언은 잠시 대답을 미루다가 조용히 말했다.

"왜 그걸 '감히'라고 부르죠?"

"남자의 사랑을 받을 가치가 있는 여자는 그 남자보다 고귀하고, 여자가 남자의 사랑을 허락할 때는 그를 위해 자기 자신을 낮추는 거라는 구식 생각을 내가 하기 때문이겠죠."

재스퍼의 말은 어색하고 억지스럽게 들렸다. 메리언이 듣고 싶던 말이 아니었다. 재스퍼가 이렇게 통속적으로 표현한다는 건 그의 감정이 그녀가 갈구하는 사랑과 다르다는 뜻이었다.

"난 그렇게 생각하지 않아요." 메리언이 말했다.

"놀랍지 않습니다. 당신은 늘 과묵하고 우리가 이런 얘기를 나눈 적은 없지만, 당신 관점이 평범하지 않을 건 물론 예상했습니다. 여자의 위치에 대해 당신이 어떻게 생각하든, 내 생각에는 변함이 없습니다."

"당신 생각은 평범한가요?"

"몹시 평범하죠. 사랑이란 아주 오래되고 평범한 관념입니다. 난 내가 당신을 오래되고 평범한 방식으로 사랑한다고 생각합니다. 당신이 아름답고, 가장 좋은 의미에서 여성스럽고, 매력적이고 상냥하다고 생각해요. 당신과 비교했을 때 난 투박하기 그지없죠. 역사를 통틀어 수많은 남자가 나와 똑같이 느끼고 똑같이 말했을 겁니다. 내가 뭔가 새로운 표현을 찾아야 당신이 나를 믿어 줄까요?"

메리언은 잠자코 있었다.

"당신이 지금 무슨 생각을 하고 있는지 압니다." 재스퍼가 말했다. "당신이 그런 생각을 하는 건 내가 그 생각을 눈치채는 것만큼이나 필연적이죠."

메리언은 그를 흘깃 보았다.

"네. 그 생각이 당신 얼굴에서 보여요. 내가 왜 더 일찍 고백하지 않았느냐고요? 내 진심을 의심할 만한 상황이 될 때까지 기다렸냐고요?"

"내 생각이 쉽게 읽히지 않나 보군요." 메리언이 답했다.

"물론 그 생각이 보기 싫게 나타나는 건 아니에요. 하지만 내가 이런 말을 2주 전에 했으면 좋았겠다고 당신이 생각하는 걸 압니다. 나를 향한 당신 마음이 어떻든지 간에요. 내가 아니라 그 누구였더라도 당신은 그걸 바랐을 겁니다. 이런 고백이 거짓일지도 모른다는 가능성 자체가 끔찍하니까요. 글쎄요, 난 거짓이 아닙니다. 난 꽤 오랫동안 당신을 특별하게 생각해 왔습니다. 그렇지만—네, 구차하지만 솔직하게 말하겠습니다. 어떤 면에서는 그게 나을 테니까요. 사랑한다고 고백하기 두려웠습니다. 움찔하지 않는군요. 좋습니다. 이렇게 털어놓아서 나쁠 게 무엇이겠습니까? 일반적으로 보았을 때 나는 아마 앞으로 3~4년은 결혼할 처지가 못 됩니다. 그 후에도 결혼이란 내게 역경과 제재와 장애를 뜻할 겁니다. 난 가난할 때 하는 결혼이 항상 두려웠습니다. 기억하나요?

오두막에서 물과 빵부스러기로 연명하는 사랑,
이것은—사랑아, 우리를 용서해다오—뜬숯, 재, 먼지라네[39]

이게 현실이란 걸 당신도 아시죠."

"항상 그렇지는 않아요."

"대부분 사람에게는 현실입니다. 리어던 부부도 그중 하나죠. 한때 그들은 세상 누구보다 서로 사랑했습니다. 그러나 가난이 모든 것을 망쳤죠. 난 이제 두 사람 중 누구와도 속을 터놓는 사이가 아니지만, 양쪽 모두 상대가 차라리 죽길 바란다고 확신합니다. 달리 무엇을 기대합니까? 내 처지에서 감히 아내를 얻으려고 해야 했나요? 나만큼이나 가난한 아내를?"

"당신은 얼마 안 가 성공할 거예요." 메리언이 말했다. "만일 날 사랑했다면, 왜 내게 당신의 미래를 믿어 달라고 하지 않았나요?"

"모든 게 너무 불확실합니다. 내가 1년에 500~600파운드를 벌

39. 영국의 낭만주의 시인 존 키츠의 「라미아 II」

려면 10년이 더 걸릴지도 몰라요. 일반적인 방법으로 아등바등한 다면 말이죠."

"말해 줘요. 당신은 인생의 목표가 뭐죠? 성공이 당신에게는 무슨 의미가 있나요?"

"네, 말할게요. 난 교양 있는 남자가 바랄 수 있는 모든 즐거움을 쉽게 누리고 싶습니다. 아름다운 것에 둘러싸여 살고 싶고, 궁색한 걱정에 시달리고 싶지 않아요. 난 해외로 여행을 다니면서 견문을 넓히고 싶습니다. 세련되고 흥미로운 사람들과 동격에서 교류하고 싶어요. 유명해지고 싶고, 명예를 얻고 싶습니다. 내가 어디를 가든, 사람들이 내게 꽤 관심을 가진다고 느끼고 싶어요."

재스퍼는 번뜩이는 눈으로 메리언을 뚫어지게 보았다.

"그게 전부인가요?" 메리언이 물었다.

"그게 큰 부분입니다. 내가 불리한 여건 때문에 얼마나 괴로운지 당신은 모르겠죠. 난 천성이 대단히 사교적인 사람입니다. 하지만 사람들과 마음 편하게 만날 수 없어요. 내 실제 능력만큼 보일 수 없으니까요. 누군가와 대화할 때도 가난 때문에 열등감을 느껴야 해요. 내가 다른 모든 면에서 그 사람보다 우월하더라도 말입니다. 난 많은 것들에 대해 무지하지만, 그건 가난 때문입니다. 영국 밖으로 나가 본 적도 없어요! 사람들이 유럽에 대해 박식하게 이야기할 때면 난 부끄럽습니다. 다른 취미나 여가활동도 마찬가지예요. 지인들과 극장이나 공연에 가는 것도 불가합니다. 난 항상 불리한 위치에 있어요. 공평한 기회가 없죠. 내가 앞으로 5년간 활동적이고 풍족한 삶을 누릴 돈이 있다고 가정해 봅시다. 5년이 끝날 때쯤엔 난 확고한 위치에 올랐을 거예요. 무릇 가진 자에게 더 주어지리라. 당신도 이 말이 얼마나 진실인지 알지 않습니까."

"그런데도." 메리언이 나지막하게 말했다. "당신은 나를 사랑한다고 하네요."

"사랑 따위는 존재하지 않는 것처럼 내가 말한다는 뜻이죠. 당신은 성공이 내게 무슨 의미인지 물었습니다. 난 세속적인 성공을 말한 거예요. 내가 이렇게 말했다고 생각해 봐요. '내 인생의 유일한 목적과 바람은 당신의 사랑을 얻는 겁니다.' 그랬으면 당신이 날 믿었겠습니까? 그런 말은 항상 거짓입니다. 사람들이 그런 말을 듣고 좋아한다는 게 난 이해가 안 됩니다. 한데 내가 이렇게 말하면 어떻습니까. '앞서 열거한 즐거움을 날 사랑하는 사람과 공유하면 훨씬 더 즐거울 겁니다.' 이게 단순한 진실입니다."

메리언은 낙심했다. 이런 진실을 원한 것이 아니었다. 차라리 재스퍼가 시시하고 흔한 거짓을 말하기를 바랐다. 열정적인 사랑에 목말랐던 메리언은 재스퍼의 차분한 논리적 전개를 쓸쓸한 심정으로 들었다. 재스퍼가 냉정한 성격이라는 사실이 자주 두려웠지만, 아직 그의 본성을 투명하게 본 적이 없다는 생각으로 메리언은 자위해 왔다. 재스퍼에게서는 이런저런 가능성이 반짝 엿보였고, 그녀는 자기가 몰랐던 따듯한 성격이 불현듯 나타나길 떨리는 마음으로 열렬히 기다렸다. 그러나 그는 그녀의 간절한 영혼을 기쁨으로 채워 줄 언어를 전혀 모르는 것 같았다.

"우리가 이야기를 오래 나눴네요." 재스퍼의 마지막 말이 무의미하다는 듯, 메리언이 고개를 돌리며 말했다. "도라가 오지 않는다고 했으니까 난 갈게요."

메리언은 자리에서 일어나 겉옷을 올려놓은 의자를 향해 갔다. 재스퍼가 성큼 그녀 곁에 다가왔다.

"대답을 안 하고 가는 겁니까?"

"대답이요? 무슨 질문에요?"

"내 아내가 되어 주겠어요?"

"그런 질문을 하기엔 너무 일러요."

"너무 이르다고요? 내가 지난 몇 달간 당신을 친구 이상으로 생각한 걸 몰랐나요?"

"그걸 내가 어떻게 알았겠어요? 당신이 왜 진심을 숨겼는지 좀 전에 설명했잖아요."

메리언의 근거 있는 비난에 당당히 답하기 어려웠다. 재스퍼는 잠시 뒤돌았다가 갑작스레 그녀의 두 손을 잡았다.

"내가 과거에 한 생각이나 말이나 행동은 이제 중요하지 않아요. 메리언, 당신을 사랑해요. 내 아내가 되어 줘요. 우리의 첫 만남부터 당신이 그랬듯 내게 감명을 준 여자는 없었어요. 내가 당신 말고 다른 사람에게 구애할 정도로 약했다면, 그것이 진정한 행복의 길이 아니라는 걸 난 알았을 겁니다. 우리 상황은 잠시 잊기로 해요. 당신의 손을 잡고, 얼굴을 보면서 말할게요. 당신을 사랑해요. 당신이 어떻게 답하든, 난 당신을 사랑해요."

지금까지 메리언의 가슴은 미세하게 떨리는 정도였다. 재스퍼가 이렇게 선언하기 전에 펼친 논설을 듣는 동안 그녀는 오랫동안 키워온 사랑이 마음속 깊은 구석으로 움츠러드는 걸 느끼며 괴로워했다. 그녀는 초조했고, 자기 자신을 몹시 의식하며 처녀다운 수줍음을 느꼈지만, 비밀이었던 꿈이 실현됐다는 달콤한 감정을 만끽할 수 없었다. 드디어, 메리언의 가슴이 설레기 시작했다. 그녀는 얼굴을 돌리고 눈을 내리깐 채, 그의 마지막 '사랑해요'에 담긴 음색이 반복되길 기다렸다. 메리언의 손을 잡은 손에 변화가 생겼다. 따뜻하고 부드러운 손에 땀이 찼다. 그 느낌이 메리언의 혈관을 따라 전류처럼 흘렀다.

재스퍼가 그녀를 가까이 끌어안으려고 했지만 메리언은 팔 하나 거리에 멀찍이 서서 반응하지 않았다.

"메리언?"

대답하고 싶었지만 이상한 고집이 그녀의 혀를 붙들었다.

"메리언, 나를 사랑하지 않아요? 내가 말하는 방식 때문에 기분이 상했나요?"

고집을 부리며 그녀는 손을 뺐다. 재스퍼의 얼굴에는 낭패감이 역력했다.

"기분이 상한 게 아니에요." 메리언이 말했다. "하지만 나와 함께해야 행복할 거라고 당신이 잠깐 착각한 게 아닌지 모르겠어요."

손을 잡고 있는 동안 메리언의 몸에서 전해진 감정 때문에 재스퍼는 그녀로부터 멀리 떨어져 있을 수 없었다. 발그레해진 메리언의 얼굴과 목을 본 그는 그 어느 때보다 그녀가 아름다워 보였다.

"내 인생에서 당신보다 소중한 건 없어요!" 재스퍼가 다시 가까이 다가서며 외쳤다. "오직 당신만 생각해요. 당신만을. 나의 아름답고, 상냥하고, 사색적인 메리언!"

재스퍼가 메리언을 안았다. 그녀는 저항하지 않았다. 흐느낌, 그리고 묘한 작은 웃음이 그녀 안에서 마침내 꽃핀 열정을 드러냈다.

"나를 사랑해요, 메리언?"

"사랑해요."

처음으로 발성된 열정의 화답이 뒤따랐다. 나지막한 음악, 자꾸 끊겨도 또다시 전과 같이 풍부한 음으로 되돌아오는.

메리언은 눈을 감고 꿈 같은 행복에 자신을 맡겼다. 난생처음으로 그녀는 지적 업무로 빽빽한 삶에서 완전히 탈출했고, 인생을 맛봤다. 날마다 시달리는 노역에서 비롯된 깐깐한 태도가 거추장스러운 옷처럼 미끄러져 내려갔다. 메리언은 오로지 자신의 여성성만을 두르고 있었다. 한두 번 기묘한 자의식에 그녀는 떨면서 죄책감과 부끄러움을 동시에 느꼈지만, 그런 감정이 사그라들고 열정적인 기쁨이 솟아오르며 앞날에 대한 걱정과 과거의 아픈 기억을 지웠다.

"우리 이제 어떻게 만나죠?" 재스퍼가 마침내 물었다. "어디서 만날 수 있을까요?"

까다로운 문제였다. 밖에 오래 나가 있을 수 있는 계절이 아니었다. 메리언은 그의 하숙집에 갈 수 없었고, 그가 그녀 집에 찾아오는 건 불가했다.

"아버님은 아직도 날 싫어하시나요?"

이제야 메리언은 새로운 관계와 연관된 모든 것을 생각하기 시작했다.

"아버지가 바뀔 희망은 없어요." 메리언이 슬프게 답했다.

"결혼도 허락하지 않으실까요?"

"아버지는 크게 실망하고 슬퍼하실 거예요. 내 유산으로 새로운 문예지를 창설하고 싶다고 하셨어요."

"아버지가 편집을 맡으시고요?"

"네. 성공할 가능성이 있을까요?"

재스퍼는 고개를 저었다.

"아버님께 적당한 일이 아닙니다, 메리언. 아버님을 깔봐서 하는 말이 아니에요. 그런 종류의 능력이 있는 분이라고 생각되지 않는다는 뜻이에요. 폭삭 망할 겁니다."

"나도 그렇게 생각해요. 하지만 지금은 생각하지 못하겠어요."

메리언은 고개를 들어 그를 바라보며 미소 지었다.

"걱정하지 말아요." 재스퍼가 말했다. "조금만 기다려요. 내가 패지와 다른 몇몇 사람들에게서 독립할 수 있을 때까지. 그러면 아버님도 내가 얼마나 도와드리고 싶은지 아시게 될 거예요. 아버님은 당신의 도움이 없으면 힘들어지시겠죠?"

"네. 아버지를 떠나야 할 때가 오면 나 자신이 야멸차게 느껴질 거예요. 얼마 전에 아버지가 시력이 안 좋아지고 있다고 말씀하셨어요. 큰아버지는 왜 아버지에게 조금이라도 남기지 않았을까요? 너무 잔인해요. 에이미보다는, 그리고 나보다는 아버지에게 훨씬 권리가 있지 않나요? 하지만 문필업은 아버지에게 평생 저주나 다름없었고, 큰아버지는 그걸 혐오하셨어요. 아마 그래서 아무것도 안 남기신 거 같아요."

"우리가 어떻게 하면 자주 볼 수 있죠? 그게 가장 중요한 문제예요. 이렇게 하면 되겠네요. 내가 동생들이랑 같이 새로운 하숙집으로 이사할게요. 거실이 두 개 있는 집으로요. 그럼 당신이 내 방으로 문제없이 올 수 있겠죠. 이런 어처구니없는 격식은 사실 쉽게 지킬 수 있거든요."

"정말로 그렇게 할 거예요?"

"내일 당장 집을 알아보죠. 그럼 당신은 방문해서 도라나 모드를 찾으면 돼요. 동생들도 좀 더 품위 있는 동네에서 살면 좋아할 거예요."

"오늘은 만나지 않고 가겠어요, 재스퍼." 메리언이 자매를 떠올리며 말했다.

"그렇게 해요. 동생들이 오려면 아직 한 시간은 남았어요. 혹시 모르니까 5시 15분 전에 나가요. 어머님은 우릴 반대하지 않으시겠죠?"

"불쌍한 어머니. 아니에요. 아버지 앞에서 저를 변호하진 못하시겠지만요."

"당신 혼자 아버님께 말하라고 떠맡기는 건 비겁한 행동이에요. 메리언, 내가 용기를 내서 찾아뵙도록 할게요."

"아, 좋은 생각이 아니에요."

"그럼 편지를 쓰겠습니다. 오해할 여지가 없는 그런 편지를 쓸게요."

메리언은 그 제안을 고려했다.

"그렇게 해요, 재스퍼. 당신이 그렇게 하고 싶다면요. 하지만 나중에요. 곧 하도록 하죠."

"아버님께 바로 알리고 싶지 않아요?"

"조금 기다리는 게 좋을 거 같아요." 메리언이 웃으며 덧붙였다. "유산은 아직 명목상으로만 내 거예요. 유언은 아직 입증되지 않았어요. 돈도 받아야 하고요."

메리언이 유산의 세부사항을 설명하는 동안 재스퍼는 시선을 땅에 고정하고 있었다.

그들은 이제 의자를 가까이 놓고 앉았다. 재스퍼는 시적인 정열의 세계에서 현실적인 이야기로 돌아오자 안심한 듯했고, 신경이 민감해져 있는 메리언은 이것을 눈치챌 수밖에 없었다. 메리언은 재스퍼의 표정 변화를 지켜보았다. 마침내 그가 그녀의 손을 놓았다.

"그렇다면," 재스퍼가 생각에 잠겨 말했다. "유산 문제가 정리될 때까지는 아버님께 말씀을 안 드리는 게 나을까요."

"당신이 괜찮다면요."

"아, 물론 괜찮아요."

그녀의 순종적인 한마디, 그리고 떨리는 말투는 이와 다른 대답을 원했었다. 재스퍼는 다시 생각에 잠겼는데, 분명히 현실적인 문제에 관해서였다.

"난 이제 가야 할 것 같아요, 재스퍼." 메리언이 말했다.

"그래요? 그럼요, 가야 한다면."

그녀가 아직 앉아 있는데 그는 일어났다. 메리언은 일어나서 몇 걸음 뗐다가, 다시 그에게 다가왔다.

"정말 나를 사랑하나요?" 메리언이 재스퍼의 한 손을 양손으로 꼭 잡으며 물었다.

"정말 사랑해요. 메리언. 아직도 못 믿겠어요?"

"내가 가야 해서 서운하지 않아요?"

"서운해요, 내 사랑. 우리가 저녁 내내 방해받지 않고 여기 있었으면 좋겠어요."

메리언의 손길은 아까와 같은 효과를 일으켰다. 그는 피가 뜨거워졌고, 그녀를 가까이 끌어당겨 머리를 쓰다듬고 이마에 키스했다.

"내 머리가 짧아서 아쉽나요?" 재스퍼가 준 것보다 더 많은 찬사를 갈구하며 메리언이 물었다.

"아쉽다뇨? 완벽해요. 당신 머리에 견주면 다른 스타일은 모두 천박해 보여요. 당신이 머리를 땋거나 그랬으면 얼마나 이상했을까요?"

"당신 마음에 들어서 다행이에요."

"당신의 모든 게 마음에 들어요, 사색적인 내 사랑."

"아까도 날 그렇게 불렀죠. 내가 그렇게 사색적으로 보이나요?"

"매우 진중하고, 다정하게 과묵하면서도, 눈빛은 표현이 풍부해요."

메리언은 재스퍼의 가슴에 얼굴을 묻고 기쁨으로 몸을 떨었다.

"난 마치 새로 태어난 느낌이에요, 재스퍼. 세상 모든 게 달라 보여요. 나 자신조차 낯설어요. 난 여태껏 한순간도 행복한 적이 없어요. 이런 행복이 나를 찾아왔다는 게 믿기지 않아요."

그녀는 마침내 웃옷을 입었고, 두 사람은 물론 집주인 눈을 피해 함께 집을 나섰다. 재스퍼는 세인트 폴스 크레센트까지 가는 길을 절반 정도 동행했다. 그가 동생들에게 소식을 전하기로 했고, 하루 이틀 안에 하숙집을 옮길 예정이었다.

그들이 작별 인사를 하고 나서 메리언은 뒤돌아봤다. 그러나 재스퍼는 고개를 떨구고 깊은 생각에 잠겨 잰걸음으로 멀어지고 있었다.

NEW GRUB STREET

PART III.

25장. 헛된 만남

절망감을 견디기 위해 사람들은 흔히 격렬한 자기연민에 빠지거나 이로부터 비롯된 고집으로 삶에 매달린다. 어떤 기질은 특히 자기연민이 극에 달해서 자기 파괴로 내달리지만, 그보다 운이 나쁜 이들은 운명에 더 강하게 반발하며 고통을 끈덕지게 견딘다. 후자는 열정적이라기보다는 상상력이 풍부하다. 그들은 자신들이 겪는 괴로운 상황이 연극의 한 장면이고, 악랄한 동기가 전개될 가능성이 너무나도 풍부해서 도저히 이야기를 중간에 끊을 수 없다는 듯 계속 고통을 견디는 것이다. 지성인들은 대체로 삶이 무가치하게 느껴질 때 자살을 택하는데, 스스로를 동정하면서도 경멸하며 수치를 느끼는 영혼에게는 존재한다는 자체가 버겁기 때문이다. 이런 상태에서 살아남는 이들은 고통을 통해 자신을 승화할 여지를 찾았기 때문이다.

에이미와 별거하고 나서 처음 한 달 동안 에드윈 리어던은 자기연민의 힘으로 버텼다. 일주일에 한두 번, 때로는 이른 저녁에 어떨 때는 자정이나 그 이후에, 리어던은 아내가 살고 있는 웨스트본 파크 주위를 서성거렸고, 그때마다 자신을 어둠으로 내몬 정황에 대한 분노, 자신에게 가해진 부당한 처사에 대한 반발심, 그리고 남편의 불운을 공유하느니 혼자서 편안히 살기를 택한 아내를 미워하는 마음이 가증되어 다락방으로 돌아왔다. 때때로 그는 거의 완전히 넋이 나가서 에드먼드 율 부인이 진단을 내린 상태에 가까워졌다. 이따금 그는 터무니없이 오만해졌다. 리어던은 억울한 유배자 같은 기분으로 누추한 방에 서서, 자신을 동정하거나 비난한 모든 사람에게 분노와 경멸을 느끼며 크게 웃었다.

에이미가 아프다고, 어쨌든 그녀가 겪은 일 때문에 쇠약해졌다고 재스퍼에게 들은 순간 리어던은 아내에게 달려가고 싶은 충동을 간신히 억제했다. 에이미가 자신의 고통을 공유한다는 기쁨과, 심지어 그녀의 병세가 심각할지도 모른다는 희망이 자아낸 반응이었다. 그는 병상으로 불리어 가는 자신과 용서를 비는 아내를 상상했다. 이건 단순히 심술궂은 만족감이 아니었으며 그런 감정이 리어던의 마음에서 큰 부분을 차지하지도 않았다. 에이미가 아직 자신을 사랑하기 때문에 괴로워하다 병들었다고, 리어던은 스스로를 설득하고야 말았다. 그러나 시간이 흘러도 에이미로부터 아무런 소식이 없자 그는 실망감과 원망에 휩싸였다. 끝내 리어던은 처가 근처에 발길을 끊었다. 그의 소망은 시들시들해졌고, 그는 완전히 연락을 끊고 결과를 기다리기로 굳게 결심했다.

매달 말 리어던은 카터가 준 봉급의 반을 아내에게 우편으로 부쳤다. 처음 두 번은 아무 답이 없었지만, 세 번째로 보낸 뒤 에이미로부터 짤막한 메시지를 받았다.

"당신이 계속 돈을 보내니, 이 돈은 나 자신을 위해 쓸 수 없다고 알리는 편이 낫겠네요. 당신은 어쩌면 의무감 때문에 이런 희생을 하는 거겠죠. 하지만 당신의 궁핍한 상황을 매달 내게 상기시켜서 내 마음을 아프게 하려는 가능성이 크다고 생각 안 할 수 없네요. 돈은 우체국 적금에 윌리 이름으로 입금했고, 앞으로도 그럴 겁니다. A. R."

리어던은 하루 이틀 정도 답하지 않으려고 애썼지만, 불쾌한 심정을 표현하고 싶은 충동에 끝내 지고 말았다. 그는 이렇게 썼다.

"당신은 물론 내 행동을 가장 나쁘게 해석할 거요. 나는 궁핍한 상황에 별로 상관하지 않소. 내 주머니가 텅 비었다는 이유로 아내로부터 버림받았다는 생각에 비교하면 아무것도 아니오. 그리고 내가 어떤 상황이든 당신이 마음 아파하리라고 생각하지 않소. 그런 생각을 하려면 당신이 따뜻한 사람이라는 가정을 먼저 해야 할 것 아니오."

리어던은 편지를 부치자마자 후회했다. 품위 없는 행동이었고, 편지에는 사실이 아닌 부분이 많았기 때문에 그는 편지를 쓴 자신이 부끄러웠다. 그러나 취소한다는 편지는 물론 쓸 수 없었으므로, 그가 비참해할 이유가 하나 늘었다.

병원에서 만나는 사람들을 제외하고 리어던이 교류하는 사람은 비펜뿐이었다. 사실주의자는 일주일에 한 번 그를 찾아왔고, 그들의 우정은 리어던이 승승장구할 때보다 깊어졌다. 비펜은 기질상 매우 섬세한 사람이었기 때문에 그에게 슬픔을 털어놓기만 해도 기분이 나아졌다. 비펜은 리어던을 잘 이해했지만 친구가 아내에게 쏟아붓는 매서운 비난에 반대하려고 애썼다. 리어던은 비록 인정하지는 않았지만 에이미를 변호하는 비펜의 말에 적잖이 위로를 받았다.

"난 정말 그렇게 생각하네." 어느 한여름 밤 다락방에서 이야기를 나누던 도중 비펜이 외쳤다. "자네 부인이 달리 어떻게 행동할 수 있었단 말인가. 물론 난 자네 부인의 속마음을 모르네. 하지만 내가 봐왔던 자네 부인을 생각하면, 자네 부부의 갈등은 전부 오해 때문인 듯하네. 자네와 이렇게 떨어져 살아야 하는 건 부인에게도 똑같이 힘들고 고통스러울 거야. 이렇게 살 수밖에 없는 상황을 자네는 공정한 마음으로 받아들이지 않았어. 내 말이 어느 정도 사실인 것 같지 않나?"

"여자로서 에이미는 우리가 처한 상황의 고통을 완화하려고 노력할 의무가 있었어. 그녀는 오히려 더 힘들게 만들었지."

"자네가 너무 많이 바라는 게 아닌가 싶네. 불행하게도 나는 우아하게 자란 여성에 대해 아무것도 모르지만, 신분이 낮은 여자들에게나 그녀들에게나 영웅적인 행동을 기대할 수는 없다는 생각이 들어. 여자는 보호를 받아야 할 존재가 아닌가. 남자가 여자에게 자기보다 강한 모습을 보이라고 요구할 수 있나?"

"물론 한 사람의 인성적 한계 이상을 기대하는 건 무용하겠지." 리어던이 답했다. "단지 나는 에이미가 이것보다는 훌륭한 여자라고 생각했네. 실망감 때문에 이렇게 괴로운 거야."

"양쪽 모두 성격상 단점은 있겠지. 상대의 단점을 이제야 보게 된 것뿐이야."

"나는 진실을 봤네. 내게 여태 숨겨졌던 진실이지." 그래도 비펜은 석연찮아 보였고, 리어던은 속으로 고맙게 생각했다.

사실주의자는 『잡화상 베일리 씨』를 쓰며 리어던에게 읽어 주었다. 단순히 자기만족 때문이 아니라, 자신의 생산성을 모범으로 보여서 리어던이 다시 글을 쓰게 부추기려는 목적이었다. 리어던은 친구 작품에서 흠잡을 구석을 잔뜩 발견했다. 한 가지 주목할 점은, 리어던이 예전과 달리 거침없이 비판과 이견을 내놓았다는 사실이다. 사람이 심적 고통을 앓으며 잃는 미덕 중 하나가 섬세한 조심성데, 이런 경향은 유약한 사람에게서 특히 심하게 나타난다. 그렇지만 비펜은 이런 논쟁을 일부러 길게 끌었고, 그의 노력이 리어던에게 한동안 도움을 주긴 했다. 그러나 패배한 소설가는 자신의 머릿속 세계를 작품으로 그려낼 엄두가 안 났다. 이따금 그는 이야기를 구상하려는 충동을 느꼈지만, 한 시간 정도 머릿속에서 굴리다 보면 질려 버렸다. 그의 발상은 메마르고 지루하게 느껴졌다. 대여섯 장도 쓸 수 없었을 것이고, 책 한 권을 쓴다는 생각을 하면 태산 같은 어려움과 지긋지긋한 고역에 대한 공포가 몰려왔다.

얼마쯤 시간이 지나자 독서는 다시 할 수 있었다. 리어던은 서재에서 남은 명작들을 읽으며 기쁨을 느꼈다. 책이 빽빽한 풍경은 보기만 해도 피곤했겠지만, 몇 권 남은 책들은 리어던이 책을 다시 떠올릴 정도 정신이 돌아왔을 때 그를 친근하게 반겼다. 이제 리어던은 책을 오랜 시간 연속으로 읽지 못했다. 그 대신 그는, 예를 들면, 가끔 셰익스피어를 펼치고 한두 장을 음미하며 읽었다. 그러다 보면 머릿속에 문장이나 짧은 문단이 남았고, 리어던은 어디를 가든 그것들을 머릿속에서 읊조렸다. 대개 그의 마음을 달래주는 아름답고 달콤한 운문이었다.

한번은 그 버릇이 이상한 결과를 낳았다. 이즐링턴의 뒷골목을 배회하던 리어던은 작은 상점의 진열창 안을 무심히 들여다보고 있었다. 그렇게 길거리에 선 채 그는 넋을 놓고 소리 내어 읊었다.

"시저, 이자가 그의 교사입니다
부하 중 이리 초라한 자를 보내어
자신의 처지를 시사하니
여분의 왕을 사자로 보냈던 때가
불과 얼마 전인데"[40]

마지막 두 줄을 한 번 더 읊으며 문장의 우아한 소리를 음미하던 리어던은 근처에 있던 남자 두 명의 커다란 비웃음 소리에 정신이 퍼뜩 들었다. 그를 길 잃은 정신병자로 생각한 것이 확실했다.

---

40. 셰익스피어의 『안토니우스와 클레오파트라』 3막 12장.

리어던은 병원에서 입을 양복 한 벌만 유지했다. 아직 상태가 괜찮아서 조심스럽게 다루면 오래갈 터였다. 그가 집에서나 거리를 떠돌 때 입는 옷은 어디를 봐도 가난에 찌들어 있었다. 리어던이 옛집에서 이사 나오기 전에 버렸던 옷이었다. 현재 마음 상태에서 그는 남들 눈에 자기가 얼마나 초라해 보일지 신경 쓰지 않았다. 남루한 복장은 그의 퇴락을 적절히 상징했고, 때때로 리어던은 자신의 초라한 모습을(가게 유리창에 비친 자신을 우연히 보았을 때) 경멸하며 만족감을 느꼈다. 이와 같이 비뚤어진 기분으로 리어던은 가장 허름한 식당에 가서, 어쩌다 커피 한 잔에 빵 한 덩이와 버터를 살 돈을 구한 거지들과 나란히 앉아 밥을 먹었다. 그는 불행의 동지들과 자신을 대조하곤 했다. '이것이 세상이 내게 매긴 가치다. 난 이보다 좋은 음식을 먹을 자격이 없다.' 한편 가끔씩은 자신을 빈민들과 대조하기보다는 밑바닥 세계의 불행한 이들 사이에 반항적으로 자리를 잡고 부자들에 대한 증오를 키웠다.

리어던이 고맙게 생각하는 부자도 있었지만 그는 고마운 마음을 유지하기 어려웠다. 활발한 카터는 비록 초반에는 시티 로드 지점 사무원과의 관계를 전혀 부끄러워하지 않았지만 조금씩 태도가 변했다. 때때로 리어던은 자기를 묘한 표정으로 빤히 바라보는 카터의 시선을 느꼈다. 사무총장의 말투는 대개 친절했지만, 왠지 그는 중간중간 말을 멈추고 리어던이 한 말이나 행동을 골똘히 분석하는 표정이었다. 소설가가 완전히 제정신은 아니라는 율 부인의 가정이 어느 정도 사실일지도 모른다고 카터가 의심하기 시작했기 때문이다. 처음에 그 말을 웃어넘겼던 카터는 시간이 흐를수록 리어던의 수척한 얼굴에서 불쾌한 것들을 암시하는 거친 표정을 감지한 것 같았다. 그가 8월에 노르웨이에서 휴가를 보내고 온 후 특히 느낌이 강해졌다. 휴가를 마치고 처음으로 시티 로드 지점에 왔을 때 카터는 리어던을 앉혀 놓고 자신이 보낸 즐거운 시간에 대해 활기차게 떠들었다. 여름 내내 다락방과 병원만 오락가락한 사람에게 이런 대화가 썩 달갑지 않으리라는 생각은 뇌리에 스치지도 않았지만, 카터는 이상하게 두리번거리는 리어던의 불안정한 눈초리를 눈치챘다.

"자네, 우리가 저번에 본 이후로 아프진 않았지?" 그가 물었다.

"아닐세."

"꼭 그렇게 보이는걸. 이번 달에 한 2주 정도 쉬게 해주겠네."

"괜찮네." 리어던이 답했다. "내가 노르웨이에 다녀왔다고 상상하지. 자네 휴가 이야기를 들으니 좋군."

"다행이네. 하지만 직접 휴가를 다녀온 것과는 다르잖나."

"아, 오히려 더 좋네! 내가 즐기는 건 그저 이기적인 행동이지만, 다른 사람의 즐거움을 기뻐하는 거야말로 몸과 마음에 좋은 순수한 만족감이 아니겠나. 나는 이타심을 키우는 중이네."

"그게 뭔가?"

"아주 희귀한 종류의 행복일세. 특이한 점은, 이것을 키우려면 아타나시오 신경[41]을 따르는 것의 두 배 정도로 믿음이 강해야 해."

"흠."

카터는 혼란스러워하며 나갔다. 리어던의 말을 전혀 이해하지 못한 그는 그날 저녁 아내에게 리어던이 아주 이상하게 말을 하더라고 전했다.

그러는 동안에도 카터는 불운한 사무원을 위해 더 괜찮은 자리가 없나 알아봤다. 조금 실성을 했든 안 했든, 리어던이 주어진 업무를 못 할 거라고 믿을 이유는 없었다. 리어던은 언제나처럼 성실했고, 그가 딱히 심하게 이상해지지 않으면 현재 직책보다 책임이

41. 교회가 가르치는 줄거리를 이루는 신경. 삼위일체, 강생구속, 구원의 교리.

많은 일을 맡길 만했다. 그리고 마침내 10월 초에 사무총장의 귀에 좋은 기회가 들어왔고, 곧바로 그는 리어던에게 알려 주었다. 리어던은 그날 저녁 클립스톤 스트리트에 가서 비펜의 하숙집으로 올라갔다. 그는 명랑한 표정으로 들어가 외쳤다.

"방금 수수께끼를 하나 고안했어. 한번 맞춰 보게. 런던 하숙집과 인간 몸의 공통점이 무엇인가?"

비펜은 다소 염려하는 기색으로 친구를 바라봤다. 리어던이 농담을 한다는 건 너무 뜻밖이었다.

"런던 하숙집? 전혀 모르겠는데."

"뇌가 꼭대기에 있다는 거야. 썩 괜찮지 않나?"

"글쎄. 나쁘지 않군. 대단히 전문적이지만 말이야. 일반 사람들은 무슨 소리인지 못 알아들을 걸세. 자네 무슨 일 있나?"

"좋은 소식이야. 카터가 훨씬 좋은 자리를 제안했어. 게다가 집이나, 아니면 적어도 방까지 제공한다는군. 1년에 150파운드라네."

"플루토스[42]에 맹세코, 정말 잘됐네. 물론 임무가 딸려 오겠지."

"그건 어쩔 수 없지. 크로이던의 빈민층 소년들을 돌보는 보육원의 사무총장직이야. 편하게 일하는 자리는 아니라고 카터가 강조하더군. 순전히 사무적인 일도 많지만 신체적인 일도 있는데, 그중 거친 일도 있겠지. 내가 그 자리에 적격일지는 모르겠어. 지금 일하는 사람은 키가 180이 넘는 장골인데 체조 훈련을 특히 좋아하고 기회가 되면 주먹다짐을 즐긴다는군. 선교사가 되어 어딜 가게 되어서 크리스마스에 그만둔대. 그래서 내가 원하면 그 자리를 준다는군."

"자네는 하고 싶겠지?"

"물론이지. 한번 해볼 생각이네."

42. 그리스 신화에서 부와 풍요, 재물의 신.

비펜은 잠시 머뭇거리다 물었다.

"자네 아내도 함께 가겠지?"

"모르겠네."

리어던은 무심한 척 대답하려 했지만, 그가 희망과 두려움 사이에서 흥분한 상태라는 것이 느껴졌다.

"그래도 자네가 물어볼 거지?"

"음, 그럼." 리어던은 반쯤 넋을 놓고 대답했다.

"자네 부인이 안 올 리 없네. 연 150파운드에 집세를 안 내도 된다면 거의 부유한 수준이 아닌가."

"내가 쓸 방은 보육원 시설 안에 있는데, 에이미는 그렇게 살기 싫어하겠지. 게다가 크로이던이 매력적인 동네는 아니잖나."

"아름다운 시골과 가깝지."

"맞아. 하지만 에이미는 그런 것에 관심 없어."

"자네가 오해하고 있네, 리어던. 자네는 너무 엄격해. 모든 걸 바로잡을 기회를 놓치지 말게나. 자네가 내 입장이 한번 되어서, 자네 부인 같은 사람과 살 기회를 상상할 수 있다면!"

리어던의 얼굴에서 들뜬 기색이 사라졌다.

"직책을 얻으면 난 에이미에게 통지만 할 거네." 리어던이 단호하게 말했다.

"에이미가 내게 돌아오고 싶으면 자기를 다시 받아달라고 부탁해야 해. 난 남편으로서 이렇게 할 권리가 있네."

"자네가 작년 한 해 동안 아주 많이 변했어." 비펜이 고개를 설레설레 저으며 말했다. "아주 많이. 너무 늦기 전에 예전 모습으로 돌아갔으면 하네. 자네가 이렇게 거칠어지리라곤 생각도 못 했지. 아내를 찾아가게나. 그게 옳은 행동이야."

"아니, 편지를 쓰겠네."

"부탁이니까 제발 가서 만나게. 서로 오해하고 있는 두 사람이 편지를 주고받아서 좋을 거 없어. 내일 당장 웨스트본 파크로 가게. 그리고 합리적으로 굴게나. 아니, 합리적인 것 이상으로 도량을 보이게. 자네가 지금 어떻게 하느냐에 행복이 달려 있어. 자네가 어떤 부당한 처사를 당했는지는 그냥 잊게. 자네 아내 같은 여자를 되찾는 일인데 설득이 필요하다니, 원!"

사실 설득은 별로 필요 없었다. 자기연민의 일면인 심술 때문에 리어던은 원하는 바와 달리 행동하며 진심 이상으로 과장해서 신랄하게 말했다. 그러나 그는 이미 에이미를 만나러 가기로 마음먹었다. 이런 핑곗거리가 생기지 않았더라도, 리어던은 애증에 시달리는 와중에도 점점 커진 아내를 향한 그리움에 결국 무릎 꿇었을 것이다. 한두 달 전, 도시에 갇혀 사는 나날이 빛나는 여름 햇살 탓에 더욱 고문처럼 느껴졌을 당시 리어던은 아내를 사랑하는 마음이 가슴에서 흔적도 없이 사라졌다고 믿었다. 자기에게 이익이 될 때만 애정을 보이다가 그에게 바랄 수 있는 게 사라지자 본성을 드러낸 냉정하고 이기적인 여자라고 혐오하는 순간도 있었다. 그러나 그것은 고통이 낳은 자기기만이었다. 리어던의 마음속 깊은 곳에는 사랑, 심지어 열정도 아직 남아 있었다. 새로운 희망이 생기자마자 친구에게 한달음에 달려간 모습이 그의 본심을 가장 잘 증명했다.

집에 돌아온 리어던은 에이미에게 편지를 썼다.

"당신과 할 얘기가 있어요. 일요일 아침에 한 시간 정도 단둘이서만 이야기할 수 있어요? 다른 사람은 아무도 만나고 싶지 않다는 걸 기억하길 바라요."

편지는 아침 첫 우편으로 도착할 것이고, 토요일 오후까지는 답장이 확실히 올 터였다. 초조한 마음에 리어던은 거의 뜬눈으로 밤을 지새웠고, 이튿날도 온종일 애를 태우며 기다렸다. 저녁에는 병원에 나가야 했다. 출근하기 전까지 답장이 오지 않으면 어떻게 평소처럼 일할 수 있을지 막막했다. 그러나 집을 나서야 할 시간이 왔는데도 답장이 없었다. 당장 웨스트본 파크로 달려가고 싶은 그의 발을 이성이 저지했다. 일을 마치고 시티 로드에서 최대한 빨리 걸어 집에 돌아오자 편지가 그를 기다리고 있었다. 편지는 문 아래로 밀어 넣어져 있었다. 성냥에 불을 붙이자 하얀 봉투에 찍힌 그의 발자국이 보였다.

에이미는 다음 날 아침 11시에 집에 있겠다고 했다. 다른 말은 없었다.

그가 새로운 직책을 제안받았다는 사실을 에이미는 카터 부인에게 들어 십중팔구 알고 있을 것이다. 편지에 고작 대여섯 단어만 적혀 있다는 건 좋은 뜻일까, 나쁜 뜻일까? 리어던은 이런저런 가정으로 고민하며 밤을 거의 지새웠다. 한순간은 에이미의 간결한 대답이 제안을 환영하는 뜻이라고 여겨졌다가, 다음 순간에는 차갑고 무심한 태도밖에 기대하지 말라는 경고 같았다. 리어던은 아침 7시에 나갈 채비를 했다. 서쪽으로 출발하기 전까지 두 시간 반을 기다려야 했다. 거리를 쏘다닐 생각이었지만 비가 내렸다.

리어던은 최대한 단정하게 차려입었다, 그렇지만 그가 일요일에 율 부인 집을 찾는 손님처럼 보이지 않을 것은 분명했다. 몇 달 동안이나 손질하지 않는 중절모는 잿빛이 도는 초록색이었고, 밴드 부분이 땀으로 얼룩졌다. 넥타이는 색이 변하고 해졌다. 코트와 조끼는 그나마 괜찮았지만, 바지에 대해서는 말을 아끼는 편이 나았다. 장화 한 짝은 천을 덧댔고, 양쪽 모두 굽이 빠지기 일보 직전이었다.

상관없다. 궁상맞은 모습을 보라고 하자. 일주일에 12실링 6펜스로 사는 것이 과연 어떤지 에이미더러 한번 보라고 하자.

날씨가 쌀쌀하고 습했지만 리어던은 코트를 입지 않았다. 3년 전까지만 해도 꽤 괜찮았던 얼스터코트는 이제 소매 끝이 너덜거리고 단추 두 개가 없어졌으며 원래 무슨 색이었는지 짐작하기 힘들었다.

9시 30분에 리어던은 집을 나섰고, 낡은 우산을 방패 삼아 비바람과 맞섰다. 말리번 로드를 따라 펜턴빌 힐을 내려가고 유스턴 로드를 올라간 뒤 거기서 목적지를 향해 북서쪽으로 꺾었다. 그의 집에서 처가는 최소 6마일은 떨어져 있었지만 리어던은 약속 시각 전에 도착했다. 땡땡 울리는 종과 시계 소리가 11시를 알릴 때까지 그는 거리에서 어슬렁댔다. 그리고 리어던은 낯익은 문 앞에 섰다.

리어던 부인을 찾자 단번에 응접실로 안내받았다. 하녀는 그의 이름을 묻지 않았다.

리어던은 응접실의 화사한 가구 사이에서 누추한 거지처럼 느끼며 1~2분을 기다렸다. 문이 열렸다. 단순하지만 매우 잘 어울리는 드레스를 입은 에이미가 그의 1미터 반경 안으로 다가왔다. 에이미는 그를 흘끔 보더니 시선을 피했고, 악수를 청하지 않았다. 초라한 진흙투성이 장화로 향한 에이미의 시선을 그는 보았다.

"내가 찾아온 이유를 알아요?" 리어던이 물었다.

그는 화해를 청하듯 말하려 했지만 목소리는 사납고 적대적으로 나왔다.

"그런 거 같아요." 에이미가 우아하게 앉으며 말했다. 리어던의 말투가 험악하지 않았더라면 에이미도 그렇게 냉랭하게 말하진 않았을 것이다.

"카터 부부가 알려 줬어요?"

"네. 들었어요."

에이미의 태도에서는 어떤 약속의 조짐도 보이지 않았다. 그녀는 얼굴을 돌리고 있었고, 그 아름다운 옆모습은 마치 대리석에 새겨진 듯 차갑고 딱딱했다.

"당신은 아무 관심이 없어요?"

"당신이 더 좋은 자리를 얻어서 다행이에요."

리어던은 낡은 모자를 등 뒤에 들고 그대로 서 있었다.

"당신과는 무관하다는 듯이 말하는군요. 내가 그렇게 이해하길 바라요?"

"여기 온 용건을 말하는 게 낫지 않을까요? 내가 하는 말마다 트집을 잡기로 마음먹었으면, 그냥 조용히 있겠어요. 왜 만나자고 했는지 말해 주세요."

리어던은 떠날 것처럼 불쑥 돌아섰지만, 몇 걸음 안 가 자신을 제어했다.

사실 두 사람 모두 화해할 요량으로 이 자리에 왔다. 그러나 처음 몇 분 동안 상대가 보인 모습과 말투에 둘 다 기분이 상하는 바람에 오랫동안 헤어져 있던 시간이 자아낸 그리움마저 퇴색되었다. 방에 들어오며 손을 내밀려 했던 에이미는 리어던의 꾀죄죄한 모습에 충격을 받았다. 그렇게 궁색한 가난의 민낯에 웬만한 여자는 경악했을 것이다. 에이미는 남편이 누추한 차림일 수밖에 없다는 사실을 이해했다. 그들이 헤어졌을 때 그의 옷은 이미 낡았었는데 그간 어떻게 새옷을 마련할 수 있었겠는가? 그런데도 낡은 옷차림을 보자 에이미는 리어던이 한층 더 한심스럽게 느껴졌다. 옷차림은 리어던이 정신적으로 겪은 침울한 쇠퇴를 상징했다. 마찬가지로 리어던은 아내의 우아한 모습에 거부감을 느꼈다. 물론 그녀의 표정 탓이 컸다. 그들이 첫 5분 동안 아무 말 없이 함께 있었다면 두 사람 모두 상대를 더 너그럽게 이해했을 것이다. 그리고 그런 다정한 마음이 첫 마디에서 흘러나왔을 것이다. 그러나 눈 깜짝

할 사이에 전부 망가졌다.

허접스러운 싸구려 현대 의상의 불리함을 극복하려면 남자는 체격이 좋아야 하는데, 리어던은 그런 늠름한 체형이 아니었다. 그의 아내가 그를 창피하게 여긴 것도 이해할 만했다. 에이미는 몹시 창피했다. 리어던은 그녀보다 낮은 계층 사람처럼 보였고, 이런 인상이 강하게 자리 잡으며 그의 지적 능력에 대한 존경심을 밀어냈다. 에이미는 남편의 처지를 예상하고 미리 각오했어야 했지만 웬일인지 그러지 않았다. 다섯 달 넘게 우아하게 차려입은 사람들과만 어울린 그녀에게 그 대비가 충격적이었다. 겉치레와 남들 시선에 특히 예민한 에이미의 성향은 사람의 가치관을 타락시키기 마련인 가난에 시달리며 한층 더 심해졌다. 에이미는 한낱 옷차림 때문에 남편을 창피해하는 자신이 부끄럽긴 했지만, 그렇다고 자연스레 치솟은 감정과 그 결과가 없어지진 않았다.

'난 저 사람을 사랑하지 않아. 사랑할 수 없어.' 단호히, 되돌릴 수 없는 마음가짐으로 에이미는 자기 자신에게 말했다. 지금까지는 긴가민가했지만 의심은 이제 끝났다. 리어던이 이 만남을 위해 어떻게든지 깔끔한 옷을 준비할 정도로 야무진 남자였다면 이렇게 터무니없이 하찮은 사항이 전혀 다른 결과를 초래했을지도 모른다.

리어던은 다시 돌아섰다. 그는 모욕을 당했으니 똑같이 모욕하겠다는 의지로 뭉친 사람의 매정한 말투로 말했다.

"내가 크로이던에 가면 당신은 어찌할 계획인지 물어보러 왔소."

"아무 계획 없어요."

"그렇다면 여기서 계속 사는 것에 만족한단 말이오?"

"선택의 여지가 없는 사람은 주어진 것에 만족해야죠."

"당신에겐 선택이 있소."

"아무 제안도 받지 못했어요."

"그럼 지금 줄게요." 리어던이 다소 누그러진 말투로 말했다. "집세를 내지 않아도 되는 방이 있고, 1년에 150파운드를 받기로 했어요. 계속 일하다 보면 인상해 줄지도 몰라요. 그럼 일주일에 3파운드보다 조금 적게 버는 거예요. 당신은 지금처럼 여기서 살면서 이 돈의 반을 받거나, 아니면 내 아내로서 나와 같이 갈 수 있어요. 어떻게 할 건지 알려 줘요."

"며칠 안에 편지로 알려 드리죠."

에이미는 그에게 돌아가겠다는 말이 차마 입에서 떨어지지 않았지만, 거절은 앞으로 평생 별거하리라는 뜻이었다. 결정을 미루는 것 말고는 방법이 없었다.

"난 지금 당장 알아야겠어요." 리어던이 말했다.

"바로 대답할 수 없어요."

"바로 대답하지 않으면 당신이 나에게 오길 거부하는 것으로 이해하겠어요. 당신이 모든 상황을 아는데, 다른 누구와 상담할 필요 없어요. 당신이 원하면 바로 대답할 수 있는 문제예요."

"곧바로 대답하고 싶지 않아요." 조금 창백해진 에이미가 답했다.

"그럼 결정 났군. 내가 나가는 순간 우리는 남남이요."

에이미는 그의 얼굴을 재빨리 훑어보았다. 리어던이 제정신이 아니라는 생각은 단 한 번도 해본 적 없지만, 그녀의 어머니가 끊임없이 들먹이는 이야기는 은근히 영향을 끼쳤다. 에이미는 그의 행동에 변명의 여지가 없다고 생각했다. 이렇게나 무모한 말을 들으면 누구라도 그가 실성했다고 여길 게 틀림없었다.

그가 한때는 헌신적으로 애정이 넘치며, 그녀에게 퉁명스러운 말을 하긴커녕 불쾌한 표정도 짓지 못했던 남자라고 믿기 어려웠다.

"당신이 그걸 원한다면요." 에이미가 말했다. "그럼 우린 공식적으로 별거해야겠군요. 당신의 변덕에 내 인생을 맡길 수는 없어요."

"그럼 변호사에게 맡기잔 말이요?"

"네."

"물론 그게 최선이겠지."

"좋아요. 내 친구들과 의논하겠어요."

"당신 친구들!" 리어던이 사납게 외쳤다. "당신 친구들만 아니었으면 우리가 이렇게 되지도 않았어. 당신이 천애고아에 빈털터리였으면 차라리 좋았을 거요."

"모든 걸 고려했을 때, 참 친절한 소원이네요."

"그렇소. 그랬으면 우리 결혼에 결속력이 있었겠지. 당신은 내 운명과 당신의 운명을 하나로 봤을 테고, 그런 믿음으로 당신의 단점을 극복할 수 있었을 거요. 난 아내를 종속 취급하는 사람들이 옳다는 걸 이제 깨달았소. 당신에게 독립적인 삶을 허락함으로써 난 당신이 내 인생은 물론 당신의 인생까지 망치게 한 거요. 내가 굳게 마음먹고 당신을 어린아이 취급하면서 내가 이끄는 대로 따라오게 했다면, 당신에게도 내게도 훨씬 좋았을 거요. 나는 나약했고, 나약한 사람들이 모두 그렇듯, 이런 고통을 겪는 거겠지."

"당신이 지금 사는 곳에 따라가는 게 내 도리였다고 생각해요?"

"그렇다는 걸 당신도 알잖소. 그곳에서 나와 살거나 당신 힘으로 혼자 생활비를 벌어야 하는 둘 중 하나를 택해야 했다면, 당신은 그런 누추한 집도 참을 만하다고 여겼을 거요. 당신은 지금보다 좋은 사람이 될 가능성이 있었소."

정적이 흘렀다. 에이미는 침울하게 카펫을 내려다보며 앉아 있었다. 리어던은 방을 둘러보고 있었지만 아무것도 눈에 들어오지 않았다. 어느새 그는 모자를 의자 위에 던져 놓았고, 등 뒤로 초조히 손가락을 비틀고 있었다.

"이것만 말해 주겠소?" 리어던이 마침내 말했다. "당신 친구들이 우리의 상황을 어떻게 보는지? 당신 어머니와 오빠를 말하는 게 아니요. 이곳에 방문하는 사람들 말이요."

"그 사람들 의견을 물은 적 없어요."

"그래도 그 사람들을 만날 때 무어라고 설명해야 하잖소. 당신과 내가 어떤 상황이라고 말했소?"

"그게 당신과 무슨 상관인지 모르겠군요."

"상관있지. 물론 그런 사람들이 나를 어떻게 보는지는 관심 없지만, 세상 누가 부당하게 비난받고 싶겠소? 내가 우리 결혼생활을 비참하게 만들었다고 암시했소?"

"아니요. 그러지 않았어요. 대답할 가치가 없을 정도로 모욕적인 질문이군요. 하지만 당신은 그런 감정을 이해하지 못하는 거 같으니까 딱 잘라 말해 주는 편이 낫겠네요."

"그럼 사실대로 말했소? 내가 너무 가난해서 함께 살 수 없다고?"

"정확히 그 표현대로 말하지는 않았지만, 사람들은 확실히 그렇게 이해해요. 그리고 역경을 극복할 수 있었을지도 모르는 방법을 당신이 거절했다는 것도 알아요."

"어떤 방법 말이오?"

에이미는 해안가에서 반년 정도 일하기로 했던 계획을 말했다.

"완전히 잊고 있었군." 리어던이 조소했다. "당시 상황이 얼마나 엉망이었는지 증명하는 결정이었어."

"글은 전혀 쓰지 않고 있어요?" 에이미가 물었다.

"내가 그런 일을 할 정도로 마음이 편안하다고 생각해요?"

리어던의 목소리가 달라졌다. 그가 무너지기 전의 모습을 강하게 상기시키는 바람에 에이미는 대답하지 못했다.

"내가 허구의 인물들에게 관심을 가질 마음의 여유가 있을 것 같아요?"

"꼭 소설을 말한 건 아니에요."

"그럼 문학을 공부하면서 내 상황을 잊을 것 같아요? 내가 정말 그럴 수 있는 사람이라고 생각하는지 알고 싶군. 맙소사, 에이미, 내가 뭘 하면서 시간을 보낼 것 같아요?"

에이미는 답하지 않았다.

"내가 당신만큼 이 재난을 가볍게 치부한다고 생각해요?"

"가볍게 치부하고 있지 않아요."

"하지만 당신은 혈색이 좋군요. 마음고생을 했다는 티는 전혀 나지 않아."

에이미는 잠자코 있었다. 실제로 에이미는 별로 괴로워하지 않았고, 괴로워하는 모습도 대개 남들 시선 때문에 꾸며낸 것이었다. 그러나 에이미는 이를 남들에게 시인하지도, 자인하지도 않았다. 친구들 앞에서는 깊은 슬픔을 감추고 있는 척했으나 아이와 둘만 있을 때 에이미는 감성적 고통에 시달리지 않았다.

"난 당신이 괴로워했다고 믿을 수 없어요." 리어던이 말을 이었다. "나와 공식적으로 갈라서고 싶다는 소망을 밝혔잖아요."

"그런 적 없어요."

"그랬어요. 우리의 어려움이 끝났는데 당신이 돌아오길 망설인다는 건 나와 완전히 끝내고 싶다는 뜻이에요."

"내가 망설이는 이유는 이거예요." 에이미가 잠시 생각하더니 말했다. "당신이 내가 알던 모습과 너무 달라져서 함께 살 수 있을지 모르겠어요."

"내가 달라졌다고? 유감이지만 그건 사실이군요. 그렇다고 내가 당신을 대하는 태도가 달라질 것 같아요?"

"당신이 지금 내게 어떻게 말하고 있는지 생각해 봐요."

"당신이 돌아오면 내가 난폭하게 굴 것 같아요?"

"흔한 의미의 폭력은 아니겠지요. 하지만 난 그런 태도를 견딜 수 없어요. 나도 단점이 있어요. 나는 다른 여자들처럼 순종적으로 행동할 수 없어요."

에이미가 아주 조금 양보했지만, 리어던은 큰 의미를 부여했다.

"우리가 결혼하고 나서 첫 몇 달간 내 성격상 단점이 당신을 괴롭힌 적 있어요?" 리어던이 부드럽게 물었다.

"아니요." 에이미가 인정했다.

"상황이 어려워지면서 내가 당신의 연민과 참을성을 바라기 시작하자 내 단점이 당신을 괴롭히기 시작했어요. 당신이 연민이나 참을성 둘 중 어느 것이라도 내게 보인 적 있어요?"

"난 그랬다고 생각해요. 당신이 불가능한 걸 바라기 전까지는요."

"당신은 언제나 내게 절대적인 힘을 발휘할 수 있었어요. 가장 슬프고 원망스러운 건 바로 당신이 그 힘을 쓰려는 노력조차 할 생각이 없었다는 거예요. 당신이 다정하게 하는 말을 난 한 번도 거절할 수 없었어요. 안타깝게도 그때는 이미 당신의 사랑이 식었고, 이제는—"

리어던은 말을 멈추고 에이미의 얼굴을 바라보았다.

"나를 아직 사랑해요?" 단어들이 목에 걸려 있던 것처럼 입 밖으로 튀어나왔다.

에이미는 회피적으로 대답하려 했지만 입이 떨어지지 않았다.

"당신이 나를 다시 사랑할 가능성은 전혀 없어요?"

"내가 당신을 따라 크로이던으로 가기를 원하면, 그렇게 할게요."

"그건 대답이 아니에요, 에이미."

“그 말밖에 할 수 없어요.”

“당신이 희생하겠다는 거예요? 무엇 때문에? 나를 동정해서?”

“윌리를 보고 싶어요?” 에이미가 대답하는 대신 물었다.

“아니, 난 당신을 보러 왔어요. 당신과 비교했을 때 아이는 내게 아무것도 아니에요. 나를 사랑하고 내 아내가 되어준 사람은 당신이에요. 나는 당신밖에 몰라요. 예전 모습으로 돌아가려고 노력하겠다고 말해 줘요. 내게 그 희망만 줘요, 에이미. 지금으로서는 그것만 바라요.”

“당신이 원하면 크로이던에 같이 가겠다는 말밖에 할 수 없어요.”

“그러고 나서 당신은 친구들로부터 떨어져 살아야 하고, 당신에게 너무나도 중요한 사회적 성공에 대한 희망을 앗아 갔다고 날 비난하겠지.”

그를 사랑하지 않는다고 한 것이나 다름없는 에이미의 대답에 울컥한 리어던이 비아냥댔다. 그는 말하자마자 후회했다.

“어떻게 좋아하겠어요?” 짜증이 난 에이미가 자리에서 벌떡 일어나 먼 구석으로 걸어가며 외쳤다. “내가 어떻게 그런 앞날을 즐겁게 기대하는 척하겠어요?”

리어던은 묵묵히 서서 참담한 기분으로 자기 자신과 운명을 저주했다.

“가겠다고 했잖아요.” 에이미가 신경질적으로 떨리는 목소리로 말했다. “당신이 그곳에 갈 준비가 되면 나한테 물어보든지 말든지 마음대로 해요. 더는 이야기하고 싶지 않아요.”

“물어보지 않겠소.” 리어던이 답했다. “내 옆에서 지겨워하며 마지못해 사는 노예는 필요 없소. 나와 기꺼이 사는 아내가 아니라면, 당신은 내게 아무것도 아니오.”

“난 당신과 결혼했고, 그건 바꿀 수 없는 사실이에요. 다시 말하지만, 당신에게 복종하길 거부하지 않겠어요. 더는 할 말 없어요."

에이미는 멀리 떨어져 앉아 반쯤 몸을 돌렸다.

"난 절대 당신에게 와달라고 청하지 않겠소." 잠깐의 침묵을 깨뜨리며 리어던이 말했다. "우리가 다시 부부로 살려면, 당신이 그렇게 청해야 하오. 당신이 진정 원해서 내게 오면 나는 거부하지 않겠소. 하지만 난 당신에게 돌아와 달라고 다시 물어보느니 차라리 완전한 고독 속에서 죽겠소."

리어던은 몇 분간 에이미를 바라보며 기다렸다. 에이미는 움직이지 않았다. 그러자 리어던은 모자를 집어 조용히 방에서 나가 집을 떠났다.

빗줄기가 거세졌다. 전철이 운행하지 않는 시간이었기 때문에 리어던은 옴니버스가 오는 방향으로 걸었다. 그가 탈 버스는 한참 후에야 왔다. 궂은 날씨에 당할 만큼 당한 리어던은 발까지 흠뻑 젖어서 돌아왔다.

"이번 겨울의 첫 목감기가 오겠군." 리어던이 중얼거렸다.

예언은 이루어졌다. 화요일이 되자 리어던은 제대로 감기에 걸려 있었다. 원래 그는 독감이나 목감기로 하루 이틀만 고생해도 어김없이 기진맥진해져서, 몸에 조금만 무리가 가는 일도 버거워했다. 하지만 지금 그는 출근해야 했다. 집에 있을 이유가 무엇인가? 무엇 때문에 자기 몸을 아끼나? 삶에 희망이 있는 것도 아니었다. 그는 급료를 버는 기계였고, 완전히 망가질 때까지는 급료를 벌기 위해 바득바득 일해야 했다.

그 주 중간쯤 됐을 때 카터는 직원이 얼마나 아픈지 깨달았다.

"죽을 먹고 겨자 고약을 바르고, 할 수 있는 건 전부 하며 쉬게, 친구. 집에 가서 몸을 살피게나. 이건 부탁이 아닐세."

사무실을 나가기 전 리어던은 월요일에 방문했던 비펜에게 몇 줄 썼다. "시간이 되면 와주게나. 감기가 심하게 걸려서 이번 주에는 꼼짝없이 집에 있어야 하네. 어쨌든 전보다 기분이 훨씬 좋아. 자네의 흥미진진한 로맨스의 새 채프터를 가져오게나."

26장. 기혼 여성의 재산

일요일에 교회에서 돌아오는 길, 에드먼드 율 부인은 에이미와 사위의 만남이 어떻게 끝났는지 알고 싶어 초조했다. 리어던이 초라한 사무직보다 괜찮은 직책을 얻었으니 현재 에이미의 비정상적인 상황이 끝나기를 그녀는 간절히 고대했다. 존 율은 동생이 집에 사는 것에 대해 끊임없이 툴툴거렸고, 리어던이 매달 보내는 돈을 에이미가 쓰지 않는다는 걸 알게 된 이래 불평이 한결 심해졌다. 에이미가 왜 그 돈을 집안 살림에 보태지 않는지 존으로서는 이해할 수 없었다.

존은 몇 번이나 되풀이해서 말했다. "그 돈을 보내는 건 그자의 최소 의무야. 그가 일주일에 12실링으로 살든, 12펜스로 살든 알게 뭐야? 그는 아내를 부양할 의무가 있어. 그럴 능력이 안 되면 자기가 할 수 있는 데까지 해야지. 에이미의 죄책감은 아주 고상하지만 걘 그럴 형편이 안 되잖아. 다른 사람 돈으로 섬세한 감정의 값을 치르니 얼마나 편하겠어."

"공식적으로 헤어질 거예요." 어떻게 되었느냐는 어머니의 질문에 대한 에이미의 놀라운 답이었다.

"헤어지다니? 아가!"

율 부인은 실망과 경악을 감출 수 없었다.

"우린 함께 살 수 없어요. 노력해도 소용없어요."

"하지만 네 나이에, 에이미! 어떻게 그런 충격적인 생각을 할 수 있니? 너도 그 사람이 생활비를 충분히 못 보낼 건 알지 않니."

"1년에 75파운드로 어떻게든 살아 봐야죠. 어머니가 그 돈으로 절 데리고 살 수 없으시면 전 딱한 부처 부인처럼 시골에서 싼 셋방을 알아보겠어요."

에이미는 무모한 소리를 하고 있었다. 리어던과 만나고 극히 동요한 에이미는 종일 방에서 나오지 않았다. 다음 날에야 율 부인은 절망적으로 끝난 대화의 진상을 들었다.

"그 사람한테 날 받아 달라고 애원하느니 평생을 구빈원에서 보내겠어요." 에이미는 이 말과 함께 이야기를 끝맺었고, 그녀의 어머니는 딸이 얼마나 진심인지 잘 알았다.

"그 사람한테 돌아갈 의향은 있니?"

"전 그렇게 하겠다고 말했어요."

"그럼 엄마한테 맡기렴. 카터 부부가 상황을 알려줄 거고, 때가 되면 내가 에드윈을 직접 찾아가야겠다."

"안 돼요. 어머니 혼자 가서 무슨 이야기를 하든 부질없을 거예요. 그리고 저는 그 사람한테 할 말 없어요."

율 부인은 자신의 속마음을 말하지 않았다. 상황을 고려할 시간이 한 달이나 있었지만, 젊은 부부는 꼭 다시 합쳐야 했다. 리어던의 정신 상태에 대한 율 부인의 의견은 그가 번듯한 직책을 맡을 거라는 소식을 듣자마자 바뀌었다. 그녀는 리어던을 특이한 사람으로 여기기로 했다. 문학적 재능이 있는 사람은 원래 특이한 법이고, 그와 같은 사람에게 자연스러운 독특한 기질을 자기가 너무 성급히 평가했다고 생각했다.

며칠 후 와틀보로우에서 친척이 죽었다는 소식이 왔다.

율 부인은 극히 흥분했다. 처음에 그녀는 아들과 함께 장례식에 갈 생각이었으나 마음을 수십 차례 바꾼 뒤 결국 가지 않았다. 존이 가서 되도록 빨리 소식을 전하기로 했다. 율 부인은 자식들이나 자신의 인생이 바뀌리라 굳게 믿었다. 고인은 그녀의 남편을 가장 아꼈으니, 그 덕분에 그녀가 얼마나 대단한 유산을 물려받을지 몰랐다. 율 부인은 사우스 켄싱턴의 집을 꿈꿨고, 좀 늦긴 했어도 드디어 충족할 수 있는 사회적 야망을 떠올렸다.

장례식 이튿날 존이 어떤 기차를 타고 오는지 알리는 편지가 왔지만, 유언에 대한 소식은 없었다.

“정말 애를 태우는구나! 그 애다운 짓이야! 역에 나가서 만나야겠다. 같이 갈 거지, 에이미?”

에이미는 냉큼 승낙했다. 모호한 상황이었지만 에이미도 내심 기대하는 바가 있었다. 모녀는 기차가 도착하기 전 30분 정도 역에서 서성거렸다. 두 사람 모두 초조한 기색이 완연했다. 마침내 기차가 들어오고 존이 내리자 그들은 다급히 물었다.

“흥분하지 마세요.” 존이 퉁명스럽게 어머니에게 말했다. “그럴 이유는 하나도 없으니까요.”

율 부인이 실망하며 에이미를 보았다. 그들은 존을 따라 마차에 올라탔다.

“애태우지 말고 말해 보렴, 잭. 당장 말해.”

“어쨌든, 어머니는 한 푼도 못 받았어요.”

“내가? 농담이지?”

“맹세컨대, 지금처럼 농담할 기분이 아닌 적도 없어요.”

존은 1~2분 동안 창밖을 보다가 마침내 에이미에게 그녀가 받은 유산 소식을 전했고, 자기가 받은 것도 말했다. 매 순간 그는 기분이 점점 나빠져서 유언장의 다른 사항에 관해 이어지는 질문에 신경질적으로 답했다.

“오빠는 대체 왜 불평하는 거야?” 자신의 행운과 결부된 아쉬운 소식들에 개의치 않고 얼굴을 빛내며 에이미가 물었다. “둘째 큰아버지랑 어머니는 한 푼도 못 받았는데 오빠는 운이 좋은 거 아냐?”

"1만 파운드나 받은 너는 그렇게 말할 수 있겠지."

"하지만 완전히 에이미 것이니?" 율 부인이 말했다. "에이미만 쓸 수 있어?"

"당연하죠. 에이미는 '기혼 여성의 재산'에 관해 작년에 개정된 법률[43] 덕을 톡톡히 보는 거예요. 유서는 작년 1월에 썼대요. 노인네가 그 전에 쓴 걸 정정했나 봐요."

"의회가 훌륭한 일을 했구나!" 에이미가 외쳤다. "내가 들어본 중 유일하게 가치 있는 법이야."

"하지만, 얘야—" 그녀의 어머니가 항의하듯 운을 뗐다가, 좀 더 적절한 때와 장소를 위해 말을 아끼고 단지 이렇게 말했다. "큰아버지가 네 처지를 들으셨는지 모르겠구나."

"그 얘기를 듣고 유서를 바꾸신 거 같아요?" 에이미는 여유 넘치는 미소를 지으며 물었다.

"무슨 이유이건 간에 너한테 그렇게 많이 남겼다는 걸 이해할 수 없어." 그녀의 오빠가 으르렁댔다. "고작 몇천 파운드로 뭘 어쩌란 거야? 투자할 수준도 아니고, 뭘 하려고 해도 부족해."

"네 사촌 메리언은 5천 파운드를 고마워할 거다." 율 부인이 말했다. "장례식에 누가 왔니? 심통 부리지 마라, 잭. 말해 봐. 언짢아야 할 사람이 있다면 나 아니겠니."

그렇게 그들은 딸가닥거리는 마차 안에서 이야기를 나눴다. 집에 도착할 때쯤엔 모두 조용했고, 각자 자기만의 생각에 빠져 있었다.

그 후 며칠간 율 부인의 하녀들은 끔찍하게 시달렸다. 억한 심정을 분풀이하기에는 딸과 아들을 너무 아끼는 율 부인은 영국 마나

---

43. 1882년 개정된 기혼 여성 재산 법안을 뜻한다. 이전에는 여자는 남자와 결혼하는 순간 법적으로 종속되었으며, 결혼한 후 아내가 얻은 재산은 특별히 따로 명시되지 않는 한 남편에게 속했다.

님의 지당한 권리를 행사해 집안 노예들을 달달 볶았다. 율 부인은 딸의 상황이 전보다 더 걱정스러웠다. 그녀는 툭하면 홀로 한탄했다. "그 노인네는 대체 왜 에이미가 결혼하기 전에 죽지 않은 거야!" 그랬다면 에이미는 빈털터리 작가와 결혼하지 않았을 것이다. 존이 돌아온 그날 에이미는 자신의 달라진 인생을 논하기를 거부하다가 다음 날 드디어 입을 열었다.

"돈이 제 손에 들어오기 전까지는 아무것도 하지 않겠어요. 그 후에 어떻게 할지는 저도 몰라요."

"에드윈에게 연락이 올 거야." 율 부인이 말했다.

"아니요. 그럴 사람이 아니에요."

"그러면 네가 먼저 다가가야겠구나?"

"절대 그럴 수 없어요."

그렇게 말하긴 했지만, 하룻밤 사이에 부자가 되었다는 행복이 에이미의 마음을 다소 누그러뜨렸다. 에이미는 관대하게 베풀고 싶은 충동과 불만을 번갈아 느꼈다. 누추한 하숙집에서 고생하고 있는 남편을 생각하면 자신이 받은 상처와 깨진 환상을 잊고 아량 있는 아내 역할을 하고 싶었다. 이제 둘은 1~2년쯤 해외에 나가서 요양할 수 있었다. 이런 여행이 리어던에게 좋은 영향을 끼칠지도 몰랐다. 그가 상상력을 되찾고, 결혼 당시 이뤘던 작가로서의 성공을 이어갈 가능성도 있었다.

그러나 다른 한편으로는, 그가 학문이나 탐닉하면서 살지도 모르는 일 아닌가? 리어던 본인 입으로 가장 이상적인 삶이라고 말했던 것처럼? 그렇다면 얼마나 지긋지긋하고 후회스러울까! 1만 파운드는 듣기 좋은 액수지만 현실에서 과연 무엇을 의미할까? 고작 1년에 어쩌면 400파운드이다. 그녀의 남편이 명성을 얻어서 영예로 환산하지 못한다면, 무명으로 체면만 지키며 살 수 있을 정도다.

리어던이 아무것도 하지 않는다면 그녀는 단순히 실패한 작가의 아내일 뿐이다. 사회적으로 높은 위치에 오를 수도 없을 것이다. 고생하지 않고 먹고살겠지만, 그 이상은 바랄 수 없다.

이런 생각은 이튿날 에이미가 소식을 전하러 카터 부인을 만나러 갔을 때 한층 강렬해졌다. 상냥한 카터 부인은 늘 원했던 대로 에이미의 절친한 친구가 되었다. 그들은 자주 만났고, 대부분 일에 대해 솔직히 대화했다. 에이미가 11시와 12시 사이에 방문했을 때 카터 부인은 막 나가려던 참이었다.

"지금 너한테 가는 길이었어." 이디스가 외쳤다. "나한테 왜 아무 말도 안 했니?"

"들었구나?"

"앨버트가 네 오빠에게 들었어."

"예상했어. 하지만 심지어 너와도 말할 기분이 아니었어."

그들은 카터 부인의 내실로 들어갔다. 아담한 내실은 웬만큼 경제적 여유가 있고, 자기 취향이든 남의 취향을 베꼈든 나쁘지 않은 안목이 있는 사람이라면 누구나 살 수 있는 예쁜 물건으로 그득했다. 만일 이디스가 자신의 본능을 따랐다면 그녀는 예술의 진화에서 훨씬 이전 세대의 물건들로 집을 꾸몄을 것이다. 그러나 이디스는 최신 유행에 민감했고, 그녀의 남편은 아내가 옷차림과 실내 인테리어 취향이 훌륭하다고 생각했다.

"어떻게 할 거니?" 이디스가 에이미를 머리부터 발끝까지 훑어보며 물었다. 그렇게 많은 유산을 받았으니 친구가 눈에 띄게 달라졌을 거로 예상한 눈빛이었다.

"아무것도 안 할 거야."

"당연히 기분이 안 좋은 건 아니지?"

"내가 기쁠 건 또 뭐니?"

한동안 이야기를 나눈 후에야 에이미는 속마음을 터놓았다.

"부부가 서로 헤어지고 싶어 하는데 자유로워질 수 없다는 게 정말 어처구니없지 않니?"

"그걸 허락하면 온갖 문제가 다 생기지 않을까?"

"사람들은 문명이 발달할 때마다 그 소리를 해왔어. 여자 재산이 남편으로부터 독립되어야 한다는 생각을 20년 전에는 뭐라고 했겠니? 별별 말도 안 되는 위험을 다 예상했을 거야. 이혼도 마찬가지야. 미국에서는 서로 안 맞으면 이혼할 수 있대. 적어도 몇몇 주에서는 말이야. 그래서 나빠진 게 있니? 오히려 그 반대일 거야."

이디스는 곰곰이 생각했다. 대담한 발상이었지만 그녀는 에이미가 '앞서가는' 여자라는 생각에 익숙했고, 그런 면을 닮고 싶어 했다.

"합리적인 거 같아." 이디스가 중얼거렸다.

"법은 불행한 부부가 이혼하는 걸 금지하는 대신 도와줘야 해." 에이미가 말을 이었다. "양측 모두 결혼이 실수였다고 깨달았는데 그 실수로 인해 평생 고통받게 강요하다니, 얼마나 잔인하니!"

"사람들한테 애초에 신중히 결정하라는 거겠지." 이디스가 웃으며 말했다.

"그렇다면 이건 실패한 방침이고 앞으로도 실패할 거야. 무익한 법은 빨리 바뀔수록 좋아. 이런 개정을 추진하는 협회 없나? 내가 1년에 50파운드씩 기부하겠어. 너라도 그러지 않겠니?"

"그럼. 내가 여유가 있다면." 이디스가 답했다.

그리고 둘은 함께 웃었지만 이디스의 웃음이 더욱 자연스러웠다.

"물론 나를 위해 하는 기부는 아니야." 이디스가 덧붙였다.

"결혼해서 행복한 여자들은 그렇지 않은 사람들의 처지를 이해할 수 없고, 이해하지도 않아. 그래서 결혼법을 개정하기 어려운 거야."

"난 널 이해해, 에이미. 너무 안타까워. 네가 어떻게 해야 할지는 정말 모르겠다."

"내가 뭘 할지는 뻔해. 사실 난 정말 선택의 여지가 없지. 선택할 권리가 있어야 하지만. 바로 이게 괴롭고 부당한 거야. 내게 만약 선택권이라도 있었으면, 오히려 희생을 한다는 만족이라도 느꼈을지 몰라."

테이블에 신작 소설이 놓여 있었다. 잠시 후 에이미는 책을 들고 한두 장을 넘겨 보았다.

"네가 이런 책들을 어떻게 계속 읽는지 모르겠어." 에이미가 외쳤다.

"마크랜드가 이번 신작에서 최고 기량을 발휘했다고 다들 그러던걸."

"최고이든 최악이든 소설은 다 마찬가지야. 죄다 사랑 타령이지. 얼마나 어리석은 헛소리니! 왜 사람들은 인생에서 정말 중요한 문제에 관해서는 쓰지 않지? 프랑스 소설가 중에는 그런 사람들이 있어. 발자크 소설 몇 개를 예로 들 수 있지. 얼마 전의 『사촌 퐁스』를 읽었는데, 끔찍한 책이었지만 사랑 이야기와 너무 달라서 즐겁게 읽었어. 사랑에 대한 헛소리를 종이에 얼마나 찍어 대는지!"

"나도 가끔 지겨워." 흥미가 동한 이디스가 인정했다.

"네가 그렇게 느끼길 바라. 죄다 거짓말인데 명백한 진실처럼 쓰잖아. 사랑이 여자 인생의 전부라느니. 누가 그걸 진심으로 믿니? 대부분 여자의 삶에서 사랑은 가장 하찮은 부분이야. 인생에서 몇 달, 어쩌면 1~2년을 차지하겠지. 심지어 그 시기에도 최우선인지는 모르겠어."

이디스는 고개를 갸웃하고 미소 지으며 생각에 잠겼다.

"사랑에 대해서 한마디도 안 하는 영리한 소설가에게 좋은 기회가 있을 거야."

"하지만 사랑이 찾아오는 건 사실이야."

"그래. 내가 말했듯이 한두 달 동안. 세상 남녀의 전기를 읽어 봐. 그중 몇 장이나 그들 사랑을 논하니? 전기를 바탕으로 썼다고 우기는 소설들과 이런 책들을 비교해 보라고. 그럼 얼마나 거짓인지 알 수 있어. '소설', '로맨스' 따위 단어만 봐도, 이것들이 인생의 특정 부분을 부풀린 과장이 아니면 뭐겠니?"

"그럴지도 몰라. 사람들은 그 주제에 왜 그리 열광할까?"

"실제 삶에서 사랑이 너무 적으니까. 그게 진실이야. 가난한 사람들이 왜 부자에 관한 이야기만 읽겠니? 같은 원리야."

"넌 정말 똑똑하구나, 에이미!"

"내가? 그런 말을 들으니까 기분 좋다. 내가 어느 정도는 똑똑한지도 몰라. 그래서 내게 무슨 도움이 되니? 내 삶은 허비되고 있어. 나는 사교계에서 지적인 사람들과 어울리고 싶어. 난 배경에 묻혀 조용히 살 운명이 아니었다고. 아, 내가 그렇게 성급하고 미숙하지만 않았더라면!"

"네게 물어보고 싶은 게 있었어." 이디스가 잠시 후 말했다. "병원에서 앨버트가 네 소식을 전했으면 좋겠니?"

"말해서 안 될 이유는 없어."

"편지도 안 쓸 거니?"

"아무것도 안 할 거야."

남편과 별거한 이래 에이미의 지성은 눈에 띄게 성숙했는데, 아마 별거가 초래한 결과였을 것이다. 그들이 아파트에서 함께 산 마지막 해 에이미는 금전적인 고민에 몹시 시달렸고 이로 인해 지적 성장이 중지되면서, 예전에는 다정하고 여성스러운 기품을 보였던 인성이 신경질적으로 변했다. 더구나 에이미의 성장은 매우 중요한 시기에 멈췄다. 에드윈 리어던과 사랑에 빠졌을 당시 그녀의 지성은 삶과 문화의 다양한 모습을 접하지 못한 상태였다. 나이로는 성인이 되었으나 에이미는 가식적인 사회의 몇몇 국면밖에 경험하지 못했고, 교육도 학교를 졸업한 이후 진전이 없었다. 리어던의 영향을 흡수한 에이미는 대단히 유용한 지적 훈련을 받았는데, 이 훈련의 결과로 자신과 남편의 차이를 확실히 깨달았다. 본인의 문학 취향을 아내에게 전파하려고 노력하는 과정에서 리어던은 그녀가 미처 모르고 있었던 천성적 성향을 에이미에게 일깨워 주었다. 열정의 콩깍지가 벗겨지자 에이미는 남편의 최고 관심사 대부분이 자기에게는 별 흥미를 자아내지 못한다는 걸 깨달았다. 탄탄한 지력 덕분에 에이미는 다방면으로 생각하고 느낄 수 있었지만, 그녀의 지적 성장은 소설가이자 고전 학자인 남편이 가리켰던 방향과 달랐다.

리어던과 떨어져 혼자 독립적으로 살게 된 이래 에이미의 정신은 위에서 누르던 압력이 사라진 스프링 같았다. 처음 몇 주를 무위하며 보낸 에이미는 리어던의 취향에 부적합한 책들을 읽고 싶은 충동을 따랐다. 사회학에 조명하는 수준 높은 잡지들이 특히 그녀의 관심을 끌었고, 철학 사상 중 새롭고 대담한 글은 뭐든지 입맛에 맞았다. 에이미는 대중화된 전문지식이라 불릴 만한 글을 탐독했는데, 이런 글은 지성인이지만 아주 학구적이지는 않은 독자를 겨냥했고, 경마장의 세력권과 웨스트엔드의 속물들보다 지적으로 우월한 사람들의 대화에 풍부한 화제를 제공했다. 따라서, 예를 들어 에이미는 허버트 스펜서의 책들을 완독하지는 못했지만 내용의 취지는 이해했다. 비록 다윈의 책은 한 권도 읽지 않았지만, 그의 주된 이론과 실례에 대해선 상당한 지식을 갖추었다. 에이미는 새로운 시대의 전형적인 여자가 되어가고 있었다. 저널리즘 사업과 나란히 발달한 여자들이었다.

이디스 카터와 만나고 얼마 되지 않아 에이미는 머디 도서관에 갔다. 몇몇 문예지 최신호의 제목에 관심이 갔기 때문이다. 날이 화창하고 따스했던지라 그녀는 가까운 메트로폴리탄 역에서 뉴 옥스퍼드 스트리트로 걸어갔다. 에이미가 도서관 카운터에서 기다리고 있는데 근처에서 익숙한 목소리가 들렸다. 재스퍼 밀베인이 어떤 중년 여성과 이야기하고 있었다. 에이미가 고개를 돌리자 그들의 눈이 마주쳤다. 그가 그녀를 먼저 본 게 틀림없었다. 요청한 간행물을 받은 에이미는 옆으로 비켜서서 잡지를 훑어보았다. 밀베인이 다가왔다.

그는 머리부터 발끝까지 최신 유행으로 무장했다. 개성 있는 옷차림은 아니었는데, 자기가 그렇게 꾸밀 경제적 여유가 없다는 걸 알았기 때문이다. 에이미로 말하자면, 그녀도 평소보다 훨씬 잘 차려입었고 슬픔에 잠긴 상속녀다운 옷차림이었다.

"정말 오랜만이네요!" 자신의 가장 매력적인 미소를 띠고 재스퍼가 인사했다. 그의 손이 섬세한 장갑을 낀 에이미의 손을 잡았다.

"왜 이렇게 오랜만이죠?" 에이미가 물었다.

"그러게 말입니다. 저도 잘 모르겠네요. 어머님은 안녕하시죠?"

"네, 고마워요."

밀베인은 한 걸음 물러나서 그녀가 지나갈 수 있도록 비키며 대화를 끝내려는 듯했다. 에이미는 앞으로 걸어가긴 했지만, 한마디 덧붙였다.

"이번 달 문예지에서는 당신 이름을 못 봤어요."

"이번 달에는 할당받은 일이 없었습니다. 《커런트》에 짧은 평론 하나 올린 게 전부죠."

"그래도 예전만큼 많이 쓰시죠?"
"네. 거의 주간지밖에 없지만요. 《윌 오브 더 위스프》는 안 읽나요?"
"읽어요. 당신이 쓴 글은 대부분 알아본다고 생각해요."
그들은 도서관에서 나왔다.
"어느 쪽으로 가요?" 재스퍼가 좀 더 예전처럼 친근하게 물었다.
"가워 스트리트 역에서 걸어왔어요. 날씨가 좋으니까 다시 걸어갈까 해요."
밀베인이 동행했다. 그들이 뮤지엄 스트리트에 다다랐을 때 조용히 걷던 에이미가 여동생들의 안부를 물었다.
"한 번밖에 못 만나서 아쉬워요. 하지만 당신은 우리의 교류가 거기서 끝나 다행이라고 생각했겠죠."
"전혀 그렇게 생각하지 않았습니다." 재스퍼가 답했다.
"당신이 어머니 집에 발길을 끊은 뒤로는 그렇게 이해했어요."
"제가 어머님 댁에 들락거렸으면 어색하지 않았을까요?"
"제 남편과 같은 의견이라서요?"
"아, 그건 오해예요! 리어던이 이즐링턴으로 이사한 후에는 한 번밖에 만나지 않았어요."
에이미는 놀란 듯했다.
"친하게 지내지 않아요?"
"좀 멀어졌습니다. 어쩐 일인지 리어던은 제 우정이 별로 유익하지 않다고 생각하는 모양이더라고요. 그래서 그와 당신 둘 다 안 보는 편이 낫던 겁니다."
에이미는 자신이 상속받은 걸 밀베인이 알고 있나 궁금했다. 런던에서는 못 들었더라도 와틀보로우 사람들이 말했을 가능성이 있었다.

"동생분들은 제 사촌 메리언과 계속 친하게 지내시나요?" 에이미가 불편한 화제를 접고 물었다.

"아, 그럼요!" 재스퍼가 웃었다. "아주 자주 만납니다."

"그렇다면 제 큰아버지가 돌아가신 소식도 들으셨겠군요."

"네. 당신의 고생이 모두 끝났길 바랍니다."

에이미는 잠시 대답을 미루다가 "그러길 바라요"라고 덤덤히 말했다.

"겨울은 해외에서 보낼 예정입니까?"

에이미와 그녀 남편의 미래에 관해 그가 최대한 근접하게 물을 수 있는 질문이었다.

"모든 게 불확실해요. 우리 옛 지인들 소식을 알려주세요. 비펜 씨는 어떠신가요?"

"거의 만나지 않습니다. 탈고했을 때 아무도 출판해 주지 않을, 즉 영영 끝나지 않을 소설에 매진하고 있는 것 같습니다. 웰프데일은 종종 만나죠."

재스퍼는 후자의 계획과 성취를 명랑하게 알려 주었다.

"당신의 전망도 계속 밝아지겠죠." 에이미가 말했다.

"난 진심으로 그렇게 생각합니다. 꽤 잘 풀리고 있어요. 게다가 최근에 매우 귀중한 도움을 약속받았습니다."

"누구에게서요?"

"당신 친척입니다."

에이미가 의아해하는 표정으로 고개를 돌렸다.

"친척이라뇨? 혹시—"

"네, 메리언입니다."

그들은 베드퍼드 스퀘어를 지나고 있었다. 에이미는 거의 헐벗은 나무들을 흘깃 보았다. 그녀의 눈이 재스퍼와 마주쳤다. 에이미는 의미심장하게 웃었다.

“당신 목표가 훨씬 원대하다고 생각했는데요.” 에이미가 힘주어 말했다.

“메리언과 저는 오래전부터 약혼한 것이나 다름없었습니다.”

“그래요? 당신이 그 애 이야기를 했던 게 이제 기억나네요. 곧 결혼하나요?”

“아마 연내에요. 당신이 제 동기를 비난하는 것 같군요. 저와 제 상황을 아는 사람들 대부분이 그럴 거라고 각오하고 있습니다. 하지만 제가 이런 일을 예상할 수 없었다는 걸 기억하세요. 우리가 더 빨리 결혼할 수 있게 된 것뿐입니다.”

“당신의 동기는 무결하다고 믿어요.” 에이미가 여전히 미소를 띠고 말했다. “당신이 적어도 앞으로 몇 년은 결혼하지 않을 줄 알았어요. 결혼하더라도 지위가 높은 사람과 할 거로 예상했어요. 이 얘기를 들으니까 사람이 달라 보이네요.”

“제가 그 정도로 계획적인 냉혈한인 줄 알았습니까?”

“아, 아니에요! 하지만—물론, 저는 메리언을 잘 안다고 할 수 없죠. 안 본 지 몇 년이나 지났으니까요. 당신에게 아주 잘 어울릴지도 모르죠.”

“전 확신합니다.”

“사교계에서 빛을 발할 여자인가요? 처세술과 통찰력이 좋은 영리한 여자이고요?”

“별로 그렇지는 않죠.”

재스퍼는 동행을 미심쩍은 눈빛으로 바라보았다.

“그럼 당신의 옛날 야심을 버렸나요?” 에이미가 물었다.

“전혀 아닙니다. 성취하는 중입니다.”

“메리언이 도움을 줄 수 있는 이상적인 아내인가요?”

"네, 어떤 면에서는 그렇죠. 그런데 말해 봐요, 왜 이렇게 빈정대는 거죠?"

"빈정거리는 게 아니에요."

"그렇게 들립니다. 전 당신이 그런 경향이 있다는 것도 경험으로 알죠."

"결혼 소식을 듣고 조금 놀란 건 사실이에요. 지금 보니 제가 당신을 언짢게 할 지경이군요."

"한 5년 기다려 봅시다. 그리고 제 결혼이 성공적인지 아닌지 묻겠습니다. 전 이런 문제를 철저히 숙고하지 않고 행동하지 않아요. 제가 이제까지 실수한 적 있습니까?"

"아직은요. 적어도 제가 아는 바로는 없어요"

"제가 어리석은 짓을 할 사람처럼 보이나요?"

"그건 좀 지켜보고 대답하는 편이 낫겠어요."

"그 말인즉, 일이 터진 후에 예언하겠다는 거죠. 좋습니다. 두고 보죠."

가워 스트리트를 걸으며 그들은 좀 덜 사적인 이야기를 나눴다. 그들의 대화는 점점 예전처럼 편해졌고, 이따금 거의 은밀해지다시피 했다.

"아직도 같은 하숙집에 사나요?" 전철역에 가까워졌을 때 에이미가 물었다.

"어제 이사했습니다. 동생들이랑 한집에 살게 됐어요. 다음에 이사할 때까지는 말이죠."

"그렇게 될 때 알려 주시겠어요?"

밀베인은 약속했고, 그들은 서로에게 도전장을 내미는 듯한 미소와 함께 헤어졌다.

27장. 외로운 남자

오른쪽 폐에서 느껴지는 답답함이 지난 반년간의 영양부족과 허약해진 체력을 상기시키며, 다가올 겨울이 힘들 거라고, 심지어 작년보다도 견디기 어려울 거라고 리어던에게 경고했다. 부름을 받은 비펜이 찾아오니 리어던은 병상에 누워 있었고, 피곤해 보이는 거구의 육십 대 여자가 잔소리를 늘어놓으며 간호하고 있었다. 여자는 집주인은 아니었고, 어떻게든 한 끼 식삿값을 벌려는 하숙인이었다.

"여기서 죽으면 썩 유쾌하지 않겠어, 그렇지 않나?" 병자가 말하며 웃었지만 웃음은 기침으로 끝났다. "최소한 아늑한 방에서 죽고 싶지 않겠나. 글쎄, 잘 모르겠네. 어젯밤 꿈에서 내가 탄 배가 무언가와 충돌해서 가라앉았어. 죽을지도 몰라서 괴로운 게 아니라 차가운 물에 빠지는 게 더 무서웠지. 사실 난 배를 탈 때마다 그런 느낌을 받아. 코르푸와 브린디시 중간쯤에서 깨어났을 때가 생각나는군. 엄청나게 흔들리는 그리스 배였어. 배는 세차게 흔들리고 갑판에서 사람들이 사방팔방 뛰어다니고 고함치는 소리가 들렸어. 선실이 너무 따뜻하고 아늑해서 시꺼먼 어둠 속으로 가라앉는 게 무척 두려웠네."

"말하지 말게, 친구." 비펜이 조언했다. "'베일리 씨' 새 채프터를 읽어 주지. 잠이 쏟아질 거야."

리어던은 일주일 동안 출근하지 못했다. 마침내 다시 병원에 나갔을 때 그는 몸을 몹시 떨었고, 아무것도 못할 것처럼 지쳐 있었으며, 매사에 무관심했다. 비상사태를 위해 조금이라도 돈을 모아 놓아 다행이었다. 리어던은 그 돈으로 의사에게 진료비를 내고 평소보다 좀 더 건강한 음식을 먹을 수 있었다. 새 장화 한 켤레와 필요했던 겨울 물품도 몇 개 샀다. 걱정스러운 지출이었다.

리어던에게 변화가 생겼다. 그는 더 이상 에이미 생각에 괴로워하지 않았다. 에이미를 거의 생각하지도 않았다. 크로이던의 새 직책은 앞날에 놓인 쉼터처럼 느껴졌다. 리어던은 75파운드로(반은 아내에게 보낼 것이므로) 넉넉하게 살 수 있었다. 그것 말고는 모든 것에 무관심했다. 리어던은 내주 일요일에 크로이던에 가서 보육원을 둘러보기로 했다.

날씨가 풀린 어느 저녁 클립스톤 스트리트로 찾아간 리어던은 최소한 지난 2년간 느낀 어떤 심정보다 가벼운 마음으로 친구에게 인사했다.

"오늘 나는 인간이 느낄 수 있는 최대 행복에 가까운 기분을 맛보았네." 파이프에 불을 붙이고 리어던이 말했다. "어느 정도는 햇빛 덕분이야. 이런 기분이 계속되리라는 보장은 없지만, 만일 그럴 수 있다면 참 좋겠지. 난 아무것도 후회하지 않고 아무것도 바라지 않아."

"음울한 마음가짐인걸." 비펜의 의견이었다.

"물론 그렇겠지. 하지만 나는 음울한 기분에 만족하네. 참담한 기분에서 휴식이 필요하거든. 다른 남자라면 술에 손을 댔을지도 모르지. 나도 종종 유혹을 느꼈어. 하지만 그럴 형편이 안 되는걸. 자네는 그저 고민을 잊기 위해 술을 마시고 싶은 적이 있나?"

"꽤 자주 있네. 실제로 그런 적도 있고. 식비로 싸구려 독주를 산 적이 있지."

"허, 흥미롭구먼. 벗어나기 힘든 습관이 될 정도는 아니었고?"

"아니었네. 아마 사이크스의 경고가 눈앞에 생생해서일 거야."

"그 딱한 친구를 다시 못 봤나?"

"못 봤네. 아마 죽었을 거야. 병원이나 구빈원에서 죽었겠지."

"흠, 나는 주정뱅이가 되진 않을 걸세." 명랑한 표정으로 숙고하며 리어던이 말했다. "자네 표현을 따르자면, 난 그런 체질이 아니지. 생각해 보면, 자네나 나나 존경받을 만하지 않나? 실상 우리는 악덕이 없네. 우리가 사회적으로 높은 위치에 있었으면 눈부신 도덕적 귀감이 되었을 거야. 이따금 난 우리가 얼마나 무해한지 놀라네그려. 우리 한번 법과 질서에 맞서 날뛰어 보는 것이 어떻겠나? 거친 혁명가가 되는 건 어때? 일요일에 리전트 파크에서 열변을 토하면서?"

"우리가 수동적인 사람들이기 때문이지. 삶을 아주 조용히 즐길 운명이네. 그런데 우리는 즐기지 못하므로 조용히 고통받을 뿐이지. 그건 그렇고, 에우리피데스[44]의 단편(斷片) 중 난제를 논하고 싶었네. 이 단편들을 읽었나?"

그들은 한 30분 정도 토론했다. 그리고 리어던은 이전의 화제로 돌아갔다.

"어제 환자를 받고 있는데, 훤칠하고 아름답고 아주 얌전한 소녀가 다가왔어. 옷은 초라했지만 최대한 깨끗하게 입었더군. 이름을 말하길래, 직업은 무엇이냐고 물었네. 그랬더니 그녀가 단번에 '저는 불운합니다, 선생님'이라고 말하는 게 아닌가. 놀라서 쳐다보지 않을 수 없었지. 양재사나 그런 일을 하는 여자일 거로 단정했거든. 그 소녀의 손을 잡고 연민, 심지어 존경을 표하고 싶은 충동을 강하게 느꼈어. 나도 이렇게 말하고 싶었네. '이럴 수가, 저도 불운합니

44. 소포클레스, 아이스킬로스와 더불어 가장 위대한 고대 아테네 비극 시인 중 한 명으로, 주인공들의 영웅적인 모습보다 인간적인 모습과 약점에 중심을 둔 그의 접근은 드라마의 발달에 크게 이바지했다.

다.' 참으로 착하고 인내하는 얼굴이었어."

"나는 그런 겉모습이 수상하네." 비펜이 사실주의자답게 말했다.

"글쎄, 보통은 나도 마찬가지네. 하지만 그 소녀에게는 믿음이 갔어. 그렇게 밝힐 필요가 전혀 없었단 말이지. 아무 말이나 해도 됐어. 어차피 형식적인 질문이거든. 그 소녀의 목소리가 귓가에 맴도네. '저는 불운합니다, 선생님.' 내가 에이미 같은 여자와 결혼한 게 실수였다고 깨달았지. 난 소박하고 마음씨 착한, 일하는 여자를 찾았어야 했어. 내 처지에는 그런 여자가 어울리지. 그런 여자는 내가 1년에 100파운드를 벌면 우리가 부자라고 여겼을 거야. 이 세상의 모든 일에서, 그리고 천상에서도 나만 믿고 따랐겠지. 야심 때문에 불만스러워 하지도 않았을 거야. 우린 초라한 방 몇 칸을 빌려 살면서 서로 사랑했을 걸세."

"자네는 염치도 없는 감상주의자군!" 비펜이 고개를 설레설레 저으며 말했다. "그런 결혼의 실상을 그려 주지. 일단, 여자는 자네가 일시적으로 힘들어진 '신사'라고 굳게 믿으면서 결혼했을 거야. 그리고 머지않아 자네가 큰돈을 벌 거라고 믿겠지. 그 희망이 꺾이면서 여자는 성격이 날카로워지고 짜증을 내고 이기적으로 변할 거야. 자네가 아무리 노력해도 그녀는 자네를 이해하지 못하고 오해의 골만 깊어지지. 자네의 말을 하나도 못 알아듣고, 별 뜻 없는 농담도 오해하고, 천박한 질투심으로 자네를 괴롭힐 걸세. 자네 같은 기질에 끔찍한 영향을 미치겠지. 끝내 자네는 그녀를 자네 수준으로 끌어올리려는 모든 노력을 포기하고 그녀 수준으로 떨어지거나, 헤어지거나 둘 중 하나가 될 거야. 이런 얘기를 들어 보지 못한 사람이 누가 있나? 나도 10년 전에 그런 실수를 저지를 뻔했네. 하늘에 감사하게도, 어떤 사고가 나를 구해 줬지."

"자네한테 처음 듣는 이야기군."

"지금도 하고 싶지 않아. 그냥 잊고 싶네."

"물론 자네 일은 자네가 잘 알겠지만, 나는 아닐세. 물론 내게 안 어울리는 여자를 골랐을 가능성도 있지. 하지만 지금 난 내가 운이 좋았을 경우를 가정하고 있어. 어쨌든 지금 결혼보다는 성공적이었을 거야."

"자네 결혼은 충분히 이성적이었고, 자넨 몇 년 안에 다시 행복해질 걸세."

"자네는 진정 에이미가 내게 돌아오리라고 생각하나?"

"물론이지."

"솔직히 말하면 난 내가 그걸 원하는지 모르겠네."

"요즘 자네 건강이 이상하게 안 좋아서 그런 거야."

"난 그 어느 때보다 맑은 정신으로 생각하고 있어. 성적인 편견에서 벗어났네. 에이미가 내게 지적으로 어울리는 동반자가 아니란 걸 알게 됐고, 그녀를 떠올려도 아무 느낌이 없어. '사랑'이라는 단어가 지긋지긋해. 이 나라의 멍청한 법이 우리의 결속을 깨게 허락만 해준다면, 우리 둘 다 얼마나 기쁘겠나!"

"자네는 지금 우울증에 영양실조야. 일단 살을 좀 찌우고, 이 세상 남자답게 다시 생각해 보게."

"열정에서 탈피하는 거야말로 인간에게 생길 수 있는 가장 좋은 일이 아닌가?"

"어떤 상황에선 물론 그렇겠지."

"언제나, 모든 상황에서라네. 인생 최고의 순간은 아름다움을 순수히 예술적 정신으로, 객관적으로 음미할 수 있을 때야. 난 그리스와 이탈리아에서 그런 경험을 했어. 내 영혼이 자유롭고 성적 감정에 시달리거나 유혹당하지 않을 때였네. 우리가 사랑이라고 부르는 건 단순히 혼돈이야. 가능하다면 누구라도 여기서 벗어나고 싶지 않겠나?"

"그것에 관해서는 할 말이 많지."

찬란한 기억이 리어던의 얼굴을 환하게 밝혔다.

"내가 아테네에서 본 황홀한 석양에 대해 자네에게 말한 적 있나?" 리어던이 물었다. "그때 난 프닉스 언덕[45]에 있었네. 오후 내내 거기서 소요했어. 서쪽 구름에서 빛이 새어 나오는 부분이 한두 시간에 걸쳐 점점 넓어지더군. 평범하던 하루가 화려하게 끝날 조짐 같았어. 그 틈이 점점 넓고 밝아지는데, 하늘에서 유일하게 빛나는 부분이었지. 파르니스산 위로는 수증기가 굽이치며 하얀 띠처럼 아주 낮게 걸려 있었네. 히메토스 산맥도 마찬가지였어. 리카베투스 산봉우리는 아슬아슬하게 가려져 있었지. 갑자기 햇살이 뚫고 나왔어. 빛줄기들이 바다 쪽 언덕에서 시작되어 엘레우시스 방향으로 퍼져 나가더니, 아이갈레오스산에서 가까운 산등성이를 빛내면서 산모퉁이를 검게 물들이고, 둥그스름한 산마루를 환상적인 금빛으로 적셨지. 풍경의 다른 곳에는 빛이 전혀 없었다는 걸 기억하게나. 이 광경은 1, 2분밖에 지속되지 않았네. 그러더니 태양이 구름 바깥의 맑은 하늘로 떨어지면서 온 방향으로 빛을 뿜었어. 넓어지는 빛줄기가 거무스름한 구름 위로 뻗어 나가면서 붉게 타오르는 듯한 노란빛으로 물들였지. 태양 왼쪽으로는 에기나 만의 섬들이 온통 금빛 수증기에 휩싸여 흐릿하게 떠 있었지. 오른쪽으로는 검게 보이는 살라미스섬 위로 옅은 파란빛이 가는 띠처럼 둘러져 있었고. 이루 말할 수 없이 섬세하고 창백했지."

"아주 생생히 기억하는군."

"꼭 지금 눈앞에 있는 것 같아. 기다리게. 동쪽으로 고개를 돌리

45. 기원전 507년부터 아테나 시민들이 민회를 열고 토론을 하던 언덕. 민주주의가 탄생한 곳으로 여겨진다.

니 놀랍게도 어마어마한 무지개가 완벽한 반원을 그리면서 파르니스산의 산기슭에서 히메토스산의 산기슭까지 걸려 있지 않나. 아테네와 언덕들을 액자처럼 감싸고 있었어. 무지개가 점점 선명해졌네. 도저히 형언할 수 없이 오색찬란했어. 부드럽고 촉촉하고 따스해 보이는 히메토스산은 보랏빛에 가까웠는데, 무지개 뒤 산맥은 지극히 부드럽고 흐릿한 그림자처럼 보였지. 아크로폴리스가 작열하듯 빛났어. 해가 떨어지면서 모든 색깔이 더 풍부해지고 따뜻해졌네. 풍경 전체가 일순 진홍색에 물들었어. 그러다 태양이 나지막하게 깔린 구름 속으로 가라앉으면서 모든 영롱한 빛깔이 거의 한순간에 사라졌네. 북쪽에 무지개 반쪽만 남았는데, 그 사이에 쌍무지개가 되었지. 서쪽 구름은 한동안 석양의 빛을 간직했네. 활짝 펼친 날개 같은 구름 두 조각의 테두리가 은은하게 빛났지."

"그만하게!" 비펜이 외쳤다. "안 그러면 멱살을 잡겠어. 내가 그런 회상은 견딜 수 없다고 말하지 않았나."

"희망을 갖게. 어떻게든 20파운드를 모아서 가도록 하게. 그 후에는 굶어 죽어도 좋아."

"나는 평생 20실링도 못 모을 거네." 비펜이 침울하게 대답했다.

"난 자네가 '베일리 씨'를 팔 수 있을 거라고 믿어."

"그렇게 말해 줘서 고맙네. 만약 그게 진짜 팔리면 내가 교정쇄를 먹지."

"여하튼, 내가 왜 아테네 이야기를 꺼냈는지 알잖나. 그런 사색에 잠겨 있을 때는 세상 어떤 여자도 필요 없네."

"그건 삶의 즐거움 중 하나일 뿐이야."

"단지 이런 감정이 가장 황홀하며 성적 감정보다 훨씬 낫다고 말하는 거네. 게다가 어떤 씁쓸함도 남기지 않지. 가난은 나의 기억을 앗아갈 수 없어. 난 거짓이 없는 이상적인 세계를 경험했고, 그 세계는 인간의 영역 너머에, 신성한 빛 속에 존재하는 것 같았네."

이 대화를 하고 4~5일 후 리어던은 시티 로드로 출근하려던 참에 카터가 보낸 쪽지를 발견했다. 다음 날 아침 11시 30분까지 병원 본점으로 오라는 요청이었다. 리어던은 얼마 전에 다녀온 크로이던과 관련된 일이라고 예상했다. 나쁜 소식일지도 몰랐다. 어떤 불운한 일도 생길 수 있었다.

리어던은 약속 시각에 딱 맞게 도착했고, 일반 사무실로 들어서자 비서가 카터 씨의 개인 사무실에서 기다리라고 했다. 카터는 아직 도착하지 않았다. 한 10분 정도 기다렸을 때, 문이 열리더니 카터 대신 에드먼드 율 부인이 나타났다.

리어던은 당황하며 일어났다. 그는 율 부인과 만나고 싶지 않았고, 만날 준비가 되어 있지도 않았다. 율 부인은 상냥하고 친근한 얼굴로 다가와 손을 내밀었다.

"미리 말하면 나를 과연 만날까 미심쩍었네." 율 부인이 말했다. "이런 책략을 쓴 걸 용서하게. 아주 중요한 할 말이 있어서 왔어."

리어던은 대답하지 않았지만 정중한 태도를 유지했다.

"에이미한테 아무 소식도 못 들었지?" 율 부인이 물었다.

"마지막으로 본 이래 못 들었습니다."

"그럼 무슨 일이 있었는지 모르나?"

"아무 이야기도 못 들었습니다."

"난 순전히 내 뜻으로 자네를 보러 왔네. 카터 씨에게는 털어놓았지만 카터 부인에게 말하지 말라고 부탁했어. 에이미의 귀에 들어갈지도 모르니까. 카터 씨가 약속을 지킬 거라고 믿네. 이렇게 안타까운 상황에서 내가 뭐라도 할 의무가 있다고 느꼈네."

리어던은 공손하게 이야기를 들었지만, 마음이 움직인 기색은 없었다.

"바로 말하는 게 좋겠군. 와틀보로우에 살던 에이미 큰아버지가 돌아가셨네. 유산으로 에이미에게 1만 파운드를 남겼어."

율 부인은 자신의 말이 어떤 효과를 일으키나 관찰했다. 리어던은 잠시 아무 동요도 보이지 않았지만, 마침내 그의 입술과 눈썹이 떨리기 시작했다.

"에이미에게 행운이 찾아와서 기쁩니다." 리어던은 침착한 말투로 무덤덤하게 말했다.

"물론 자네도 이 소식이 자네와 에이미 사이의 슬픈 불화를 종결하리라는 걸 알겠지." 그의 장모가 말을 이었다.

"어떻게 그렇습니까?"

"자네 부부의 상황이 완전히 달라지지 않았나? 자네의 어려운 상황만 아니었으면 그런 불쾌한 갈등은 애초에 생기지 않았을 걸세. 자네나 에이미나 불화를 즐기는 사람들이 아니야. 부탁하건대, 에이미를 바로 찾아가게. 이제 모든 게 달라졌어. 에이미는 내가 자네에게 왔다는 걸 몰라. 알아서도 안 되네. 민감한 자존심이 그 애의 가장 큰 단점이지. 내가 이렇게 말해도 자네가 불쾌하지 않으리라고 믿네만, 에드윈, 자네도 똑같은 단점이 있어. 둘 중 한 명이 먼저 다가가지 않는다면 예민한 사람들 사이의 갈등은 평생 갈지도 몰라. 부디 관대하게 행동하게. 여자가 고집을 좀 부리게 해줘야 한다고들 하지 않나. 단점은 눈감아 주고, 지나간 일은 지나간 일로 하자고 에이미를 설득하게."

리어던은 율 부인의 연설에서 무의식적으로 스며 나오는 허세에 거부감을 느꼈다. 에이미가 이 만남에 대해 모른다는 말도 미심쩍었다. 어찌 됐든, 이 문제를 율 부인과 논한다는 게 퍽이나 불쾌했다.

"어떤 상황에서도 전 제가 이미 한 노력 이상은 못 합니다." 리어던이 답했다.

“게다가 장모님이 하신 말씀을 들으니, 에이미가 절 부르지 않는 한 전 더더욱 찾아갈 수 없습니다.”

“아, 자네가 좀 덜 민감해질 수 있다면!”

“제가 할 수 있는 일이 아닙니다. 장모님께서 정확히 말씀하셨듯, 저희는 제가 가난해서 헤어졌습니다. 에이미가 이제 가난하지 않다고 해서 제가 용서를 빌며 찾아갈 수는 없습니다.”

“감정은 일단 제쳐 두고 지금 상황의 사실만 고려하게. 일이 이 지경이 된 첫 발단에는 어느 정도 자네 책임이 있다고 해도 과언이 아니겠지. 자네도 알겠지만, 내가 불쾌한 말을 하려는 게 아니네. 하지만 에이미가 불평할 만했다고 여기지 않나? 아닌가?”

리어던은 불안증으로 괴로웠다. 혼자서 조용히 이 소식을 반추하고 싶었으나 율 부인의 조급한 목소리가 귀를 쪼았다. 그 매끄러움이 특히 견디기 힘들었다.

“물론 힘들고 근심스러웠을 겁니다.” 리어던이 답했다. “하지만 불평할 만했다고 생각하지는 않습니다.”

“내가 이해하기로는.” 율 부인의 목소리에 짜증이 돋아나기 시작했다. “에이미가 그 충격적인 곳에서 함께 살 수 없다고 해서 자네가 그 애를 야단치고 비난하지 않았나?”

“에이미가 보인 모습에 제가 흥분해서 화를 냈을지도 모릅니다. 하지만 저희 부부간의 문제를 이런 식으로 돌이켜볼 수는 없습니다.”

“그럼 내가 헛수고를 한 건가?”

“유감스럽지만 전 장모님이 원하시는 대로 할 수 없습니다. 이건 저와 에이미 사이의 일입니다. 남들의 간섭은 아무 도움이 되지 않습니다.”

"'간섭'이라는 단어를 쓰다니 아주 유감스럽군." 율 부인이 발끈하며 말했다. "몹시, 대단히 유감스러워. 내가 선의로 한 일을 자네가 이렇게 볼 줄 몰랐네."

"나쁜 뜻으로 한 말이 아니라는 걸 믿어 주십시오."

"그렇다면 자넨 화해하려는 노력을 아예 하지 않겠다는 말인가?"

"어쩔 수 없습니다. 제가 왜 이렇게 말하는지 에이미는 이해할 겁니다."

리어던의 진심이 너무나도 명백히 보였기 때문에 율 부인은 어쩔 수 없이 자리에서 일어나 만남을 끝내야만 했다. 율 부인은 유감스러워하며 손을 내밀 정도로 자신의 감정을 제어했다.

"내 딸이 아주, 아주 불운하다는 말밖에 할 수 없군."

장모가 떠난 뒤 리어던은 잠시 앉아 있다가 병원을 떠나 정처 없이 걸었다.

아, 그가 결혼한 첫해에 이 일이 생겼다면! 그랬다면 그만큼 운 좋은 남자도 없었을 것이다! 그러나 그들 사이는 이제 돌이킬 수 없을 정도로 망가졌다. 가난이 한번 망가뜨린 것은 아무리 많은 돈도 고칠 수 없다.

리어던은 마음이 진정되자마자 자연스레 유일한 친구를 찾았다. 그러나 클립스톤 스트리트의 하숙방은 비어 있었고 비펜이 언제 돌아올지는 아무도 몰랐다. 리어던은 쪽지를 남기고 이즐링턴으로 돌아갔다. 저녁엔 병원에서 일해야 했다. 퇴근하고 돌아오자 비펜이 기다리고 있었다.

"자네가 12시쯤 왔었나?" 손님이 물었다.

"12시 30분쯤이었네."

"난 그때 경찰서에 있었네. 참 묘한 일이야. 하지만 세상은 언제나 이렇지. 지난번에 내가 사이크스 이야기를 하지 않았나? 어젯밤에 옥스퍼드 스트리트에서 사람들이 웅성거리길래 가봤는데, 길 한복판에서 사이크스가 만취에 엉망진창인 상태로 경찰 두 사람에게 잡혀 있지 않나. 난 아무것도 해줄 수 없었어. 보석 보증인도 될 수 없었네. 아마 구치소에서 잤을 거야. 사이크스가 어떻게 됐는지 보려고 오늘 아침에 갔네. 경찰들이 데려왔을 때 그 모습이란! 벌금은 고작 5실링이었는데, 놀랍게도 그가 돈을 꺼내질 않나. 난 밖에서 그를 만나서—용기가 다소 필요한 일이었네—오랫동안 이야기를 나누었지. 어떤 지방 일간지에 런던 소식을 기재하는 일을 한다는 군. 거기서 첫 원고료를 받고 좀 흥분을 했던 모양이네."

리어던은 신나게 한바탕 웃고 이 특이한 신사에 관해 몇 가지 질문을 던졌다. 그 이야기가 끝난 후에야 리어던은 율 부인에게서 들은 소식을 차분히 전했다. 비펜의 눈이 휘둥그레졌다.

"내 마음에 남아 있던 마지막 짐이 사라졌네." 환희에 찬 리어던이 외쳤다. "세상만사 걱정할 일이 아무것도 없어! 내 유일한 걱정은 에이미에게 돈을 충분히 못 보내는 거였는데, 이제 에이미는 영원히 생계가 보장됐네. 엄청난 소식 아닌가?"

"물론이지. 자네 부인의 생계가 보장되었으면 자네도 마찬가지네."

"비펜, 자네는 그보다는 날 잘 알잖나. 내가 에이미 돈을 한 푼이라도 받을 것 같나? 이로 인해 우리는 절대 함께할 수 없게 됐어. 이미 죽어 버린 것들이 되살아나지 않는다면 말이야. 나도 돈이 얼마나 중요한지 알지만 에이미의 돈을 받을 수는 없어."

비펜은 잠자코 있었다.

"절대 못 받아! 하지만 다 잘 됐어. 에이미는 이제 아들을 키우는 데 헌신할 수 있어. 그리고 나는—내 나름 부자가 될 거네. 1년에 150파운드라. 에이미에게 이걸 나눠 주면 우습지 않겠나. 하지만 올림포스의 모든 신에게 맹세컨대, 우리 함께 그리스로 가자고! 자네와 나 둘이!"

"에이."

"맹세하네! 1~2년만 저축할 시간을 주게. 그리고 한 달 동안, 아니 가능하면 그 이상 휴가를 낼 거야. 아테나 여신에게 맹세코! 우리는 마르세유 항구에서 외국으로 가는 메세저리 배를 타고 있을 거야. 아직 믿기 힘들군. 저녁을 먹으러 가세. 어퍼 스트리트로 가서 먹고 마시고 즐기자고!"

"자네 너무 흥분했군. 뭐, 상관없네. 우리도 즐기자고. 그럴 이유가 충분하지."

"불쌍한 여자! 마침내 편히 살 수 있겠군."

"누구를 말하는 건가?"

"물론 에이미지. 난 에이미를 위해 기쁘네. 아, 만약 그 돈이 오래전에, 우리가 행복했던 시절에 생겼다면! 그랬으면 에이미도 함께 그리스로 갈 수 있었겠지. 아닌가? 인생에서는 모든 게 너무 일찍 오거나 너무 늦게 오지. 그 돈이 시기적절하게 왔다면 나와 그녀의 인생이 어땠겠는가! 에이미가 나를 미워하게 되는 일은 없었을 거야! 절대로! 비펜, 내가 천한가? 한심한가? 에이미는 그렇게 생각하네. 가난이 나를 그렇게 만들었어. 저번에 내가 찾아갔을 때 그녀가 나를 보는 표정을 자네가 봤다면, 에이미가 먼저 다가오지 않는 한 우리가 결코 함께할 수 없는 이유를 자네도 이해할 걸세. 내가 먼저 간다면 난 비천한 인간이 되는 거야. 맙소사, 그런 충동에 무릎 꿇었으면 스스로가 얼마나 수치스러웠을지! 한번은—"

너무나도 격한 감정으로 자신을 몰아넣은 결과 마침내 리어던은 목이 메고 눈물을 쏟았다.

"나가게나. 좀 걷자고." 비펜이 말했다.

그들이 밖으로 나오자 안개가 자욱히 깔려 있었고 안개 속에서 미지근한 빗방울이 떨어졌다. 그래도 그들은 목적지를 찾아가 작은 카페의 부스에 앉았다. 그들 말고 손님은 방금 식사를 마치고 빈 접시 위로 고개를 떨구고 꾸벅꾸벅 졸고 있는 마부뿐이었다. 리어던은 빈민에게 사치인 햄 튀김과 달걀을 주문했다. 웨이트리스가 주문을 넣으러 가자 그는 흥분한 웃음을 터뜨렸다.

“여기 두 문인이 앉아 있군! 그들이 우리를 봤으면 뭐라고 했겠나?”

리어던은 성공한 동시대 소설가 두세 명의 이름을 댔다.

“그들이 우리와 우리의 초라한 만찬을 얼마나 경멸하며 고개를 돌릴까! 그들은 고생이 뭔지 모르지. 그들은 몰라. 사립학교에 다니고, 대학교에 가고, 클럽에 속하고, 사교계를 드나드는 남자들이네. 1년에 300~400파운드 이하 수입은 상상도 못 할 거야. 그들 관점에서는 그 정도가 교육받은 남자의 최소 생활비니까. 그들을 미워하는 건 옹졸한 짓이겠지만, 아폴론 신에게 맹세코, 우리 작품이 그들 것과 공정하게 비교되었다면 자리가 뒤바뀌었을 걸세.”

“무슨 상관인가? 우리는 다른 종류의 지적 노동자야. 나도 이따금 그들을 미워하지만, 너무 굶주릴 때만이지. 그들의 작품은 수요에 응답해. 우리 작품은—적어도 내 것은—그렇지 않아. 그들은 대중이 원하는 걸 알지. 지체 높은 사람들의 감성을 헤아리고, 자기 신분의 사람들을 위해 쓰네. 자네도 독자층이 있지 않나. 일이 어렵게 되지 않았으면 자네도 지금쯤 1년에 300~400파운드를 벌고 있을 거야.”

“난 책 한 권에 200파운드 이상 받진 못했을 거네. 더구나 난 최고의 작품을 쓰려면 2~3년에 한 권을 쓰는 데 만족해야 해. 개인적인 부수입이 없으면 불가능한 일이네. 더구나 나는 고급스러운 취향을 가진 아내와 결혼을 해버렸지 뭔가! 얼마나 놀랍도록 주제넘은 짓인가! 운명이 나를 밑바닥으로 밀어 버릴 만하네."

그들은 달걀과 햄을 먹고, 커피라고 불리는 치커리 한 잔에 환호했다. 비펜이 존경스러운 그의 코트 주머니에서 에우리피데스를 꺼내자 그들의 대화는 다시 한번 천상의 세계로 돌아갔다. 카페가 문을 닫을 때가 되어서야 그들은 안개 낀 거리로 나왔고, 펜턴빌 힐 꼭대기에 10분 정도 서서 에우리피데스의 단편 중 하나의 운율 효과를 토론했다.

날마다 리어던은 열에 들떠 돌아다녔다. 저녁이 되면 심장박동이 빨라졌고, 아무리 피곤해도 푹 잠들지 못했다. 대화할 때 그는 우울하거나 흥분한 것처럼 보였는데, 전자가 더 빈번했다. 병원에서 일할 때를 제외하면 아무것도 하지 않았다. 집에서는 몇 시간 동안 책 한 번 들추지 않고 우두커니 앉아 있었고, 밖에서는 클립스톤 스트리트에 갈 때를 제외하면 목적 없이 방황했다.

편지가 오는 시간이 되면 리어던은 긴장하고 괴로워했다. 매일 아침 8시에 그는 창가에 서서, 길가에 울리는 우체부의 노크 소리에 귀 기울였다. 소리가 가까워지면 꼭대기 층 계단참으로 뛰어나갔고, 혹시라도 그의 하숙집 현관문을 두드리는 소리가 들리면 난간에 기대어 기대감으로 떨었다. 그러나 편지는 그에게 온 것이 아니었다. 흥분이 가라앉으면 리어던은 실망감을 안도감이라고 되뇌며 웃고 노래했다.

어느 날 카터가 시티 로드 지점에 찾아와서 직원과 단둘이 대화했다.

"크로이던에서 딴 사람을 찾아야겠군?" 카터가 웃으며 말했다.

"아닐세! 이미 결정 났네. 크리스마스에 가기로 했어."

"진심인가?"

"완벽히 진심이네."

리어던이 사적인 상황에 대해 은근슬쩍이라도 암시할 기색을 보이지 않자 사무총장은 캐묻지 않았고, 불행이 기어이 불쌍한 남자를 광기로 몰아넣었다고 확신하며 떠났다.

어느 날 리어던은 거리를 헤매다가 사실주의자 친구와 마주쳤다.

"사이크스를 만나 보겠나?" 비펜이 물었다. "지금 만나러 가는 길이네."

"어디에 사나?"

"찾기 어려운 어떤 구덩이에 살지. 연료를 아끼려고 아침에는 어떤 도서관에 가 있네. 입장료가 고작 1페니인데, 거기서 원하는 문예지를 마음껏 읽고 감사한 온기를 쐴 수 있지."

그들은 문제의 소굴로 찾아갔다. 계단을 한층 올라가니 일간지가 진열되어 있는 작은 방이 나타났다. 한층 더 오르니 잡지, 체스, 간식을 제공하는 방이 있었다. 거기서 또 한층 오르니, 주간지를 대여하는 층이었고, 건물 꼭대기 층에는 화장실과 집필을 위한 방이 따로 마련되어 있었다. 이 쉼터의 벽에는 파란 벽지가 발라졌고, 바닥이 안쪽으로 비스듬히 기울었으며, 의자가 달린 학교 책상이 벽을 따라 늘어서 있었다. 종이와 봉투는 아래층에서 구매할 수 있다는 지저분하고 비뚤배뚤한 안내문이 책상 하나에 놓여 있었다. 폐지를 버릴 수 있는 거대한 휴지통과 작은 스토브가 두 모퉁이를 차지했다. 잉크 자국, 풍자적인 그림, 펜과 연필로 된 낙서가 벽화를 대신했다. 옆에 붙어 있는 화장실에서 물이 첨벙거리고 철썩거리는 소리와 더불어 한참 아래 분주한 거리에서 시끌벅적한 소음이 들려 왔다.

벽을 따라 늘어선 책상에는 두 사람밖에 앉아 있지 않았다. 그중 한 명은 구인광고에 답하고 있는 배고픈 무직 점원이 틀림없었다.

남자의 책상에는 완성된 편지 두세 장이, 발치에는 쓰다 그만둔 작문을 뜻하는 구겨진 종이 뭉치가 몇 개 있었다. 마찬가지로 펜을 들고 부지런히 쓰고 있는 다른 남자는 마흔 살 정도 되어 보였고, 후줄근한 트위드 양복을 입고 있었다. 의자에는 회색 코트와 털갈이를 꽤 오래한 듯한 실크 모자가 놓여 있었다. 남자의 얼굴에서 그를 피해자로 삼은 습관을 엿볼 수 있었지만, 이목구비나나 표정에 불쾌한 구석은 전혀 없었다. 오히려 보기 좋고, 호감이 가고, 조금 독특한 얼굴이었다. 이 순간에 그는 누가 봐도 맨정신이었다. 오른손과 손목을 자유로이 쓰기 위해 걷어붙인 소매는 특이한 색의 플란넬 셔츠를 드러냈고, 근시처럼 종이 위로 고개를 바짝 숙이느라 목을 조이는 깃의 단추를 풀어놓고 있었다. (넥타이는 매지 않았다) 남자는 작문에 열중한 듯 빠르게 쓰고 있었다. 이마의 힘줄이 부풀었고, 턱은 경마용 말처럼 앞으로 내밀고 있었다.

"이야기할 시간은 없나 보군?" 비펜이 다가서며 물었다.

"그렇다네! 맹세코 그래!" 남자가 초조한 눈길로 올려다보며 외쳤다. "부탁인데 방해하지 말게나! 15분만 기다려!"

"알겠네. 다시 오겠네."

두 친구는 아래층으로 내려가 잡지를 훑어보았다.

"다시 가보세." 요청했던 것보다 훨씬 오랜 시간이 지나고 나서 비펜이 말했다. 그들이 올라가니 사이크스 씨는 우울하게 사색에 잠겨 있었다. 그는 재킷 소매를 다시 내리고 셔츠의 깃을 채우고, 완성된 원고를 읽고 있었다. 비펜이 친구를 소개하자 사이크스 씨는 친절히 소설가를 반겼다.

"내가 뭘 썼을 것 같나?" 사이크스 씨가 원고를 가리키며 외쳤다. "《슈롭셔 위클리 헤럴드 Shropshire Weekly Herald》에 보낼 내 자서전의 첫 회일세. 물론 익명이지만 진실만을 담았어. 이제는 무의미해진 자잘한 여러 실패는 뺐지만. 〈런던 문단의 야생 속으로〉라고 부를 거네. 헤럴드에서 편집을 하는 옛 친구가 제안했지.”

목소리는 조금 쉬었지만 그는 지성인답게 이야기했다.

“대부분 사람은 소설이라고 생각할 거야. 내가 이런 소설을 쓸 창작력이 있으면 좋겠네. 저도 소설을 몇 권 썼습니다, 리어던 씨. 그 분야에서 제 경험은 특이하죠. 대부분 사람도 그렇겠지만 말입니다. 제 첫 소설들은《영 레이디스 페이버릿 The Young Lady's Favorite》에 보냈는데, 아주 훌륭했습니다. 15년 전 제가 다재다능했을 때 일입니다. 머리 한 번 안 빗고 추가로 1만 5천 자짜리 중단편을 쓸 수 있었으니까요. 그리고 마치 데이지꽃처럼 신선하게 곧바로『삽화로 보는 미국 역사』를 썼습니다. 에드워드 코글란을 위해 썼죠. 그러나 얼마 되지 않아 저는 페이버릿에 보내기엔 제 글이 너무 아깝다고 생각하기 시작했고, 명성을 쌓기 위해 3부작 소설에 착수했습니다. 잘 안 써지더군요. 5년간 노력했고 다섯 번 실패했습니다. 그리고 보링에게 돌아가서 말했죠. '친구, 날 다시 써주지 않겠나?' 보링은 과묵한 남자입니다. 이렇게 말하더군요. '열심히 해보게, 친구.' 전 노력했습니다. 하지만 소용없었어요. 감을 잃은 겁니다. 모든 면에서 너무 문학적이 되어 버렸어요. 싸구려로 쓰려고 1년 동안 노력했지만, 노력이 결실을 맺지 못하자 속상해하던 보링은 마침내 자기 눈앞에 나타나지 말라고 금했습니다. '대체 뭔가!' 그가 어느 날 외쳤죠. '남녀에 관한 글을 대체 왜 보내는 거야? 자네만큼 경험이 있는 자가 그렇게 모르나?' 그래서 전 그만둬야 했고, 소설가로서 제 경력은 끝장났습니다.”

사이크스 씨는 슬프게 고개를 절레절레 저었다.

“제가 비펜을 처음 만났을 때,” 그가 말을 이었다. “비펜은 노동자 계층을 위한 글을 쓰겠다는 생각을 했죠. 그런데 이 사람이 그들에게 어떤 글을 써주려 했을 것 같습니까? 노동자 계층에 관한 이야기를 쓰려고 했어요. 아니, 자책하지 말게. 친구. 젊었으니까 그럴 수 있어. 리어던 씨도 잘 알겠지만, 노동자 계층 사람들은 남녀를 막론하고 절대 자기들 세상에 관한 글은 읽지 않습니다. 그들은 허구의 세계에서 이상을 추구하죠. 특히 여자들은요. 노동자 여자들이 제게 수없이 말했습니다. '아, 전 그 책이 싫어요. 현실적인 내용뿐이에요.'"

"대부분 여자의 단점입니다." 리어던이 말했다.

"맞습니다. 하지만 노동자 계층 사람들은 참으로 천진합니다. 교육받은 사람들은 자기들에게 익숙한 장면들을 읽고 싶어 합니다. 물론 많은 사람의 입맛에 맞추려면 장면을 미화해야겠죠. 반면에 노동자 계층은 자기들의 일상을 표현하는 건 모든지 질색합니다. 삶이 너무 힘들어서가 아니에요. 속물근성입니다. 그중 취향이 가장 훌륭한 사람들만 디킨스를 읽는데, 그것도 디킨스의 멜로드라마와 코미디 때문이죠."

곧 세 사람은 함께 밖으로 나와 팟로스트 식당에서 저녁을 먹었다. 사이크스 씨는 음식에는 거의 손도 대지 않았지만, 2펜스짜리 포터를 파인트로 많이 마셨다. 식사가 끝날 때쯤 그는 조용해졌다.

"서쪽으로 함께 걸을 수 있나?" 비펜이 물었다.

"유감스럽지만 불가하네, 안 돼. 2시에 올드게이트 역에서 약속이 있어."

그들은 사이크스 씨와 헤어졌다.

"이제 사이크스는 고주망태가 될 정도로 마시겠지." 비펜이 말했다. "불쌍한 친구! 돈을 번다는 게 오히려 안타깝네. 구빈원이 차라리 나을 거야."

"아닐세! 차라리 술독에 빠져 죽는 게 나아! 나는 구빈원이 두렵네. 내가 말리번의 시계탑에 대해 한 이야기 기억나나?"

"철학적이지 않아. 나는 구빈원에서 불행할 것 같지 않네. 사회가 나를 먹여 살리게 만들었다는 사실에 어느 정도 만족할 거야. 그리고 얼마나 속이 편하겠는가! 실상, 독립적인 재산이 있는 거나 마찬가지네."

이로부터 일주일 후, 11월 어느 오후에 맨빌 스트리트로 에이미의 편지가 마침내 왔다. 편지는 3시에 도착했다. 리어던은 우체부의 소리를 들었지만, 더 이상 그때마다 달려나가지 않았다. 더구나 그날 리어던은 몸이 안 좋았다. 그의 방으로 올라오는 발소리를 들었을 때 리어던은 침대에 누워 고개만 조금 들고 있었다. 그는 벌떡 일어났다. 얼굴과 목에 열이 올랐다.

편지는 '친애하는 에드윈'이라는 말로 시작했고, 그 단어를 본 리어던은 정신이 아찔해졌다.

"큰아버지께서 내게 1만 파운드를 물려주셨다는 말은 물론 들었겠죠. 돈이 아직 내게 들어오지는 않아서 받을 때까지는 알리지 않으려고 했지만, 당신이 어쩌면 내 침묵을 완전히 오해했을지도 모르겠군요. 당신이 우리를 위해 분투하고 있을 때 이 돈을 물려받았다면 우리는 그런 말을 하거나 그런 생각을 머릿속에 들이지 않았겠죠. 그 말과 생각 때문에 지금 이 편지를 쓰는 게 힘드네요. 내가 하고 싶은 말은, 비록 재산은 법적으로 내 것이지만 난 당신도 나눠 가질 권리가 있다고 생각해요. 우리가 떨어져 사는 동안 당신은 의무감 때문에 힘겹게 돈을 보냈어요. 이제 상황이 달라졌으니 이 변화로 인해 나뿐만 아니라 당신도 이익을 보길 바랍니다.

우리가 마지막으로 만났을 때 난 당신이 크로이던의 직책을 맡으면 다시 함께 살 준비가 됐다고 말했죠. 이제 당신은 그렇게 수

준 낮은 일을 할 필요가 없고, 다시 말하지만 난 예전처럼 함께 살 용의가 있습니다. 당신이 어디에서 새집을 구하고 싶은지 알려주면 기꺼이 동의하겠어요. 당신이 런던을 완전히 떠나고 싶지는 않을 거로 생각합니다. 나도 그건 원하지 않아요.

최대한 빨리 답장을 주길 바라요. 이 편지를 보냄으로써 난 당신이 내게 바랐던 일을 했다고 생각합니다. 별거를 끝내자고 내가 먼저 부탁하는 것이잖아요. 헛된 부탁이 아니라고 믿습니다.

언제나 당신의,
에이미 리어던."

리어던의 손에서 편지가 떨어졌다. 그가 예상했던 대로였지만 첫 단어를 보고 순간 착각했다. 흥분이 욱신거리면서 사라지자 절망감이 스며들었다. 리어던은 한동안 움직이지도, 생각도 할 수 없었다.

저녁놀을 뜻하는 우울한 어스름이 깔렸을 때 리어던이 쓴 편지는 이러하다.

"친애하는 에이미. 편지 고마워요. 편지를 쓴 당신의 동기를 감사히 여겨요. 하지만 당신이 그 편지를 써서 '내가 당신에게 바랐던 일'을 완수했다고 생각한다면, 당신은 날 이상하게 오해했군요.

내가 바랐던 것은 단 하나, 어떤 기적으로 인해 나를 향한 당신의 사랑이 되살아나는 것이었어요. 당신이 쓴 편지가 나를 사랑해서 내게 돌아오고 싶어 하는 아내의 편지라고 내가 나 자신을 설득할 수 있을까요? 만약 그게 진실이라면 당신은 표현에 엄청나게 실패했어요.

당신은 의무감 때문에 편지를 썼어요. 그러나 이런 의무감은 잘못된 것입니다. 당신은 나를 사랑하지 않고, 사랑이 없으면 결혼한 사이에서도 서로 의무가 없어요. 사회 관습 때문에 하릴없이 나와 살아야 한다고 당신이 믿는지 모르지만, 부디 용기를 더 내요. 거짓으로 살길 거부해요. 비천하고 잔인한 일이라고 사회에 말해요. 그리고 당신은 정직하게 살고 싶다고.

소중한 사람, 난 당신의 재산을 공유할 수 없어요. 다만 이제 당신은 내 도움이 필요하지 않으니—이제 우리가 상대로부터 꽤 독립적이니—지금까지 당신 몫이라고 여겼던 돈은 그만 보낼게요. 이렇게 하면 나는 충분히, 아니 풍요롭게 살 수 있고, 당신도 내가 가난에 쪼들리고 있다는 걱정에서 해방될 수 있어요. 크리스마스에 난 크로이던으로 갈 거예요. 그때 다시 쓸게요.

어찌 됐든 우리가 좋은 사이로 남았으면 합니다. 당신을 걱정하지 않아도 되어 안심이에요. 우리의 모든 고통을 초래한 저주받을 가난으로부터 당신이 안전하다는 걸 알아요. 옛날에는 이따금 그랬지만, 난 이제 당신을 탓하지 않아요. 불행은 상냥한 마음도 적개심으로 변질시킬 수 있다는 걸 나 역시 경험하며 배웠어요. 어떤 위대하고 고귀한 슬픔은 사람들의 결속력을 다질지 모르지만, 빈곤에 시달리고 푼돈에 대한 걱정으로 마음 졸이는 일은 항상 사람을 타락시키죠.

이렇게밖에 답할 수 없어요. 부디 전과 같은 편지는 보내지 말길 부탁할게요. 이사하면 알려 줘요. 윌리가 건강하길 바라고, 아이가 크는 모습이 여전히 당신에게 기쁨이고 행복이길 바라요.

에드윈 리어던."

편지를 다시 읽던 리어던은 '소중한 사람'이란 단어를 보고 멈칫했다. 지워야 할까? 에이미가 눈치챌 만한 티가 나더라도? 리어던은 글자를 지우려고 펜을 잉크에 담구었다가 결국 그만두었다. 누가 뭐래도 에이미는 그에게 여전히 소중했다. 만약 에이미가 그 단어에 주목한다면, 깊이 생각해 본다면—

거리의 가로등 때문에 방이 완전히 어두컴컴하지는 않았다. 봉투를 붙인 리어던은 다시 침대에 누워 천장에서 가물거리는 노란 빛을 바라보았다. 병원에 가기 전에 차를 마셔야 했지만 물을 끓이는 수고조차 너무 힘겹게 느껴졌다. 가물거리던 빛이 점점 뿌예졌다. 안개가 깔리기 시작한 탓이라는 걸 그는 깨달았다. 안개는 그의 적이었다. 이런 끔찍한 날씨가 이어지면 마스크를 사는 게 현명하리라. 가끔 그는 목이 타는 것 같았고, 불길하게 쌕쌕대는 소리가 가슴에서 새어 나왔다.

30분 정도 잠들었다가 일어나자 하루 이맘때면 늘 그렇듯 열이 올랐다. 출근할 시간이었다. 아, 하루의 첫 안개 한 모금!

28장. 과도기

밀베인이 동생들과 동거하기 위해 빌린 집은 단출했지만 그들이 전에 살던 곳보다 비쌌다. 자기 사정 때문에 이사하는 거였으므로 여분의 지출은 그가 감당하기로 했다. 밀베인의 수입이 이전에 살던 집의 비용을 간신히 감당할 정도였다는 걸 고려하면 비합리적인 지출이었다. 눈앞의 전망만 없었다면. 그는 크리스마스가 오기 전에 결혼하겠노라 마음먹었다. 그전에 돈이 궁해지면 동생들의 작은 저축에서 빌리고 메리언의 지참금으로 갚을 계획이었다.

"오빠가 결혼하면 우린 어떻게 해?" 도라가 물었다.

그들 모두가 한 지붕 아래 모인 어느 저녁에 제시된 질문이었다. 세 남매는 자매의 거실에서 저녁을 먹었다. 마음을 툭 터놓고 대화를 나눌 시간이었다. 도라는 결혼 소식에 대단히 기뻐했다. 오빠가 명예롭게 행동해서 대견했으며, 메리언이 아버지와의 피할 수 없는 갈등에도 불구하고 무척 행복할 거라고 믿었다. 모드는 그렇게 달갑지 않았지만 미소를 지으려 노력했다. 모드는 재스퍼가 어울리지 않게 약한 모습을 보였다고 생각했다. 메리언 같은 사람은 오빠 같은 사람이 목표로 하는 삶에 어울리지 않는다고 생각했으며, 5천 파운드 유산은 가소로웠다. 만약 1만 파운드였다면—1만 파운드로는 뭔가 이룰 수 있다. 하지만 고작 5천 파운드라니! 최근 들어 모드는 이런 주제에 대해 생각이 부쩍 많아졌는데, 그 결과 중 하나는 런던에 처음 왔을 때처럼 동생과 사이좋게 지내지 않는다는 것이었다.

"나도 그 문제를 많이 생각해 봤어." 재스퍼가 막내의 질문에 답했다. 그는 난롯가를 등지고 일어나 담배를 피웠다. “처음에는 아파트를 얻을까 했는데, 내가 원하는 종류의 아파트는 큰 주택보다 두 배나 비싸. 우리가 방 여러 개짜리 집을 얻으면 너희도 곧 우리와 함께 살 수 있어. 그때까지는 우리가 살 동네에 깔끔한 하숙집을 찾아 줄게.”

“아주 관대하네, 오빠.” 모드가 말했다. “메리언이 1년에 5천 파운드를 가져오는 게 아니란 걸 잊지 마.”

“안타깝게도 사실이야. 메리언은 앞으로 10년간 1년에 500파운드를 가져오는 격이야. 나는 그렇게 보고 있어. 처음에 내 수입은 연600~700파운드 정도일 거야. 얼마 안 가 1천 파운드를 벌겠지. 난 꽤 차분하고 침착해. 내가 어떤 상황인지 정확히 파악하고 있고, 지금으로부터 10년 후에 어떤 위치에 있을지도 알아. 메리언의 돈은 내 지위를 향상하는 데 쓸 거야. 지금 나는 ‘똘똘한 젊은 친구’ 따위로 불리지. 하지만 내게 편집장 자리나 중대한 도움을 줄 사람은 없어. 내가 자수성가했다는 걸 보이면 사방에서 내게 손을 뻗을 거야. 세상은 그렇게 돌아가는 법이니까. 나는 클럽에 가입할 거고, 특정한 사람들에게만 품위 있고 조용한 만찬을 대접할 거야. 내가 사회적으로 높은 사람이라고 모두 믿게 만드는 거지. 그러고 나면 다들 나를 달리 보고 중요시할 거야. 10년 후에는 내가 문학계에서 가장 높은 위치에 오른다고 내기해도 좋아.”

“1년에 600~700파운드로 그걸 다 이룰 수 있을까.”

“만일 부족하면 1천 파운드까지 쓸 생각이야. 아, 내가 지금 떠올리고 있는 사람들도 2~3년 이렇게 지내면 빈티를 벗을걸! 넉넉잡고 10년이라고 한 거야.”

“메리언이 허락했어?”

“세세히 설명한 적은 없어. 하지만 메리언은 내가 좋다고 하는 일은 전부 찬성이야."

자매는 재스퍼의 말투를 듣고 웃음을 터뜨렸다.

"만에 하나 오빠가 불행하게 실패한다면?"

"쓸데없는 걱정이야. 내가 병에 걸리지만 않는다면 말이지. 내게 갑자기 어마어마한 능력이 생길 거라는 가정 하에 예측한 게 아니야. 적당히 독립적인 기반에 설 수만 있으면, 난 지금 내 능력만으로도 충분히 많은 사람의 존경을 받을 수 있어. 너희는 나를 몰라보는구나. 내게 자질이 없었으면 불가능한 일이란 걸 기억해. 하지만 난 능력이 있으니까 사람들에게 알려지기만 하면 돼. 내가 무명인 상태에서 훌륭한 책을 출간하면 책은 아주 천천히 알려지거나 아니면 그냥 잊히겠지. 똑같은 책을 내가 유명해지고 나서 출간하면 세계 전역에서 칭송의 메아리가 울려 퍼질 거야. '무지하게 열악한 책'이었어도 결국 비슷한 결과이겠지만 난 지금 너그러운 기분이야. 딱한 리어던이 결코 동이 트지 않을 새벽의 어둠 속이 아니라 환한 명성의 햇살 아래서 같은 책을 출판했어 봐. 모든 평론가가 그를 찬양하고 추켜세웠겠지. 유명해질 수 있는 관심을 받으려면 먼저 유명해져야 해."

재스퍼는 이 경구를 힘주어 말하고 다른 표현으로 되풀이했다.

"명성을 정당화할 공평한 기회를 얻으려면 먼저 명성을 쌓아야 하는 법이라고. 어떤 프랑스 출판업자가 뒤마에게 이렇게 말했어. '이름을 알리시오. 그러면 당신이 뭘 써도 출판해 드리리라.' 작가는 외쳤지. '출판해 주지 않으면 대체 어떻게 이름을 알린단 말입니까?' 사람들의 이목을 끌 방법이 하나도 생각나지 않으면 길 한복판에서 머리로 서서 춤이라도 추라고 해. 그러고 나면 사람들이 자신의 시집에 관심을 가질 거라고 기대할 수 있겠지. 이가 다 빠진 노인네가 되기 전에 명성을 얻고 싶은 사람들의 경우에 말이야. 만약 누군가의 작품이 훌륭하고 사람들에게 알려지길 기다릴 여유가 있으면, 언젠가는 대여섯 사람이 그가 터무니없이 부당하게 등한시됐다고 외치겠지. 그때쯤에 그 사람은 백발에 쇠진해서 태양 아래 그 어느 것도 즐길 수 없을 거야."

재스퍼는 새 담배에 불을 붙였다.

"동생들아, 난 기다릴 수 없단다. 일단 내 자질은 후세에 인정받을 만하지 않아. 내 글은 지금 시대를 위한, 오늘날의 글이야. 이 시대와의 연관 없이는 무가치해. 질문은 이거야. 내가 어떻게 사람들의 눈길을 끌 것이냐? 답은, 그 사람들 시선에 연연하지 않는 척하는 거야. 의심할 여지 없이 난 성공할 거고, 성공하고 나면 내가 결혼한 날을 기념하는 메달을 하나 만들어야지."

그러나 재스퍼는 동생들에게 으스댔던 것만큼 자신의 계획이 신중한지 확신이 없었다. 그의 무릎을 꿇렸던 충동은 여전히 강했다. 과연, 메리언과 연인이 되어 친밀한 대화를 시작하며 그녀의 인격과 지성을 알게 된 뒤로 더욱 강해졌다. 재스퍼는 확실히 사랑에 빠졌다. 열정적이거나, 영혼을 송두리째 사로잡아서 사랑이 주는 만족에 비교하면 모든 것이 하찮게 느껴지는 사랑은 아니었지만, 일과에 집중하기 어려울 정도로 사랑에 빠졌다. 하지만 그가 포기한 모든 기회와 희망을 상기시키는 목소리를 잠재울 정도는 아니었다. 메리언과 약혼한 후에 재스퍼는 윔블던에 갔고, 그의 친구이자 후원자인 호레이스 발로우의 집에서 루퍼트 양을 또 만났다. 재스퍼는 루퍼트 양에게 아무 감정도 못 느꼈지만, 그녀가 자기한테 큰 관심을 보인다고 믿었다. 루퍼트 양과 결혼해서 단숨에 부호가 되는 상상을 할 때면 그는 자신의 성급함에 놀라 고개를 떨구며, 평범한 약한 남자처럼 행동했다고 고백해야 했다. 자신이 진보적인 남성의 일순위에 들지 못한다고 재스퍼는 선언했다.

에이미 리어던과 나눈 대화가 재스퍼의 마음을 어지럽혔다. 에이미는 그 정도 역량의 남자가 그렇게 경솔한 선택을 했다고 놀란 듯했다. 아, 1만 파운드를 가진 에이미가 자유로운 몸이었다면! 그는 에이미가 자신에게 무관심하지 않다고 확신했다. 그의 선택을 교묘하게 빈정거리는 그녀의 말에서 가시가 느껴지지 않았던가! 그러나 부질없는 생각이었다.

재스퍼는 동생들 때문에 초조했다. 동생들은 똑똑했고, 노력하면 곧 최소 생활비 이상은 벌 것이다. 하지만 동생들이 문필업을 꾸준히 할지는 불확실했다. 모드는 분명히 다른 희망을 품기 시작했다. 레인 부인과 친해지며 모드의 습관, 옷 입는 스타일, 심지어 어투도 달라졌다. 새집으로 이사하고 며칠 뒤 재스퍼는 이 문제에 대해 막내에게 진지하게 말했다.

"네가 어떤 사항에 관한 내 호기심을 채워줄 수 있을까." 재스퍼가 말했다. "모드가 어제 입은 새 재킷을 얼마 주고 샀는지 아니?"

도라는 대답하길 주저했다.

"아주 비싸진 않았을 거야."

"그러니까 20기니는 아니었다고. 뭐, 아니길 바란다. 모자도 새로 샀던데."

"아, 그건 아주 저렴한 거야. 언니가 직접 수선했어."

"그래? 모자를 산 특별한 이유가 있니?"

"나는 말할 수 없어, 오빠."

"모호한 답이네. 말을 안 해주겠다는 뜻이야?"

"아니야. 언니는 나한테 그런 이야기 안 해."

이 사항을 좀 더 조사할 기회를 노리던 재스퍼는 열흘 뒤에 모드 본인과 대화를 시도했다. 모드가 여성 삽화 주간지에 보낼 짧은 글에 대한 의견을 묻자 그는 자기 방으로 동생을 불렀다.

"괜찮을 거 같아." 재스퍼가 말했다. "사상이 너무 많이 들어간 것 같긴 하지만. 읽고 누구나 알아들을 만한 게 아니면 사상은 한두 개 빼고 도덕적이고 평범한 말로 채워. 그럼 더 잘 팔릴 거야."

"그러면 글이 무가치해질 텐데."

"아니, 1기니어치 가치가 생길 거야. 여성 잡지를 읽는 사람들은 완전히 뻔한 소리가 아니면 짜증을, 그야말로 짜증을 낸다는 걸 기억해. 독특한 생각을 질색한다고. 그런 잡지에 기고할 글은, 아니 일반 대중을 위한 글은 모두, 범속하게 생각하고 느끼는 사람들을 추켜세우는 범속한 생각과 감정을 표현해야 해. 네 소신은 접고 다시 써서 가져와."

모드는 조소를 띠고 원고를 훑어보았다. 동생을 잠시 관찰하던 재스퍼는 의자에 털썩 앉아 아무렇지도 않은 듯 말했다.

"돌로모어 씨와 네가 절친한 사이가 되고 있다며."

모드의 안색이 변했다. 그녀는 몸을 꼿꼿이 세우고 어깨를 펴고 창밖으로 시선을 돌렸다.

"절친한 사이인지는 모르겠는데."

"그래도 사람들 입에 오르내릴 정도로 네게 관심을 보이잖아."

"누구 입?"

"레인 부인 집에 들락거리는 사람들 몇 명."

"그렇게 생각할 이유를 모르겠는걸." 모드가 냉랭하게 답했다.

"이거 봐, 모드. 네가 괜찮으면 친절한 조언 하나 할게."

모드는 모든 경고를 초월한 표정으로 잠자코 있었다.

"돌로모어는 제 나름대로 괜찮은 친구야." 그녀의 오빠가 말을 이었다. "하지만 네 기준에서는 아니야. 그자가 돈깨나 많은 것으로 알고 있는데, 머리가 나쁘고 품위도 없어. 그런 사람들의 본성과 습성을 관찰해서 나쁠 건 없지만, 그들이 전적으로 너보다 열등하다는 사실을 잊지 마."

"오빠가 나한테 자기존중을 가르칠 필요는 없어." 모드가 대답했다.

"나도 그렇게 생각해. 하지만 넌 경험이 부족해. 전반적으로 나는 네가 레인 부인의 집에 발길을 끊으면 좋겠어. 너에게 현명한 선택이 아니었어. 네가 바나비 씨 가족들과 친해졌으면 훨씬 좋았을 거야. 네가 레인가 사람들과 한 무리라고 사람들이 여기기 시작하면, 더 품위 있는 사람들과 친해지는 데 방해가 될 거야."

모드가 논쟁하려고 하지 않았기 때문에 재스퍼는 그녀가 자기 말을 어느 정도 새겨들었다고 바랄 수밖에 없었다. 그들이 언급한 돌로모어 씨는 상당히 불쾌한 부류의 젊은이로, 운동을 좋아하고 멋을 부렸으며 공부는 하다 말았다. 돌로모어처럼 머리 빈 남자를 동생이 잠시라도 견딜 수 있다는 사실이 재스퍼는 놀라울 따름이었다. 이런 일에서 여성의 취향에 비슷하게 놀란 적이 없는 사람이 누가 있겠는가? 그는 도라와 상의했지만, 도라는 언니의 속마음을 몰랐다.

"네가 좀 끼어들어서 말려 봐." 재스퍼가 말했다.

"언니는 자기 사생활에 아무도 간섭 못 하게 해."

"이 문제로 나와 다툼이 생기면 참 유감인데."

"아, 그럴 위험은 없겠지?"

"모르겠어. 모드는 고집 좀 그만 부려야 해."

그 당시 재스퍼 본인도 이런저런 사람들을 많이 만났다. 평소처럼 끈덕지게 일할 수 없었기 때문에 그는 강제로 쉬게 된 시간을 현명하게 이용해 인맥을 넓혔다. 메리언은 일주일에 두 번, 저녁에 만났다.

옛 보헤미안 친구 중에서 밀베인이 여전히 친하게 지내는 사람은 웰프데일뿐이었다. 어떻게 보면 선택의 여지가 없었다. 웰프데일이 꾸준히 찾아왔을뿐더러 자신과의 우정을 대놓고 고마워하는 사람을 내치긴 어려웠다. 게다가 웰프데일은 함께 있으면 꽤 즐거운 사람이었다. 지금 같은 시기에 웰프데일의 명랑한 아부는 큰 힘이 되었다. 재스퍼가 자신감을 유지하고, 결심한 계획을 긍정적으로 바라볼 수 있게 도와줬다.

"웰프데일이 메리언을 만나고 싶어서 안달하던데." 재스퍼가 어느 날 동생들에게 말했다. "내일 저녁에 초대할까?"

"오빠 원하는 대로 해." 모드가 대답했다.

"너도 반대 안 하지, 도라?"

"응. 난 웰프데일 씨가 마음에 들던걸."

"내가 그 말을 전하면 웰프데일은 기뻐서 정신을 잃을 거다. 하지만 걱정하지 마. 말 안 할 거니까. 내일 한 시간 정도 들리라고 할게. 너무 늦게까지 남아서 우릴 지겹게 하지 않을 정도 눈치는 있다고 믿어 보자고."

웰프데일에게 쪽지가 갔다. 재스퍼의 방에서 모이기로 했고, 메리언이 평소에 오는 시간인 8시쯤에 와 달라는 초청이었다. 약속 시각 정각에 글쓰기 조언가가 나타났다. 웰프데일은 가진 옷으로 최대한 잘 차려입었고, 얼굴이 고마움으로 환하게 빛났다. 세 여성과 자리를 함께하게 되어 기쁨에 겨운 그는 특히 그중 한 명에게 특유의 낭만적 환상을 품고 있었다. 재스퍼의 하숙방에서 만난 이래 줄곧 품고 있던 감정이었다. 도라에게 다가가는 웰프데일의 눈빛이 자신을 우아하게 반기는 그녀의 모습에 부드럽게 녹아내렸다. 모드는 그에게 깊은 감명을 주었고, 메리언은 비록 그런 경외심을 불러일으키지 않았지만 차분하고 진중한 매력이 돋보였다. 끝에 가서 웰프데일의 시선은 아주 자연스럽게 도라에게 돌아갔다. 그는 도라가 대단히 아름답다고 생각했고, 그녀를 아예 못 보느니 차라리 드레스 끝자락이나 그 아래로 불쑥불쑥 보이는 구두 코에 시선을 고정하는 편을 택했다.

이런 모임에서 예상할 수 있듯 대화의 방향은 금세 문필업의 고충으로 흘러갔다.

"한 번도 어마어마하게 고생한 적 없다는 걸 난 항상 좀 부끄럽게 생각해." 재스퍼가 말했다. "이 세계에 막 입문한 애송이들에게 이렇게 말하면 아주 흐뭇할 거야. '내가 아사 지경에 이르렀던 때가 떠오르는군.' 그리고 가장 끔찍한 종류의 그럽 스트리트 추억 보따리를 푸는 거지. 안타깝게도 난 먹을 것은 늘 충분했어."

"난 아니었네." 웰프데일이 외쳤다. "미국에서 5일 동안 몇 센트어치 땅콩으로 연명했지."

"땅콩이 뭐예요, 웰프데일 씨?" 도라가 물었다.

도라의 질문에 웰프데일은 즐거워하며 그 바람직하지 않은 음식을 묘사했다.

"트로이에서였네." 웰프데일이 말을 이었다. "뉴욕주에 있는 트로이였어. 트로이라는 이름의 도시에서 땅콩을 먹고 살아야 했다니!"

"그때 자네의 모험을 말해 주게나." 재스퍼가 말했다. "나도 들은 지 한참 됐고, 여성분들이 재미있어할 것 같군."

도라가 무척이나 쾌활한 눈빛으로 관심을 보였기 때문에 여행자는 다른 설득이 필요 없었다.

"그때 당시 전 대부에게 아주, 아주, 작은 유산을 받았습니다." 웰프데일이 이야기를 시작했다. "잡지에 글을 실으려고 안간힘을 다 썼으나 죄다 거절당했죠. 당시 필라델피아에서 열린 100주년 박람회가 한창 사람들 입에 오르내리던 때라 전 대서양을 건너가서 박람회—거기선 엑스포라고 부릅니다—나 다른 곳에서 흥미로운 소재를 찾을 영리한 생각을 한 겁니다. 제 수중에 돈이 있을 때 어떻게 살았는지는 굳이 말하지 않겠습니다. 영국으로 보낸 글들은 하나도 안 팔렸고, 전 결국 돈이 다 떨어지고 위태로운 지경에 이르렀습니다. 귀국할 생각으로 뉴욕에 갔는데 모험심이 여전히 불타올랐습니다. '서쪽으로 가겠어.' 이렇게 다짐했죠. '거기서는 글 재료를 찾을 수 있겠지.' 그리고 바로 삼등석 표를 사서 시카고로 갔습니다. 12월인데, 그 계절에 삼등석 열차를 타고 천 마일을 가는 게 어떤지 상상해 보세요. 기차 안은 혹독하게 춥고 좌석이 너무 딱딱해서 잘 수 없었습니다. 책에서 읽은 고문이 떠오르더군요. 너무 피곤해서 뇌가 터질 것 같았습니다. 오하이오주 클리블랜드에서 기차가 밤에 몇 시간 동안 정차했습니다. 전 기차역을 떠나서 이리호를 내려다보는 거대한 절벽 끝에 다다를 때까지 헤매고 다녔지요. 엄청난 광경이었습니다. 눈에 덮여 지평선까지 얼어붙어 있는 호수 위로 형형한 달빛이 반짝였습니다. 거기 서 있는데 새벽 2시 종이 치더군요."

하녀가 커피를 가지고 들어오는 바람에 이야기가 끊겼다.

"지금 커피보다 더 반가운 건 없어요." 도라가 외쳤다. "웰프데일 씨 이야기를 듣다 보니 추위가 느껴질 지경이에요."

모드가 커피를 따르는 동안 그들은 웃고 떠들었다. 그리고 웰프데일이 이야기를 다시 시작했다.

"주머니에 5달러도 없이 시카고에 도착했습니다. 지금 생각해 보면 놀랍기만 한 용기로, 저는 일주일 치 하숙과 식사비로 4달러 50센트를 냈습니다. 저 자신에게 이렇게 말했죠. '일주일 동안은 안전해. 그동안 한 푼도 못 벌더라도 길거리로 나앉을 때 빚은 없는 거야.' 와바시 애비뉴에 있는 상당히 더럽고 작은 하숙집이었는데, 하숙인 거의 전부가 배우라는 사실을 곧 알게 됐죠. 상관없었습니다. 전 당장 나가서 돈 벌 방법을 찾아야 했어요. 제가 절박했다고 생각하지는 마세요. 왜 그랬는지는 모르지만, 전 굉장히 신이나 있었습니다. 새로운 곳에 와서 즐거웠고, 마치 부유한 관광객처럼 돌아다녔죠."

웰프데일은 커피를 한 모금 마셨다.

"신문사 사무실에 지원하는 방법밖에 없어 보이더군요. 처음으로 찾아간 곳이 우연하게도 가장 큰 신문사였습니다. 전 당당한 표정으로 성큼성큼 들어가서 편집장을 만날 수 있느냐고 물었습니다. 여기까진 어려운 게 없었죠. 엘리베이터를 타고 위층으로 올라가라고 했습니다. 거기서 안락한 작은 방에 들어가니까 신문과 원고가 수북이 쌓인 책상 앞에 꽤 젊은 남자가 앉아서 시가를 피우고 있었습니다. 날 소개하고 찾아온 까닭을 말했죠. '당신 신문사에서 아무 일이나 줄 수 있습니까?' '어떤 경험이 있소?' '아무것도 없습니다.' 편집장이 웃더군요. '안타깝게도 우리에게 별 도움이 안 되겠군요. 하지만 뭘 할 수 있을 것 같소?' 가능성이 있는 일은 딱 하나뿐이었습니다. 그 사람에게 물었습니다. '신문에 소설도 싣습니까? 단편소설이요?' '잘 쓴 소설은 언제나 환영입니다.' 이곳은 큰 일간지였고, 온갖 종류의 주간 부록이 있었습니다. 제가 말했죠. '영국에서의 삶에 대한 글을 쓰면, 고려해 보시겠습니까?' '기꺼이요.' 저는 마치 앞날이 보장된 사람처럼 걸어 나갔습니다."

웰프데일은 껄껄 웃었고, 듣던 이들도 함께 웃었다.

"소설을 써보라고 허락받은 건 대단한 일이었습니다. 하지만 어떤 소설을 쓰지? 저는 미시간호 가녘으로 내려가서 칼바람을 맞으며 30분 정도 쏘다녔습니다. 그러고 나서 문구점을 찾아서 남은 돈으로 펜, 잉크, 종이 등을 샀습니다. 제가 가져온 것은 뉴욕을 떠날 때 이미 다 썼거든요. 그리고 하숙집으로 돌아왔습니다. 제 방은 온도가 영하였기 때문에 거기서 쓸 수는 없었습니다. 공동으로 쓰는 휴게실에 가야만 했는데, 그곳은 영국에서 외판원들이 묵는 누추한 호텔의 흡연실 같았습니다. 남자 열두 명 정도가 난롯가 앞에 모여서 담배를 피우고 떠들고 언쟁하고 있었습니다. 글을 쓰기에 참 좋은 환경이죠. 하지만 전 소설을 써야 했고, 널빤지 테이블 끝에 앉아서 결국 썼습니다. 완성하는 데 이틀도 걸리지 않았습니다. 꽤 긴 소설이라 커다란 신문지의 칼럼 세 개는 채울 양이었죠. 그때 생각을 할 때마다 제 집중력에 감탄합니다."

"팔렸나요?" 도라가 물었다.

"금방 알려 드리겠습니다. 제가 원고를 편집장한테 가져갔더니 다음 날 아침에 다시 오라고 하더군요. 전 약속을 잊지 않았습니다. 다음 날 제가 들어가니 그가 희망을 주는 미소를 띠고 말했습니다. '소설이 괜찮더군요. 토요일 부록에 추가하겠습니다. 토요일 아침에 오면 보수를 드리죠.' '보수'라는 말이 얼마나 기억에 생생한지! 그때부터 그 단어에 애착이 생겼습니다. 그는 과연 보수를 줬습니다. 종이 한 장에 뭔가를 끄적거려 주길래 그걸 출납원에게 가져가니까 총 18달러였습니다. 그렇게 살아난 겁니다!"

웰프데일은 다시 커피를 홀짝였다.

"영국 편집장 중에서 절 그렇게 친절하고 사려 깊게 대해준 사람은 아직 못 만나 봤습니다. 큰 신문사의 편집장이나 되는 사람이 어떻게 시간을 내서 저를 자주 만나고 인간적으로 대해 줬는지 모르겠습니다. 제가 런던 신문사 사무실에서 똑같이 행동했다고 생각해 보세요! 일단 편집장은 만날 수도 없습니다. 뾰족한 갈색 수염과 유쾌한 미소를 지녔던 그 사람을 전 언제나 감사하는 마음으로 기억할 겁니다."

"그런데 그 후에 땅콩 시절이 왔군요?" 도라가 물었다.

"그렇습니다. 몇 달 동안 같은 신문사와 다른 몇 군데에 글을 투고하면서 시카고에 살았습니다. 그러나 끝내 제 영감의 흐름이 막혔습니다. 소진한 거죠. 더구나 향수병에 걸려서 영국으로 돌아오고 싶었습니다. 결과적으로 전 뉴욕에 돌아왔는데, 집에 갈 뱃삯이 없었습니다. 소설을 하나만 더 쓰려고 했죠. 도서실에서 신문을 훑어보는데 제가 시카고에서 쓴 소설 하나가 트로이라는 곳의 신문에 실린 겁니다. 트로이는 뉴욕에서 그리 멀지 않았습니다. 그 신문사 편집장이 제 소설을 마음에 들어 한 것 같으니, 거기 가면 일을 주지 않을까 생각했습니다. 그래서 증기선을 타고 허드슨강을 올라갔습니다. 트로이에 도착했을 때는 시카고에 도착했을 때만큼이나 빈털터리였죠. 1달러도 없었습니다. 최악의 사실은, 제가 헛수고를 했다는 거죠. 그 편집장은 절 무시했고 일은 물론 주지 않았습니다. 전 작은 방을 빌려서 날마다 세를 냈는데, 그동안 혐오스러운 땅콩을 길거리에서 한주먹씩 사서 연명했습니다. 말씀드리건대, 굶어 죽기 일보 직전이었습니다."

"트로이는 어떤 도시인가요?" 처음으로 입을 연 메리언이 물었다.

"제게 물어보지 마세요. 거기 사람들은 주업으로 밀짚모자를 만들고 땅콩을 팝니다. 그거밖에 기억이 나지 않아요."

"하지만 굶어 죽지 않으셨죠." 모드가 말했다.

"네, 아닙니다. 어느 날 오후 전 어떤 변호사 사무실을 찾아갔습니다. 사본하는 일이라도 얻을 요량이었습니다. 그런데 기묘하게 생긴 노인이 성경책을 무릎 위에 펼쳐 놓고 앉아 있는 겁니다. 자기는 변호사가 아니라고 했습니다. 변호사는 출장 갔고, 자기는 사무실을 지키고 있다고 하더군요. 혹시 저를 도와줄 수 있느냐고 물었습니다. 노인은 잠시 생각하더니 뭔가 떠올랐는지 이렇게 말했습니다. '이러이러한 하숙집에 가서 프리맨 스털링 씨를 찾으시오. 이 사람이 사업차 출장을 가려는 참인데 동행할 젊은 친구를 찾고 있습니다.' 저는 무슨 사업인지 물어볼 생각도 못 하고, 부들거리는 다리가 허락하는 한 빨리 그가 알려 준 주소로 갔습니다. 프리맨 스털링 씨를 찾으니 그가 있었습니다. 사진작가인데, 옛날 초상화를 복제하는 일의 주문을 받으러 떠나는 길이라고 했습니다. 친절한 젊은 남자였습니다. 제 인상이 마음에 든다며 방문판매 조수로 채용했습니다. 제 하숙비와 식비를 내주고, 제가 주문을 받으면 수수료를 떼어 준다고 했습니다. 그때부터 전 제대로 된 음식을 먹을 수 있었죠. 그리고 양심도 없이, 엄청나게 먹었습니다."

"그 일에서 뛰어난 성공은 거두지 못했나?" 재스퍼가 물었다.

"주문을 대여섯 개도 못 받았네. 그런데도 그 마음씨 좋은 사마리아인은 트로이에서 보스턴까지 여행하는 5, 6주 동안 저를 먹여 살렸습니다. 계속 그렇게 살 수는 없었습니다. 부끄러웠거든요. 결국, 저는 떠나야겠다고 말했습니다. 맹세컨대, 그는 족히 한 달은 더 저를 먹여 살렸을 것입니다. 왜 그런지는 모르겠군요. 제가 신문에 글을 실은 적이 있다는 이유로 저를 매우 존경했고, 제가 자기 일에 쓸모없다고 말하기를 꺼린 듯합니다. 우리는 보스턴에서 아주 다정하게 헤어졌습니다."

"그리고 다시 땅콩으로 돌아갔나요?" 도라가 물었다.

"아닙니다. 그동안 영국에 있는 지인에게 편지를 써서 집에 돌아갈 뱃삯만 빌려달라고 부탁했습니다. 기차역에서 스털링과 헤어진 다음 날 돈이 들어왔습니다."

한 시간 삼십 분이 금세 지나갔다. 메리언이 가기 전에 단둘이 몇 분 동안 이야기를 나누고 싶던 재스퍼는 동생들에게 의미심장한 눈빛을 던졌다. 도라가 순진하게 말했다.

"9시 30분이 되면 알려 달라고 했지, 메리언."

메리언이 일어났다. 웰프데일이 무시할 수 없는 신호였다. 그는 곧바로 나갈 채비를 했고 5분도 되지 않아 사라졌다. 방을 나서기 전 마지막 순간 그의 얼굴에는 기쁨과 괴로움이 뒤섞여 있었다.

"초대해 줘서 정말 고맙네." 웰프데일이 문까지 배웅을 나온 재스퍼에게 고마워하며 말했다. "자네는 행복한 남자야. 정말이네, 행복한 남자야."

재스퍼가 방에 돌아왔을 때 동생들은 이미 자리를 비웠다. 메리언은 난롯가 앞에 서 있었다. 재스퍼는 가까이 다가가 메리언의 손을 잡고 웰프데일의 마지막 말을 웃으며 되풀이했다.

"그 말이 진실인가요?" 메리언이 물었다.

"그럭저럭 진실이죠."

"그럼 나도 당신만큼 행복해요."

재스퍼는 그녀의 손을 놓고 조금 비켜섰다.

"메리언, 당신 아버지께 쓸 편지를 생각 중이에요. 이제 슬슬 쓰는 게 낫지 않을까 싶어. 당신 생각은 어때요?"

메리언은 심란한 눈빛으로 그를 바라봤다.

"어쩌면요. 하지만 기다리기로—"

"알아요. 하지만 당신이 내가 기다리지 않길 원하는 것 같아서요. 그렇지 않아요?"

"부분적으로는 맞아요. 재스퍼, 당신이 원하는 대로 해요."

"당신이 원하면 내가 아버님을 직접 찾아갈게요."

"너무 두려워요. 아니요, 편지가 낫겠어요."

"좋아요. 내일 오후에는 받으실 겁니다."

"마지막 우편으로 보내요. 그게 낫겠어요. 가능하면 그렇게 해줘요."

"알았어요. 이제 가서 동생들에게 인사해요. 날씨가 지독하군요. 이런 날은 빨리 집에 가야 해요."

메리언은 돌아섰다가 다시 다가와 속삭였다.

"한두 마디만 더요."

"편지에 대해서요?"

"아뇨. 하지만 아직—"

재스퍼가 웃었다.

"내가 사랑한다는 말을 백 번째로 반복하지 않으면 만족스럽게 떠나지 못한다는 말이군요?"

메리언은 재스퍼의 표정을 살폈다.

"내가 어리석은 것 같아요? 난 오로지 그 말만 먹고 살아요."

"뭐, 그게 땅콩보다는 낫겠죠."

"아, 그러지 말아요! 난 참을 수—"

메리언에게는 그런 농담이 모욕적이라는 사실을 재스퍼는 이해할 수 없었다. 메리언은 재스퍼와 얼굴을 맞대고, 만일 그의 입에서 나왔더라면 그녀를 환희에 빠뜨렸을 말들을 속삭였다. 재스퍼는 메리언의 숭배를 즐겼지만 그만큼 애정을 되돌려줄 수 없었다. 다정한 말을 몇 마디 하고 나면 표현이 바닥났다. 메리언이 그 이상을 바라면—모호한 무언가—심지어 지겹기까지 했다.

"당신은 소중하고, 착하고, 상냥해." 재스퍼가 메리언의 짧고 부드러운 머리카락을 쓰다듬으며 말했다. "이제 가서 준비해요."

그의 방에서 나온 메리언은 자매의 방에 들어가기 전에 잠시 우두커니 서 있었다.

29장. 재난

메리언은 『오세아나』의 저자 제임스 해링턴에 관한 논설의 초안을 완성했다. 밤사이에 읽은 그녀의 아버지는 이튿날 아침 자신의 의견을 주었다. 거뭇거뭇한 하늘에서 숯이 섞인 비가 내리는 날이라 앨프리드는 서재 난롯가 앞을 선호했고, 메리언의 기분을 맞추려는 듯이 상냥하고 구체적으로 이야기했다.

"로타 클럽[46]에 대한 문단이 특히나 멋지더구나." 앨프리드가 파이프의 물부리로 원고를 두드리며 말했다. "시리액 스키너[47]에 대해 몇 마디 보태는 게 어떻겠니. 일반 독자를 대상으로 할 때는 넌지시 암시하면 안 된다. 그들은 놀랄 정도로 무지하거든. 따로 추가하거나 고칠 건 거의 없다. 그러므로 내 이름으로 발표하는 건 부당하게 느껴지는구나. 익명으로 하기엔 아까운걸. 메리언, 네 이름으로 발표하고 정당하게 인정받으렴."

"아, 그렇게까지 할 가치가 있을까요?" 이런 칭찬을 불편해하는 메리언이 답했다. 최근 들어 아버지가 과하게 퍼붓는 칭찬이 미심쩍었고, 이런 의심이 들면 그녀 본인이 숨기고 있는 비밀에 대한 죄책감이 한층 가증됐다.

"그래. 네가 서명하는 게 좋겠다. 네 나이에 이런 글을 쓸 수 있는 여자는 또 없을 거야. 수습 기간이 끝났다고 해도 되겠어. 얼마 안 가서—" 앨프리드가 초조하게 웃었다. "네가 나의 귀중한 기고자가 될 수도 있겠구나. 이 말을 하니까 생각났는데, 다음 주 일요

46. 영국의 정치인이자 수필가 제임스 해링턴이 설립한 토론 클럽.
47. 『실낙원』의 저자 존 밀턴의 친구이자 필사생으로, 밀턴의 전기를 익명으로 썼다. 로타 클럽의 회원이었다.

일에 나와 함께 제드우드 집에 가지 않겠니?"

메리언은 아버지의 초대 아래 깔린 의중을 알았다. 그녀의 결정을 기다리고 있는 중대한 주제에 관해 아무리 입을 다물고 있어도 아버지는 희망을 잃지 않을 것 같았다. 앨프리드는 자신의 야심찬 계획에 그녀를 점차 끌어들이고, 티가 나지 않게 조금씩 준비시키려고 노력하고 있었다. 아버지가 간절한 마음을 억누르고 대답을 기다리고 있는 모습이 마음 아팠다.

"아버지가 원하시면 갈게요. 솔직히 별로 가고 싶지는 않아요."

"제드우드 부인이 마음에 들 거다. 그 부인의 소설은 썩 훌륭하지 않지만 꽤 지적인 여자야. 다음 주 일요일에 약속을 잡으마. 나도 가끔 너와 시간을 보낼 자격은 잊지 않니."

메리언은 잠자코 있었다. 율은 담배를 뻐금거리다가, 사색에 잠긴 듯이 물었다.

"소설을 쓸 생각은 안 해봤니?"

"그쪽으로는 전혀 안 끌려요."

"네가 노력하면 꽤 괜찮은 소설을 쓸 거다. 강요하진 않겠어. 내가 그쪽에 손을 댄 건 실수였다. 요즘 시대에 어중이떠중이들이 읽는 이런저런 책들보다 나쁘지는 않았다. 그렇지만 난 어떤 소설을 쓰고 싶은지 좀처럼 마음을 정할 수 없었단다. 그저 흥미진진하기만 한 서술에는 만족할 수 없었지만, 내 마음에 꼭 드는 지적인 주제를 찾을 수도 없었어. 흠, 난 문학이라는 틀 아래 대부분 분야를 다 시도해 봤지. 문인이라는 직함을 받을 자격은 확실히 있다."

"그럼요."

"그나저나, 문예지의 이름은 뭐가 좋겠니? 《레터스 Letters》는 어떠니? 내가 알기론 한 번도 쓰인 적이 없다. 나는 그 단어가 좋

아. 문필업자라는 말보다 문인[48]이란 말이 얼마나 더 좋으니! 말이 나와서 말인데, 문학[49]이라는 단어가 언제부터 여러 종류의 글을 뜻했을 거 같니? 존슨의 시대에는 지금 우리가 생각하는 '문화'의 의미로 쓰였단다. 존슨 박사의 말을 기억하니? '사람들이 어찌나 문학이 부족한지 놀라울 지경이다.' 그의 사전에서는 '배움, 학식'으로 정의했던 거 같다. 그게 다였지."

이런 소소한 사항에 열정적으로 몰입하는 건 앨프리드의 버릇이었다. 앨프리드는 이따금 파이프에 불을 붙이기 위해 말을 멈추며 15분 정도 이 화제를 논했다.

"레터스라는 이름이 나쁘지 않아." 마침내 앨프리드가 메리언에게 상기하고 싶은 제안으로 돌아가며 말했다. "우리가 어떤 글을 다루는지 이름이 확실히 보여주겠지. 쿼비가 말했듯 복본위제 따위에 관련된 글은 없을 거다. 쿼비가 말했나?"

그는 별다른 이유 없이 웃었다.

"제드우드에게 이름이 마음에 드는지 물어봐야겠다."

결과가 두렵긴 했지만 메리언은 재스퍼가 아버지에게 편지를 쓰기로 마음먹어서 기뻤다. 문예지를 설립하는 데 그녀의 유산을 쓸 수 없다고 확정이 났으니, 앨프리드가 위험한 희망을 더 부풀리기 전에 이 사실을 알려야 했다. 그녀의 사랑과 관련된 전망이 없었더라면, 대답할 시기가 왔을 때 메리언은 단호하게 거절하기 힘들었을 터였다. 아무리 아버지의 야심 찬 계획을 불신할지언정 자기 자신만을 위해 돈을 붙들고 있는 건 너무 이기적이라고 느꼈을 것이

---

48. 원문에서 앨프리드는 a man of letters라는 말을 a literary man 보다 선호한다고 밝힌다.

49. Literature.

다. 약혼한 사실이 알려지면 아버지도 그녀가 유산을 문예지에 쓰길 바랄 수 없다. 아버지는 물론 그녀의 선택을 반대할 것이다. 그의 반대가 혹독하고 끈질길 수도 있지만, 메리언은 어떤 매서운 분노에도 맞설 수 있을 것 같았다. 떨리기는 했지만, 가슴에서 용기가 끝없이 솟아났다.

앨프리드는 딸에게 생긴 변화를 눈치챘다. 날마다 그는 메리언을 유심히 관찰했다. 메리언은 전보다 더 건강해 보였다. 이전에 메리언은 오랜 시간 일하고 나면 참담하게 지쳐 보여서 가끔은 그의 신경을 거슬렀고 때론 걱정을 자아냈다. 메리언의 말투와 태도가 더욱 여성스러워졌고, 그녀는 성숙한 나이가 된 뒤에도 표출하지 않았던 독립성을 드러내기 시작했다. 이런 변화가 단지 재산이 생겼다는 안정감에서 오는 건지, 아니면 걱정했던 일이 끝내 벌어졌는지 그녀의 아버지는 궁금했다. 메리언이 외모에 부쩍 신경을 쓰기 시작한 건 안 좋은 징조였다. 눈에 띄는 변화는 아니었지만, 그런 조짐을 경계하고 있던 앨프리드는 놓치지 않았다. 물론 그것이 단지 궁핍한 삶을 벗어났다는 안도의 표시일지도 몰랐다. 이런 상황에서 여자라면 누구나 자연스레 자신을 좀 꾸밀 것이다.

앨프리드가 문예지의 이름을 제안한 날로부터 이틀 후 궁금증이 풀렸다. 앨프리드가 서재에 있는데 하녀가 저녁 우편으로 배달온 편지를 가져왔다. 그가 모르는 글씨체였다. 내용은 이러했다.

"친애하는 율 씨. 제게 대단히 중요한 문제에 관해 완벽하게 솔직하고 최대한 간결하게 쓰려고 합니다. 핀든에서 처음 뵀을 때 제게 베푸신 친절한 마음으로 이 편지를 읽어 주시리라 믿습니다.

그때 만남 덕분에 저는 행복하게도 율 양을 소개받았습니다. 율 양이 제게 완전히 낯선 사람은 아니었습니다. 당시 박물관 도서실에서 꽤 자주 일하던 저는 율 양을 보았고, 감히 젊은 남자의 관심을 품고 지켜보았습니다. 비록 율 양의 이름은 몰랐지만 점점 마음이 끌렸습니다. 핀든에서 그녀를 만난 건 매우 희귀하고 기쁜 행운이었습니다.

그 휴가를 통해 저는 제가 몸을 담은 직종에서 더욱 분투할 수 있는 새로운 목적과 소망과 동기를 얻었습니다.

어머니가 돌아가시면서 제 동생들이 런던에 왔습니다. 율 양과 동생들 사이에는 이미 친밀한 서신이 오가고 있었는데, 그들이 자주 만날 기회가 찾아온 것입니다. 제가 동생들 하숙집에 자주 있다 보니 그곳에서 율 양을 이따금 만날 수 있었습니다. 이런 만남에서 저는 따님에 대한 제 애정을 확인했습니다. 율 양을 잘 알게 될수록, 존경심과 사랑이 커졌습니다.

제가 시골에서 시작된 아버님과의 친분을 당연히 이어가려고 노력해야 하지 않았을까요? 전 기쁜 마음으로 반겼을 겁니다. 제 동생들이 런던에 오기 전에 전 아버님을 만나 뵙고 싶어서 한 번 방문했지만, 안타깝게도 부재중이셨습니다. 얼마 후 저는 《커런트》와 그곳 편집장과의 관계 때문에 아버님이 제 방문을 불쾌히 여기시리라는 사실을 유감스럽게도 알게 됐습니다. 제 문필업 경력에는 아버님이 모욕으로 간주할 만한 것이 전혀 없었고, 그것은 지금도 사실입니다. 하지만 전 아버님을 성가시게 하고 싶지 않았습니다. 몇 달 동안 전 인생 최고의 소망을 이룰 수 없게 되었다는 생각에 좌절했습니다. 수입이 무척 근소했던 저는 주어진 일을 거부할 여건이 아니었으며, 아버님 눈 밖에 날 처지에 놓인 건 순전히 불운한 우연이었습니다.

여러 상황 덕분에 저는 당시 불가능해 보였던 일을 해낼 수 있었습니다. 율 양도 저와 같은 마음이라는 걸 알게 된 후 저는 청혼했고, 허락받았습니다. 아버님을 찾아뵈어도 좋다는 허가를 받고 싶습니다. 율 양은 제가 편지를 보낸 것을 알고 있습니다. 불운한 우연이 저와 아버님 사이를 갈라놓았다는 사실을 따님이 설명하도록 해주시겠습니까? 메리언과 저는 아버님의 축복을 간절히 바라며, 그 축복 없이는 우리가 꿈꾸는 행복이 완전하지 못할 것입니다.

제가 진정 아버님의 사람이란 걸 믿어 주십시오.

재스퍼 밀베인."

앨프리드가 편지를 읽고 30분 정도 지났을 때 메리언이 들어오며 그를 지독하게 음울한 상념에서 깨웠다. 메리언은 창백한 얼굴로 소심하게 다가왔다. 앨프리드는 누구인지 확인하려고 흘깃 봤지만 곧바로 고개를 돌렸다.

"비밀로 한 걸 용서해 주시겠어요, 아버지?"

"용서?" 앨프리드가 딱딱하고 느릿느릿하게 말했다. "나와는 완전히 무관한 일이다. 너는 오래전에 성인이 됐고, 네 마음을 유혹하는 어떤 사기꾼에게 빠지든, 나는 막을 힘이 없다. 거론할 가치도 없다. 너는 원하는 만큼 네 사생활을 비밀로 할 권리가 있고, 난 그걸 인정한다. 내게 용서를 구하는 것은 겉치레에 불과하다."

"아니요, 진심으로 말씀드리는 거예요. 가능했다면 처음부터 아버지께 기쁘게 말씀드렸을 거예요. 그게 정당하고 자연스러운 일이죠. 하지만 아버지도 제가 왜 그러지 못했는지 아시죠."

"안다. 적어도 조금이라도 수치심을 느꼈기를 바란다."

"그렇지 않아요." 메리언이 냉랭하게 말했다. "수치스러워할 이유 따위 없어요."

"알았다. 뉘우칠 이유가 전혀 없겠지. 언제 결혼할 거냐고 물어도 되겠니?"

“언제일지는 몰라요.”

“금세 하겠지. 이 상황에 직접적인 영향을 끼친 조건을 네 큰아버지의 유산 집행인들이 해결하는 대로겠지.”

“어쩌면요.”

“네 어머니도 아니?”

“방금 말씀드렸어요.”

“잘됐군. 이에 관해 난 이제 할 말이 없다.”

“밀베인 씨를 만나지 않으실 건가요?”

“물론이다. 그게 편지에 대한 답변이라고 전해라.”

“신사답지 못한 행동이에요.” 메리언이 말했다. 메리언의 눈에 원망의 빛이 감돌기 시작했다,

“조언해 줘서 고맙구나.”

“밀베인 씨를 왜 싫어하시는지 명확히 설명해 주시겠어요?”

“너에게 헛되게 말한 것을 반복하고 싶지 않다. 하지만 네가 확실히 이해할 수 있게, 내가 그를 싫어하는 감정이 현실에서 어떤 결과로 나타날지 알려 주마. 그 남자와 결혼하는 순간 너는 내게 아무것도 아니다. 내 집에 오는 것도 금할 거다. 너는 네 선택을 하고 갈 길을 가라. 나는 다신 너를 안 볼 거다.”

그들의 시선이 부딪쳤다. 부녀는 상대의 얼굴에 떠오른 표정에 자극받은 듯했다.

“아버지가 그렇게 마음을 굳히셨으면.” 메리언이 떨리는 목소리로 말했다. “저는 이 집에서 살 수 없어요. 터무니없이 잔인한 말씀을 하셨어요. 전 내일 집을 나가겠어요.”

“다시 말하지만 넌 성인이고 완전히 독립적이다. 네가 언제 나가든 나와 상관없다. 너에게 이 아비가 얼마나 하찮은 존재인지 알았으니, 우리가 하루라도 빨리 서로 괴롭히지 않는 게 낫지.”

아버지와의 갈등이 드디어 메리언의 가슴에서 앨프리드와 맞먹는 격렬한 성질을 폭발시킨 듯했다. 상냥하고 진중하던 메리언의 얼굴에 오만한 걱정이 떠올랐으며 콧구멍과 입술이 분노로 떨렸고, 눈빛은 놀랄 정도로 어둡고 강렬했다.

"그 말을 또 하실 필요 없을 거예요." 메리언이 대답하고 곧바로 방에서 나갔다.

메리언은 율 부인이 대화의 결론을 기다리고 있는 거실로 들어갔다.

"어머니." 메리언은 부드럽지만 단호하게 말했다. "이 집은 더 이상 제 집이 아니에요. 내일 집을 나갈 거고, 결혼할 때까지 하숙집에서 살겠어요."

율 부인은 충격에 외마디를 지르며 벌떡 일어났다.

"그러지 마라, 메리언! 아버지가 뭐라고 하셨니? 여기 와서 엄마한테 말해 보렴. 아버지가 뭐라고 하셨어? 그런 표정 짓지 말렴."

일어날 수 없다고 믿었던 변화에 덜컥 겁이 난 율 부인이 다급하게 딸에게 매달렸다.

"제가 밀베인 씨와 결혼하면 저와 절연하겠다고 하셨어요. 전 여기서 살 수 없어요. 어머니가 저를 만나러 오세요. 저희 관계는 변함이 없을 거예요. 아버지는 저를 너무 부당하게 대하세요. 그런 말을 듣고 여기서 살 수는 없어요."

"진심으로 하신 말이 아니란다." 어머니가 흐느꼈다. "내뱉자마자 후회할 말을 하셔. 그렇게 너를 내치기엔 아버지가 널 너무 사랑하신단다. 실망해서 그래, 메리언. 그게 다야. 그걸 너무 믿고 있었어. 잠꼬대까지 할 정도였단다. 문예지를 차릴 수 있다고 굳게 믿고 있다가 낙담하는 바람에 자기가 무슨 소리를 하는지도 모르는 거야. 조금만 기다려 보렴. 진심이 아니었다고 말씀하실 거야. 엄마는 안단다. 마음을 추스를 시간을 조금만 드리렴. 한 번만 용서해 드려."

"실성한 사람이나 할 법한 말이에요." 어머니의 품에서 빠져나오며 메리언이 말했다. "얼마나 실망을 하셨든, 전 견딜 수 없어요. 저는 철이 들고서부터 아버지를 위해서 정말 열심히 일했어요. 아버지는 저를 존중하고 친절히 대할 의무가 있어요. 아버지가 재스퍼를 미워할 이유라도 있으면 몰라요. 전부 다른 사람들과의 다툼에서 비롯된 터무니없는 편견일 뿐이에요. 제 장래의 남편을 교활한 위선자 취급하면서 저를 모욕할 권리가 어디 있어요?"

"내 사랑, 아버지가 너무 고생하셔서 그렇단다. 그래서 인내심이 없어지신 거야."

"그럼 저도 마찬가지예요. 아버지가 말한 대로 우리가 하루라도 빨리 따로 사는 편이 나아요."

"아, 하지만 지금까지 잘 참아 왔잖니."

"저를 아무 권리도 감정도 없는 사람 취급하면 저도 참을 수 없어요. 제가 얼마나 잘못된 선택을 했든지 간에 아버지는 저를 이렇게 대하면 안 돼요. 실망하셨다고요? 딸은 아버지에게 희생해야 한다는 법이라도 있나요? 아버지만큼 제 남편도 돈이 필요하고, 더 좋은 일에 쓸 수 있어요. 제 돈을 그런 데 쓰라고 부탁하신 것부터 잘못됐어요. 저도 다른 여자들처럼 행복할 권리가 있어요."

메리언은 그녀와 같은 기질에서 흔히 보이는 신경질적인 흥분에 휩싸여 부들부들 떨었다. 한편 그녀의 어머니는 드디어 표현할 기회를 얻은 심오한 사랑의 힘으로 굳세어졌다. 곧 율 부인은 메리언에게 방으로 올라가자고 설득했고, 오랫동안 억눌러온 감정이 눈물로 터지며 가슴이 편해졌다. 그러나 메리언의 결심은 변함없었다.

"매일 서로를 보는 건 불가해요." 흥분이 가라앉았을 때 메리언이 말했다. "아버지는 저를 보면 화가 나서 참을 수 없고, 저는 이런 기분일 때마다 너무 괴로워요. 여기서 멀지 않은 곳에서 하숙을 얻을게요. 어머니가 자주 올 수 있게요."

"하지만 넌 돈이 없잖니, 메리언." 율 부인이 괴로워하며 답했다.

"돈이 없다고요? 유산을 받을 때까지 몇 푼 못 빌릴까 봐요. 도라 밀베인이 빌려줄 거예요. 그 애는 전혀 마음 쓰지 않을 거예요. 제 돈을 금방 받을 텐데요."

11시 30분쯤 율 부인은 아래층으로 내려가 서재로 들어갔다.

"메리언 이야기를 하려고 온 거면 안 하는 게 좋을 거요." 그녀의 남편이 험악한 눈길을 돌리며 말했다. "그 애 이름은 들먹이지도 마시오."

율 부인은 움찔했지만 곧 마음을 다잡았다.

"앨프리드, 당신이 애를 내치고 있어요. 옳지 않아요! 그른 일이에요!"

"그 애가 안 나가면 내가 나갈 테니, 그리 아시오! 난 한 번 나가면 다신 돌아오지 않을 거야. 선택하시오! 선택해!"

앨프리드는 사람으로 하여금 비논리적인 행동과 말을 하게 하는 심술의 광란에 빠져 있었다. 그를 송두리째 사로잡은 기막히게 비합리적인 분노가, 막대한 좌절감이 시작한 말을 끝맺었다.

"내가 이렇게 가난하고 힘없는 여자가 아니었다면." 의자에 주저앉아 얼굴을 가리지도 않고 울면서 그의 아내가 답했다. "메리언이 결혼할 때까지 같이 살다가, 결혼하고 나면 나 혼자 나가 살 텐데. 하지만 난 한 푼도 없고, 내 힘으로 돈을 벌기엔 너무 늙었군요. 딸한테 짐만 되겠지."

"당신을 말릴 사람 없소." 율이 외쳤다. "원하면 나가! 내가 돈을 버는 동안에는 당신에게 충분한 용돈을 보내겠소. 하지만 내가 그럴 힘이 없어지면 당신은 나보다 어려워질 거요. 당신 딸은 아무런 손해도 보지 않고 내 노후를 책임질 기회가 있었는데, 그게 그 애한테는 너무 많이 바란 것이었어. 마음대로 떠나시오. 내가 여생을 원하는 대로 살게 내버려 둬. 내 어리석음이 초래한 저주에서 몇 년 더 일찍 해방될지도 모르겠군."

앨프리드와 대화하려는 건 헛수고였다. 율 부인은 거실로 나가서 한 시간 동안 흐느꼈다. 그리고 그녀는 불을 끄고 조용히 위층으로 올라갔다.

앨프리드는 서재에서 밤을 지새웠다. 동이 틀 때가 되어서야 깜빡 잠이 든 그는 불씨가 죽고 방이 싸늘해질 때까지 한두 시간 눈을 붙였다. 눈을 뜨자 창밖에 뿌연 새벽빛이 퍼지고 있었다. 집 안에서 문소리가 들렸다. 하녀가 일어났다는 것을 알리는 그 소리가 앨프리드를 깨운 듯했다.

앨프리드는 블라인드를 걷었다. 서리가 끼어 있었다. 간밤의 습기가 거의 걷혀서 오랜만에 창밖의 뜰이 깨끗하게 보였다. 검은 창살을 흘끗 본 앨프리드는 램프를 끄고 복도로 나갔다. 몇 분 동안 그는 어둠 속에서 더듬거리며 외투와 모자를 챙겨서 집을 나섰다.

앨프리드는 맹렬히 걸어서 몸을 덥히는 동시에 가능하다면 절망감과 분노의 악몽을 떨쳐 내려 했다. 간밤에 자신이 한 행동에 대해서는 별생각 없었다. 자기 자신을 정당화하지도, 비난하지도 않았다. 메리언이 진정 오늘 집을 나갈 것인지, 아내가 그의 말을 듣고 정말 떠날지 자문하지도 않았다. 앨프리드의 두뇌는 너무 지쳐 있었다. 집 안 가득한 절망감에서 멀어지고 싶을 따름이었다. 그가 자리를 비운 사이에 일이 되는대로 흘러가길 바랐다. 현관문을 닫을 때 앨프리드는 숨통을 조르는 손아귀에서 벗어나는 것 같은 기분이었다 앨프리드의 목적 없는 발길은 습관대로 캠든 로드를 향했다. 캠든 로드 기차역에 다다랐을 때 커피 판매대가 눈길을 끌었다. 커피 수준이 어떻든지 간에 뜨거운 커피를 한잔 마시면 혈액순환을 도우리라. 앨프리드는 1페니를 내고, 컵을 먼저 두 손으로 감싸 손을 따뜻하게 했다. 그렇게 서 있는데 앞의 물체들이 흐릿하게 보였다. 이날 아침 시력이 유난히 나빴다. 잠이 부족해서가 틀림없었다. 앨프리드는 판매대에 놓인 신문을 하나 집었다. 글자를 읽을 수는 있었지만 한쪽 눈이 다른 눈보다 확실히 더 안 좋았다. 그쪽 눈으로만 보려고 하면 모든 것이 흐리멍덩했다.

지금 기분에서는 그런 재앙조차 우습다는 듯 앨프리드는 웃음을 터뜨렸다. 동시에 그는 자기에게 다가온 남자를 보았다. 남자는 초라한 차림이었는데, 옷차림과 생김새가 조화롭지 않았다.

"부디 커피 한 잔만 사주시겠습니까? 남자는 부끄러워하며 조용히 물었다. "대단히 감사하겠습니다."

교육받은 억양이었다. 앨프리드는 놀라서 잠시 머뭇거리다 말했다.

"한잔하시죠. 뭔가 드시겠습니까?"

"정말 감사합니다. 저기 빵 한 덩이와 버터를 먹을 수 있으면 참 좋겠군요."

판매대 주인은 막 불을 끄고 있었다. 서리낀 하늘에서 창백한 동녘 빛이 새어 나왔다.

"안타깝게도 고달픈 시대입니다." 남자가 고마워하며 허겁지겁 먹기 시작하자 앨프리드가 말했다.

"아주 고달픈 시대입니다." 남자의 얼굴은 작고 초췌하고 창백했으며, 커다란 눈은 애처로웠다. 콧수염은 빈약했고 턱수염은 곱슬곱슬했다. 그는 몹시 궁핍한 사무원이 입을 법한 옷차림이었다.

"한 시간 전에 여기 왔습니다." 남자가 말을 이었다. "일정한 시간에 이 역에 오는 지인을 만나기를 고대했습니다. 그를 못 만난 바람에 아침을 먹을 유일한 기회를 놓쳤습니다. 전날 점심과 저녁을 거른 사람에게는 아침 식사가 꽤 중요해지죠."

"사실입니다. 빵을 하나 더 드시죠."

"대단히 감사합니다."

"별말씀을요. 저도 고생을 해봤고, 앞으로는 더 힘들어질 것 같습니다."

"설마요. 제대로 구걸한 것은 이번이 처음입니다. 이런 곳에 주로 있는 사람들에게 구걸하기는 너무 부끄러웠습니다. 그들도 도와줄 형편이 아니고요. 빵집에 가서 부탁할까 생각했는데 아마 경찰에 넘겨질 가능성이 컸겠죠. 어쩔 줄을 몰랐습니다. 참을 수 있는 한계에 거의 다다랐습니다. 옷은 지금 입고 있는 것뿐인데 이 계절에는 턱없이 부족하죠. 조끼는 팔아야 했습니다."

남자는 동정심을 유발하려는 거지처럼 말하는 대신, 자신에게 닥친 역경을 무심히 신기해하며 관찰하는 사람처럼 말했다.

"일을 전혀 못 찾고 있습니까?" 문인이 물었다.

"전혀요. 저는 사실 외과 의사입니다. 하지만 의술에서 손을 놓은 지 오래되었습니다. 15년 전에는 웨이크필드에서 편하게 살았습니다. 결혼도 했고 아이도 한 명 있었죠. 그러다 자금이 떨어져서 애초에 대단치 않았던 제 병원은 문을 닫아야 했습니다. 체스터에 있는 어떤 사람의 조수 자리를 얻었습니다. 그래서 다 팔고 길을 떠났죠."

남자는 말을 멈추고 묘한 표정으로 앨프리드를 쳐다봤다.

"어떻게 됐습니까?"

"1869년에 크루 근처에서 일어났던 기차 사고를 기억 못 하시겠죠? 추락한 한 칸에는 저와 아내와 아이만 타고 있었습니다. 한 순간에는 제가 꽤 명랑한 기분으로 떠들고 아내가 제가 한 말에 웃고 있었는데, 다음 순간에는 으스러진 시체 두 구가 제 발치에서 피를 쏟고 있었습니다. 저는 팔만 부러졌습니다. 아내와 아이는 즉사했습니다. 고통스러운 죽음은 아니었습니다. 그게 제 유일한 위안입니다."

앨프리드는 가여워하며 침묵을 지켰다.

"그로부터 1년 넘게 정신병원에 있었습니다." 남자가 말을 이었다. "불행하게도 곧바로 실성하지는 않았습니다. 그렇게 되기까지 2~3주 걸렸습니다. 나중에 정신이 돌아왔고, 그 병이 재발하진 않았습니다. 제가 아직도 정신이 오락가락한 사람이라고 생각하진 마십쇼. 가난이 결국 그렇게 만들겠지만요. 아직은 완전히 제정신입니다. 갖가지 일을 하며 생계를 유지했습니다. 아뇨, 전 술을 마시지 않습니다. 당신 얼굴에서 질문이 읽히는군요. 다만 전 신체적으로 허약하고, 거미지 부인[50]을 인용하자면, 제겐 '운이 거꾸로 작용합니다.' 한탄해도 소용없죠. 아침을 먹으니 기운이 나고 기분이 훨씬 좋아졌습니다."

"외과 기술은 아무 쓸모가 없습니까?"

상대는 고개를 가로젓고 한숨을 내쉬었다.

"혹시 눈에 관련된 질병도 다루신 적이 있습니까?"

"전문의는 아닙니다. 어느 정도 지식은 있습니다."

"백내장 조짐이 보이는지 진단할 수 있습니까?"

"아마 가능합니다."

"제 이야기를 하는 중입니다."

낯선 남자는 앨프리드의 얼굴을 유심히 보다가 눈에 어떤 느낌이

50. 찰스 디킨스의 『데이비드 카퍼필드』에 등장하는 인물.

드는지 몇 가지 물었다.

"가능성은 적을 것 같습니다." 남자가 마침내 말했다. "여기서 멀지 않은 제 누추한 거소로 오실 용의가 있으시면, 정식으로 검사를 해보죠."

"그렇게 하겠습니다."

그들은 판매대에서 돌아섰고, 전 외과 의사가 옆길로 앨프리드를 안내했다. 앨프리드는 이런 특이한 상담을 받고 싶어 하는 자신이 놀라웠지만 눈 상태에 관한 어떤 의견이라도 듣고 싶었다. 낯선 사람이 뭐라고 하든지 나중에 정식 의사에게 가서 진단을 받을 요량이었다. 어쨌든 지금은 누구와라도 함께 있고 싶었고, 가난하고 딱한 남자와 그의 슬픈 인생사가 연민을 자아냈다. 적선보다는 진단비라는 명목으로 돈을 주는 게 더 나을 성싶었다.

"여기입니다." 남자가 지저분한 문 앞에서 멈추며 말했다. "포근한 곳은 아니지만 사는 사람들은 정직합니다. 적어도 제가 알기로는요. 제 방은 꼭대기 층입니다."

"앞서시죠." 앨프리드가 대답했다.

그들이 들어간 방에 딱히 눈에 띄는 것은 없었다. 그저 누추할 대로 누추한, 극빈하다고밖에 할 수 없는 침실이었다. 동이 트며 날이 밝았지만 낯선 남자는 방에 들어가자마자 성냥을 그어 촛불을 켰다.

"창문을 등지고 여기 앉으시겠습니까?" 그가 물었다. "반사광학 실험이라는 걸 하려고 합니다. 들어보셨죠?"

"과학 분야에서 제 무지는 놀라울 정도입니다."

상대는 미소를 짓고 곧바로 용어를 간단히 설명했다. 환자의 눈에 반사되는 촛불의 불빛을 통해 백내장이 눈에 침범했는지 알 수 있다고 했다.

1~2분 동안 남자는 신중히 검사했고, 앨프리드는 그의 얼굴에서 어떤 결과도 읽을 수 없었다.

"좀 이상하다고 의심하신 지 얼마나 됐습니까?" 외과 의사가 초를 내려놓으며 물었다.

"몇 달 되었습니다."

"진단을 안 받으셨고요."

"아직입니다. 자꾸 미뤘습니다. 뭘 발견하셨는지 그만 말씀해 주시죠."

"오른쪽 안구 뒤쪽에 증상이 생겼다는 건 의심의 여지가 없습니다."

"그렇다면 얼마 안 가 제가 장님이나 다름없어진단 말씀입니까?"

"그렇게 확언하고 싶지 않습니다. 저는 거지 신세가 된 외과 의사일 뿐입니다. 부디 능력 있는 의사를 찾아가십시오. 눈을 많이 쓰십니까?"

"고작 하루에 열네 시간 정도입니다."

"흠! 문필업에 종사하고 계시군요?"

"그렇습니다. 앨프리드 율이라고 합니다."

앨프리드는 남자가 혹시 자기 이름을 알지 않을까 은근히 희망했다. 지금으로서는 그것만 해도 근심을 잊을 수 있었다. 그러나 이런 딱한 소망조차 이루어지지 않았다. 상대방에게 그 이름은 아무 의미가 없는 게 분명했다.

"유능한 의사를 찾아가십시오, 율 씨. 제가 학생이었던 시절에 비해 과학이 엄청나게 발달했습니다. 전 병이 발발했다는 것밖에 알려 드릴 수 없습니다."

그들은 30분 정도 대화했다. 결국 추위 때문에 둘 다 덜덜 떨 지경이 됐다. 율은 주머니에 손을 넣었다.

“제가 드릴 수 있는 진료비를 받아 주시겠죠.” 앨프리드가 말했다. “달가운 소식은 아니지만, 알아서 다행입니다.”

앨프리드는 서랍장 위에(테이블이 없었다) 5실링을 놓았다. 남자는 감사를 표했다.

“제 성은 듀크라고 합니다.” 남자가 말했다. “이름은 빅터[51]입니다. 아마도 제가 인생에서 패배할 운명이기 때문이겠지요. 좀 더 기쁜 소식과 함께 제 이름을 기억하실 수 있었으면 좋았을 텐데요.”

악수를 나누고 앨프리드는 남자의 집을 떠났다.

앨프리드는 캠든 타운 역으로 돌아왔다. 그사이 커피 판매대는 자취를 감췄다. 교통이 혼잡해지며 거대한 중심도로가 점점 시끄러워지고 있었다. 살려고 버둥거리며 이곳저곳으로 서두르는 사람들 가운데 앨프리드 율은 운명에게 가장 가혹하게 당한 기분이었다. 그는 낯선 남자의 진단을 의심치 않았고, 이 진단이 예고하는 파멸의 타격을 덜어 줄 희망도 없었다. 그의 인생은 끝장났다. 낭비된 인생이었다.

그냥 집으로 돌아가서 난롯가에 힘없이 앉는 편이 나았다. 그는 패배했다. 얼마 안 가 쓸모없는 늙은이가 될 터이고, 그를 동정하는 모두에게 짐이자 부담이 될 것이다.

상상력의 힘 탓인지 바깥으로 나오자 눈이 전보다 훨씬 나빠진 느낌이었다. 앨프리드는 눈을 번갈아 감거나 가까이 있는 물체와 먼 곳에 있는 물체를 비교해 보면서 끝없는 실험으로 눈의 신경을 자극했다. 가끔 통증이 느껴지는 것 같기도 했는데, 그의 질병과는 무관했다. 열두 시간 전 앨프리드의 마음속에서 활발히 생동하던 문학 사업 계획은 비현실적인 기억으로 퇴색되었다. 타격을 받자마자 또 날라 온 타격은 치명적이었다. 앨프리드는 전날 밤 일을

51. Conqueror (정복자 혹은 승리자)라는 뜻의 라틴어에서 유래한 남자 이름.

기억하기도 힘들었다. 그는 이미 실제로 눈이 먼 것처럼 생각했다.

8시 30분에 앨프리드는 집에 돌아왔다. 율 부인이 계단 맨 아랫단에 서 있었다. 부인은 그를 힐끔 보더니 부엌 쪽으로 돌아섰다. 앨프리드는 위층으로 올라갔다. 다시 내려오자 평소와 같이 아침상이 차려져 있었다. 앨프리드는 테이블에 앉았다. 편지 두 통이 그를 기다리고 있었다. 앨프리드는 편지를 개봉했다.

잠시 후 들어온 율 부인은 읽고 있던 편지의 내용에 흥분한 듯한 남편이 터뜨린 커다란 비웃음 소리에 놀랐다.

"메리언은 일어났소?" 앨프리드가 부인을 보며 물었다.

"네."

"아침은 안 먹는다고 했소?"

"네."

"그러면 이 편지를 주고 읽으라고 하시오."

율 부인은 딸 방으로 올라갔다. 율 부인이 노크하고 들어오라는 말을 듣고 들어가자, 메리언은 옷을 여행 가방에 싸고 있었다. 밤을 새운 듯한 메리언의 눈가에는 많이 운 흔적이 있었다.

"아버지가 돌아왔단다, 아가." 율 부인이 불안해하며 조용히 말했다. "이 편지를 읽어 보라고 하더구나."

메리언은 편지를 받아 종이를 펴고 읽었다. 편지를 읽자마자 메리언은 광적인 표정으로 어머니를 바라보더니, 무엇이라고 말을 하려는 듯하다가 기함하고 바닥에 쓰러졌다. 어머니는 딸이 쓰러지며 바닥에 머리를 부딪히는 것만 간신히 막았다. 율 부인은 베개를 끌어다 메리언의 머리를 받치고 문으로 달려가 남편을 불렀다. 잠시 후 앨프리드가 올라왔다.

"대체 무슨 일이에요?" 부인이 외쳤다. "애가 기절했어요. 애한테 왜 이러는 거예요?"

"돌보시오." 앨프리드가 사납게 말했다. "사람이 기절했을 때 어떻게 해야 하는지는 당신이 나보다 잘 알겠지."

기절은 몇 분간 지속됐다.

"대체 무슨 편지예요?" 율 부인이 맥없이 늘어진 딸의 손을 비비며 물었다.

"메리언의 유산이 사라졌소. 그 돈을 지급해야 할 사람들이 파산했소."

"아무것도 못 받는 건가요?"

"아마도."

편지는 존 율의 유언집행인들이 보냈다. 투버빌 컴퍼니라는 회사에 고인의 지분을 환급하라고 요구하면서, 이미 불안정했던 재정상태에 위기를 불러일으킨 듯했다. 법적 진행을 통해 얼마 정도 회수할지도 모르지만 상황을 고려했을 때 가능성이 희박했다.

메리언이 정신을 차리자 아버지는 방에서 나갔다. 한 시간 뒤 율 부인은 앨프리드를 딸의 방으로 다시 불렀다. 앨프리드가 오니 메리언은 침대에 누워 있었다. 그녀는 아주 오랫동안 병치레한 사람처럼 보였다.

"몇 가지 여쭤보고 싶은 게 있어요." 메리언이 몸을 일으키지 않고 말했다. "제 유산은 그 투자에서밖에 받을 수 없나요?"

"그렇다. 그게 유언장에 명시된 조건이었다."

"만약 그 사람들에게 아무것도 못 받으면, 달리 보상받을 수 없나요?"

"내가 알기로는 불가하다."

"회사가 파산할 때 부채를 어느 정도 갚지 않나요?"

"가끔은 그렇다. 나는 이런 일을 전혀 모른다."

"물론 저한테 이런 일이 일어나겠죠." 메리언이 신랄하게 냉소적으로 말했다. “다른 상속인들은 영향을 받지 않겠죠?”

“몇몇은. 하지만 아주 적게 받을 거다.”

“당연히 그렇겠죠. 확실한 결과는 언제 알게 되나요?”

“네가 홀든 씨에게 편지를 쓰면 된다. 그 사람 주소는 편지에 있다.”

“고맙습니다. 그게 다예요.”

앨프리드는 조용히 방에서 나갔다.

30장. 운명을 기다리며

메리언은 온종일 방에 있었다. 독립하려던 계획은 물론 무산되었다. 그녀는 운명의 포로였다. 헌신적인 율 부인은 지치지 않고 딸을 보살폈겠지만, 메리언은 혼자 있고 싶어 했다. 이따금 메리언은 조용히 괴로워하며 누워 있었다. 눈물이 자꾸 쏟아져 나왔고, 그녀는 탈진할 때까지 흐느꼈다. 오후에 메리언은 홀든 씨에게 편지를 써서 일이 진행되는 상황을 계속 알려 달라고 간청했다.

5시에 어머니가 차를 가져왔다.

"지금 잠자리에 드는 게 낫지 않겠니, 메리언?" 율 부인이 제안했다.

"자라고요? 한두 시간 나갔다 올 거예요."

"안 된다, 아가! 얼마나 추운지 몰라. 몸에 안 좋을 거야."

"나가야 해요, 어머니. 그만 이야기하기로 해요."

대답하기는 위험했다. 율 부인은 떨리는 손으로 찻잔을 입에 가져가는 딸을 바라보았다.

"결국에는 네게 아무 영향 없을 거야, 아가." 어머니가 마침내 용기를 내어 말했다. 메리언에게 닥친 재앙을 언급하는 건 처음이었다.

"물론이에요." 메리언은 자기 자신을 설득하려는 듯이 말했다.

"머지않아 밀베인 씨가 충분히 돈을 벌 거야."

"네."

"몸이 많이 나아졌지?"

"이제 괜찮아요."

메리언은 7시에 집을 나섰다. 자기가 생각했던 것보다 훨씬 허약한 상태라는 것을 느낀 메리언은 마침 옆을 지나가던 빈 승합마차를 불러 밀베인 남매의 하숙집까지 타고 갔다. 경황없는 와중에 메리언은 늘 하던 대로 도라를 찾는 대신 밀베인 씨를 찾았다. 별로 상관없었다. 집주인과 하인들은 젊은 아가씨의 방문을 잘못 이해한 적 없었다.

재스퍼는 일하고 있었다. 메리언을 보자마자 그는 집에서 괴로운 일이 있었다는 걸 눈치챘다. 자연스레 그는 자기가 앨프리드에게 보낸 편지 때문이라고 생각했다.

"아버님이 난폭하게 행동하셨군요." 메리언의 두 손을 잡고 걱정스러운 눈빛으로 쳐다보며 재스퍼가 말했다.

"그보다 훨씬 더 안 좋은 일이 있어요, 재스퍼."

"더 안 좋다고요?"

메리언은 겉옷을 벗고 주머니에서 치명적인 편지를 꺼내 재스퍼에게 건네줬다. 재스퍼는 경악의 휘파람 소리를 내고 얼빠진 표정으로 편지에서 메리언의 얼굴로 시선을 옮겼다.

"어떻게 이런 일이!" 재스퍼가 외쳤다. "당신 큰아버지는 이런 상황을 모르셨나요?"

"아셨을지도 몰라요. 그저 명목상의 유산이란 걸 알고 계셨는지도 모르죠."

"당신만 피해를 본 거예요?"

"아버지는 그렇게 말씀하셨어요. 아마 그렇겠죠."

"몹시 괴로웠겠군요. 앉아요, 메리언. 편지가 언제 왔어요?"

"오늘 아침에요."

"온종일 속상했군요. 자, 우리 용기를 내야죠. 그 불한당들한테서 많이 받을 수 있을지도 몰라요."

말을 하는 와중에도 재스퍼는 멍하니 두리번거렸다. 마지막 단어에서 목소리가 갈라졌고, 그는 넋이 빠진 듯 조용해졌다. 메리언은 재스퍼에게 시선을 고정하고 있었다. 그것을 눈치챈 재스퍼는 미소를 지으려고 노력했다.

"뭘 쓰고 있었어요?" 고통을 피하고 싶은 마음에 무의식적으로 메리언이 물었다.

"《월 오브 더 위스프》에 보낼 시시한 사설이에요. 영국 콘서트 관람객에 대한 이 문단을 들어 봐요."

더 심각한 이야기를 시작하기 전에 머리를 식힐 시간이 재스퍼 역시 필요했다. 그는 메리언이 마련한 기회를 기꺼이 빌려, 원고 몇 장을 읽으며 이런저런 이야기를 늘어놓았다. 누가 들었으면 재스퍼가 평소와 같은 기분이라고 생각했을 것이다. 재스퍼는 자신이 쓴 농담과 요점을 조목조목 짚으며 웃었다.

"원고료를 더 받아야겠어요." 재스퍼가 이야기를 끝맺으며 말했다. "그들에게 꼭 필요한 존재가 되려고 노력했죠. 이번 해 말쯤에는 그렇게 될 거라고 믿어요. 내 칼럼 하나에 2기니는 줘야 할 거예요. 맹세컨대, 받아 낼 거예요!"

"금세 더 많이 받겠죠?"

"좀 더 수준 높은 문예지로 곧 옮길 거예요. 독하게 마음먹을 자극을 받은 것 같군요."

재스퍼가 의미심장하게 메리언을 보았다.

"재스퍼, 우리 이제 어떻게 하죠?"

"일하면서 기다려야죠."

"당신한테 할 이야기가 있어요. 아버지가 해링턴 논설을 내 이름으로 발표하라고 했어요. 만약 그렇게 하면 원고료는 내 거예요. 적어도 8기니는 될 거예요. 내가 계속해서 나를, 우리를 위해 글을 쓰면 어때요? 글 주제를 정하는 걸 당신이 도와줄 수 있어요."
"그것보다 먼저, 아버님께 보낸 내 편지는 어떻게 됐어요? 그걸 잊고 있었네요."
"답하기를 거부하셨어요."
메리언은 무슨 일이 있었는지 자세히 설명하지 않았다. 아버지의 어처구니없는 분노가 부끄러웠고, 그 이야기를 하면 재스퍼의 자존심에 상처를 주면서 결과적으로 그녀도 괴로울 것이다. 메리언은 자신이 겪었던 일을 전부 털어놓아서 연인의 마음을 아프게 하고 싶지 않았다.
"아, 답하기를 거부하셨다고요? 극단적이시네요."
메리언이 두려워한 일이 벌어지려는 듯했다. 재스퍼는 필요 이상으로 몸을 꼿꼿이 세우고 고개를 뒤로 젖혔다.
"왜 그러시는지 알잖아요. 아버지의 인생 자체가 그런 편견에 물들어 있어요. 당신을 싫어하시는 게 아니에요. 그건 불가능해요. 아버지는 당신을 그저 패지 씨와 연관된 사람이라고만 생각하세요."
"뭐, 그렇게 중대한 문제는 아니에요. 내 생각은 이래요. 당신이 집에 사는 동안 경제적으로 독립해서 돈을 따로 벌 수 있나요?"
"최소한 내가 버는 돈의 반은 내 것이라고 주장할 수 있어요. 그리고 내 생각에—"
"네?"
"결혼하고 나서도 내가 당신을 도울 수 있을 거예요. 1년에 30~40파운드는 벌 수 있어요. 그 정도면 작은 집의 집세는 낼 수 있어요."
메리언은 재스퍼에게서 눈을 떼지 않고 떨리는 목소리로 빠르게 말했다.
"사랑하는 메리언, 경제적으로 이렇게 빠듯할 때 결혼은 당연히 생각할 수 없지 않아요?"

"맞아요. 난 다만—"

메리언은 말을 더듬었다. 가슴이 미어져서 말을 이을 수 없었다.

"내 말은 단순히 이런 뜻이에요." 재스퍼가 자리에 앉아 다리를 꼬며 말했다. "난 내 위치를 높이기 위해서 별짓을 다 해야 해요. 내가 자신감이 부족하지 않다는 건 당신도 알죠. 온갖 수를 다 쓰면 내가 얼마나 대단한 일을 해낼지 몰라요. 하지만 아무리 상황이 좋아도 우리가 1~2년 안에 결혼하기는 힘들 거예요."

"네. 나도 이해해요."

"그동안 날 계속 사랑해 주겠어요?" 재스퍼가 부자연스럽게 웃으며 말했다.

"그런 걱정을 할 필요 없다는 걸 알잖아요."

"당신이 좀 자신이 없어 보여서요."

연인 사이의 장난스러운 사랑싸움 같은 말투가 아니었다. 메리언은 겁에 질려 재스퍼를 바라보았다. 그가 진심으로 오해할 수 있을까? 재스퍼는 무한한 사랑을 갈구하는 메리언의 마음을 한 번도 완벽히 채워 주지 않았다. 입 밖에 내지는 않았지만 메리언은 그의 사랑이 자기 사랑보다 약하다는 의심에 시달렸고, 더 괴롭게도, 그녀의 모든 말에 담긴 헌신을 재스퍼는 이해하지 못하는 듯했다.

"진심으로 한 말은 아니죠, 재스퍼?"

"당신은 진심으로 대답해 줘요."

"만약 필요하다면 내가 당신을 몇 년이라도 기다릴 거라는 사실을 어떻게 의심할 수 있어요?"

"몇 년까지는 절대 안 걸릴 거예요. 그렇게 절망적인 상황에서 여자를 속박하는 건 터무니없이 불합리해요."

"나를 속박하는 게 아니에요. 사랑이 확정된 약혼에 달려 있나요? 만일 우리가 헤어지기로 하면, 사랑이 곧바로 과거의 일이 되나요?"

"물론 그렇지는 않죠."

"아, 당신은 정말 냉정하게 말하네요, 재스퍼!"

메리언은 달라진 상황 탓에 재스퍼의 마음이 변했을지도 모른다는 두려움을 표현할 수 없었다. 그러나 메리언은 두려웠다. 메리언이 두려워했다는 사실은 그녀가 재스퍼를 철석같이 믿지는 않았으며, 그의 인성을 아주 높이 평하지도 않았다는 것을 뜻한다. 대체로 여자는 이런 의심에서 자유롭지 못한데, 자신의 사랑이 절대적이라도 마찬가지다. 이와 비슷하게, 자신이 연인에게 바치는 찬사를 모두 진심으로 믿는 남자는 극히 드물다. 사랑의 열정은 지성적 판단의 숱한 오류와 양립한다. 메리언이 재스퍼의 성격을 투명하게 바라보려면, 그가 변심해서 떠날지도 모른다는 견딜 수 없는 두려움도 마주 보아야 했다.

메리언은 재스퍼의 곁으로 다가갔다. 가슴이 욱신거렸다. 그녀가 이렇게 괴로워하는데 그는 안아 주지도, 애정의 말로 달래지도 않았다.

"어떻게 하면 당신이 내 사랑을 느낄 수 있을까요?" 메리언이 속삭였다.

"그렇게 문자 그대로 듣지 말아요, 메리언. 여자들은 말을 꼭 들리는 대로 받아들이죠. 심지어 사랑을 이야기할 때도요."

메리언은 재스퍼의 말에 담긴 조롱기를 감지하지 않을 수 없었다.

"당신이 그렇게 생각해도 괜찮아요." 메리언이 말했다. "내 삶에서 중요한 건 단 하나이고, 난 절대 그걸 잊지 않을 거예요."

"뭐, 그럼 우리는 서로에게 꽤 확신이 있군요. 솔직히 말해 줘요.

유산이 사라졌을지도 모른다는 이유로 내가 당신을 버릴 수 있을 것 같아요?"

질문을 받은 메리언은 흠칫했다. 섬세한 배려심이 메리언으로 하여금 말을 아끼게 했지만, 재스퍼의 입은 제어하지 못했다.

"사랑한다는 말보다 더 좋은 대답이 있을까요?" 메리언이 되물었다.

그 말은 대답이 아니었는데 메리언과 비교하면 무딘 재스퍼도 그 사실을 알았다. 하지만 이때 재스퍼는 진실한 감정으로 말했다. 메리언의 손길과 향기로운 열정이 그에게 고귀한 영향을 끼쳤던 것이다. 메리언을 버리는 건 비열한 짓이며, 메리언 같은 아내를 잃는다는 자체가 그런 비열한 짓에 대한 벌이 될 거라고 재스퍼는 진심으로 느꼈다.

"우리 앞에 오르막길이 놓인 것뿐이에요." 재스퍼가 말했다. "내가 바랐던 꽤 완만하고 편한 길 대신에요. 하지만 난 두렵지 않아요, 메리언. 난 좌절하는 성격이 아니에요. 당신은 내 아내가 될 거고, 당신이 대단한 지참금을 가져온 것처럼 호사를 누릴 거예요."

"호사라뇨! 아, 내가 얼마나 유치하다고 생각하는 거예요!"

"전혀 아니에요. 사치는 인생에서 중요해요. 난 잘살지 못하느니 차라리 안 살겠어요. 유용한 힌트를 하나 줄게요. 내가 지쳐 보이면 이런 하숙집과 으리으리한 저택의 차이를 내게 상기시켜요. 저널리스트 아무개가 마차를 타고 다니면서 극장에서는 아내를 위해 일등석을 맡아 놓는다고요. 런던 안개가 가장 지독할 때 리비에라로 휴가 가는 건 어떻겠냐고 내게 무심히 물어봐요. 알겠어요? 나를 증기기관차 상태로 유지할 방법이에요."

"당신 말이 옳아요. 그런 것들이 있으면 더 즐겁고 풍요롭게 살 수 있죠. 아, 내가, 우리가 이렇게 도둑맞다니요! 오늘 아침에 이 편지를 읽었을 때 내가 얼마나 충격받았는지 당신은 모를 거예요."
메리언은 기절했다고 고백하려고 했지만 무언가가 입을 막았다.
"아버님은 별로 안타까워하지 않으셨겠군요." 재스퍼가 말했다.
"속마음보다 냉정하게 말씀하시는 거 같아요. 정말 힘든 일은, 아버지는 당신 편지를 받기 직전까지 내가 문예지에 투자할 거로 믿고 계셨어요."
"뭐, 일단은 돈이 죄다 날아가진 않았다고 믿고 싶습니다. 그 악당들이 파운드 당 실링만 내놓아도 2천 5백 파운드예요. 그것도 큰 돈이죠. 당신은 어떤 위치인가요? 일반 채권자랑 같아요?"
"이런 면에서 전 무지해요. 아무것도 몰라요."
"물론 당신을 잘 챙겨 주겠죠. 홀든 씨라는 사람에게 연락해 봐요. 나도 이 문제와 관련된 법률을 알아볼게요. 최대한 긍정적으로 생각합시다. 다른 수가 없어요!"
"맞아요."
"리어던 부인과 다른 상속인들은 안전하군요?"
"아, 확실해요."
"망할! 점점 타격이 느껴지네요. 이런 불행은 단번에 실감 나지 않는 법이죠. 우리는 희망을 끝까지 붙들어야 해요. 그동안 나는 쓰러지기 직전까지 일할 거예요. 동생들을 보고 갈 거예요?"
"오늘은 못 보겠어요. 당신이 소식을 전해 줘요."
"도라는 눈이 빠지도록 울 겁니다. 맹세컨대, 모드는 절약 좀 해야 해요. 겁을 좀 줘서 알뜰하고 근면하게 일하게 해야겠어요."
재스퍼는 다시 초조한 상념에 잠겼다.
"메리언, 당신이 소설을 써보면 어때요?"
메리언은 아버지가 바로 얼마 전에 똑같은 질문을 했던 걸 기억하고 놀랐다.

"가치 있는 글을 쓸 자신이 없어요."
"그걸 물어본 게 아니에요. 팔릴 만한 글을 쓸 수 없을까요? 소설 쪽에서 조금만 성공하면 문예지에서 고생하는 것보다 세 배는 더 받아요. 당신 같은 여자라면, 아, 가능할 거 같아요."
"나 같은 여자라니요?"
"글쎄요, 사랑 장면이나 그런 거 말이에요. 당신한테 딱 맞을 거예요." 메리언은 쉽게 얼굴을 붉히지 않았다. 사실, 대부분 여자는 큰 자극을 받아도 얼굴을 붉히지 않는다. 처음으로 재스퍼는 메리언의 얼굴이 새빨개지는 것을 봤는데, 기쁨과는 거리가 먼 홍조였다. 무례하게 경솔한 재스퍼의 말이 메리언의 마음에 상처를 냈다.
"내 분야가 아니에요." 메리언이 외면하며 차갑게 말했다.
"내가 그렇게 말했다고 나쁠 거는—" 재스퍼가 놀라서 말을 멈췄다. "당신이 기분 나빠할 뜻은 전혀 없었어요."
"그런 뜻이 아니었다는 건 알아요, 재스퍼. 하지만 난 이런 생각이—"
"또 그렇게 문자 그대로 받아들이지 말아요, 내 사랑. 이리 와서 날 용서해 줘요."
메리언은 가까이 가지 않았다. 재스퍼의 말을 듣고 떠오른 가슴 아픈 생각이 그녀의 발을 붙잡았기 때문이다.
"이리 와요, 메리언. 내가 가야겠군요."
재스퍼는 다가와서 메리언을 안았다.
"시간을 낼 수 있으면 소설을 써봐요. 원하면 나를 집어넣어요. 무지막지한 남자로 표현해요. 가치 있는 실험이라고 난 확신해요. 어쨌든, 채프터 몇 개라도 써서 내게 보여 줘요. 채프터 하나 쓰는 데 두 시간 이상은 걸리지 않을 거예요."
메리언은 아무런 약속도 하지 않았다. 재스퍼의 손길에도 반응하지 않았다. 감성이 풍부한 여자들을 때때로 사로잡는 불안한 생각이 메리언의 머릿속을 휘저었다. 그녀가 사랑을 지나치게 표현해서 자신의 사랑을 값싸게 만들었나? 재스퍼의 사랑이 위기에 빠진 지금, 메리언은 본능이 이끄는 대로 어떤 술책이라도 활용해야 했다. 그래서 처음으로 재스퍼는 메리언의 사랑을 만족스럽게 받지 못했고, 헤어질 때는 자신을 대하는 그녀의 태도에 생긴 은근한 변화에 의아해했다.

"메리언이 왜 우리를 보러 안 들렀어?" 10시에 재스퍼가 동생들의 거실에 들어가자 도라가 물었다.

"나랑 있는 거 알았어?"

"메리언이 나갈 때 목소리가 들렸어."

"힘이 나는 소식을 가져왔더군. 내가 너희에게 말하는 편이 낫다고 생각했나 봐."

재스퍼는 사건을 짤막하게 설명했다.

"신나지 않니? 신앙심을 북돋을 만한 사건이지."

자매는 충격받았다. 난롯가에 앉아서 책을 읽던 모드는 책을 무릎 위에 떨어트리고 인상을 찌푸렸다.

"그럼 결혼은 미뤄야겠네?" 도라가 물었다.

"뭐, 그럴 필요성이 있다고 해도 놀라지 않겠어." 그녀의 오빠가 비아냥거리며 답했다. 메리언의 영향 아래에서 배려심으로 억눌렀던 감정이 이제야 분출되었다.

"그럼 우리는 옛날 하숙집으로 돌아가야 해?" 모드가 물었다.

재스퍼는 대답하는 대신 방 안을 서성이다 발 받침대를 사납게 걷어찼다.

"아, 그래야 할 거 같아?" 절약하는 일에 웬일로 반발하며 도라가 물었다.

"너희가 알아서 결정할 문제야." 재스퍼가 마침내 말했다. "너희 생활비는 너희가 벌잖아."

모드는 동생을 힐끗 봤지만, 도라는 자기 생각에 잠겨 있었다.

"왜 여기서 살고 싶니?" 재스퍼가 갑작스레 막내에게 물었다.

"훨씬 좋으니까." 도라가 다소 부끄러워하며 말했다.

콧수염 끝을 잘근대던 재스퍼는 자신을 결박한 듯한 상상 속 훼방의 손을 노려보았다.

"성급하게 행동하면 어떻게 되는지 배운 거야." 재스퍼가 받침대를 다시 걷어차며 중얼거렸다.

"그 사려 깊은 말을 메리언에게도 했어?" 모드가 물었다.

"만약 했어도 별 상관없었을 거야. 생계가 불확실한 마당에 결혼 따위를 들먹이는 멍청한 짓을 내가 하지 말았어야 하는 건 메리언도 알아."

"메리언이 너무 괴롭겠다." 도라가 말했다.

"아니면 어떻겠니?"

"그래서 메리언을 약혼이라는 굴레에서 해방해 주겠다고 제안했어?" 모드가 물었다.

"네가 부자가 아니라서 참 안타깝다, 모드." 자기도 모르게 웃음을 터뜨리며 그녀의 오빠가 말했다. "재치 있다고 대단한 명성을 얻었을 텐데."

재스퍼는 자신에게 닥친 불운에 대해 독살스러운 말을 뇌까리며 방을 오갔다.

"우리는 여기로 왔고, 여기서 계속 살 거야." 끝에 가서 재스퍼의 기분은 이렇게 표현됐다. "난 미신이 딱 하나 있는데, 그것 때문에 물러날 수 없어. 초라한 하숙집으로 돌아가면 패배를 인정하는 것이나 마찬가지로 느껴질 거야. 가능할 때까지 여기서 버티겠어. 일단 크리스마스까지 기다린 다음에 어떻게 되나 보자. 맙소사, 우리가 결혼한 다음에 돈이 없어졌어 봐!"

"수많은 문필업자가 그것보다 더 힘들게 살아." 도라가 말했다.

"그럴지도 모르지. 하지만 대부분 문필업자보다 훨씬 성공하기로 마음먹은 이상 그런 생각은 별로 위로가 안 돼. 현재 상황은 결국 이런 거야. 내 노력으로 해봐야지. 지금 몇 시니? 10시 30분이구나. 자기 전에 두 시간은 일할 수 있겠군."

재스퍼는 고개를 끄덕이고 방에서 나갔다.

집에 돌아온 메리언이 위층으로 올라가자 어머니가 뒤따라왔다. 조금 전 울었던 율 부인의 얼굴에는 또다른 고통이 서려 있었다.

"만났니?" 어머니가 물었다.

"네. 말했어요."

"네가 어떻게 하길 원하니?"

"기다리는 수밖에 없어요."

"아버지가 나한테 한 얘기가 있단다, 메리언." 긴 침묵 끝에 율 부인이 말했다. "아버지가 장님이 될 거라고 하는구나. 눈에 무슨 문제가 있어서 오늘 오후에 누굴 보러 갔나 봐. 수술할 때까지 상태가 나빠질 거고, 다시는 제대로 눈을 못 쓸지도 모른대."

딸은 절망의 심연에서 이야기를 들었다.

"안과 의사에게 가보셨대요? 좋은 의사에게요?"

"최고 중 한 명에게 갔다는구나."

"아버지 말씀하시는 모습이 어땠어요?"

"어찌 되든 상관없다는 식으로 말했어. 구빈원이랑 그런 것들을 들먹였고. 설마 그렇게 되진 않겠지, 메리언? 누가 아버지를 돕지 않을까?"

"이 세상에선 도움을 바랄 수 없어요." 딸이 대답했다.

신체적으로 지친 메리언은 눕자마자 몇 시간 잠이 들었지만, 악몽이 그녀를 현실의 고통과 걱정으로 몰아내어 새벽에 잠에서 깨어났다. 안개로 뒤덮인 하늘이 메리언의 마음을 더욱 무겁게 짓눌렀다. 평소에 일어나는 시간이었지만 밖은 거의 자정처럼 어두웠다. 문밖에서 어머니가 좀 더 밝아질 때까지 누워서 쉬라고 간청하자 침대를 떠날 기운도 없던 메리언은 기꺼이 순종했다.

검고 짙은 안개가 집 안 구석구석 스며들었다. 냄새를 맡을 수도, 맛을 느낄 수도 있었다. 이런 날씨는 씩씩하고 낙천적인 사람도 우울하고 처지게 만든다. 괴로움에 시달리는 사람에게는 영혼을 오염시키는 천길만길 구덩이의 악취 같았다. 메리언의 얼굴은 흰 베개만큼이나 창백했고, 아찔하게 극심한 고통 때문에 메리언은 잠이 들지도 깨어 있지도 못했다. 이따금 눈물이 뺨 위로 흘렀다. 고문대에서나 느낄 법한 공포에 질린 그녀의 몸이 부르르 떨렸다.

오전 시간이 절반이나 지나갔는데도 아직도 인공 불빛이 필요했다. 메리언은 거실로 내려갔다. 엊그제부터 벌어진 재난으로 집 안이 혼란스러웠다. 알뜰하고 청결하고 규칙적으로 살림을 하는 율 부인조차 평소처럼 일할 엄두를 못 냈고, 평소라면 다이닝룸을 부지런히 청소하고 있을 시간에 그녀는 우울하게 서성이며 하녀에게 상반되는 명령을 내렸다가 넋을 놓고 있다며 자신을 탓했다. 남편과 딸 사이 갈등에 적극적으로 관여할 수 없는 율 부인은 충실하고 오래된 가정부만큼이나 목소리가 없었다. 사랑하는 두 사람 사이에 터진 불화와, 그들을 위로하지 못하는 자신의 무력함을 슬퍼하고 한탄할 따름이었다. 메리언이 내려왔을 때 어머니는 먼지떨이와 난로 청소 솔을 들고 복도에 오도카니 서 있었다.

"네가 내려오면 잠깐 보고 싶다고 하시더라." 율 부인이 속삭였다.

"갈게요."

메리언은 서재에 들어갔다. 그녀의 아버지는 평소처럼 책상 앞에 있지 않았고, 난롯가에서 휴식할 때 쓰는 의자에 앉아 있지도 않았다. 앨프리드는 책을 찾고 있는 것처럼 책장 앞에 쭈그려 앉아 있었지만, 턱을 괴고 한참을 가만히 있었다. 그는 곧바로 움직이지 않았다. 앨프리드가 고개를 들었을 때 메리언은 아버지가 더 늙어 보인다고 느꼈으며 그의 눈에서 낯설고 이상한 빛을 보았다. 혹은 보았다고 생각했다.

"와줘서 고맙구나." 앨프리드가 냉정하게 격식을 갖추어 말했다. "너와 마지막으로 이야기한 이래 내 장래와 처지를 바꿀 소식을 들었다. 그리고 이것을 너와 의논해야 한다. 몇 분 이상 걸리지 않을 거다."

앨프리드는 헛기침하며 다음 단어를 골랐다.

"네 어머니에게 한 말을 되풀이할 필요는 없겠지. 어머니에게 들었겠지?"

"네, 너무 애통했어요."

"고맙구나. 하지만 그런 건 일단 미뤄 놓기로 하자. 내가 앞으로 몇 달 동안은 지금처럼 일할 수 있을지 모르지만, 얼마 안 가 문필업으로 생계를 유지하긴 힘들 거다. 이게 네 상황에 어떤 영향을 끼칠지는 모르겠다. 이 집을 나갈 의향이 아직도 있는지 물어봐도 되겠니?"

"그럴 돈이 없어요."

"앞으로 대략 넉 달 안에 결혼할 가능성이 있니?"

"유언집행인들이 제 돈 전부나 대부분을 되찾을 때만요."

"알았다. 내가 물어본 이유는 이거다. 내년 3월에 이 집 계약이 끝나는데, 지금 상황에서 재계약은 터무니없다. 네가 어떻게든 스스로 생계를 책임질 수 있다면, 나는 방 두 칸 정도만 빌리면 된다. 내 눈을 침범한 병이 일시적일 가능성도 있다. 때가 되면 수술을 해서 다시 일할 수 있을지도 모른다. 그런 희망을 품고 나는 생명보험에서 어느 정도 돈을 빌려야 할 거다. 물론 일단은 가구와 서재의 책을 대부분 팔 거다. 네 어머니와 나는 하숙집에서 아주 저렴하게 살 수 있다. 만일 병이 불치라고 판정이 나면 나는 최악의 상황을 대비해야 한다. 내가 하려는 말은, 오늘부터 너는 스스로를 경제적으로 독립했다고 생각해야 한다. 내가 여기 사는 동안은 물론 넌 여기서 살 수 있다. 우리 사이에 사소한 지출이 문제가 되는 일은 없을 거다. 하지만 네가 내 전망을 이해해야 한다. 곧 나는 네게 집을 제공해 줄 형편이 안 된다. 넌 알아서 먹고살 길을 찾아야 한다."

"그럴 준비가 되어 있어요, 아버지."

"너 혼자 살 정도 버는 데는 무리가 없을 거다. 난 간행물에 기고할 글을 쓰는 일에서 최선을 다해 널 훈련했고, 너는 타고난 재능도 상당하다. 만약 결혼하면 행복하게 살길 바란다. 내 인생을 말하자면, 몇십 년 동안의 끝없는 고역이 실패와 가난으로 끝났다."

메리언이 흐느꼈다.

"할 말은 그게 전부다." 자기연민으로 떨리는 목소리로 그녀의 아버지가 말을 끝맺었다. "우리 사이에 쓸데없는 논쟁은 더는 없길 바란다. 이 방은 언제나처럼 네게 열려 있다. 우리의 사적인 의견 차이와 무관한 주제에 대해 대화하지 못할 이유가 없다."

"초기 백내장에 아무 치료법이 없나요?" 메리언이 물었다.

"전혀 없다. 박물관에서 관련 서적을 직접 읽어 봐라. 나는 이 문제를 이야기하고 싶지 않다."

"제가 할 수 있는 한 아버지를 돕도록 해주시겠어요?"

"지금 네가 할 수 있는 최선은 편집장들과 인맥을 쌓는 거다. 네 이름이 도움이 될 거다. 내 조언은 이거다. 트렌차드한테 '해링턴' 논설을 보내면서 쪽지를 동봉해라. 네가 새로운 주제를 찾는 데 도움이 필요하면 내가 최선을 다해 돕겠다."

메리언은 방에서 나가, 누르스름한 햇빛이 퍼지기 시작하여 램프 불빛이 불필요해진 거실로 들어갔다. 안개가 흩어지며 비가 내렸다. 질퍽거리는 도로에 후드득 빗방울이 떨어졌다.

율 부인은 여전히 손에 먼지떨이를 든 채 소파에 앉아 있었다. 메리언은 어머니 옆에 앉았다. 그들은 끊기는 목소리로 조용히 이야기하며 가혹한 운명에 함께 울었다.

31장. 구출과 호출

독자가 에드윈 리어던이나 해럴드 비펜 같은 자들을 이해하지도 동정하지도 않을 가능성이 많다. 그들을 보면 속이 터진다. 나약하고, 무르고, 소심하게 질투하고, 어리석게 고집을 부리고, 감히 반항하고 등등 단점만 수두룩해 보인다. 인생을 제대로 꾸려나가지 못하는 그들의 모습에 화가 나며 경멸하게 된다. 대체 왜 이들은 세상에서 자리를 잡으려고 발버둥 치지 않는가? 한 푼이라도 벌 수 있다면 한 대 쥐어박히는 정도는 감수하지 않는가? 한마디로, 왜 재스퍼 밀베인 씨의 모범을 본받지 않는가?

그러나 세상 노동 시장의 혼전에 전혀 적합하지 않은 성격을 상상해 보라. 일반적인 시점에서 이들은 아무 쓸모가 없다. 하지만 사회의 인도적 측면에서 보았을 때 이들은 훌륭한 시민이다. 평범한 사람들을 기준으로 한 세상의 수요에 응답하지 못하는 이들을 손가락질하기는 쉽다. 두 사람은 마음씨가 따뜻하고 창의적인 미덕을 듬뿍 갖추었다. 운명이 이들을 천성에 부적합한 상황에 밀어 넣었으면, 이들이 지닌 장점의 가치 역시 떨어지는 걸까? 독자는 비펜과 리어던의 소극적인 태도를 비웃을지 몰라도, 그것은 이들의 타고난 기질이자 장점이었다.

이들에게 재산이 있었다면 독자의 눈에 매우 다르게 보였을 것이다. 두 사람의 단점은 결국 돈을 못 버는 무능력이었다. 그런 무능력이 꼭 멸시할 만한 일은 아니다.

소설이 끝나갈 무렵 해럴드 비펜은 굶어 죽을 지경이었다. 물론 대단히 무능력한 모습이지만, 음식을 구할 방안이 하나라도 있었다면 비펜도 배를 채우는 편을 택했을 것이다. 맹세컨대, 비펜이 굶는 걸 즐겨서 그렇게 살지는 않았다. 당시 학생은 좀처럼 구하기 힘들었고, 문예지에 보낸 원고는 모조리 되돌아왔다. 비펜은 최대한 많은 물건을 저당 잡혔고 식사를 최소로 줄였다. 심각한 빈곤에도 불구하고 『잡화상 베일리 씨』가 꾸준히 끝을 향해 달리고 있었기 때문에 싸늘한 다락방에서 굶으면서도 비펜은 의기소침하지 않았다.

비펜은 매우 천천히 일했다. 일반적으로 2부작 정도 될 분량이었지만 비펜은 몇 달 동안이나 인내하며, 애정을 담아, 꼼꼼히 썼다. 모든 문장이 최선이었고, 청각적으로 아름다웠으며, 단어마다 중요한 뜻을 내포했다. 비펜은 채프터를 새로 시작하기 전에 머릿속에서 구체적으로 계획했다. 초안을 쓰고, 한 문장, 한 문장 세심하게 고쳐 나갔다. 이런 고역이 속세의 화폐로 보답받으리라 기대하지 않았다. 어렵사리 출판된다 해도 푼돈밖에 못 받을 거라고 예상했다. 작품이 훌륭해야 했다. 비펜은 그것밖에 신경 쓰지 않았다. 그에겐 칭찬으로 용기를 북돋아 줄 친구도 없었다. 리어던은 비펜의 글솜씨는 인정했으나 자신에게는 그 책이 혐오스럽다고 솔직히 밝혔다. 대중에게는 혐오스럽기보다 더 나쁠 것이다. 지루하고, 아무런 흥미도 자아내지 못할 것이다. 어쨌든 소설은 끝나가고 있었다.

소설을 탈고한 날은 심지어 소설가에게도 훨씬 흥분되는 사건으로 기억에 남았다.

저녁 8시에 소설은 반 장만 남겨 놓고 있었다. 비펜은 이미 아홉 시간째 연이어 쓰고 있었다. 허기를 채우려고 잠시 멈춘 그는 마지막 몇 줄을 그날 밤에 끝낼지 다음 날로 미룰지 고민했다. 찬장에 빵가루만 조금 남은 걸 발견한 비펜은 그만 쓰기로 했다. 빵을 사러 나가야 하는데, 그러면 창작의 흐름이 끊길 터였다.

잠깐. 빵을 살 돈이 있나? 비펜은 주머니를 뒤졌다. 2펜스와 2파딩뿐이었다.

독자는 아마 모르겠지만 가난한 동네의 빵집에서는 하프 쿼턴[52] 빵의 가격이 매주 바뀐다. 비펜이 알기로 최근에는 평균 가격인 2펜스 3파딩이었다. 해럴드는 3파딩이 없었다. 2파딩뿐이었다. 그는 빵 가격이 2펜스 하프 페니라고 적혀 있던 가게를 전날 지나친 걸 기억했다. 클립스톤 스트리트에서 조금 떨어진 햄프스테드 로드의 외진 샛길에 있던 가게였다. 그곳으로 가야 했다. 비펜은 또다시 재킷 없이 코트만 입고 있었기 때문에 모자와 목도리만 두르면 됐다. 그는 너덜너덜한 우산을 방구석에서 집어 밖으로 나갔다.

다행히 2펜스 하프 페니 광고가 빵집 창문에 그대로 붙어 있었다. 비펜은 돈을 내고 산 종이에 빵을 싸서—소규모 빵집에서는 공짜로 종이를 제공하지 않는다—즐겁게 집을 향해 걸었다.

비펜은 빵을 먹고 애틋하게 원고를 바라봤다. 아직 반 장을 더 써야 했다. 오늘 밤에 끝낼까? 참기 힘든 유혹이었다. 비펜은 자리에 앉아서 평소보다 빠르게 쓰기 시작했고, 10시 30분에 화려한 글씨체로 '끝'이라고 썼다.

난로에 불씨가 죽었는데 석탄도 땔나무도 없었다. 발은 감각이 없을 정도로 얼었다. 이렇게 잠자리에 들 수는 없었다. 밖에 나가서 다시 좀 걸어야 했다. 산책할 기분이기도 했다. 너무 늦지 않았다면 이 영광스러운 소식을 기다리고 있는 리어던을 만나러 갔을 터였다.

그래서 비펜은 방을 나서서 다시 문을 잠갔다. 계단을 반쯤 내려갔을 때 그는 어둠 속에서 무언가에, 아니, 누군가에게 걸려 넘어졌다.

"누구요?" 비펜이 외쳤다.

---

52. 구웠을 때 무게가 800g인 빵 한 덩이.

대답은 우렁찬 코골이였다. 비펜은 밑층으로 내려가 집주인을 불렀다.

"윌러비 부인! 계단에서 자고 있는 게 누굽니까?"

"아유, 브릭스 씨일 거예요." 여자가 달래듯 말했다. "신경 쓰지 말아요, 비펜 씨. 아무 피해도 끼치지 않아요. 그냥 술을 과하게 하셨어요. 내가 이따 손 좀 씻고 올라가서, 방에 들어가라고 할게요."

"손을 씻고 가야 하는 이유를 모르겠군요." 사실주의자는 쿡쿡 웃으며 말하고 갈 길을 갔다.

비펜은 한 시간 정도 빠르게 걷다가 거의 자정이 되어서야 동네로 돌아왔다. 미들섹스 병원까지 왔을 때 클립스톤 스트리트에서 멀지 않은 곳에서 고함이 들리고 허둥지둥 뛰어가는 사람들이 보였다. 길 반대쪽에서 빈둥거리던 건달들이 갑자기 흩어져 달리기 시작했고, "불이야!" 누군가 외쳤다. 비펜의 평정심을 흐트러뜨리기엔 너무 흔한 일이었다. 불이 어느 길에서 났을까 막연히 생각했지만, 알아볼 생각은 하지 않고 계속 걸었다. 하지만 연거푸 들려오는 고함과 소란 때문에 계속 무관심할 수 없었다. 비펜은 옆을 지나치는 여자 두 명에게 외쳤다. "어디입니까?"

"클립스톤 스트리트래요." 한 명이 외쳤다.

이제 비펜은 무심할 수 없었다. 그가 사는 길에서 화재가 일어났다면, 그가 사는 건물일지도 모르고, 그렇다면—비펜은 달리기 시작했다. 앞에서 북적거리는 사람이 점점 늘어났고, 줄이 늘어나는 모양새가 클립스톤 스트리트 입구를 가리켰다. 그의 진전이 느려졌다. 비펜은 인파를 밀치면서 앞으로 나아가야 했고, 화재가 일어날 때마다 몰려오는 불량배들이 던지는 것들을 이리저리 피해야 했다. 이제 연기 냄새가 났다. 갑작스레 위층 창문에서 솟구친 검은 연기가 그에게 경고했다. 순간적으로 비펜은 자기 집이 아니면 양옆 건물 중 하나가 불길에 휩싸였다는 걸 깨달았다. 소방차는 아직 오지 않았고, 경찰들이 이제 막 소란의 현장으로 꿈지럭거리며 오고 있었다. 비펜은 사람들을 거칠게 밀치며 조금씩 앞으로 나아갔다. 건물 앞을 환하게 밝힌 불길을 본 순간 확실해졌다.

"지나가게 해주시오!" 입을 헤벌리고 웅성거리는 무리에게 비펜이 외쳤다.

"난 저기 사는 사람이오! 위층에서 가져올 게 있소!"

비펜의 교양 있는 억양이 사람들의 주의를 끌었다. 조금씩 전진하는 데 성공한 그는 건물에서 가구를 빼내는 사람들이 보일 정도로 가까워졌다.

"비펜 씨, 당신이오?" 누군가 외쳤다.

같은 건물에 사는 하숙인이었다.

"내 방으로 올라갈 수 있을까요?" 비펜이 황망하니 물었다.

"못 올라갈 거요. 브릭스—차마 글로 쓸 수 없는 호칭이었다—바로 그자가 램프를 넘어뜨렸소. 불타 뒈져 버리라지."

정문으로 뛰어간 비펜은 윌러비 부인과 맞닥뜨렸다. 집주인은 살림에 쓰는 천 한 다발을 안고 있었다.

"주정뱅이를 들여다보라고 내가 말했잖소." 비펜이 집주인에게 말했다. "위로 올라갈 수 있겠소?"

"올라가든 말든 내가 무슨 상관이야!" 여자가 새된 소리를 질렀다. "맙소사, 내가 새로 산 의자들—!"

비펜은 듣고 있지 않았다. 어수선하게 쌓여 있는 물건들을 뛰어넘어 잠시 후 1층 계단으로 올라갔다. 거기서 비펜은 여전히 침착하게 행동하고 있는 남자와 마주쳤다. 건장한 정비사가 어린아이 두 명에게 옷을 입히고 있었다.

"브릭스라는 친구를 누가 끌어내지 않으면 죽을 거요." 남자가 말했다. "자기 집 문 앞에 뻗어 있소. 내가 거기까지 끌어냈지만, 그 이상은 못 하겠소."

계단에서 연기가 짙어지고 있었다. 아직 불은 재난을 일으킨 브릭스가 사는 2층 정면 방에서만 타고 있었지만, 불길은 분명히 천장에 닿았고, 그렇다면 비펜은 그 위층 후면에 있는 자기 방으로 갈 수 없었다. 아무도 불을 끄려는 노력을 하지 않았다. 이 건물에 사는 사람들은 자기 몸의 안전과 자기 물건을 구하는 데만 여념 없었다. 오랜 노력의 결실과 유일한 희망인 원고를 잃을까 봐 두려웠던 사실주의자는 사람이 못 지나갈 정도로 연기가 독하다는 경고를 듣고 포기할 수 없었다. 비펜은 고개를 푹 숙이고 위층으로 올라갔다. 이미 질식사하였는지도 모르는 브릭스가 뻗어 있었다. 그 뒤에 열려 있는 문틈으로 길길이 날뛰는 불길이 보였다. 한 층 더 올라가는 것은 미친 짓이었지만 희망이 하나 있었다. 비펜이 사는 꼭대기 층에는 옥상으로 나가는 트랩도어에 닿는 사다리가 있었다. 옥상으로 올라가면 옆 건물로 탈출할 수 있을 것이다. 다시 한번 뛰자!

비펜이 위층으로 올라간 순간부터 거의 기절 직전에 열쇠를 꽂고 좀 더 맑은 공기 속으로 넘어지기까지 2분도 채 걸리지 않았다. 그는 털썩 주저앉았고, 힘이 빠지는 게 느껴졌으며, 머릿속이 핑핑 돌면서 끔찍한 죽음에 대한 공포를 느꼈다. 원고는 책상 위에 있었다. 기쁜 마음으로 자축하며 내려놓은 그대로였다. 방 안은 컴컴했지만, 그는 단숨에 원고를 집었다. 비펜은 원고를 왼팔 아래 단단히 끼고 다시 계단으로 나갔다. 아까보다 연기가 더 위협적이었다.

비펜은 스스로에게 말했다. '트랩도어로 곧바로 나가지 못하면 난 끝장이다.' 얼마 전에 옥상으로 나가 보았던 그는 세게 밀쳐야지만 문이 열린다는 걸 알았다. 비펜은 사다리를 타고 황급히 올라가서 머리 위 트랩도어를 더듬었다. 그는 밀지 못했다. '난 이제 죽었군'이라는 생각이 뇌리를 스쳤다. 전부 『잡화상 베일리 씨』를 위해서였다. 비펜은 근육의 모든 힘을 쥐어짜서 미친 듯이 밀었다. 마침내 문이 열렸다. 그는 구멍으로 머리를 내밀었다. 밑에서 연기가 몸을 감싸며 올라왔다. 찬 공기를 들이마신 비펜은 지붕 위로 몸을 끌어올릴 힘을 냈다.

1~2분 동안 비펜은 그렇게 누워 있었다. 그리고 그는 일어나서 자신의 위치를 파악하고 난간을 따라 걸었다. 클립스톤 스트리트로 모여들며 소리치는 군중이 보였지만, 앞 창문에서 솟아오르는 연기 때문에 드문드문 보였다.

이제 뭘 해야 하는지 정확히 알았다. 지붕은 여러 개의 연통을 나란히 붙여 놓은 굴뚝을 사이에 두고 양옆 건물의 지붕과 분리되어 있었다. 굴뚝을 돌아가는 건 불가능했다. 마지막 수단이 아니고서야 너무 위험한 모험이었다. 기와 맨 위로 올라가면 굴뚝 꼭대기를 잡을 수 있고, 그 위로 몸을 끌어올리면 안전한 곳으로 어떻게 굴러 내려갈 수 있을 것이다. 비펜은 즉시 행동으로 옮겼다. 용마루까지는 별 무리 없이 올라갔다. 용마루에 선 비펜은 팔을 최대한 뻗어야만 굴뚝 위를 잡을 수 있다는 걸 깨달았다. 그렇게 붙잡고 몸을 끌어올릴 기력이 남았나? 혹시라도 연통이 부서진다면?

비펜의 목숨은 아직 위험했다. 점점 두꺼워지는 연기가 꼭대기 층이 곧 불길에 휩싸일 거라고 경고했다. 좀 더 자유로이 움직일 수 있도록 코트를 벗었다. 이제 짐이 된 원고는 그보다 먼저 굴뚝을 넘어야 했는데, 그러려면 한 가지 방법뿐이었다. 비펜은 조심스럽게 원고를 코트 주머니에 넣고 옷을 돌돌 말은 다음 소매로 묶어서 신중하게 겨냥했다. 코트는 일단은 안전한 곳에 떨어졌다.

이제 체조를 할 시간이다. 비펜은 까치발을 딛고 서서 연통의 가장자리를 붙잡고 몸을 끌어올리려 애썼다. 굳세게 잡았지만, 실패가 죽음을 뜻하는 절박한 상황에서도 그의 깡마른 팔은 목적을 달성할 힘을 낼 수 없었다. 비펜은 지나치게 오랫동안 빈약한 식사를 했고, 기력을 빼는 집필에 매달렸다. 비펜은 한쪽 무릎을 벽돌 위에 얹으려고 다리를 이리저리 흔들어 봤지만, 성공할 가능성이 없었다. 그는 당혹스러워하며 기와 위에 주저앉았다.

도움을 구해야 했다. 타닥거리는 불꽃이 섞이기 시작한 검은 연기구름 때문에 난간 앞에 서는 것도 거의 불가능했다. 어쩌면 뒤쪽 공터나 다른 건물의 후면 창문에 있는 사람의 주의를 끌 수 있을지도 몰랐다. 어두침침하고 뿌연 밤이었기 때문에 그의 모습이 보이길 바라긴 힘들었다. 목소리밖에 믿을 게 없었으나 멀리까지 들릴지는 확실치 않았다. 셔츠 바람인데도 한풍이 차갑게 느껴지지 않았다. 굴뚝에 오르려던 헛된 노력 때문에 얼굴은 땀범벅이었다. 비펜은 지붕 뒤쪽의 경사면을 미끄러져 내려가서 굴뚝의 벽돌을 붙잡고 공터를 내려다보았다. 동시에 얼굴 하나가 나타났다. 옆 건물 지붕에 서서 굴뚝 옆으로 고개를 쑥 내밀고 이쪽 지붕을 보려던 사람이었다.

"여보시오!" 낯선 남자가 외쳤다. "거기서 뭐 해요?"

"당연히 탈출하려는 중 아닙니까. 그쪽 지붕으로 올라가게 도와주시오."

"맙소사! 불길이 벌써 올라온 줄 알았구먼. 당신이 램프를 엎어 멀쩡한 집에 불을 낸 인간이요?"

"아니요! 그자는 취해서 계단에서 잠들었소. 아마 죽었을 거요."

"맙소사. 당신이 그자였으면 돕지 않았을 거요. 어떻게 여기로 왔어요? 내가 봐서 다행이네요! 굴뚝 모퉁이를 돌아서 넘어오려고 했으면 목이 부러졌을 거요! 굴뚝을 넘어야 해요. 사다리를 가져올 테니 기다려요."

"밧줄도 좀 가져오시오." 비펜이 외쳤다.

남자가 내려간 지 5분 정도 지났다. 비펜에게는 30분처럼 느껴졌고, 그는 발아래 기와가 뜨거워졌다고 느꼈다. 아니, 열기가 느껴진다고 상상했다. 연기 때문에 다시 호흡이 곤란해졌다. 그때 마침내 굴뚝의 연통 위에서 외치는 소리가 들렸다. 구조자는 연통 하나에 앉아서 비펜이 다른 연통으로 올라올 수 있는 사다리를 내리고 있었다. 비펜은 사다리의 맨 아래 가로장을 용마루에 조심스레 올려놓고, 최대한 힘을 빼고 사다리를 타고 올라가서 두 개의 연통 사이에 자리를 잡았다. 그리고 그는 사다리를 올렸고, 두 남자는 안전하게 내려갔다.

"혹시 여기에 떨어져 있던 코트 못 봤소?" 비펜의 첫 질문이었다. "내 코트를 여기로 던졌소."

"왜요?"

"주머니에 중요한 문서가 있소."

그들은 찾아봤지만 나오지 않았다. 지붕 어느 쪽에서도 발견되지 않았다.

"길거리로 던졌나 보네요." 남자가 말했다.

어마어마한 충격이었다. 원고를 잃어버린 슬픔에 비펜은 자신이 살아났다는 기쁨조차 잊었다. 그는 계속해서 헛되이 찾아 헤맸겠지만, 불이 옆 건물로 번질 것을 두려워한 그의 동행이 트랩도어로 내려가자고 다그쳤다. "만일 코트가 길에 떨어졌으면." 1층에 내려왔을 때 비펜이 말했다. "물론 없어졌을 거요. 누군가 훔쳐갔겠지. 당신 건물 뒤쪽으로 떨어졌을 가능성도 있잖소?"

비펜은 겁에 질린 사람들 사이에 서 있었다. 사람들은 놀란 표정으로 그를 빤히 바라봤는데, 연기를 헤쳐 나오는 동안 그가 굴뚝 청소부 같은 모습이 되었기 때문이었다. 그의 말을 들은 한 사람이 건물 뒤로 뛰어갔다가, 진흙투성이 보따리를 가져왔다.

"이게 선생님 코트인가요?"

"하늘이여, 감사합니다! 제 겁니다! 주머니에 중요한 문서가 있습니다."

비펜은 코트를 펼쳐서 '베일리 씨'가 안전한지 확인한 후 코트를 입었다.

"혹시 저를 잠깐만 집에 들이고 물 한 잔만 주실 수 있는 분 계십니까?" 지쳐서 쓰러질 것 같은 느낌에 비펜이 물었다.

그를 구해 준 남자가 다시 한번 친절을 베풀어서 비펜은 30분가량 몸이 주체하지 못할 정도로 떨리는 동안 앉아서 체력을 회복했다. 이때쯤엔 소방수들이 열심히 불과 싸우고 있었지만, 불타는 건물의 한 층이 이미 무너져 내렸기 때문에 건물의 뼈대밖에 구할 수 없을 터였다. 비펜은 그 집에 있던 사람들에게 자기가 겪은 일을 처음부터 끝까지 다 말하고 이제 가봐야겠다고 선언했다. 반드시 휴식을 취해야 했는데, 화재 현장에서 이렇게 가까운 곳에서는 불가했다. 수중에 돈이 전혀 없었으므로, 그를 측은히 여겨 재워 줄 이웃을 찾는 수밖에 없었다.

경찰의 도움을 받아 비펜은 인파가 덜 몰린 길을 지나 클리블랜드 스트리트로 나왔다. 대부분 집들의 문이 열려 있었다. 비펜은 몇몇 집에 도움을 요청했으나, 사람들은 그를 믿지 않거나 그의 지저분한 행색 때문에 선입관을 가졌다. 결국, 몸에서 힘이 거의 다 빠져나간 비펜이 경찰에게 부탁했다.

"아시지 않습니까." 비펜은 자기 상황을 설명하며 말했다. "누구에게 사기를 치려는 게 아닙니다. 내일이면 돈이 좀 생길 겁니다. 아무도 절 안 받아주면 제게 무슨 죄목을 씌어 경찰서로 데려가 주십시오. 어디에라도 좀 누워야겠습니다."

경찰관은 근처 문가에서 잠옷만 입고 있던 사람에게 다가가서 부탁했는데, 다행히 허락을 받았다. 몇 분 후 비펜은 침실로 꾸며진 지하실로 안내됐다. 그는 거기서 일주일간 묵기로 했다. 집주인은 인색한 사람이 아니었던지라 비펜이 씻을 수 있게 따뜻한 물까지 제공했다. 몸을 급히 씻은 불운한 작가는 침대 위로 몸을 던졌고 순식간에 잠들었다.

다음 날 아침 9시쯤 비펜은 위층으로 올라갔다. 집주인은 기름 가게 주인이었다.

"죄다 잃으셨군요?" 남자가 안쓰러워하며 물었다.

"모조리 날아갔습니다. 지금 입고 있는 옷과 구출한 문서 하나를 제외하면요. 책이 다 타버렸어요!"

비펜은 침울하게 고개를 가로저었다.

"장부를요!" 기름 상인이 외쳤다. "이런, 이런! 어떤 장사를 하셨습니까?"

작가는 남자의 오해를 풀었다. 이야기 끝에 아침을 함께 먹자는 초청을 받은 비펜은 기꺼이 응했다. 그리고 그는 밤이 되기 전에 돌아오겠다고 약속한 뒤 집을 나섰다. 비펜의 발걸음은 물론 클립스톤 스트리트로 향했다. 익숙한 거주지는 처참한 폐허로 변했고, 아직도 연기가 피어오르고 있었다. 이웃들은 브릭스 씨의 시체가 끔찍한 꼴로 발견되었다고 말했다. 목숨을 잃은 사람은 그뿐이었다.

거기서 해럴드는 동쪽으로 향했고, 11시에 이즐링턴에 있는 맨빌 스트리트에 도착했다. 목이 쉰 리어던은 매우 아픈 기색으로 난롯가에 앉아 있었다.

"또 감기가 들었나?"

"그런 것 같네. 자네가 나가서 해충약을 좀 사다 주겠나? 나한테 적당하겠군."

"그럼 나에게는 뭐가 적당하겠나? 보라, 아무도 부인할 수 없는 이 철학자를. 단어 그대로 omnia mea mecum porto[53]."

비펜은 생생하고 유머 있게 자신의 모험담을 풀어 놓았다. 비펜의 이야기가 끝났을 즈음에 두 남자는 이렇게 재미있는 이야기는 난생처음 들었다는 듯 배를 잡고 웃고 있었다.

"아, 내 책들, 내 책들!" 비펜이 진심으로 앓는 소리를 내며 외쳤다. "그리고 내 메모! 한 번에 다 날아갔구먼. 내가 웃고 있지 않다면, 친구, 난 주저앉아 꺼이꺼이 울어야 하네. 정말이야. 내 고전들, 책 여백에 몇 년 동안 메모를 해놓았는데! 그걸 어떻게 다시 산단 말인가!"

"자네가 '베일리 씨'를 구했으니 그가 자네에게 보답해야 하네."

비펜은 원고를 이미 테이블에 올려놓았다. 종이는 더럽고 구겨졌지만, 새로 옮겨 써야 할 정도는 아니었다. 비펜은 애정이 담긴 손길로 종이를 펴고 정리를 한 뒤 리어던이 준 갈색 종이에 싸서 출판업자들의 회사 주소를 적었다.

"자네 종이가 좀 있나? 편지를 써야겠네. 이 꼴로 찾아가는 건 불가능해."

과연 그의 행색은 소설가라기보다는 파산한 행상인과 비슷했다. 지난밤에 검댕이 묻어서 옷깃을 떼어 버려야 했기 때문에 목에는 더러운 손수건을 대신 둘렀다. 코트는 손질했지만, 어젯밤의 모험은 코트를 어차피 임박한 운명이었던 붕괴에 한 단계 가까이 데려갔다. 회색 바지는 거뭇거뭇하게 변했고, 장화는 몇 주 동안 닦지 않은 것처럼 보였다.

"인물 소개를 적어야 할까?" 펜과 종이를 들고 앉으며 비펜이 물

---

53. 내가 가진 전부를 내 몸에 지니고 있다. 그리스 7대 현인 중 한 명인 프리에네의 비아스가 고향을 떠날 때 했던 말이라고 키케로가 추정했다.

었다. "범속하게 선량한 사람들에 관한 이야기라고 힌트를 주는 게 나을까?"

"그들 판단에 맡기는 게 낫겠네." 리어던이 쉰 목소리로 말했다.

"그렇다면 그냥 현대 삶에 관한 소설이라고 쓰지. 어떤 영역인지는 제목이 어느 정도 암시하겠지. 이 원고가 잿더미로 변할 뻔했고, 내가 구하려다 목숨을 잃을 뻔한 사실을 그들이 몰라서 아쉽군. 만약 고맙게도 출판해 준다면 내 이야기를 들려줘야지. 그리고 리어던, 부끄럽지만 자네에게 큰 피해를 주지 않고 10실링을 빌릴 수 있을까?"

"물론이네."

"학생 두 명에게 편지를 써서 주소가 바뀐 걸 알려야 해. 다락방에서 지하실로. 그리고 성공한 내 형한테 도움을 요청하려 하네. 형은 언제나 기꺼이 도와주려고 하지만 난 도움을 청하는 건 질색이거든. 자네 종이를 써도 되겠나?"

비펜이 언급한 형은 리버풀에서 사업을 했다. 그들은 몇 년이나 만나지 않았지만 서신을 주고받았고, 그들 사이는 해럴드가 말한 대로였다. 편지를 다 쓰고 리어던에게서 하프 소버린을 빌린 비펜은 갈색 종이로 싼 꾸러미를 출판업자들에게 전달하러 갔다. 그걸 받은 직원은 작가가 좀 더 점잖은 배달부를 써야 했다고 생각했을지도 모른다.

이틀 후 두 친구는 이른 저녁에 리어던의 방에서 다시 만났다. 둘 다 몸이 안 좋았다. 비펜은 지붕에서 셔츠 바람으로 있던 날 당연히 감기에 걸린 데다가 그날 받은 충격 때문에 신경이 약해졌다. 소설이 출판업자들의 손에 안전하게 있다는 생각만이 그에게 힘을 주었다. 겉으로 보았을 때 이 만남이 평소와 다른 점은 파이프가 빠졌다는 것이었는데, 지금은 두 남자 모두 담배를 피울 입맛이 없었기 때문이었다. 크리스마스가 되면 헤어져야 할 두 친구는 그 전에 최대한 자주 만나지 않을 이유가 없었다. 리어던은 슬픔의 심연에 잠겨 있었고, 몇 번이나 친구에게 고별인사처럼 말했다.

"자네가 계속 이렇게 고생하면서 살지는 않을 거야." 리어던이 말했다. "능력이 있는 사람에게는 언젠가 기회가 오기 마련이고, 자네의 기회도 곧 모습을 드러낼 걸세. 나는 '베일리 씨'를 미신적으로 믿어. 자네가 이 책 덕분에 성공하면 나를 완전히 잊지는 말게나."

"허튼소리 그만두게."

"헤이스팅스 도서관에서 헛되게 내 책을 찾는 자네를 본 게 까마득하게 느껴지는군! 얼마나 고맙던지! 요즘 내 책을 읽는 사람이 한 명이라도 있을까? 언젠가 내가 크로이던에 정착하고 나면 자네가 머디에 가서 내 책이 대출되는지 물어봐 주게나. 그리고 내게 솔직하고 진실하게 대답을 전해 줘. '그 작가는 잊혔습니다.' 사서가 이렇게 말할 거야. 확신하네."

"난 그렇게 생각하지 않아."

"하찮은 명성이라도 얻었다가 사라지는 걸 경험하면 죽음이 어떤 건지 미리 느낄 수 있지. 에드윈 리어던이라는 남자. 이따금 사람들이 흥미를 느끼며 언급했던 남자. 그 남자는 실제로 그리고 정말 죽었네. 내게 남아 있는 자아가 그 사실을 인정했어. 그래서 난 죽음을 더 쉽게 받아들일 수 있을 거라는 묘한 상상을 하네. 절반은 이미 죽었으니까."

비펜은 침울한 분위기를 띄우려고 노력했다.

"불꽃 튀기는 내 모험을 생각했을 때," 그의 말투는 건조하고 신중했다. "내가 불에 타죽거나 질식사를 한 후 자네가 시신을 확인하러 불려 왔을 걸 상상하면 재미있어. 내가 어떤 물건을 구하려고 위층으로 뛰어 올라갔다는 증언이 나올 거야. 여러 사람이 들었으니까. 그리고 이 세상에서 오직 자네만이 그게 무엇인지 짐작했을 거야. 검시소에서 사람들이 얼마나 황당해했을지 상상해 봐. 《데일리 텔레그래프》는 내 기사로 일면을 장식했겠지. '이 딱한 남자는 최근에 완성한 듯한 소설이 가치 있다는 망상에 사로잡혀서 그것을 불길에서 구하려다 목숨을 잃었다.' 그러면 《새터데이》에서는 작가들의 못 말리는 자부심을 조롱하는 칼럼을 실었겠지. 어쨌든 나는 유명해졌을 거네."

"하지만 이 얼마나 한심한 죽음이었겠나." 비펜이 말을 이었다. "주정뱅이가 넘어뜨린 램프 때문에 불이 난 하숙집의 다락방에서 목숨을 잃는다는 게 말이야. 이런 죽음을 원하는 사람은 아마 없겠지."

"자네는 어디서 죽고 싶나?" 리어던이 생각에 잠겨 물었다.

"내 집이네." 비펜이 애처롭게 힘주어 말했다. "난 소년 때부터 집이 없었고, 앞으로도 아마 없겠지. 내 집에서 죽는 것이야말로 내가 아직도 품고 있는 비합리적인 소망이네."

"런던에 오지 않았으면 자네는 뭘 했을 것 같나?"

"십중팔구 어떤 작은 마을에서 선생을 했겠지. 자네도 알다시피, 그것보다 힘든 삶은 많아."

"물론이야. 그런 위치에서는 평화롭게 살 수 있겠지. 나는 아마 사유지 대리인으로 넉넉한 봉급을 받으면서 살았을 걸세. 소탈한 시골 처녀와 결혼했겠지. 난 주제에 맞는 삶을 살아야 했어. 내 능력 이상의 삶을 꿈꾸면서 살려고 노력만 하는 대신에 말일세. 우리 시대의 수많은 사람이 나와 같은 실수를 저지르지. 난 지성인은 무조건 런던에 살아야 한다고 믿었어. 쉽게 이해할 수 있는 흔한 착각이야. 우리는 옛날 책들을 읽고 런던을 상상하지. 마치 런던이 아직도 지성적 삶의 중심인 것처럼. 우리는 채터턴[54]처럼 말하고 생각해. 사실, 이 시대의 지성인들은 런던을 피하는 게 상책이네. 이곳의 실체를 알게 되면 말이야. 도서관은 영국 전역에 널려 있어. 신문과 잡지가 브롬톤에 배달될 시간이면 스코틀랜드 북쪽에도 도착하네. 런던에서밖에 못 구하는 것들은 특별한 자료이고, 아주 드문 경우야. 여가 생활로 말하자면, 아니, 이제 영국 연극은 쇠퇴했으니, 다른 지역에는 없고 런던에서만 즐길 수 있는 게 뭐가 있단 말인가? 어쨌든, 1년에 일주일 정도만 런던에 오면 도시의 특색을 즐기기 충분하네. 런던은 그저 위층이 호텔인 거대한 상점이야. 물론 런던을 자기 작품의 주제로 삼은 사람이라면 이야기가 달라지겠지만, 자네나 나나 일부러 그걸 선택하진 않았잖나."

"사실이네."

"런던이 똑똑한 젊은이들의 마음속에 심는 도깨비불 같은 망상은 크나큰 불운이야. 그들은 타락하고 파멸하러 여기로 오는 거네. 그들은 평화롭게 외진 곳에서 살아야 해. 런던에서 성공하는 사람들은 거칠고 냉소적인 부류야. 내가 소년들을 가르치게 된다면, 세상에서 가치 있는 삶을 영위하기 가장 힘든 곳이 런던이라고 가르치겠어."

"또한, 사람이 지저분하고 비참하게 죽을 가능성이 가장 큰 곳이지."

"내 경험에서 유일하게 긍정적인 부분이 있다면," 리어던이 말했다. "야심을 치료해 줬다는 거야. 내가 아직도 명성 따위에 집착한

---

54. 토머스 채터턴(Thomas Chatterton)은 16세기 중반 영재 소년 시인으로 셸리, 키츠 등 당대 낭만주의 시인들에게 영향을 끼쳤다. 정치적 글을 써서 런던에서 자리를 잡으려 했지만, 돈벌이가 충분치 않자 절망해서 열일곱 살 어린 나이에 독극물로 자살했다.

다면 얼마나 괴롭겠나! 난 그런 욕심이 기억도 잘 안 나네. 내 소원은 평화롭게 평범한 사람으로 사는 거야. 난 지쳤네. 여생 동안 쉬고 싶어."

"크로이던에서는 쉬기 힘들 텐데."

"아, 불가능하지는 않네. 그곳에서 내 일과는 거의 기계적인 업무로만 채워져 있는데, 그런 일들이 내 정신 건강에 가장 좋은 약인 듯해. 책은 조금만 읽을 거고, 그것도 고전만 읽을 걸세. 내가 그 직책에 언제까지고 만족할 거라는 말은 아니야. 어쩌면 몇 년 안에 더 좋은 자리가 나올지도 모르지. 하지만 그때까지는 아주 좋아. 게다가 우리가 가기로 한 그리스 여행이라는 희망이 있지 않나. 난 진심이네. 내후년에 우리 둘 다 살아 있으면, 꼭 가자고."

"내후년이라." 비펜이 미심쩍다는 듯 미소 지었다.

"산술적으로 가능하다고 내가 증명하지 않았나."

"그랬지. 하지만 감히 꿈꾸지 못할 세상의 많은 일도 마찬가지라네."

그때 누군가 문을 두드렸고, 문이 열리자 말했다.

"전보가 왔습니다, 리어던 씨."

어떤 공포가 그들 마음에 동시에 스며든 듯 두 사람은 서로를 마주 봤다. 리어던이 전보를 개봉했다. 아내가 보낸 편지였는데 이렇게 적혀 있었다.

"윌리가 디프테리아를 앓고 있어요. 부디 당장 와주세요. 카터 부인과 함께 브라이턴에 있는 카터 부인 어머니 집에 있어요."

집 주소가 적혀 있었다.

"여기 간다는 말은 못 들었나?" 편지를 읽은 비펜이 물었다.

"아니. 카터를 못 본 지 며칠 됐네. 만났으면 그가 알려 줬겠지. 이 계절에 브라이턴이라니? 요즘이 유행하는 '시즌'인가 보군? 아마 그래서 갔겠지."

리어던은 경멸하며 말했으나 점점 불안해 보였다.

"자네 물론 가겠지?"

"가야지. 지금 내가 먼 길을 갈 상태는 아니지만."

친구가 걱정스러워하며 그를 살펴봤다.

"오늘 저녁에 열이 났나?"

리어던은 친구가 맥을 잡아볼 수 있게 손을 내밀었다. 이미 빨랐던 맥박이 전보를 받은 후 한층 더 빨라졌다.

"그래도 가야 하네. 그 불쌍한 아이는 내 마음에서 큰 자리를 차지하지 않지만, 에이미가 부르면 난 가야 해. 어쩌면 심각한 상황인지도 몰라."

"기차가 언제 있나? 시간표가 있나?"

비펜이 시간표를 사러 제일 가까운 가게로 갔다. 그동안 리어던은 작은 여행 가방에 필요한 물건들을 쌌다. 여행 가방은 낡고 오래되었지만, 남부 유럽을 여행할 때 썼던 것이라 아끼는 물건이었다. 리어던은 돌아온 해럴드를 보고 놀랐다. 비펜은 온몸이 하얗게 덮여 있었다.

"눈이 오나?"

"한 시간이나 그보다 더 오래 내린 모양이네."

"어쩔 수 없지. 난 가야 해."

가장 가까운 역은 런던 브리지였고, 다음 기차는 7시 20분에 떠났다. 시계를 보니 7시가 되기 5분 전이었다.

"가능한지 모르겠군." 리어던이 정신없이 서두르며 말했다. "그래도 가봐야지. 그다음 기차는 9시 10분에서야 있네. 나랑 같이 역으로 가자고."

두 명 다 준비가 되었다. 그들은 서둘러 나가 쉼 없이 부드럽게 내리는 눈을 맞으며 어퍼 스트리트로 빠르게 걸었다. 여기서 빈 승합마차를 잡기까지 몇 분 걸렸다. 마부에게 물어본 그들은 이미 잘 알고 있었지만 흥분 때문에 잊고 있던 사실을 깨달았다. 그들이 있는 곳에서 런던 브리지 역까지 15분 안에 갈 수 없었다.

"그래도 가는 게 낫겠네." 리어던의 의견이었다. "눈이 계속 내리면 나중에는 마차를 못 잡을지도 몰라. 자네는 따라오지 말게. 자네도 나만큼 몸이 안 좋다는 걸 잊었군."

"어떻게 자네 혼자 몇 시간을 기다리나? 같이 가겠네."

"그 나이 아이에게 디프테리아는 치명적일 거야. 그렇지 않나?" 시티 로드를 달리는 길에 리어던이 물었다.

"위험하겠지."

"에이미가 왜 내게 전보를 보냈을까?"

"그런 어이없는 질문이 또 어딨나! 자네는 부인에 대해 고약한 마음만 품고 있어. 인간적인 모습을 좀 보이고, 어리석은 고집은 버리게."

"자네가 나였어도 똑같이 했을 거야. 다른 선택이 없었네."

"그럴지도. 하지만 우리 둘 다 실리를 못 따지지. 인생을 사는 기술은 곧 타협의 기술이네. 우리가 대체 뭐라고 감성을 잔뜩 부풀리고 현실에서 이상적 관계만 추구하나. 우리 자신뿐 아니라 다른 사람까지 괴롭히는 길이야. 자네나 나 같은 사람들은 무던하고 무뎌질 필요가 있어. 자네 부인의 마지막 편지에 자네가 보낸 답장은 기막히게 어리석었네. 부인이 상속을 받았다는 말을 듣자마자 자네가 먼저 찾아갔어야 했어. 자네가 고상하게 구는 대신 상식적으로 행동했으면 자네 부인은 고맙게 여겼을 거네. 이 어처구니없는 상황을 제발 끝내게! 부탁이네!"

리어던은 점점 굵어지는 눈송이를 창밖으로 바라봤다.

"자네와 나, 우리는 대체 뭔가?" 비펜이 말했다. "우리는 불멸을 믿지 않아. 우리는 이 삶이 전부라고 생각하네. 인간의 행복이 모든 도덕적 판단의 시작이자 끝이라는 걸 알아. 이상을 고집해서 우리뿐 아니라 주변 사람들까지 비참하게 만들 권리가 있나? 우리에게는 주어진 상황에서 최선을 다할 의무가 있어. 쓸 만한 빵칼이 있는데 왜 면도칼로 빵을 자르겠나?"

그래도 리어던은 묵묵히 있었다. 마차는 거의 소리 없이 앞으로 나아갔다.

"자네는 부인을 사랑하지. 부인이 괴로운 일이 닥쳤을 때 바로 자네를 생각하니까 이렇게 전보를 친 거 아닌가."

"어쩌면 아이 아빠에게 알리는 게 의무라고 생각했을지도—"

"어쩌면, 어쩌면, 어쩌면!" 비펜이 멸시하듯 외쳤다. "또 면도칼을 쓰는군 그래! 단순하게, 인간적으로 자네 상황을 분석해 보게. 범속한 남자라면 어떻게 할까 생각하고 그대로 행동하게나. 자네 같은 사람은 이 규칙만 따라야지 안전하네."

둘 다 말을 너무 많이 해서 목이 쉬었다. 나머지 길에는 아무도 말하지 않았다.

기차역에서 둘은 함께 먹고 마셨지만, 입맛이 있는 척하기도 힘들었다. 그들은 따뜻한 건물 안에 최대한 오래 머물렀다. 리어던의 안색은 창백했고, 눈빛은 초조하고 불안했다. 몇 분만 걸어도 팔다리가 후들거려 주저앉아야 했지만, 그래도 그는 가만히 앉아 있지 못했다. 마침내 기차가 출발할 시간이 왔을 때 두 사람 모두 이루 말할 수 없이 안도했다.

그들은 정답게 손을 맞잡고, 마지막 부탁과 약속을 주고받았다.

"내가 너무 솔직히 말했다면 용서하게, 친구." 비펜이 말했다. "부디 가서 행복해지게!"

그리고 비펜은 기차역에 홀로 서서, 기차 마지막 칸의 빨간 불빛이 어둠과 눈보라 속으로 소용돌이치며 흩어지는 광경을 지켜보았다.

32장. 리어던, 실리적으로 변하다

리어던은 브라이턴에 가본 적 없었고, 자의로 가는 일은 없었을 터였다. 도시의 이름이 어리석은 유행과 그것을 따라 하려는 속물근성을 암시하게 되었기 때문에 그는 편견이 생겼다. 리어던은 브라이턴이 해안가로 옮겨진 런던의 한 조각에 지나지 않는다는 것을 알았고, 자신이 순수하게 좋아하는 해변과 파도가 물질주의와 연관되었다는 사실이 불쾌했다. 여행 초반에는 이런 짜증이 밀려오며 에이미에게 달려가는 따뜻한 마음을 방해했다. 하지만 목적지에 가까워질수록 리어던은 괴로워하고 있는 아내 곁에 한시바삐 가고 싶어 초조해졌고, 그 외 문제는 머릿속에서 사라졌다. 한 시간 반 동안의 여정이 영원처럼 느껴졌다.

열이 점점 올랐다. 기침이 자꾸 터져 나왔고 호흡이 곤란했다. 리어던은 계속 움직이고 있긴 했지만, 흥분이 가라앉을 때는 그저 누워서 기절해 버리고 싶은 생각뿐이었다. 삼등석 칸에 함께 앉은 두 남자는 무릎에 담요를 깔고 푼돈을 걸며 카드놀이를 하고 있었다. 그들의 멍청한 얼굴과 웃음소리와 대화가 참기 힘들 정도로 거슬렸지만, 웬일인지 리어던은 주의를 딴 데로 돌릴 수 없었다. 연거푸 계속되는 그들의 놀이에 집중하고, 그들의 얼굴이 혐오스러울 정도로 속속들이 익숙해질 때까지 관찰해야 하는 정신적 고문 같았다. 그중 한 명은 콧수염의 양 끝이 불쑥 위로 말려 올라간 기이한 모양이었는데, 이렇게 이상한 모양을 만들기 위해 콧수염을 어떻게 길들였을지 추측하도록 강요당하는 듯, 리어던은 다른 생각을 할 수 없었다. 집요하게 머릿속을 파고드는 생각을 벗어날 수 없는 무력함에 리어던은 신경질적으로 눈물을 흘릴 지경이었다.

여행이 끝날 무렵 리어던은 몸을 떨었고, 갑작스럽고 극심한 오한에 이를 딱딱 부딪쳤다. 이를 극복하기 위해 그는 늘어서 있는 마차를 향해 달렸지만, 그의 다리는 뛰기를 거부했고, 결국 기침 때문에 멈춰서 숨을 골라야 했다. 계속 부들부들 떨면서 리어던은 마차 안으로 몸을 던지고 에이미가 알려 준 주소로 가달라고 청했다. 땅에 눈이 두껍게 쌓여 있었지만, 더 내리지는 않았다.

리어던은 또다시 15분 정도 신체적, 정신적으로 몹시 앓았고, 마차가 어디로 가는지 지각하지도 못했다. 마차가 멈추고서야 그는 목적지에 도착했다는 걸 알았다. 현관문으로 걸어가는 길에 11시를 알리는 종이 울렸다.

리어던이 초인종을 울리자마자 문이 열렸다. 그가 이름을 대자 하녀가 1층에 있는 응접실로 안내했다. 집은 아담하지만 잘 꾸며져 있었다. 테이블 위 램프 하나가 켜져 있었고, 난로의 불은 빨간 불씨로 사그라졌다. 하녀는 리어던 부인에게 바로 알리겠다고 말하고 그를 혼자 두고 나갔다.

리어던은 가방을 바닥에 내려놓고 목도리를 풀고 코트를 벗고 앉아서 기다렸다. 코트는 새것이었지만 안에 입은 옷은 가장 초라한 것들이었다. 다락방에서 입고 있던 옷을 갈아입을 시간도 없었을 뿐더러 그럴 생각도 미처 못 했다.

다가오는 발소리를 듣지 못했는데 에이미가 황급히 내려온 기색으로 방에 들어왔다. 에이미는 리어던을 바라보다가 두 팔을 앞으로 뻗고 가까이 다가와서, 손을 그의 어깨에 얹고 입을 맞추었다. 리어던은 몸이 너무 떨려 간신히 서 있었다. 그는 에이미의 손을 잡아 자기 입술에 가져다 대었다.

"당신 숨이 너무 뜨거워요!" 에이미가 말했다. "몸도 떨고 있네요! 아파요?"

"그냥 독감이에요." 리어던이 쉰 목소리로 말하고 기침했다. "윌리는 어때요?"

"위독해요. 의사가 오늘 밤에 다시 오기로 했어요. 초인종을 듣고 의사인 줄 알았어요."

"내가 오늘 밤에 올 거로 생각하지 않았어요?"

"확신할 수 없었어요."

"왜 나를 불렀어요, 에이미? 윌리가 위독하니까 내게 알려야겠다고 생각해서?"

"네, 그리고—"

돌연 에이미가 울음을 터뜨리며 감정을 드러냈다. 지금까지 에이미는 침착한 목소리로 말했고, 찌푸린 눈썹만이 마음속 슬픔을 표현했다.

"윌리가 죽으면 난 어떡하죠? 어떻게 하죠?" 에이미가 흐느낌 사이사이 외쳤다.

리어던은 아내를 안고 옛날처럼 다정하게 손을 그녀의 머리에 얹었다.

"에이미, 내가 가서 아이를 보면 좋겠어요?"

"물론이에요. 먼저 우리가 여기 왜 왔는지 말할게요. 이디스가—카터 부인이—어머니와 일주일을 보내기로 했는데, 나한테 같이 가자고 졸랐어요. 나는 별로 오고 싶지 않았어요. 기분이 좋지 않았고, 당신과 계속 떨어져 살기 불가능할 거 같았어요. 아, 오면 안 됐는데! 그럼 윌리는 괜찮았을 텐데!"

"어쩌다 병에 걸렸는지 말해 봐요."

에이미는 간단히 설명하고 뒤이어 다른 상황들을 알렸다.

"내 방에 간병인이 같이 있어요. 집이 너무 작아서 여기에는 당신이 잘 침대가 없어요, 에드윈. 하지만 집 바로 앞에 호텔이 있어요."
"알았어요. 신경 쓰지 말아요."
"당신 너무 아파 보이는걸요. 몸을 이렇게 떨잖아요. 오랫동안 앓았나요?"
"아, 내가 원래 그렇잖아요. 저주받을 겨울 내내 감기로 고생하죠. 당신이 다시 한번 내게 상냥히 말하는데 그게 다 무슨 상관이에요? 당신과 계속 떨어져 사느니 난 당신의 다정한 눈빛을 보면서 당신 발치에서 죽는 편이 나아요. 아니, 키스하지 말아요. 이 지독한 목감기가 전염될지도 몰라요."
"당신 입술이 너무 뜨겁고 메말라 있어요! 당신이 이런 날씨에 여기까지 온 걸 생각하면!"
"비펜이 고맙게도 역까지 같이 와줬어요. 내가 당신과 너무 오래 떨어져 산다고 비펜이 화가 났어요. 에이미, 다시 나를 사랑해 주는 거예요?"
"아, 모든 게 참담한 실수였어요. 하지만 우리가 너무 가난했는걸요. 그건 이젠 끝났어요. 윌리만 구할 수 있다면! 의사가 빨리 와야 할 텐데. 불쌍한 아이가 숨도 간신히 쉬고 있어요. 아무 죄도 없는 어린 것이 이렇게 고통받아야 하다니 너무 잔인해요!"
"자연의 잔혹함에 억울해하는 게 당신이 처음은 아니에요, 내 사랑."
"지금 바로 올라가요, 에드윈. 코트랑 짐은 여기에 놓고요. 윈터 부인은—이디스 어머니예요—나이가 아주 많으세요. 지금은 잠자리에 드셨어요. 오늘 밤에 카터 부인은 만나고 싶지 않죠?"
"맞아요. 난 오직 당신과 윌리만 보고 싶어요."
"의사가 오면 당신도 진단을 받아야 하지 않을까요?"
"두고 봅시다. 난 걱정하지 말아요."

그들은 조용히 1층으로 올라가서 침실로 들어갔다. 불이 침침했기에 망정이지, 아이 침대 옆에 앉아 있던 간병인이 환자 아버지의 특이한 옷차림을 봤으면 놀랐을 것이다. 리어던은 앓고 있는 아이 위로 몸을 숙였고, 윌리가 태어난 이래 처음으로 강력한 부성애를 느꼈다. 그의 눈에서 눈물이 쏟아졌다. 격앙된 감정 때문에 리어던은 잡고 있던 에이미의 손을 으스러뜨릴 뻔했다.

리어던은 말없이 오랫동안 앉아 있었다. 침실의 더운 공기가 가쁜 숨에 오히려 안 좋은 반응을 일으켰다. 연거푸 터져 나오는 짧은 기침이 두뇌를 짓누르고 어지럽히는 듯했다. 몸통 오른쪽에 고통이 느껴지기 시작해서 의자에 똑바로 앉을 수 없었다.

리어던이 모르는 사이에 에이미는 계속 그를 지켜보고 있었다.

"두통이 있어요?" 에이미가 속삭였다.

리어던은 고개를 끄덕였지만 말은 하지 않았다.

"아, 의사는 왜 이렇게 안 오는 거야? 몇 분 있다가 사람을 다시 보내야겠어요."

에이미가 말하자마자 아래층에서 초인종이 울렸다. 에이미는 약속되었던 의사의 방문이라고 확신했다.

방에서 나간 에이미가 금세 의사와 함께 돌아왔다. 아이의 진단이 끝난 후 리어던은 의사에게 아래층에서 몇 마디 나누기를 요청했다.

"다시 올게요." 리어던이 에이미에게 속삭였다.

의사와 리어던은 아래층으로 내려가 응접실로 들어갔다.

"아이가 살 가망이 있습니까?" 리어던이 물었다.

희망이 있다고 했다. 상태가 호전될 가능성이 있었다.

"제게 시간을 잠시만 내주십시오. 제가 폐울혈이 있는지도 모르겠습니다."

쉰 살의 품위 있는 의사는 상대를 호기심 어린 눈으로 관찰하고 있었다. 의사는 필요한 질문을 몇 개 하고 진찰했다.

"이전에 폐에 문제가 있던 적이 있습니까?" 의사가 심각한 표정으로 물었다.

"몇 주 전에 오른쪽 폐가 답답했습니다."

"당장 자리에 누우셔야 합니다. 왜 이렇게 상태가 나빠질 때까지—"

"런던에서 막 내려왔습니다." 리어던이 말을 잘랐다.

"쯧쯧, 당장 침대로 가십시오, 선생님. 염증이 있습니다. 게다가—"

"이 집에서는 잘 수 없습니다. 남는 방이 없어요. 가까운 호텔로 가야 합니다."

"그런가요? 그럼 제가 모셔다드리죠. 마차가 문 앞에 있습니다."

"한 가지만 부탁드립니다. 아내에게는 제 상태가 심각하다고 말하지 마십쇼. 아이가 고비를 넘길 때까지 기다려 주셨으면 합니다."

"간병인이 필요할 겁니다. 호텔에 가야 한다니, 정말 운 나쁜 상황이군요."

"어쩔 수 없습니다. 간병인이 필요하면 한 명 고용하겠습니다."

리어던은 필요한 비용을 전부 낼 수 있다는 사실에 이상한 느낌을 받았다. 질병을 앓는 것에 관련된 최악의 공포를 부자들은 모른다.

"필요 이상으로 말하지 마십시오." 방에서 나가는 리어던에게 의사가 조언했다.

계단 아래쪽에 서 있던 에이미는 남편이 나타나자마자 내려왔다.

"의사가 친절하게도 자기 마차로 데려다주겠다고 했어요." 리어던이 속삭였다. "내가 얼른 가서 푹 쉬는 게 좋겠어요. 당신 곁에 있고 싶지만요, 에이미."

"심각한 병인가요? 여기에 도착했을 때보다 더 안 좋아 보여요, 에드윈."

"열감기예요. 걱정하지 말아요, 내 사랑. 윌리에게 가봐요. 잘 자요."

에이미가 리어던을 끌어안았다.

"당신이 내일 아침 9시까지 여기로 못 오면 내가 갈게요." 덧붙여 에이미는 그가 묵을 호텔 이름을 알려 주었다.

의사는 호텔에서 잘 알려진 사람이었다. 자정 무렵에 리어던은 편안한 방에서 커다란 찜질 약을 붙이고 누워 있었다. 필요한 것들은 모두 준비됐다. 웨이터 한 명이 밤새 주기적으로 그를 살피기로 했고, 의사는 동이 트자마자 돌아오겠다고 약속했다.

저 소리는 무엇인가? 부드럽고, 끊임없고, 아득하고, 선명했다가 아련히 중얼거리는? 잠이 들었던 리어던은 갑자기 벌떡 일어났다. 음악이 귓가에 울렸다. 아! 물론, 밀려오는 파도 소리였다. 그는 아름다운 바닷가에 있었다.

야간 등의 불빛 덕분에 리어던은 방 안의 큼직한 물체들을 볼 수 있었고, 그는 멍하니 주위를 둘러보았다. 그러나 평화로운 순간은 기침의 발작으로 끝났다. 리어던은 극히 심란해졌다. 정말로 심각한 질병인가? 깊게 숨을 내쉬려 했지만 할 수 없었다. 오직 오른쪽으로만 편히 누울 수 있었다. 몸을 옆으로 틀기만 해도 힘겨웠다. 지난 한두 시간 사이에 체력이 바닥났다. 모호한 공포가 퍼드덕거리며 머릿속을 휘저었다. 만약 폐렴에 걸렸으면—사람이 죽을 수도, 그것도 금세 죽을 수도 있는 병이었다. 죽는다고? 안 된다, 안 돼. 지금은 안 된다. 에이미가, 그의 사랑하는 아내가 돌아왔는데.

게다가 그들의 긴 여생을 행복하게 해줄 그것을 가져왔는데.

그는 아직 꽤 젊은 편이다. 몸에 체력이 많이 비축되어 있을 것이다. 더구나 그에게는 살려는 의지가, 불굴의 의지가 있었다. 그 무엇보다 강한, 행복을 쟁취하려는 열망이었다.

얼마나 스스로 걱정을 만들었는지! 다시금 차분해진 리어던은 파도의 노래에 귀 기울일 수 있었다. 이 바닷가를 장악한 어리석음과 천박함도 바다의 영원한 선율을 방해할 수 없었다. 하루 이틀이면 그는 혐오스러운 도시가 안 보이는 어느 호젓한 곳에서 에이미와 함께 모래사장을 거닐 것이다. 하지만 윌리가 아팠다. 잊고 있었다. 가여운 아이! 앞으로는 아이를 더욱 소중히 여기리라. 물론 리어던에게 아이는 그의 어머니 같은 존재가 될 수 없었다. 다시 한번 그의 품에 돌아왔고, 영원히 함께할 오직 그만의 사랑.

잠시 의식을 잃었던 리어던은 몸 측면의 통증 때문에 다시 깼다. 그는 가쁜 숨을 헐떡였다. 숨을 달리 쉴 수 없었다. 이렇게 아픈 적은 없었다. 단 한 번도. 아침이 되려면 멀었나?

그리고 그는 꿈을 꾸었다. 꿈속에서 리어던은 파트라스에 있었는데, 그리스로 가는 증기선까지 태워 주는 보트에 오르고 있었다. 12월 말인데도 근사한 밤이었다. 암청색 하늘은 별천지였다. 사위는 고요했다. 항구에 둥실둥실 뜬 채 불빛을 뿜고 있는 수많은 배 중 하나에서 들려 오는 듯한 목소리와 꾸준히 노를 젓는 소리뿐이었다. 하늘만큼이나 깊고 파란 바다가 배에서 번져 나오는 불빛을 반사하며 반짝였다.

이제 리어던은 이른 아침 새벽빛을 받으며 갑판에 서 있었다. 남쪽에는 이오니아 제도가 있었다. 그는 이타카를 찾아 보았지만 밤새 지나쳐 버린 듯해 아쉬웠다. 주 해변에서 가장 가까운 곳에 암석으로 이루어진 곶이 보였고, 그는 이곳이 악티움 해전[55]이 벌어졌던 바다라는 것을 기억했다.

영광스러운 장면이 사라졌다. 다시 한번 리어던은 빌린 침실에 누워 음산한 영국 새벽을 간절히 기다리는 병자였다.

8시에 의사가 왔다. 그는 한두 마디만 중얼거리고 금방 떠났다. 리어던은 아이 소식을 듣고 싶어 초조했지만 기다려야 했다.

10시에 에이미가 왔다. 리어던은 몸을 일으키지 못했지만 팔을 뻗어 에이미의 손을 잡고 간절히 바라보았다. 흐느낀 티가 완연한 에이미의 얼굴에 처음 보는 표정이 서려 있었다.

"윌리는 어때요?"

"많이, 많이 나았어요."

리어던은 아내의 얼굴을 살폈다.

"아이와 있어야 하지 않아요?"

"쉿, 말하면 안 돼요."

에이미의 눈에서 눈물이 쏟아지자 리어던은 아이가 죽었다고 확신했다.

"사실을 말해 줘요, 에이미!"

에이미는 침대 곁에 무릎 꿇고 앉아 젖은 뺨을 그의 손에 가져다 대었다.

"당신을 보살피러 왔어요, 사랑하는 내 남편." 잠시 후 에이미는 일어나며 말하고 그의 이마에 키스했다. "이제 내겐 당신밖에 없어요."

리어던은 억장이 무너졌다. 순간 너무 큰 공포가 밀려와서 눈을

---

55. 기원전 31년 옥타비아누스의 해군과 마르쿠스 안토니우스와 클레오파트라 7세의 연합함대가 싸운 해전.

감았고, 완전한 어둠 속으로 가라앉는 것 같았다. 그러나 에이미의 마지막 말이 그의 마음속에 울리면서 마침내 큰 위안을 주었다. 그들 사이의 첫 갈등은 불쌍한 윌리가 원인이었다. 남편을 향한 에이미의 사랑이 모성애에 밀려났었다. 이제는 신혼으로 돌아간 거나 다름없었다. 그들은 다시 서로에게 전부가 됐다.

"이렇게 아픈데 여기 오면 안 됐어요." 에이미가 말했다. "내게 말했어야죠."

리어던은 미소를 짓고 에이미의 손에 입을 맞추었다.

"어젯밤에 당신은 나를 배려하려고 얼마나 아픈지 감췄죠."

흥분하면 리어던에게 안 좋다는 것을 깨달은 에이미가 말을 멈췄다. 처음에 에이미는 아이의 죽음을 숨기려 했지만, 지칠 대로 지친 신경에 무리였다. 과연 에이미도 병상에 한두 시간밖에 머물지 못했다. 밤새 아이 곁을 지키며 기다리다가 갑작스레 처참하게 끝나면서 기진맥진해졌다. 에이미가 떠나고 잠시 후, 의사가 대단히 위독하다고 비밀스럽게 말한 병자를 돌보러 전문 간병인이 들어왔다.

저녁이 되어도 리어던의 병세는 나아지지 않았다. 병자는 기침과 뒤척임을 멈추고, 무기력해졌다. 얼마 후 리어던은 알아듣기 어려운 헛소리를 시작했다. 에이미는 4시에 돌아와 밤늦게까지 병상을 지켰다. 신체적으로 지친 에이미는 침대 옆 의자에 앉아 조용히 울거나 갑작스러운 재난의 슬픔에 잠겨 멍하니 앞을 응시할 뿐이었다. 다음 날 브라이턴에 도착할 예정인 어머니와 전보가 오갔고, 어머니가 도착하고 삼 일 후 아이의 장례식이 열릴 예정이었다.

에이미가 간병인을 남겨 두고 떠나려 했을 때 리어던은 무의식 상태인 듯했다. 하지만 에이미가 침대에서 돌아서는데 리어던이 눈을 뜨고 그녀의 이름을 불렀다.

"내가 여기 있어요, 에드윈." 에이미가 리어던 위로 몸을 숙이며 대답했다.

“비펜에게 소식을 전해 줄래요?” 리어던이 나지막하지만 아주 또렷한 목소리로 말했다.

“당신이 아프다고요? 곧바로 편지를 쓸게요. 당신이 원하면 전보를 치지요. 주소가 뭐예요?”

리어던은 눈을 다시 감고 대답하지 않았다. 에이미가 질문을 되풀이했다. 기다리다 지쳐 그녀가 돌아섰을 때 그의 목소리가 들렸다.

“비펜의 새 주소가 기억나지 않아요. 들었는데 기억이 나질 않아요.”

에이미는 그렇게 방에서 떠날 수밖에 없었다.

다음 날 리어던은 숨쉬기가 너무 힘겨워져 베개를 받치고 앉아야 했다. 오후에는 정신이 맑았고, 그는 에이미의 표정에 답하기 위해 다정한 말을 이따금 속삭였다. 리어던은 여간해서는 에이미의 손을 놓지 않았고, 자꾸만 자기 뺨과 입술로 가져갔다. 친구의 주소는 좀처럼 기억나지 않았다.

“카터 씨가 알아볼 수 있지 않을까요?” 에이미가 물었다.

“어쩌면. 한번 부탁해 봐요.”

에이미는 재스퍼 밀베인에게 물어보길 제안하려 했으나 그 이름은 언급되어서는 안 됐다. 웰프데일이 알 가능성도 있었지만, 리어던은 웰프데일의 주소도 잊었다.

밤이 되자 헛소리가 심해졌다. 혼란스러운 중얼거림이 아니라 듣는 사람이 정확히 알아들을 수 있는 말이 끝없이 이어졌다.

대체로 병자의 정신은 가치 있는 글을 쓰려고 마지막 힘을 쥐어짜던 시절의 고통을 다시 겪는 것 같았다. 그때의 지독한 괴로움에 다시 시달리는 남편의 말을 듣는 에이미는 가슴이 미어졌다. 그녀가 이기적인 두려움과 상처 난 자존심 때문에 남편에게서 점점 멀어지지 않았으면 달랠 수 있던 괴로움이었다. 에이미의 참회는 어떤 굴욕도 용납하지 않는 성격이 오직 극심한 상황의 압박 탓에 느낀 종류였다. 사실 에이미는 자신의 행동이나 선택을 진심으로 뼈저리게 후회할 수 없었고, 이러한 성격적 결함을 인정하는 것이 죄책감보다 더 그녀를 괴롭혔다. 남편이 조용히 무기력하게 누워 있을 때 에이미는 죽은 아이만을 생각하며 애도했다. 그러나 리어던의 헛소리가 에이미를 달곰씁쓸한 상념에서 깨우고, 그녀의 슬픔에 자책감과 두려움을 섞었다.

리어던은 무의식적으로 에이미를 불렀다. "못 하겠어요, 에이미. 내 두뇌가 지친 것 같아요. 글을 쓸 수 없고 생각도 못 하겠어요! 이걸 봐요. 몇 시간째 앉아 있었는데 고작 대여섯 줄밖에 못 썼어요. 그것도 형편없어. 태워 버려야 하는데, 그럴 여유가 없네요. 난 매일 하루 분량을 채워야 해. 그게 무엇이든지 간에."

리어던이 이렇게 중얼거리자 옆에 있던 간병인이 설명을 바라는 눈빛으로 에이미를 바라봤다.

"남편이 작가예요." 에이미가 답했다. "얼마 전에 아파서 쉬어야 할 때 글을 써야 했어요."

"책을 쓰는 건 정말 힘들 거라고 항상 생각했죠." 고개를 가로저으며 간병인이 말했다.

"당신은 나를 이해 못 해." 리어던이 말했다. 사람이 의지와 상관없이 말할 때 항상 그렇듯 무시무시한 목소리였다. "당신은 내가 이거밖에 못 해서 하찮은 인간이라고 생각하지. 내가 1~2년만 쉴 여유가 있었으면, 두고 봐요. 돈이 없다는 이유 하나로 내가 이렇게 망가져야 하다니. 게다가 난 당신마저 잃고 있어. 당신은 나를 사랑하지 않아!"

리어던은 괴로워하며 신음하기 시작했다.

잠시 후 그의 꿈이 행복하게 바뀌었다. 리어던은 명랑한 목소리로 그리스와 이탈리아에서의 경험을 뇌까렸다. 한참을 떠들던 리어던이 고개를 돌리고 완전히 자연스러운 말투로 말했다.

"에이미, 내가 비펜과 함께 그리스로 가기로 한 걸 알아요?"

리어던이 제정신으로 말했다고 생각한 에이미가 대답했다.

"나를 데려가야죠, 에드윈."

리어던은 들은 체도 하지 않고 여전히 제정신인 듯한 말투로 말을 이었다.

"소설을 구하려다 타 죽을 뻔했는데 휴가라도 즐겨야지. 원고를 구하려고 불 속으로 뛰어드는 비펜을 상상해 봐요. 작가는 영웅이 될 수 없다고 말하지 마요!"

그는 즐겁게 하하 웃었다.

또다시 아침이 왔다. 의사들은 (의사 한 명을 더 불렀다) 임박한 위기를 넘기면 병세가 호전될 수 있을지도 모른다고 말했다. 하지만 에이미는 간병인의 표정과 행동을 바탕으로 결론을 내렸다. 그녀는 자신의 가장 큰 두려움이 실현되리라 확신했다. 간신히 제대로 잠든 것 같던—헐떡이는 호흡을 제외하면—리어던은 정오 전에 일어나 비펜이 지금 머무르고 있는 클리블랜드 스트리트 주소를 갑자기 기억했다. 그는 아무 설명 없이 주소를 말했지만, 즉각 알아들은 에이미는 추측을 확인받자마자 남편의 친구에게 전보를 쳤다.

그날 저녁 에이미가 친구의 집에서 저녁을 먹고 병실로 돌아가려고 할 때 하녀가 비펜이라는 신사가 찾아왔다고 알렸다. 비펜은 다이닝룸에서 기다리고 있었는데, 에이미는 슬픈 와중에도 그가 예전보다 훨씬 관습적인 차림새라 다행이라고 여겼다. 비펜의 모든 옷가지가—심지어 모자와 장갑과 장화도—새것이었다. 동생이 얼마 전에 당한 재난을 안타깝게 여기는 마음을 실용적으로 표한 10파운드를 사업가 형이 보냈기 때문에 가능한 일이었다. 비펜은 입을 떼지 못하고 에이미의 해쓱한 얼굴을 근심스러워하며 바라봤다. 에이미는 리어던의 상태를 짤막하게 설명했다.

"이렇게 될까 봐 걱정했습니다." 비펜이 조용히 말했다. "런던 브리지에서 헤어졌을 때도 아팠죠. 하지만 윌리는 괜찮죠?"

에이미는 대답하려 했으나 대신 눈물을 흘리며 고개를 떨구었다. 해럴드는 아이가 사망했다는 것을 깨달았다. 슬픔과 두려움에 몸이 굳었다.

그들은 몇 분 동안 띄엄띄엄 대화를 나누고 집을 나섰다. 비펜은 이곳으로 올 때 가져온 손가방을 들고 있었다. 호텔에 도착한 그는 병실에 들어가도 된다는 허락이 떨어질 때까지 밖에서 기다렸다. 에이미가 희미하게 웃으며 돌아왔다.

"그이는 깨어 있어요. 당신이 왔다는 말에 굉장히 기뻐하네요. 하지만 말을 너무 많이 하지 못하게 해줘요."

친구 얼굴에 일어난 변화는 곁에 있던 사람들보다 해럴드에게 물론 훨씬 심각하게 보였다. 뼈만 남은 얼굴의 커다랗고 퀭한 눈, 얇고 변색한 입술이 파멸의 전조처럼 보였다. 비펜은 깡마른 친구의 손을 잠시 잡고 오열하다가 결국 뒤돌아야 했다.

에이미는 남편이 무슨 말을 하려는 걸 눈치채고 몸을 숙였다.

"여기 있어 달라고 부탁해요, 여보. 호텔에 방을 하나 잡아 줘요."

"그럴게요."

비펜은 침대 옆에 앉아 30분간 머물렀다. 친구는 소설에 대한 소식이 있느냐고 물었다. 비펜은 고개를 가로저었다. 비펜이 일어났을 때 리어던이 얼굴을 가까이 대라고 신호를 보내며 속삭였다.

"이제 어떻게 되든 상관없네. 에이미가 다시 내게 돌아왔어."

다음 날은 몹시 추웠지만 청명한 하늘이 땅과 바다 위에서 빛났다. 건강하고 활기찬 사람들이 도로와 산책로에 득시글거렸다. 비펜은 이들을 원망하고 경멸하며 바라봤다. 그는 사람들에게서 최대한 멀리 떨어진 곳으로 갔다. 여느 때라면 그를 기쁘게 했을 파도 소리를 들어도 인간의 운명을 뻔뻔하게 깔아뭉개는 불의를 체념하며 받아들이는 데 도움이 되지 않았다. 비펜은 에이미에게 냉정하지 않았다. 그는 친구의 쇠약한 모습만큼이나 에이미의 눈물에—다른 느낌으로—큰 충격을 받았다. 에이미와 리어던은 다시 합쳤고, 그들을 향한 사랑은 그가 느꼈던 어떤 애정보다 강했다.

오후에 비펜은 다시 병상을 지켰다. 환자의 모든 증상이 임박한 마지막 순간을 가리켰다. 시체 같은 얼굴, 시퍼런 입술, 헐떡이는 숨소리. 해럴드는 친구가 자기를 다시 알아보리라 기대할 수 없었다. 그가 이마를 괴고 앉아 있는데 에이미가 그를 살짝 건드렸다. 리어던이 그들을 향해 고개를 돌렸는데, 그들을 알아보는 눈빛이었다.

"자네와 그리스를 못 가겠군." 리어던이 또박또박 말했다.

다시 정적이 흘렀다. 비펜은 죽음의 가면에서 눈을 떼지 않았다. 1~2분 후 미소가 얼굴의 선을 부드럽게 만들었고 리어던이 다시 말했다.

"자네와 내가 이 구절을 얼마나 자주 읊었는지!
우리는 그저 꿈을 이루는 성분, 우리의 짧은 삶은
잠으로 둘러싸여 있으니—"[56]

나머지 말은 알아들을 수 없었다. 말을 하다 지쳤는지 리어던의 눈이 감겼고, 그는 혼수상태에 빠졌다.

---

56. 셰익스피어 『템페스트』 4막 1장.

다음 날 아침 자기 방에서 내려온 비펜은 친구가 새벽 2시와 3시 사이에 죽었다는 말을 들었다. 동시에 그는 에이미가 오후 늦게 집에 와달라고 한 메모를 건네받았다. 비펜은 동쪽 절벽을 따라 정처 없이 걸으며 하루를 보냈다. 태양은 또 눈부시게 반짝였고, 푸른색에서 하늘색으로 번갈아 갈아입는 바다에는 거품이 점점이 떠 있었다. 비펜은 자신의 외롭고 슬픈 인생을 통틀어도 이런 고독은 처음 느끼는 것 같았다.

해 질 녘 비펜은 에이미의 호출에 응답했다. 오랫동안 울었던 흔적이 있었지만 에이미는 차분했다.

"임종의 순간에," 에이미가 말했다. "그이는 제게 몇 마디 할 수 있었고, 당신 이야기를 했어요. 이즐링턴 집에 있는 모든 걸 당신에게 남기고 싶어 했어요. 런던에 돌아가면 저를 그곳에 데려가서 남편이 살았던 모습 그대로 보여 주시겠어요? 하숙집 사람들에게 무슨 일이 있었는지 알려 주시고, 빚진 돈이 있으면 제가 갚겠다고 전해 주세요."

침착하려던 에이미의 결심은 해럴드의 울음 섞인 대답을 듣자마자 무너졌다. 오열이 터져 나와 그녀는 말을 이을 수 없었다. 비펜은 잠시 경건하게 에이미의 손을 잡았다가 그녀를 홀로 두고 나왔다.

33장. 밝은 길

초여름 어느 저녁, 에드윈 리어던이 죽은 지 6개월 후 유려한 문필가 재스퍼는 책상 앞에 몸을 숙이고 앉아 저물녘이 다가왔음을 알리는 따스한 서쪽 햇빛을 받으며 빠르게 글을 쓰고 있었다. 멀지 않은 곳에 앉아 있는 막냇동생은 독서 중이었고, 읽고 있는 책의 제목은 『잡화상 베일리 씨』였다.

"이거 어떠니?" 갑자기 펜을 놓으며 재스퍼가 외쳤다.

재스퍼는 도라가 읽고 있는 책의 평론을 소리 내어 읽었다. 명백한 찬사인 평론은 이렇게 시작했다. "요즘 시대에 불운한 소설 평론가가 강렬하면서도 독창적인 신작에 대중의 관심을 돌릴 수 있는 기회는 드물다." 평론은 이렇게 끝났다. "대담한 표현이지만, 망설임 없이 이 책을 걸작이라고 부르겠다."

"《커런트》에 실을 평론이야?" 재스퍼가 다 읽었을 때 도라가 물었다.

"아니. 《웨스트엔드》에 보낼 거야. 패지는 이런 칭찬은 자기한테밖에 못 쓰게 해. 이왕 시작한 김에 《커런트》에 실을 평론도 지금 써야겠다."

재스퍼는 다시 책상 쪽으로 몸을 돌렸고, 날이 완전히 저물기 전에 조금 더 조심스러운 평론을 썼다. 전체적으로 대단한 호의적이었지만 절제됐고, 소소한 비판이 섞여 있었다. 그는 이것도 도라에게 읽어 주었다.

"같은 사람이 쓴 것 같지 않지?"

"아니야. 스타일을 기술적으로 잘 바꿨어."

"과연 쓸모가 있을지는 모르겠다. 대부분 사람은 1부를 절반도 읽기 전에 하품하면서 책을 내던질걸. 불면증 환자를 많이 다루는 의사를 알았다면 '베일리 씨'를 바로 추천할 텐데."

"아, 하지만 대단히 훌륭한 글이야, 오빠!"

"의심할 여지가 없는 사실이지. 내가 쓴 평의 반은 진심이야. 잘 나가는 문예지 한두 개에서 언급만 해준다면, 취향이 괜찮은 독자들 사이에서 비펜의 명성이 생길 텐데. 하지만 300부도 못 팔 거야. 로버트슨이 자기 문예지 평론란을 내게 줄지 모르겠군."

"비펜 씨가 알았으면 고마워했을 거야." 도라가 웃으며 말했다.

"그렇지만 친구를 이렇게 도와주는 게 부끄러운 짓이라고 야유하는 사람들이 아직도 있어. 전혀 그렇지 않지. 진지하게 말하자면, 정말 좋은 책은 두세 명 평론가에게서 정당한 평가를 받을 가능성이 그렇지 않을 가능성보다 더 커. 하지만 이후에 매주 끝없이 쏟아져 나오는 책들에 묻힐 가능성이 역시 더 크지. 명성이 쌓일 정도로 사람들 관심을 유지하지 못할 거야. 요새 책들은 사람들만큼이나 생존을 위해 격렬히 몸부림쳐야 해. 작가한테 출판업과 관련된 친구들이 있다면, 그 친구들은 최선을 다해 작가를 도울 의무가 있어. 좀 과장하거나 심지어 거짓말을 한들 무슨 상관이야? 단순하고 진지한 진실은 누가 들어 줄 가능성이 없어. 목청이 터지도록 꽥꽥거려야 대중의 귀에 들리지. 지금으로부터 10년에 걸쳐 비펜의 책이 천천히 인정을 받으면 비펜에게 무슨 도움이 되겠니? 그리고 아까 말한 것처럼, 점점 불어나는 책의 홍수 때문에 진정한 천재의 작품 말고는 다 쓸려 내려갈 거야. 성실하고 지적으로 쓰인 글은 단번에 성공을 거머쥐지 못하면 살아남을 가능성이 상당히 적어. 내가 이 책의 비평을 수십 개의 문예지에 쓸 수 있다고 가정해 봐. 난 아주 즐겁게 할 거야. 확신하건대, 이런 일들이 그 정도 규모로 곧 벌어질 거야. 자연스러운 현상이지. 어떤 수를 써서라도 친구는 도와야 하니까. 비펜도 이렇게 말했을 거야. *Quocunque modo*[57]."

"그분은 이제 오빠를 친구로 생각하지 않는 듯한데."

"아마 그렇겠지. 마지막으로 본 지 한참 됐어. 하지만 네게 자주 말했듯이 난 관대한 기질이잖니. 가능할 때마다 관대하게 행동하면 기분이 좋아."

땅거미가 지고 있었다. 남매가 앉아서 이야기하고 있는데 문에서 노크 소리가 들리더니, 들어오라는 말에 웰프데일이 나타났다.

"지나가는 길이었는데." 그가 정중하게 말했다. "도저히 유혹을 참을 수 없더군."

재스퍼는 성냥을 그어 램프를 밝혔다. 밝은 불빛 아래 모습을 드러낸 웰프데일의 외양은 이전보다 훨씬 발전했다. 크림색 조끼를 입고 은은한 색깔의 넥타이를 맸으며 장갑은 섬세한 재질 같았다. 사람 자체에서 풍요가 흘러나왔다. 사실 웰프데일이 아직 손에 못 넣은 소박한 풍요였지만, 미래가 그에게 호의적으로 손짓했다. 연초에 웰프데일은 글쓰기 조언 사업을 통해 자본이 있는 어떤 남자와 인연이 닿았고, 자본가는 자기 작품으로 최대 이익을 창출하고 있지 못하는 작가들을 돕는 에이전시를 차리자고 제안했다. '플리트 컴퍼니'라는 이름 아래 이 사업은 금세 설립됐고, 웰프데일은 만족스러운 급여를 받고 서비스를 제공했다. 이러한 연합적 시스템의 탄생은 문학 에이전시들의 범위를 넓혀 주었다. 플리트 씨는 사업 기회에 눈이 밝은 남자였다.

"비펜의 신작 읽었나?" 재스퍼가 물었다.

---

57. 호라티우스의 『서간집Epistles』에서 인용. 전체 문장은 Rem, si possis recte, si non, quocunque modo. "정직하게 할 수 있으면, 그렇게 해라. 하지만 그게 불가하면, 어떤 방법으로든지 해라."

"걸출하지, 그렇지 않나? 난 천재의 작품이라고 확신하네. 하, 지금 읽고 계시군요, 도라 양. 유감스럽지만 도라 양에게는 적절치 않습니다."

"왜 그렇죠, 웰프데일 씨?"

"당신은 아름다운 것과 행복한 삶에 관해서만 읽어야 해요. 이런 책을 읽으면 우울해질 거예요."

"왜 제가 그렇게 우매한 사람이라고 생각하시죠?" 도라가 물었다. "이런 말씀을 자주 하시더군요. 저는 그렇게 무른 왁스 인형이 되고 싶은 야심 따위 없습니다."

습관적인 아첨자는 대단히 당황했다.

"부디 용서하세요!" 웰프데일은 겸손히 중얼거리며 도라 쪽으로 몸을 숙였고, 그의 눈빛을 본 도라는 불쾌한 기분이 누그러졌다. "절대 우매하다고 여긴 게 아닙니다. 저도 모르게 생각 없이 충동적으로 한 말이었습니다. 단순히 독자로서도 당신을 이렇게 누추한 장면과 연관하기 어렵거든요. 딱한 비펜이 일컬은 범속하게 선량한 자들은 당신에게 어울리는 세계와 너무 거리가 멉니다."

웰프데일의 말은 다소 과장스러웠지만 말투에는 진심이 담겨 있었다. 재스퍼는 그의 속마음을 뻔히 들여다보면서 바라보다가 이따금 도라를 힐끔거렸다.

"《잉글리시 걸》에 실린 제 글을 읽으시고 절 내숭 떠는 여자라고 생각하신 게 분명해요." 도라가 말했다.

"전혀 그렇지 않습니다, 도라 양. 지난 2주간 당신의 연재를 보고 얼마나 대단히 기뻤는지 말씀드릴 기회만 기다리고 있었습니다. 제가 읽은 중 당신 글이 진심으로 최고였습니다. 새로운 장르를 개척하신 거 같아요. 지금까지 여자들은 이런 글을 읽을 기회가 부족했기 때문에 잡지의 독자들이 도라 양에게 무척 고마워할 겁니다. 매주 전 잡지를 사러 열렬히 뛰어나갑니다. 정말이에요. 가게 주인은 제가 여동생을 위해 사는 거로 오해하는 듯합니다. 이 연재 작품이 책으로 출간되면 큰 성공을 거둘 거예요. 현대 영국 여성을 대표하는 신인 작가로 명성을 얻을 겁니다, 도라 양."

찬사의 대상은 얼굴을 조금 붉히고 웃었다. 도라의 얼굴에 기쁜 기색이 완연했다.

"이보게, 웰프데일." 재스퍼가 말했다. "도저히 안 되겠군. 이걸 기억하게. 애초에 도라는 나보다 조금 덜 거만한 정도라서, 자네가 이러다간 얘를 못 봐줄 지경으로 만들 걸세. 도라의 소설은 그 분야에서는 괜찮은 편이지만 그 분야 자체가 대단치 않지."

"난 반대하네!" 웰프데일이 흥분해서 외쳤다. "인구에서 가장 중요한 집단에게, 즉 소녀에서 여자로 성숙하고 있는 교양 있고 세련된 젊은 여성들에게 지적이고 감동적이며 아름답게 순수한 글을 제공하는 일이 어떻게 대단치 않다고 할 수 있나?"

"중대하게 시시한 독자층이지!"

"자네는 끔찍하게 불경하군, 밀베인. 난 자네 누이의 동의를 구할 수 없네. 자신이 속한 성(性)의 진정한 가치를 주장하기에는 도라 양이 너무 겸손하니까. 현명한 남자 대다수가 나와 동의할 거야. 자네도 사실 그렇지. 불경한 말로 아닌 척할 뿐이잖나. 우리가 다 알지 않습니까." 웰프데일이 도라를 보았다. "율 양이 있었으면 이런 말을 못 했겠죠."

재스퍼는 화제를 바꿨고, 곧 웰프데일은 좀 더 차분하게 대화할 수 있었다. 플리트 컴퍼니에서 일하기 시작한 이래 이 젊은이는 문학계 사업에 방통해졌고, 지금 그는 특별히 기대하고 있는 기획에 전념하고 있었다.

"자본가를 찾아야 해." 웰프데일이 말했다. "《챗》을 인수해서 내가 생각하고 있는 문예지로 바꿔 줄 사람이 필요하네. 지금은 별 볼 일 없는 잡지지만, 운영방식에서 몇 가지만 바꾸면 알짜배기가 될 거야."

"그 잡지는 쓰레기야." 재스퍼가 말했다. "신기하게도 대중의 흥미를 끌지도 못하는 쓰레기지."

"바로 그거야. 하지만 쓰레기도 귀한 물건이 될 수 있어. 사람들에게 침이 마르도록 말하고 있는데 아무도 내 말을 믿지 않아. 내 생각을 들어 보게. 일단, 이름을 살짝 바꿀 거야. 아주 살짝. 그 작은 변화가 큰 파급을 일으킬 거네. 《챗》 대신 《칫-챗 Chit-Chat》[58]이라고 부를 생각이야!"

재스퍼가 웃음을 터뜨렸다.

"굉장한걸!" 그가 외쳤다. "천재적이야!"

"진심인가? 아니면 날 놀리는 건가? 난 천재적이라고 생각하네. 챗이라는 이름에 끌릴 사람은 없지만, 칫-챗은, 미국 사람들 표현을 쓰면, 핫케이크처럼 불티나게 팔릴 거야. 난 내가 옳다는 걸 알아. 웃고 싶으면 웃게."

"같은 원리로." 재스퍼가 외쳤다. "《태틀러 The Tatler》가 이름을 《티틀-태틀 Tittle-Tattle》로 바꾸면 구독자가 세 배로 늘 거야."

웰프데일이 감탄하며 무릎을 내리쳤다.

"좋은 생각이야! 농담하다 진실이 나오는 경우가 많다더니 바로 지금이 그렇군. 티틀-태틀, 엄청난 이름이야. 많은 사람의 손이 갈

---

58. chat 와 chitchat 모두 한담을 뜻하지만, chitchat은 가십의 느낌이 조금 더 강하다. 여기서 기싱은 1881년에 창간되었던 *Tit-Bits*라는 잡지를 풍자했는데, 대중에게 어마어마한 인기를 끌었던 이 잡지는 다양한 일상 주제애 대한 가볍고 흥미 본위 기사를 썼다.

이름이지."

도라도 함께 웃었고, 방에서는 1~2분 동안 웃음소리밖에 들리지 않았다.

"아까 하던 이야기를 계속하겠네." 웃음소리가 사그라졌을 때 계획 있는 남자가 말했다. "《챗》에 줄 변화는 딱 한 가지지만 아주 중요하네. 내가 제안하는 건 이거야. 다들 또 웃겠지만, 내가 옳다는 걸 보여 주지. 이 잡지의 모든 기사는 길이가 2인치를 안 넘을 거네. 그리고 1인치마다 적어도 두 문단이 들어갈 거야."

"훌륭해!"

"농담이시죠, 웰프데일 씨!" 도라가 외쳤다.

"아뇨, 전 완벽하게 진지합니다. 제 계획을 설명해 보겠습니다. 이 잡지의 독자는 교육을 사 분의 일 정도 받은 사람들, 그러니까 공립학교에서 쏟아져 나오고 있는 수많은 신세대 남녀[59]입니다. 이들은 책은 읽을 줄 알지만, 집중을 못 합니다. 이런 사람들은 기차나 버스 혹은 전차에서 읽을거리가 필요합니다. 대개 이들은 일요일 신문이 아니면 신문도 안 읽죠. 가십 냄새가 짙은 정보 중에서도 최대한 가볍고 경박한 걸 원해요. 소설 조금, 기사 조금, 추문 조금, 통계 조금, 우스갯소리 조금, 바보짓 조금. 제 말이 맞지 않습니까? 모든 기사가 짧아야 합니다. 최대 길이가 2인치예요. 그것보다 길면 집중을 못 합니다. 이들에게는 한담도 너무 진지해요. 이들은 가십을 원합니다."

재스퍼는 진지하게 듣기 시작했다.

"가능성이 보이네, 웰프데일."

---

59. 영국은 1870년 교육법 제정을 통해 초등교육을 국가 차원에서 관리하기 시작했으며, 열 살까지 교육을 의무화하는 법안을 1880년에 통과했다. 이로 인해 새로운 독자층이 확산되면서 출판업과 저널리즘에 막대한 변화를 초래했다.

"내가 자네를 설득했나?" 웰프데일이 기뻐하며 외쳤다. "물론 가능성이 있지."

"하지만—" 도라가 운을 뗐다가 입을 다물었다.

"하실 말씀이—" 웰프데일이 깍듯이 도라를 향해 몸을 기울였다.

"가난하고 무지한 사람들의 결함을 부추기는 건 옳지 않아요."

웰프데일의 낯빛이 어두워졌다. 그는 자기 자신이 부끄러웠다. 그러나 재스퍼가 재빨리 그를 도왔다.

"무슨 헛소리야, 도라. 멍청이들은 세상이 끝날 때까지 멍청할 거야. 멍청이를 대할 땐 멍청하게 행동해야 해. 바보한테 그가 원하는 읽을거리를 던져 주라고. 그러면 네 주머니는 두둑해질 거야. 우리 시대에 가장 주목할 만한 계획인데 웰프데일을 기죽이고 있어."

"이 계획은 버리겠습니다." 웰프데일이 진지하게 말했다. "당신이 옳아요, 도라 양."

재스퍼가 다시 한번 웃음을 터뜨렸다. 그의 동생은 불편한 기색으로 얼굴을 붉혔다. 도라가 소심하게 말을 시작했다.

"기차나 버스에서 읽을 만한 글이라고 하셨나요?"

웰프데일은 희망을 느꼈다.

"네, 그리고 정말이지, 그런 데서 멍하니 있는 것보다는 가십이라도 읽는 게 낫죠. 전 잘 모르겠습니다. 당신 의견을 절대적으로 따르겠습니다."

"그럴 때만 읽는다면." 도라가 머뭇거리며 말했다. "누구나 경험으로 알다시피 어디를 가는 동안에는 집중하기 힘들잖아요. 신문에 실린 기사 하나도 너무 길죠."

"바로 그겁니다! 만약 도라 양이 그렇다면 교육을 어설프게 받은 사람들, 사 분의 일 정도밖에 못 배운 사람들은 어떻겠습니까? 어쩌면 그들이 독서에 흥미를 느끼게 유도할지도 모릅니다, 어떻게 생각하세요?"

"어쩌면요." 도라가 곰곰 생각하며 동의했다. "그렇다면 좋은 일을 하시는 거군요!"

"아주 좋은 일이죠!"

그들은 즐겁게 마주 보며 웃었다. 그리고 웰프데일은 재스퍼를 향해 고개를 돌렸다.

"가능성이 보이나?"

"진심으로 그렇다고 생각해. 매주 편집하는 사람들의 실력에 달렸지. 아주 자극적인 물건이—기사라고 부르지 않겠어—매주 하나는 실려야 하네. 예를 들어, 표지에 이렇게 적을 수 있겠지. '여왕님은 어떤 걸 드실까!' 아니면 '글래드스턴 깃이 만들어지는 과정!' 그런 거 말이야."

"물론이네, 물론이야. 그리고 자네도 알겠지만," 웰프데일이 불안스럽게 도라를 흘끔거리며 말했다. "사람들이 그런 글에 끌리면 실제로 도움이 될 만한 글도 몇 개 읽을 거야. 모범적인 커리어, 영웅적인 행동, 이런 이야기를 싣는 거지. 풍기문란을 초래할 만한 기사는 물론 없을 거네. 그건 말할 필요도 없지. 어쨌든, 내가 하려던 말은 이거네. 자네가 나랑 같이 《챗》 사무실로 가서 부편집장인 내 친구 레이크와 이야기할 수 있겠나? 자네 시간이 귀한 건 알아. 하지만 자네는 《윌 오브 더 위스프》에 자주 가고, 《챗》은 바로 위층이니까."

"내가 어떻게 도움이 되겠나?"

"아, 모든 면에서 도움이 될 거네. 레이크는 내 의견은 무시하지만 자네 의견이라면 굉장히 존중할 거야. 자네는 명성이 있고, 나는 무명이잖나. 내 의견을 도입하라고 《챗》 임원들을 설득할 수 있을 거야. 내 조언을 받아들여서 이득이 되면 거기서 나오는 수익을 어느 정도 배당해 주겠지."

재스퍼는 생각해 보겠다고 약속했다. 그들이 그 주제를 계속 논하고 있는데 소포가 방으로 배달왔다. 소포를 열어 본 밀베인이 외쳤다.

"하, 딱 맞추어 왔군. 자네가 관심을 가질 만한 거네, 웰프데일."

"교정쇄인가?"

"맞아. 《웨이사이드》에 실릴 글이지." 재스퍼는 웃고 있는 도라를 흘깃 보았다. "제목이 어떤가? 〈에드윈 리어던의 소설〉!"

"정말인가!" 상대가 외쳤다. "자네는 정말 마음씨가 훌륭한 친구네, 밀베인! 정말 멋진 일이야! 이런, 자네와 악수를 해야겠네! 꼭 해야 하네! 불쌍한 리어던! 불쌍한 친구!"

웰프데일의 눈이 촉촉해졌다. 그런 그를 바라보는 도라의 눈빛이 무척 다정하고 사랑스러웠기 때문에 웰프데일이 알아차리지 못한 게 다행일지도 몰랐다. 그에게 너무 큰 행복이었을 것이다.

"석 달 전에 썼네." 재스퍼가 말했다. "하지만 현실적인 문제 때문에 기다려야 했지. 처음 착수했을 때, 난 모티머를 만나러 가서 리어던 책의 개정판을 출간할 가능성이 있느냐고 물었어. 그자는 불쌍한 친구가 죽은 것도 몰랐더군. 소식을 듣고 충격을 받은 모양이야. 재발행할 가치가 있을지 생각해 보겠다고 했네. 그리고 얼마 안 가 연락이 왔는데, 리어던 작품 중 제일 훌륭한 소설 두 권에 멋진 표지를 입혀서 출간하겠다고 하더군. 다만 리어던에 대한 비평을 내가 월간지에 실을 수 있다는 전제 하에 말이야. 이건 쉽사리 해결됐네. 《웨이사이드》에 물어봤더니 곧바로 답변이 와서 내 제안을 아주 기쁘게 받아들이겠다고 했어. 거기 편집장은 리어던을 진심으로 존경했거든. 다음 달에 책이 나올 거야. 『중립 지대에서』와 『허버트 리드』야. 본전을 뽑을 수 있는 건 이거 두 권뿐이라고 모티머는 확신하더군. 두고 보자고. 내 평론을 읽으면 생각이 바뀔지도 몰라."

"지금 읽어 줄 수 있어, 오빠?" 도라가 물었다.

웰프데일이 요청을 지지했고, 재스퍼는 곧바로 승낙했다. 그는 램프 불빛이 종이에 떨어지게 자리를 잡고 자기가 쓴 비평을 읽었다. 훌륭한 글이었고(1884년 6월 호 《웨이사이드》를 참고하시오) 이곳저곳에서 진심이 묻어 나왔다. 비록 비평에 그런 암시는 없었지만, 영리한 독자는 평론가가 저자와 개인적인 친분이 있다고 눈치챘을 것이다. 재스퍼의 찬사는 과장 없이 리어던 소설의 장점을 잘 짚었다. 이 글을 읽기 전이라면 재스퍼의 지인들은 그가 과연 그보다 더 고결했던 친구의 가치를 이렇게나 제대로 알아봤는지 합당하게 의심했을 터였다.

"난 이제야 리어던을 제대로 이해한 것 같네." 재스퍼가 비평을 다 읽었을 즈음 웰프데일이 선언했다. "훌륭한 일을 아주 잘 해냈어. 자랑스러워할 만한 일입니다, 도라 양."

"네, 저도 그렇게 생각해요." 도라가 답했다.

"리어던 부인이 아주 고마워하겠군, 밀베인. 그건 그렇고 자네는 리어던 부인을 만나나?"

"리어던이 죽고 나서 딱 한 번 우연히 만났네."

"그녀는 물론 재혼하겠지. 운 좋은 친구가 누굴까 싶군."

"운이 좋다고 생각하세요?" 도라가 시선을 돌린 채 조용히 물었다.

"아, 냉소적인 표현이었습니다." 웰프데일이 급히 답했다. "전 그 부인의 재산을 생각하고 있었습니다. 리어던 부인을 잘 알지도 못해요."

"잘 알지 못해서 아쉬워하실 필요는 없을 거 같아요." 도라가 말했다.

“에이, 그러지 마.” 그녀의 오빠가 끼어들었다. “리어던 부인을 크게 탓할 수 없다는 건 모두가 아는 사실이야.”

“탓할 게 많지!” 도라가 외쳤다. “그 여자는 수치스럽게 행동했어! 난 그 여자랑 말도 안 할 거야. 한자리에 있지도 않을 거고.”

“허튼소리! 네가 뭘 안다고 그래? 네가 리어던 같은 남자랑 결혼해서 가난뱅이가 돼 봐라.”

“내 남편이 누구든 나는 남편 곁을 지킬 거야. 굶어 죽는 한이 있어도.”

“널 학대해도?”

“지금 그런 이야기가 아니잖아. 리어던 부인은 그런 걸 걱정해야 했던 적도 없어. 리어던 씨 같은 사람이 난폭하게 구는 건 불가능해. 그 여자는 비겁하고 의리 없고 여자답지 않았어!”

“여자들은 항상 다른 여자를 가장 나쁘게 평가하는 법이지.” 재스퍼가 비아냥거렸다.

도라는 대단히 못마땅해하는 표정으로 오빠를 쏘아봤다. 남매가 이 예민한 주제를 가지고 말다툼한 적이 있다고 생각할 만했다. 웰프데일은 끼어들 의무를 느꼈고, 물론 도라 편을 들어야만 했다.

“난 도라 양의 관점이 매우 훌륭하다고밖에 말할 수 없네.” 웰프데일이 미소를 지으며 말했다. “아내는 의리가 있어야 하지. 그렇지만 자신이 모든 사정을 알지 못하는 일에 관해 이야기하는 건 안전하지 않아요.”

“우리는 충분히 많은 사실을 알아요.” 도라가 사랑스럽게 꿋꿋이 주장했다.

“과연 그럴지도 모르겠습니다.” 그녀의 노예가 수긍했다. 그리고 웰프데일은 그녀의 오빠를 향해 말했다. “어쨌든 다시 한번 축하하네. 자네 비평이 나오자마자 입에 침이 마르도록 광고하고 다니겠어. 내 모든 지인에게 리어던 소설을 사라고 보챌 거야. 불쌍한 친구에게는 아무 소용 없지만 말일세. 이 모든 걸 내다볼 수 있었다면 리어던은 더 편한 마음으로 죽었을 거야. 그건 그렇고, 비펜은 자네에게 감지덕지할 걸세."

"난 내가 할 수 있는 걸 하고 있어. 이걸 한번 읽어 보게."

웰프데일은 흐뭇함에 겨워 쓰러질 지경이었다.

"자네는 성공할 자격이 있네, 친구. 몇 년 안에 자네는 우리 문학계의 아리스타르코스[60]가 될 거야."

손님이 나가려 일어났을 때 재스퍼는 그와 잠시 걷겠다고 말했다. 집을 나서자마자 미래의 아리스타르코스가 은밀한 이야기를 꺼냈다.

"내 동생 모드가 곧 결혼할 거라는 소식을 자네가 흥미로워할지도 모르겠군."

"그런가! 상대가 누군지 물어봐도 되나?"

"자네는 모르는 남자야. 돌로모어라고, 사교계 남자야."

"그렇다면 부자인가?"

"그럭저럭 잘 사는 편이네. 1년에 3천~4천 파운드는 될 거야."

"맙소사, 엄청나군."

그러나 웰프데일은 그가 한 말처럼 기뻐 보이지 않았다.

"곧 결혼할 예정인가?" 웰프데일이 물었다.

"이번 계절 말쯤. 나랑 도라의 생활은 바뀌는 게 없을 거네."

"그런가? 전혀? 지금처럼 계속 자네를—자네와 도라 양을 방문해도 괜찮을까?"

---

60. 고대 알렉산드리아에서 저명했던 문법학자로 호메로스 연구에 중요한 업적을 남겼다.

"안 될 이유가 뭔가?"

"물론이네, 물론이야. 이따금 저녁에 여기 들리지 않으면 어찌 살지 모르겠군. 습관이 되어 버렸어. 나는 외로운 걸인이네. 사교계를 들락거리는 것도 아니고—"

웰프데일은 말을 멈추었고, 재스퍼는 다른 이야기를 시작했다.

밀베인이 집에 돌아왔을 때 도라는 이미 자기 응접실로 갔다. 아직 10시가 안 되었다. 재스퍼는 '리어던' 평론의 교정쇄 한 부를 큼직한 봉투에 넣고 '친애하는 리어던 부인'으로 시작해서 '당신이 진정한 친구'로 끝나는 짧은 편지를 썼는데, 내용은 이러하다.

"다음 달 《웨이사이드》에 실릴 제 평론의 교정쇄를 보냅니다. 당신이 봤을 때 글이 썩 나쁘지 않고, 당신을 기쁘게 할 거라는 희망과 함께입니다. 제가 추가하거나 생략하길 바라시는 부분이 있다면, 부디 친절하게 가능한 한 빨리 알려주시기 바랍니다. 당신의 제안을 바로 적용하겠습니다. 『중립 지대에서』와 『허버트 리드』의 개정판이 다음 달에 출간된다는 소식을 들었습니다. 친구의 작품이 잊히지 않아서 얼마나 기쁜지 말씀드릴 필요 없겠지요!"

쪽지를 봉투에 넣은 재스퍼는 우편으로 부칠 준비를 했다. 그러고 나서 그는 자리에 앉아 심각한 표정으로 생각에 잠겼다.

11시가 조금 지났을 때 방문이 열리고 모드가 들어왔다. 레인 부인 집에서 열린 만찬에 갔다가 돌아오는 것이었다. 모드의 옷차림은 단순했지만, 재스퍼가 웰프데일에게 전한 소식이 아니었다면 무모하다고 여길 만한 품질이었다. 모드는 매우 아름다웠다. 두 뺨에는 건강과 행복이 발그스름하게 퍼졌고, 목소리는 1년 전과 상당히 달랐다. 모드의 타고난 자부심에 이제 확실한 근거가 있었다. 모드는 여왕처럼 움직이고 말했다.

"누가 왔었어?" 모드가 물었다.

"웰프데일."

"아, 오빠에게 물어보고 싶었어. 그 사람을 여기에 자주 들이는 게 현명하다고 생각해?"

"그건 난처한 문제야. 오지 말라고 할 수는 없어. 게다가 정말로 꽤 좋은 친구야."

"그럴지도 모르지. 하지만—나는 현명하지 않다고 봐. 상황이 변했어. 몇 달 후면 도라는 내 집에 자주 올 거고, 별별 사람들을 다 만날 거야."

"그래. 하지만 도라가 별로 안 좋아하는 부류의 사람들이면 어떡하니? 동생아, 기억하렴. 도라는 너와 취향이 많이 달라. 그냥 하는 말인데, 그편이 나을지도 몰라."

"그냥 하는 말이지만 모욕을 덧붙이지." 모드가 위엄 있게 무시하며 대답했다. "이 문제에 대해서는 다신 얘기하지 말자."

"아, 물론이지! 그건 그렇고 돌로모어에게서 편지가 한 통 왔어. 네가 나가고 얼마 있다가 온 거야."

"그런데?"

"탄광에서 나오는 수입의 삼 분의 일을 네게 줄 생각이 있대. 1년에 700~800파운드 정도 된다고 하더라. 내 생각엔 좀 적지만 이거라도 받아낸 걸 축하한다."

"불쾌하게 말하지 좀 마! 오빠가 무례하게 굴어서 일이 복잡해진 거야."

"난 내 나름의 의견이 있지만 나만 알고 있기로 하지. 내가 이걸 요구하면 나를 더 무례하게 보겠지만, 난 그 녀석 변호사랑 만나겠다고 할 거야."

"그럴 수 있어?" 모드가 불안해하며 물었다. "점잖게 할 수 있는 일이야?"

"그럴 수 없으면 점잖지 않게 해야지. 내가 너를 안 챙기면 아무도 안 해준다는 걸 부디 기억하렴. 내게 사업가적인 기질이 있어서 넌 다행이야. 돌로모어는 내가 몽상에 빠진 문학가인 줄만 알았겠지. 그자가 거짓말을 한다는 건 아니야. 하지만 돌로모어를 보면 독재자 놀이를 할 기질이 엿보이는데, 그렇게 내버려 둘 수는 없지. 네게 아버지가 있었다면 돌로모어는 자기 재정상태를 검사받게 제출해야 했을 거야. 양친 대신 보호자 노릇을 하는 거니까 내 권리를 전부 주장해야지."

"그 사람이 완전히 솔직하지 않았다고 말할 수 없잖아."

"사실이야. 그 부류 사람들에게서 기대할 수 있는 것보다는 훨씬 명예롭게 행동했어. 하지만 내게 예의를 갖춰야 해. 세상에서 나는 그보다 훨씬 우월한 사람이라고. 맹세컨대! 난 존중을 받을 거야! 모드, 그 녀석이 알아듣게 네가 힌트를 주면 어떠니."

"난 이거밖에 할 말이 없어, 오빠. 내 일을 돌이킬 수 없을 정도로 망치지 마. 오빠는 의도 없이 충분히 그럴 수 있어."

"걱정하지 마. 나는 신사답게 행동할 수 있으니까. 돌로모어도 그러길 바랄 뿐이야."

남매는 오랫동안 대화했고, 다시 혼자가 된 재스퍼는 깊은 생각에 잠겼다.

다음 날 그는 저녁 늦게 이런 편지를 받았다.

"친애하는 밀베인 씨. 교정쇄를 받아서 방금 읽었어요. 온 마음을 다해 감사를 표합니다. 제가 하는 어떤 제안도 이 비평을 향상할 수 없습니다. 스타일과 내용과 형식, 모든 면에서 완벽합니다. 이렇게 쓸 수 있는 사람은 당신밖에 없어요. 당신만큼 에드윈을 잘 이해하고 존중하는 사람은 없으니까요. 자신의 업적이 이렇게 기려질지 그이가 알았다면! 하지만 그이는 자기가 완전히 잊혔고 자기 작품은 아무에게도 읽히지 않을 거라고 믿으면서 죽었어요. 잔혹한 운명이에요. 당신 글을 읽으면서 눈물을 쏟았지만, 슬픔 때문만은 아니었습니다. 평론이 잡지에 실리면 많은 사람이 에드윈과 그의 작품에 대해 이야기할 거라는 전망에 위안을 받았어요. 책 두 권의 개정판을 출간해 주실 모티머 씨에게 감사합니다. 기회가 된다면, 제 감사의 인사를 그분께 전해 주시겠어요? 또한, 그분께 먼저 제안한 사람이 당신이란 걸 전 잊지 않겠어요. 당신은 에드윈이 잊히지 않았으면 좋겠다고 하셨지요. 당신이 훌륭히 해낸 우정의 표현이 제가 할 수 있는 어떤 감사의 말보다 당신에게 큰 보상을 가져다주리라 믿습니다. 빨리 회신을 드리고 싶은 마음에 서둘러 씁니다.

믿어 주세요, 친애하는 밀베인 씨.

당신의 진정한 친구

에이미 리어던."

34장. 확인

메리언은 여느 때와 같이 도서실에서 일하고 있었다. 이곳에 있는 동안 메리언은 글 쓰는 기계로 변신하기 위해 최선을 다했다. 언젠가는 이 기계가 여린 사람의 조직보다 단단한 물질로 만들어지길 그녀는 바랐다. 메리언의 눈은 책상을 거의 벗어나지 않았다. 참고할 책을 가지러 일어나야 할 때도 그녀는 아무도 쳐다보지 않았다. 그러나 메리언에게는 때때로 관심의 눈길이 닿았다. 몇몇 사람들은 메리언의 딱한 처지를 알았다. 그녀의 아버지가 일할 수 없는 상태이며 눈 수술을 기다리고 있다는 사실이었다. 또한, 메리언의 노력과 필력에 가족의 생계가 달려 있다는 소문이 돌았다. 퀌비 씨와 그가 퍼뜨리는 소문은 물론 최악의 경우를 예상했다. 그들은 앨프리드 율이 다시는 시력을 회복하지 못할 것이라고 믿었고, 메리언의 유산에 대한 소식을 전하며 씁쓸한 만족감을 느꼈다. 메리언과 재스퍼 밀베인의 관계는 아무도 몰랐다. 앨프리드는 친구들에게 그 상황을 언급하지 않았다.

이날 아침 재스퍼는 어떤 백과사전을 급히 참고하기 위해 도서실에 왔는데, 그가 필요한 책이 꽂힌 책장 앞에 메리언이 마침 서 있었다. 조금 떨어진 곳에서 메리언을 발견한 재스퍼는 걸음을 멈추었다. 돌아서려는 듯했다. 근심스럽고 난처한 표정이 그의 얼굴에 떠올랐다. 재스퍼는 결국 앞으로 나아갔다. "좋은 아침이에요." 재스퍼의 인사에 메리언이 화들짝 놀랐다. 책을 펼치고 서 있던 메리언은 기쁜 얼굴로 그를 올려다봤다.

"오늘 만나고 싶었어요." 메리언이 평소 대화할 때처럼 목소리를 낮추고 말했다. “오늘 저녁에 당신 집에 가려던 참이었어요.”

“내가 없었을 거예요. 5시부터 7시까지는 정신없이 바쁠 것이고, 그게 끝나자마자 어떤 사람들과 식사 약속이 있어요.”

“5시 전에는 볼 수 없나요?”

“중요한 일이에요?”

“네.”

“그러면 이렇게 하죠. 4시에 글로스터 게이트에서 만나요. 공원에서 30분 정도 이야기할 수 있어요. 지금은 내가 경황없어서 안 돼요. 4시 정각에 글로스터 게이트요. 비는 안 올 거 같아요.”

재스퍼는 브리태니커 백과사전을 한 권 꺼냈다. 메리언은 고개를 끄덕이고 자리로 돌아갔다.

약속 시각에 메리언은 재스퍼가 언급한 리전트 파크 입구에서 기다리고 있었다. 조금 전에 비가 가볍게 지나갔지만 하늘은 다시 개었다. 4시 5분에도 메리언은 기다리고 있었다. 잠깐 내린 비 때문에 그녀가 오지 않을 거로 재스퍼가 오해했나 걱정이 들기 시작했다. 또 5분이 지났을 때 메리언이 기다리는 곳으로 전속력으로 달려온 이륜마차에서 익숙한 모습이 나타났다.

“미안해요!” 재스퍼가 외쳤다. “이보다 빨리 올 수는 없었어요. 바로 갑시다.”

그들은 나무 그림자가 드리운 운하 옆길을 따라 걷기 시작했다.

“당신이 늦을까 봐 걱정이에요.” 추운 데다가 재스퍼가 서두르는 모습에 당황한 메리언이 말했다. 그녀는 약속을 잡은 걸 후회했다. 재스퍼가 한가해질 때까지 기다리는 편이 훨씬 나을 뻔했다. 하지만 최근 들어 그는 한가한 때가 없었다.

“5시까지만 집에 도착하면 괜찮을 거예요.” 재스퍼가 대답했다.

"무슨 이야기를 하려고 했어요, 메리언?"

"드디어 돈에 대한 소식을 들었어요."

"그래요?" 재스퍼는 메리언을 쳐다보지 않았다. "어떻게 됐어요?"

"1천 5백 파운드 정도를 받을 거예요."

"그게 전부인가요? 뭐, 아무것도 못 받는 것보다는 낫죠."

"훨씬 낫죠."

그들은 말없이 걸었다. 메리언은 동행을 몰래 곁눈질했다.

"몇천 파운드가 머릿속에 들어오기 전이었다면," 메리언이 잠시 후에 말했다.

"대단히 큰돈이라고 생각했을 거예요."

"1천 5백 파운드면 1년에 50파운드군요."

재스퍼는 콧수염 끝을 잘근거렸다.

"잠깐 벤치에 앉읍시다. 1천 5백 파운드라, 흠. 그 이상은 바랄 수 없고요?"

"네. 전 사람들이 아무리 파산을 했어도 자기 빚을 갚고 싶어 할 거라고 생각했어요. 하지만 이 사람들한테서 더 받는 건 기대하지 말라고 하더군요."

"당신은 월터 스콧[61]을 떠올렸군요." 재스퍼가 웃었다. "아, 그건 사업자답지 못하죠. 요즘 같은 시대에 그런 행동은 위험한 본보기예요. 그래서 이제 어떻게 할 겁니까?"

메리언은 그런 질문에 답할 수 없었다. 재스퍼의 말투가 지난 반

---

61. 스코틀랜드 소설가이자 시인, 극작가로 역사 소설의 창시자로 여겨진다. 그는 큰 성공을 거두었고 명성과 부를 쌓았지만, 1825년 영국 금융 공황 때 파산한 밸런타인 출판사의 유일한 파트너로서 엄청난 채무를 떠맡았다. 그는 파산을 신고하고 사람들에게서 도움을 받는 대신 꾸준히 글을 써서 빚을 갚았다.

년간 줄곧 괴로워한 메리언의 마음에 새로운 생채기를 냈다.

"그러면 이제 솔직히 물어볼게요." 재스퍼가 말을 이었다. "당신도 똑같이 솔직하게 답할 거로 믿어요. 이 정도 돈을 가지고 우리가 결혼하는 게 과연 현명할까요?"

"이 정도 돈이요?"

메리언은 안타까울 정도로 간절한 표정으로 그를 보았다.

"그러니까 지금," 재스퍼가 말했다. "우리가 쓸 돈이 아니라는 말이죠?"

메리언 본인도 무슨 뜻으로 한 말인지 몰랐다. 메리언은 재스퍼가 소식을 어떻게 받아들이는지 보고 나서 결정하려고 했다. 만일 재스퍼가 이제 결혼할 수 있다고 반가워했다면, 메리언은 자신의 괴로운 상황을 털어놓아야 했겠지만 그래도 기뻤을 것이다. 두 사람이 그녀 아버지의 상황을 의논하지 않은 지 꽤 되었으며 재스퍼는 그 문제를 아예 잊고 싶은 듯했다. 부분적으로나마 돈을 받을 거라는 말에도 재스퍼는 선뜻 결혼을 떠올리지 않았고, 이제는 이 돈을 자기 뜻대로 쓸 수 없다는 그녀의 말을 들을 준비가 된 것처럼 보였다. 메리언은 한편으로는 안도했지만 다른 한편으로는 자신의 가장 큰 두려움이 실현되었다고 느꼈다. 차라리 재스퍼가 그녀더러 부모를 내팽개치고 자기 아내가 되어 달라고 간청하길 바랐다. 사랑은 모든 것을 용서한다. 재스퍼가 그녀를 아직도 원한다는 확신만 있다면, 그의 이기심도 눈감아줄 수 있었다.

"이 돈이면 1년에 50파운드라고 했죠." 메리언이 고개를 떨군 채 말했다. "만약 거기에 1년에 50파운드를 보탤 수 있으면, 아버지와 어머니는 최악의 상황에서도 생계가 보장될 거예요. 제가 50파운드 정도는 벌 수 있을 것 같아요."

"그러니까 우리가 결혼할 때 당신은 아무것도 가져올 수 없다는 거군요."

재스퍼의 말은 묵종처럼 들렸고 성난 기색은 전혀 없었다. 그녀가 자진해서 말하기 어려운 것을 대신 해주려는 듯했다.

"재스퍼, 너무 괴로워요! 정말 너무 괴로워요! 우리가 약혼했을 때 당신이 한 말을 내가 어떻게 잊겠어요?"

"내가 진실을 좀 투박하게 말했죠." 재스퍼가 친절하게 대답했다. "안 했던 거로 치고 다 잊어버립시다. 우리 상황이 많이 달라졌어요. 솔직하게 말해 줘요, 메리언. 내가 분별력이 있고 감이 좋은 사람이란 걸 믿죠. 내가 했던 말은 다 잊어요. 당신이 혹시 여성스럽지 않아 보일까 봐 걱정하지 않아도 돼요. 당신은 절대 그럴 일 없으니까요. 당신은 무엇을 원해요? 모든 사정을 다 알고 더는 미룰 필요가 없어진 지금, 당신은 정말 어떻게 하고 싶어요?

메리언은 눈을 들었고 재스퍼를 바라보면서 무슨 말을 하려 했다. 그러나 첫 마디부터 그녀는 시선을 떨궜다.

"난 당신의 아내가 되고 싶어요."

재스퍼는 잠시 잠자코 있었다. 자기 자신과 싸우고 있었다.

"하지만 그 돈을 우리가 쓰는 건 매정하게 느껴진다는 거죠?"

"내 부모님은 어떻게 되겠어요, 재스퍼?"

"그들이 연명하기에 1천 5백 파운드가 부족하다는 건 인정하잖아요. 당신이 부모님을 위해 1년에 50파운드를 벌겠다고 했죠."

"우리가 결혼하면 내가 일을 그만두어야 하나요? 내가 부모님을 돕도록 허락하지 않을 건가요?"

"당신은 우리가 경제적으로 넉넉할 거라고 가정하고 있어요."

"당장은 아니겠죠." 메리언이 서둘러 설명했다. "하지만 곧이요. 1년 안에. 당신 지금 잘 하고 있잖아요. 금세 충분히 벌 거예요. 난 확신해요."

재스퍼가 자리에서 일어났다.

"다음 벤치까지만 좀 걷죠. 말 걸지 말아요. 생각을 좀 해야겠어요."

메리언은 그의 옆에서 걸으며 부드럽게 팔짱을 꼈다. 하지만 재스퍼는 자기 팔을 움직여 메리언의 팔을 받치지 않았고, 그녀의 손은 갑작스레 떨어졌다. 그들은 다음 벤치에 앉았다.

"이렇게 될 거예요, 메리언." 재스퍼가 불길한 말투로 심각하게 말했다. "내가 당신을 부양할 수는 있어요. 그건 거의 확실해요. 모드는 이제 보장됐고, 도라도 자기 생활비는 벌어요. 당신 수입은 당신 부모님께 드리면서, 내가 당신을 부양할 수는 있어요. 하지만—"

재스퍼는 의미심장하게 말을 멈췄다. 메리언이 말을 매듭지어 주길 바랐지만 그녀는 입을 열지 않았다.

"좋아요." 재스퍼가 외쳤다. "그럼 우리 언제 결혼할까요?"

자포자기한 느낌이 너무 뚜렷했다. 재스퍼는 좋은 배우가 아니었다. 그는 속내를 숨기지 못했다.

"기다려야죠." 메리언의 입에서 절망적인 속삭임이 새어 나왔다.

"기다린다고요? 얼마나요?" 재스퍼가 무심히 물었다.

"재스퍼, 이 약혼에서 벗어나고 싶어요?"

재스퍼는 '그래요'라는 한마디와 함께 곤혹스러운 상황에서 벗어날 정도로 마음이 굳세지 못했다. 메리언의 얼굴을 보기 두려웠고, 이후에 자기가 느낄 감정이 두려웠다.

"그렇게 말하지 말아요, 메리언. 문제는 이거예요. 우리가 1년을 기다리느냐 아니면 5년을 기다리느냐죠. 1년이면 난 근교에 작은 집 하나 정도는 마련할 수 있을 거예요. 그러고 나서 내가 결혼하면, 난 훌륭한 아내와 함께여서 행복하겠지만, 내 커리어는 달라질 거예요. 야심을 몇 개 버리고, 먹고살기 위해서 열심히 일해야 겠죠. 반면에 우리가 만약 5년을 기다리면, 그때쯤엔 내가 편집장 자리를 얻었을지도 몰라요. 그러면 당신에게 더 안락한 삶을 제공할 수 있겠죠."

"우리가 결혼한 후에도 당신은 편집장이 될 수 있지 않나요?"

"여러 번 설명했잖아요. 그런 성공은 근교의 작은 집과 빠듯한 수입으로는 불가능해요. 미혼인 남자는 자유로이 다니면서 인맥을 넓히고 사람들 집에 초대받고, 이따금 유용한 친구를 초대할 수 있죠. 내가 하는 일에서 성공은 능력에만 달리지 않았어요. 능력과 기회가 합쳐져야 해요. 지금 결혼하면 난 그런 기회를 잃을 거예요. 그게 다예요."

메리언은 잠자코 있었다.

"당신이 내 운명을 결정해요, 메리언." 재스퍼가 관대하게 말했다. "어떻게 할지 결정합시다. 내게 성공은 당신만큼 중요하지 않아요. 당신은 평범하고 소박한 삶에 만족하나요? 아니면 남편이 특출난 사람이 되길 바라나요?"

"난 당신이 뭘 바라는지 너무 잘 알아요. 하지만 5년을 기다린다니. 당신은 사랑이 식거나 날 걸림돌로 여기게 될 거예요."

"5년은 어림잡아 한 말이에요. 3년, 어쩌면 2년도 내게 큰 도움이 될 수 있어요."

"당신이 원하는 대로 해요. 당신의 사랑을 잃지만 않는다면 난 무엇이든 참을 수 있어요."

"그렇다면 우리가 가난한 동안에는 결혼하지 않는 게 현명하다고 생각하는 거죠?"

"네. 당신이 옳다고 생각하는 대로 해요."

재스퍼는 다시 자리에서 일어나 시계를 봤다.

"재스퍼, 내가 아버지께 돈을 드리는 게 이기적이라고 생각하진 않겠죠?"

"당신이 그럴 생각이 없다고 했으면 많이 놀랐을 거예요. 당신이 이런 말을 하는 건 상상도 할 수 없죠. '부모님은 알아서 먹고살라고 하죠.' 그거야말로 엄청나게 이기적인 행동이겠죠."

"이제야 다정하게 말하네요! 꼭 가야 하나요, 재스퍼?"

"네. 7시 전에 두 시간은 반드시 일해야 해요."

"그런데 내가 마음을 어지럽혀서 방해했군요."

"아니, 괜찮아요. 우리가 이제 결정을 내렸으니 난 더 열심히 할 거예요."

"도라가 일요일에 큐 식물원에 가자고 했어요. 당신도 같이 갈 수 있어요?"

"아, 안 돼요! 일요일 오후에는 약속이 세 개 있어요. 다음 주 일요일은 비워 볼게요."

"어떤 약속이에요?" 메리언이 소심하게 물었다.

다시 글로스터 게이트로 돌아가는 길에 재스퍼는 메리언의 질문에 답하면서, 그날 만나기로 한 사람들을 등한시하면 얼마나 위험한지 말했다. 그리고 그들은 헤어졌고, 재스퍼는 집 방향으로 잰걸음으로 멀어졌다.

메리언은 파크 스트리트로 내려와 캠든 로드를 따라 꽤 걸었다. 메리언이 부모님과 이사한 집은 세인트 폴스 크레센트에서 그리 멀지 않았다. 그들은 방 네 개를 빌렸고, 그중 하나는 앨프리드 율의 응접실이자 가족이 식사를 위해 모이는 방이었다. 율 부인은 주로 부엌에 있었으며 메리언은 자신의 침실을 서재로 겸용했다. 소유했던 책의 반 정도는 팔았지만 남은 책으로도 아직 훌륭한 장서였고, 절망한 주인이 우울한 나날을 보내는 방의 벽을 거의 빼곡히 채웠다.

앨프리드는 하루에 몇 시간 정도는 읽을 수 있었지만 큰 글씨만 읽었고, 의사가 정해 준 독서 시간은 감히 넘기지 못했다. 앨프리드는 가망이 없다고 생각하면서도 희망을 완전히 놓지는 못했다. 여생을 어둠 속에서 무력하게 지낸다는 전망은 너무나도 공포스러웠기 때문에 희망의 불씨가 조금이라도 깜박이는 동안은 포기할 수 없었다. 적절한 수술을 받는다면 예전처럼 일하지 못할 이유가 없었다. 아내와 딸의 희망적인 말에 앨프리드는 적잖이 위안을 받았고, 그들이 만일 한 번이라도 멈췄으면 섭섭해했을 터였다.

전체적으로 앨프리드는 인내심이 확연히 늘었다. 메리언이 당연하다는 듯이 함께 하숙집으로 이사 오고 변화를 준비하는 태세를 지켜본 그는 딸이 하는 대로 말없이 내버려 두었다. 또한, 앨프리드는 위험하다고 판명이 난 주제를 메리언에게 다시 언급하지 않았다. 부녀 사이에 믿음이나 친밀함은 없었다. 율은 딸에게 차갑고 진지하고 깍듯하게 말했고, 메리언은 부드럽게 답하기는 했지만 다정하지는 않았다. 가족에게 닥친 재앙이 율 부인에게는 좋은 변화를 가져왔다. 율 부인은 남편의 불행에 슬퍼할 수밖에 없었으나, 그는 예전처럼 그녀에게 분통을 터뜨리거나 업신여기며 짜증을 내지 않았다. 극진한 보살핌이 필요해지자 마음이 약해진 게 분명했다. 매일 매시간 부인의 완전한 헌신을 필요로 하는 마당에 그녀를 난폭하게 대할 수는 없었다. 물론 그의 야외활동에는 지장이 없었다. 볕이 나는 계절이 돌아오자 앨프리드는 많이 걸었는데, 그 덕분에 확실히 전반적으로 건강해지고 명랑해졌다. 메리언은 이따금 저녁에 그에게 책을 읽어 줬다. 앨프리드는 절대로 먼저 부탁하지 않았지만 딸의 친절을 거절하지도 않았다.

이날 오후 메리언이 집에 오니 아버지는 퀌비 씨에게 빌린 책을 훑어보고 있었다. 밥상이 차려져 있었고, (메리언이 박물관에 자주 갔기 때문에 식사 시간에는 변함이 없었다) 율은 창가에 앉아 있었다. 책은 옆 의자에 올려져 있었다. 눈의 희멀건 부분이 병의 진전을 드러냈지만 앨프리드의 얼굴에는 1년 전보다 혈색이 돌았다.

"힝크스 씨와 코버트 씨가 친절하게도 아버지 안부를 물으셨어요." 자리에 앉으며 메리언이 말했다.

"힝크스가 다시 나오니?"

"네, 하지만 몹시 편찮아 보이세요."

그들은 율 부인이—이제는 하녀의 일까지 홀로 다 하는—식사를 가져올 때까지 그런 일에 관해 대화를 나누었다. 식사가 끝난 뒤 메리언은 자기 침실에 한 시간 정도 있다가, 멍하니 앉아서 담배를 피우고 있는 아버지에게 갔다.

"어머니는 뭘 하고 있니?" 딸이 들어오자 앨프리드가 물었다.

"바느질이요."

"내가 이 방을 독차지할 생각이 아니라고 말하는 게 낫겠구나." 앨프리드가 고개를 돌리고 딱딱하게 말했다. "내가 일하는 시늉도 못 하게 된 마당에, 방해를 받아서는 안 된다는 척할 필요 없겠지. 어머니한테 원할 때 언제든지 써도 된다고 말해 주렴."

이런 말을 전달하게 하는 것도 앨프리드다운 행동이었다. 하지만 메리언은 아버지의 속뜻을 이해했다.

"어머니께 말씀드릴게요." 메리언이 말했다. "지금은 단둘이 이야기하고 싶어요. 제가 유산을 어떻게 투자하면 좋을까요?"

놀란 듯한 앨프리드는 냉정하고 위엄 있게 답했다.

"네가 나한테 그런 질문을 하다니 이상하구나. 네 안위는 다른 사람의—능력 있는 어떤 사람의—손에 달렸다고 생각했는데."

"제 개인적인 일이에요, 아버지. 안전한 한에서 가장 높은 이자를 받고 싶어요."

"난 어떤 조언이나 참견도 안 하고 싶다. 하지만 네가 이야기를 꺼냈으니 이와 관련된 질문을 해도 되겠지. 네가 우리와 얼마나 더 살 생각인지 물어봐도 되겠니?"

"최소한 1년이요." 메리언이 대답했다. "아마 훨씬 오래 걸릴 거예요."

"그렇다면 네 결혼이 무기한 연기되었다고 생각해도 되겠니?"

"네, 아버지."

"이유를 말해 주겠니?"

"그게 저희 모두에게 낫다고 판단했다고밖에 말할 수 없어요."

앨프리드는 딸이 힘겹게 억누르고 있는 서글픈 감정을 감지했다. 그는 밀베인의 인성에 대한 자신의 판단을 바탕으로 그들의 결혼이 연기된 이유를 쉽게 추측할 수 있었다. 앨프리드는 그녀의 구혼자에 대해서 자기가 얼마나 옳았는지 메리언이 깨달을 거라는 사실에 만족했고, 자기도 모르게 딸을 동정하면서도 이 혐오스러운 관계가 하루빨리 끝나길 희망했다. 그는 애써 미소를 참았다.

"난 이 상황에 대해 아무 말도 하지 않겠다." 앨프리드가 힘주어 말했다. "하지만 네가 말한 이 투자가 오직 너만을 위한 거니?"

"저와 아버지와 어머니를 위해서예요."

1~2분 침묵이 흘렀다. 아직은 돈을 빌릴 필요가 없었지만 몇 달이면 가족의 수입이 끊길 것이고, 메리언이 의논 없이 따로 모으고 있는 저축밖에 안 남을 터였다.

"너도 잘 알겠지만." 앨프리드가 마침내 말했다. "네게 그런 도움을 받을 수는 없다. 만약 필요하면 내가 보험에서—"

"그럴 필요 없어요, 아버지." 메리언이 말을 잘랐다. "제 돈은 아버지 돈이에요. 아버지가 선물로 받기 싫으시면, 제가 타인에게 하듯 빌려드릴게요. 시력이 회복됐을 때 갚으시면 돼요. 우리의 곤경이 일단은 끝났어요. 아버지가 다시 글을 쓰실 수 있을 때까지 충분히 먹고살 수 있어요."

메리언은 그를 배려하기 위해 이렇게 말했다. 앨프리드가 돈을 다시는 못 벌게 되면 진정 고달픈 시기가 올 것이다. 그러나 메리언은 그걸 걱정할 수 없었다. 재스퍼에게 버림을 받으면 최악의 상황이 될 터인데 그렇다면 다른 것들은 모두 상관없었다.

"놀라운 소식이구나." 앨프리드가 최대한 조심스레 말했다. "확답을 못 주겠구나. 생각해 봐야겠다."

"어머니께 바느질감을 가지고 지금 오시라고 말씀드릴까요?" 메리언이 자리에서 일어나며 말했다.

"그렇게 하렴."

이렇게 어색한 상황이 해결되었고, 메리언이 유산을 다시 언급했을 때는 그녀의 제안에 어떤 반대 의견도 나오지 않았다.

도라 밀베인은 물론 어떤 일이 있었는지 들었다. 그녀의 오빠는 비난을 각오하며 메리언과 자신이 내린 결정을 알렸다. 도라는 불만스러운 기색으로 숙고했다.

"그렇다면 오빠는 메리언이 자기 생활비에 부모님을 모실 돈까지 버느라 고생해도 괜찮다는 거지?" 마침내 도라가 물었다.

"내가 뭘 어쩌겠니?"

"오빠가 늦어도 1년 안에 결혼하지 않으면 난 정말 실망할 거야."

"내가 말하잖니. 메리언이 선택한 거야. 메리언은 나를 완전히 이해하고 내 계획에 만족하고 있어. 부탁하건대, 도라, 메리언이 날 믿는 마음을 흔들지 마."

"안 그럴게. 그대신 메리언이 굶게 되면 오빠한테 말할게. 확신하건대, 오래 걸리지 않을 거야. 세 사람이 어떻게 1년에 100파운드로 살아? 메리언이 50파운드를 벌 수 있을지도 확실하지 않아. 됐어. 그 애가 굶기 시작하면 말해 줄게. 오빠는 아주 재미있어하겠지."

7월 말에 모드가 결혼했다. 돌로모어 씨와 재스퍼 사이에 친밀한 감정은 없었고, 두 사람은 상대의 자부심을 불쾌하게 여겼다. 하지만 일단 처남이 정직하다고 결론을 내린 재스퍼는 언젠가 도움이 될지도 모르는 남자의 심기를 건드리지 않게 주의했다. 모드가 결혼해서 웬만큼 행복하다는 가정을 한다면 이 결혼은 엄청난 행운이었다. 이따금 언급됐던 레인 부인은 결혼식에서 전통적으로 신부 어머니가 하는 역할을 맡았다. 결혼식 날 아침 조찬이라든가 사교계에서 중시하는 여러 터무니없는 관례들이 레인 부인의 집에서 열렸다. 도라는 물론 들러리를 맡았고, 재스퍼는 세상이 인정하는 건 무엇 하나 경멸하지 않겠다고 마음먹은 사람답게 진지하고 우아하게 임무를 다했다.

비슷한 시기에 또 하나의 사건이 있었는데, 야심 찬 소가족에게 훗날에 매우 중요해질 일이었다. 웰프데일의 주목할 만한 발상이 대박을 터뜨렸다. 《챗》이라고 불렸던 주간지는 《칫-챗》이라는 이름으로 새롭게 태어났다. 창간호부터 의심할 여지 없는 성공이었다. 저널리즘의 고귀한 새 장을 펼친 이 유망한 잡지의 이름이 한 달이 채 지나기도 전에 영국 전체에 울려 퍼졌다. 사장은 돈방석에 앉을 기회를 얻었고, 자본이 있는 다른 사람들은 흉내를 내어 비슷한 간행물을 계획하기 시작했다. 교육을 사 분의 일 정도 받은 사람들은 그들 취향에 딱 맞는 글을 곧 맘껏 즐기게 될 터였다.

《칫-챗》의 창설 후 5주 차 되던 때, 이미 행복에 겨운 웰프데일이 이성을 잃을 만한 일이 터졌다. 어느 날 오후 재스퍼가 스트랜드를 따라 걷고 있는데, 그의 독창적인 친구가 기이한 모습으로 다가왔다. 적어도 이번 한 번은 웰프데일이 신나는 전망 앞에 자제력을 잃었다고밖에 할 수 없었다. 젊은이의 모자는 머리 뒤로 넘어갔고, 땀으로 번들거리는 얼굴에서 눈이 번뜩였다. 그는 코트를 야단스럽게 휘날리며 성큼성큼 걷고 있었다. 재스퍼가 부르지 않았으면 그를 보지도 못하고 그냥 지나쳤을 것이다. 웰프데일은 뒤돌아서 미친 듯이 웃다가 지인의 손목을 붙들고 널찍한 골목길로 데려갔다.

"맞춰 보게." 웰프데일이 헐떡였다. "무슨 일이 생겼을 것 같나?"

"보이는 것과는 다르길 바라네. 자네 꼭 실성한 것 같군."

"《칫-챗》에서 레이크의 자리를 내가 맡게 됐네!" 상대가 쉰 목소리로 외쳤다. "1년에 250파운드야! 레이크와 편집장이 다퉜는데—주먹질을 해댔다는군—뭐 때문인지 둘 다 알지도 못하고 관심도 없어. 난 이제 성공했네!"

"자네는 욕심 없는 사람이군." 재스퍼가 웃으며 말했다.

"사실이야. 나는 항상 인정했네. 하지만 내가 플리트와 하는 사업도 기억하게. 그걸 그만둘 이유는 없지. 금세 1년에 600파운드는 벌 거야, 친구! 깔끔하게 600파운드네!"

"나쁘지 않아."

"내가 자네 같은 거물이 아니라는 걸 기억하게. 그렇지 않나, 밀베인. 1년 전만 해도 난 200파운드면 가히 영광스럽다고 생각했을 거야. 나는 자네에게나 어울릴 야심이 없네. 자네는 몇천 파운드를 벌어야 만족하겠지. 나도 알아. 하지만 난 겸손한 사람이야. 잠깐, 꼭 그렇지는 않지. 그래, 아닐세. 어떤 면에서는 아니라는 걸 고백해야겠군."

"자네는 어떤 면에서 거만하나?"

"말할 수 없어. 아직은 안 돼. 시간도 장소도 적절하지 않아. 언제 한번 나와 저녁 식사를 하겠나? 내 지인 중 대여섯 명에게 밥을 사려고 하네. 불쌍한 비펜은 꼭 와야 해. 자네는 언제 시간이 되나?"

"일주일 전에 알려주면 시간을 내지."

저녁 식사는 적절히 치러졌다. 이튿날 재스퍼와 도라는 휴가를 갔다. 그들은 채널 제도로 갔고, 그들이 휴가로 정한 3주의 절반 이상을 사크섬에서 보냈다. 건지섬에서 사크섬으로 향하는 배에서 그들은 잘 차려입은 뚱뚱한 남자가 《칫-챗》을 읽고 있는 광경을 보았다.

"저 사람도 교육을 사 분의 일 받은 사람 중 하나야?" 도라가 웃으면서 물었다.

"웰프데일의 정의에는 부합하지 않아도 엄격히 따지자면 그렇지. 그런 사람들은 실상 인구의 큰 부분을 차지해. 얼마나 큰지 이 문예지의 성공이 대변하지. 웰프데일에게 편지를 써서 그의 선행이 사크섬까지 닿았다고 말해 줘야지."

재스퍼는 편지를 보냈고, 며칠 뒤 답장이 왔다.

"이거 봐라, 이 친구가 너한테도 편지를 보냈네!" 재스퍼가 두 번째 편지를 들고 외쳤다. 그들이 점심을 먹으려고 숙소에 돌아왔을 때 편지 두 통이 거실 테이블에 함께 놓여 있었다. "웰프데일 글씨체잖아."

"그런 거 같아."

도라는 콧노래를 부르며 봉투를 살펴보다가 편지를 들고 위층의 자기 방으로 올라갔다.

"너한테 뭐라고 했니?" 도라가 다시 내려와서 자리에 앉았을 때 재스퍼가 물었다.

"그냥 안부를 묻는 편지야. 오빠한테는 무슨 얘기 했어?"

런던을 떠나온 이래 도라는 최고로 생기가 넘치고 혈색이 좋았다. 그녀의 오빠는 그 사실을 언급하면서, 채널 제도의 공기가 잘 맞아서 다행이라고 했다. 재스퍼는 웰프데일의 편지를 소리 내어 읽었다. 친밀했지만 묘하게 깍듯한 편지였다.

"이 친구는 놀라울 정도로 날 존경한단 말이야." 재스퍼가 웃으며 말했다. "이상한 점은, 나를 알면 알수록 존경한다는 거지."

도라가 5분 정도 웃었다.

"아, 정말 멋진 경구였어!" 도라가 외쳤다. "과연 이상하긴 하네, 오빠. 좀 전에 농담으로 한 말이야, 아니면 의도적이지 않아서 더 웃긴 거야?"

"너 기분이 되게 좋구나. 그건 그렇고 너한테 보낸 편지를 보여 줄래?"

재스퍼가 손을 내밀었다.

"위층에 두고 왔어." 도라가 무덤덤하게 대답했다.

"좀 주제넘은 짓 같은데."

"아, 오빠한테만큼이나 깍듯하게 썼어." 도라가 묘한 미소를 지으며 말했다.

"그나저나 너한테 편지를 왜 쓰는 거야? 지금 생각해 보니 몹시 당돌한걸. 자기 주제를 알라고 넌지시 얘기해야겠다."

도라는 재스퍼가 진지하게 말한 건지 아닌지 종잡을 수 없었다. 두 사람은 왕성한 식욕으로 먹기 시작했고, 몇 분 후에 도라가 다시 말을 꺼냈다.

"웰프데일 씨랑 우리랑 다를 게 뭐야." 도라가 마침내 말했다.

"우리랑? 하찮은 쓰레기 잡지 《칫-챗》의 부편집장에 문학 에이전시 조수인데?"

"우리보다 돈은 훨씬 많이 벌어."

"돈? 돈이 뭔데?"

도라가 깔깔거리며 웃었다.

"아, 물론 돈은 아무것도 아니지! 우리는 명예와 영예를 위해서 글을 쓰는 사람들이니까. 웰프데일 씨를 야단칠 때 꼭 그 얘기를 해 줘. 대단히 감동할 거야."

느지막한 저녁, 남매는 사크섬에서 최고지대에 있는 풍차 근처를 달빛 아래 거닐었다. 그들이 멈춰 서서 창백한 바다와 바닷물 위로 흐르는 멀고 가까운 등대의 불빛을 바라보던 중 도라가 조용히 말하며 침묵을 깼다.

"오빠한테 그냥 말할래. 웰프데일 씨가 청혼했어."

"웃기고 있군!" 깜짝 놀란 재스퍼가 외쳤다. "그럴까 봐 어느 정도 의심하고 있었지! 기막히게 건방진걸!"

"정말 그렇게 생각해?"

"그럼 너는 그렇게 생각하지 않아? 일단 넌 그 녀석을 잘 알지도 못해. 그리고, 아, 빌어먹을!"

"알았어. 그분한테 당신의 건방에 기가 막힙니다, 이렇게 말할게."

"정말?"

"그럼. 물론 예의는 갖출 거야. 이것 때문에 그분과 오빠 사이가 소원해지지는 않았으면 좋겠어. 오빠는 그냥 모르는 척해. 아무일도 없으니까."

"진심으로 말하는 거니?"

"응. 그분은 대단히 정중하게 쓰셨고, 우리와 그분 사이의 우정이 변할 필요는 없어. 난 이런 상황에서 내 판단대로 행동할 권리가 있으니까 부탁인데 오빠는 내 말을 따라 줘."

도라는 잠자리에 들기 전에 웰프데일 씨에게 편지를 썼다. 청혼을 승낙하는 편지는 아니었지만 웰프데일에게 계속 노력하라고 기품 있게, 확실하게 용기를 주었다. 편지는 다음 날 부쳐졌고, 편지의 필자는 사크섬에서 암벽 등반과 햇살과 바람의 혜택을 한껏 누렸다.

런던에 돌아오고 얼마 되지 않아 도라는 오빙턴 스퀘어에 위치한 돌로모어 저택을 처음으로 방문했다. 호화스러운 고급품에 둘러싸인 모드는 그럽 스트리트 시절의 추억을 조소하며 말했다. 이제 문학적 취향은 그녀를 더욱 우아하게 돋보이게 하는 요소 중 하나일 뿐으로, 모드가 빛을 발휘하는 사교계 모임의 말쑥하고 달변인 사람들 사이에서 그녀의 우월함을 증명했다. 모드는 한편으로는 세련된 문학 세계에 발을 담그고, 다른 한편으로는 세련되게 무지한 사람들과 어울렸다. 레인 부인의 집은 그 두 세계가 교차하는 곳이었다.

"난 그곳에 자주 찾아가지 않을 거야." 모드의 화려한 삶에 대해 도라와 이야기하던 중 재스퍼가 말했다. "그런 것들도 나름 좋지만, 나는 더 높은 것을 지향하고 있어."

"나도 마찬가지야." 도라가 답했다.

"그 말을 들으니까 정말 다행이다. 네가 어제 웰프데일이랑 너무 친밀해 보였거든."

"사람이 예의를 갖추어야지. 웰프데일 씨는 내 뜻을 이해했어."

"확실하니? 웰프데일이 생각보다 우울해 보이지 않던데."

"《칫-챗》이 성공해서 기분이 좋으시겠지."

이로부터 일주일쯤 지났을 때 뜻밖에 돌로모어 부인이 아침 11시쯤 리전트 파크 집에 찾아왔다. 모드는 도라와 단둘이 오랫동안 이야기를 나눴다. 재스퍼는 집에 없었고, 저녁에 그가 귀가했을 때 도라는 심란한 표정으로 그의 방에 왔다.

"오빠가," 도라가 재스퍼 앞에 서서 손깍지를 끼고 불쑥 물었다.

"메리언의 약혼자가 아닌 것처럼 행동하고 다니는 게 사실이야?"

"누가 그래?"

"그건 상관없어. 그런 이야기를 들었고, 사실이 아니라고 오빠한테 직접 듣고 싶어."

재스퍼는 주머니에 손을 찔러넣고 멀찍이 섰다.

"내가 출처도 모르는 소문까지 신경 쓸 수 없어." 재스퍼가 덤덤하게 말했다.

"그래, 그럼 어디서 들었는지 말해 줄게. 언니가 아침에 왔었어. 베터턴 부인이 언니한테 물어봤다고 했는데, 베터턴 부인은 레인 부인에게 들었대."

"레인 부인? 그 부인이 뭘 들었는지 말해 줄래?"

"그건 나도 몰라. 사실이야, 아니야?"

"약혼을 파했다고 누구한테 이야기한 적 없어." 재스퍼가 또박또박 말했다.

동생이 그의 눈을 들여다보았다.

"그럼 내가 옳았구나." 도라가 말했다. "그런 소문은 잠시라도 믿을 수 없다고 언니한테 말했거든. 그런 소문이 대체 왜 도는 거지?"

"그런 인간들 사이에 거짓말이 어떻게 돌고 도는지 누가 알겠니. 나는 네게 사실대로 말했고, 그게 다야."

도라는 잠시 미적거렸지만, 아무 말 없이 방을 떠났다.

그날 밤 도라는 늦게까지 앉아 있었다. 이따금 책을 펼치기도 했지만 대개 가만히 사색에 잠겨 있었다. 방문에서 들린 나지막한 노크 소리에 도라가 놀랐을 때는 거의 12시 30분이었다. 들어오라고 하자 재스퍼가 들어왔다.

"왜 아직도 안 자니?" 재스퍼는 동생의 시선을 외면한 채 방으로 들어와 안락의자의 뒷벽에 기대섰다.

"아, 잘 모르겠어. 무슨 일이야?"

잠시 정적이 흘렀다. 재스퍼가 떨리는 목소리로 말했다.

"난 거짓말을 잘 못해, 도라. 그리고 아까 저녁에 너한테 한 말 때문에 마음이 너무 불편했어. 굳이 따지자면 거짓말을 한 건 아니야. 약혼을 파했다는 말을 한 적 없는 건 사실이야. 하지만 그런 것처럼 행동했어. 너한테 말하는 게 낫겠다."

동생이 분개한 표정으로 그를 노려봤다.

"자유로운 몸인 것처럼 행동했다고?"

"그래. 루퍼트 양에게 청혼했어. 레인 부인이랑 그 무리가 어디서 소문을 들었는지는 모르겠어. 내가 알기로는 그 사람들이랑 루퍼트나 발로우 쪽 사람들 사이에는 아무 교류가 없는데. 어쩌면 정말 교류가 없을지도 몰라. 그 사람들이 뭘 알고서 퍼뜨린 소문이 아닐 가능성이 크지. 그래도 너한테는 말해야겠어. 루퍼트 양이나 발로우가 사람들은 내가 약혼한 사실 자체를 몰라. 적어도 내 생각에는 그 사람들이 알 길이 없어. 내가 청혼했다고 루퍼트 양이 발로우 부인에게 말했는데, 그 말이 어떻게 새어 나갔을지도 모르지. 모드가 루퍼트 양 이름은 언급하지 않았지?"

도라는 냉랭하게 아니라고 했다.

"아무튼, 그렇게 된 거야. 잘한 짓은 아니지만, 그렇게 됐어."

"루퍼트 양이 승낙했다는 거야?"

"아니. 난 편지로 청혼했어. 루퍼트 양이 답장에서 말하길, 몇 주 동안 독일에 있을 건데 거기서 답을 보내겠대. 그래서 난 기다리는 중이야."

"이런 행동을 대체 뭐라고 불러야 해?"

"들어 봐. 결국에는 이렇게 될 걸 너도 잘 알지 않았어?"

"내가 오빠를 형언할 수 없을 정도로 수치스럽고 잔인한 사람으로 여겼다고?"

"아마 난 그 두 가지 모두 해당하겠지. 순간적으로 절박한 충동을 느꼈어. 루퍼트 씨 집에서 저녁 식사를 했는데, 그 아가씨가 나를 대하는 태도가 너무 확실하다고 생각했어."

"아가씨라고 부르지 마!" 도라가 경멸하듯 말을 끊었다. "오빠보다도 몇 년 더 연상이라며."

"뭐, 어쨌든 똑똑하고 매우 부자야. 난 유혹에 졌어."

"메리언이 도움과 위로를 가장 필요로 하는 시기에 내팽개치고? 정말 끔찍해!"

재스퍼는 다른 의자에 가서 털썩 주저앉았다. 그는 무척 괴로워 보였다.

"이거 봐, 도라. 나도 후회하고 있어. 정말이야. 게다가 그 여자가 거절이라도 하면—거절할 가능성이 커—그럼 난 곧장 메리언에게 가서 결혼하자고 할게. 약속해."

그의 동생은 경멸스러워서 못 참겠다는 몸짓을 했다.

"만약 그 여자가 거절하지 않으면?"

"그럼 어쩔 수 없지. 한 가지만 더 말할게. 내가 메리언과 결혼하든 루퍼트 양과 결혼하든, 결국 난 나한테 가장 중요한 것 하나를 희생하는 거야. 전자의 경우에는 의무감이고, 후자의 경우에는 세속적 이익이지. 그런 편지를 쓰다니, 멍청한 짓이었어. 그 편지를 쓸 때쯤 난 루퍼트 양과 그녀 재산을 다 합친 것보다 내게 중요한 여자가 있다는 걸 알았거든. 어쩌면 나랑 결혼할지도 모르는 여자야. 아무것도 묻지 마. 대답하지 않을 거니까. 이제 네가 내 상황을 제대로 이해하길 바라. 너도 내가 한 약속을 알잖아. 메리언에게는 아무 말 하지 마. 루퍼트 양이 거절하면 최대한 빨리 메리언과 결혼할게."

그리고 재스퍼는 방에서 나갔다.

2주 넘게 그는 불확실한 상태로 기다렸다. 무척 불편한 나날이었다. 도라는 피할 수 없을 때가 아니면 그와 말도 섞지 않았고, 메리언과 두 번 만났을 때는 약혼자 행세를 열심히 해야 했기 때문이다. 마침내 기다리던 편지가 왔다. 대단히 잘 썼고, 대단히 친근했으며, 대단히 칭찬이 많이 들어간 편지였지만, 거절이었다.

재스퍼는 아침상에서 편지를 도라에게 건네주며 억지로 미소를 쥐어짰다.

"넌 다시 즐거워해도 되겠어. 난 끝장났으니까."

35장. 열병과 안식

밀베인의 뛰어난 평론에도 불구하고 『잡화상 베일리 씨』는 성공하지 못했다. 그 책은 출판사 두 곳에서 거절당했다. 원고를 산 출판사는 15파운드 선인세와 판매수익 절반을 제안했는데, 해럴드 비펜은 대단히 만족했다. 평론가들은 대개 분노하거나 냉정하게 코웃음 쳤다. 이들 현자 중 한 명이 말했다. "아무쪼록 비펜 씨가 소설가의 첫째 임무는 이야기를 하는 것임을 기억하기를 바란다." 다른 이가 썼다. "소설은 무엇보다 먼저 재미있어야 한다는 사실을 비펜 씨는 이해하지 못하는 듯하다." 《소사이어티 Society》 저널에는 '권태라는 장르의 가식적인 책'이라고 짤막하게 실렸다. 명망 있는 주간지는 짧은 비평을 역정을 내며 시작했다. "사실주의에 빠져 뒹구는 정신이 낳은 또 하나의 책이다. 저자가 단 한 번도 모욕적이지 않다는 사실은 짚고 넘어가야겠지만, 그의 작품은 부정문으로만 연이어 설명할 수 있다. 재미있지 않고, 가치가 없으며, 결코—" 이런 식이었다. 《웨스트엔드》에 담긴 칭송은 아주 소심하게 메아리쳤다. 《커런트》에 실린 비평은 좀 더 많은 곳에서 흉내를 냈을 터였지만, 안타깝게도 이미 대부분 비평이 끝난 후에야 발행됐다. 재스퍼가 말했던 대로, 강력한 호평 여러 개가 동시에 터져 나왔어야 이 책에 대한 사람들의 관심에 불을 지필 수 있었을 것이다. '소설가의 첫째 임무는 이야기를 하는 것이다.' 끝없이 되풀이되는 이 말이 현실을 본떠 그리려는 사람들에게 경고를 날린다. 비펜은 한 조각의 전기(傳記)를 제공했으며 맛이 맹맹하다고 평가받았다.

비펜은 리어던 부인에게 편지를 썼다. "제 소설에 관한 친절한 편지에 감사를 금치 못합니다. 현존하는 모든 평론가의 칭송을 받은 것보다 더 가치가 있습니다. 당신은 이 소설을 쓴 제 목적을 이해하셨습니다. 그럴 수 있는 사람은 소수인데, 당신처럼 간결 명료하게 표현할 수 있는 사람은 더 적을 것입니다."

에이미가 책을 잘 받았다고 그저 정중한 인사만 했더라면! 그녀는 과장해서 칭찬하는 것이 친절이라고 생각했다. 이 딱한 친구는 너무 고독했다. 그랬다. 그러나 고독이 견디기 힘들어진 건 아름다운 여인이 그에게 미소를 지으면서, 그에게 허락되지 않은 최상의 행복을 자꾸만 꿈꾸게 한 뒤였다.

치명적인 날. 비펜이 에이미를 이즐링턴의 하숙방으로 안내한 날. 해럴드는 이미 친구의 아내를 완벽한 여자라고 생각하고 있었다. 평생 비펜은 여자와 어울릴 기회가 별로 없었을뿐더러, 에이미를 처음 만났을 때 그는 하숙집 관리인이나 양재사 같은 여자들보다 지체 높은 여자와 이야기해 본 지 몇 년이나 되었다. 비펜의 눈에 에이미의 미모는 매우 고상해 보였고, 그녀의 지성은 그를 환희로 채웠다. 비펜의 처지가 되어 보지 못한 사람은 이해할 수 없는 감정이었다. 에이미와 그녀 남편 사이에 불화가 생겼을 때 그는 에이미를 탓할 수 없었다. 리어던과의 깊은 우정에도 불구하고 비펜은 친구가 에이미에게 잘못했다고 믿었다. 그리고 그가 브라이턴에서 본 에이미의 모습은 이러한 판단에 확신을 주었다. 에이미를 맨빌 스트리트로 동행한 날 비펜은 물론 그녀가 리어던이 살던 방에 혼자 있을 수 있도록 나가 있었지만, 에이미는 곧 그를 불러 여러 질문을 퍼부었다. 에이미가 흘린 모든 눈물방울이 고독한 이 남자의 가슴속에서 자라나는 정열적인 애정의 양분이 되었다. 마침내 그녀와 헤어진 후 비펜은 어둠 속에 숨어서 그녀를 생각했다—에이미를 생각했다.

치명적인 날. 그의 마음속 평정과 일할 능력과 빈곤을 참는 인내가 끝장났다. 비펜은 스물세 살에 한 번 상냥하고 그럭저럭 똑똑한 여자와 사랑에 빠졌었으나 가난 탓에 사랑을 되돌려받길 기대할 수 없었고, 최선을 다해 괴로움을 참기 위해서 멀리 떠났다. 그때부터 비펜은 이런 애착이 피어날 가능성을 애초에 잘랐다. 그는 아무리 초라한 태생의 여자도 부양할 수 없었다. 때때로 비펜은 고독의 무게를 고스란히 느끼며 허덕였지만, 그리스 고전을 공부하고 사실주의 소설을 쓰면서 자신에게 내린 저주에 연연하지 않고 오랫동안 행복하게 살았다. 에이미와 친밀한 시간을 보낸 후 그는 두 번 다시 마음의 평정을 되찾을 수 없었다.

리어던의 유물을 받은 비펜은 자신의 특이한 개인 교습을 하기에 편리한 동네에 얻은 하숙집으로 책과 가구를 옮겼다. 겨우내 거의 굶다시피 했지만, 3월에 '베일리 씨'의 원고료로 15파운드를 받았고, 그에게는 큰 재산이었던 이 돈으로 비펜은 여섯 달 동안 굶주림의 손아귀를 벗어났다. 이로부터 얼마 되지 않아 비펜은 밤낮으로 시달리던 유혹에 무릎을 꿇고, 아직도 웨스트본 파크의 어머니 집에 살고 있는 에이미를 찾아갔다. 그가 응접실에 들어갔을 때 에이미는 혼자 있었다. 에이미가 꾸밈없이 반가워하며 일어났다.

"최근 비펜 씨 생각을 자주 하던 참이었어요. 만나러 와줘서 고마워요."

비펜은 말을 하기도 힘들었다. 기품 있는 검은 드레스를 입은 에이미의 미모가 그의 곤두선 신경을 괴롭혔고, 그녀의 목소리에 배어 있는 관습적인 따뜻함은 너무나도 잔인했다. 에이미의 눈을 보면서 그는 빛나는 그 눈동자가 눈물로 흐려졌던 모습을 기억했다. 그들이 공유한 슬픔은 그를 평범한 친구 이상으로 만드는 듯했다. 비펜의 책이 출간된다는 소식에 에이미는 기뻐했다.

"언제 나오나요? 광고를 열심히 살펴볼 거예요."

"제가 한 권 보내도 괜찮겠습니까, 리어던 부인?"

"정말 제게 주실 여유가 있나요?"

저자로서 받을 여섯 권 중 비펜은 세 권도 보낼 곳이 없었다. 에이미는 고마운 마음을 매우 매력적으로 표했다. 지난 열두 달 동안 에이미는 자태가 훨씬 아름다워졌다. 그녀가 상속받은 1만 파운드는 완벽한 품행에 필요한 자신감을 불어넣었다. 말투에 서려 있던 다소 딱딱한 느낌도 완전히 사라진 지금 에이미의 목소리는 우아하게 나긋나긋했다.

율 부인이 들어왔고, 그녀는 손님에게 더할 나위 없이 정중했다. 그리고 두 명의 손님이 들어왔다. 의례적인 대화에 참여해야 하자 즐거움이 사라진 비펜은 최대한 빨리 탈출했다.

비펜은 남들이 자신을 어떻게 볼지 생각할 때 스스로를 기만하는 남자가 아니었다. 아무리 친절해도 에이미는 그를 거만한 말볼리[62] 역할로 상상할 수 없었다. 에이미에게 비펜은 이따금 코트를 전당포에 맡겨야 했던 불쌍한 남자—재능은 있되 평생 성공하지 못할 남자—죽은 남편이 아낀 친구였기 때문에 친절하게 대해야 하는 남자일 뿐이었다. 그 이상은 아니었다. 비펜은 에이미의 마음을 정확히 이해했지만, 그걸 안다고 해서 그녀가 건네는 소소한 친절한 말에 받는 감동이 줄어들지는 않았다. 비펜은 현실을 있는 그대로 보기보다는 상황이 달랐으면 어땠을지 상상했다. 이런 환상에 탐닉하는 것이야말로 헛된 자학이었지만, 비펜은 이러한 자기 위안에 너무 깊이 빠져 버렸다. 그는 활활 타는 상상력의 노예가 되었다.

에이미의 찬사에 답장으로 보낸 편지에 비펜은 어쩌면 의도한 이

62. 셰익스피어의 희극 『십이야』에 등장하는 인물. 허영심이 많고 고지식한 집사로, 다른 인물들의 계략에 넘어가 올리비아가 자신을 사랑한다는 착각에 빠진다.

상으로 많은 말을 썼다. 그는 무모한 기쁨에 사로잡혀 썼고, 시간이 지나면 찾아왔을 조심성을 기다리지 않았다. 돌이킬 수 없을 때가 되어서야 비펜은 편지에 담은 많은 표현을 경감하고 싶었다. "현존하는 모든 평론가의 칭송을 받은 것보다 더 가치가 있습니다." 에이미가 불쾌하게 여길까? "감사와 존경을 담아, 당신의 친구" 그는 이렇게 서명했다. 열정적인 남자가 감히 입 밖으로 낼 수 있는 것보다 하고 싶은 말이 많을 때 자연스레 쓸 만한 문구다. 이렇게 반쯤 고백해서 뭘 어쩌겠다는 건가? 그가 표하는 경의는 관례에 적절할 때만 환영하겠다는 부드러운 거절의 말을 마지막으로 한번 듣고 싶은 게 아니라면.

비펜은 들뜬 상태로 허송세월하며 한 달을 보냈고, 에이미를 그리워하는 마음이 너무 커져서 판단력을 잃는 날이 왔다. 그는 가장 말쑥한 옷을 입고 4시쯤 율 부인 집에 찾아갔다. 불운하게도 그날 응접실에는 손님이 최소한 대여섯 명 있었다. 비펜은 차라리 형틀에 매달리는 편을 택했을 것이다. 게다가 그는 자신을 대하는 에이미와 그녀 어머니의 태도가 전보다 차갑다고 느꼈다. 이런 상황을 예상했었는데도 비펜은 피가 맺힐 때까지 입술을 깨물었다. 그가 이런 부류 사람들과 대체 무슨 관계가 있단 말인가? 그의 누추한 행색을 본 다른 손님들은 침니포트 모자도 쓰지 않은 모습에 경악했을 것이다. 어리석고 비참한 실수였다.

비펜은 10분 만에 다시 거리로 나왔고, 다시는 에이미를 찾아가지 않겠다고 맹세했다. 그녀를 탓하지는 않았다. 전부 자기 잘못이었다.

비펜은 굿지 스트리트에 있는 하숙집의 3층에 살았고 아래층은 빵집이었다. 리어던의 가구는 큰 도움이 됐다. 빈방의 집세만 내면 됐고, 자신의 책이 모조리 타 버린 마당에 리어던의 책은 하늘에서 보낸 선물 같았다. 학생은 이제 한 명뿐이었으나 비펜은 더 구하려는 노력도 하지 않았다. 그의 씩씩했던 기력이 모조리 사라졌다.

비펜은 책의 실패에 일말의 신경도 쓰지 않았다. 그의 예상보다 나쁘지 않았다. 그는 자신의 능력 안에서 가장 훌륭한 소설을 썼고, 그것으로 만족했다.

비펜이 오로지 욕망의 개념으로 에이미를 사랑했는지는 확실치 않다. 그에게 에이미는 여성이 지닐 수 있는 모든 사랑스러운 특성을 대표했고, 그의 굶주린 영혼과 감각 앞에 에이미는 여성, 즉 그의 좌절한 존재를 완성해 줄 반쪽이었다. 어쩌다 보니 에이미는 이제껏 비펜 안에서 잠들어 있었거나 혹은 굳은 의지에 눌려 있던 본능적 갈망을 일깨웠다.

짝 없고 비활동적인 비펜은 행복한 기혼자들의 관점에서 어처구니없고 경멸스러운 고통에 고문받았다. 삶은 황량했고, 곧 혐오스러워질 것이다. 잠을 자는 동안에만 비펜은 세상 모든 것을 무의미하게 만드는 갈망과 집요한 생각에서 벗어날 수 있었다. 그렇다. 확실히 무의미했다. 비펜은 자신의 남성성을 완성하지 못하게 가로막는 세상의 부자연스러운 제한에 몸서리쳤다.

대체 그는 어떤 팔자이기에 수많은 남자 중 그 혼자만이 여자의 사랑을 얻을 수 없는가?

비펜은 아름다운 여자의 얼굴을 마주칠지도 모르는 거리를 걸을 수 없었다. 꼭 집을 나서야 할 때면, 그는 고된 노동과 가난의 거친 풍경만이 보이는 비좁고 누추한 골목을 택했다. 심지어 이곳에서도, 가난을 당연시하는 빈민층도 고독이라는 저주는 받지 않았다는 사실을 비펜은 너무 자주 느꼈다. 오직 그 혼자만이 어느 계층에도 속하지 않았고, 빈곤의 동지들과 지성적 동류들 모두에게 거절당했으며, 사랑하는 여자의 손길이 어떤 느낌인지 알지도 못한 채 죽어야 했다.

비펜이 온기와 햇빛을 알아차리지도 못한 사이에 여름은 지나갔다. 하루하루가 어떻게 지나가는지 그 자신도 몰랐다.

초가을 어느 저녁, 비펜이 굿지 스트리트 끝에 있는 책 판매대 앞에 서 있는데, 익숙한 목소리가 그를 불렀다. 웰프데일이었다. 한두 달 전 그는 웰프데일과 다른 지인들이 함께한 저녁 식사 자리를—독자도 기억하겠지만—끝내 거절했다. 그리고 그날 이후로 그는 승승장구하고 있는 이 젊은이와 마주친 적이 없었다.

“할 말이 있네.” 방해꾼이 비펜의 팔을 잡으며 말했다. “난 완전히 날아갈 듯한 기분이야. 누군가와 내 기쁨을 나누고 싶어. 잠시 걸을 수 있지? 새로 시작한 책 때문에 너무 바쁜 건 아니고?”

비펜은 대답하지 않았지만, 이끌리는 대로 걸었다.

“새 책을 쓰고 있나? 낙심하지 말게, 친구. ‘베일리 씨’는 자기 시대를 만날 거야. 내가 아는 사람 중 몇몇은 의심할 여지 없이 천재의 작품이라고 여긴다네. 다음 소설은 무엇을 다루나?”

“아직 정하지 못했네.” 해럴드는 그저 논쟁을 피하려고 대답했다. 너무나 오랫동안 말을 안 하고 지냈던지라 자기 목소리가 이상하게 들렸다.

“언제나처럼 진중하게 구상 중인가 보군. 서두르지 말게. 하지만 내게 생긴 일을 꼭 말해야겠네. 도라 밀베인 알지? 내가 그녀에게 청혼했는데, 맙소사, 희망을 품을 만한 답장을 받았어. 승낙한 건 아니지만, 격려가 담겨 있었네! 밀베인 양은 지금 채널 제도에 있고, 내가 편지를 썼는데—”

웰프데일은 15분 정도 떠들었다. 그런데 듣는 이가 갑작스러운 몸짓과 함께 그에게서 벗어났다.

“더는 같이 못 가겠네.” 비펜이 쉰 목소리로 말했다. “잘 가게.”

웰프데일은 당황했다.

"내가 자네를 지루하게 했군. 내 지독한 단점이라는 걸 나도 아네."

비펜은 손을 흔들더니 가버렸다.

1~2주가 지나면 돈이 떨어질 터였다. 비펜은 이제 교습도 하지 않았고 글도 쓸 수 없었다. 그의 소설에서는 더 이상 나올 돈이 없었다. 형에게 또 도움을 청할 수 있겠지만, 그런 식으로 의존하는 건 부당하고 한심했다. 비참하기만 하고 아무런 희망도 없는 삶을 유지하려고 왜 몸부림쳐야 한단 말인가?

웰프데일과 마주친 후 몇 시간 동안 비펜은 처음으로 죽음을, 존재하길 멈추고 싶은 단순한 갈망을 느꼈다. 삶에 대한 인간의 본능적인 집착을 진정 뛰어넘으려면 상당한 고통을 겪어야 한다. 신체적인 고통에 지쳐 본능이 어그러지기도 한다. 그보다 드물게, 해럴드를 덮친 것과 같은 억눌린 감정의 절망감에 무너지기도 한다. 밤새 비펜은 죽음이 약속하는 휴식과 영원한 무의식에 대한 생각을 떨칠 수 없었다. 그것에서 위안을 받았다.

다음 날 밤도 마찬가지였다. 일상에서 필요로 하는 일 때문에 움직이면서도 비펜의 마음은 잠시도 고통에서 자유롭지 않았다. 그렇지만 어둠 속에 누워 있으면 희망을 주는 부름이 귓가에 맴돌았다. 밤. 고통이 가장 심했던 그 시간이 친숙하게 다가왔다. 밤은 영원한 잠을 미리 보여 주었다.

이런 식으로 흘려보낸 며칠 뒤 비펜은 전에 없이 차분한 마음이었다. 그는 결심했다. 극심한 갈등에 내몰린 것이 아니라 그의 상상력이 죽음과 사랑에 빠지는 미묘한 과정을 통해 도달한 결정이었다. 삶의 기쁨 중 하나에서 고개를 돌린 비펜은 똑같이 강렬한 갈망을 품고 희망도 두려움도 없는 상태를 응시했다.

어느 날 오후 비펜은 박물관 도서실에 갔다. 그는 의학서적 책장에서 가져온 책 한 권을 몇 분 동안 열심히 읽었다. 집에 오는 길에 그는 약국 두세 군데에 들렀다. 그가 필요로 하는 것은 소량으로만 팔았다. 그러나 여러 곳에서 사면 충분히 얻을 수 있었다. 방에 돌아온 비펜은 작은 병 여러 개에 담긴 내용물을 큰 병 하나에 담고 주머니에 넣었다. 그리고 그는 리버풀에 사는 형에게 상당히 긴 편지를 썼다.

날이 화창했다. 따뜻한 금빛 햇살이 사라지기 전까지 아직 두어 시간 남았다. 해럴드는 우두커니 서서 방 안을 둘러보았다. 방은 언제나처럼 깔끔하게 정리되어 있었지만, 거꾸로 꽂힌 책 한 권이 눈에 띄었다. 애서가들이 유난히 질색하는 이 결점을 그는 바로잡았다. 비펜은 압지를 책상 위에 반듯하게 놓고 잉크스탠드의 뚜껑을 닫고 펜을 정리했다. 그리고 모자와 지팡이를 챙겨 나가 문을 잠그고 아래층으로 내려갔다. 계단참에서 비펜은 집주인에게 그날 밤에 돌아오지 않을 거라고 알렸다. 그는 집에서 나오자마자 편지를 부쳤다.

비펜은 서쪽으로 향했다. 일정한 속도로 단호하게 걷는 비펜의 얼굴은 명랑했고, 햇빛에 물든 구름으로 자꾸만 향하는 눈에는 즐거운 빛이 감돌았다. 그는 켄싱턴 가든을 지나 풀럼으로 향했고, 거기서 템스강을 건너 퍼트니로 향했다. 해가 뉘엿뉘엿 지고 있었다. 비펜은 몇 분 동안 다리에 서서 조용히 미소 지으며 강을 바라보고 찬란한 하늘을 감상했다. 그는 천천히 퍼트니 힐을 올랐다. 언덕 꼭대기에 다다랐을 때는 어스름이 깔리고 있었지만, 하늘에 나타난 흔치 않은 광경이 그의 시선을 동쪽으로 끌었다. 입에서 감탄사가 튀어나왔다. 동쪽 하늘에 막 둥실 떠오른 달은 완벽하게 둥글고 거대하고 불그스름했다. 비펜은 오랫동안 달을 바라보았다.

빛이 완전히 사라지자 비펜은 황야로 나가 마치 산책이라도 하는 것처럼 배회하며 보름달 아래 나무와 덤불이 짙은 그림자를 드리운 외진 구석으로 향했다. 아직도 꽤 따뜻했고, 단풍으로 붉게 물들어가는 잎새를 스치는 바람의 숨결도 잔잔했다.

누구에게도 보이지 않을 깊숙한 곳에 다다른 비펜은 작은 잡목림 사이를 헤치고 들어간 뒤 나무 밑동에 기대어 풀 위에 누웠다. 달은 이제 보이지 않았지만, 위를 올려다보면 길고 희미한 구름을 빛내는 달빛과 평온한 파란 하늘이 보였다. 이루 말할 수 없이 마음이 평화로웠다. 오직 아름다운 것들만 생각났다. 비펜은 인생 초년으로 돌아가, 사실주의 문학을 추구하겠다는 사명이 그를 사로잡기 전으로, 자연스러운 희망이 열정을 아직 달래던 때로 돌아갔다. 친구 리어던의 기억은 강렬하게 그의 곁을 맴돌았지만, 에이미는 저만치 보이는 검은 잎사귀 위로 막 떠오른 별처럼 느껴졌다. 아름답지만, 무한히 멀리 있는.

리어던의 목소리와 함께 그가 임종 시 속삭인 구절이 떠올랐다.

우리는 그저 꿈을 이루는 성분, 우리의 짧은 삶은

잠으로 둘러싸여 있으니

36장. 재스퍼의 민감한 문제

그의 아내가 되길 거부한다는 루퍼트 양의 친절한 편지를 받은 후에서야 재스퍼는 자기가 이 결혼을 얼마나 기대했는지 깨달았다. 청혼이 어리석은 실수였다고 도라에게 말했을 때는 진심이었다. 루퍼트 양에게 전혀 끌리지 않는 재스퍼는 그녀에게 반감을 느끼는 동시에, 사랑은 아닐지언정 사업적인 관점에서 전혀 나쁘지 않은 짝이 될 수 있는 여자를 향한 격렬한 감정을 느꼈다. 막대한 부를 간구하는 재스퍼는 이성과 열정에 무관하게 자신을 부자로 만들어 줄 대답을 대망하고 있었다. 실망한 뒤 몇 시간 동안 그는 파멸했다는 느낌을 떨칠 수 없었다.

재스퍼가 이런 느낌을 받은 이유 중 하나는 이제 반드시 지켜야만 하는 결혼 약속이었다. 거절당하면 더 이상 미루지 않고 메리언과 결혼하겠다고 그는 약속했었다. 이러한 의무를 저버리는 일은 그 자신이 보아도 너무 비겁했다. 하지만 약속을 실행하면 그는, 그의 표현에 따르면, 끝장난 것이나 다름없었다. 재스퍼는 가난뱅이 여자와 성급히 결혼해서 미래를 망친 남자들을 항상 멸시해 왔는데, 메리언과 결혼하는 것은 그런 지독한 오류를 의도적으로 범하는 것이나 매한가지였다. 그러나 재스퍼는 여러 불운한 사건의 덫에 걸렸고, 상황은 치명적이었다. 철없던 시절 그는 실제로 매력이 상당한 여자와 친밀해졌고, 순진한 정 때문에 자기 앞날을 희생해야 하는 순간에 한 발자국씩 다가왔다. 앞날이 한층 선명히 보이기 시작했을 때 일어난 일이라 더욱 분통이 터졌다.

일이 손에 잡히지 않았던 재스퍼는 결국 집을 나서서 리전트 파크를 침울하게 쏘다녔다. 난생처음으로 그는 자신의 오랜 친구였던 자신감이 암담한 불만에 밀려나는 것을 느꼈다. 그는 운명이 자기를 가혹하게 대했다고 생각했고, 따라서 운명의 도구인 메리언도 가혹하게 여겨졌다. 기질상 재스퍼는 오래 우울해하지는 않았지만, 이 순간 그는 자신의 이기적인 성격이 고된 불운에 시달리면 얼마나 고약해질지 가능성을 엿보았다. 희망이, 비겁한 희망이 물러 터진 결심의 틈새를 비집고 나왔다. 그는 이에 대해 깊이 생각하지는 않았지만, 희망의 존재를 인지함으로써 조금 더 나은 기분으로 집에 갈 수 있었다.

재스퍼는 메리언에게 편지를 썼다. 시간이 괜찮으면 다음 날 아침 9시 30분에 글로스터 게이트에서 만나자는 편지였다. 그가 그녀를 중립적인 지점에서 만나려는 이유가 있었다.

이른 오후 재스퍼가 일을 좀 해보려고 노력하고 있을 때 편지가 한 통 왔고, 그는 황급히 개봉했다. 리어던 부인의 글씨체였는데 무슨 내용인지 재스퍼는 짐작할 수 없었다.

"친애하는 밀베인 씨—불쌍한 비펜 씨가 스스로 목숨을 끊었다는 기사를 조간신문에서 읽고 전 몹시 괴롭습니다. 그의 시신을 발견했다는 단순한 기사보다 더 많은 정보를 당신은 알아낼 수 있으리라 믿습니다. 소식을 전해 주시거나 저를 만나러 와주시겠어요?"

편지를 읽은 재스퍼는 깜짝 놀랐다. 개인적인 고민에 골몰하느라 그날 신문은 읽지도 않았던 것이다. 신문은 접힌 채로 의자 위에 놓여 있었다. 그는 서둘러 칼럼을 훑어보았고, 퍼트니 히스에서 독극물로 자살한 듯한 시신을 발견했다는 짤막한 기사를 찾았다. 시신의 옷 주머니에서 발견된 신분증이 죽은 남자가 토트넘 코트

로드의 굿지 스트리트에 살던 해럴드 비펜이라는 사람이라고 밝혔다. 사인 조사는 이러이러한 곳에서 행할 것이다. 재스퍼는 도라의 방에 가서 사건을 알렸지만, 그에게 이 소식을 전한 편지는 언급하지 않았다.

"이 방법이 아니었으면 굶어 죽었겠지. 비펜은 자살할 사람으로 보이지 않았는데. 리어던이 그랬으면 전혀 놀라지 않았을 거야."

"웰프데일 씨가 자세히 알려 주겠지." 도라가 말했다. 도라에게는 그 신사가 오는 계기보다 그가 방문한다는 자체가 더 중요했다.

"애도할 수도 없어. 비펜은 꼬박꼬박 끼니를 때울 정도로 돈을 벌 가능성도 없었는걸. 그나저나 왜 거기까지 간 거지? 아마 하숙집에 사는 다른 사람들을 배려해서 그랬을 거야. 비펜은 천성적으로 굉장히 섬세한 사람이었어."

도라는 누군가에게 그런 훌륭한 장점이 더 있었으면 좋겠다는 은밀한 소망을 품었다.

도라 방에서 나온 재스퍼는 서둘러서, 그러나 정성껏 단장하고 웨스트본 파크로 출발했다. 다른 손님들이 들이닥치기 전에 율 부인의 집에 도착하고 싶었고, 바람을 이뤘다. 리어던과 길에서 마주치고 비난을 들은 이래 이 집에 오는 건 처음이었다. 운 좋게도 에이미는 응접실에 혼자 있었다. 재스퍼는 필요 이상으로 에이미의 손을 오래 잡고, 그녀의 눈빛에 담긴 관심을 더 열렬히 돌려주었다.

"당신 편지를 받기 전까지 전혀 몰랐습니다." 재스퍼가 운을 뗐다. "편지를 받고 바로 오는 길입니다."

"당신이 어떤 소식이라도 제게 전해 주길 바랐어요. 그분이 왜 그렇게 극단적인 선택을 했을까요?"

"가난 때문이라고밖에 생각할 수 없습니다. 웰프데일을 만나 보겠습니다. 전 비펜을 못 본 지 꽤 됐거든요."

"그분이 아직도 그렇게 가난했나요?" 에이미가 안타까워하며 물었다.

"유감이지만, 그렇습니다. 책이 참담하게 실패했죠."

"아, 그렇게 힘든 지경인 걸 내가 알았다면 어떻게라도 도왔을 텐데." 죽음으로 내몰린 사람의 친구들 입에서 너무나도 자주 들리는 후회의 한마디.

에이미의 슬픔에는 죽은 이가 자기를 흠모했다는 사실을 아는 것에서 우러나오는 애틋함이 섞여 있었다. 그의 죽음이 부분적으로는 가망 없는 사랑 탓인지도.

"비펜 씨가 제게 신간을 보내 주셨어요." 에이미가 말했다. "그 후로 두 번 만났고요. 하지만 그분이 예전보다 훨씬 잘 차려입고 있어서 전—"

이 사건 덕분에 두 사람은 생각보다 쉽게 술술 대화를 이어갈 수 있었다. 재스퍼는 젊은 과부를 자세히 관찰했다. 에이미의 완성된 우아한 자태에 그는 감탄했으며 어느 정도 경외심까지 들었다. 에이미의 성숙한 미모는 재스퍼가 사모하는 부류의 아름다움에 훨씬 가까워졌다. 에이미는 특출난 여자들 사이에서도 빛을 발할 듯했다. 화려하게 차려입으면 그녀는 만찬 자리에서도 단연 돋보일 것이고, 품위 있는 모임에서 사람들은 속삭일 것이다. "저 숙녀는 누구지?"

비펜은 대화에서 잊혔다.

"제 사촌에게 닥친 불운 때문에 마음이 아파요." 에이미가 말했다.

"상속에 관한 사건 말입니까? 네, 안타까운 일이죠. 게다가 메리언의 아버지는 장님이 될 지경이니까요."

"심각한가요? 눈에 문제가 생겼다고 어디서 듣긴 했지만, 그렇게 심각한지는—"

"머지않아 수술할 것 같고, 어쩌면 완쾌할 수도 있습니다. 하지만 그동안 메리언이 대신 일 해야 합니다."

"그래서 아마—지연이 되었나 보군요?"라는 말이 에이미의 입에서 미소와 함께 흘러나왔다.

재스퍼는 불편한 기색을 보였다. 의도적인 몸짓이었다.

"총체적인 상황이 그렇습니다." 재스퍼는 털어놓고자 하는 충동을 못 이긴 듯이 말했다. "아버님이 살아 계시는 동안에는 안타깝게도 메리언이 그분 곁을 떠날 수 없을 것 같습니다."

"그런가요? 하지만 어머니가 계시잖아요?"

"그분은 메리언 아버지를 상대하지 못합니다. 당신도 아시겠지만요. 율 씨가 시력을 회복한다고 해도 예전처럼 일할 가능성은 없습니다. 우리가 봉착한 난관이 너무 어려운 나머지—"

재스퍼는 말을 멈추고 손이 힘없이 떨어지도록 내버려 두었다.

"당신의 일과—성공에 영향을 주지 않았으면 해요."

"어쩔 수 없이 영향을 좀 받습니다. 당신도 기억하듯이 전 의지가 강하고, 결심한 일은 언젠가는 해낼 거라고 믿습니다. 그렇지만—사람은 실수하기 마련이죠."

침묵이 흘렀다.

"지난 3년 동안," 재스퍼가 말을 이었다. "제 위치는 많이 변했습니다. 처음 만났을 때 제가 어디 있었는지 생각해 봐요. 그때부터 저는 꾸준한 노력으로 여러 성취를 이뤘습니다."

"사실이에요."

"지금 전 격려가 조금 필요한 시기입니다. 최근 제 글의 품질이 떨어지진 않았죠?"

"전혀 아니에요."

“《커런트》와 다른 문예지에 실리는 제 글을 읽습니까?”

“당신 글은 거의 놓치지 않는 것 같아요. 익명으로 쓰인 것 중에서도 당신 글을 알아볼 때가 종종 있어요.”

“도라도 잘 하고 있어요. 여성 잡지에 실린 글이 주목을 받았어요. 동생들을 걱정하지 않아도 되어서 정말 다행입니다. 하지만 즐거운 척을 하긴 힘들군요.” 재스퍼가 일어났다. “그럼, 불쌍한 비펜 소식을 더 알아보도록 하겠습니다.”

“아, 벌써 가시려는 건 아니죠, 밀베인 씨?”

“원해서 가는 건 아닙니다. 하지만 할 일이 있어요.” 재스퍼는 옆으로 물러났지만, 충동에 떠밀린 척 다시 다가왔다. “대단히 민감한 문제에 대한 당신의 조언을 구해도 될까요?”

에이미는 조금 동요했지만, 마음을 가다듬었다. 그러고 나서 에이미가 지은 미소를 보자 재스퍼는 가워 스트리트에서 둘이 함께 걸었을 때가 떠올랐다.

“일단 들어 보죠.”

재스퍼는 다시 자리에 앉아 몸을 앞으로 기울였다.

“만일 메리언이 아버지 곁을 지키는 게 자기 의무라고 고집한다면, 제가 기꺼이 승낙하는 게 정당할까요?”

“이해가 잘 안 되는군요. 메리언이 그렇게 하겠다는 의지를 밝혔나요?”

“확실하게 표현은 안 했습니다. 하지만 메리언은 양심상 그러길 원할 거예요. 난 심한 갈등을 겪고 있습니다. 한편으로는—” 재스퍼는 솔직한 말투로 설명했다.

“이런 상황에서 우리가 약혼을 파하면 누구라도 절 욕하겠죠. 그러나 다른 한편으로는, 당신이 아는지 모르겠지만, 메리언의 아버님이 우리 결혼을 강력하게 반대합니다.”

"전 몰랐어요."

"그분은 저를 만나 주기는커녕 제 이야기도 들어 주지 않습니다. 제가 패지와 일하는 것 때문에요. 메리언이 얼마나 곤혹스러울지 생각해 보세요. 메리언의 마음을 편하게 해줄 수 있는 간단한 방법이 있어요. 제가 그녀를 놔주는 겁니다."

"그 결정이 당신 마음도 편하게 해줄 거라고 추측해도 되나요?"

"그렇게 반어적인 미소를 짓지 말아요." 재스퍼가 간청했다. "당신 말은 사실입니다. 그렇지만, 제가 왜 다행으로 여기면 안 되죠? 어쨌든 전 제가 상처받았다고 말하고 다니진 못하겠죠. 사람들 각자 판단에 맡겨야 할 테고, 아마도 절 나쁘게 보겠죠. 어쩌겠습니까? 어떤 선택을 해도 전 어느 정도 잘못을 저지르게 됩니다. 솔직히 말하면, 처음부터 잘못된 선택이었어요."

재스퍼가 이런 말을 하는 동안 에이미의 입술이 조금 옴짝거렸다. 에이미는 눈을 내리깐 채 침묵하다 대답했다.

"제가 조언을 하기에는 지나치게 민감한 문제군요."

"네, 저도 그렇다고 생각합니다. 어쩌면 말을 꺼내지 말 것을 그랬군요. 그럼 이만 저는 끄적거리는 작업으로 돌아가야겠습니다. 다시 봐서 정말 반가웠어요."

"이렇게 당신 마음이 심란할 때 여기까지 와줘서 고마워요."

또다시 재스퍼는 희고 부드러운 손을 필요 이상으로 오래 잡았다.

다음 날 아침 약속장소에서 기다리는 쪽은 재스퍼였다. 그는 약속 시각 10분 전부터 서성거렸다. 도착한 메리언은 서둘러 오느라 숨을 헐떡였고, 재스퍼는 그녀의 이런 모습이 영 마뜩잖았다. 그는 에이미 리어던의 침착한 자태를 떠올리면서, 에이미처럼 기품 있는 사람은 이처럼 몸가짐을 흐트러뜨리지 않을 거라고 생각했다.

그리고 재스퍼는 메리언의 옷차림에 드러나기 시작한 가난의 흔적을 평소보다 더 불쾌한 기분으로 관찰했다. 그녀의 장갑은 초라했고 망토는 유행에 뒤처졌다. 재스퍼는 이런 생각을 하는 자기 자신을 욕했고, 자책하다 보니 화가 났다.

그들은 전에 만났을 때와 같은 방향으로 걸었다. 메리언은 동행의 매끈한 얼굴에 서려 있는 초조한 불안감을 감지할 수밖에 없었다. 그녀는 재스퍼가 중대한 할 말이 있어서 호출했다고 예상했다. 메리언이 다가오며 헐떡거린 데는 불안하게 방망이질 치는 심장 탓도 반 정도 있었다. 재스퍼의 긴 침묵은 불길했다. 그가 불쑥 말했다.

"해럴드 비펜이 자살했다는 소식 들었어요?"

"아니요!" 메리언이 충격받은 표정으로 말했다.

"독극물로 자살했어요. 오늘 『텔레그래프』에 기사가 실렸어요."

재스퍼는 자신이 알게 된 세부사항을 말하고 덧붙였다.

"내 지인 중 두 명이 전투에서 쓰러졌어요. 메리언, 나는 운이 좋았다고 여겨야겠죠?"

"당신은 분투에 더 적합한 사람이에요, 재스퍼."

"더 무자비한 인간이란 뜻이군요."

"그런 뜻이 아니라는 걸 알잖아요. 당신은 기력과 지력 모두 더 뛰어나요."

"글쎄요, 내가 아직 못 겪어 본 고생을 한 다음에 어떻게 되는지는 두고 봐야 알겠죠."

메리언은 의아해하는 표정으로 그를 쳐다봤지만 아무 말도 하지 않았다.

"우리 상황을 어떻게 할지 결정했어요." 재스퍼가 이윽고 말했다. "우리가 결혼할 거면, 당장 합시다."

너무 뜻밖의 말이라 메리언의 뺨과 목이 붉어졌다.

"당장요?"

"네. 나와 결혼해서 한번 도전해 보겠어요?"

메리언의 심장이 미친 듯이 뛰었다.

"바로 당장을 말하는 건 아니죠, 재스퍼? 아버지 운명이 결정 날 때까지 기다릴 거죠?"

"지금 당장 합시다. 그게 요지예요. 지금은 아버님이 당신을 꼭 필요로 하시나요?"

"꼭 필요하기보다는—너무 매몰차지 않을까요. 아버지 건강에 악영향을 끼칠까 봐 걱정돼요. 아버지 심신의 건강이 눈 상태에 큰 영향을 끼친다고 들었어요. 만약 난 때문에 혹시나—"

메리언은 말을 멈추고 애처롭게 재스퍼를 보았다.

"이해합니다. 하지만 우리 처지를 생각해 봐요. 아버님 수술이 성공했다고 칩시다. 눈을 다시 쓰실 수 있다고 하더라도 오래가지는 않을 거예요. 그러면 아버님은 지금만큼이나 당신이 필요하시겠죠. 만약 시력을 회복하지 못하신다면, 당신은 아버님을 떠날 수 있어요?"

"아버지가 장님이 되었다고 내가 당신을 버려야 한다고 생각하지 않아요. 만약 시력이 어느 정도 회복되시면 제가 곁에 남을 필요가 없고요."

"이런 생각은 해봤어요? 당신 아버님이 밀베인 부인이라는 이름을 가진 사람에게서 용돈을 받으려고 할까요?"

"모르겠어요." 몹시 심란해진 메리언이 답했다.

"만약 아버님이 고집을 피우면서 거절하신다면, 그러면요? 그러면 아버님은 어떻게 되죠?"

메리언은 고개를 떨구고 걸음을 멈췄다.

“왜 생각을 바꿨어요, 재스퍼?” 메리언이 마침내 물었다.

“왜냐하면, 무기한 지연되는 약혼이 당신에게, 그리고 나에게 부당하니까요. 그런 약혼은 언제나 위험해요. 어떨 때는 남자나 여자의 인성을 망가뜨리죠.”

메리언은 그의 말을 들으면서 초조히 생각했다.

“당신 집안에 닥친 역경이 아니면 모든 게 단순했을 거예요. 내가 말했듯이, 당신이 내 아내가 됐을 때 아버님이 우리 돈을 받으실지는 확실치 않아요. 그것도 그렇지만 우리가 그런 용돈을 드릴 형편이 될까요?”

“당신이 확신하는 줄 알았는데요?”

“솔직히 말하면 아무 확신도 없어요. 마음이 너무 어지러워서 일을 못 하겠어요.”

“정말, 정말 미안해요.”

“메리언, 당신 잘못이 아니에요. 그렇다면 우리가 할 수 있는 일은 하나뿐이군요. 어쨌든 아버님이 수술을 받으실 때까지 기다리죠. 결과가 어떻든 당신 입장은 마찬가지라고 하니까요.”

“아버지 상태가 절망스러운 경우를 제외하고요, 재스퍼. 그렇게 되면 난 아버지를 돌볼 방법을 찾아야 해요.”

“그 말인즉, 당신은 내 아내가 될 수 없고 메리언 율로 남아야 한다는 거군요.”

잠시 침묵이 흘렀다. 메리언은 재스퍼를 뚫어지게 바라보았다.

“당신은 우리 앞날에 놓인 장애만 보는군요.” 메리언이 냉랭해진 목소리로 말했다. “어려움이 많다는 건 나도 알아요. 우리가 헤쳐나갈 수 없다고 생각하나요?”

“맹세컨대, 그렇게 보일 지경입니다.” 재스퍼가 흥분해서 외쳤다.

"몇 년 후에 결혼하자고 했을 때는 그렇게 보이지 않았는데요."

"몇 년 후에!" 재스퍼가 힘없이 되풀이했다. "그게 불가능하다고 판단한 거예요, 메리언. 솔직히 말할게요. 난 당신이 내게 충실할 거라고 믿어요. 하지만 나 자신을 못 믿겠어요. 지금이라면 당신과 결혼하겠지만, 앞으로 몇 년—무슨 일이 생길지 누가 압니까? 난 나를 못 믿겠어요."

"지금이라면 나와 결혼하겠다고요. 희생하기로 마음먹은 것처럼 들리네요."

"그런 뜻이 아니었어요. 역경을 마주하겠다는 말이에요."

그들이 이야기하는 동안 하늘에 먹구름이 깔리며 어두워졌고, 군데군데 빗방울이 떨어지기 시작했다. 빗방울을 느낀 재스퍼는 짜증을 내며 주위를 둘러봤지만 메리언은 느끼지도 못한 것 같았다.

"당신은 그런 역경을 기꺼이 마주할 건가요?"

"나는 후회하고 투덜거리는 남자가 아니에요. 우산을 펴요, 메리언."

"내 인생이 걸린 대화를 나누는데 비 몇 방울 맞는 게 무슨 상관이에요." 메리언이 격렬한 슬픔 속에서 외쳤다. "내가 당신을 어떻게 이해해야 하나요? 당신이 하는 말은 전부 의도적으로 날 낙담시키려는 거잖아요. 이제 날 사랑하지 않아요? 그게 사실이면 왜 숨기는 거예요? 당신 자신을 못 믿겠다는 게 그 뜻인가요? 만약 그 뜻이라면, 당신이 그렇게 느끼는 데는 이미 이유가 있겠군요. 내가 나를 못 믿을 수 있을까요? 내 사랑이 식을 거라고 나 자신을 억지로 설득할 수 있나요?"

재스퍼가 우산을 펼쳤다.

"다시 만나야겠어요, 메리언. 이렇게 빗속에서 이야기할 수 없어요. 빌어먹을 날씨! 날이 맑을 거라고 5분도 확신할 수가 없으니 원!"

"당신이 솔직히 말할 때까지 난 갈 수 없어요, 재스퍼! 어떻게 내가 이런 불확실한 상황에서 한 시간이라도 견딜 수 있겠어요? 나를 사랑하나요, 아닌가요? 내가 당신 아내가 되길 바라나요, 아니면 당신이 희생하는 건가요?"

"당신이 내 아내가 되었으면 해요!" 메리언의 감정이 전해지자 재스퍼의 목소리가 떨렸다. "하지만 1년 후에는 어떻게 될지 나도 모르겠어요. 그리고 지금 이런 상황에서 어떻게 결혼을—"

"내가 뭘 할 수 있어요? 대체 어떻게 해야 하죠?" 메리언이 흐느꼈다. "당신만 제외하고 모두에게 잔인해질 수 있다면! 당신에게 돈을 주고 아버지와 어머니를 운명에 맡길 수 있다면! 어쩌면 그럴 수 있는 사람도 있겠죠. 자식이 부모에게 모든 걸 바쳐야 한다는 법은 없으니까요. 당신은 나보다 세상을 훨씬 잘 알잖아요. 당신이 조언할 수 없나요? 아버지를 도울 방법이 없을까요?"

"맙소사, 너무 끔찍해요, 메리언. 못 견디겠어요. 당신은 지금처럼 살아가요. 기다려 봅시다."

"그리고 당신을 잃으라고요?"

"당신에게 충실할게요!"

"동정심 때문에 약속한다고 들리는군요."

재스퍼가 우산을 메리언의 머리 위에 받치는 시늉을 했지만, 메리언은 뒤돌아서 걸어가 커다란 나무 아래 몸을 피했다. 메리언은 재스퍼에게서 얼굴을 돌렸다. 그가 다가가니, 메리언의 몸이 소리 없는 흐느낌으로 떨리고 있었다. 재스퍼가 가까이 오자 메리언은 다시 그를 보았다.

"이제 알겠어요." 메리언이 말했다. "사랑이 이타적이라는 말이 얼마나 어리석은지. 사랑보다 이기적인 게 있을까요? 난 어떤 값을 치르더라도 당신의 언약을 붙들고 싶네요. 당신이 우리의 약혼을 엄청난 재앙으로 여긴다고 내게 암시하는데도요. 몇 주 동안, 아니 몇 달 동안 줄곧 느꼈어요! 하지만 이렇게 괴로운 일이 터질까 봐 아무 말도 할 수 없었어요. 재스퍼, 당신은 날 사랑하지 않아요. 결국, 그게 다예요. 당신과 결혼하면 난 나 자신이 부끄러울 거예요."

"내가 당신을 사랑하든 아니든, 당신이 누릴 자격이 있는 행복을 줄 수 있다면 난 어떤 희생도 치를 수 있을 것 같아요."

"내가 누릴 자격이라고요!" 메리언이 씁쓸하게 되풀이했다. "내게 왜 그런 자격이 있죠? 내 온 마음과 영혼을 다해서 원하니까요? 자격 같은 건 없어요. 행복이나 불행이나 전부 운명에 달렸어요."

"내가 당신을 행복하게 해줄 수 있지 않아요?"

"아니요. 당신은 이미 죽은 사랑을 되살릴 수 없어요. 어쩌면 한 번도 나를 사랑한 적 없을지도 몰라요, 재스퍼. 그 일이 있기 전에 당신이 날 사랑한다고 고백했다면—그러니까, 난 차마 입 밖에 낼 수도 없어요. 너무 비열하게 들릴 테고, 당신이 비열하게 행동했다고 암시하고 싶지 않아요. 하지만 그 일이 일어나기 전에 당신이 날 사랑한다고 말했다면 난 내 오른손이라도 내줬을 거예요. 그 말을 평생 간직했을 거예요."

"당신이 나더러 비열하다고 해도 할 말 없죠." 재스퍼가 침울하게 대답했다. "내가 믿는 게 하나라도 있다면, 난 내가 당신을 사랑했다고 믿어요. 그렇지만 난 애초에 내 본성을 잘 알았고, 그러니까 당신을 좋아하는 감정을 드러내선 안 됐어요. 그랬다면 인생에서 단 한 번이라도 명예롭게 행동했다고 자부했을 텐데요."

비가 나뭇잎과 잔디에 쏟아졌으며 하늘은 점점 더 어두워졌다.

"우리 모두에게 비참한 날이네요." 재스퍼가 덧붙였다. "오늘은 이만 헤어집시다. 메리언. 다시 만나요."

"다시 만날 수 없어요. 당신이 무슨 말을 더 하겠어요? 당신을 만나면 나 자신이 거지처럼 느껴질 거예요. 난 일말의 자존심이라도 지키려고 노력해야 해요. 내가 계속 살아가려면요."

"그렇다면 내게 무관심해질 수 있게 도와줄게요. 나를 이렇게 기억해요. 멍청이들과 악당들 사이에서 출세하고 싶어서 당신의 사랑처럼 고귀한 것을 버린 남자로요. 사실이니까요. 당신이 날 버리는 것이고, 그게 정당한 일이에요. 나같이 비천한 야심의 노예는 당신에게 어울리는 남편이 아니에요. 얼마 안 가 당신은 날 완전히 경멸할 거고, 나는 내가 경멸을 당할 만하다는 걸 알면서도 비뚤어진 자존심 때문에 상처를 받겠죠. 내 이론에 따라 삶을 현실적으로 바라보려고 수차례 노력했는데, 그때마다 위선으로 끝나더군요. 나 같은 인간은 결국 성공합니다. 양심적이고 고고한 이상을 품은 사람들은 파멸하거나 아무도 몰라주는 가운데 고생하죠."

그사이 메리언은 감정을 추슬렀다.

"자책할 필요 없어요." 메리언이 말했다. "진실보다 단순한 게 어디 있겠어요? 당신은 나를 사랑했거나, 혹은 사랑했다고 믿었지만, 이제 사랑하지 않아요. 남자든 여자든 누군가에게 늘 생기는 일이고, 명예롭게 행동하기 위해서는 진실을 고백할 용기만 내면 돼요. 내가 당신에게 짐이 된 순간 바로 말하지 그랬어요?"

"메리언, 이렇게 해주겠어요? 앞으로 6개월 동안 우리 약혼을 이어가는 대신 그동안 서로를 만나지 않는 거예요."

"대체 뭘 위해서요?"

"그러면 우리가 다시 만났을 때 더 차분하게 이야기할 수 있고, 우리가 어떤 길을 가야 할지 확실히 알 수 있을 거예요."

"유치한 행동 같아요. 몇 달 미루면서 생각하는 게 당신에겐 쉽겠죠. 지금 끝내야 해요. 난 더는 못 견디겠어요."

끝없이 쏟아지는 비가 가을 안개와 섞이기 시작했다. 재스퍼는 잠시 대답을 미루다 차분히 물었다.

"박물관으로 가요?"

"네."

"지금은 집에 가요, 메리언. 이런 상태에서는 일할 수—"

"난 일해야 하고, 낭비할 시간도 없어요. 그럼 안녕히."

메리언이 손을 내밀었다. 그들은 잠시 눈을 마주쳤고, 메리언은 나무 그늘을 벗어나 우산을 펼치고 재빨리 걸어갔다. 재스퍼는 메리언을 바라보지 않았다. 그의 얼굴에는 극심한 수치를 겪은 남자의 표정이 떠올라 있었다.

몇 시간 후 재스퍼는 자기가 한 짓을 경감하지 않고 도라에게 모조리 고백했다. 그의 말투와 표정에서 진실한 고통을 감지한 도라는 말을 아꼈다. 오빠와 대화가 끝나자 도라는 자리에 앉아 메리언에게 편지를 썼다.

"난 이 일이 안타깝기보다는 축하한다고 말하고 싶어. 이제 더는 입을 다물고 있지 않아도 되니까, 오빠의 진짜 인간성을 드러내는 이야기를 해줄게. 몇 주 전에 오빠는 눈곱만큼도 좋아하지 않지만 대단한 부자이고 오빠랑 결혼할 정도로 어리석어 보이는 여자에게 청혼했어. 어제 아침 그 사람한테 답을 받았는데 거절당했어. 내가 이 사건을 비밀로 한 게 잘한 짓인지는 모르겠지만, 괜히 끼어들었으면 상황을 악화시켰을지도 몰라. 이제 오빠가 너한테 얼마나 어울리지 않는 사람인지 알겠지. (물론 새로운 증거는 필요 없겠지만) 오빠와 끝난 게 네게 완전히 불행이라고 생각할 수는 없어. 난 확신해. 소중한 메리언, 오빠가 수치스럽게 행동했다고 나까지 버리지는 말아 줘. 나를 직접 만나는 게 힘들다면 서신으로라도 계속 연락하자. 넌 내 유일한 여자 친구고, 너를 잃고 싶지 않아."

편지는 비슷한 내용으로 훨씬 길게 이어졌다.

메리언에게서 회신이 오기까지 며칠 걸렸다. 편지는 언제나처럼 상냥했지만 짧았다.

"지금 당장은 너를 만날 수 없어. 하지만 나도 우리 우정이 끝나지 않길 바라. 앞으로 서신을 교환할 때 네가 이 문제를 언급하지 않았으면 해. 항상 네 소식을 전해 줘. 네 소식은 아무리 들어도 지나치지 않아. 지난번 우리가 만났을 때 전조가 보였던 일에 관한 소식을 곧 들었으면 좋겠다. 물론 경사에 '전조'라는 단어는 어울리지 않지만. 그렇지? 트렌차드 씨가 내 논설을 받아 줬어. 발표되면 네 비평을 듣고 싶어. 내 글의 스타일을 봐주지 마. 쓴소리를 잔뜩 들어야 해. 생각해 봤는데, 네가 사크섬에서 보낸 휴가를 이야기로 쓰면 어떨까? 네 편지를 읽으면서 느꼈는데 넌 배경을 묘사하는 재주가 뛰어나."

도라는 작은 머리를 흔들며 한숨을 쉬고, 이루 말할 수 없는 경멸감을 품고 오빠를 생각했다.

37장. 포상

적당한 시기가 오자 앨프리드 율은 백내장 수술을 받았고, 처음에는 결과가 좋다고 믿었다. 하지만 희망은 오래가지 않았다. 그가 대단히 조심했는데도 불길한 증상이 나타나기 시작했고, 앨프리드가 시력을 회복할 가능성은 사라졌다고 몇 달 안에 밝혀졌다. 마음을 졸이며 기다리다가 치명적인 확답을 들은 충격에 건강이 망가진 앨프리드는 눈까지 멀면서 때 이른 노화로 쇠약해졌다.

가족의 처지는 절박했다. 메리언은 겨우내 신경질환을 앓았다. 아무리 강한 의지로 노력해도 메리언은 1천 5백 파운드에서 나오는 이자 수입에 충분히 보탤 만큼 문필 활동을 할 수 없었다. 1885년 여름, 가족의 상황은 최악에 이르렀다. 메리언은 원금에 손을 댈 수밖에 없었고, 미래를 대가로 현재 필요한 지출을 감당했다. 메리언은 서글픈 경고를 두 눈으로 직접 목격했다. 불쌍한 힝크스 씨와 그의 아내는 이제 오로지 남들의 자선 덕에 구빈원 신세를 면하고 있었다. 그런데 바로 이 시기에 구원의 손길이 왔다. 퀌비 씨와 몇몇 친구들이 율의 가족을 위해 모금 활동을 하고 있었는데, 그중 한 명인 출판업자 제드우드 씨가 관계자 모두의 마음을 놓게 할 제안을 들고 왔다. 제드우드 씨의 남동생이 어느 시골 마을의 공공도서관에서 원장으로 있었고, 그 인맥을 통해 메리언에게 도서관 보조 직책을 줄 수 있었다. 임금은 1년에 75파운드였기 때문에, 메리언의 이자 수입과 합치면 충분히 부모를 부양할 수 있었다. 가족은 곧바로 런던을 떠났고, 율이라는 이름은 문예지에서 자취를 감추었다.

흥미로운 우연으로, 그들이 런던을 떠나던 날《웨스트엔드》의 명예로운 자리, 즉 이 주의 명사 칼럼에 클레멘트 패지가 등장했다. 이 저명한 남자의 컬러 사진이 문학에 견해 좀 있다는 사람들 모두의 존경심을 시험했고, 패지의 경력이 기록된 칼럼 두 줄은 꿈꾸는 젊은이들을 독려했다. 익명으로 쓰인 이 글의 필자는 물론 재스퍼 밀베인이었다.

재스퍼는 메리언과 그녀 부모의 생계가 보장됐다는 소식을 간접적으로 들었다. 메리언과 도라 사이 서신은 점차 시들해졌다. 이런 상황에서는 필연적인 일이었다. 앨프리드가 장님이 되었을 즈음에는 두 친구 사이에 연락이 완전히 끊겼다. 봄날 일어난 어떤 사건 때문에 도라는 친구에게 다시 편지를 쓰고 싶은 충동을 느꼈지만 배려심으로 자제했다.

마침내 도라가 자신의 성을 웰프데일로 바꾸기로 한 날이었다. 재스퍼는 동생이 아깝다는 생각을 떨칠 수 없었다. 수차례의 대화에서 그는 도라에게 조금만 인내하면 얼마나 더 높이 지향할 수 있는지 일렀다.

“웰프데일은 절대 특출난 남자가 되지 못할 거야. 사람이 좋은 건 나도 알지만, 어디를 봐도 그럴 재목이 아니야. 동생아, 맹세컨대, 나는 앞날이 창창하고, 너처럼 성격과 인물이 매력적인 사람이 훌륭한 결혼을 못 할 이유가 없어. 웰프데일은 네게 괜찮은 집 정도는 제공할 수 있겠지. 하지만 사회적 지위를 생각하면 그는 네게 짐만 될 거야.”

“결혼하겠다고 약속을 해버렸거든, 오빠.” 도라가 의미심장하게 말했다.

“그래, 안타깝군. 네 일은 물론 네가 알아서 해야겠지. 내가 불쾌하게 굴지는 않을 거야. 난 웰프데일을 싫어하지 않고, 계속 그와 친하게 지낼 생각이 있어."

"정말 친절하네." 그의 동생이 사근사근하게 말했다.

웰프데일은 기뻐서 제정신이 아니었다. 결혼 날짜가 잡히자 웰프데일은 재스퍼의 서재로 뛰쳐 들어왔고, 말하기 전에 거의 눈물을 보였다.

"전 세계를 통틀어도 나의 십 분의 일만큼 행복한 사람도 없을 거네!" 그가 헐떡였다. "믿을 수 없어! 내가 대체 무슨 자격으로 이런 행복을 얻었나? 내가 알바니 스트리트의 다락방에서 굶어 죽을 뻔하던 시절을 생각해 보게. 불쌍한 비펜보다 조금 나은 수준이었지. 왜 나는 이렇게 되었고, 비펜은 절망 속에서 자살해야 했나? 비펜은 나보다 천 배는 훌륭하고 똑똑한 사람이었어. 불쌍한 리어던은 비참하게 죽었지! 내가 잠시라도 감히 나를 리어던과 비교하겠나?"

"이보게 친구," 재스퍼가 차분히 말했다. "진정하고, 합리적으로 생각하게. 일단 한 사람의 성공은 그의 도덕적 가치와 무관하네. 게다가 리어던과 비펜은 절망적으로 실리를 못 따졌지. 우리 사회의 훌륭한 체제에서 그들은 망할 운명이었어. 그들을 연민하되 causas rerum[63]—비펜이라면 이렇게 말했겠지—인정하자고. 자네는 재간과 끈기를 발휘한 덕분에 이제 포상을 받는 거야."

"치명적으로 결혼했을지도 모르는 열세 번 혹은 열네 번의 순간들을 생각하면 아찔하군. 그건 그렇고 도라에게 이런 이야기를 부디 하지 말게. 더는 나를 존중하지 않을 거야. 버밍엄 출신 여자 기억나나?" 웰프데일이 폭소를 터뜨렸다. "그녀가 나를 버려 줘서 얼마나 다행인지! 나를 비참한 슬픔에 빠트렸던 수많은 여자에게 영원히 감사하네!"

---

63. 베르길리우스의 교훈시 게오르기카(농사시)의 절. "Felix, qui potuit rerum cognoscere causas" 직역하면 "일의 원인을 알 수 있던 자들은 행운이니."

"자네가 호되게 당했고 용케 빠져나온 건 인정하네. 어쨌든 지금은 나를 좀 혼자 내버려 둬. 정오까지 이걸 끝내야 해."

"한마디만. 난 도라에게 얼마나 고마운지, 그녀의 선한 심성을 무한으로 느끼는 내 마음을 어떻게 표현할지 모르겠네. 자네가 나 대신 말해 주겠나? 자네라면 차분하게 말할 수 있겠지. 내가 한 말을 전해 주겠나?"

"물론이네. 속을 식힐 물약이라도 좀 마시지 그래. 집에 가는 길에 약국에 들르게."

결혼식 날이 오기 전에 세상은 끝나지 않았고, 신혼부부는 유럽으로 몇 주 동안 여행을 갔다. 그들이 돌아와서 얼스 코트에 있는 집에 살림을 차리고 한 달 정도 지난 어느 날 정오쯤에 재스퍼가 그냥 동생을 들여다보러 온 것처럼 방문했다. 도라는 글을 쓰고 있었다. 도라는 문필업에서 손을 뗄 생각이 추호도 없었고, 《잉글리시 걸》에 실릴 아주 예쁜 이야기를 쓰던 중이었다. 도라의 내실은 매력적인 안주인에게 이보다 더 잘 어울리고 앙증맞을 수 없었다.

웰프데일 부인은 후줄근한 작가 행세를 하지 않았다. 화사한 빛깔의 옷을 입은 동생의 모습이 너무 사랑스러웠기 때문에 재스퍼조차 문가에 멈춰서 감탄하는 미소를 지었다.

"맹세컨대," 재스퍼가 말했다. "내 동생들이 자랑스럽군. 어젯밤 모드가 어땠니? 엄청나지 않았어?"

"정말 아름다웠어. 하지만 아주 행복한지는 모르겠어."

"그건 모드가 알아서 할 일이야. 내가 돌로모어를 어떻게 생각하는지 충분히 솔직하게 말했어. 하지만 모드는 너무 급했지."

"오빠는 정말 진저리가 나! 사람이 사심 없이 결혼할 수도 있다는 걸 오빠는 못 믿겠지?"

"그렇지도 않아."

"언니는 나만큼이나 돈 때문에 결혼한 게 아니야."

"북부 농부[64] 이야기 기억나니? '돈 때문에 결혼하지는 말되 돈이 있는 곳으로 가라.' 아주 훌륭한 조언이야. 모드는 실수한 거로 하자. 돌로모어는 광대이고, 이제 모드도 그걸 알아. 좀 더 기다렸으면 모드는 우리 시대를 이끄는 남자 중 한 명과 결혼할 수도 있었어. 외모만 따지면 그 애는 공작 부인감이야. 하지만 난 속물이 아니야. 직함 따위에는 별로 관심 없어. 난 지성의 세계에서 명예를 지향해."

"물질적인 성공과 합쳐서."

"그게 명예의 뜻이야." 재스퍼는 미소를 띠고 방을 둘러보았다. "여기서 불편하지는 않겠구나. 어머니가 아직 살아계셨으면 좋았을 텐데."

"나도 아주 자주, 자주 생각해." 도라가 감동한 목소리로 말했다.

"불리했던 상황을 생각하면 우린 꽤 잘된 편이야. 돈을 경멸하고 싶으면 맘껏 하렴. 하지만 네게 셋방밖에 제공할 수 없는 남자와 결혼했다고 상상해 봐. 삶이 어떻게 보이겠니?"

"누가 돈의 가치를 몰라? 하지만 그걸 위해서라도 희생하면 안 될 것들이 있어."

"그렇겠지. 아무튼, 네게 말할 소식이 있어, 도라. 난 네 모범을 따를 생각이야."

도라의 얼굴에 심각하게 예견하는 표정이 떠올랐다.

"누구야?"

"에이미 리어던."

동생은 몹시 화난 표정으로 고개를 돌렸다.

"사실 나도 사심이 없어." 재스퍼가 말했다. "재산과 사회적 지위

---

64. 「북부 농부」: 앨프리드 테니슨이 고향인 링컨셔의 사투리로 쓴 시.

모두 있는 아내를 찾을 수도 있지만 난 일부러 에이미를 선택했어."
"가증스러운 선택이야!"
"아니, 아주 훌륭한 선택이야. 내 커리어를 돕는 데 에이미만큼 적합한 여자는 못 봤어. 앞으로 1~2년 동안 유용할 재산도 조금 있고."
"나머지 돈은 어디 갔는데?"
"아, 1만 파운드는 그대로 있어. 물론 대단한 액수는 아니지. 내가 편집장 자리를 얻을 때까지 체면을 세우는 데 쓸 거야. 8월 초에 결혼할 거 같아. 네가 에이미를 찾아가 보라고 부탁하러 왔어."
"절대 못 해! 난 그 여자한테 예의를 갖출 수 없어."
재스퍼가 미간을 찌푸렸다.
"어리석은 편견이야, 도라. 그리고 너는 내게 빚진 게 있어. 내가 얼마나 너를 위해—"
"알아. 그리고 고마워하고 있어. 하지만 난 리어던 부인이 싫고, 그 여자와 친해질 수 없어."
"넌 에이미를 잘 알지도 못하잖아."
"너무 잘 알지. 오빠가 그 여자에 대해 말해 줬잖아. 내가 그 여자를 어떻게 생각하는지 말하게 하지 마."
"에이미는 아름답고 똑똑하고 마음씨가 따뜻해. 에이미에게 부족한 여성의 미덕은 하나도 생각할 수 없어. 그 사람을 모욕하는 말을 하면 내 기분을 정말 상하게 할 거야."
"그럼 입 다물고 있을게. 다만 나한테 그 여자를 만나라고는 하지 마."
"평생?"
"평생!"
"그럼 우리는 다투겠구나. 나는 이런 대우를 참을 수 없어, 도라.

네가 내 아내와 그럭저럭 친하게 지내길 거부하면, 너희 집과 우리 집 사이에 교류는 이제 없을 거야. 네가 선택해. 바보같이 계속 고집을 부려 봐. 그럼 나는 너랑 끝이야!"

"좋을 대로."

"그게 네 최종 결정이니?"

이제 재스퍼만큼 화가 난 도라는 그렇다고 단답형으로 말했고, 재스퍼는 단번에 떠났다.

하지만 이런 상태가 계속 이어질 가능성은 적었다. 남매간의 정이 끈끈했고, 웰프데일은 곧 타협점을 찾았다.

"사랑하는 여보." 닥칠지 모르는 재난에 절망한 웰프데일이 외쳤다. "당신이 천 번 만 번 옳지만, 당신은 재스퍼와 절교할 수 없어요. 당신이 리어던 부인을 자주 볼 필요는—"

"그 여자가 너무 싫어요! 그 여자가 남편을 죽인 거예요. 난 확신해요."

"내 사랑!"

"천한 행동으로 죽인 거라고요. 차갑고 잔인하고 지조 없는 여자야! 오빠는 그런 여자랑 결혼함으로써 자기를 심지어 더 경멸스럽게 만들었어요!"

그러나 3주가 지나기도 전에 웰프데일 부인은 에이미를 찾아갔고, 다음번엔 에이미가 찾아왔다. 두 여자는 서로 싫어하는 감정을 완벽하게 인지했지만, 인습적인 예의로 감정을 은폐했다. 재스퍼는 도라에게 양보해 줘서 고맙다는 표현을 아끼지 않았고, 그와 친한 사람들은 재스퍼가 단지 이익을 따져서 결혼하는 게 아니란 사실을 곧 알게 됐다. 마침내 이 남자는 전에 없이 사랑에 빠졌다.

열두 달을 건너뛰고 1886년 7월 말 저녁으로 가보자. 밀베인 부부는 소수의 선택된 친구들에게 만찬을 대접하고 있었다. 베이스워터에 있는 그들의 집은 웅장하거나 화려하지 않았지만, 훨씬 위대한 미래를 당당하게 내다보고, 사람들 입에 자주 오르며, 영특하고 유능한 사람들을 자기 식탁으로 모을 수 있고, 설령 집이 초라했더라도 고상한 사람들을 매료했을 만한 뛰어난 아내가 있는 젊은 문필업자가 일시적으로 체류할 만한 곳이었다.

핀든에 있는 어머니 집에서 마지막으로 휴가를 보낸 이래 재스퍼의 외모는 많이 바뀌었다. 지금 그는 고작 스물아홉 살이었지만 서른다섯으로 보일 정도였고, 머리카락은 눈에 띄게 가늘어졌다. 콧수염은 두터워졌으며 눈 아래 주름이 한두 개 잡히기 시작했다. 목소리는 부드러우면서도 단호해졌다. 그의 야회복이 면면으로 완벽하다는 건 말할 필요도 없고, 같은 방에 있는 다른 남자들의 옷차림보다 어쩐지 더 정성이 들어가 보였다. 재스퍼는 승리감을 표현하듯 머리를 젖히고 자주 웃었다.

에이미는 자기 나이로 보였지만 그녀의 미모는 앳돼 보이는 것과 무관했다. 에이미가 리어던의 아내가 되었을 때 의심스러운 조짐이 보였던 남성적인 모습은 이제 완벽한 체형을 완성하는 우아함으로밖에 보이지 않았다. 마흔 살, 쉰 살에 에이미는 가장 위풍당당한 여성일 것이다. 에이미가 대화 상대를 향해 고개를 기울이면 그것은 여왕의 호의를 뜻했다. 그녀는 의견을 표시할 정도로만 말에 강세를 주었고, 미소는 달콤하게 반어적이었다. 에이미의 눈빛은 세상에 자신이 이해하지 못할 미묘한 문제는 없다고 암시했다.

손님 여섯 명은 모두 중요한 사람이었다. 남자 두 명은 재스퍼의 또래였지만 벌써 문학계에서 명성을 떨쳤다. 세 번째 남자는 유명세를 쌓고 있는 인기 소설가였다. 힘센 성에 속하는 세 명은 훌륭하게 현대적인 부류로, 재치 넘치는 경구적인 표현을 입에 달고 살았고 눈썹은 두툼했다.

소설가가 에이미에게 흥미로운 질문을 던졌다.

“패지가 《커런트》를 떠난다는 게 사실입니까?”

“그런 소문이 돌더군요.”

“계간지 중 하나로 간다고 하더군요.” 숙녀 한 명이 말했다. “완전히 독재자가 되어가고 있대요. 그 사람이 로울랜드 씨에게 뭐라고 했는지 들었어요? 최근작에서 가능성이 엿보였으니 계속 열심히 매진하라고 격려했대요.”

로울랜드 씨는 패지가 저널리즘의 사다리 아랫단에서 버둥거리던 시절에 지당한 명성을 쌓은 작가였다. 에이미는 미소를 짓고 이 위대한 편집장과 관련된 다른 일화를 말했다. 말하던 도중에 에이미의 눈이 남편의 눈과 마주쳤는데, 어쩌면 이 때문에 그녀의 이야기가 다소 싱겁고 온화하게 끝났는지도 모른다. 대체로 에이미의 이야기에는 이런 결점이 없었다.

여자들이 내실로 자리를 옮기자 젊은 남자 중 한 명이 어떤 잡지를 논하다가 말했다.

“토머스는 항상 그것이 그 침울한 노장, 앨프리드 율 때문에 죽었다고 한다네. 그건 그렇고, 그자 본인도 죽었다고 하더군.”

재스퍼가 몸을 앞으로 기울였다.

“앨프리드 율이 죽었다고?”

“제드우드가 오늘 아침에 그렇게 말했어. 어디 시골에서 죽었나 봐. 눈은 멀고 사악한 시대를 만나서[65]. 불쌍한 노인네지.”

손님들은 집주인과 화제 속 남자 사이의 친척 관계를 몰랐다.

“내가 알기론 그 사람한테 똑똑한 딸이 있어서, 그자 이름으로 발표한 글은 죄다 딸이 썼다고 하던데. 패지 무리에서 떠돌던 추문 중 하나였지.”

---

65. 존 밀턴의 『실낙원』 7권에서 인용.

"그건 과장이야." 재스퍼가 덤덤하게 말했다. "딸이 도운 건 확실하지만 적절한 선 안에서 보조한 거야. 박물관에서 그녀를 종종 보곤 했지."

화제는 다른 것으로 넘어갔다.

한 시간 반 후, 마지막 손님이 떠나자 재스퍼는 저녁 식사 이후에 도착해서 복도 테이블에 올려져 있던 편지 두세 통을 훑어보았다. 그중 하나를 개봉한 그는 계단을 뛰어 올라가 응접실로 들어갔다. 아니, 펄쩍 뛰어들어갔다. 에이미는 석간신문을 읽고 있었다.

"이걸 봐요!" 재스퍼가 편지를 내밀며 외쳤다.

《커런트》를 소유한 출판업자들에게서 온 편지였다. 패지 씨가 곧 편집장 자리에서 물러날 터인데, 밀베인이 공석을 맡을 의향이 있는지 물어보는 내용이었다.

에이미는 벌떡 일어나 기쁨의 외마디와 함께 남편의 목을 끌어안았다.

"벌써요! 아, 대단해요! 영광이에요!"

"우리가 최근 해온 것처럼 풍요롭게 살지 않았으면 나한테 제안이 왔을 것 같아요? 절대 아니지! 내가 제대로 계산한 거 같아요, 에이미?"

"내가 의심한 적 있나요?"

재스퍼는 에이미를 열정적으로 껴안고, 깊은 애정을 담아 그녀의 눈을 들여다보았다.

"앞날이 밝아진 것 같지 않아요?"

"내겐 항상 밝아 보였어요, 재스퍼. 당신과 결혼한 후부터는요."

"나는 내 행운을 당신에게 빚졌어요. 이제부터는 탄탄대로야!"

지금 막 약혼한 연인 같은 모습으로 재스퍼는 아내 허리에 팔을 두르고 세티에 앉았다. 한동안 대화를 나누다가 재스퍼가 달라진 말투로 말했다.

"당신 둘째 큰아버지가 죽었대요."

그가 들은 소식을 전했다.

"내일 당장 알아봐야겠어요. 《스터디》나 다른 잡지에 기사가 실리겠죠. 누군가 악당 패지에게 한 방 날릴 기회를 만들었으면 좋겠군요. 그건 그렇고, 당신은 이제 패지에 대해서 어떻게 말하나 신경 쓸 필요 없어요. 아까 저녁 식사 자리에서는 당신 이야기를 듣고 조금 불안했어요."

"아, 당신은 이제 더 독립적일 수 있잖아요. 무슨 생각을 해요?"

"아무것도 아니에요."

"왜 슬퍼 보여요? 알아요. 알아요. 용서하려고 노력할게요."

"이따금 불쌍한 메리언을 생각하지 않을 수 없어요, 에이미. 메리언도 이제 어머니만 부양하면 되니까 삶이 조금 편해지겠죠. 아까 누가 메리언을 언급하면서, 그녀가 아버지 글을 다 썼다는 패지의 거짓말을 되풀이하더군요."

"그럴 능력이 있었으니까요. 메리언과 비교하면 나는 무지해 보이겠군요. 그렇지 않아요?"

"내 사랑, 당신은 완벽한 여자고, 불쌍한 메리언은 그저 영리한 여학생이었어요. 그녀 손가락에 잉크 자국이 있을 거라고 상상하는 걸 멈출 수 없었어요. 심술궂은 뜻으로 하는 말이 아니에요. 메리언이 얼마나 힘들게 일하는지 알았기 때문에 당시 난 감동했어요."

"그 애가 당신 인생을 망칠 뻔했다는 걸 기억해요."

재스퍼는 잠자코 있었다.

"당신은 절대 그걸 인정하지 않는군요. 당신의 단점이에요."

"메리언은 날 사랑했어요, 에이미."

"어쩌면요! 여학생이 연모하듯이. 하지만 당신은 그 애를 사랑한 적 없어요."

"맞아요."

에이미는 재스퍼의 얼굴을 주시했다.

"메리언의 모습이 이제 기억에서 흐릿해요." 재스퍼가 말을 이었다. "얼마 후면 기억도 잘 안 나겠죠. 당신 말이 맞아요. 메리언은 나를 망칠 뻔했죠. 여러 면에서요. 가난과 역경 속에서 나는 끔찍한 사람이 되었을 거예요. 지금 나는 썩 나쁜 사람이 아니죠, 에이미."

에이미는 웃음을 터뜨리며 그의 뺨을 어루만졌다.

"그래요, 난 나쁜 사람이 아니에요. 난 친절한 대접을 받을 자격이 있는 사람 모두에게 친절하고 싶어요. 말도 행동도 관대하게 하고 싶어요. 관대하게 살고 싶지만, 가난 때문에 추악해진 사람이 많아요. 랜더[66]의 이 말은 정말 진실이에요. '도덕적 결함이 불행을 초래한다는 말은 자주 반복됐다. 불행이 도덕적 결함을 초래한다고 말할 자는 없는가?' 나는 악랄하게 타락할 수 있는 결점이 많은 사람이에요. 하지만 이제 내가 악랄해질 가능성은 적어요. 패지처럼 부유해질수록 더 못되지는 사람도 있죠. 하지만 그런 사람들은 예외야. 행복이 미덕을 키우죠."

"독립적인 재산은 행복의 뿌리고요."

"사실이에요. '독립적으로 살 수 있는 이의 영광스러운 특권.[67]' 맞아, 번스는 이 사실을 이해했어요. 피아노로 가서 연주를 좀 해줘요, 여보. 나도 웰프데일 흉내를 내서 내가 받은 '축복'에 대해 이야기하죠. 하! 세상은 참 멋진 곳 아닌가요?"

"부자들에게는요."

---

66. 영국 작가 월터 새비지 랜더의 대표작인 『상상 속 대화』에서 인용.

67. 스코틀랜드 시인 로버트 번스의 「젊은 친구에게 보내는 편지」에서 나오는 구절을 인용.

“그래요. 부자들에게는. 가난한 사람들이 얼마나 불쌍한지. 아무거나 연주해 줘요. 당신이 노래해 주면 더 좋겠군요, 나의 나이팅게일!”

그래서 에이미는 피아노를 먼저 치고 노래했다. 재스퍼는 꿈 같은 환희에 젖어 기대 누웠다.

부록 I

『뉴 그럽 스트리트』에 담긴 19세기 후반의 모습

『뉴 그럽 스트리트』에서 빈번히 언급되는 장소인 대영박물관의 도서실은 1857년 5월 2일 개관했다. 도서실에 있는 책장을 다 합치면 길이가 4.8km에 다다랐고, 책장 선반을 합치면 무려 40km였다고 한다. 기싱은 물론 오스카 와일드, 조지 오웰, 버지니아 울프 등 유명 작가들과 지성인들이 즐겨 찾았다.

"다락방에는 찬바람이 새어 들어왔고, 난로의 불씨는 불을 흉내밖에 못 냈다. 이곳에서 도서실의 거대한 돔 아래로 피신할 수 있다는 게 얼마나 다행이었는지. 도서실은 리어던에게 진정한 집이었다. 실내의 따뜻한 온기가 그를 친절하게 감쌌고, 처음에는 두통을 유발했던 도서실 특유의 냄새도 점차 정답고 유쾌해졌다."(p88)

(The Illustrated London News). Wellcome Library, London)
런던의 안개를 묘사한 일러스트레이션. 19세기에 런던에서 흔히 볼 수 있던 노르스름하거나 거무스름한 안개는 숯가루와 아황산가스가 섞인 심각한 매연 때문이었다고 한다.

"안개가 눈에 차오르고 목 뒤로 넘어가고 있었다. 토트넘 코트 로드에 도착할 때쯤엔 둘 다 몹시 불편한 상태였다. 버스를 기다리는 동안 그들은 콜록거리며 틈틈이 말했다."(p152)

모드가 레인 부인의 초대를 받아 가는 게이어티 극장은 런던 웨스트 엔드에 1868년에 개관했다. 희가극을 주로 공연했으며 사보이 극장과 더불어 큰 인기를 끌었다.

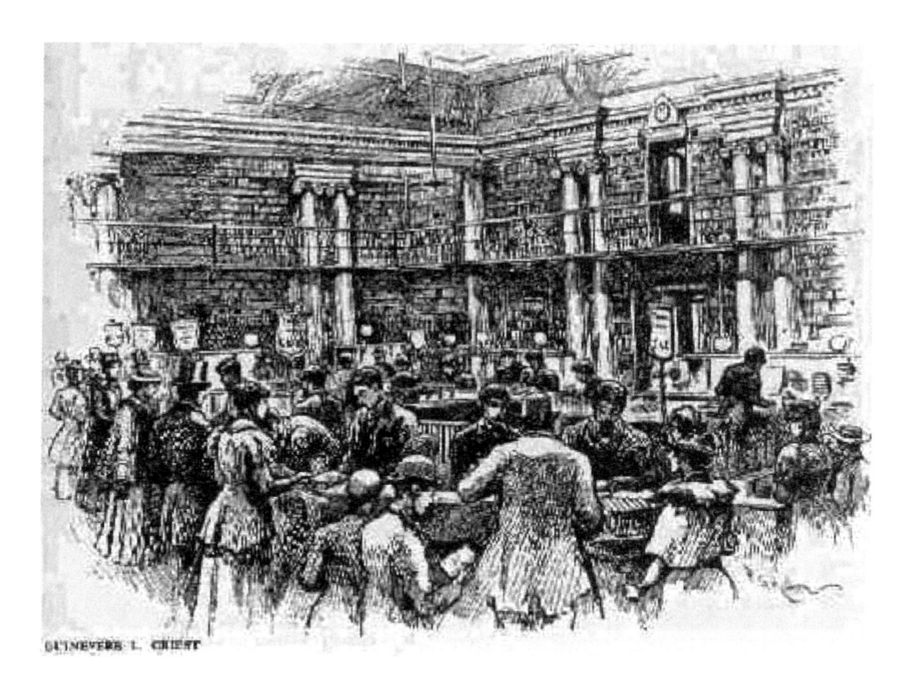

19세기 출판업자 찰스 에드워드 머디가 설립한 머디 도서관은 체계적인 유통 시스템과 다량의 서적으로 인기를 끌며 당시 출판업계에 막강한 영향력을 행사했다.

“상업적 관점에서 도서관은 필수적인 존재야. 만약 독자들이 자기가 읽는 책을 다 사야 했다면 지금처럼 많은 작가가 활동할 수 있겠나? 이 체제에 갑자기 변화가 생기면 소설가 중 사 분의 삼은 생계를 위협당할 거네.” (p272)

HANSOM CAB.

19세기에 런던뿐 아니라 베를린, 파리, 상트페테르부르크 등 대도시에서 흔히 볼 수 있는 교통수단이었던 2륜 승합마차는 복잡한 도시에서 빠르고 효율적으로 이동이 가능하고 4륜마차보다 저렴했다.

THE

CORNHILL MAGAZINE.

JANUARY, 1862.

Philip.

CHAPTER XXVII.

I CHARGE YOU, DROP YOUR DAGGERS!

GENERAL BAYNES began the story which you and I have heard at length. He told it in his own way. He grew very angry with himself whilst defending himself. He had to abuse Philip very fiercely, in order to excuse his own act of treason. He had to show that his act was not his act; that, after all, he never had promised; and that, if he had promised, Philip's atrocious conduct ought to absolve him from any previous promise. I do not wonder that the general was abusive, and out of temper. Such a crime as he was committing can't be performed cheerfully by a man who is habitually gentle, generous, and honest. I do not say that men cannot cheat, cannot lie, cannot inflict torture, cannot commit rascally actions, without in the least losing their equanimity; but these are men habitually false, knavish, and cruel. They are accustomed to break their promises, to cheat their neighbours in bargains, and what not. A roguish word or action more or less is of little matter to them: their remorse only awakens after detection, and they don't begin to repent till they come sentenced out of the dock. But here was an ordinarily just man withdrawing from his promise, turning his back on his benefactor, and justifying himself to himself by maligning the man whom he injured. It is not an uncommon

VOL. V.—NO. 25. 1

문예지를 포함한 각종 간행물은 인쇄술의 발달과 새로운 독자층의 등장에 힘입어 19세기에 비약적으로 증가했다. 기싱 역시 돈을 벌기 위해 간행물에 사설 등을 기고했으나 후에 소설 창작에 쏟을 시간을 뺏긴다는 이유로 그만두었다. 기싱의 소설 『인생의 아침 A Life's Morning』은 책으로 출간되기 전에 위 사진 속 《콘힐 매거진》에 연재되었다.

빅토리아 사회에서 가난한 중산층 여성은 가정교사, 말동무 등 그들의 신분에 적합하다고 여겨지는 소수의 직업에서 먹고살 길을 찾아야 하는 어려움을 겪었다. 가정교사는 고용인의 가족도 하인도 아닌 애매한 위치에서 외로운 생활을 하며, 언제라도 일자리를 잃을지 모른다는 불안과 노후에 대한 걱정에 시달려야 했다. 기싱은 소설『짝 없는 여자들』에서 독신 여성들의 고초와 그들에게 직업 훈련을 통해 경제력과 독립성을 길러주려고 노력한 페미니스트들의 운동을 그렸다.

"동생들에게 주어진 점잖고 상식에 맞는 길이라곤 평생 가정교사로 사는 건데 애들이 넌더리를 치죠. 뭐든 좋으니 딴 걸 하고 싶어 합니다."(p158)

부록 II

〈충분치 않은 돈〉

충분치 않은 돈

- 조지 기싱에 대한 스케치-

조지 오웰

〈트리뷴 Tribune〉

1943년 4월2일

가치 있는 책들은 모두 한 시대를 '기념'하기 마련인데, 어쩌면 영국이 배출한 최고의 소설가인 조지 기싱은 다른 작가들보다 더 특정한 시대와 장소에 결부되어 있다. 기싱의 세계는 1880년대의 잿빛 런던이다. 늘 자욱하게 깔린 안개 속에서 가물거리는 가스등, 우중충한 오버코트와 높은 원통형 모자. 술로 견디는 우울한 일요일. 넌더리가 나는 '가구 달린 아파트'. 그리고 무엇보다, '체면'을 유지하느라 가난에 시달렸던 중산층의 처절한 몸부림. 기싱을 생각하면서 2륜 승합마차를 떠올리지 않기란 쉽지 않다. 그러나 기싱의 소설은 초기 『셜록 홈스』 이야기에도 배어 있는 당대 런던의 분위기보다 훨씬 많은 것을 담고 있다. 또한 기싱은 단순히 중산층의 인생관을 전달한 해설가가 아닌, 소설가로서 기억될 것이다.

기싱이 우리 나라가 배출한 최고의 소설가라는 말은 나는 결코 가볍게 하지 않았다. 디킨스와 필딩 등 여러 작가들이 기싱보다 천부적 재능이 뛰어났다는 것은 명백한 사실이다. 그러나 기싱은 '순수한' 소설가였는데, 이러한 순수성은 특출난 영국 소설가 가운데에서도 드물다. 기싱은 소설을 통해 이야기를 하는 것과 인물들에게 진정한 관심을 가졌을 뿐만 아니라 희화하려는 유혹에서 자유롭다는 훌륭한 강점이 있었다. 희화하려는 충동이야말로 스몰렛부터 조이스까지 대표적인 영국 소설가 대부분이 지닌 약점이다. 그들은 실제 삶을 '모방'하려는 와중에도 최대한 자주 웃음을 끌어내고 싶어 했는데, 극히 소수의 영국 소설만이 이것에 성공한다. 기싱은 이 문제를 쉽게 해결한 듯하다. 어쩌면 그가 타고난 회의적인 기질이 도움이 되었는지도 모른다. 기싱은 확실히 유머 감각은 있었지만 쾌활하지는 않았다. 어떤 사람들이 술집을 그냥 지나치지 못하듯 디킨스는 농담을 집어넣지 않고는 못 배겼는데, 그런 장난기가 기싱에게는 없었다. 하나만 예를 들어 기싱의 『짝 없는 여자들』만 보아도, 이 소설이 기싱보다 뛰어났지만 덜 세심했던 작가들의 소설보다 훨씬 진짜 삶과 유사하다.

오늘날 기싱의 작품 중 가장 잘 알려진 것은 아마 『헨리 라이크로프트의 수기』로, 기싱이 극심한 빈곤을 벗어난 말년에 쓴 작품이다. 그러나 기싱의 진정한 걸작은 『짝 없는 여자들』, 『민중』, 『뉴 그럽 스트리트』와 디킨스 평전이다. 이렇게 짧은 기사에서는 이 책들의 줄거리를 요약하기도 힘들지만, 이들의 공통된 주제는 세 마디로 표현할 수 있다. "충분치 않은 돈." 기싱은 가난의 기록가였지만, 그가 집중한 가난은 노동자 계층의 가난이 아니라, (기싱은 노동자 계층을 질색했을 뿐만 아니라 어쩌면 혐오했다) 굶주린 사무원, 세상에 짓밟힌 가정교사, 파산한 사업가 등 '점잖은' 계층의 잔인하고 절망적인 가난이었다. 기싱은 가난이 노동자 계층보다 중산층에게 더 많은 고통을 초래한다고 믿었는데, 어쩌면 그의 생각이 옳다. 기싱의 가장 완벽하면서도 가장 우울한 소설인 『짝 없는 여자들』은 재산이나 직업 훈련 없이 세상에 내팽개쳐진 중산층 독신 여성들의 운명을 보여 준다. 한편『뉴 그럽 스트리트』는 심지어 지금보다 더 가혹했던 19세기 프리랜스 저널리즘의 현실을 담았다.『민중』에서 기싱은 돈에 대한 문제를 조금 다르게 접근한다. 이 책은 노동자 계층의 사회주의자 청년이 막대한 재산을 상속받으며 도덕적, 그리고 지성적으로 타락하는 과정을 다루었는데, 1880년대에 집필되었음에도 불구하고 기싱의 뛰어난 선견과 사회주의 운동의 실체에 대한 상당히 놀라운 혜안이 돋보인다. 가난한 중산층이라는 모티브는『민중』에서도 등장하는데, 몰락한 부모의 강요에 떠밀려 불운한 결혼을 하는 여주인공의 모습으로 표현된다. 기싱이 묘사한 19세기 후반의 사회 현상 중 몇몇은 이제 자취를 감추었다. 그러나 그의 소설에 담긴 전반적인 분위기는 우리 사회에 여전히 섬뜩할 정도로 생생하게 남아 있어서, 이따금 나는 생업으로 글을 쓰는 사람들은『뉴 그럽 스트리트』를, 독신 여성들은『짝 없는 여자들』을 읽으면 안 될 것 같은 느낌마저 받았다.

기싱이 사회적 문제를 그토록 깊이 이해했으면서도 개혁주의자가 아니었다는 사실이 흥미롭다. 쉽게 말해 그는 반사회주의자이자 반민주주의자였다. 물질주의 사회의 해악을 그 누구보다 잘 이해했으면서도 기싱은 사회를 개혁할 충동을 거의 느끼지 않았는데, 만일 개혁이 일어나더라도 실질적으로 변하는 것이 없을 거라고 믿었기 때문이다. 기싱에게 가치 있는 인생의 목표란, 순전히 개인적으로 비참한 가난을 탈출하여 교양 있고, 미적으로 충만한 삶을 사는 것이었다. 그는 속물이 아니었으며 부나 사치를 탐하지 않았다. 기싱은 한편으로는 귀족들의 가식을 간파했고, 다른 한편으로는 야심으로 똘똘 뭉친 자수성가형 사업가들을 가장 경멸했다. 그러나 기싱은 평온하고 학구적인 삶을 원했는데, 그런 삶은 연400파운드 수입 이하로는 불가하다. 노동자 계층에 대해 말하자면, 기싱은 그들을 야만인으로 간주했으며 무척 솔직하게 자신의 의견을 밝혔다. 그것에 관해 기싱이 얼마나 틀렸든지 간에, 기싱이 가난에 대해 모르면서 섣불리 판단했다고 비판할 수는 없다. 그는 매우 가난한 부모 아래서 태어났을뿐더러 불운한 상황에 휘말려 인생 대부분을 노동자 계층에서도 가장 빈곤한 이들 사이에서 지냈다. 이러한 삶을 통해 기싱이 내린 결론은 우리 시대에도 연구할 가치가 있다. 인정 많고 학구적 취향을 지닌 지적인 남자가 이런저런 상황 때문에 런던 빈민들 가운데 살게 되었는데, 그가 내린 결론은 단순히 이것이다. 노동자 계층은 어떤 일이 있어도 정치적 힘이 주어지면 안 되는 야만인들이다. 표현을 다소 완화하면, 이것은 노동자 계층을 두려워하게 될 정도로 그들을 가까이에서 관찰한 중하층 계급 사람에게서 예상할 수 있는 평범한 반응이다. 그러나 무엇보다 가장 의미 있는 사실은, 노동자 계층보다 외려 중산층이 경제적 불안감에 더 괴로워하며, 따라서 그들이 어떤 행동을 취할 가능성이 높다는 것을 기싱이 꿰뚫어 보았다는 것이다. 이 가능성을 간과한 것이야말로 좌파의 실책이었다. 그리스 비극을 사랑하고 정치를 싫어했으며 히틀러가 존재하기 훨씬 전부터 글을 썼던 이 예민한 소설가로부터, 우리는 파시즘의 기원에 대해 배울 수 있다.

옮긴이: 구원
UCLA 경제학과를 졸업했다. 졸업 후 대학으로 파트타임 돌아가 영미문학과 세계문학을 공부했다. 독립출판사 코호북스에서 기획, 번역, 편집 및 디자인을 담당하고 있다. 『뉴 그럽 스트리트』, 『짝 없는 여자들』, 『로스트 레이디』 등을 우리말로 옮겼다.

뉴 그럽 스트리트

지은이: 조지 기싱
옮긴이: 구원
펴낸곳; 코호북스
초판 발행일: 2020년 2월24일
개정판 발행일: 2021년 5월 6일

출판등록: 2019년10월17일 제2019-000005호
주소: 강원도 홍천군 두촌면 한계길 84
전자우편: cohobookspublishing@gmail.com
인스타그램: instagram.com/coho_books23
팩스: 0303-3441-1115
ISBN: 979-11-968939-3-4 (03840)
책값은 뒤표지에 있습니다.

이 책의 표지에는 을유문화사에서 제공한 을유1945와 리디주식회사에서 제공한 리디바탕 글꼴을 사용했습니다.
이 책의 본문에는 문화체육관광부와 한국출판인의회에서 제공한 kopub서체를 사용했습니다.